ELEGIDA POR LA LUNA

P. C. Cast

ELEGIDA POR LA LUNA

Relatos de un nuevo mundo

Traducción de Sara Cano

Círculo de Lectores

Este libro está dedicado a mi editora, Monique Patterson,
a su entusiasmo por este nuevo mundo, su confianza en mí
y sus locas y alucinantes capacidades para la lluvia de ideas.
Que nuestra colaboración prospere y tenga una larga vida.

I

Un contagioso sonido de risas femeninas inundó la cálida y ordenada madriguera.

—¡Ay, Mari! ¡Esa ilustración no es del mito que acabo de relatarte!

La madre de Mari sostenía en una mano la hoja de papel casero y, con la otra, se tapaba la boca para intentar reprimir, sin éxito, otro ataque de risa.

—Mamá, tú te dedicas a contar historias. Y yo a dibujarlas. Es nuestro juego, ¿no? Nuestro juego favorito.

—Bueno, sí —dijo Leda, intentando recomponer todavía su expresión para hacerla más comedida—. Yo cuento las historias, pero tú tiendes a dibujar lo que crees que oyes en ellas.

—Pues yo no veo dónde está el problema. —Mari se movió para colocarse junto a su madre y examinar con ella el dibujo recién terminado—. Eso es exactamente lo que me vino a la mente mientras nos contabas la historia de Eco y Narciso.

—Mari, has dibujado a Narciso como si fuera un hombre joven que está convirtiéndose en flor. Torpemente. Una de sus manos es una hoja, pero la otra sigue teniendo aspecto de mano. Y lo mismo pasa con esto… —Leda reprimió una risilla—. Bueno, y con otras partes de su anatomía. Y tiene un bigotillo y una mirada tonta en los ojos, si bien tengo que admitir que tienes un talento asombroso para hacer que una criatura de aspecto tontorrón, medio hombre y medio flor, cobre vida. —Leda señaló en el dibujo a la fantasmal ninfa que, de algún modo, Mari había hecho parecer entre aburrida y molesta mientras observaba la transformación de Narciso—. Y has conseguido que Eco parezca… —Leda dudó, en un claro intento por encontrar las palabras adecuadas.

—¿Harta de Narciso y de su ego? —propuso Mari.

Leda abandonó cualquier atisbo de reprimenda, y rio en voz alta.

—Sí, ese es exactamente el aspecto que has conseguido que tenga Eco, aunque esa no es la historia que yo te he contado.

—Bueno, Leda —Mari pronunció el nombre de pila de su madre y enarcó las cejas—, estaba escuchando tu relato y, mientras dibujaba, decidí que estaba clarísimo que al final le faltaba algo.

—¿Al final? ¿En serio? —Leda golpeó a su hija con el hombro—. Y no me llames Leda.

—Pero te llamas Leda.

—Para los demás. Para ti, me llamo Madre.

—¿Madre? ¿De verdad? Es que suena tan…

—¿Respetuoso y tradicional? —En esta ocasión, fue Leda quien se ofreció a completar el pensamiento de su hija.

—Más bien aburrido y anticuado —respondió Mari, esperando con ojos brillantes la predecible respuesta de su madre.

—¿Aburrido y anticuado? ¿Acabas de decir que soy aburrida y anticuada?

—¿Qué? ¿Yo? ¿Llamarte a ti aburrida y anticuada? ¡Nunca haría eso, mamá, nunca! —rio Mari, levantando los brazos en señal de rendición.

—Así me gusta. Y supongo que «mamá» está bien. Mejor que Leda.

Mari volvió a reír.

—Mamá, llevamos dieciocho inviernos con la misma discusión.

—Mari, mi niña, me alegra decir que, aunque has vivido dieciocho inviernos, no en todos tenías la capacidad de hablar. Me diste un par de inviernos de respiro antes de que empezaras y nunca más dejaras de hacerlo.

—¡Mamá! Siempre dices que tú me animabas a hablar antes de que hubiera cumplido dos inviernos —respondió Mari, con sorpresa fingida, mientras buscaba la rama carbonizada con la que estaba dibujando y le quitaba a su madre el dibujo de las manos.

—Sí, yo nunca he dicho que fuera perfecta. Era una madre joven e inexperta que intentaba hacer las cosas lo mejor posible

—dijo Leda con voz afectada mientras soltaba el dibujo para que su hija lo cogiera.

—Muy muy joven, ¿no? —dijo Mari, volviendo a dibujar rápidamente mientras resguardaba el dibujo contra su pecho para que Leda no pudiera verlo.

—Así es, Mari —dijo Leda, intentando atisbar algo por encima del brazo de Mari—. Tenía un invierno menos que tú cuando conocí a tu maravilloso padre y... —Leda se quedó callada, mirando con el ceño fruncido a su hija, incapaz de contener sus risillas.

—Arreglado —dijo, tendiéndole el dibujo a Leda para que lo revisara.

—Mari, tiene los ojos bizcos —respondió su madre.

—El resto de la historia me hace pensar que no era muy avispado. Así que le he dibujado así para que parezca un poco tonto.

—Ya veo. —La mirada de Leda se cruzó con la de su hija, y ambas volvieron a dejarse llevar por la risa.

Leda se secó los ojos y estrechó a su hija en un breve abrazo.

—Retiro todo lo que he dicho sobre tu ilustración. Decreto que es perfecta.

—Gracias, madre. —Los ojos de Mari soltaban chispas.

Mari cogió una hoja de papel limpio y empuñó de nuevo la ramita, preparada para dibujar de nuevo. Le encantaban las historias antiguas que su madre le contaba desde que tenía uso de memoria, esas historias en las que entretejía la sabiduría y la aventura, la pérdida y el amor, tan hábilmente como las talentosas mujeres del clan de los tejedores elaboraban cestas, ropa y tapices para intercambiarlos con el clan de los pescadores, el clan de los molineros y el clan de los leñadores.

—¡Una historia más! ¡Solo una más! ¡Se te da tan bien contarlas...!

—Haciéndome la pelota no vas a conseguir que te cuente otra historia. Pero igual sí que consigues una cesta de arándanos tempranos.

—¡Arándanos! ¿De verdad, mamá? Eso sería fantástico. Me encanta el color de la tinta que fabrico con ellos. Es más bonita que la tinta negra que obtengo de las nueces.

Leda sonrió a su hija con orgullo.

—Solo a ti te emociona más la idea de pintar con arándanos que comértelos.

—No, no solo a mí, mamá. A ti también te gusta el tinte que fabricas con ellos.

—Sí, y tengo ganas de teñirte una capa nueva esta primavera, pero reconozco que tengo más ganas de comerme un pastel de arándanos.

—¿Pastel de arándanos? ¡Eso suena de maravilla! Igual de maravilloso sería que me contaras otra historia: la historia de Leda. Y, mamá, ¿podemos hablar un momento sobre tu nombre? ¿Leda? ¿De verdad? Supongo que tu madre conocía esa historia —bromeó Mari—. Pero, teniendo en cuenta que ella se llamaba Casandra, a veces cuestiono su capacidad de ponerle a alguien un nombre sensato.

—Sabes muy bien que las Mujeres Lunares bautizan siempre a sus hijas con los nombres que la Gran Tierra Madre les susurra a través del viento. Mi madre, Casandra, fue bautizada por su madre, Penélope. La Tierra Madre me susurró tu dulce nombre la noche de luna llena antes de tu nacimiento.

—Mi nombre es aburridísimo —suspiró Mari—. ¿Quiere eso decir que la Tierra Madre piensa que soy aburrida?

—No, eso quiere decir que la Tierra Madre piensa que tenemos que crear una historia acorde con tu nombre, una historia completamente tuya.

—Eso es lo que me has dicho durante todos los inviernos que puedo recordar, pero sigo sin tener mi propia historia —dijo Mari.

—Cuando llegue el momento, la tendrás —contestó Leda, acariciando la suave mejilla de su hija, y su sonrisa se tornó triste—. Mari, mi niña, esta noche no puedo contarte ninguna historia más, aunque me gustaría mucho hacerlo. Falta poco para que se ponga el sol, y esta noche la luna estará llena y reluciente. Las necesidades del clan serán muchas.

Mari abrió la boca para suplicarle a Leda que se quedara aunque solo fuera durante unos pocos minutos más, que pusiera sus necesidades por delante de las del clan, pero, antes de poder formular su pequeño y egoísta deseo, el cuerpo de su madre empezó a sacudirse espasmódicamente, sus hombros a temblar, su cabeza a sacudirse dolorosa e incontrolablemente. Aunque ya le había dado la espalda a su hija, como siempre, para intentar protegerla de la transformación que la noche traía consigo, Mari sabía perfectamente lo que estaba sucediendo.

Las ganas de bromear la abandonaron al instante y soltó el papel y la ramita carbonizada para acercarse a Leda. Cogió la mano de su madre y la sostuvo entre las suyas, detestando lo frías que se habían tornado, detestando el pálido tono gris plateado que estaba empezando a extenderse por su piel. Y deseando, como siempre, poder aliviar el dolor que cada noche visitaba a su madre con la puesta de sol.

—Lo siento, mamá. He perdido la noción del tiempo. No quería retenerte —susurró Mari, porque no quería mandar a su querida madre al peligro y la oscuridad con más preocupaciones de las que ya acarreaba consigo—. Ya se nos ocurrirá una historia en otro momento. Además, tengo cosas que hacer mientras tú no estás. Todavía no he conseguido perfeccionar la perspectiva en esa obra en la que he estado trabajando últimamente.

—¿Puedo verla ya? —preguntó su madre.

—Todavía no la he terminado, y sabes que no me gusta que veas mis dibujos antes de que estén acabados. —Otro temblor recorrió la piel de Leda y la mano de Mari apretó automáticamente la de su madre, dándole apoyo, comprendiéndola, queriéndola. Mari se obligó a esbozar una sonrisilla—. Pero supongo que esta noche puedo hacer una excepción, porque eres mi modelo favorita, y me gusta tener contenta a mi modelo favorita.

—Bueno, me tranquiliza saber que me tienes más aprecio que a Narciso —bromeó Leda mientras Mari se dirigía hacia la sencilla mesa de madera, en la esquina de la sala principal de la guarida excavada en la piedra que había compartido con su madre durante sus dieciocho inviernos de vida.

La mesa quedaba enmarcada por los laterales de la madriguera cubiertos por la capa más gruesa de musguinescencia y estaba alojada justo bajo el brote más grande y brillante de hongoritos, que colgaba del techo como una lámpara orgánica. Mientras Mari se acercaba a la mesa, la sonrisa forzada que le había mostrado al principio a su madre empezó a relajarse y cuando se giró hacia Leda, sosteniendo en sus manos un grueso folio de papel, fabricado con un elaborado procesamiento manual de pulpa de plantas, la sonrisa de Mari era sincera.

—Siempre que miro mi mesa de dibujo y veo cómo hemos conseguido que crezcan la musguinescencia y los hongoritos, me acuerdo de tus historias sobre los duendes terrenos.

—Siempre te han gustado mucho las historias que las Mujeres Lunares se transmiten de unas a otras para entretener y educar a sus hijas, aunque ninguna de ellas es más real que la de Narciso y su desafortunada Eco.

—Cuando las dibujo, para mí se hacen reales. —La sonrisa de Mari no titubeó.

—Eso dices siempre, pero… —empezó a decir su madre. Sin embargo, sus palabras quedaron interrumpidas por un pequeño jadeo, cuando sus ojos se posaron sobre el dibujo inconcluso—. ¡Oh, Mari! ¡Es precioso! —Leda recibió el esbozo de su hija y se lo acercó para poder contemplarlo más de cerca—. Creo que es el mejor que has hecho.

Cuidadosamente, Leda pasó la perpleja yema de su dedo por su propia imagen, sentada en su sillón de siempre, junto a la chimenea. En el regazo sostenía una cesta a medio trenzar, pero no la estaba mirando. Estaba sonriendo amorosamente a la artista.

Mari sostuvo la mano de su madre de nuevo entre las suyas y le acarició la piel.

—Me alegro de que te guste, pero los huesos de tu mano son mucho más delicados que los que yo he dibujado.

Leda apoyó la palma de su mano contra la mejilla de su hija.

—Ya lo corregirás. Siempre lo haces. Y será igual de precioso que el resto de tus dibujos. —Leda besó con delicadeza la frente de Mari antes de añadir—. Yo también tengo algo para ti, mi niña.

—¿De verdad? ¿Un regalo?

—Sí, un regalo —sonrió Leda—. Espera aquí y cierra los ojos. —Leda se escabulló con rapidez hacia la estancia trasera de su madriguera, que usaba como dormitorio además de como secadero y almacén de hierbas aromáticas. Luego, volvió corriendo junto a su hija y se quedó de pie junto a ella, con las manos entrelazadas a la espalda.

—¿Qué es? ¡Lo tienes escondido en la espalda, así que es pequeño! ¿Es una pluma nueva?

—Mari, ¡te he pedido que cerraras los ojos! —la riñó Leda.

Cerrando los ojos con fuerza, Mari sonrió.

—¡No estoy mirando! ¡Es que soy tan lista como mi mamá! —dijo, con aire engreído.

—Y tan guapa como tu padre —dijo Leda, colocándole a su hija el regalo sobre la cabeza.

—¡Ay, mamá! ¡Me has hecho una corona de doncella lunar! —Mari se quitó la intrincada corona trenzada de la cabeza. Leda había tejido hiedra con sauce para fabricar una corona preciosa, decorada además con flores de un amarillo intenso—. ¿Así que esto era lo que estabas haciendo con los capullos de diente de león? Pensaba que estabas haciendo vino.

—He hecho vino —rio Leda—. Y también te he hecho una corona de doncella lunar.

De repente, la felicidad de Mari se ensombreció.

—Se me había olvidado que esta noche es la primera luna llena de la primavera. Seguro que el clan lo celebra con alegría.

Leda sacudió la cabeza, con gesto triste.

—Ojalá, pero me temo que esta primavera no vamos a celebrar la luna con tanta alegría como otros años. Y mucho menos después de que los camaradas hayan capturado a tantas caminantes terrenas. Noto que la Tierra Madre está inquieta, que se avecinan cambios difíciles. Nuestras mujeres cargan con más penas de las habituales, y nuestros hombres... Bueno, ya sabemos la furia que las Fiebres Nocturnas infunden a nuestros hombres.

—Pero no se limitarán a estar furiosos, se volverán peligrosos. ¡Malditos escarbadores!

—Mari, no digas esas cosas de tu pueblo. Hablas de ellos como si fueran monstruos.

—Son solo mi pueblo a medias, madre, y de noche son monstruos. Los hombres lo son, al menos. ¿Qué pasaría si no los limpiaras de sus Fiebres Nocturnas cada tres días? No hace falta que contestes: sé bien lo que pasaría. Por eso las madrigueras de las Mujeres Lunares siempre son secretas, incluso para los miembros del clan. —Las palabras de Mari sonaron severas a causa de la frustración y el miedo, pero la tristeza que inundó los ojos de su madre hizo que se arrepintiera de su dureza tan pronto las hubo pronunciado.

—Mari, no debes olvidar nunca que, de noche, yo también albergo en mi interior la capacidad de ser un monstruo.

—¡Tú no! No me refería a ti. ¡Nunca te diría algo así a ti!

—Pero la luna es lo único que me protege de que mi parte escarbadora predomine sobre la de caminante terrena. Por desgracia, nuestro pueblo no comparte mi capacidad para desafiar a la luna, así que yo debo hacerlo por ellos como mínimo una vez cada tres noches. Y hoy es Tercia Noche, y también hay luna llena. Nuestro clan se reunirá, y yo los purificaré para que abran sus almas al amor y a la alegría en lugar de sumirse en la melancolía y la furia. Pero todo esto tú ya lo sabes, Mari. ¿Qué es lo que te preocupa?

Mari negó con la cabeza. ¿Cómo iba a contarle a su madre —su dulce, divertida e inteligente madre, la única persona en aquel terrible mundo que la conocía realmente y que, a pesar de todo, la quería— que había empezado a desearlo todo con más fuerza?

Mari nunca podría decirle eso a su madre, al igual que Leda nunca podría permitir que se conociera la verdad sobre su hija.

—No pasa nada. Seguramente tenga que ver con la luna llena. La siento aquí, dentro de la cueva, antes incluso de que haya salido.

La sonrisa que se dibujó en los labios de Leda era de orgullo.

—Posees mi poder, y mucho más. Mari, ven conmigo esta noche. Ponte tu corona lunar. Participa en las celebraciones del clan. Es más sencillo combatir el poder de la luna cuando está llena, y esta noche estará tan llena como el sol que ha lucido por el día.

—Ay, mamá. No esta noche. Estoy harta de fracasar y, desde luego, no quiero hacerlo delante de todos.

La sonrisa de Leda no titubeó.

—Confía en tu madre. Posees mi poder, y mucho más. Es esa abundancia la que complica tu formación.

—¿Complica? —suspiró de nuevo Mari—. Querrás decir que la imposibilita.

—¡Ay, qué dramática eres! Estás viva, sana y cuerda. De día o de noche, llueva o haga sol, haya luna o no, no demuestras ningún síntoma de delirio ni dolor. Debes confiar en que el resto llegará con paciencia y práctica.

—¿Estás segura de que no hay una manera más fácil de conseguirlo?

—Bastante segura. Es bastante parecido a todo lo que tuviste que practicar hasta que conseguiste la habilidad de hacer que un dibujo plano pareciera cobrar vida y respirar.

—¡Pero dibujar es mucho más sencillo!

Su madre rio en voz baja.

—Solo lo es para ti. —Entonces, la sonrisa de Leda se desvaneció—. Mari, sabes que pronto tendré que elegir una aprendiz. No puedo seguir dando excusas a las mujeres del clan.

—Aún no soy lo suficientemente buena, mamá.

—Y ese es otro de los motivos por el que deberías venir conmigo esta noche. Apóyame frente al clan. Intenta invocar el poder de la luna y, mientras tú practicas, yo les demostraré a las mujeres del clan que pueden estar tranquilas. Que, aunque no te he declarado mi heredera oficial, tu formación ya ha comenzado.

Mari frunció los labios.

—¿Que mi formación ha comenzado? Leda, llevas formándome desde que soy capaz de recordar.

—Siempre has sido muy buena estudiante. Y no me llames Leda.

—Buena y lenta no son sinónimos, madre.

—Conozco perfectamente la diferencia. No eres lenta, Mari. Eres compleja. Tu mente, tus capacidades, tus poderes son complejos. Algún día serás una buena Mujer Lunar. —Los grises ojos de Leda estudiaron a su hija con sabiduría—. A menos que no desees ser una Mujer Lunar.

—No quiero decepcionarte, mamá.

—No podrías decepcionarme, cualquiera que fuese el camino que eligieras para seguir tu vida. —Leda hizo una pausa, componiendo una mueca de dolor cuando una nueva sacudida le recorrió el cuerpo y el pálido tono plateado que había empezado a asomar en sus manos se extendió por sus brazos.

—De acuerdo, mamá, iré contigo —se apresuró a contestar Mari, recibiendo como recompensa la resplandeciente sonrisa de su madre.

—¡Ay, Mari, me alegro tanto! —Olvidándose momentáneamente del dolor, Leda corrió a su habitación y Mari la escuchó rebuscar entre las ollas, las cestas y los valiosos tarros de cristal que contenían su enorme colección de hierbas, tintes y ungüentos—. ¡Aquí está! —gritó, y salió de la habitación con un cuenco de madera que a Mari le resultaba familiar—. Deja que te retoque un poco la cara. Vamos a tener que volver a teñirte pronto el pelo, pero no esta noche.

Mari contuvo un suspiro y alzó el rostro para que su madre pudiera volver a aplicarle la mezcla grumosa que ambas mantenían en secreto.

Leda trabajaba en silencio, engrosando el ceño de su hija, alisando sus altos pómulos y después, por último, untando la sustancia terregosa y pegajosa, similar a la arcilla, por su cuello y sus brazos. Cuando terminó, inspeccionó a Mari con cuidado y le rozó la mejilla con suavidad.

—Compruébalo en la ventana.

Mari asintió con gravedad. Con Leda a sus espaldas, se dirigió hasta el extremo más alejado de la estancia principal de la caverna y subió los escalones de piedra hasta el nicho meticulosamente excavado entre las capas de arena y piedra. Mari apartó a un lado una larga piedra rectangular y una ráfaga de aire cálido se introdujo por la abertura, acariciando su mejilla como si de una segunda madre se tratase. Mari se asomó por el hueco hacia el mundo de la superficie y el cielo oriental, que ya reflejaba los pálidos y desvaídos colores que la noche pintaba sobre el luminoso día. Levantó el brazo para que la pálida luz procedente de las alturas la tocara. Después, sus ojos se cruzaron con los de su madre.

Los ojos de Leda, al igual que los de Mari, eran tan grises que casi parecían plateados. Mari se concentró en la belleza de ese rasgo compartido.

Bajo la luz de la luna llena, al igual que los de su madre, los ojos de Mari emitirían destellos de plata.

Al igual que la de su madre, la piel de Mari reluciría tan pronto se zambullera en la noche de luna llena y dejara que su luz fría y plateada la llenara, tranquilizándola.

Pensando con anhelo en la luna y el poder que albergaba, Mari estiró un poco más la mano a través del agujero para intentar capturar su luz. Sin embargo, en lugar de encontrar los delicados rayos plateados, sus yemas se toparon con la luz amarilla del sol poniente. Su mano se estremeció por efecto del calor y Mari la retrajo rápidamente contra su cuerpo, extendiendo los dedos y observando el delicado patrón de filigranas que incluso tan leve cantidad de sol podía hacer aparecer en la superficie de su piel. Mari se abrazó la mano contra el pecho mientras el dibujo, del color del sol, se desvanecía como un sueño al despertar.

Tan distinta a su madre... Mari era tan distinta a su madre...

—No pasa nada, mi niña. Cojamos tu capa de verano. Es bastante ligera, así que no pasarás mucho calor, pero…

—Pero las mangas me ocultarán los brazos y las manos hasta que el sol se haya puesto por completo. —Mari terminó la frase por ella. Con pasos lentos, bajó de la ventana y fue hasta la cesta donde guardaban las capas.

—Ojalá no tuvieras que ocultarte. Ojalá las cosas fueran distintas —dijo su madre en voz baja y triste.

—Sí, mamá, a mí también me gustaría —respondió ella.

—Lo siento mucho, Mari. Sabes que yo…

—No pasa nada, mamá. De verdad. Estoy acostumbrada. —Cuando se volvió para mirar a su madre, Mari cambió su expresión para parecer despreocupada—. Y puede que un día se me pase.

—No, mi niña, eso no pasará. Que la sangre de tu padre corre por tus venas es tan cierto como que lo hace la mía, y yo no cambiaría eso por nada del mundo. A pesar de los pesares, jamás cambiaría eso.

Yo sí, mamá. Yo sí. Mari se limitó a pensar esas palabras mientras se ajustaba con fuerza la capa alrededor del cuerpo y seguía a Leda fuera de la seguridad de su madriguera.

2

Una junto a la otra, Mari y Leda coronaron el promontorio rocoso y bajaron la mirada hacia la Asamblea. A primera vista, el lugar no parecía muy distinto de cualquier otro pequeño claro de la zona sur del bosque. Había un arroyo que serpenteaba entre los sauces y los espinos, el acebo y los helechos: el arroyo y las ramas de los árboles y arbustos, que se mecían con parsimonia, era lo que realmente llamaba la atención. Hacía falta más que un simple vistazo, y una segunda o tercera mirada, incluso —al menos desde la distancia a la que se encontraba el promontorio— para ver lo que realmente se ocultaba con tanto celo entre los helechos y la vegetación. En ordenados manojos crecían berzas tempranas, escarolas rizadas, gruesos cogollos de lechuga y ajos de invierno tardíos florecían bajo los cuidados de las mujeres del clan.

Leda se detuvo e inspiró hondo, hasta quedar llena de aire.

—Gracias, Tierra Madre —dijo la Mujer Lunar, como si fuera la diosa, y no su hija, quien estuviera a su lado—. Gracias por bendecir a los caminantes terrenos con la habilidad de hacer brotar seres vivientes de tu fértil seno.

Imitando a Leda, Mari inspiró hondo y sonrió, acostumbrada a la íntima manera de hablar que su madre tenía con la diosa.

—Desde aquí huelo aceite de lavanda —dijo Mari.

Leda asintió.

—Las mujeres del clan han hecho un gran trabajo preparando la Asamblea. Ninguna manada de licarácnidos se atreverá a acercarse esta noche por allí. —Leda calló un momento, señalando en dirección a las hogueras, meticulosamente situadas. En el centro de la Asamblea solo había una. Las demás estaban estratégicamente ubicadas formando una circunferencia alrededor del espacio, con antorchas clavadas junto a ellas—. Y los chisqueros estarán preparados en caso de que una manada se sienta atraída por la presencia de tanta gente congregada.

—Sé que las hogueras se encienden como protección, pero, así iluminado, el claro parece muy alegre.

—Lo cierto es que sí —concordó Leda.

—Espero que podamos recolectar pronto la escarola —dijo Mari mientras empezaban a descender hacia el lugar de la Asamblea—. Casi noto el sabor delicioso que tendrá cuando la mezclemos con las alcaparras que hemos puesto en conserva.

—Esta primavera el calor ha empezado pronto —dijo Leda—. No me sorprendería que brotaran unas cuantas esta noche.

—Solo por eso, el viaje valdría la pena —dijo Mari.

La mirada de Leda se volvió severa.

—Mari, yo no te he obligado a venir conmigo.

—Lo sé, mamá. Siento que haya sonado así.

Leda le estrechó la mano.

—No estés nerviosa. Confía en ti.

Mari intentaba esforzarse por asentir con vehemencia cuando un tornado en miniatura se lanzó a sus brazos, casi tirándola al suelo, y la estrechó con fuerza.

—¡Mari! ¡Mari! ¡Me alegro tanto de que estés aquí! Debes de estar mejor.

Mari sonrió a la jovencita.

—Estoy bien, Jenna. Me alegro de que tú también estés aquí —tocó la corona de doncella lunar que rodeaba la oscura cabellera de Jenna. Una preciosa corona tejida con hiedra y lavanda—. Tu corona es muy bonita. ¿Te la ha hecho tu padre?

Jenna rio divertida, con más aspecto de tener seis que dieciséis años.

—¿Padre? ¡No! Parece que tiene muñones en vez de dedos y dice que, cuando intenta tejer, siente como si todos fueran pulgares. La he hecho yo.

—Buen trabajo, Jenna —dijo Leda cariñosamente, sonriendo a la amiga de su hija—. Has tenido mucho ojo tejiendo la lavanda en el centro de la corona. Tienes un talento natural.

Las mejillas de Jenna se colorearon de un adorable rosa.

—Gracias, Mujer Lunar. —Su sonrisa resplandeció mientras le hacía a Leda una formal reverencia, con los brazos bajos y extendidos y las palmas abiertas y hacia fuera, para mostrar que no ocultaba ningún arma ni mala intención.

—¡Ay, Jenna! ¡No hace falta que seas tan formal! ¡No es más que mi madre! —dijo Mari.

—No es más que tu madre para ti. Para mí, es mi Mujer Lunar —respondió Jenna descaradamente.

—Y también tu amiga —añadió Leda—. ¿Qué técnica de tejido te atrae más: el bordado, o algo menos elaborado?

Jenna respondió en voz baja, arrastrando los pies:

—Yo... Yo quiero tejer escenas, como la del tapiz de la Tierra Madre en la madriguera de alumbramiento.

—El bordado, entonces —contestó Leda—. Esta noche hablaré con Rachel para que se asegure de que te enseñan correctamente.

—Gracias, Mujer Lunar —respondió Jenna rápidamente, con los ojos brillantes por las lágrimas contenidas.

Leda le sostuvo el rostro entre las manos y le besó la frente.

—Tu madre haría lo mismo por mi Mari si yo me hubiera unido a la Tierra Madre antes que ella.

Mari se acercó a su amiga y la cogió del brazo.

—Solo que a mí se me da igual de mal tejer que a tu padre, y tu madre se habría desesperado.

—¡Pero tú sabes dibujar cualquier cosa! —respondió efusivamente Jenna.

—¡La Mujer Lunar! ¡La Mujer Lunar ha llegado! —gritó una fuerte voz masculina desde la Asamblea.

Leda sonrió y recibió el saludo con un cálido movimiento de mano.

—Como siempre, tu padre es el primer hombre del clan en verme.

—Padre siempre será el primero en verte, y el primero en ser purificado. Es porque me quiere mucho —dijo Jenna, orgullosa.

—Sí que lo hace, Jenna —contestó Leda.

—Xander es muy buen padre —concordó Mari, sonriendo a su amiga. Sin embargo, reconoció para sí: *Jenna tiene suerte de que Xander acuda a mamá, sin falta, cada Tercia Noche. De lo contrario, estaría mucho peor que huérfana. La estaría criando un monstruo.*

—¡Nuestra Mujer Lunar ha llegado! ¡Encended las antorchas! ¡Preparad al clan!

Las mujeres del clan escucharon el saludo y la Asamblea se convirtió en un torbellino de actividad mientras ellas llegaban desde todas direcciones para ocupar sus puestos. Los movimientos de las mujeres eran ensayados y, si bien no estaban perfectamente coordinados entre sí, creaban un diseño sinuoso entre los árboles, las verduras del huerto y el follaje con una gracia terrenal que a Mari le recordaba la cadencia del agua mientras fluye sobre los cantos del río.

El clan se dispuso en semicírculo para dar la bienvenida a la Mujer Lunar. Primero las ancianas, luego las madres con los miembros más jóvenes del clan a su lado, después las doncellas en edad de emparejarse, todas coronadas con bonitos tocados tejidos, y, por último, los hombres del clan, que sostenían antorchas y se disponían en actitud defensiva alrededor de los límites del claro. Mari notaba su presencia predadora: un caos apenas controlado en el que ella se imaginaba enroscándose en oscuros remolinos de ansiedad durante la Asamblea.

Mari no podía evitar lanzar miraditas nerviosas a los hombres. Desde que, siendo todavía una niña, se había percatado de los cambios que las Fiebres Nocturnas provocaban en el clan —la mortal melancolía que se apoderaba de las mujeres y el peligroso delirio que causaban en los varones—, no perdía de vista a ninguno de los hombres, sobre todo cuando la puesta de sol estaba cerca.

—No les mires fijamente. Es Tercia Noche. Los purificaremos y todo estará bien —le susurró su madre.

Mari asintió con vehemencia.

—Guíanos, mamá. Jenna y yo iremos justo detrás de ti.

Leda avanzó un paso y a continuación se detuvo. Estiró la mano hacia Mari.

—No, detrás de mí no. Preferiría que fueras a mi lado, para que todos lo vean.

Mari percibió la emoción de Jenna, pero dudó antes de tomar la mano de su madre. Buscó con la mirada los ojos grises de Leda, intentando encontrar ánimo en ellos.

—Confía en mí, mi niña —dijo Leda—. Sabes que cuentas con mi apoyo.

Mari dejó escapar un largo suspiro que ni siquiera sabía que estaba conteniendo.

—Siempre confiaré en ti, mamá. —Y aferró la mano de Leda.

A su lado, Jenna susurró:

—¡Si ya casi eres una Mujer Lunar! —Y, entonces, antes de que Mari pudiera responder, Jenna les hizo una respetuosa reverencia (a Leda, pero también a Mari), antes de ocupar su lugar detrás de ellas.

—¿Preparada? —preguntó Leda.

—Siempre lo estoy, cuando estoy contigo —dijo Mari.

Leda apretó la mano de su hija y luego avanzó con paso confiado, la cabeza bien alta, los hombros hacia atrás, dedicándole una amplia sonrisa de felicidad a su pueblo.

—Mi hija y yo os saludamos, clan de los tejedores, y os deseamos que la bonanza que la luna llena primaveral trae consigo se multiplique por tres.

Mari notó el peso de las miradas de curiosidad del clan y escuchó los ahogados susurros de especulación. Imitando el porte de su madre, echó hacia atrás los hombros, enderezó la columna y levantó la barbilla. Intentó mirar a todos y a nadie, pero su mirada se sentía atraída hacia otro par de ojos grises. Ojos más claros, más de un azul grisáceo que del gris plateado que teñía los de Leda y Mari. Aun así eran extraordinarios y desde luego, sin duda alguna, pertenecían a una joven que llevaba la marca de una Mujer Lunar entre sus antepasadas.

—Saludos, Mujer Lunar —respondió la joven. Hizo una profunda reverencia, pero su postura dejaba claro que la muestra de respeto iba dirigida únicamente hacia Leda. Cuando se incorporó, se echó a la espalda su mata de cabello oscuro, y las plumas y cuentas que colgaban de su corona lunar ondearon a su alrededor como si llevara un velo hecho de criaturas vivas. Su mirada se dirigió hacia Mari despectivamente antes de añadir—: No sabía que esta noche también fuéramos a honrar a las candidatas a Mujer Lunar.

La sonrisa de Leda era serena.

—Hola, Sora. En realidad, esto ha sido un repentino reconocimiento de orgullo en mi hija. —Levantó la mano con la que sostenía la de Mari, para asegurarse de que todo el clan lo viera—. Y parte de ese orgullo es que sus ojos grises la señalan como candidata a Mujer Lunar.

—Igual que los míos —respondió Sora.

Mari contuvo un suspiro irritado y habló antes de que su madre pudiera responder.

—Sí, pero los tuyos están tan ocupados batiendo las pestañas a los hombres del clan que a veces cuesta recordar que sean grises.

—Por supuesto que presto atención a los hombres del clan. Es lo más lógico, mostrar aprecio a nuestros protectores. La envidia es un rasgo muy poco atractivo, Mari, sobre todo para alguien que presta tan poca atención a su aspecto —replicó Sora.

—Las discusiones entre mujeres del clan son inaceptables —intervino Leda con brusquedad.

Sora y Mari intercambiaron una mirada de desprecio apenas disimulando antes de inclinar sus cabezas en señal de respeto a la Mujer Lunar.

—Tienes razón, por supuesto —dijo Sora—. Mis disculpas, Mujer Lunar.

—No es a mí a quien debes presentar tus disculpas —dijo Leda.

Sora se dirigió a Mari. Sonrió con suavidad, aunque su expresión no se correspondía con su mirada.

—Mis disculpas, Mari.

—¿Mari? —sugirió Leda, al ver que su hija permanecía en silencio.

—Yo también me disculpo —se apresuró a añadir Mari.

—Bien —dijo Leda. Le tendió la otra mano a Sora—. Y tienes razón, Sora. Tus ojos te señalan como candidata a aprendiz de Mujer Lunar. Por favor, sígueme.

Sora tomó la mano de Leda con alegría, pero, antes de adentrarse en el centro del clan, ella alzó la voz y gritó:

—¡Que todas las doncellas con ojos grises se presenten ante su Mujer Lunar!

Entre la multitud que había ante ellas se produjo un gran revuelo. Después, una jovencita se separó del grupo.

—¿Mari? —apuntó Leda en un susurro.

Mari sonrió a su madre y le tendió la mano abierta a la chica, recibiéndola con un: «Hola, Danita». La joven le sonreía tímidamente y le dedicaba miradas nerviosas a su madre mientras avanzaba para tomar su mano extendida cuando, de pronto, un resplandor luminoso captó la atención de Mari. Cuando bajó la vista, vio que la manga de la capa se le había caído un poco y que la piel del antebrazo que tenía extendido debía de haber captado un único rayo de luz cenital, porque el intrincado dibujo de hojas de helecho resplandecía luminoso a través del maquillaje de arcilla.

Con un rápido movimiento, Mari separó su mano de la de su madre, se recolocó las mangas de la capa y se envolvió el cuerpo con los brazos ocultos en el tejido.

—¿Qué ocurre, mi niña? —Leda se interpuso rápidamente entre su hija y el clan, con cuidado de ocultarla bien.

—Los... Los dolores de estómago han vuelto. —Intercambió una mirada con su madre.

Mari se percató de que Leda intentaba ocultar con todas sus fuerzas la decepción que asomaba en su rostro, pero su sonrisa era melancólica y no conseguía disimular la tristeza de sus ojos.

—Jenna —dijo Leda—. Por favor, ¿podrías llevar a Mari a la hoguera y pedirle a una de las madres que le prepare un poco de infusión de manzanilla? Parece que no está todo lo recuperada que esperábamos.

—¡Claro que sí, Leda! No te preocupes por nada. Yo me ocupo de nuestra chica.

Jenna cogió a Mari del brazo y la alejó de la multitud mientras Mari veía primero a Danita y luego a otra chica de ojos grises y a otra joven más ocupar sus respectivos lugares con Sora, junto a su madre.

—No te pongas triste —susurró Jenna—. Seguro que la infusión te sienta bien. Puedes sentarte conmigo y criticar esas estúpidas plumas que se ha puesto Sora en el pelo mientras tu madre purifica al clan. —Jenna señaló un madero cerca de la hoguera central de la Asamblea—. Siéntate allí y descansa. Voy a por tu infusión. Vuelvo en un momento.

—Gracias, Jenna —dijo Mari, sentándose en el madero mientras Jenna se alejaba. Notó las miradas de lástima de las mujeres del clan sobre ella y consiguió obligar a su rostro a adoptar la misma expresión impasible que había mostrado hacía un rato: nunca permitiría que se enteraran de lo mucho que le dolía que la apartaran de ellos, de lo difícil que era ocultarles la verdad.

Observó cómo su madre se abría camino hasta el centro de la Asamblea. Se detuvo ante todos y cada uno de los ídolos que decoraban el claro. Leda soltó las manos de las niñas e hizo una profunda reverencia frente a la imagen de la Tierra Madre, que parecía surgir del mismo sotobosque. El rostro de la diosa estaba tallado en un liso canto rodado de color blanco cremoso y salpicado de cristales de cuarzo, de modo que, cada vez que la luz se reflejaba sobre ella —la del sol, o la más débil y fría luz de la luna—, resplandecía como si estuviera hecha de sueños y anhelos. Su piel era una espesa y suave capa de musgo. Su cabello era un musgo verdoso que crecía primorosamente por la curva de su espalda y alrededor de las redondeces de sus hombros.

—Yo te saludo, Tierra Madre, igual que el clan me saluda a mí, tu Mujer Lunar, tu sierva, con amor, gratitud y respeto —pronunció Leda en actitud reverente. A continuación se incorporó y se colocó de cara al expectante clan—. Hombres del clan de los tejedores, ¡presentaos ante mí!

Mientras los hombres daban un paso al frente, Jenna llegó hasta donde estaba Mari y le tendió una taza de madera llena de olorosa infusión de manzanilla antes de sentarse junto a ella sobre el madero.

—¡Ay, mira, ahí está padre! —Jenna sonrió y saludó con la mano.

El hombre de complexión robusta que dirigía a los demás recibió el saludo con un movimiento de cabeza, pero Mari se percató de que su cara estaba surcada por arrugas de dolor y sus ojos entrecerrados a causa de la ira que empezaba a bullir en su interior ahora que el sol se había puesto.

La ira que terminaría por sobrepasarle si la Mujer Lunar no purificara sus Fiebres Nocturnas cada Tercia Noche, como mínimo.

Acompañado por el resto de los hombres del clan, Xander se arrodilló ante Leda y, justo en ese momento, el sol desapareció por el lejano horizonte occidental. Mari vio cómo su madre levantaba los brazos, como si pudiera sostener entre ellos la luna llena que para el resto del clan aún no era visible, pero que una Mujer Lunar podía detectar —podía invocar— siempre y cuando el sol hubiera desaparecido del cielo.

Mari observó cómo el tono grisáceo que había empezado a extenderse por los brazos de Leda se disipaba hasta desaparecer. Su madre exhibía una sonrisa radiante cuando echó la cabeza hacia atrás para exponer su rostro y sus manos al cielo, que ya empezaba a oscurecerse. La respiración de Leda se tornó profunda y rítmica. Automáticamente, la de Mari se acompasó a la de su amiga mientras practicaba el ejercicio de asentamiento que precedía al ritual de invocación. Mari vio que su madre movía los labios mientras conversaba en privado con su diosa y se preparaba.

Mari paseó la vista por el semicírculo de hombres y mujeres del clan que la rodeaban, y contó y anotó en su memoria a las veintidós mujeres, los diez niños y los siete hombres que estaban presentes. Así podría ayudar a su madre a llevar el recuento en su diario cuando volvieran a la madriguera.

Cuando sus ojos se posaron en Sora, Mari frunció el ceño. *¡No me lo puedo creer!*, se enfureció en silencio. *Todo el mundo* *está rezando y preparándose con mamá, menos esa chica.* En lugar de rezar u observar a Leda, como se esperaría de cualquier candidata a Mujer Lunar, Sora sonreía a uno de los jóvenes que se habían arrodillado frente a su madre. Mari estiró el cuello y vio que otro chico, al que reconoció como Jaxom, lanzaba miraditas subrepticias a Sora, con un calor en la mirada que parecía tener poco que ver con las Fiebres Nocturnas.

Mari sintió una punzada de celos. ¡A Sora le resultaba tan fácil! Era valiente y segura y hermosa. *¿Cómo sería estar en su piel, aunque solo fuera durante un día, durante una hora? ¿Cómo sería que un joven la mirara con tanta pasión y deseo? Sería maravilloso*, pensó Mari. *Ni siquiera alcanzo a imaginar lo maravilloso que sería.*

Y entonces, en medio del silencio del clan, su madre, su mágica y amorosa madre Mujer Lunar, empezó a hablar con voz dulce, fuerte y segura, y el clan de los tejedores al completo alzó sus rostros para mirar a Leda:

Yo declaro ser tu Mujer Lunar,
a tus pies pongo mis poderes, sin nada que ocultar.
Tierra Madre, guíame con tu mágica visión,
otórgame el poder de la luna llena para cumplir mi misión.
Ven, luz plateada, derrámate sobre mí,
para que quienes están a mi cuidado puedan purificarse en ti.

Mientras Leda pronunciaba la invocación, su cuerpo comenzó a brillar. No con el enfermizo brillo grisáceo de las Fiebres Nocturnas, sino con la sublime luz plateada del puro y glacial poder de la luna. Mari había visto a su madre invocar a la luna muchas más veces de las que podía contar, pero la imagen no dejaba de impresionarla. Y, aunque la Tierra Madre de Leda no le había susurrado nunca, jamás, ni una sola palabra a Mari, ella imaginó que, si la diosa realmente tuviera que surgir de la Tierra, tendría exactamente el mismo aspecto que su madre.

Canaliza, poderosa luna, a través de mi ser
el don de la diosa que es mi destino y mi haber.

Leda pronunció las últimas palabras que atraían del cielo los invisibles haces de energía que solo respondían a la llamada de la Mujer Lunar. Después, empezó a caminar de hombre en hombre y a tocar cada una de las cabezas alzadas hacia ella. Mari pensó que Leda era un pincel vivo, que cada uno de sus trazos dibujaba con luz de luna y magia el cuadro del clan y hacía a cada hombre resplandecer con un destello plateado durante un segundo. Incluso desde donde Mari estaba sentada se alcanzaba a escuchar los suspiros de alivio de los hombres del clan a medida que su Mujer Lunar purgaba el dolor y el delirio de las Fiebres Nocturnas fuera de sus cuerpos.

A su lado, Mari notó el temblor que recorrió el menudo cuerpo de Jenna, recordándole el papel que debía representar en público. Mari se tomó lo que le quedaba de infusión y se abrazó a sí misma con más fuerza, fingiendo un dolor que nunca había sentido.

—No pasa nada, Mari. Casi ha terminado con los hombres —dijo Jenna.

Mari abrió la boca para murmurar algo y distraer a Jenna, pero la visión de Sora moviéndose junto a Leda, sonriendo provocadoramente a cada uno de los hombres del clan recién purificados antes de que estos volvieran a ocupar los puestos de guardia que rodeaban la Asamblea, le hizo rechinar los dientes de rabia.

Jenna siguió la mirada de su amiga y resopló con delicadeza:

—¡Qué atrevida es! Me sorprende que Leda no la reprenda.

Mari no dijo nada. Tenía miedo de saber por qué su madre no frenaba el atrevimiento de Sora. *El clan necesita que su Mujer Lunar nombre a una heredera y la elija como su aprendiz oficial. Y esa aprendiz no puede tener una piel mutante que resplandezca a la luz del sol. Sí, Sora era arrogante y enervante, pero también era muy popular en el clan y era evidente que estaba decidida a suceder a Leda como Mujer Lunar.*

Leda se detuvo ante ellas, sonriendo amorosamente a Jenna y Mari. Imitando al resto del clan, Jenna levantó la cabeza y Leda le impuso las manos sobre la corona lunar tan delicadamente tejida. Sus palabras iban dirigidas al clan, pero sus ojos se cruzaron con los de su hija.

—Yo te purifico de toda tristeza y te infundo el amor de nuestra Gran Tierra Madre.

Imitando al resto del clan, Mari murmuró:

—Gracias, Mujer Lunar.

Mari intercambió una sonrisa secreta con su madre. Leda acarició la cabeza de su hija, se inclinó velozmente y la besó en la frente antes de avanzar hacia el siguiente grupo de mujeres expectantes.

Mari quiso acompañar a su madre, demostrarle al clan que no era una muchacha enfermiza, que podía ayudar a la Mujer Lunar y que, tal vez algún día, ella misma podría ser su Mujer Lunar.

—Será mejor que te quedes sentada. No querrás que vuelva a dolerte el estómago, ¿no?

Mari alzó la vista hasta que sus ojos se encontraron con los de Sora. No había nada ofensivo en lo que la muchacha había dicho, pero Mari percibió la burla escondida tras aquella fachada amable. Quiso levantarse y gritar que no le dolía el estómago. ¡Lo único que pasaba es que ella era distinta! Pero Mari no podía hacerlo, no podía decir nada sin poner en peligro su seguridad y, lo que era aún más importante, la de su madre. Así que lo único que Mari respondió fue:

—Será mejor que te des prisa y alcances a mi madre. No querrás que el resto de las muchachas de ojos grises te arrebaten el puesto.

El ceño fruncido afeó la lisa frente de Sora antes de que le diera la espalda a Mari y echara a correr tras Leda.

—No es muy simpática —comentó Jenna.

—Los hombres del clan no opinan lo mismo —bromeó Mari.

Jenna se llevó la mano a la boca, reprimiendo una risita. Mari sonrió a su amiga y empezó a acercarse más para comentar lo ridícula que estaba Sora con las plumillas de la corona lunar, cuando notó la mirada de su madre sobre ellas. Las dos intercambiaron una mirada sobre las cabezas del resto del clan y Leda pronunció en silencio una única palabra: «Bondad».

Mari le dedicó a su madre una breve y arrepentida sonrisa. Mientras Leda pasaba de las jóvenes y los niños a las madres y las ancianas, Mari suspiró. Su madre tenía razón, como siempre. La Mujer Lunar era la matriarca del clan, y también era la curandera, la consejera, la líder y la madre de todos. Leda no solo se comportaba con bondad: era realmente bondadosa.

Pero ¿lo era Mari? No lo sabía. Se esforzaba mucho para hacer que su madre estuviera orgullosa de ella. Intentaba hacer lo correcto, pero daba igual lo mucho que se esmerara: siempre sentía que sus esfuerzos eran insuficientes. O quizá «insuficiente» no fuera la palabra correcta. Tal vez era tan distinta a todos los miembros del clan, incluso a su madre, que nunca había llegado a sentirse parte de él. Mari observó a Leda con un anhelo agridulce. Ojalá pudiera sentirse tan cómoda consigo misma como se sentían su madre y Sora y el resto del clan.

Aunque el sol ya había abandonado el cielo, Mari se cercioró con gesto automático de que las mangas de la túnica le cubrían los brazos. Se percató de lo que estaba haciendo y se obligó a mantener quietas sus inquietas manos mientras la tristeza se apoderaba de ella y le hacía sentir una repentina falta de aliento.

¿Qué estoy haciendo aquí? No encajo, y lo único que consigo es que mamá parezca débil e indecisa. No debería haber venido.

—¿Mari? ¿Estás bien? —le preguntó Jenna. Mari se dio cuenta de que la chica había estado parloteando sin parar sobre cómo había ayudado a las mujeres de las madrigueras cercanas a preparar la Asamblea para la celebración de aquella noche.

—Lo siento, Jenna. Es que sigo sin encontrarme bien. Voy a volver a la madriguera antes de que oscurezca del todo. ¿Podrías decirle a mi madre que estaba fatigada a causa de los dolores de estómago y que me he marchado a descansar?

—¡Claro! Oye, he encontrado una mata de iris morados florecidos. ¿No decías que con ellos se hace muy buen tinte?

—Sí, es verdad —respondió Mari.

—¿Quieres que vayamos a recogerlos mañana?

Mari hubiera querido decir que sí. Hubiera querido reír y hablar y cotillear con su amiga y no tener que estar constantemente alerta, preocupada por lo que pudiera revelar la luz del sol.

Pero no tenía más remedio que estar preocupada. No podía predecir, ni controlar, si su piel comenzaría a brillar a la luz del sol, pero que lo hiciera era mucho más frecuente que lo contrario. Y los últimos días el sol había lucido demasiado fuerte y claro como para arriesgarse a desencadenar un desastre.

—No sé si mañana me encontraré bien, Jenna. Pero me gustaría, de verdad que me gustaría.

—Oye, Mari, no te preocupes. No pasa nada. Estaré aquí a mediodía. Si te encuentras mejor, nos vemos aquí, ¿te parece?

Mari asintió.

—Lo intentaré. —Abrazó a Jenna y rezó en silencio para que él día siguiente estuviera nublado. Después añadió—: Jenna, gracias por ser mi amiga, aunque no pasemos tanto tiempo juntas como me gustaría.

Jenna le devolvió el abrazo con fuerza antes de apartarse y sonreír con picardía:

—No se trata del tiempo que pasemos juntas, sino de lo mucho que nos divertimos cuando lo hacemos. ¡Y nos divertimos muchísimo! Somos del mismo clan, Mari. Y eso es lo que realmente importa. Yo siempre seré tu amiga.

Mari sonrió entre las lágrimas.

—De verdad que intentaré venir mañana —respondió.

Antes de escabullirse a toda prisa, le dedicó una rápida mirada a Leda. Rodeada de caminantes terrenos, su mágica madre bañaba al clan con el sanador poder de la luna, sin darse cuenta de que su hija se había adentrado silenciosamente en el bosque cada vez más oscuro, sola de nuevo.

3

En la lejanía del noreste, justo detrás de la frontera de las ruinas de la ciudad, Ojo Muerto tomó una decisión que alteraría el tejido del mundo. Últimamente, la inquietud que había caracterizado toda su vida había aumentado hasta niveles insoportables. Y sabía por qué. Le asqueaba profundamente fingir que su diosa, la Segadora del Pueblo, estaba viva. Ojo Muerto supo que la diosa estaba muerta desde el mismo día en que su custodia le presentó ante ella.

El día de la presentación estaba tan emocionado como el resto de las crías que habían sobrevivido los dieciséis inviernos necesarios para ser considerados parte del pueblo. Ojo Muerto ayunó y rezó y ofreció un sacrificio vivo. Desnudo, él y las demás crías entraron en su templo, en el centro de la ciudad, y ascendieron por la escalera que llevaba hasta la cámara de las sibilas.

La cámara estaba impregnada del dulzón humo acre de la madera de cedro. Los huesos de los Otros sacrificados por el pueblo estaban apilados contra las paredes de la enorme estancia, formando intrincadas decoraciones cuya función era mostrar el regocijo del pueblo por el botín de su diosa. Entre los recipientes metálicos, llenos de madera aromática, siempre encendida, había camastros dispersos, ocultos por cortinas de enredaderas que crecían en las grietas del techo del templo.

Además de las ancianas que habían decidido terminar sus días al servicio de la Segadora, entre las sibilas había mujeres jóvenes. Ojo Muerto recordaba que en el día en que fue presentado a la diosa, en muchos de los camastros había jóvenes sibilas cuyos cuerpos aceptaban vigorosamente el tributo que hombres jóvenes y viriles hacían a la Segadora.

—Será mejor que te concentres en la diosa. Si ella acepta tu sacrificio y responde a tu pregunta, tendrás tiempo para el placer después —le recordó su custodia a Ojo Muerto cuando se dio cuenta de que una de las parejas más ruidosas distraía su atención durante demasiado tiempo.

—Sí, custodia —contestó, reparando instantáneamente en su mirada y reconduciendo sus pensamientos internos.

Incluso entonces —a pesar de que Ojo Muerto había vivido apenas dieciséis inviernos—, estaba convencido de que la diosa tenía un plan para él. Lo creía firmemente. Lo sabía. Jamás lo había dudado. Sí, el pueblo sufría. No, Ojo Muerto no entendía por qué. No entendía por qué la Segadora, la hermosa y feroz diosa del pueblo, permitía que la muerte y la enfermedad se extendieran entre ellos. No entendía por qué les pedía desollar vivos a los Otros para que el pueblo pudiera curar su propia piel mudada y absorber su poder, ni por qué, aun así, el pueblo seguía enfermando, mudando la piel y muriendo.

Pero Ojo Muerto pretendía descubrir el porqué ese mismo día.

La diosa aceptaría su sacrificio, y ella le respondería, y Ojo Muerto quedaría eternamente a su servicio.

Un joven pasó corriendo a su lado, sosteniendo una pequeña criatura destripada contra su pecho desnudo mientras lloraba desconsoladamente.

—¡Su sacrificio no ha sido aceptado! ¡La diosa no está satisfecha! —La aguda, aflautada voz de la sibila superiora se escuchó desde el balcón.

Ojo Muerto dio un respingo al darse cuenta de que era el único joven que quedaba en la cámara. Sus ojos volaron hacia el balcón mientras acunaba contra sí a su sacrificio y rezaba para que su instinto hubiera sido buen consejero, que hubiera elegido sabiamente después de pasar días cazando y liberando todas las presas hasta atrapar a la pura paloma blanca que ahora albergaba entre sus manos.

—Custodia, ¡presente al siguiente joven! —La sibila superiora entró en la cámara y se quedó de pie frente a la enorme abertura sin cristales que separaba la estancia del balcón en el que se erigía la gigantesca estatua de la Segadora y desde cuyas alturas observaba su templo e instaba a su pueblo a acudir a ella.

—Presento a Ojo Muerto —dijo su custodia. Después se apartó y dejó que él recorriera el resto de la cámara en soledad.

Cuando llegó ante la sibila superiora, ella le dio la espalda y los dos caminaron juntos hasta el balcón sagrado.

Aunque ahora sabía que la estatua no era más que metal inerte, y la diosa una cáscara vacía, Ojo Muerto nunca olvidaría la primera vez que se acercó a la Segadora. Como siempre, los recipientes metálicos dispuestos en forma semicircular alrededor de ella refulgían con fuego, la iluminaban, la calentaban. Ojo Muerto alzó la vista hacia ella y se empapó de la magnificencia de su presencia.

Ella era todo lo que un dios debería ser: fuerte, terrorífica, hermosa. Su piel inmortal era de un metal que resplandecía seductoramente a la luz del fuego. Tenía la altura de diez hombres y superaba en esplendor a cualquier mujer frente a la que Ojo Muerto hubiera estado nunca. Se arrodillaba sobre la entrada a su templo. Tenía una mano extendida hacia abajo mientras llamaba a su pueblo ante ella. Con la otra mano sostenía el tridente —la mortífera cuchilla de tres puntas con la que ella había obsequiado a su pueblo tras la Era del Fuego.

—¿Qué sacrificio le traes a tu diosa? —le preguntó la sibila.

Tal como había ensayado, Ojo Muerto respondió:

—Le ofrezco el espíritu de esta criatura a nuestra diosa, la Segadora, y su cuerpo a los siervos elegidos por ella, sus sibilas. —Ojo Muerto ofreció la pura paloma blanca a la anciana con actitud ceremonial mientras hacía una profunda reverencia.

—Sí, esto servirá. Acércate al foso. —La sibila superiora le hizo un gesto a Ojo Muerto para que la siguiera hasta el foso metálico de mayor tamaño. Quedaba justo enfrente de la diosa. Otras sibilas, todas ancianas, merodeaban a su alrededor con avidez, relamiéndose los labios y susurrando entre ellas.

Ojo Muerto se estremeció al recordar el olor rancio que emanaba de sus cuerpos y sus ojos legañosos e impacientes.

La anciana elevó el tridente ceremonial y abrió el vientre del frenético pájaro en canal, desde la cloaca hasta la barbilla, de modo tal que parecía que una hermosa flor escarlata hubiera florecido dentro de su cuerpo. La sangre brotó tan alta, con tanta potencia, que unas cuantas gotas llegaron a tocar la piel de la estatua.

—¡Ah! ¡Esto es una señal de la complacencia de la diosa con este joven! —graznó la anciana, sosteniendo en alto el pájaro sangrante y espasmódico—. ¿Qué función cumplirás en el pueblo?

—Llevaré su marca, seré un cosechador —dijo Ojo Muerto. Recordaba con orgullo que la voz no se le había quebrado y que se había erguido orgulloso, todo lo largo que era, frente a las ancianas y la estatua que los empequeñecía a todos.

—¡Así sea! —la sibila asintió en dirección a las demás mujeres, que dieron un paso adelante y agarraron a Ojo Muerto de los brazos. Haciendo gala de una fuerza asombrosa, lo levantaron del suelo y lo sujetaron contra el suelo del balcón, con los brazos extendidos. Entonces, la anciana sacó otro pequeño tridente del foso donde ardía el fuego del dios. El mortífero metal de su hoja de triple filo resplandecía como la sangre fresca. La sibila alzó el arma con ademán ostentoso, pidiéndole a la diosa su bendición, y se arrodilló junto a él—. Del más intenso dolor brota la más profunda sabiduría. Al haber sido aceptado al servicio de la Segadora, puedes formularle una pregunta, y la diosa contestará. —A continuación, presionó la hoja incandescente contra la piel del antebrazo de Ojo Muerto.

No se movió. No gritó. Observó con entusiasmo el rostro de la diosa y le formuló su pregunta.

¿Qué debo hacer para conseguir que el pueblo vuelva a ser fuerte?

Los dedos de Ojo Muerto palparon la protuberancia de la cicatriz con forma de tridente. Volvió a acariciarla mientras lo que sucedió a continuación se proyectaba en sus recuerdos.

Nada.

La diosa no habló.

Ojo Muerto se quedó allí, tendido, ignorando el dolor lacerante de su brazo, esperando que la poderosa voz de la diosa retumbara en su mente.

—¡Ella ha contestado a Ojo Muerto! —gritó de repente la anciana mientras se levantaba, sosteniendo el tridente cubierto con su sangre y su piel calcinada—. ¡Ella le ha aceptado!

—¡La he escuchado hablar! ¡Ella le acepta! —gritó otra de las ancianas.

—¡Ha hablado! ¡Le ha aceptado! —gritó otra.

—¡Contemplad! —gritó la sibila superiora, aún blandiendo el tridente humeante—. ¡Ya no es un joven! ¡Es Ojo Muerto, uno de los cosechadores de la diosa!

Las mujeres intentaron ayudar a Ojo Muerto a incorporarse, pero él se sacudió de encima sus manos huesudas. Con un levísimo balanceo se plantó frente a la diosa, alzó la vista hacia su rostro y buscó algún signo, el que fuera, de que ella le había hablado.

Lo único que vio fue una estatua inerte rodeada de ancianas moribundas.

Miró a la sibila superiora, y le preguntó:

—¿La diosa te ha hablado?

—Me ha hablado a mí, al igual que al resto de las sibilas y a ti. A veces es difícil escucharla si no posees los oídos de una sibila —dijo la anciana—. ¿No has oído nada, joven cosechador?

—Nada —respondió Ojo Muerto.

—No temas. Ella siempre habla por boca de sus sibilas, y nosotras siempre estaremos aquí para guiar al pueblo y hacer que actúe de acuerdo a sus designios.

Ojo Muerto paseó la mirada desde la sibila superiora hasta el resto de las ancianas, que se habían hecho con palillos afilados y pinchaban el cadáver de la paloma para sacar entrañas humeantes y sorberlas con sus bocas ávidas mientras reían y se susurraban mutuamente al oído.

Entonces, alzó los ojos una vez más en dirección a la diosa, observando realmente la estatua por primera vez. Y ese fue el momento en que sucedió. Entrelazó la mirada metálica de la diosa con la suya y, con toda la fuerza de su mente, gritó a la Segadora.

Si estuvieras viva, no tolerarías a estas viles ancianas. Si estuvieras viva, harías que nuestro pueblo volviera a ser fuerte. La Segadora no existe. La diosa no existe. Estás muerta.

Ojo Muerto recordó cómo se había quedado de pie frente a ella, cómo había deseado estar equivocado, aunque eso supusiera que la diosa eligiera ese preciso momento para fulminarlo por sus blasfemias.

Pero ella no lo hizo.

Ojo Muerto le dio la espalda a la estatua, arrancando gritos de asombro y furia a las sibilas que no estaban demasiado ocupadas chuperreteando los huesos del sacrificio o proporcionando placer a los hombres como para darse cuenta. Las ignoró a todas y salió dando grandes zancadas del balcón para entrar en la cámara, y luego en el templo, a tiempo que se prometía que solo volvería a pisar ese lugar cuando tuviera una respuesta. Y, como su diosa estaba muerta, estaba decidido a encontrar la respuesta por sí mismo.

Y esa era la razón por la que Ojo Muerto se encontraba allí, cinco inviernos más tarde, entrando en el bosque que pertenecía a los Otros.

Aquel antiguo bosque de pinos lo atraía como la luna atrae a las mareas. A diferencia del resto del pueblo, Ojo Muerto sentía desde siempre fascinación por el bosque. Desde que descubrió que su diosa estaba muerta, había empezado a creer que el bosque debía albergar algo más que enemigos y muerte: era posible que también albergara respuestas.

Sin embargo, era difícil permanecer solo ahí fuera. No había delgados muros de vidrio y metal, ni laberínticas pasarelas entre edificios que ocultaban tantos santuarios como vías de escape. Allí solo estaban el cielo implacable, el bosque y los Otros.

Ojo Muerto se acarició la protuberante cicatriz con forma de tridente en el antebrazo. El movimiento atrajo su atención hacia su piel. Pequeñas grietas habían empezado a agruparse en torno a los surcos de sus muñecas y sus codos, haciendo que el dolor se irradiara hacia las articulaciones. Un letargo aterradoramente familiar había empezado a apoderarse de sus músculos. Apretó los dientes para luchar contra su seductora atracción.

—No sucumbiré. —Ojo Muerto se obligó a formar las palabras entre los dientes cerrados—. Mi vida será algo más que este ciclo infinito de enfermedad y muerte. Los Otros no se acercan a la ciudad, así que seré yo quien entre en el bosque. Debe de haber un modo. Y, como la diosa está muerta, debo crear yo mismo las respuestas. Encontraré mi propia señal, mi propio sacrificio. —Ojo Muerto se puso de rodillas y agachó la cabeza—. Sí, habrá una señal y, cuando la encuentre, podré dar la noticia al pueblo.

A su alrededor, el bosque estaba en completo silencio. De pronto, con una majestuosidad que solo quedaba eclipsada por la de la imagen de la diosa que ejercía su influencia en el corazón de la ciudad, un venado salió de entre la maleza justo frente a él.

Sin dudarlo, Ojo Muerto se abalanzó sobre el animal y lo atrapó cuando este retrocedió de un salto para intentar huir de él. Ojo Muerto rodeó el cuello del venado con los brazos y clavó los talones en el húmedo abono del sotobosque. La criatura intentó retroceder y cocear a Ojo Muerto con sus pezuñas, pero él se aferró a sus astas y, con toda la fuerza de sus robustos brazos, empezó a retorcerle la cabeza al venado, tirando de ella cada vez más hacia atrás, hasta que la criatura perdió el equilibrio, cayó de lado con gran estruendo y quedó finalmente tumbada, temblorosa y tratando de recuperar el aliento.

Ojo Muerto se puso rápidamente manos a la obra. Hincó la rodilla en el punto exacto donde se unían la cabeza y el cuello del venado, y lo inmovilizó contra el suelo. Luego, sacó la daga de tres puntas de la vaina de su cinturón y la alzó, preparándose para hundirla en el punto exacto de la columna que dejaría al animal paralizado. Sin embargo, antes de que Ojo Muerto pudiera clavar la hoja, el ojo oscuro del venado se clavó en el suyo. Ojo Muerto vio su propio reflejo en él, con la misma nitidez que si estuviera mirándose en un espejo. Con una mano sostenía el tridente en alto. La otra la había tendido hacia el suelo, en un gesto que daba la sensación de estar intentando atraer al venado hacia sí. En ese reflejo Ojo Muerto no se vio a sí mismo, sino la imagen de ella, de la Segadora, de la diosa muerta.

La fuerza de la revelación le recorrió el cuerpo con una oleada cálida, apetitosa y excitante.

La señal estaba clara. ¡Ojo Muerto se había convertido en el dios! Y sabía bien qué tenía que hacer.

—¡Soy un cosechador! No mataré. Aplacaré, pero no mataré. Cosecharé, pero no sacrificaré. Así es como conseguiré que el pueblo recupere su fuerza. Entonces la cosecha podrá extenderse más allá de los límites de la ciudad (del pueblo) al mundo entero.

Envainó el cuchillo y sacó un cabo de cuerda de la bolsa de viaje que llevaba al hombro. Ató las patas traseras y delanteras del venado juntas, a la altura de los tobillos del animal. Cuando vio que ya no sería capaz de liberarse, Ojo Muerto usó otra cuerda para enrollarla alrededor de su cuello y después la enlazó alrededor de la rama baja de un pino joven, colgando a la criatura de tal modo que estuviera más interesada en esforzarse por respirar que por escapar.

Fue entonces cuando Ojo Muerto volvió a desenvainar su tridente para despellejar. Pero, en lugar de blandirlo contra el venado, apoyó la triple hoja contra su brazo y la deslizó entre las grietas de su piel hasta que estas vertieron un fluido rosado. Solo entonces empezó a separar la piel de la carne del venado, aún vivo.

Ojo Muerto trabajaba con rapidez y eficiencia. Aceptó los gritos del venado, bebiéndolos como si fueran agua y él un hombre muriendo de sed. Apreció cada centímetro de la piel del venado, ungiendo las heridas abiertas del animal con sus propias lágrimas antes de aplicar cada tira de cuero sanguinolento sobre su piel agrietada. Aunque al tacto la piel del venado estaba caliente y viva, contra sus heridas resultaba fresca y aliviaba el dolor y la inflamación casi instantáneamente.

El venado acudió al lugar sagrado que señalaba la frontera entre los vivos y los muertos mucho antes de lo que Ojo Muerto había previsto, pero la señal no dejaba lugar a dudas. Una tira más de piel, y el animal traspasaría el umbral de la vida para dejarse envolver por el manto de la inevitable muerte. Ojo Muerto agachó la cabeza al tiempo que presionaba su mano ensangrentada contra la marca del tridente en su antebrazo.

—Te doy las gracias, venado mío, por el don de tu vida. La absorbo con gratitud.

Sin embargo, antes de que Ojo Muerto pudiera cortar una última cinta escarlata más del cuero del animal, sus ojos volvieron a clavarse en la mirada reflectante del ciervo. Ojo Muerto se detuvo, hipnotizado por la poderosa imagen que le devolvía de sí mismo, convertido en dios.

Poco a poco, Ojo Muerto empezó a comprender.

¿Qué esperaba de su diosa? Verdadera —ira justiciera— compasión. Y, a través de su reflejo en el ojo del venado, encontró la respuesta.

Soy un cosechador, no un segador. No puedo concederme el golpe de gracia. Debo liberar a mi mensajero para que complete la suerte a la que le he destinado, compartiendo mi vida y mis heridas con él.

Ojo Muerto hizo descender la daga dos veces y cortó la soga que se cernía en torno al cuello y las patas del venado. Entonces, retrocedió un paso y contempló cómo la criatura luchaba por incorporarse. Emitiendo destellos blancos con los ojos y con un reguero de lágrimas escarlata lloviéndole de la piel, la criatura se alejó de allí, tambaleándose.

Ojo Muerto observó cómo se marchaba y se sintió atraído por la lejanía, donde los pinos de azúcar crecían alcanzando alturas mastodónticas, gigantescos centinelas que custodiaban el misterio y la magia que aguardaba más allá de la ciudad muerta, con los Otros.

Ojo Muerto sonrió.

4

La madriguera de Mari quedaba al final de una empinada pendiente, pero ella ya estaba acostumbrada al esfuerzo que había que hacer para llegar hasta la seguridad de su hogar. Cuando llegó al primer matorral de zarzas, Mari se liberó de parte de la constante alerta que ella, o cualquiera que no anhelara la muerte, debía mantener de noche en el bosque. En lugar de evitar los arbustos espinosos, Mari entró en el terreno con decisión y evitó con facilidad los espesos matojos de plantas urticantes. Solo se detuvo cuando llegó a lo que, aparentemente, era un muro de espinas. Se agachó, cogió uno de los dos desgastados bastones que había escondidos bajo las ramas y apartó con él los gruesos troncos de zarzas pegajosas. Una vez que lo hubo atravesado, dejó caer de nuevo su manto protector.

Aquel camino era más lento, aunque seguía siendo empinado. Los pasajes ocultos a través del matorral de zarzas eran ahora laberínticos, pero Mari conocía bien todos sus secretos. El matorral había sido diseñado, plantado y cuidado con esmero por varias generaciones de Mujeres Lunares para ocultar su madriguera.

Todos los caminantes terrenos vivían en las madrigueras que escarbaban en la tierra viva, y por lo general solían elegir lugares ocultos y de difícil acceso para construir sus hogares. Las mujeres tendían a agrupar sus madrigueras. Los hombres, incluso aquellos que estaban emparejados, vivían apartados de las de ellas, ya que las Fiebres Nocturnas hacían que vivir bajo el mismo techo fuera tan difícil como peligroso. Sin embargo, los miembros del clan no se escondían los unos de los otros. Las mujeres, sencillamente, se encargaban de las tareas de la vida cotidiana: criar a los niños, cultivar las cosechas, tejer, aconsejar y legislar. Los hombres cazaban y ejercían de protectores.

En el mundo matriarcal de los clanes, el líder máximo de cada clan era su Mujer Lunar. No solo poseía el poder de purificar al clan de las Fiebres Nocturnas, sino que, además, era su curandera: la leyenda decía, incluso, que la Mujer Lunar del clan tenía bajo su protección al verdadero espíritu del clan y que, si ella prosperaba, también lo haría el clan.

Mientras Mari se abría camino entre el laberinto de zarzas, sintió que el matorral le daba la bienvenida, que la ocultaba y protegía tanto como lo hacía su propia madre. Apartó con delicadeza la última gruesa rama de zarzas y pisó una entrada tapizada de musgo, tras la que se encontraba el alto arco que enmarcaba la gruesa puerta de madera de su madriguera. Tallada en el arco podía distinguirse la hermosa figura de la Tierra Madre. Sus costados estaban pulidos y brillantes a causa de las reverentes caricias de las distintas generaciones de Mujeres Lunares que habían vivido sanas, salvas y felices en el interior de aquella cueva.

—Y esa es la razón por la que está prohibido que nadie, salvo la Mujer Lunar y sus hijas, conozca dónde se encuentra su madriguera —le dijo Mari a la silenciosa talla—: El espíritu del clan debe estar oculto y a salvo si este desea prosperar. —Se acercó a la puerta e, imitando los movimientos de su madre, se llevó los dedos a los labios y acarició con ellos los costados de la Tierra Madre—. Por favor, cuida de mamá y haz que vuelva sana y salva a casa —murmuró.

El interior de la madriguera la recibió con vistas y olores familiares. Mari se quitó la capa de los hombros y fue derecha hacia el cubo del aseo. Sumergió las manos en el agua fresca y se salpicó con ella la cara y los brazos, frotó la arcilla endurecida y el polvo de camuflaje y se desprendió del incómodo disfraz que se veía obligada a llevar a diario. Se secó la cara y los brazos, ignorando la sensación apelmazada del pelo y murmuró para sí.

—Ojalá… —empezó a decir mientras iba hasta su escritorio y se sentaba. Cogió el dibujo de Leda que aún no había terminado, y se dispuso a decirle las desconsideradas palabras que jamás se atrevería a pronunciar frente a su madre—: Mamá, ojalá nunca le hubieras conocido. Ojalá hubieras amado a uno de los hombres del clan. Ojalá pudiera ser como todo el mundo. Así podría realmente estar a tu lado sin ser la causante de que nos destierren, o algo peor.

Mari se reprendió mentalmente.

Esto no me ayuda. Lo único que consigo es ponerme triste. Tengo que animarme antes de que mamá llegue a casa. Ya estará bastante preocupada por mí, y cansada después de purificar al clan. Siempre se preocupa por mí... y el clan siempre la deja exhausta.

Mari acalló la voz de su mente y pronunció en voz alta el pensamiento que nunca lograba apartar de su cabeza cada Tercia Noche, cada noche en que su madre estaba ausente.

—Los odio. Odio a los escarbadores. La usan una y otra vez. Y, algún día, terminarán por agotarla.

Mi niña, no odies a tu clan. Tú custodias mi corazón, pero yo custodio el espíritu del clan. Mi mayor deseo es que, algún día, también lo hagas tú.

La regañina de su madre vagó por su imaginación, y Mari se obligó a sí misma a aligerar sus pensamientos y centrarse en lo único que siempre la alegraba: sus dibujos. Observó el que le había hecho a su madre y lo examinó con sus perspicaces ojos de artista. Sí, la perspectiva de las manos no estaba bien, pero eso siempre era fácil de arreglar. Lo que había conseguido hacer a la perfección era capturar el rostro de su madre. Aunque Leda era la Mujer Lunar, el alma del clan, tenía una apariencia bastante ordinaria y no destacaba de entre el resto de su gente. Tenía la frente ancha, la nariz achatada y los labios finos. En el dibujo de Mari, los delgados labios de su madre se elevaban en una resplandeciente sonrisa que se reflejaba en el único rasgo realmente destacable de su rostro: sus enormes ojos de color gris plateado.

—Eso lo he captado perfectamente.

Automáticamente, Mari se giró hacia el valioso cristal ovalado, del tamaño de su mano, que estaba entre los frascos de tinta, las plumas y los lápices de carbón que poblaban su escritorio. Lo levantó y miró su mágica superficie.

El rostro de la chica recién lavada que le devolvía la mirada no era el de su madre, aunque sí compartía con ella sus enormes ojos de color gris plateado. Mari se tocó el pelo y lo notó compacto por el espeso tinte que su madre le aplicaba todas las semanas para que mantuviera su color oscuro y lodoso, como agua salobre.

—Como los demás escarbadores —dijo Mari, con resignación. Negó con la cabeza y le dijo a su reflejo—: No. No deberías quejarte. Es lo que te mantiene viva. Es lo que les oculta la verdad sobre ti.

Los movimientos de su cabeza hacían que su melena se meciera e, incluso bajo la tenue luz de los reflejos, la portentosa visión nocturna que había heredado de su madre captó un destello de luz solar en el espejo. Con los ojos clavados en la superficie reflectante, Mari sacó un largo mechón rebelde de aquella desastrada maraña mate. Se lo enroscó alrededor del dedo y se deleitó con su suavidad.

—Es del mismo color que la luz del sol. Casi se me había olvidado.

Mari inspeccionó su reflejo más de cerca. Sí, hacía bien en observarse con cuidado. Sus cejas brillaban a la luz de la cueva y su genuino tono rubio ya empezaba a asomar por debajo del tinte oscuro.

—Mamá tenía razón, como siempre. Ya va siendo hora de volver a teñirme —murmuró.

Tampoco es que le importara demasiado. Cuando saliera al día siguiente, si es que salía, en caso de que el cielo estuviera bien cubierto de nubes, Mari se aseguraría de camuflar el dorado natural de sus cejas y su cara con la pasta arcillosa que su madre y ella habían pasado dieciocho años perfeccionando —engrosando sus rasgos y transformándola en algo que no era—, una caminante terrena purasangre.

Mari dibujó con el dedo la línea de su ceño, delicado y despejado, donde el de su madre era grueso, y lo hizo descender primero por sus altos y definidos pómulos y luego por su nariz, pequeña y recta.

—Te veo, padre —le susurró al espejo—. Esta es la única manera que tendré de verte, pero lo hago. Te veo en mí, conozco la historia. Mamá nunca la olvidará. Yo tampoco la olvidaré nunca. ¿Cómo podría? Mis diferencias me recuerdan a ti a diario.

Mari soltó el espejo y empezó a rebuscar entre la pila de lo que su madre creía que eran bocetos sin terminar, bocetos que Mari sabía que Leda no miraría sin su permiso. Casi al final de la pila, encontró lo que buscaba y sacó una larga y delgada hoja de papel del montón.

Era un boceto hecho con la tinta negra que obtenía de las avellanas hervidas. Usó su pluma más afilada para trazar las intrincadas líneas necesarias para que la escena cobrara vida. El dibujo mostraba a un hombre cuyas facciones, excepto los ojos, eran idénticas a las de Mari. Estaba de pie junto a una cascada, sonriéndole a una joven de aspecto corriente que le miraba con adoración a través de los ojos de su madre, sosteniendo en sus brazos a una criatura envuelta en las suaves y frondosas hojas de la Planta Madre. Junto al hombre, dibujada a grandes rasgos, aparecía la silueta de un gran can vigilante.

—Os conocisteis por accidente —dijo Mari en voz baja, recorriendo con el dedo el boceto de su padre—. Ella no debería haber permitido que la vieras, pero lo hizo. No debería haberte amado, pero lo hizo. Me contó que en cuanto te vio la cara por primera vez supo que tenías buen corazón, que tu bondad se reflejaba en ella. —Mari calló un momento y llevó un dedo desde el boceto a su propio rostro—. También dice que te ve en la mía. Pero tenemos que escondernos, tenemos que esconder lo que hubo entre vosotros porque los camaradas y los caminantes terrenos no pueden unirse, no pueden amarse. —Con la mano acarició cuidadosamente el papel, igual que haría si pudiera tocar a ese padre al que nunca conoció. Cogió su pluma favorita, la mojó en tinta y empezó a trazar sobre la piel de su padre los delicados motivos que imaginaba que debían de resplandecer al absorber la luz solar, la luz que otorgaba a los camaradas la habilidad de transformarse y que los llevó a destruir el mundo. La misma habilidad que había originado un nuevo orden mundial.

Eran los mismos delicados motivos que resplandecían bajo la piel de Mari, pero que nunca, jamás, lo harían bajo la piel de Leda, o bajo la de cualquier verdadero caminante terreno.

Mari inclinó la cabeza sobre el papel y dedicó la noche entera a perfeccionar el dibujo mientras pensaba acerca de la historia que su madre le había contado tantas veces, la de cómo ella y aquel hombre que debería haberla capturado para hacerla su esclava, aquel hombre que debería haberle causado repulsión, había terminado en cambio por amarla. La historia de cómo se habían encontrado clandestinamente, de cómo habían descubierto mutuamente la belleza oculta del cuerpo de Leda y la milagrosa bondad del corazón de Galen. De cómo Mari había surgido de ese amor y de cómo Leda había planeado huir con él para fundar juntos su propia tribu en algún lugar lejano, en las profundidades de otro bosque en el que no hubiera ni camaradas ni caminantes terrenos, en el que solo estuvieran Leda y Galen y el bebé al que habían jurado amar con todo su corazón.

—Ah, y tú también. —Mari se detuvo a contemplar su dibujo y tocó el tosco esbozo del can—. Sé que te llamabas Orion, y también conozco tu historia. Pero no sé qué aspecto tenías.

En toda su vida, Mari solo ha visto canes en cuatro ocasiones, y a tanta distancia que solo pudo atisbar sus siluetas, nunca sus rostros.

—«Teme a los canes, huye de los felinos, escóndete bajo tierra para que no te encuentren» —Mari susurró el refrán que todos los caminantes terrenos conocían de memoria—. Pero la historia no termina ahí —meditó mientras acababa de dar sombras al pelaje de Orion.

Leda le había contado que los camaradas se parecían a sus canes: que los líderes pastores eran nobles y valientes, mientras que los terriers cazadores eran listos y sinceros. Y que, cuando elegían a la persona a la que unirían su destino de por vida, era porque esa persona también compartía esos magníficos rasgos.

—Entonces, ¿por qué nos esclavizaron los camaradas y empezaron a tratarnos como si fuéramos animales?

La silenciosa cueva no le ofreció respuesta alguna. Mari suspiró de nuevo, deseando obtener verdaderas respuestas a sus preguntas. Su madre, por supuesto, le había contado que el can de su padre había sido un imponente pastor, y que nunca se había comportado con rabia o maldad. Orion fue todo lo que se esperaba de un animal noble y todo lo que su padre, su camarada, había sido: leal y amoroso, bondadoso y valiente.

—Mi madre dice que tenías el pelaje mucho más espeso que el de un conejo y más suave que el de un cervatillo. Ojalá te hubiera conocido. Ojalá pudiera encontrar una imagen tuya.

Y, como si acabara de salir a la superficie tras una larga inmersión, Mari se sacudió. Su deseo era imposible.

—Te mataron antes de que pudiéramos escapar —dijo Mari—. A ti y a mi padre. —Sus ojos se clavaron en la versión infantil que había dibujado de sí misma, envuelta en las transformadoras hojas de la Planta Madre—. Te descubrieron arrancando hojas de la Planta Madre para mí, y te mataron porque te negaste a traicionarnos y entregarnos a ellos. —Mari cerró los ojos, deseando que por una vez su imaginación no fuera tan vívida, deseando no ser capaz de reproducir mentalmente la escena de la muerte de su padre con tanto detalle. Aunque ya habían pasado dieciocho inviernos desde aquel día terrible, Leda no era capaz de hablar de ello sin echarse a llorar.

Nos siguieron hasta el lugar donde nos reuníamos para intentar atraparnos a las dos, mi niña. Pero tu padre me había advertido que siempre siempre debía permanecer escondida hasta que él me llamara. Ese horrible día debió de darse cuenta de que algo iba mal, porque no me pidió que saliera de mi escondrijo. Y yo me quedé esperando en silencio, contigo, sonriendo, convencida de que estaba poniéndome a prueba, convencida de que tú y yo estábamos a salvo.

Pero no estaba poniéndome a prueba. El guerrero se abalanzó sobre él e intentó obligarle a que nos entregara. Mi Galen, tu noble padre, se negó. Y tanto Orion como él fallecieron a causa de ello.

—No nos entregaste, pero nos dejaste solas y condenadas a esta vida clandestina. —Mari se apartó el pelo sin brillo de la cara—. Sé que no fue culpa tuya. Y mamá ha hecho lo que ha podido. Me ha mantenido a salvo durante todo este tiempo, me ha querido y ha sido mi mejor amiga, me ha ayudado a tener una vida, pero llora tu ausencia todos los días. —Mari sonrió con tristeza al hombre del dibujo, preguntándose por millonésima vez cómo pudieron él o su madre pensar que podrían tener una vida juntos—. En este mundo no es posible —dijo, tanto para sí misma como para el fantasma—. En esta época, no es posible. Sé que lo que estoy a punto de decir no te va a gustar, pero lamento mucho que mamá y tú os conocierais. Mamá se habría enamorado de algún hombre del clan, y yo habría nacido siendo y sintiéndome una caminante terrena normal. Mamá no estaría tan sola. Y yo tampoco.

Mari trabajó un poco más, y al rato dejó la pluma. Estudió el boceto con ojos críticos mientras esperaba a que se secara. ¿Cómo podría enseñarle aquel dibujo a su madre?

Probablemente no podía. La primera vez que intentó dibujar a su padre apenas había conocido nueve inviernos. Orgullosa de la escena que había sido capaz de plasmar, inspirándose en las historias de su madre, compartió el dibujo terminado con ella. Su madre le dijo que había hecho algo increíble, que era casi milagroso cómo había conseguido capturar el aspecto de Galen. Pero también se quedó pálida al verlo, y empezaron a temblarle tanto las manos que Mari tuvo que quitarle el dibujo. Durante muchos días después de aquello, Mari escuchó los sollozos ahogados que se escapaban de la habitación de su madre como sueños a la deriva.

Mari se dio cuenta de que al cabello de Leda le faltaba sombra, y Mari volvió a inclinarse sobre el dibujo, concentrada en hacer cobrar vida a una versión más joven y esperanzada de su madre mientras deseaba no tener que vivir una mentira, vivir con un miedo constante, un miedo que siempre siempre estaba presente.

—Ojalá pudiera encontrar mi propia historia…

Al hallar su respuesta, Ojo Muerto se había convertido en dios. Lo supo por las oleadas de energía que le recorrieron el cuerpo cuando empezó a mudar la piel. No debería haber funcionado. El venado no era uno de los Otros. Absorber la energía de su piel viva no debería haber funcionado. Ni siquiera absorber la piel viva de los Otros había funcionado durante los veintiún inviernos de vida de Ojo Muerto. Daba igual a cuántos Otros atrapara y segara el pueblo, ninguno de sus miembros había conseguido curarse, no del todo, al menos. Siempre, sin excepción, volvían a enfermar durante la siguiente estación. Se les agrietaba la piel, la mudaban, envejecían y morían. Siempre morían.

Pero ya no.

Ojo Muerto estiró sus robustos brazos, flexionó los músculos y rio. Había pedido una señal y el venado se la había dado. Que fueran los ancianos quienes vagaran por la ciudad implorándole a la Segadora que sus pieles duraran más tiempo. Que, cuando todo lo demás fallara, siguieran arrastrando a los Otros a la ciudad para alargar sus penosas vidas.

No. Ojo Muerto no suplicaría nada de eso a una diosa muerta. Si el pueblo quisiera vivir, prosperar, dejaría de adorar a una estatua de metal y presentaría sus respetos al dios que caminaba entre sus iguales. La prueba era tan evidente como la energía que ahora recorría todo su cuerpo.

Primero, tendría que conseguir que el pueblo comprendiera. Ojo Muerto había pasado mucho tiempo pensando en cómo dirigirse a ellos. Aunque deseaba proclamar a los cuatro vientos la verdad que él sabía cierta, era consciente de que el pueblo no estaba preparado para escucharla. No, no estaban preparados aún para recibir a un nuevo dios. Pero sí lo estaban para tener un nuevo Campeón.

Una horda de incompetentes ancianas llevaba décadas hablando en nombre de una diosa muerta. ¿Acaso no sería mucho más fácil que fuera un Campeón quien hablara por él?

Cuando empezó a anochecer, Ojo Muerto emprendió el camino hacia el templo de la Segadora. En un primer momento se alegró de ver a tanta gente reunida alrededor de las hogueras que iluminaban la entrada y las gigantescas baldosas resquebrajadas que pavimentaban el camino hasta el templo. Pero luego se dio cuenta de que la mayoría eran ancianos de piel ajada y ojos vacíos y muertos. Pensó que parecían animales apaleados, esperando a ser sacrificados sin oponer ninguna resistencia.

Dio un paso adelante y a continuación dio media vuelta para quedar de cara al pueblo.

—¿Ninguno va a dirigirse a ella? ¿Os conformáis con morir aquí, a la sombra de su templo? —le preguntó al grupo, con una voz que retumbaba entre las colosales paredes del templo en ruinas que quedaba a sus espaldas.

—Adoramos a la Segadora desde aquí —dijo un hombre de cabello cano, completamente desnudo salvo por unos retales de musgo mugriento que formaban una cataplasma sobre su piel purulenta.

—Hombre Tortuga, ¿ella nos manda sus señales, y tú te conformas con adorarla desde la lejanía? —le espetó Ojo Muerto al anciano.

—Ella envía señales a sus sibilas, y ellas la acompañan —respondió Hombre Tortuga, rascándose una de las llagas del brazo—. Nosotros esperamos aquí, obedeciendo lo que las sibilas nos dicen, aguardando al próximo grupo de los Otros que ella atraiga a la ciudad. Si rezamos y hacemos sacrificios suficientes, los Otros vendrán.

—¡Yo creo que sus señales van mucho más allá! Creo que las sibilas se equivocan. Nuestra Segadora ya está harta de ancianas, y está pidiendo a gritos la llegada de su Campeón.

La multitud estalló en gritos de asombro. Con ademán ostentoso, Ojo Muerto se quitó la capa raída y se presentó ante ellos con el pecho descubierto. Se deleitó en la sorpresa del pueblo cuando ellos vieron su piel mudada y las tiras de cuero de venado que había cortado y aplicado sobre las heridas abiertas de sus brazos y su pecho. Las heridas estaban completamente curadas, y sobre ellas crecía una nueva piel rosácea y sana que cicatrizaba sobre el cuero del venado a medida que su cuerpo absorbía y digería la fuerza vital del animal. Sus brazos flexionados revelaban la energía que le corría por las venas. Con una elegancia que era más propia de un venado que de un humano, saltó hacia un lado del templo y se encaramó a una de las gruesas lianas vivas que se derramaban por el pórtico de la Segadora, y se sirvió de ella para escalar la fachada del templo, cubierta de una sustancia verde y viscosa. Cuando llegó al balcón, saltó la barandilla con facilidad y se arrodilló con gesto automático frente a la colosal estatua.

—Aunque no le agrada tu abrupta irrupción en su balcón, la Segadora da la bienvenida a su cosechador. Preséntale el sacrificio que le ofreces —exigió la sibila superiora con voz aguda y penetrante.

Aún de rodillas, Ojo Muerto sacó el roedor del interior de la bolsa que colgaba de su hombro desnudo. Liberada de los confines de la bolsa, la rolliza criatura empezó a debatirse.

Sin embargo, en lugar de ofrecer el sacrificio a la sibila, como era habitual, Ojo Muerto se incorporó repentinamente y blandió la daga de triple punta que acababa de sacar de la vaina que tenía en la cintura. Mientras la sibila contenía un grito de horror, Ojo Muerto dobló al roedor de tal manera que su cuerpo dibujó una luna creciente y, con un hábil movimiento, degolló al animal. Un cálido chorro de sangre escarlata manó de la herida dibujando un arco y salpicó el rostro de la Segadora.

—¡Está llorando! ¡El sacrificio de Ojo Muerto ha hecho llorar a la diosa!

De las esquinas del balcón en el que se erigía la estatua surgieron sus sibilas, empujándose las unas a las otras para poder mirar más de cerca.

—¿Por qué? ¿Por qué has hecho llorar a la diosa?

—¿Acaso no eres capaz de responder tú misma a esa pregunta? —La voz de Ojo Muerto estaba llena de repulsión—. ¿Acaso no habla a través de ti?

Los ojos de la sibila superiora se convirtieron en dos finas ranuras.

—¿Cómo osas cuestionar a las sibilas de la diosa?

Ojo Muerto se incorporó y lanzó el cuerpo del roedor, aún caliente, a uno de los muchos calderos humeantes. Ignoró a la sibila superiora. El resto de ellas guardaron silencio mientras lo observaban con una mezcla de miedo y horror y algunas introducían palitos en la hoguera para recuperar las entrañas del roedor calcinado y succionarlas con sus bocas ávidas. Eran repugnantes. ¿Qué eran aquellas mujeres, sino ancianas temerosas de piel enferma y ajada que hacía mucho habían dejado atrás sus días fértiles, sus días de cosecha, sus días de vida? Ojo Muerto saltó con ligereza sobre la barandilla del balcón de la Segadora y miró hacia abajo, hacia el pueblo.

El pueblo se apiñaba con una nerviosa excitación alrededor del balcón y repetía el grito de las sibilas.

—¡Está llorando! ¡Está llorando!

Miraban a Ojo Muerto, y sus ojos reflejaban los destellos y las chispas de las hogueras como luciérnagas en un mar de rostros pálidos.

—Llora de alegría porque por fin ha encontrado a su Campeón. —La voz de Ojo Muerto resonó como un clarín que silenció al pueblo—. ¡He rezado pidiendo fuerza! ¡He rezado pidiendo orientación! ¡Y mis súplicas han sido contestadas!

La más anciana de las sibilas se acercó a él, con su rostro amarillento y flácido contraído en una mueca de desaprobación.

—Solo las sibilas pueden determinar cuándo ha hablado la diosa. —Su voz era tan aguda que Ojo Muerto sintió que se le clavaba como una cuchilla—. ¡Ahora, vete! Si la diosa necesita un Campeón, será elegido como se elige todo en el pueblo: ¡a través de la lectura de las entrañas sacrificiales!

—Querrás decir a través de lo que vosotras decretáis. ¿Y qué decretáis vosotras, ancianas, sino las mismas cosas que lleváis diciendo generaciones? ¿Pero acaso benefician vuestras palabras al pueblo? ¿O sois vosotras, la selecta minoría de las sibilas, las únicas que os beneficiáis de ellas? —dijo Ojo Muerto.

—¡Blasfemia! ¡Blasfemia! ¡Blasfemia! —empezaron a corear las sibilas, con sus patéticas voces ancianas.

—¡Así es! ¡Se ha cometido una blasfemia contra la Segadora, pero su Campeón enmendará esta afrenta, que ya dura demasiado! —La voz profunda y poderosa de Ojo Muerto acalló los susurros de las mujeres con la misma facilidad con la que el tridente penetraba en la carne viva—. ¡Miradme! ¡Mirad mi piel! Yo no me he quedado sentado, esperando a que los Otros se acerquen lo suficiente a la ciudad como para capturarlos. He cosechado un venado y nuestra diosa me ha recompensado. He absorbido su fuerza. ¡Ahora el venado forma parte de mí, al igual que yo formo parte del venado! —Extendió los brazos bien abiertos para que las sibilas lo vieran—. ¡Desnudaos y demostrad que nuestra Segadora os favorece de igual manera a vosotras!

La anciana hizo un gesto de desprecio con sus largos y esqueléticos dedos.

—Yo soy una sibila de la diosa. Tú no eres más que un simple cosechador. No tengo nada que demostrarte.

—¿Acaso no me has oído? ¡Yo soy su Campeón! —Sin titubear, Ojo Muerto se abalanzó sobre ella. Levantando a la sibila por la cintura escuálida, la lanzó por los aires y la empaló en la lanza de tres puntas que la estatua sostenía sobre ellos. Mientras la anciana chillaba y se retorcía en la agonía de sus estertores de muerte, Ojo Muerto cercó al resto de sibilas. Aterrorizadas, intentaron huir de él, pero Ojo Muerto las atrapó con facilidad y las arrojó desde el balcón al suelo de baldosas quebradas que había a sus pies.

Henchido de poder divino, Ojo Muerto saltó de nuevo sobre la barandilla, alzándose esta vez en la curva del brazo receptor de la Segadora, como si ella lo estuviera abrazando.

—¿Alguien osa impugnar mi derecho a ser Campeón?

Disperso alrededor de los cuerpos rotos y sanguinolentos de las agonizantes sibilas, el pueblo se arrodilló. Ojo Muerto memorizó cada cara, fijándose bien en quiénes le rendían pleitesía y quiénes desaparecían en las sombras de la ciudad inmersa en la oscuridad. Le complació ver que los miembros más jóvenes del pueblo se quedaban. También le complació ver que Hombre Tortuga y el resto de los ancianos estaban ausentes.

Bien. Los débiles y los moribundos no le eran de ninguna utilidad.

—¡No lo impugnamos! —dijo primero una voz, y luego otra, y otra más—. ¡No lo impugnamos! ¡No lo impugnamos! —empezó a corear el pueblo.

Ojo Muerto se dejó bañar por su adoración y sonrió beatíficamente mientras en su mente daban vueltas las infinitas posibilidades que albergaba el futuro.

5

Muy por encima del sotobosque, la hembra se desperezó. Se apartó del último miembro de su camada, del único cachorro que aún debía elegir un camarada. Le olisqueó y aspiró el familiar y reconfortante aroma de su nido de cachorros, de su madre y de la carne cruda del conejo del que acababan de alimentarse. El macho, más grande, bostezó y rodó ligeramente hacia ella antes de llevarse la pata a la nariz y dejarse mecer otra vez por el sueño. Durante un segundo, la hembra estuvo tentada de dejar que el sueño volviera a apoderarse de ella también, pero la Llamada volvió a recorrerle todo el cuerpo, esta vez con mayor insistencia.

No debía dormir. La cachorra debía encontrar a quien en adelante sería su compañero, su vida, su camarada.

La puerta del nido les protegía del frío que surgía de las alargadas sombras. Se sentó frente a ella y ladró dos veces, dos potentes ráfagas de sonido muy distintas de los chillones ladridos de cachorro que habían sido la norma hasta aquella tarde. Desde algún lugar cálido al otro lado de la abertura, el hombre, adormilado, se despertó inmediatamente, igual que el gran pastor que estaba tendido a su lado.

—¡Por fin! —La voz del guardián sonó alegre, mientras daba unos rápidos golpecitos en la cabeza canina y desataba y levantaba la cortina de cuero que hacía las veces de puerta del nido de cría. La expresión del hombre traducía perfectamente la emoción de la hembra. Sus miradas se cruzaron, y el cuerpo de la cachorrita tembló mientras esperaba con impaciencia. Entonces, el hombre sonrió y le dio la orden más importante que había recibido en su corta vida:

—¡Busca!

Sin titubear, la hembra salió del nido de un salto, aterrizó en la estrecha pasarela que había en el exterior y empezó a correr. El guardián, seguido de cerca por su can, gritó a los humanos que había frente a ellos:

—¡La hembra ha empezado la elección! ¡Ha llegado la hora!

La tribu solía debatir a menudo sobre qué era lo que impulsaba a un cachorro a buscar a su camarada. ¿Tendría que ver con el aspecto concreto de una persona? ¿Con algún matiz único de su olor? ¿O era una mágica combinación de suerte mezclada con el destino? Si la tribu hubiera podido compartir con el cachorro los instantes previos a la elección, se habría sorprendido al descubrir que ninguna de sus elucubraciones era correcta.

—¡Despejad la pasarela! ¡Despejad la pasarela! ¡La hembra está eligiendo!

El guardián hizo bocina con ambas manos y gritó, advirtiendo a la gente que se dirigía lentamente hacia sus nidos, más pendiente de la belleza del sol poniente y de los aromas de los guisos que se cocinaban a fuego lento que de la cachorra, que corría rápida y silenciosamente por entre las entradas a las viviendas con un único objetivo en mente.

—¡Es la hembra! ¡Está eligiendo! —El grito fue extendiéndose y toda la tribu empezó a salir de los cálidos nidos y a observar con entusiasmo a la cachorrita, cuya carrera iba tornándose cada vez más frenética.

—¡Encended las linternas! ¡No queremos que se caiga de las pasarelas antes de que haya hecho su elección! —retumbó una voz. Las antorchas empezaron a florecer a medida que la luz del sol se desvanecía y las sombras se alargaban más y más.

Mientras la joven pastora corría por el intrincado sistema de pasarelas que unía aquellas viviendas con forma de nido, la tribu empezó a seguirla. Sonrisas cómplices asomaban en los rostros de aquellos que iban acompañados por sus propios canes y esperanzadas y ávidas miradas de expectación lo hacían en los de aquellos que vivían sin camarada, que eran la mayoría.

En pocos segundos, a la búsqueda de la hembra se unió una música. Tan tenue que, al principio, solo podía escucharse el profundo y rítmico sonido de los tambores, que parecían avivar el traqueteo de sus patas sobre los tablones de las pasarelas. Poco después, a los tambores se unió el sonido de la flauta y de los instrumentos de cuerda y, por último, la cristalina belleza de las voces femeninas, que se elevaban juntas en perfecta armonía.

Verde creces, verdes crecemos.
Crecemos, crecemos.
Secretos que tú sabes, secretos que sabemos.
Sabemos, sabemos.

Envuelta en los dulces compases de la música más sagrada de la tribu, la cachorra llegó a una zona de pasarelas conectada por un puente levadizo y se sentó, brincando con impaciencia sobre sus patas delanteras y ladrando una y otra vez, como si pretendiera que la canción y los encargados de tender el puente se dieran prisa.

—¡Ni siquiera quiere esperar al ascensor! —gritó el guardián mientras intentaba, sin éxito, cogerla del pellejo antes de que ella se impulsara para saltar a la otra mitad del puente, aún a medio tender.

La tribu dejó escapar un suspiro de alivio cuando, en lugar de caer en picado a una muerte segura, al sotobosque que había más de quince metros más abajo, las patas de la cachorra se aferraron al extremo opuesto del puente y ella aterrizó tambaleándose sobre la ancha y robusta plataforma.

La música y los cantos se silenciaron. Una docena de mujeres de diferentes edades había estado cuidando amorosamente a las Plantas Madre, cantándolas, podándolas, venerándolas. Cuando la joven pastora hizo su escandalosa entrada, acompañada por la expectante comitiva conformada por los hombres y mujeres de la tribu que la seguían, once de las doce cantantes se volvieron para dar la bienvenida a la cachorra. Las mujeres que estaban acompañadas por canes se los quedaron mirando con una sonrisa y los ojos llenos de ternura y automáticamente tendieron la mano para acariciar el pelaje de sus respectivos camaradas. Cuatro de las mujeres no tenían canes. Eran jóvenes, apenas habían conocido dieciocho inviernos. Se quedaron mirando a la cachorra, con la expectación y el deseo reflejados en sus atónitas expresiones.

La cachorra ignoró a las emocionadas jóvenes, y avanzó inexorablemente hacia la única mujer que no la estaba mirando.

A medida que la cachorra iba acercándose a la mujer, su frenética energía fue apaciguándose. La hembra se tranquilizó y empezó a moverse con una madurez muy superior a sus escasos cinco meses y medio de vida. La mujer en la que la cachorra tenía puesta toda su atención estaba sentada, con las piernas cruzadas, frente a una enorme Planta Madre que parecía a punto de abrirse. La mujer tenía la cabeza gacha. La cachorra alzó el hocico y rozó la nuca de la mujer, justo en el punto en el que su espesa mata de cabello, rubio salvo por unos cuantos mechones grises, quedaba recogida en un nudo arreglado, aunque algo suelto.

Al notar el roce de la nariz de la cachorra, los hombros de la mujer empezaron a estremecerse al tiempo que hundía el rostro en sus manos.

—Yo… Yo no creo que pueda soportarlo. Otra vez no. Se me rompería el corazón. —La voz de la mujer sonaba sofocada a causa de las lágrimas.

La cachorra se acercó aún más a la mujer llorosa y se apoyó contra ella mientras emitía unos débiles y lastimeros ladridos en un intento por compartir su pena.

—Tal vez se te rompa el corazón si la aceptas —dijo el guardián, a espaldas de la cachorra—. Pero, si la rechazas, no dudes de que será su corazón el que se haga añicos. ¿Podrás soportar eso, Maeve?

Maeve se dio media vuelta para mirar al guardián. Su rostro aún era hermoso, aunque en él podían verse algunos rastros de edad, pérdida y arrepentimiento.

—Sabes que ningún miembro de la tribu sabe por qué hay quien resulta elegido más de una vez, pero esa es una bendición, Maeve.

—Háblame de bendiciones cuando tu Alala ya no te acompañe —respondió Maeve, con una voz de la que brotaba más tristeza que enfado.

—Temo mucho ese día —dijo el guardián, y su mano buscó automáticamente la cabeza del gran pastor que nunca se apartaba de su lado—. Y, aun así, no cambiaría ni un solo instante de mi vida con Alala. Recuerda y honra el amor que tenías por tu Taryn y la vida afortunada que tuvo siendo tu camarada, pero no permitas que el luto por ella te impida seguir viviendo.

Los hombros de la mujer se hundieron, pero ni aun así se dignó a mirar a la cachorra.

—Ya va siendo hora de que otros asuman el cargo de líder.

El guardián rio, pero no hubo burla en su gesto.

—Las Plantas Madre florecen gracias a tus cuidados. Tu voz sigue siendo tan cristalina y honesta como hace dos décadas, y ahora esta joven hembra te ha buscado a ti. A ti, cuando podría haber elegido a cualquier otro miembro de la tribu. Maeve, ¡piénsalo! La cachorra de un líder te está eligiendo como su camarada, y sus elecciones nunca son erradas, no pueden deshacerse. Y jamás podrán romperse.

—Hasta la muerte —añadió Maeve. Su voz se quebró cuando intentó reprimir otro sollozo—. Con la muerte, el vínculo se rompe.

—Es cierto, hasta la muerte —asintió el guardián, con solemnidad—. Recuérdamelo: ¿cuántos inviernos compartiste con tu Taryn?

—Veintiocho inviernos, dos meses, doce días —respondió Maeve en voz baja.

—¿Y cuánto tiempo hace que Taryn murió?

—Tres inviernos y quince días —respondió Maeve, sin dudarlo.

—Y, a pesar de que el dolor aún está fresco, en los tres inviernos y quince días que has pasado sin ella, ¿te has arrepentido en algún momento de que Taryn te eligiera?

—Nunca —respondió Maeve con firmeza, y sus ojos refulgieron con furia, como si el simple hecho de formular esa pregunta le resultara ofensivo.

—Que un pastor te elija ya resulta asombroso. Pero que lo hagan dos es un milagro. Sin embargo, tú eres la única que puede decidir aceptarla, la única que puede decidir abrirse a ese milagro.

La mirada del guardián se posó en la cachorra, que había permanecido inmóvil en el sitio desde el momento en que Maeve se había dado media vuelta y que observaba a la mujer como si en el mundo no existiera nada salvo ellas dos.

—Aunque tú no lo hagas, Maeve, esta jovencita te necesita desesperadamente.

Maeve cerró los ojos y las lágrimas se derramaron por sus mejillas.

—Sí que la necesito —susurró la mujer.

—Entonces, haz lo que muchos hemos hecho antes que tú: toma esa fuerza de ese camarada que tiene más confianza en ti de la que tú tienes en ti misma.

Un escalofrío recorrió el cuerpo de Maeve. Inspiró hondo, abrió los ojos y, finalmente, miró a la cachorra.

Los ojos de la cachorra eran marrones y dulces, y Maeve se sobrecogió al darse cuenta de lo mucho que se parecían a los de Taryn. Sin embargo, ahí terminaban los parecidos con su otra can. Esta joven hembra era más oscura que Taryn, tenía unas hermosas líneas manchadas de un tono plateado único en el pecho y el cuello. La cachorra era más grande que Taryn con su edad; tanto que a Maeve le sorprendió su tamaño. Sabía que la camada aún no había cumplido los seis meses, aunque no era consciente de que los cachorros eran tan grandes y estaban tan bien formados. No había visitado el nido de cría ni una sola vez, ni tampoco había visitado a ninguno de los camaradas elegidos por el resto de los cachorros de la camada.

No podría soportarlo, pensó Maeve mientras estudiaba a la cachorra. *Hasta este momento, he procurado evitar a toda costa a las camadas de pastores que nacieron después de que Taryn muriera. El guardián tiene razón: desde que perdí a Taryn, he estado muerta en vida.* Maeve cogió fuerzas y volvió a entrelazar sus ojos con los de la cachorra. Sin embargo, esta vez decidió liberar la tristeza que había estado ensombreciéndola durante más de tres inviernos, y se abrió de nuevo a la posibilidad de ser feliz.

La cachorra no se movió. Se limitó a devolverle la mirada, y Maeve se sintió invadida por una repentina calidez. Las emociones de la hembra la inundaron, encontraron el hueco que la muerte de Taryn había dejado en su interior y sanaron su alma herida con un amor incondicional.

—¡Ay! —suspiró Maeve—. Llevo tanto tiempo penando por Taryn que había olvidado el amor: solo recordaba la ausencia —admitió Maeve, pero sus palabras iban dirigidas más a la cachorra que a sí misma—. Discúlpame por haberte hecho esperar. —Las lágrimas se derramaron por las mejillas de Maeve y sus manos temblaron mientras abarcaban con ternura la carita de la cachorra mientras ella completaba, en silencio, el juramento que todos los camaradas hacían a sus canes. *Te acepto y juro amarte y cuidarte hasta que el destino nos separe con la muerte.*

Ni la mujer ni la cachorra se movieron durante un segundo eterno. Todos los canes de la tribu empezaron a aullar a la vez en el momento exacto en que Maeve abrió los brazos y la joven pastora se lanzó, meneándose de alegría, al abrazo de su camarada.

—¿Cómo se llama, camarada? —preguntó el guardián, elevando la voz por encima de los gritos exultantes de los canes de la tribu.

Aún envolviendo a la cachorra entre sus brazos, Maeve alzó la vista, con el rostro arrobado por una felicidad tan intensa que parecía un par de décadas más joven de los cincuenta inviernos que en realidad tenía.

—¡Fortina! ¡Se llama Fortina! —rio Maeve, entre las lágrimas, y la cachorra lamió su rostro con entusiasmo.

—Que el sol bendiga vuestra unión, camarada —dijo el guardián en tono formal, haciendo una pequeña reverencia con la cabeza para reconocer el vínculo.

—¡Que el sol bendiga vuestra unión, camarada! —la tribu repitió a coro aquella fórmula tan familiar.

Abriéndose camino discretamente entre el ordenado caos de la celebración, un hombre de gran altura cruzó el puente levadizo. A su lado caminaba un enorme can en cuyo pelaje relucían los mismos destellos plateados que había en el de la cachorra. Las mujeres que se habían congregado alrededor de Maeve y Fortina se apartaron con actitud respetuosa para abrir paso al Sacerdote Solar.

—Bienvenido, Sun —le recibió el guardián, haciéndose a un lado para que el hombre y el can pudieran acercarse a Maeve.

—Ah, Laru, tu hija ha hecho una sabia elección. —El hombre acarició el grueso pelaje de su can. A continuación, sonrió amablemente a la mujer que acunaba a la cachorra en sus brazos—. ¿Cómo se llama, amiga mía?

—Fortina —dijo Maeve, besando a la cachorra en la nariz.

La sonrisa del Sacerdote Solar se ensanchó.

—Que el sol bendiga tu unión con Fortina.

—Gracias, Sun —respondió Maeve.

—Qué casualidad que la elección se haya completado justo antes de la puesta de sol —comentó Sun.

La mirada de Maeve buscó el horizonte occidental a través de las gruesas ramas del Árbol Madre.

—No... No me había dado cuenta.

—Ven, Maeve. Os invito a ti y a tu cachorra a recibir conmigo los últimos rayos de sol.

Los ojos de Maeve se ensancharon a causa del asombro, pero Fortina ya había saltado de su regazo y le golpeaba insistentemente con el hocico en las rodillas para animarla. Riendo sin aliento, Maeve se levantó y ella y la joven pastora siguieron las vigorosas zancadas de Sun y Laru por la ancha plataforma y descendieron por los escalones que envolvían, dibujando una hélice, el bosquecillo de árboles en los que crecía la Planta Madre, para llegar a la hermosa cubierta, pulida y encerada para que luciera un brillo ambarino. La plataforma sobresalía sobre la copa de los pinos más antiguos, con una balaustrada tallada con la forma de canes aullando y sobre la que reposaba una resplandeciente barandilla a la altura de la cintura.

Maeve miró a su alrededor y contempló la belleza de su tribu como si lo hiciera por primera vez. En otras plataformas más pequeñas, algunas cercanas y otras más alejadas, varios camaradas, cada uno con un pastor o un terrier adulto a su lado, se giraron para hacer una breve aunque respetuosa reverencia y reconocer la presencia de Sun antes de volver las agudas miradas a su cometido, a la constante inspección a la que sometían todo lo que había a su alrededor y bajo sus pies. Una ráfaga de entusiasmo, como una refrescante lluvia veraniega, recorrió la columna vertebral de Maeve. Cuando Fortina tuviera la edad suficiente, Maeve volvería a tener el privilegio de construir su propia plataforma y montar guardia de nuevo.

Llena de expectación, Maeve dirigió la mirada hacia el este, hacia la isla que la tribu denominaba la Granja: una fértil isla que los mantenía vivos gracias a su abundante producción. Desde la distancia, desde la ladera en la que la tribu había construido sus casas en el cielo, la isla tenía el aspecto de una joya de color verde, rodeada por el canal a un lado y por el río Lumbia al otro. La luz del sol jugueteaba sobre la superficie del curso de agua más cercano, el canal, haciendo que el agua verdosa se tornara dorada e iluminando incluso el esqueleto oxidado del antiguo puente —el único modo de acceder y salir de la isla—, que bajo aquella luz dejaba de tener el color de la sangre seca para adoptar un tono ambarino.

—Es hermoso —le susurró Maeve a su cachorro—. Se me había olvidado lo bonito que es todo esto.

Sintiéndose bendecida y satisfecha, la vista de Maeve fue desde la isla hasta la tribu, que se extendía a su alrededor como una promesa secreta. Enormes y redondos nidos familiares y otros, individuales y más pequeños, se arracimaban en las copas de los gigantescos pinos, posados entre sus robustas ramas como fabricados por alguna especie de pájaro mágico y colosal. Como si fueran joyas, de la intrincada celosía que constituía el sistema de pasarelas colgaban tiras de conchas y campanillas, huesos, cuentas y cristales. A la luz de los rayos del ocaso, las cintas decorativas emitían infinidad de colores que destacaban entre las variedades del verde de las agujas de los pinos, las orquídeas, los musgos y los helechos. Sobre las elegantes pasarelas que había a los pies de Maeve se agolpaban los miembros de la tribu, tratando de conseguir los mejores puestos junto a las superficies enormes y resplandecientes de los preciosos espejos. Espejos dispuestos con mucho cuidado, con la máxima consideración según su forma y función, que era como la tribu lo disponía todo. Maeve parpadeó, maravillada por el tamaño y la fuerza de su gente. *¿Cuándo nos hemos vuelto tan numerosos? No me extraña que las Plantas Madre hayan sido últimamente tan productivas. No dejan de nacer bebés, el número de miembros de la tribu ha aumentado, pero en algún momento yo dejé de darme cuenta de cuán grande debía de ser nuestro número.*

Sun extendió los brazos para abarcar con ellos el vasto laberinto de nidos, pasarelas, plataformas y cobijos individuales que se extendía a su alrededor y a sus pies.

—¡Contemplad la majestuosidad de la Tribu de los Árboles!

Los primeros en imitar el gesto del Sacerdote Solar fueron los vigías, que extendieron los brazos en sus puestos de observación y se giraron para encarar el oeste y mirar hacia el sol. A continuación, la gente que estaba debajo de ellos alzó el rostro y los brazos hacia el reflejo de los últimos rayos de sol cuando estos alcanzaron los espejos, perfectamente ubicados y fabricados con materiales reflectantes, y llenaron a la tribu con la brillante esencia de la vida.

Uniéndose a su tribu, Maeve también se abrió a la vida. Los vetustos pinos se mecieron suavemente, como si la acompañaran en su exultante alegría, haciendo que la luz jugueteara por entre las hileras de cuentas, huesos y cristales con las que los artesanos de la tribu habían envuelto aquel bosque de árboles gigantescos y que parecían, ellos también, estar celebrando la vida de nuevo. Maeve pensó que nunca había disfrutado de unas vistas tan espectaculares.

—¡Contemplad los últimos rayos de nuestro sustento, nuestra salvación, nuestro sol! ¡Y que la Tribu de los Árboles se embeba de ellos junto a mí! —La voz de Sun sonaba amplificada por el poder de la luz solar y, como una única entidad, la tribu al completo recibió la luz que los espejos capturaban y reflejaban entre su gente.

Sobre la tribu, Maeve contemplaba embelesada el espectáculo mientras Sun mantenía la mirada fija en el ocaso. Sus ojos capturaron los últimos rayos del día y cambiaron de color, mudando el verde mate y musgoso que todos los miembros de la tribu exhibían en su mirada por un brillante color dorado tan pronto empezó a absorber la energía solar. Riendo alegremente, Sun abrió todavía más los brazos y, cuando la luz del sol empezó a recorrer su cuerpo, la filigrana de motivos de las hojas de la Planta Madre se hizo visible y brilló bajo el tono dorado de su piel.

Maeve se inclinó y acarició a Fortina antes de dirigir su ávida mirada hacia el sol y abrir también los brazos para empaparse de él. Maeve estaba acostumbrada a almacenar en su interior la nutritiva energía que la luz del sol proporcionaba a la tribu todas las mañanas y todas las tardes, cuando los espejos, cristales y cuentas capturaban y reflejaban todo su poder, cuando brillaba sobre la tribu entre las copas protectoras de su hogar. Pero hacía más de tres inviernos desde la última vez que Maeve había ascendido sobre las copas para saborear la luz sin obstáculos de por medio, y ya no estaba acostumbrada al brillo del sol en estado puro. Suspiró de puro placer cuando una oleada de calor y energía la recorrió entera. *Gracias, ay, gracias por traer a Fortina hasta a mí*, Maeve elevó una sentida oración al sol. Sus propios ojos resplandecieron, y los delicados motivos de la Planta Madre afloraron en su cuerpo para marcar su piel con el poder de los rayos dorados. Maeve bajó la vista hacia su cachorro y experimentó otro placentero estremecimiento. Los ojos de Fortina brillaban con la misma luz dorada que irradiaban los suyos, declarando, sin lugar a dudas, que había sido elegida, que ahora estaban unidas para siempre por el vínculo del amor y la luz solar.

—¡Hay movimiento en el canal! —dijo una potente voz—. ¡Al sur del puente, en el confín del pantano!

—¡Los veo! —dijo otra voz, esta más lejana y difusa que la primera—. Parece que un hombre grande está intentando atrapar a dos mujeres.

Sacudida por la interrupción, los ojos de Maeve se posaron automáticamente en Sun. El sacerdote dio una única orden:

—¡Detenedlos!

Sun ni siquiera apartó la vista del sol poniente. Maeve comprendió que no necesitaba hacerlo. Los vigías actuarían, tal y como habían sido entrenados. La tribu no tenía alternativa. *Todo ha de tener un propósito. Satisfaciendo las necesidades de la tribu, las necesidades de cada individuo quedarán también satisfechas.* Maeve sabía que la verdad que encerraba aquel refrán iba mucho más allá de las palabras. Registró su certeza a través de su sangre y su cuerpo, su corazón y su alma. Así que no apartó la mirada del sol porque cuestionara la fidelidad de los vigías, sino, más bien, porque valoraba la absoluta seguridad con la que se dedicaban a su deber.

Un movimiento en la plataforma que había en mitad de la ladera, a su derecha, captó su atención. Sonrió cuando el vigía elevó la hermosa ballesta tallada, apuntó y dio en el blanco. Maeve siguió su mirada a tiempo de ver tres siluetas que surgían del canal dorado. Con una espontánea y fluida elegancia, el vigía disparó rápidamente, tres veces. *Fium, fium, fium.* Los fugitivos cayeron al suelo, uno tras otro. Primero la más grande y luego las dos más pequeñas, las tres siluetas desaparecieron entre las altas hierbas que crecían, verdes y espesas, junto al canal, como si acabaran de terminar una hermosa coreografía y estuvieran arrodillándose para besar el suelo.

—¡Tres escarbadores caídos! —informó el vigía—. ¿Debería ir a recogerlos?

Sin apartar la vista del sol, Sun contestó:

—No arriesgaré la vida de ningún camarada cuando el ocaso está tan próximo. Si aún no han perecido, la muerte los encontrará durante la noche. ¡Quiera el sol que sea lo menos dolorosa posible!

El vigía respondió a Sun con una reverencia y siguió inspeccionando la distancia.

Maeve volvió el rostro hacia Sun cuando el sacerdote dijo en voz baja:

—Que sigan huyendo demuestra la inutilidad de intentar domesticarlos.

Maeve se estremeció, sobresaltada.

—¿Domesticarlos? ¿A los escarbadores? ¡No he escuchado a nadie en la tribu hablar de tal delirio!

Sun negó con la cabeza. A Maeve le sorprendió escuchar lo triste y apesadumbrada que sonaba su voz.

—La tribu no habla de ellos, pero a veces pienso en los escarbadores y en el terror que llena sus vidas, y eso me preocupa.

—Sun, todos nos preocupamos por ellos. Les damos un propósito en la vida. Los protegemos incluso de sí mismos. Pero son tan simples que continúan huyendo de nuestra protección y de nuestro cuidado, nos ignoran y se precipitan en picado hacia su destrucción. ¡Y durante la puesta de sol, nada menos! Saben lo que les aguarda al caer la noche. ¿Qué se puede hacer con esas criaturas?

Justo cuando Maeve había perdido la esperanza de que el sacerdote contestara a sus preguntas, la fría brisa vespertina le devolvió el sonido ahogado de las palabras que el hombre había susurrado, más para sí mismo que para ella.

—Sí, qué se puede hacer con esas criaturas…

6

—¡Ha elegido! ¡Ha elegido! ¡Una nueva camarada está completa!

Nik dejó caer el cuchillo con el que estaba tallando el acabado de la culata de la ballesta, y a punto estuvo de clavárselo en su propio pie.

—¡Nikolas, concéntrate! Lo que pase a tu alrededor no importa. Las distracciones no importan. Siempre debes estar concentrado cuando tengas una hoja en la mano. Lo sabes perfectamente. ¡No debería tener que recordártelo!

El ebanista frunció el ceño cuando miró a Nik, y el pequeño y nervudo can que nunca se alejaba del anciano levantó la cabeza y apuntó con su hocico gris hacia él, dedicándole al joven una mirada desdeñosa.

Nik abrió la boca para protestar: el cuchillo se le había resbalado, había sido un accidente sin mayores consecuencias. Sin embargo, su mirada se detuvo en la pierna derecha del anciano, completamente cubierta por vendajes. Nik conocía perfectamente el desastre que ocultaban aquellas cataplasmas, así que decidió silenciar sus excusas.

Fuera o no un accidente, Nik habría conocido el mismo desenlace si se hubiera cortado la piel: infección y condena a muerte, sin opción a cura, sin posibilidad de volver a estar completo de nuevo. Nik apartó la vista de la mirada de reproche del anciano y agachó la cabeza.

—Sí, señor, tiene razón. Tendré más cuidado.

El ebanista estaba gruñendo una respuesta cuando O'Bryan asomó la cabeza por la puerta del nido de la carpintería.

—¡Primo! ¿Qué haces vagueando ahí dentro? —El emocionado joven inclinó la cabeza hacia el ebanista en un gesto que habría resultado respetuoso de no haberlo hecho tan tarde—.

Disculpe la interrupción, maestro ebanista, pero la última hembra de la camada ha elegido.

—Sí, eso hemos oído —respondió el ebanista. Y, luego, en un tono que hacía evidente que ni siquiera él era capaz de mantener su curiosidad a raya, añadió—: Hemos oído que ha elegido, pero no quién es la nueva camarada.

—Bueno, la verdad es que nueva no es, pero vuelve a ser una camarada, eso desde luego —dijo O'Bryan, sonriendo con sarcasmo—. El cachorro ha elegido a Maeve.

—¡A Maeve! Perdió a su Taryn hace tres inviernos. —El ebanista parecía igual de encantado que sorprendido—. Muy bien, muy bien. Me alegro mucho por ella. Perder a tu camarada es algo terrible —dijo, bajando la vista hacia el can apoyado contra él y acariciándole cariñosamente las orejas.

Demasiado distraído como para interesarse por las emociones del anciano y su can, Nik arrugó el ceño, molesto, y dijo sin pensar:

—¿Maeve? ¿La hembra de pastor ha elegido a Maeve? ¡Pero si es vieja!

—Y ese comentario te hace parecer un jovencito inmaduro en lugar del hombre hecho y derecho que con tanto orgullo afirmas ser —le espetó el ebanista.

—No pretendía faltar al respeto, señor —respondió Nik—. Pero no creo que sea el único que piensa en el desperdicio que supone que un líder elija a alguien que ya ha consumido la mitad de su vida.

—Nik en realidad no quiere decir… —empezó a explicar O'Bryan, pero el ebanista le interrumpió.

—Creo que deberías dejar que sea el propio Nik quien explique qué es eso que no quería decir.

Nik alzó las manos en gesto evasivo.

—Creo que es evidente: Maeve ha vivido, ¿cuántos? ¿más de cincuenta inviernos? Nadie duda de que tiene un don para cuidar las Plantas Madre, y una voz que sigue siendo cristalina y honesta. Sin embargo, ¿no debería transmitir sus dones a alguien más joven? Y hay tantos jóvenes esperando a convertirse en camaradas y líderes… Pero ahora que un cachorro líder ha elegido a Maeve, ya no hay opción: ningún otro miembro de la tribu podrá ocupar su puesto durante al menos una década, o dos. Además, probablemente morirá antes de que la vida de su camarada se extinga, y eso significa que la tribu tendrá que lidiar con el desastre que Maeve deje tras su marcha.

—Cuando dices «desastre», ¿te refieres a un can de luto? —El ebanista formuló la pregunta con una voz aparentemente cordial.

—Sí, pero también me refiero a que las Plantas Madre y las comadronas de la tribu habrán perdido a una cuidadora experta que tal vez no transmita sus conocimientos porque sigue desempeñando las funciones de un líder activo, cuando ya hace mucho tiempo que tendría que haberse retirado y pasar a ser enseñante.

—A pesar de todo, la cachorra ha elegido a Maeve.

—A pesar de todo, sigo pensando que es un desperdicio —insistió Nik—. No estoy siendo inmaduro. Estoy siendo práctico.

—¿Práctico, dices? Nikolas, ¿sabes cuántos canes me han elegido a mí? —le preguntó repentinamente el anciano.

—No, no lo sé —respondió Nik.

—¿Dos? —contestó O'Bryan, no muy seguro de su respuesta.

—Paladin es mi tercer can.

—¡Tres! —O'Bryan sonrió al terrier, que meneó el rabo en respuesta al gesto del joven—. Es impresionante.

—Sí, pero ninguno era un pastor. No eran líderes —se apresuró a responder Nik, como si su contestación fuera automática.

—¿Y piensas que eso supone alguna diferencia en la profundidad del vínculo que existe entre los camaradas? —El ebanista perforó a Nik con su mirada de color musgo—. ¿Piensas que la vida que comparto con mis canes es menos válida porque no son pastores, porque no son líderes? —La mano que hasta ese momento había estado pacíficamente apoyada sobre la cabeza de Paladin se estampó contra la mesa de trabajo con tanta fuerza que las piezas de madera a medio tallar se agitaron con la sacudida—. Sin terriers, no tendríamos cazadores. Sin cazadores, los canes líderes y sus camaradas morirían de hambre. Y, entonces, ¿qué pasaría con tus prácticas ideas de clase y valía?

—Todo ha de tener un propósito. Satisfaciendo las necesidades de la tribu, las necesidades de cada individuo quedarán también satisfechas —intervino O'Bryan con voz tranquila, en un intento por disipar la creciente tensión entre el anciano y el bocazas de su primo.

Sin embargo, Nik y el ebanista hicieron como si no le hubieran oído.

—No me has entendido. Yo no digo que Paladin y tú no valgáis nada —dijo Nik y, por cómo lo hizo, parecía más frustrado que arrepentido—. Lo único que digo es que a mí me preocupa el bien de la tribu.

—El Laru de tu padre es el segundo can que lo elige a él —dijo el ebanista.

—Ebanista, eso es algo que saben todos los miembros de la tribu —respondió Nik.

—¿Y qué edad tenía tu padre cuando Laru lo eligió?

Nik frunció el ceño cuando se dio cuenta de a dónde quería llegar el anciano.

—Había visto pasar cuarenta y siete inviernos cuando Laru lo eligió. Eso también lo saben todos los miembros de la tribu.

—Es cierto. Y, aunque yo soy un anciano de mala salud, recuerdo con claridad el momento, hace siete inviernos, en que Laru eligió a tu padre. Tú lo celebraste junto al resto de la tribu, ¿no es así?

—Así fue, pero aquello fue distinto. Sun ya era nuestro Sacerdote Solar en aquella época, y lo sigue siendo. La tribu le necesita, y no hay razón para que se retire, a menos que… —A Nik se le quebró la voz al darse cuenta de lo que el anciano le estaba obligando a admitir.

—Vamos, continúa. ¿A menos que qué?

Nik inspiró hondo. No iba a permitir que aquel anciano enfermo le hiciera reconocer en alto aquello acerca de lo que toda la tribu cuchicheaba: que el único hijo de su amado Sun, entrenado para convertirse en Sacerdote Solar después de su padre, y que prácticamente todo el mundo pensaba que debía ser el Sacerdote Solar cuando su padre se retirara, no podía ser considerado como candidato para el puesto de líder porque ningún pastor lo había elegido como camarada. En realidad, ningún can lo había elegido como camarada. Y, por eso, Nik y la tribu esperaban tal vez a que Nik fuera elegido o tal vez a que el Sacerdote Solar iniciara a algún otro miembro de la tribu para que ocupara su lugar. En lugar de verbalizar lo que tanto le avergonzaba, Nik se limitó a decir:

—Lo único que digo es que a Padre aún le quedan muchos años para elegir a su sucesor, sea quien sea, y poder retirarse así de sus responsabilidades como líder. Aunque quizá esté en lo cierto, señor. Quizá no debería juzgar tan rápido a Maeve por su edad. —Nik se encogió de hombros con indiferencia, en un intento de quitarle importancia al asunto.

—No puedes culpar a Nik por pensar que su padre es un hombre extraordinariamente fuerte para la edad que tiene —dijo O'Bryan, que siempre apoyaba a su primo—. A todo el mundo le gustaría pensar eso mismo de su propio padre, pero, en este caso, Nik tiene razón —sonrió O'Bryan.

El ebanista escrutó a Nik con la mirada, haciendo como si O'Bryan no hubiera abierto la boca.

—Recuérdame cuántos inviernos has visto pasar, hijo de Sun.

Nik entrecerró los ojos para mirar al anciano, sorprendido por el repentino cambio de tema. Quizá debería sentir lástima por el ebanista. Su mirada volvió a posarse sobre su pierna herida. Era posible que la cordura le estuviera fallando, igual que lo hacía su salud.

—He conocido veintitrés inviernos, señor —respondió, esforzándose por que su voz resultara respetuosa.

—Y recuérdame también qué edad suele tener la gran mayoría de los camaradas cuando un can los elige.

Nik se sintió como si el anciano acabara de encajarle un puñetazo en las tripas, pero se esforzó por que su respuesta no fuera más que una fría letanía, un recordatorio de lo que toda la Tribu de los Árboles bien sabía:

—La mayoría de los canes elige a los camaradas cuando estos tienen entre dieciocho y veintiún inviernos.

—Efectivamente. Efectivamente, así lo hacen. —La aguda mirada del anciano atravesó a Nik—. Y tú, el hijo del Sacerdote

Solar de la tribu, Sun, camarada del padre de las últimas seis camadas de pastores de la tribu, has conocido veintitrés inviernos y no has sido elegido.

—Nadie sabe por qué motivo eligen los canes —dijo Nik, molesto por no poder evitar sonar desesperado y a la defensiva.

—Es cierto, no sabemos por qué eligen los canes, pero sí sabemos por qué no lo hacen.

—¡No siempre es así! —Nik se esforzó por controlar su rabia—. Mi madre era la artesana con más talento de la tribu. Era hermosa e inteligente y todo el mundo la quería, y nunca llegó a ser una camarada.

—Ah, pero ¿acaso eso le reconcomía el alma tanto como te la reconcome a ti?

—Tú eras su maestro preferido. Conoces la respuesta a esa pregunta tan bien como yo, ebanista. Si mi madre estuviera aquí, diría que formularla es algo indigno de ti.

—No dudo que así sería. Pero tampoco dudo que también tendría unas palabras que dedicarte a ti, Nikolas. Palabras que no te gustaría oír. —Como si la discusión lo hubiera agotado, el anciano se recostó en su asiento y acarició lentamente el pelaje del terrier, que subió a su regazo con un movimiento rígido—. No hagáis caso de los desvaríos de este anciano. Nikolas, tienes permiso para ir a celebrar con el resto de la tribu.

—¡Nik, vamos! Ya casi se ha puesto el sol. Vamos a perdernos los últimos rayos, y esta noche va a haber una fiesta. Va a haber muchísima gente. Tenemos que llegar a la Asamblea antes de que los mejores columpios estén cogidos. —O'Bryan inclinó la cabeza al ebanista—. Señor, ¿necesita ayuda para llegar a la Asamblea?

—No, hijo. La única ayuda que necesito es la de Paladin. Os seguiremos lentos, pero seguros. Lentos, pero seguros. —Su mirada afilada se cruzó una vez más con la de Nik—. Nikolas, no es necesario que vengas mañana.

Nik frunció el ceño, pasó la mano por la superficie de la ballesta que había estado tallando y recorrió las formas del complicado dibujo que había comenzado.

—Señor, la culata no está terminada.

—La culata tendrá que esperar.

—¿Quiere que vuelva pasado mañana?

—Puede. O puede que no. Espera a que te llame. Cuando considere que estás preparado para retomar tu formación, mandaré a Paladin a buscarte —dijo el anciano.

Nik notó que se le encendían las mejillas. ¿Acaso el ebanista quería castigarle por decir lo que pensaba?

—¿Pretende que me quede esperando a que me llame? ¿Como si fuera un novato en formación, en lugar de un artesano experimentado?

—Pretendo que hagas lo que se te dice, Nikolas. Nadie se atrevería a cuestionar tus dotes como artesano, que son casi comparables a tus dotes como arquero. Lo que cuestiono son tus dotes como ser humano. Tal vez, relevándote de tus obligaciones de ebanistería, descubras un modo mejor de practicar tu humanidad.

Nik sintió que sus manos se cerraban en puños de impotencia. Si el ebanista no le cuadruplicara la edad, si no estuviera ya medio muerto, Nik haría que se arrepintiera de sus duras palabras.

—Primo, tendríamos que habernos ido hace mucho —le instó O'Bryan.

—Tienes razón, primo —respondió Nik, dándole la espalda al anciano y al terrier de hocico gris—. Estoy más que listo para marcharme de aquí.

La habitual emoción que la tribu experimentaba tras una elección a Nik le resultaba agridulce. Era complicado esquivar las celebraciones. Acababan de ganar un nuevo camarada. Se había elegido un nuevo líder y se había demostrado, una vez más, que la tribu seguía prosperando. Habían nacido cinco pastores y los cinco habían sobrevivido el tiempo suficiente para ser destetados y crecer hasta los seis meses de edad. Y, ahora, cuatro de los cinco habían elegido camarada. Laru, el can del padre de Nik, sin duda engendraba camadas de canes fuertes, inteligentes, un signo más de que el sol bendecía con sus favores a la Tribu de los Árboles. Gracias a ello, Nik se sentía seguro en la fortaleza de su pueblo. Y, a pesar de todo, Nik se acercaba a su vigésimo cuarto invierno, y ningún cachorro —ni líder, ni cazador— se había dignado a dedicarle una sola mirada durante las elecciones.

—El anciano tenía razón.

—¿Eh? —gritó O'Bryan, elevando la voz sobre las risas y la música de las celebraciones de la tribu. Levantó la jarra de madera de la conveniente repisa natural que se formaba en la horquilla entre dos ramas del gigantesco pino—. ¿Te queda sitio para más cerveza?

—Claro, ¿por qué no? —Nik tendió la jarra, que apenas había tocado, a su primo.

O'Bryan se agarró a una rama que sobresalía entre las demás y acercó el pequeño columpio con forma de hamaca al de su primo, llenándole la jarra de turbia y espumosa cerveza primaveral.

—No dejes que te afecte lo que te ha dicho el maestro ebanista. Ya sabes que no está bien.

Nik apartó la vista de la bondadosa mirada de su primo y repitió:

—El anciano tenía razón. Hace muchos inviernos que deberían haberme hecho camarada. Debe de pasarme algo malo.

—Y una mierda de escarabajo, y lo sabes. A ti no te pasa nada.

—Entonces, ¿por qué aún no he sido elegido? A esa vieja se le concede una segunda oportunidad. —Nik apuntó con la barbilla hacia el alegre corrillo que rodeaba a Maeve y Fortina, sentadas junto a su padre en el puesto de honor—. Y yo aquí sigo, con la polla en la mano.

O'Bryan sonrió.

—Así que eso es una polla. Y yo que pensaba que lo que tenías en la mano era una jarra. Ahora ya sé por qué no consigo que ninguna doncella guapa me tome en serio.

—No estoy bromeando —respondió Nik, con el ceño fruncido.

—Primo, ¿no te has parado a pensar que no has sido elegido porque el camarada perfecto para ti aún no ha nacido?

Nik abrió la boca para responder, pero sus palabras se diluyeron en cuanto vio al enorme cachorro trotando por entre la tribu y abriéndose camino con paso seguro hacia el lugar donde su compañera de camada estaba cómodamente tumbada junto a Maeve. El cachorro rozó su nariz con la de Fortina y luego lamió cariñosamente la mano que le ofrecía Maeve antes de acostarse junto a su hermana. Apoyó el hocico sobre las patas y bostezó. Entonces, antes de cerrar los ojos, el macho miró hacia la otra punta de la plataforma de la Asamblea: no había duda de que estaba buscando a Nik. Los ojos ambarinos del cachorro, de un tono único, se clavaron en los suyos. A Nik se le cortó la respiración. El cachorro le sostuvo la mirada, siguió haciéndolo, se la sostuvo un poco más. Después, lentamente, cerró los ojos y durmió.

Nik tomó aire.

—Es un bonito cachorro —comentó O'Bryan.

Incapaz de recobrar la voz, Nik asintió.

—He escuchado a tu padre hablando con uno de los guardianes. Le estaba diciendo que este cachorro es más grande y fuerte que Laru cuando tenía su misma edad. Decía que espera que el camarada que elija se convierta en un gran líder.

Nik le dio un sorbo a su cerveza y se limpió la espuma del labio con el dorso de la mano, diciendo:

—Sí, yo le he escuchado decir lo mismo.

—Nik, el cachorro todavía no tiene camarada. Ya casi tiene seis meses. Tendrá que elegir pronto. Tal vez te elija a ti —O'Bryan dijo aquello en voz baja pero firme, dirigiendo sus palabras únicamente a los oídos de Nik.

Nik ahogó un sonido a caballo entre una carcajada y un sollozo y empezó a decir:

—Daría cualquier cosa, cualquier cosa del mundo si me eligiera...

Sus palabras quedaron ahogadas por un redoble de tambores, como el latido de un corazón desbocado. La multitud que se agolpaba alrededor del puente levadizo que llevaba a la plataforma abrió un pasillo y, con un revuelo de su capa de piel de conejo, la cuentacuentos se abrió paso hasta quedar frente a Sun y Maeve. Junto a ella caminaba su camarada, un pastor alto, de hocico negro, con el pecho y el cuello tan musculosos que la tribu lo llamaba Oso, un apodo tan asentado que ni siquiera la cuentacuentos lo llamaba por otro nombre. La mujer y el can se detuvieron frente al puesto de honor, inclinando la cabeza en señal de respeto hacia el padre de Nik.

—Hoy ha sido un día afortunado, Sacerdote Solar.

Aun habiendo pronunciado tan solo esta sencilla frase, la voz de la cuentacuentos resultaba espectacular. El sonido se expandió fluidamente por la plataforma, se elevó hasta las copas protectoras de los monumentales pinos y se extendió como una niebla invernal hasta llenar todas las oquedades, los cobijos, los nidos.

Sun le respondió con una cálida sonrisa.

—Así es, Ralina. ¿Tienes alguna nueva historia que contarnos? Sería el final perfecto para las bendiciones que nos ha traído este día.

—Puede. O puede que no —respondió Ralina—. Conoces los dictados de la tradición, Sun. Esta noche, será nuestra nueva camarada quien elija mi relato. —Sus ojos esmeralda se posaron en Maeve—. Que el sol bendiga tu unión con Fortina —le dijo, con una calidez desbordante.

—Gracias, Ralina. Ha sido un día inesperado, aunque también mágico. —Maeve acarició amorosamente a la cachorra que dormía a su lado.

—Y dime, mi querida amiga, ¿qué historia quieres que cuente?

Sin dudarlo, Maeve respondió:

—El Cuento de los Finales y los Principios.

Entre los miembros de la tribu se extendió un complacido murmullo que a Nik le recordó el sonido de las agujas de los pinos al ser mecidas por el viento, aunque no pudo reprimir un gruñido.

—¿Qué pasa? —susurró O'Bryan.

—Otra vez ese viejo cuento. ¿Por qué no habrá elegido el nuevo cuento en el que todo el mundo sabe que Ralina ha estado trabajando?

O'Bryan se encogió de hombros.

—A Maeve le encantan las tradiciones. Y, aunque es antiguo, es un buen cuento. —Disimuló un eructo antes de servirse otra contundente taza de cerveza—. Cuando te elijan a ti…

El susurro de ánimo de O'Bryan murió a mitad de frase cuando Ralina ocupó su lugar frente al más grande de los braseros metálicos que formaban un semicírculo alrededor de los Árboles Madre y de su valioso fruto, las Plantas Madre. La tribu guardó silencio y se sumió en una tranquila expectación. Con gesto grandilocuente, Ralina se quitó la capa y los fuegos contenidos crecieron de repente, cambiando del amarillo de las llamas del sol a un místico verde azulado. Todos a una, los miembros de la tribu dejaron escapar un suspiro de admiración ante la belleza de la cuentacuentos. Bajo la capa, Ralina vestía una sencilla túnica de punto, teñida de un amarillo dorado a juego con su densa mata de pelo. Cada centímetro de la túnica estaba hermosamente decorado con un arcoíris de cuentas, espejos y conchas, de modo que sus palabras iban acompañadas por el ritmo de la música originada por sus gráciles movimientos.

Ni siquiera Nik, que conocía el cuento de memoria, palabra por palabra, era capaz de apartar la vista del hechizo que la cuentacuentos empezaba a conjurar.

—Sea el Cuento de los Finales y los Principios, pues. —Ralina acompañó sus palabras de gestos, haciendo que los flecos que colgaban de sus mangas se agitaran grácilmente—. Érase una vez, el mundo era mucho más pequeño de lo que es ahora. La gente ocupaba toda la superficie de nuestra verde tierra, ahogando a los árboles con ciudades de piedra, metal y cristal, y llenando los espacios vacíos con laberintos de cemento por los que viajaban. Esos laberintos no crecían, no respiraban, no tenían vida. —Tan pronto Ralina empezó a narrar su cuento, avanzó con movimientos fluidos para acariciar la corteza del pino más cercano—. Los árboles se perdieron al carecer de alimento, de protección. La gente no sabía que respiraban, y no les preocupaba que les costara crecer. La gente creía en una única cosa, alimentaban el crecimiento de una única cosa, protegían una única cosa, una cosa muerta y engañosa que llamaban «tecnología». —Ralina avanzaba en círculos por la plataforma, con pasos rápidos y seguros, diciendo—: El mundo seguía girando. Los humanos conocían inviernos, y sobrevivían a ellos con facilidad. Los humanos vivían por y para esa cosa muerta y engañosa, convencidos de que dominaban todo lo demás. —Ralina dejó de dar vueltas, ocupando de nuevo su lugar frente al brasero más céntrico de la plataforma. Sus párpados caídos se alzaron de repente y dirigió los ojos al este, como si pudiera atravesar las verdes copas de los antiquísimos pinos y ver el horizonte, oscuro y lejano—. ¡Pero la gente no podía dominar al sol!

—¡El sol! —la tribu coreó las palabras de Ralina.

La cuentacuentos sonrió y volvió a agitar las manos con movimientos lentos y gráciles a su alrededor.

—Empezó muy lentamente. Nuestro sol empezó a escupir su disgusto para advertir a la gente, y a mandar sus rayos para paralizar todas aquellas cosas de las que se nutría la tecnología. Muy por encima de la tierra, aunque no tan encima como el sol, sus rayos de energía destruyeron en primer lugar los objetos, fabricados por los hombres, que orbitaban a su alrededor. Pero ¿hizo caso la gente a las advertencias del sol?

—¡No! —respondió toda la tribu, al unísono.

—No, no hicieron caso —confirmó Ralina—. Así que el sol, siempre vigilante, lanzó más rayos de energía a la gente, y aquello que llamaban «electricidad» se quemó. Pero ¿hizo caso la gente de las advertencias del sol?

—¡No! —entonó la tribu.

La voz de Ralina descendió y se agravó hasta adoptar un tono espeluznante; tanto que daba la sensación de que el cuento la hubiera poseído y se estuviera contando a sí mismo.

—Así que el sol derramó su poder sobre la gente, una, y otra, y otra vez, un día terrible tras otro, hasta que todo quedó destruido. ¡Todo! Todo lo que alimentaba la tecnología, y la propia tecnología. Con una hermosa y feroz llamarada, todo lo que estaba muerto y era engañoso ardió, ardió y ardió. —La potente voz de la cuentacuentos retumbó entre los miembros de la silenciosa tribu. La mujer extendió los brazos—. Pero nuestro sol aún no estaba satisfecho, porque la gente seguía sin hacer caso a sus advertencias. Mientras se apresuraban a reconstruir su tecnología, muerta y falaz, nuestro sol envió una última advertencia, tan resplandeciente, tan abrasadora, tan cargada de poder justiciero que provocó que hasta el mismo firmamento sobre nuestras cabezas y la tierra a nuestros pies se transformara.

Los movimientos de Ralina se aquietaron.

—El aire se volvió abrasador y empezó a escasear. La gente comenzó a morir. Los animales comenzaron a morir. Y, como si estuviera de luto por la muerte del mundo, la tierra comenzó a temblar. Una gran parte de los terrenos desapareció en las profundidades de los océanos, ocultándose de la furia del sol en las frías aguas y llevándose consigo a la gente insensata.

La cuentacuentos agachó la cabeza y su voz se impregnó de tristeza.

—Las ciudades se tornaron caóticas. El caos se tornó en muerte. Y, de esa muerte, surgieron nuevos peligros. Las que una vez fueron las más pequeñas, las más insignificantes de todas las cosas, criaturas que se arrastraban y reptaban, simples escarabajos, arañas diminutas, molestas cucarachas, reclamaron su dominio sobre la gente.

A la vez, toda la tribu se estremeció. Incluso Nick lanzó una rápida mirada sobre su hombro, como si la voz de la cuentacuentos fuera capaz de conjurar a las criaturas reptadoras de la noche.

—Las cosas buenas y maravillosas del mundo fueron muriendo, y únicamente permanecieron las que se alimentaban de otras, las que estaban en la base de la pirámide, las más siniestras.

Ralina calló un momento, y a continuación sus pies descalzos empezaron, lenta y grácilmente, a marcar un compás. Un, dos, tres. Un, dos, tres. *Pum, pum, pum.* Las conchas y las monedas antiguas que envolvían, hilera tras hilera, sus tobillos, hacían música con sus pasos y su túnica brillaba con vida renovada a la luz del brasero. Su mágica voz se tornó melódica, y el cuento se tornó en canción.

Pero antes de que todo muriera,
de que todo muriera,
del final surgió el principio,
surgió el principio.
Porque no toda la gente estaba sorda,
no toda la gente estaba sorda.
Algunos abandonaron las desalmadas ciudades,
las desalmadas ciudades,
y siguieron la promesa del verdor,
del verdor sanador.
¡En el bosque se refugiaron!
¡En el bosque se refugiaron!

Ralina seguía marcando el compás musical con los pies, pero dejó de mecer el cuerpo, y su voz cambió de nuevo, adoptando un tono triste y tenue:

—Aprender un nuevo modo de vida fue un proceso largo y doloroso para la gente, que hasta hacía muy poco solo alimentaba lo que estaba muerto y era engañoso. —Ralina agachó la cabeza—. Al principio intentaron seguir los usos antiguos y construyeron sus casas en el sotobosque. Y, a la luz del día, parecía una buena opción. Los árboles ayudaban a la gente a respirar y les servían de escudo ante la ira del sol. Pero, a medida que este nuevo mundo giraba y aprendía, con cada noche surgían nuevos terrores, nuevos terrores mortíferos.

»Primero, llegaron los escarabajos, los escarabajos sanguinarios, que lo destruyeron todo con las cuchillas de sus mandíbulas. Después, vinieron las arañas, las depredadoras licarácnidas, que lo atrapaban todo en sus telas, que eran como redes de pescador. Por último, llegaron las cucarachas, las cucarachas carnívoras que, con su tamaño multiplicado por diez, infestaban como una plaga todo lo que quedaba en el sotobosque al caer el sol, matando sin cesar, carcomiendo sin cesar. —Ralina levantó la cabeza—. Pero la gente no se rindió. Al final, en su lugar, subieron a los árboles.

La tribu murmuró, asintiendo ante el desarrollo del cuento mientras observaban y escuchaban, su atención cautiva.

—El primer invierno cayó sobre ellos, y muchos, muchísimos, murieron. Pero el pequeño grupo que sobrevivió, la primera tribu que sobrevivió, descubrió, aprendió, se maravilló ante la vida que se abría ante ellos de un modo que la gente que adoraba la tecnología había perdido. —Ralina se giró y, con un ágil movimiento de muñeca, lanzó un puñado de hierbas al brasero que tenía más cerca, y las llamas volvieron a brincar con un tono azul verdoso—. Los más fuertes, los más valientes, los más sabios de la primera tribu ascendieron a los árboles, pero no iban acompañados solo por sus madres e hijas, sus padres e hijos. Los miembros mejores y más inteligentes de la primera tribu ascendieron a los árboles con sus canes.

Ralina hizo una grácil reverencia ante el robusto pecho de su pastor, y prosiguió el cuento como si se dirigiera únicamente a él. Oso golpeaba la cola contra la plataforma de madera y contemplaba a su camarada con absoluta adoración.

Nik se incorporó en su columpio, olvidando el enfado que le había producido no escuchar un cuento nuevo, cuando la cuentacuentos llegó a su parte favorita de la historia.

Muchos se lamentaron.
Muchos otros un cambio reclamaron.
Si con vuestros perros elegís quedaros,
¡largo de aquí! ¡No tenemos comida que daros!
La primera tribu se plantó, decidida.
Habían perdido muchas cosas, pero no renunciarían a sus compañeros de vida.
Así que se separaron de los demás y se adentraron en las verdes profundidades.
Lejos de las ruinas, del caos y de la muerte de las ciudades.
Y ascendieron a las alturas.
La primera tribu y sus canes treparon a lo alto, sin ataduras.

Aún arrodillada frente a su camarada, Ralina comenzó a mover las manos con movimientos elegantes y delicados.

Llegó el invierno, y trajo nieve, y hielo, y oscuridad.
La primera tribu no tenía con qué combatir la cruda frialdad.
Lloraron con impotencia, gritaron con desesperación.

El movimiento de las manos de Ralina cambió, pasó de ser nieve a convertirse en suaves y dulces caricias que alisaron el hocico de Oso y recorrieron los remolinos de su espeso y brillante pelaje.

Fueron los canes de la tribu quienes hallaron su salvación
entre seis pinos centinela que crecían juntos, formando un
corazón.
Un helecho abrió sus hojas a un cachorro de pastor
y, como si del propio sol se tratara, le entregó su calor.
El cachorro se refugió en sus hojas, secas, cálidas, protectoras,
y la tribu lo imitó, envolviéndose en las divinas hojas
salvadoras.
Y, mientras sobrevivían al invierno helado,
la primera tribu comprendió lo que el pastor había hallado.

Ralina se incorporó y se colocó de nuevo frente a la tribu, y todo su cuerpo rebosaba alegría.

Hallaron seguridad en el verdor de las ramas.
Hallaron belleza en el verdor de las ramas.
Hallaron poder en el verdor de las ramas.
Hallaron a la Planta Madre entre sus amorosas y verdes
ramas.

La tribu, incapaz de contenerse, empezó a vitorear:

—¡Descubrieron la Planta Madre!

Ralina alzó los brazos, extendiendo la grácil pose de sus manos hacia el cielo. Los árboles que había sobre ella se mecieron con un susurro del viento nocturno, permitiendo que la centelleante luz de la luna llena, que acababa de aparecer en el cielo, titilara por su cuerpo. Por un momento, Nik pensó que la cuentacuentos acababa de convertirse en un hermoso pino cuyas ramas se estiraban para dejarse acariciar por la luz de la luna.

—Cuando la primavera despertó a la primera tribu, y los días oscuros se volvieron claros y luminosos, entendieron la profundidad del milagro que el sol les había concedido, a ellos y a sus canes. —Ralina ejecutó una grácil danza, dedicada a los Árboles Madre y a las Plantas Madre que descansaban en sus ramas, cargadas de enormes frondas plateadas por el delicado manto de vellosidad que cubría cada centímetro de las gruesas y flexibles hojas. La cuentacuentos le dedicó un tarareo a la Planta Madre mientras acariciaba su gruesa fronda con un gesto muy parecido al que acababa de hacer al acariciar a su camarada.

Ahora eres un miembro más de la tribu.
Tus esporas habitan en nosotros.
Nos transforman eternamente.
Nos vinculan a ti eternamente.
Como camaradas, como elegidos por el sol, ¡como la Tribu de los Árboles!

La tribu estaba gritando, repitiendo aquel verso tan conocido, cuando O'Bryan le dio un golpecito a Nik y susurró:

—Oye, ¿qué le pasa al cachorro?

La mirada de Nik se cruzó inmediatamente con la del cachorro, que se había despertado y se dirigía directamente hacia él. Nik notó que el vello de la nuca se le erizaba y que un escalofrío de emoción le recorría la piel cuando vio que el cachorro llegaba a su altura, se sentaba justo frente a él y se lo quedaba mirando, expectante.

7

—¡Mierda de escarabajo! ¿Está eligiéndote a ti? —susurró O'Bryan.

Nik no quería moverse, no quería apartar la mirada de los incisivos ojos ambarinos del cachorro, no quería responder a su primo, temeroso de que cualquier cosa que hiciera pudiera romper el hechizo de lo que fuera que estuviera pasando.

—¡Eh, cachorro! Estoy aquí atrás. —El guardián se materializó junto al hombro de Nik, apoyó la mano en el árbol con pesadez y se tambaleó ligeramente—. Tiene que volver a bajar, ¿verdad?

En cuanto el guardián apareció, el cachorro centró toda su atención en el hombre mayor y meneó el rabo con entusiasmo, dedicándole un pequeño ladrido a su cuidador.

Nik tomó aire cuando se dio cuenta de que se estaba esforzando tanto por estar quieto y concentrado que había olvidado respirar. Su mirada, que ya no estaba engarzada con la del cachorro, viajó de forma automática por la plataforma y se detuvo en el puesto de honor que ocupaba su padre. Sun le observaba con tal intensidad que ni siquiera tuvo tiempo de recomponer su expresión antes de verle y grabar a fuego en su memoria las emociones que su padre estaba experimentando: expectación, tristeza, decepción y, al final, en último lugar, lástima.

La vergüenza empezó a escocerle en el pecho y Nik apartó la vista para no tener que ver cómo la tribu al completo le escrutaba con los mismos ojos que su padre.

—Bueno, bueno, cachorro. Ya sabía yo que no tenía que haberte dejado beber tanta agua a estas horas, pero ¡es una fiesta! —El guardián iba eructando y haciendo eses, y Nik notó el aroma de algo mucho más fuerte que la cerveza primaveral.

Intentando ocultar su frustración, Nik asintió y dijo:

—Sí, acaba de aparecer aquí, claramente buscándote.

El guardián suspiró y parpadeó en dirección al cachorro, intentando mantenerse despierto.

—¿No podías aguantarte hasta que Ralina hubiera terminado su cuento?

—Yo le bajaré —se escuchó decir Nik.

—¿Estás seguro, Nik? Hace mucho que el sol se ha puesto —dijo O'Bryan.

—Primo, solo vamos a bajar para que nuestro amigo haga pis a unos cuantos pasos de la plataforma, no nos vamos de pícnic —respondió Nik.

—¡Es verdad! No pasa nada. No hay problema —balbuceó el guardián, con dificultad—. El cachorro es muy listo: el más grande y espabilado de la camada. De noche nunca se aparta de la luz de la antorcha.

—¿Quieres que te acompañe? —se ofreció O'Bryan.

Nik le dedicó una breve mirada. Su primo ya había dado buena cuenta de su segunda jarra de cerveza.

—No hace falta —se apresuró a responder—. Le bajaré y estaré de vuelta antes de que Ralina llegue a la parte en la que habla sobre envolver a los bebés en la Planta Madre.

El hombre le dedicó a Nik una palmadita de camaradería en el hombro.

—¡Buen muchacho, Nik! ¿Te importa si te caliento el columpio mientras te vas? Desde aquí hay mejores vistas que desde detrás de ti. —No esperó a que Nik respondiera: tan pronto él se hubo levantado, el guardián se medio sentó, medio despatarró, en su asiento.

—Sin problema —dijo Nik. Después le tendió al guardián su jarra de cerveza, prácticamente intacta—. También puedes calentarme esto. —Cuando vio que el guardián le dedicaba una mirada confusa, Nik sonrió y añadió—: Eso quiere decir que puedes bebértela.

—Vaya, ¡gracias, Nik! Siempre he dicho que eres un buen hombre, aunque no seas un camarada. Ah, y deberías llevarte esto. Es mejor prevenir que curar. —Le tendió a Nik una ballesta con una flecha ya cargada.

—¿Solo una flecha? —preguntó O'Bryan.

El guardián rio.

—Solo hace falta una si eres lo bastante bueno, y maldito sea si Nik no lo es. Cachorro, ¡ve con él! —ordenó el guardián, señalando a Nik.

Nik sostuvo la ballesta con naturalidad, acostumbrado a la forma y tacto del arma, y se palmeó en la pierna para animar al cachorro a que lo siguiera. Después, se deslizó lo más rápida y silenciosamente que pudo por entre la atestada multitud, seguido obedientemente por el can, mientras intentaba ignorar las miradas curiosas que le dedicaban a su paso.

No tardó mucho en llegar al sinuoso entramado de pasarelas que se extendían como radios de una gigantesca rueda desde los Árboles Madre hasta el extenso laberinto que rodeaba la Tribu de los Árboles. Solo cuando Nik se hubo alejado de las entrometidas miradas del resto de su gente, se permitió un respiro y, aunque solo fuera durante un rato, disfrutar de cada segundo a solas con el can.

—Eres muy bonito, de eso no hay duda —le dijo al cachorro, que caminaba junto a él y alzó la vista cuando escuchó su voz, sacando la lengua en la versión canina de una sonrisa. Nik se la devolvió—. Y también eres listo.

O lo serías, si me hubieras escogido, añadió, aunque en silencio. Nunca diría en voz alta lo que su alma clamaba a gritos. No serviría decirle eso al cachorro, que escogería a su camarada siguiendo los dictados de su instinto, y cuya elección no podía ser ni manipulada ni coaccionada. Sin embargo, ¿qué pasaría si alguien le escuchara suplicando, implorando, rezando por algo que tal vez no sucediera nunca? Nik sacudió la cabeza.

—No voy a decirlo, jamás lo diré. Ya es bastante malo que lo digan todos los demás cuando no estoy presente.

El cachorro ladró débilmente y se movió, inquieto, dando vueltas alrededor de sus patas.

—Ay, lo siento, chico —dijo Nik, al darse cuenta de que se había quedado parado frente al ascensor, hablando consigo mismo—. Debo de tener la cabeza llena de musgo. No me extraña que no me hayas elegido —suspiró con tristeza, dándole una palmadita a la cabeza color azabache. Después, se giró hacia la puerta del nido más cercano al ascensor y usó el mango de la ballesta para tocar dos veces—. Necesito bajar a un cachorro —pidió.

La puerta se abrió rápidamente y por ella asomó un joven terrier que saludó con entusiasmo al cachorro, seguido por un joven que iba limpiándose un reguero de guiso de la barbilla. Su mirada fue del cachorro a Nik, y en su rostro se dibujó una luminosa sonrisa.

—¡Nik! ¿El macho ha decidido...?

—Ponerse a beber demasiada agua demasiado tarde, sí. Parece que toma las mismas decisiones que su guardián, que ha empezado a beber demasiado whisky demasiado temprano —le interrumpió Nik, riendo suavemente, como si no hubiera pensado en nada más que en bajar al cachorro al bosque para que pudiera aliviarse—. A mí la verdad es que no me apetece beber mucho esta noche, así que me he ofrecido a bajarlo en su lugar. ¿Te importa, Davis? —Nik señaló con un gesto la puerta del ascensor.

—¡Para nada! —Davis salió corriendo de su nido y se acercó a la palanca que accionaba aquel gigantesco sistema de poleas, que servía para subir y bajar a la tribu y sus camaradas caninos al sotobosque, unos quince metros más abajo.

—Cuando estés listo. —Después, Davis llamó al terrier, que trataba de seguir al cachorro dentro del receptáculo cuadrado de madera del ascensor—. Tú, no, Cameron. Tú ya conoces más de un invierno. Tienes edad suficiente para esperar hasta que salga el sol.

—No me importa que Cammy nos acompañe —dijo Nik, inclinándose para acariciar las enormes y peludas orejas rubias del terrier—. Puede echarme una mano para vigilar al cachorro.

—De acuerdo, pero no tardes. Ya hace mucho que ha anochecido, y creo que no hace falta que te recuerde qué significa eso.

Nik asintió, y su expresión se tornó lúgubre cuando cerró con pestillo la cabina del ascensor.

—Por eso llevo esto. —Levantó la ballesta del guardián.

—Espero que no la necesites, pero me alegro de que la lleves encima —dijo Davis. Después, añadió en tono grave—: Oye, no sé si te has enterado, pero algunos de los cazadores hemos encontrado últimamente algunas señales muy raras ahí fuera.

Nik se quedó de piedra. No, no había escuchado nada más allá de la habitual combinación de insectos mortíferos, plantas venenosas y humanoides mutantes.

—¿Señales raras?

Davis parecía incómodo.

—No debería contártelo. Thaddeus me ha ordenado que mantenga la bocaza cerrada.

—Oye, no te preocupes, no voy a decir nada. ¿A qué señales extrañas te refieres? —Nik notó cómo un escalofrío le trepaba por la columna.

—Encontré un venado, estaba medio desollado.

—¿Alguien desperdició algo tan valioso? Qué raro.

—Es más que raro. El venado todavía estaba vivo cuando lo encontré.

—¿Qué?

—La única herida que tenía es que le habían fileteado parte de la carne mientras aún estaba vivo.

—¡Robapieles! ¿Por qué estabas cazando tan cerca de la ciudad?

—Eso es lo raro, Nik. No estábamos cerca de la ciudad. Y tampoco vimos ningún otro rastro de robapieles. Fue terrible. Horroroso de verdad. —Davis hizo una pausa, y se estremeció—. Fui yo quien lo sacrificó. Fue rápido. Thaddeus y yo estábamos solos, en un entrenamiento de caza. El venado prácticamente se abalanzó sobre mí, apareció de repente en medio del sendero. Le disparé con la ballesta, y luego le corté el cuello. El pobre animal se había vuelto loco de dolor. No hacía más que luchar. Había sangre suya por todas partes... Por todas partes. —Davis sacudió la cabeza, pálido—. Cuando encontré la arteria del venado, Thaddeus estaba muy cerca, y la sangre le salpicó la cara, y le entró en los ojos y la boca. Me dijo que notó algo raro en la sangre..., que tenía un sabor rancio que le provocó arcadas.

—¿No traerías la carne a la tribu, verdad?

—Claro que no. Deberías haber visto a ese animal, Nik. Le pasaba algo realmente malo. Construimos una pira y quemamos el cuerpo.

—Parece que hicisteis lo correcto. Probablemente estaba enfermo, se acercó demasiado a Ciudad Puerto y los robapieles lo atacaron. ¡Mierda de escarabajo, qué asco me dan esos mutantes! Aunque pensaba que a los animales los dejaban en paz, que solo desollaban y comían gente. —Nik compuso una mueca de asco, con el estómago revuelto.

Davis sacudió la cabeza.

—Están completamente locos. Porque desuellan viva a la gente y se la comen. Vamos, que nada de lo que hacen tiene sentido. —Se quedó callado un momento y luego añadió—: Oye, gracias por dejar que te lo cuente, y gracias también por prometer que no se lo contarás a nadie.

—No pasa nada. —El cachorro ladró, implorante, y saltó contra la pierna de Nik—. Vale, lo siento, ya voy. —Nik miró a Davis desde el interior del ascensor, a través de los tablones de madera—. Oye, no te preocupes. Volveré pronto y tendré cuidado. Mearemos los tres y, en cuanto terminemos, te haré una seña con la antorcha.

—Y yo os subiré a los tres enseguida. Mead rápido.

Davis soltó la palanca y empezaron a escucharse los chirridos y repiqueteos procedentes de la enorme cadena rescatada, hacía décadas, de las ruinas de lo que, hacía siglos, había sido una próspera ciudad con dos ríos, pero que ahora no era más que una pesadilla de muerte y peligro. La plataforma descendió lenta y suavemente mientras Nik clavaba los ojos en la negrura del bosque, intentando atisbar si había algo agazapado o reptando bajo sus pies.

Allí, a la luna le costaba rozar con sus delicadas yemas plateadas el sotobosque. A lo máximo a lo que podía aspirar la más llena de las lunas era a iluminar muy levemente el verde bajo las copas de los árboles, sin llegar realmente a proporcionar luz, sino, más bien, un resplandor siniestro y acuoso a la noche.

El ascensor se posó sobre una porción despejada de suelo, cubierta por un musgo espeso. Nik estiró la mano entre los tablones de la cabina para colocar la antorcha en el madero más alto, en el que había una ranura para sostenerlo. Inspeccionó con cuidado las inmediaciones del bosque, notando el picor bajo la piel que siempre sentía cuando abandonaba el santuario de la ciudad en los árboles.

La antorcha proyectaba una pequeña esfera de luz amarilla a su alrededor que iluminaba el manto de agujas de pino y musgo que tapizaban el suelo. No se permitía que creciera alrededor del ascensor, aunque Nik se fijó en que había un grueso madero tirado con descuido cerca del círculo de luz.

—Debió de caerse anoche con el vendaval. Qué raro que nadie lo haya apartado hoy —dijo Nik, estudiando la rama rota y dudando si abrir la puerta de la cabina.

El cachorro empezó a llorar lastimeramente y a saltar contra la pierna de Nik mientras Cameron resoplaba y le mordía juguetonamente los talones.

—¡De acuerdo, de acuerdo! —rio Nik—. Ya lo pillo. Necesitáis salir. —Descorrió el pestillo de la cabina para que los dos canes pudieran salir—. ¡Cerca! —gritó la orden habitual. El terrier obedeció al instante, regresó junto a Nik y levantó la pata junto al tocón que sostenía la antorcha, tan cerca que a punto estuvo de mojarle los pies a Nik—. Bueno, igual no tan cerca.

Riendo entre dientes, Nik se alejó unos pasos del ascensor y se desabrochó los pantalones muy cerca del cachorro, que ladeó la cabeza para observarle y se acuclilló para aliviarse, recordándole a Nik lo joven que aún era.

Tal vez no sea demasiado tarde. Tal vez este me elija.

—Muy bien, volvamos a casa —dijo Nik, señalando la cabina con la ballesta y sintiéndose doblemente aliviado mientras se dirigía a recoger la antorcha y al terrier que esperaba a su lado—. ¡Dentro! —gritó la orden que todos los canes de la tribu aprendían a obedecer antes de estar completamente destetados de sus madres. Cameron saltó a la cabina del ascensor y se quedó mirando algún punto detrás de Nik y lloriqueando silenciosamente.

Nik se giró y las náuseas empezaron a desbordar su estómago.

El cachorro estaba exactamente en el lugar donde acababa de aliviarse, pero ya no miraba a Nik. Ahora tenía la vista fija en la negrura, las orejas tiesas, el rabo alzado.

—¡Cachorro! ¡Dentro! —ordenó Nik.

El cachorro giró la cabeza muy lentamente y cruzó su mirada con la de él. Nik se sintió repentinamente invadido por una inundación de emociones: felicidad, seguridad y, por último, arrepentimiento. Y entonces, antes de que Nik pudiera moverse, el cachorro echó a correr a las fauces negras en las que se convertía el bosque de noche.

—¡Cachorro, no! ¡Detente! —Sosteniendo la antorcha en una mano y la ballesta en la otra, Nik echó a correr tras el cachorro, intentando mantenerlo dentro del círculo de luz.

Y lo consiguió. Nik no perdió de vista al cachorro hasta llegar al madero roto. El madero se estremeció y pasó de ser una inofensiva rama partida a convertirse en una docena de escarabajos letales, cada uno casi del tamaño del terrier, cuyos ladridos aterrorizados retumbaban en el círculo de luz. Los insectos giraron sus chorreantes mandíbulas escarlata en dirección a Nik y, con un terrible repiqueteo, se abalanzaron sobre él.

—¡Cachorro, ven! —gritó Nik. Los escarabajos sanguinarios lo habían obligado a suspender la persecución del can—. ¡Dentro! —ordenó de nuevo.

El cachorro no solo no se detuvo, sino que aceleró. Sin volver siquiera la vista hacia Nik, dejó que el bosque lo engullera.

—¡No! —gritó Nik, desesperado.

Dos de los gigantescos escarabajos se apartaron del grupo que rodeaba a Nik y corrieron tras el cachorro. Nik trató de interceptarlos, pero el resto de los escarabajos se cerraron en torno a él, impidiéndole llegar hasta el cachorro y la seguridad que le aguardaba en el ascensor.

Nik levantó la ballesta y apuntó, intentando encontrar la forma de derribar a más de un escarabajo de un solo disparo, pero los insectos se acercaban cada vez más a él, veloces y con intenciones asesinas. Disponía de apenas unos segundos para tomar una decisión: si lo alcanzaban, si le atravesaban la piel con sus mandíbulas infectas, era muy probable que muriera.

Gritando de rabia y frustración, Nik le dio la espalda al bosque y disparó al insecto más grande, agazapado entre él y el ascensor. Mientras el escarabajo se retorcía, agonizando, y chillaba su penetrante canción de muerte, Nik corrió hacia él. Con una súbita oleada de repulsión, arrancó la flecha de su cuerpo y saltó por encima de él. Los dos insectos que le pisaban los talones se abalanzaron sobre su hermano herido y empezaron a descuartizarlo en trozos más pequeños que pudieran devorar.

Nik atravesó el claro y llegó hasta la antigua campana de latón colgada sobre el ascensor. Tiró de la cuerda una, dos, tres veces, enviando un tañido de advertencia que repiqueteó hacia los árboles. A continuación, tras poner a salvo a Cameron en el interior del ascensor, cerró la puerta de la cabina de un portazo y agitó la antorcha con fuerza.

El ascensor empezó a subir inmediatamente. Nik trepó con determinación a lo alto del madero que sostenía la antorcha y se encaró a los escarabajos sanguinarios que lo rodeaban.

—¡Venid a por mí, desgraciados! ¡A ver a cuántos puedo matar con esta única flecha!

Nik cargó la ballesta, esperó hasta que dos escarabajos se le pusieron a tiro y apretó el gatillo. *¡Fium!*

—Tres muertos. Quedan siete. Me gustan los impares. —Nik blandió la antorcha contra las mandíbulas del primer insecto que alcanzó el madero, y la criatura retrocedió gritando—. ¡Bicho frito! ¿Sabes? La Tribu de los Linces dice que sois deliciosos, pero yo no os soporto. ¡Me dais tanto asco como los gatos! —gritó, agitando la antorcha como si fuera un bate.

Nik golpeó la dura cabeza del escarabajo y le rompió el cráneo. Mientras los insectos devoraban a otro de sus hermanos, Nik lanzó un rápido vistazo hacia el ascensor. Esperaba alcanzar a ver si había llegado al rellano, pero, antes de poder estar seguro, un ruido atrajo su atención de nuevo hacia la carnicería que lo rodeaba, y se le encogió el estómago de terror puro.

El sotobosque empezó a temblar cuando los verdaderos carnívoros nocturnos reptaron dentro del círculo de luz que proyectaba su antorcha. Aún más grandes que los escarabajos sanguinarios, y atraídas por su repugnante aroma, las cucarachas calavera aparecieron en manada y ocultaron los cuerpos del primer insecto que Nik había masacrado y los de los dos que estaban despedazando su cuerpo. Los chillidos de agonía llenaron la noche a medida que las cucarachas empezaron a acercarse cada vez más a Nik y a devorarlo todo a su paso.

Nick evaluó rápidamente sus posibilidades de éxito. Volverían a mandarle el ascensor, sí, pero no antes de que las cucarachas lo alcanzaran. Había tocado la campana de emergencia, así que los camaradas responderían a su llamada, pero seguramente no llegarían hasta él antes que las malditas cucarachas.

Y luego estaba el cachorro. ¿Seguiría vivo? ¿Estaría siendo atacado por escarabajos? ¿Devorado por cucarachas? ¿Lo habría atraído al bosque algo aún más peligroso? ¿Estaría Nik a tiempo de salvarlo todavía?

—Bueno, de lo que estoy seguro es de que no voy a dejarlo ahí fuera —declaró con severidad.

Nik vio la oportunidad de dejar a las cucarachas atrás mientras aún estaban distraídas con los escarabajos. Hizo acopio de valor y ya estaba preparado para saltar del madero y matar a la mayor cantidad de insectos que pudiera, cuando el cielo se abrió sobre su cabeza y una lluvia de flechas ardientes se derramó sobre la masa de insectos furiosos.

Los chillidos de cucarachas y escarabajos eran ensordecedores, y la pestilencia de los insectos calcinados le daba ganas de vomitar. Los camaradas empezaron a descender de los árboles colgados de cuerdas, todos armados con grandes mazas de madera en las manos, los pastores atados con arneses a sus espaldas y las piernas protegidas por una armadura de corteza. Formaron un estrecho círculo alrededor de Nik y empezaron a hacer retroceder a los insectos y a despejar el camino hasta el ascensor, que ya empezaba a descender para subirlos a todos.

—¡Con nosotros, Nik! ¡Muévete hacia el ascensor! —Un camarada llamado Wilkes, el líder de los guerreros, estrelló su maza contra el cráneo de un escarabajo y luego le dio una patada para mandar su cuerpo contra la horda de cucarachas. Mientras tanto, su pastor se lanzó a atrapar a una de las cucarachas entre sus fuertes mandíbulas y zarandeó al insecto hasta que su cuerpo se partió en dos, desparramando una macabra lluvia de sangre y trozos de animal a su alrededor.

—¡No puedo! ¡El cachorro sigue ahí fuera!

—¿El cachorro? ¿El macho? —preguntó Wilkes.

—¡Sí! ¡Salió corriendo cuando nos atacaron los escarabajos! ¡Tengo que ir a buscarlo!

—No hay tiempo. Entra en el ascensor, Nik —dijo Wilkes.

—¡Pero sigue ahí fuera!

—Wilkes, son una plaga. No vamos a poder contenerlos mucho más tiempo —dijo Monroe mientras su pastor despedazaba con los dientes el vientre de un escarabajo.

Destellos de luz procedentes de la luna llena iluminaron las alas color carne de las cucarachas y la coraza color óxido de los escarabajos. A medida que fluían juntos, el sotobosque se convirtió en un mar vivo de insectos.

—¡Nik, no hay tiempo! ¡Entra en el ascensor! —le ordenó Wilkes.

—¡No puedo abandonarlo!

—¡Ya está muerto! ¡No hay nada capaz de sobrevivir a eso! —Wilkes señaló el sotobosque, que bullía de movimiento—. Entra en el ascensor. Ahora.

Nik permitió que la marea de camaradas le empujara al ascensor y, cuando comenzaron su trabajoso trayecto a la seguridad de las alturas, se agarró a los barrotes de madera con las manos, clavó la vista en la horda furiosa que se retorcía bajo ellos y liberó su tristeza en la noche:

—¡No! ¡Cachorro! ¡Nooo!

8

Mari estiró los doloridos músculos de su espalda, se frotó los hombros y giró la cabeza a uno y otro lado. Lanzó una mirada en dirección al ventanuco para comprobar si ya había amanecido y le pareció atisbar una tenue luz. Después de sentir alegría al pensar que su madre estaba a punto de volver a casa, Mari se dio cuenta de que el tiempo se le había escapado de entre los dedos y de que había pasado la noche entera perfeccionando el boceto de su padre, el único dibujo que no podía mostrarle bajo ningún concepto. Se apresuró a apartar el trabajo a un lado, aún sin terminar de secar, y lo sustituyó por otro que a Leda no le sorprendería ver. Cambió también la pluma por un carboncillo afilado y, tras despejar su agotada mente, proyectó las delicadas manos de su madre en su imaginación y empezó a trabajar.

El crujido de los arbustos que había al otro lado de la puerta de la cueva apartó su atención del dibujo, casi terminado. Automáticamente, dirigió la vista hacia el agujero y sonrió con deleite. La débil luz del neblinoso amanecer se filtraba por fin a través del ventanuco, con un resplandor grisáceo.

Escuchó más ruidos fuera de la puerta de la cueva, y luego uno, dos, tres arañazos contra la superficie.

La preocupación obligó a Mari a soltar el trocito de carbón y correr hacia la puerta. ¿Habrían vuelto a herirla? Su madre solía llamar a la puerta, aunque es verdad que no lo hacía siempre (no cuando había compartido demasiado del poder curativo de la luna que albergaba en su interior, y se quedaba débil y vulnerable).

—¡Mamá! ¡Ya voy! —gritó a través de la puerta mientras desatrancaba el cerrojo—. Perdona, me he puesto a dibujar y he perdido la noción del tiempo. Ahora mismo pongo la infusión.

Mari abrió la puerta de par en par, y su mundo cambió para siempre.

En lugar de su madre, al otro lado de la puerta había un can jadeante sentado sobre un charco de sangre. Mari chilló y se tambaleó cuando trató de retroceder y cerrarle la puerta al animal. Sin embargo, el can fue más rápido y, a pesar de cojear y lloriquear lastimeramente, consiguió entrar en la madriguera de un salto.

No dejó de llorar, pero tenía las orejas tiesas y meneaba la cola mientras seguía a Mari. Con la espalda apoyada contra el musgo que tapizaba la pared de la cueva, Mari se quedó paralizada, incapaz de apartar los ojos del can. Ahora que había dejado de retroceder, el animal se sentó muy cerca de ella y la miró con aquellos ansiosos ojos ambarinos que parecían atravesarle la piel y ver directamente su corazón.

Es grande, aunque debe de ser joven. Mari pensaba con lucidez, pero sentía como si hubiera salido de su cuerpo. *Tiene unas patas enormes, pero parece que el cuerpo todavía no se le ha desarrollado.* Su vista recorrió el resto de su cuerpo desde las patas, y tuvo que reprimir un grito cuando reparó en que el espeso pelaje azabache del pecho estaba apelmazado y empapado de sangre fresca.

—¿Qué te ha pasado? ¿Qué estás haciendo aquí?

Al escuchar el sonido de su voz, el cachorro se meneó alegremente y empezó a caminar de nuevo hacia ella. Sin embargo, el movimiento le hizo ladrar de dolor y eso le obligó a detenerse y a levantar lastimosamente una de sus desproporcionadas patas para lamérsela.

Mari se movió sin pensar. Se arrodilló frente al cachorro y estiró una mano hacia él. El animal cojeó hasta ella, se dejó caer en sus brazos y apoyó la cabeza contra su pecho. Después miró hacia arriba, hacia ella, encontró sus ojos y las emociones desbordaron a Mari: alivio, alegría y un torrente de amor incondicional e infinito.

Y Mari supo entonces, sin duda alguna, qué era lo que el cachorro estaba haciendo allí.

—Has venido a buscarme —dijo, incapaz de reprimir los sollozos que se le acumulaban en la garganta.

Mari y el cachorro podrían haber pasado horas así, abrazados, compartiendo un vínculo milagroso, indescifrable y que transformaría la vida de ambos para siempre, pero la tranquila voz de su madre, que habló como si estuviera dedicándole una oración a la Gran Tierra Madre, los interrumpió:

—Mari, ¿cómo se llama?

Mari miró a través de las lágrimas y vio a Leda de pie, en el vano de la puerta abierta. Sonrió como si el corazón fuera a estallarle de alegría.

—¡Rigel! ¡Se llama Rigel, y me ha elegido!

—Claro que sí. Eres la digna hija de tu padre —dijo Leda, como si fuera evidente. Sin embargo, las lágrimas que se derramaban por su rostro contradecían la indiferencia que intentaba denotar su voz—. ¿Crees que a Rigel le importará si entro?

—¡Oh, mamá, entra, por favor! —Mientras Mari hacía un gesto con una mano para indicarle que entrara en su hogar, acarició con la otra el espeso pelaje de Rigel para tranquilizarlo. Al escuchar el sonido de la voz de su madre, el cachorro había girado la cabeza entre sus brazos, y ahora encaraba la puerta y observaba a Leda con atención. No obstante, Mari no notaba ninguna clase de tensión en su cuerpo.

Leda entró en la pequeña madriguera en la que habían construido su hogar, y se agachó justo al otro lado de la puerta para dejar en el suelo la cesta con las ofrendas que los caminantes terrenos le habían obsequiado esa noche, antes de cerrarla y volver a atrancarla. A continuación, se volvió para mirar a su hija y al cachorro.

—Mari, el can de tu padre, Orion, parecía poder leerle la mente. Galen me explicó que el vínculo entre ellos era completamente intuitivo, una habilidad que un can y su camarada compartían de por vida.

Mari bajó la vista para mirar a Rigel.

—¿Puede leerme la mente?

—Sí, algo así —asintió su madre—. En realidad, Orion podía percibir las emociones de Galen, y a veces lo hacía antes de que tu padre las hubiera asimilado por completo. —La nostálgica sonrisa de Leda transmitía ternura y tristeza—. Orion supo que Galen me amaba mucho antes de que él mismo lo admitiera en voz alta o, incluso, antes de admitirlo ante sí mismo. —Leda se sacudió y continuó—. Sin embargo, y aunque tu vínculo con Rigel es muy reciente, creo que vamos a tener que comprobar cuán fuerte es.

—¿Comprobar? Mamá, ¿a qué te refieres?

Muy lentamente, Leda se acercó a Mari y el cachorro.

—Ah, claro, es lo que yo pensaba. Ha sido el rastro de su sangre el que he seguido hasta la puerta, no el tuyo. —Leda hizo una pausa y se apartó un mechón de cabello sudado de la cara.

Mari vio que a su madre le temblaba la mano, y se le abrieron los ojos de par en par al darse cuenta de ello.

—Mamá, siento que Rigel te haya asustado. Estoy bien, te lo prometo. Yo no he salido. Ha sido él quien ha venido a mí.

—Sí, ahora lo veo. Es que había tanta sangre, y el rastro llevaba directamente hasta aquí... No te he visto dejar la Asamblea, Mari. Jenna me dijo que te habías marchado antes de que estuviera completamente oscuro, pero cuando he visto la sangre... —La voz de Leda fue disipándose mientras se enjugaba los ojos con un gesto rápido.

—¡Ay, mamá! Lo siento muchísimo.

—No tienes que disculparte, mi niña. No has hecho nada malo, pero mucho me temo que tu pastor está gravemente herido.

El brazo de Mari atrajo a Rigel con fuerza contra sí, y el can ladró de dolor. Mari aflojó inmediatamente la presión.

—¡No pasa nada! ¡No pasa nada! —le tranquilizó, acariciándole y permitiendo que se acurrucara contra ella—. Qué estúpida soy, mamá. He estado aquí abrazándolo y acariciándolo, y él lleva todo este rato dolorido y sangrando.

—No seas tan dura contigo. —Leda se acuclilló frente a ellos—. Esto no es algo para lo que estuvieras preparada.

—Cuando ha entrado, estaba cojeando. —Mari levantó una de las patas delanteras y la giró para que su madre y ella pudieran inspeccionar la almohadilla—. Mira, mamá, tiene las patas perforadas, y le sangran.

—Esto se lo ha hecho con nuestros zarzales —respondió Leda—. Tendrás que enseñarle a pasar entre ellos sin hacerse daño, después de asegurarte de que no tiene ninguna espina clavada en las almohadillas. —Señaló el pecho ensangrentado de Rigel—. Me preocupa más el origen de toda esa sangre.

Leda se secó rápidamente los ojos y la nariz con el dorso de la manga. Después, cuidadosa, muy cuidadosamente, apartó el espeso y suave pelaje empapado de sangre e hizo una mueca de dolor cuando quedaron a la vista las profundas heridas que recorrían en zigzag el pecho de Rigel. El cachorro empezó a estremecerse y jadear, emitiendo apenas un sollozo, pero se apretó un poco más contra Mari.

—¿Mamá? —La mirada de Mari buscó la de su madre mientras intentaba pensar, a pesar del miedo que acababa de apoderarse de ella y aplacaba su alegría.

—Parece que tu valiente Rigel no solo ha tenido que enfrentarse a las zarzas para encontrarte.

—Pero ¿sobrevivirá? —El sonido de su propia voz se le antojó a Mari infantil y lastimero. Rigel gimió y le lamió la cara.

—Sí, sobrevivirá. No consideraré ninguna otra alternativa, y tú tampoco deberías hacerlo, sobre todo porque Rigel puede percibir tu miedo antes de que tú misma puedas verbalizarlo. Tienes que ser fuerte por él, Mari.

Mari asintió y reprimió otro sollozo.

—Piensa en lo mucho que le quieres, y no en el miedo que te daría perderlo —dijo Leda, acercándose más para examinar sus heridas—. Y piensa también en lo valiente que es tu compañero.

—Es muy valiente. Es valiente, y precioso, e increíble. Lo sé… Lo siento.

—Es todo eso, y más —concordó su madre, sonriendo a Rigel, que en respuesta golpeó el suelo con la cola. Leda extendió su mano abierta hacia él. Sin titubear, el cachorro se la lamió y Leda le acarició el pelaje azabache de la cabeza—. Tan valiente, precioso e increíble como la camarada que ha elegido. —La voz de su madre se estremeció, emocionada, mientras acariciaba brevemente al cachorro. Luego, su madre se incorporó, y se sacudió la falda—. Pero tu Rigel está perdiendo mucha sangre. Tenemos que cerrarle esas heridas del pecho para que pueda curarse.

El animal empezó a temblar, y Mari lo atrajo hacia ella.

—Tirita como si tuviera frío, pero aquí dentro hace calor.

—Está conmocionado. Eso lo sabes, Mari. Te he contado muchísimas veces cómo se tratan las heridas. Es hora de poner todo eso en práctica.

—Pero esto es muy distinto a escuchar tus historias y contestar tus preguntas. Y es un can, no un caminante terreno… ¡No sé qué hay que hacer!

—Mari, controla tus emociones. No disponemos de tiempo para tener miedo. Está a punto de amanecer y el sol avanza inexorable sobre el cielo nocturno, pero la luna llena no es tan fácil de suplantar, sobre todo en un alba tan neblinosa como esta. Aún puedo invocar energía suficiente para detener la hemorragia y hacer que se sienta mejor, pero solo podré hacerlo si me ayudas. Él necesita tu ayuda.

—Lo que sea. Haría cualquier cosa por ayudar a Rigel.

—Eso es lo que necesitaba oír. El primer paso que debe dar una curandera es…

Leda calló y Mari terminó automáticamente la frase por ella:

—Sobreponerse al pánico y actuar.

—Excelente. Entonces, actuemos. Creo que no es buena idea que camine. ¿Puedes llevarlo en brazos? Tenemos que salir a la superficie y buscar la energía que nos alimenta.

—Es grande, pero yo soy fuerte. Puedo con él. —Mari acomodó a Rigel en la seguridad de sus brazos. Sosteniéndolo con cuidado, se dio impulso con las piernas y se levantó. El cachorro no emitió ningún sonido: se limitó a apoyar la cabeza contra su hombro y siguió tiritando y jadeando.

—Estamos listos —jadeó también Mari, a causa del esfuerzo. Su rostro, sin embargo, estaba dominado por la confianza: cargaría con él, y el animal se sanaría.

Leda asintió y a continuación se dirigió a la puerta, levantó el pesado listón de madera y salió de la madriguera.

Su madre cogió su bastón de caminar. Al igual que había hecho antes Mari, Leda lo usó para apartar los arbustos, con espinas como cuchillas, que ocultaban completamente su hogar. Leda guio el descenso por el sendero, rodeó la madriguera y ascendió después por otro sinuoso camino hasta que las dos llegaron a un círculo despejado en la cumbre que se alzaba justo detrás de su madriguera. Allí, las viejas zarzas, tan amorosamente cultivadas, habían crecido hasta elevarse muy por encima de sus cabezas, dejando libre un hermoso claro y una redonda porción de cielo.

—Siéntate aquí, en el centro, entre los brazos de la Tierra Madre —dijo Leda—. Sostén a Rigel en tu regazo.

Mari obedeció en silencio las órdenes de su madre y se acercó a la silueta, semejante a una mujer surgiendo de la tierra, medio inclinada en el centro exacto del claro circular. La imagen se parecía mucho a la que había en la Asamblea, aunque mucho más antigua y mucho más grande. Su piel estaba cubierta por una suave capa de musgo. Su cabello era una verdosa cascada de helechos de cinco dedos. Su rostro redondeado estaba perfectamente tallado en un trozo de obsidiana, con una expresión serena y perpetuamente atenta. Mari se inclinó automáticamente ante la imagen de la Gran Tierra Madre, la diosa con la que Leda tenía un potentísimo vínculo, antes de sentarse con las piernas cruzadas frente a la estatua, colocar al cachorro en su regazo y abrazarlo con fuerza. Mientras su madre caminaba en círculos alrededor del claro, cortando algunas hierbas de los matorrales aromáticos que tanto proliferaban en aquel lugar, Mari aprovechó para admirar la perfección del rostro de la diosa, deseando, como tantas veces en su vida, poder experimentar la misma conexión con la Tierra Madre que sentía su madre.

Leda apoyó las manos, que emanaban un protector aroma a romero, en los hombros de su hija y, mirándola como si pudiera leerle la mente, le dijo:

—No es necesario que oigas su voz, ni que sientas su presencia para saber que la Gran Tierra Madre está aquí. Te vigila muy de cerca, mi niña.

Mari inspiró hondo, permitió que el aroma a romero de su madre la tranquilizara y asintió con un movimiento de cabeza. Puede que no sintiera la presencia de la diosa ni escuchara su voz, pero de lo que no tenía la menor duda era que confiaba en su madre. Mari se recostó contra sus piernas y dejó que su cercanía la reconfortara.

Mari alzó la vista para mirar el cielo entre la niebla del alba e intentó atisbar algún destello de la luz que aún pudiera quedar de la brillante luna llena de la noche anterior. Sin embargo, lo único que alcanzó a ver fue el apagado tono gris del cielo cubierto de la mañana.

—No queda nada de luna. Es demasiado tarde —dijo Mari, tratando de reprimir un sollozo.

—La luna sigue ahí. Aunque no podamos verla, la luna siempre está ahí. Y, con ayuda de la Tierra Madre, con tu ayuda, yo puedo invocar su poder.

Leda no perdió tiempo buscando lo que ya sabía que estaba allí, y Mari no tuvo que mirar atrás para saber lo que estaba haciendo su madre. Mari se la imaginó con los brazos ampliamente extendidos junto al cuerpo y los ojos grises clavados en el cielo. Mari sabía que el mínimo resplandor de noche que el amanecer no hubiera engullido todavía era capaz de hacer que la piel de su madre adoptara el resplandor plateado que condenaba a los caminantes terrenos —salvo a las Mujeres Lunares— desde el atardecer hasta el amanecer. Entonces, su madre comenzó a repetir la invocación con una voz dulce, potente y confiada.

Yo declaro ser tu Mujer Lunar,
a tus pies pongo mis poderes, sin nada que ocultar.

Mari notó que su madre temblaba.

—Prepárate —le dijo Leda, interrumpiendo momentáneamente el ritual—. Dame tu mano, coloca la otra sobre Rigel y concéntrate, Mari. Lo que debes hacer esta noche es lo mismo que hemos practicado tantas veces.

Mari cuadró los hombros y apartó a un lado sus miedos e inseguridades. Estiró el brazo sin mirar. La delicada mano de su madre estrechó la suya con fuerza y firmeza.

—Ahora, repite las últimas palabras conmigo y contémplalo, Mari, contempla cómo la energía plateada mana de la luna y fluye a través de mí, y cómo pasa de tu cuerpo al de Rigel.

Mari apretó la mano de su madre y asintió. Acompañando a Leda, pronunció las conocidas palabras que extraían del cielo los invisibles hilos de energía que solo respondían a la llamada de una Mujer Lunar.

Canaliza, poderosa luna, a través de mi ser
el don de la diosa que es mi destino y mi haber.

Mari se preparó y, como tantas otras veces antes de aquella, notó cómo el cuerpo de Leda se ponía rígido al dejar que la energía fluyera por su cuerpo hasta el de Mari y chisporroteara en su palma para después descender por su brazo y dar vueltas y vueltas en su interior, llenándola de poder con cada segundo que pasaba. A Mari empezó a martillearle el corazón y su respiración se aceleró hasta tal punto que empezó a jadear tanto como el cachorro. En sus brazos, Rigel gemía, inseguro.

—Concéntrate. —La voz de su madre era apenas un susurro, pero Mari la sintió en todo su cuerpo—. Puedes hacerlo. Esta energía no te pertenece, no debes albergarla en tu interior. Tu cuerpo no es más que un canal para que pueda circular. Extrae serenidad de la imagen de la Tierra Madre. Aunque el caos, el daño o el malestar te rodeen, busca tu verdadero yo interior. Libera lo que le pertenece al mundo, los miedos, las preocupaciones, las tristezas, para que este arroyo plateado fluya sin obstáculos por tu cuerpo. De noche, es una cascada. Rigel es el recipiente que debe contenerla.

Mari clavó los ojos en la hermosa imagen de la Tierra Madre que Leda tan amorosamente podaba y cuidaba. Pero, como siempre, para Mari aquella imagen no era más que una mezcla de arte y vegetación. No era capaz de sentir la presencia divina que su madre veneraba. No era capaz de encontrar su verdadero yo interior, su núcleo.

—Mamá, no puedo. Está t-t-tan fría. D-d-duele —tartamudeó entre el castañeteo de sus dientes.

—Pero es solo porque la energía curativa no va destinada a ti. Libera los miedos de tu cuerpo, Mari. ¡Concéntrate! Asienta tus raíces y conviértete en un canal para la energía de la luna. Esta noche, tienes que lograrlo. De lo contrario, lo más seguro es que Rigel muera.

Las palabras de su madre estallaron en su cuerpo.

—¡No! ¡No puede morir! ¡No lo permitiré! —Mari apretó los dientes ante el frío que sentía y trató de concentrarse a pesar del dolor, de liberar la cacofonía de emociones que se arremolinaban sin control en todo su cuerpo. Intentó convertirse en canal de la cascada de agua lunar. Pero, a pesar de todo, la energía seguía siendo un torbellino en su interior. Aterrorizaba a Mari y amenazaba con engullirla, con ahogarla en sus gélidas profundidades.

Aquí era donde solía fallar. Este era el momento en el que siempre soltaba la mano de su madre y dejaba que las náuseas se apoderaran de ella hasta que al final vomitaba y expulsaba sus tristezas y la luz lunar mientras Leda le acariciaba la espalda, la consolaba con sus palabras, tranquilas y amables, le recordaba a Mari que tendría una nueva oportunidad, que la próxima vez lo haría mejor.

Pero Rigel no tenía ninguna oportunidad, y Mari se negaba a perderle.

¡Piensa! ¡Concéntrate!

—Mari, domina tu respiración. Calma tu corazón. Esto ya no es un ensayo. O curas a Rigel, o fracasas y muere a causa de la conmoción y la hemorragia. Esta es tu realidad.

—¡Eso es, mamá! ¡Necesito convertir esto en mi realidad! —Mari cerró los ojos con fuerza.

¿Sería esa la respuesta? ¿Sería realmente tan sencillo? Mari se imaginó en su madriguera, sola, sentada en su escritorio, preparándose para hacer un dibujo. Su respiración entrecortada se ralentizó.

El martilleo de su corazón se calmó. Mari encontró un apoyo cuando visualizó una hoja de papel en blanco. Sobre ese papel, su imaginación empezó a esbozar rápida y fluidamente una imagen de sí misma, sentada con las piernas cruzadas y con Rigel tumbado en su regazo. Desde lo alto, su luz plateada se derramaba a chorros sobre su palma alzada y fluía por su cuerpo en una fulgurante oleada que brotaba a través de la otra mano, apoyada contra el pecho ensangrentado del cachorro. Con los ojos aún fuertemente cerrados, Mari se concentró en la escena, y visualizó una imagen del cuerpo de Rigel al que la luz líquida le había limpiado la sangre y había dejado a su paso unas heridas perfectamente cerradas y prácticamente curadas.

De repente, la gélida marea que Mari albergaba en su interior se había vuelto controlable. En lugar de ahogarla, ahora podía usarla como si ella no fuera más que un conducto y la dejaba fluir por su cuerpo, liberándola poco a poco sin que la energía la dañara. *¡Lo estoy consiguiendo! ¡Lo estoy consiguiendo!* Y, tan rápido como este pensamiento acudió a su mente, su concentración se hizo añicos. La imagen que acababa de crear desapareció junto con la oleada de energía en su interior.

—¡No! ¡No! ¡Recupéralo! ¡Lo estaba consiguiendo! ¡Estaba funcionando! —boqueó Mari, agarrándose a la mano de su madre como si fuera un salvavidas.

—Es demasiado tarde. El sol ha salido completamente. No puedo volver a invocar la luna, ni siquiera con tu ayuda. —Leda se arrodilló junto a Mari, mientras desenlazaba con delicadeza su mano de la de su hija—. Pero ha bastado. Lo has conseguido, mi niña. Sabía que lo harías. ¡Alabada sea su Tierra Madre y su luna bendita! Lo has salvado.

Sintiéndose confusa y desorientada, Mari bajó la vista hacia Rigel. El cachorro meneaba animadamente la cola y se sentó, lamiéndole la cara. Aunque estaba mareada, Mari rio débilmente y lo abrazó. El animal se acurrucó allí, se aovilló contra su cuerpo y, con un suspiro de satisfacción, Rigel se durmió profundamente en sus brazos. Con una mano temblorosa, Mari apartó el pelaje apelmazado de sangre de su pecho. Donde hacía apenas unos segundos había unas heridas profundas y sangrantes como latigazos, ahora no quedaban más que unas rosadas marcas de piel recién cicatrizada que ya habían dejado de sangrar.

—Sabía que era cierto. Tienes mis poderes, y los superas. —La voz de Leda rezumaba felicidad—. Rigel lo ha cambiado todo.

Mari siguió mirando a Rigel e intentó disfrutar de su victoria mientras asimilaba las emociones que la bombardeaban.

—Lo ha cambiado todo —repitió mientras la brisa matutina la despertaba. Una cálida ráfaga hizo que la niebla sobre ellas se arremolinara y se levantara, permitiendo que la luz amarilla bañara el pequeño claro. Los ojos de Mari percibieron la luz de inmediato y se alzaron automáticamente, dilatándose al absorber los brillantes rayos. El calor inundó su cuerpo e, incapaz de reprimirse, Mari inspiró hondo para aceptar la calidez, la energía y la luz antes de volver a bajar lentamente la mirada hacia sí misma y observarse con tristeza. Los motivos dorados estaban empezando a aflorar bajo su piel. Los dibujos empezaron a brillar y se expandieron a la misma velocidad que la calidez que corría por su sangre, cubriendo su cuerpo entero.

En ese preciso instante, Rigel abrió los ojos y alzó la vista al cielo. Mientras Mari le observaba, los ojos comenzaron a brillar y pasaron del color del ámbar al color de la luz del sol.

Mari sabía, sin necesidad de mirarse en su valioso espejo, que los ojos que acababa de clavar en los de su madre habían pasado del gris plateado a un dorado brillante y cegador: el mismo color que exhibían ahora mismo los de Rigel.

—¡Ay, mi niña, os parecéis tanto a Galen y Orion! —sonrió Leda entre lágrimas.

—Sí, madre, Rigel lo ha cambiado todo y nada a la vez. Todo y nada a la vez.

9

—Creo que esto no está bien. ¿Puedes comprobarlo, mamá? —Mari le ofreció el cuenco de madera a Leda para que lo examinara.

Leda tomó entre los dedos un pellizco de la mezcla que Mari había estado preparando y olfateó.

—Has puesto consuelda y achicoria suficientes, pero tienes razón: la pomada necesita más llantén machacado. No vale con la mezcla de hojas secas que has usado tú.

—El llantén machacado está en la cesta mediana, mezclado con la cera de abeja solidificada, ¿verdad?

Leda asintió.

—Verdad. —Dedicó una mirada a la bola de pelo que estaba hecha un ovillo en el camastro de hierba santa, debajo del escritorio de Mari—. Creo que Rigel es mejor profesor que yo.

El joven pastor parecía estar profundamente dormido, pero, en cuanto Leda pronunció su nombre, abrió los ojos y su mirada se posó automáticamente en ella. Golpeó el suelo con el rabo tres veces antes de volver a cerrar los ojos, dejar escapar un suspiro de placer y empezar a roncar suavemente.

—Has aprendido más de curación en los últimos nueve días, desde que tu can llegó a la madriguera, que en los dieciocho inviernos de vida que llevo intentando enseñarte.

—Bueno, detesto tener que admitirlo, pero creo que no he sido la mejor estudiante que podrías haber tenido. —Mari sonrió por encima del hombro mientras buscaba entre la hilera de cestas medianas que se alineaban en la pared de su completo dispensario médico—. ¡Aquí está! —Se llevó la cesta a su escritorio y empezó a añadir con cuidado una mezcla gelatinosa a las hierbas pastosas.

—Tal vez no hayas sido mi mejor estudiante, pero has sido la mejor hija —dijo Leda.

—Mamá, tú no puedes opinar —rio Mari—. Es como si yo dijera que Rigel es el mejor can.

—Bueno, ¿y no lo es?

—¡Claro que sí! ¡Así que supongo que vuelves a tener razón! —las dos mujeres rieron, y Mari reparó en lo rejuvenecida que parecía su madre de repente. Cuando Leda reía, las arrugas de preocupación que habían empezado a surcarle la piel del rostro se suavizaban. Mari reparó también en que su madre, que también era su mejor amiga, estaba envejeciendo. Un breve escalofrío de inquietud le recorrió la columna, y dijo sin pensar—: Ayer, cuando saqué a Rigel, me fijé en que las zanahorias salvajes del claro que hay junto al arroyo oriental ya están maduras como para recolectarlas, y ya sabes que siempre están más dulces si se recogen de noche. Hasta mañana no vuelve a ser Tercia Noche. Esta noche el clan puede sobrevivir sin ti. ¿Por qué no te quedas con Rigel y conmigo y vamos juntos a llenar un buen canasto?

La sonrisa de Leda parecía distraída cuando volvió a centrar su atención en la cesta que había estado tejiendo.

—Esta noche no, mi niña. He convocado al clan a una Asamblea antes de que se ponga el sol, y después hay muchos asuntos del clan de los que tengo que ocuparme.

—Evitar que se coman entre sí no son asuntos del clan, es una obra de caridad —murmuró Mari.

—Los caminantes terrenos no se comen a sus congéneres humanos, y lo sabes.

—Mientras tú los purifiques de las Fiebres Nocturnas, no, no lo hacen —dijo Mari con un exagerado suspiro.

—Los robapieles son caníbales, y no es un tema que deba ser tratado con ligereza o sarcasmo. Ya deberías saberlo. Recítame los versos, Mari.

Mari ahogó otro suspiro y recitó de memoria:

—*Mantente alejado de las ciudades malditas, los robapieles las habitan.*

—No olvides los versos que marcaron tu infancia. No te los enseñé para pasar el rato —Leda calló un momento. Era evidente que estaba conteniéndose. Cuando volvió a hablar, su humor había cambiado. Había recobrado la paciencia, pero también el cansancio que proyectaba sombras bajo sus expresivos ojos grises—. Mari, ser Mujer Lunar no es un trabajo caritativo: es mi destino. Tú misma has experimentado ese poder, y también sabes que tu don es algo que debes apreciar y emplear adecuadamente, por el bien mayor del clan.

—Madre, entiendo lo que dices, pero yo no lo siento igual. Te dedicas a salvar una y otra vez a esa misma gente que nos condenaría a las dos sin dudar si nosotras no les ocultáramos la verdad.

—La ley fue instaurada mucho antes de que yo conociera a Galen, cuando los primeros miembros de nuestro clan emigraron aquí desde la costa y los camaradas descubrieron nuestra conexión con la Tierra Madre y todo lo que de ella nace. Nosotros estábamos dispuestos a ayudarlos, a enseñarles a hacer brotar cosechas del fértil terreno de su isla. Sin embargo, en lugar de agradecérnoslo, capturaron a un grupo de mujeres y las retuvieron contra su voluntad. Sin su Mujer Lunar, las mujeres del clan fueron abatidas por las Fiebres Nocturnas, pero, aun así, la tribu se negó a liberarlas y mató o esclavizó a cualquier miembro del clan que intentó ponerlas en libertad. Fue entonces cuando las mujeres del clan prohibieron terminantemente mantener cualquier contacto con la Tribu de los Árboles.

—Sí. Pero si descubrieran la verdad sobre mí, de acuerdo con la ley del clan, tanto tú cómo yo seríamos desterradas al territorio de los camaradas y abandonadas allí. Digamos que no me causan particular simpatía.

—Así que tú querrías que le negara al clan aquello que los sana y los mantiene cuerdos. Querrías que dejara de curar a los heridos y enfermos que precisan de mis dones, de mis conocimientos. ¿Qué me dices de Jenna y de su padre? ¿Condenarías a tu amiga y su progenitor al delirio y el dolor?

—No, no quería decir eso. —Mari frunció el ceño.

—Mari, a veces yo también desearía que la vida fuera distinta.

—Bueno, pues yo desearía que nuestra vida fuera distinta —respondió Mari con firmeza.

Leda apartó los ojos de la cesta que estaba tejiendo e intercambió una mirada con su hija.

—Pues yo no creo que hubiera gozado más de otra vida que de la que he disfrutado contigo.

—Ay, mamá, ¡te quiero tanto! A mí solo me gustaría que en nuestra vida hubiera más alegría, para equilibrar las tristezas.

—Mi niña, gracias a Rigel, creo que tu deseo se está haciendo realidad. Desde que te eligió, te he visto rebosante de alegría.

Mari sonrió y estiró el brazo por debajo de la mesa para acariciar a Rigel en la cabeza. El cachorro bostezó alegremente y se estiró, y a continuación se frotó contra su mano y la miró con adoración.

—Me hace muy feliz. Pero, mamá, recuerda que lo ha cambiado todo y nada a la vez —repitió, porque aquel sentimiento nunca se apartaba de su mente.

—Mari, si a mí me pasara algo, quiero que me prometas que cogerás a Rigel y te marcharás con los camaradas.

Mari se quedó helada por dentro.

—Madre, ¡no va a pasarte nada!

—Prométeme que recordarás mi deseo, y que te marcharás con el pueblo de tu padre.

—¡No, mamá! ¡No pienso prometerte eso! Los camaradas nos matarán, o nos esclavizarán. No entiendo qué sentido tendría ir con ellos.

—Mari, escúchame. Es distinto, porque Rigel te convierte en uno de ellos. Estás unida a un pastor, a un can líder. Eso es algo sagrado. Eres valiosa para su tribu, y lo más importante para los camaradas es aquello que beneficia a la tribu.

—Mi padre estaba unido a Orion, un can líder, y era importante para la tribu. Y ellos lo mataron.

—Porque violó uno de sus mandatos más sagrados: robó hojas de la Planta Madre. Pero tú no has violado ningún mandato. Estoy convencida de que te aceptarán.

—Mamá, ¿qué sabes tú de cómo son los camaradas ahora? —Cuando Leda se disponía a contestar, Mari levantó una mano y frenó su respuesta—. Antes de hablar, creo que deberíamos fijarnos bien en qué es lo que realmente sabemos de ellos, y no en las historias que te contaron hace años. Hace dieciocho inviernos desde la última vez que hablaste con un camarada. Toda mi vida me has dicho que mi padre era un buen hombre, cariñoso y bondadoso. También me has dicho siempre que él era distinto. Que te amó, en lugar de atraparte y esclavizarte, pero también que ambos sabíais que tendrías que encontrar un nuevo lugar donde vivir si queríais tener alguna oportunidad de estar juntos.

—Eso es cierto, pero Galen me contó muchas historias acerca de sus amigos y su familia y, aunque admitía ser distinto, también decía que los integrantes de la Tribu de los Árboles eran gente buena, sabia y justa.

—¿Y si lo que te estaba contando no eran más que cuentos, como los que nos contamos entre nosotras? —La frustración finalmente la desbordó, y Mari verbalizó la preocupación que la carcomía, que no era capaz de apartar de su mente—. ¿Y si Galen convirtió a su pueblo en un mito viviente para entretenerte, para evitar que te preocuparas demasiado?

—No —respondió Leda, casi en un susurro—. Me niego a creer eso. No puedo.

Dolorida al ver el tono pálido y la expresión tensa en su rostro, Mari se retractó:

—De acuerdo, de acuerdo, asumamos que todo lo que te contó Galen es cierto. Pero eso era entonces, madre, hace más de dieciocho inviernos. E incluso aquellas buenas personas no fueron ni lo suficientemente sabias ni lo suficientemente justas como para perdonarle la vida. Piensa en todas las cosas que pueden haber ocurrido en todos los inviernos que ha durado mi vida. En este tiempo, muchas cosas pueden haber cambiado en la Tribu de los Árboles.

—Algunos cambios podrían haber sido a mejor —dijo Leda.

—Pero, por lo que sabemos, no es así. Mamá, me dijiste que notas una gran turbación en la Tierra Madre. Y yo te creo. Algo está pasando. Las partidas de caza de los camaradas son cada vez mayores. Están empezando a hacer incursiones fuera de su bosque de pinos dulces. Siguen matándonos. Aunque estoy de acuerdo contigo en algo: creo que han cambiado, aunque no para mejor. Rigel es una prueba de ello.

—¿Rigel?

—Es un can líder, venerado y protegido por la tribu, ¿no es así?

—Sí.

—Y, entonces, ¿qué está haciendo aquí?

—Elegirte como camarada, por supuesto —respondió su madre.

—No, mamá. No quiero decir literalmente. Me refiero a que cómo es posible que se haya escapado de un pueblo que venera y protege a los canes con su propia vida.

Leda parpadeó y se quedó mirando al cachorro como si lo viera por primera vez.

—No lo había pensado así hasta ahora, pero puede que tengas razón, Mari. La tribu que tu padre describía jamás habría permitido que un valioso cachorro de can se escapara, y mucho menos después de que se hubiera puesto el sol. —Leda sacudió la cabeza como si estuviera intentando alejar de ella los pensamientos lúgubres—. Pero, a pesar de todo, eres una camarada, y eso es tan cierto como que eres mi hija. Comprendo que puede parecer peligroso, e incluso aterrador, ir en busca del pueblo de tu padre. Pero, mi niña, cuando yo falte tendrás que encontrar un lugar para ti y para Rigel en este mundo, y ese lugar no está en una madriguera, ocultando la mitad de tu herencia.

—¿Por qué me dices estas cosas? Pensaba que querías que te sucediera como Mujer Lunar. ¿Qué ha pasado? —Al percibir las emociones de Mari, Rigel emitió un ladrido lastimero, y la chica le acarició para tranquilizarle.

Leda suspiró y dejó a un lado la cesta en la que estaba trabajando. Entrelazó las manos sobre su regazo y se giró para mirar a su hija.

—Las mujeres del clan anunciaron anoche que es el momento de designar a mi heredera y proclamarla mi aprendiz para comenzar con su instrucción.

Mari se sintió como si el suelo acabara de abrirse bajo ella y estuviera cayendo de cabeza, en picado, directa a un arroyo helado.

—Porque están cansadas de esperar a que me recobre de mi supuesta enfermedad y manifieste mis poderes.

—No, mi niña. Porque los caminantes terrenos necesitan saber que el clan tendrá una Mujer Lunar que vele por ellos cuando yo sea demasiado vieja como para invocar a la luna.

—Déjame intentarlo de nuevo. Ahora sé controlar mejor mis poderes. ¡Te ayudé a curar a Rigel! Déjame ser tu verdadera aprendiz. Es mi derecho como hija, mamá.

—Lo único que me gustaría más que elegirte como aprendiz sería saber que, al no elegirte, te estoy manteniendo a salvo.

—¡Pero estaré a salvo! Me aseguraré de que ningún miembro del clan me vea antes del anochecer, o después del alba. Tendré más cuidado de tener el pelo bien teñido y ocultaré mis rasgos. Siempre.

—Ojalá pudiera decirte que sí. Bien lo sabes, Mari, pero sencillamente es demasiado peligroso, sobre todo ahora. —Leda miró a Rigel—. La ley no deja lugar a dudas. Seas o no la Mujer Lunar, si tu secreto se descubre, serás desterrada del clan.

Mari siguió la mirada de su madre y dijo:

—Se quedará aquí, se lo ordenaré. Y sabes que me hará caso: siempre me obedece. —Rigel golpeó la cola contra el suelo y se acercó un poco más a Mari, como si estuviera de acuerdo.

—Hay muchas cosas que desconozco sobre el vínculo entre camaradas y canes, pero hay algo que sí sé: aunque Rigel obedecerá tus órdenes, le causará gran dolor estar separado de ti, igual que te lo causará a ti estar separada de él. Mari, hace apenas nueve noches que te eligió, y ya sois inseparables. —Su madre negó con la cabeza. Tenía los ojos tristes, pero su determinación no flaqueó—. He elegido a Sora. Haré el anuncio antes del anochecer de hoy.

Mari se mordió el labio para disimular el disgusto que la decisión de su madre le causaba.

—¡Sora! ¡Es demasiado egoísta y arrogante para ser Mujer Lunar!

—Sora es joven y egocéntrica, pero también posee un gran poder y un enorme deseo de convertirse en mi aprendiz. Estoy convencida de que, con la instrucción necesaria, madurará y se convertirá en una Mujer Lunar que cuidará del clan como se merece.

—Ni siquiera te gusta —dijo Mari.

—Es verdad que no le tengo demasiado aprecio a esa chica. Ha recibido demasiado, demasiado pronto, y eso ha complicado su carácter. A pesar de todo, posee una lógica que le ayudará a lidiar con los problemas del clan. Además, percibo que tiene el poder necesario para invocar la luna y purificar del delirio nocturno a los caminantes terrenos. Y todas esas cosas la convierten en una candidata adecuada para ser mi sucesora.

—Yo... Sé que debería habérmelo esperado, pero no pensaba que fuera a dolerme tanto —dijo Mari en voz baja, apartando la vista de su madre.

Leda acudió rápidamente junto a su hija, la rodeó con el brazo y atrajo la cabeza de Mari hacia su hombro.

—No dejes que esto te afecte. Si me dieran la oportunidad de elegir entre todos los niños de esta tierra, no habría elegido otra hija que no fueras tú. Y, si pudiera elegir entre todos los caminantes terrenos que han sido bendecidos por la Gran Tierra Madre con el poder de invocar la luna, no querría ninguna otra aprendiz que no fueras tú. Pero el destino ha dibujado una escena distinta en tu futuro. Quizá algún día el destino te permita mostrarte desnuda bajo el sol, igual que ahora puedes invocar el poder de la luna. Sin embargo, hasta ese día, yo haré todo lo que esté en mi mano para protegerte de aquellos cuya ignorancia podría herirte.

—Yo lo único que le pido al destino es que me permita permanecer por siempre jamás contigo y con Rigel.

—Entonces, tu deseo se ha concedido, porque nos tendrás a tu lado hasta nuestro último aliento. Y considera la parte buena: cuando Sora esté realmente entrenada, tendremos más tiempo para nosotros, para pasarlo los tres juntos —añadió Leda, besando la frente de Mari—. Ahora, vamos a aplicarle ese ungüento a tu pastor antes de que tenga que ocuparme de los asuntos de esta noche.

Mari suspiró, pero asintió. Examinaron juntas a Rigel, apartando la cataplasma de musgo que le cubría las heridas del pecho mientras él meneaba la cola, cómodamente repantingado en los brazos de Mari y con las desgarbadas patas, demasiado grandes para su cuerpo, colgando.

—No sabes cuánto me alegro de que esté recuperándose tan rápido. Las heridas eran muy profundas, y la pérdida de sangre me preocupaba mucho —dijo Leda, palpando las heridas que tan limpiamente habían cicatrizado en el pecho de Rigel—. Pero tiene un apetito excelente, le brillan los ojos y tiene la nariz húmeda y curiosa. —Leda rio cuando Rigel apoyó el hocico contra su axila y olfateó—. No detecto ningún síntoma de infección. Lo único que veo es a un can sano y feliz que crece a una velocidad pasmosa.

—Y mira sus almohadillas. —Mari levantó las patas del cachorro, una por una, mostrándoselas a su madre para que las inspeccionara—. Ya no cojea.

Leda pasó la mano sobre cada una de las almohadillas de Rigel antes de acariciar cariñosamente al atento cachorro entre las orejas, y dijo:

—Las almohadillas están completamente curadas. Me atrevería a decir que, para la próxima luna llena, las heridas de su pecho no serán más que una fea cicatriz, una que quedará oculta bajo su pelaje. —Rigel lamió con entusiasmo el rostro de Leda, y volvió a hacerla reír—. No hay de qué, joven Rigel.

—¿Crees que está muy delgado? —Rigel volvió con Mari y se apoyó contra ella, observando a su madre como si él también estuviera esperando una respuesta.

—Tal vez un poco, pero este cachorro crece muy rápido. Estamos haciendo todo lo posible por mantenerlo, como mínimo, medio lleno de conejo. —La vista de Leda volvió a posarse en las patas del cachorro—. Creo que será más grande que Orion, y eso que Orion era un can enorme.

—Mamá, ¿y si cambio los cepos?

—¿Cambiarlos? ¿Cómo? —preguntó su madre.

—Para que no maten al conejo que atrapen. He estado pensando mucho en ello durante estas últimas noches, y mira lo que se me ha ocurrido. —Mari fue a toda prisa hasta el montón de papeles que había en su escritorio y, de una cesta rectangular de aspecto extraño, sacó una larga hoja de papel llena de dibujos—. ¿Crees que podrías trenzar una cesta así? —Mari señaló uno de los dibujos más terminados—. Con una abertura que permita que el conejo entre, pero que se cierre cuando el cepo se incline y no le permita salir, como en este dibujo de aquí.

Leda examinó los esquemas.

—Sí, creo que podría.

—¡Bien! Entonces lo único que tengo que hacer es conseguir atrapar a una hembra y un macho, y dentro de poco Rigel tendrá a su disposición todo el conejo que quiera. Bueno, ¡y nosotras también!

—Eres asombrosa, Mari —dijo Leda. Un breve escalofrío recorrió su cuerpo. Suspiró, apesadumbrada, y la alegría de su voz se diluyó como el rocío bajo el sol estival—. Percibo la cercanía del anochecer. El clan debe de estar en la Asamblea, aguardando mi anuncio con emoción. Cuando esta noche termine, será todo un alivio.

—Bueno, Rigel y yo estaremos aquí, esperándote, como siempre. Prometo tener la infusión lista y servida. —Mari aligeró el ánimo a propósito, porque detestaba que su madre pareciera cada vez más apesadumbrada cuando se acercaba el anochecer.

—Entonces, me marcharé temprano y, con suerte, también volveré temprano. ¿Ves, mi niña? Hay algo bueno en tomar a Sora como aprendiz. Esta misma noche empezaré a delegar en ella algunas de mis obligaciones.

—Tienes razón, mamá. Y yo estaré bien.

—¿No más tristezas, ni preocupaciones?

—Ni una sola —respondió Mari alegremente—. ¿En qué necesitas que te ayude para prepararte? —le preguntó, decidida a mostrarle todo su apoyo. *Quizá Sora le haga bien a mamá, quizá nos haga bien a todos.*

En un santiamén, Mari estaba despidiéndose de su madre y deslizando el pesado tablón de madera en la ranura de la puerta tallada a medida. Sin embargo, aquella noche no ocupó su lugar habitual en el escritorio. Aquella noche se quedó de pie, escuchando atentamente al otro lado de la puerta, con un expectante Rigel sentado junto a ella. Mari bajó la vista para mirar a su pastor.

—Tienes razón. Esta noche es distinta. Esta noche, la seguiremos.

10

Mari corrió hasta el camastro que compartía con Rigel. Cogió tres pequeñas copas de madera que había en la repisa junto a su cama. En una había una espesa sustancia arcillosa, en otra, carbón mezclado con barro y, en la tercera, un oscuro tinte elaborado con cáscaras de avellana. A continuación, se dirigió rápidamente hacia su escritorio y usó el espejo para mirar su reflejo y aplicar el tinte, la arcilla y el carbón, ocultar sus delicados rasgos y camuflar el tono natural de su cabello. Cuando estuvo satisfecha con la imagen que le devolvía su reflejo, volvió a comprobar las heridas en el pecho de Rigel y se aseguró de que la pomada estuviera bien aplicada.

El cachorro, como siempre, la observaba y se movía con ella por la madriguera, intentando permanecer lo más cerca posible. Era evidente que había notado el cambio de humor que se había producido en Mari, y reflejaba su propia emoción con una energía nerviosa de cachorro, dando vueltas a su alrededor y sacando la lengua con actitud expectante.

—De acuerdo, vamos con calma, pero vamos a seguir a mamá —le dijo—. Solo vamos a mirar, a asegurarnos de que está todo bien. Últimamente no habla mucho de lo inquieta que está la Tierra Madre, y yo no puedo dejar de pensar en que algo está a punto de pasar. Y, si pasa, tenemos que estar allí para ella. —Mientras hablaba, Mari se acercó a una gran cesta llena de piedras lisas, del tamaño de un huevo de petirrojo. Eligió varias con cuidado y llenó con ellas un bolsito de piel. Después, cogió su honda de cuero preferida y la metió también en el bolsito.

Se detuvo frente a su colección de afilados cuchillos de sílex, eligió el que más le gustaba usar para cortar alimentos y lo sumó al contenido de su bolso. A continuación, Mari descolgó el preciado pellejo de piel de cabritilla que había junto a la puerta y que hacía juego con el que su madre llevaba consigo cada noche. Mari lo levantó, por costumbre, para comprobar que estaba lleno. Satisfecha, se lo colgó en bandolera sobre el hombro y el cuello. Acto seguido, cruzó una mirada con los inteligentes y brillantes ojos de Rigel y se concentró en tener los mismos sentimientos tranquilizadores que luego intentó transmitirle mientras hablaba:

—Esta noche es distinta. No vamos a escabullirnos un momento de la madriguera para que te alivies. Vamos a salir de verdad. Tenemos que ser silenciosos. No podemos permitir que nos vean, ni que nos oigan. Nadie debe darse cuenta de que estamos ahí.

Rigel comprendió y Mari supo que lo había hecho. El can no le respondía con palabras, eso era imposible. Mari experimentaba una sensación muy particular, un sentimiento de compresión y compenetración que aumentaba y se fortalecía con cada día que pasaba junto a Rigel.

—Bueno, pues ya estamos todo lo preparados que podemos estar. Vámonos.

Mari abrió la puerta y cogió el bastón del lugar donde solía guardarlo. Rigel esperó pacientemente a que Mari le mostrara el camino y a que fuera apartando las gruesas ramas de zarzas, llenas de espinas, para no hacerse daño mientras la seguía por el laberinto de senderos ocultos que llevaba hasta su madriguera. Como si llevara con ella años en lugar de días, Rigel guardó silencio absoluto y fue justo detrás de ella hasta que los dos salieron del matorral de espinas.

Una vez fuera, había varias rutas que Mari podía seguir. Esa noche Leda designaría a su heredera, y eso significaba que se habría dirigido a una Asamblea más grande y de acceso más fácil que la que se usaba durante la luna llena. Mari empezó a evaluar mentalmente las posibilidades y trató de adivinar en cuál se llevaría a cabo el importante anuncio aquella noche.

Uno podría llegar a pensar que el clan no era más que una comunidad de gente harapienta que sobrevivía arañando lo que podía de la tierra, pero aquello estaba muy lejos de ser verdad.

Los caminantes terrenos formaban una comunidad muy social y disponían de un complejo sistema de lugares de Asamblea, lugares sagrados que habían sido amoldados a la superficie del territorio y ubicados entre los pequeños núcleos de madrigueras. Los miembros del clan de Mari eran hábiles tejedores, y sus madrigueras estaban decoradas con tapices de cáñamo delicada y bellamente teñidos, trenzados con la misma pericia con la que tejían sus asombrosamente intrincadas cestas, redes, cepos e, incluso, prendas de vestir. Las mujeres del clan eran las dirigentes indiscutibles: eran ellas las que tomaban todas las decisiones, desde dónde construir nuevas madrigueras y huertos hasta con qué otros clanes se debía comerciar y con cuánta frecuencia. Eran ellas las que enseñaban a los niños a leer y escribir, las que relataban los antiguos mitos de un mundo que ya solo existía en su imaginación.

Y, por encima de todas ellas, se veneraba a las Mujeres Lunares, como encarnaciones físicas de la Gran Tierra Madre y como espíritus del clan.

¿Dónde se reuniría aquella noche el clan de los tejedores? ¿Cerca de alguna agrupación de madrigueras perfectamente camufladas? Mari sabía dónde quedaban los lugares de Asamblea de todos los caminantes terrenos porque Leda y ella solían hacer mapas a menudo, y se ocupaban de mantenerlos actualizados, además de memorizarlos. Sin embargo, había muchísimos lugares de Asambleas, y Mari no tenía tiempo que perder en una elección equivocada. No podría vigilar a su madre si se hacía de noche antes de encontrarla. Solo un insensato, o un caminante terreno fuertemente aquejado de Fiebres Nocturnas, osaría adentrarse solo en el bosque después de la puesta de sol.

¿Qué camino habrá tomado?

Mari se detuvo un momento y escuchó con atención, con la esperanza de poder detectar un crujido lejano en los matorrales que le indicara la dirección que había seguido Leda, pero el único sonido que alcanzó a oír fue el de un arrendajo en un árbol cercano que graznaba a Rigel con desaprobación.

Mari bajó la vista para mirar al cachorro. Estaba sentado a su lado, con las orejas tiesas, mirando hacia el horizonte con aire sabio, como si la naturaleza que los rodeaba le susurrara secretos que solo él pudiera comprender.

¡Eso es!, se dio cuenta Mari, de repente. *Él sabe cosas que yo desconozco, puede percibir olores que a mí se me escapan, puede escuchar cosas que a mí se me pasan desapercibidas.* Mari se acuclilló junto a Rigel y tomó su cara entre las manos. Las miradas del joven pastor y la chica se entrelazaron mientras Mari esbozaba mentalmente una imagen de Leda.

—Encuéntrala —le pidió—. ¡Encuentra a mamá!

El cachorro se puso manos a la obra inmediatamente. Olfateando el suelo, empezó a dibujar un sinuoso recorrido que avanzaba y retrocedía. De repente, levantó la cola, se detuvo y se sentó con la cabeza vuelta para mirar a Mari y con una actitud expectante frente a un estrecho sendero que llevaba al noroeste.

—¡Eres tan bonito, tan inteligente! —Mari besó y abrazó al cachorro—. Si mamá ha tomado este camino, entonces la reunión del clan se celebrará junto al arroyo de los cangrejos, junto al bosquecillo de cerezos. Muy bien, recuerda: en silencio y sin llamar la atención. Nadie puede darse cuenta de que estamos observando.

Fue Mari la que tuvo que guiar a Rigel cuando ambos abandonaron el estrecho sendero —no podía arriesgarse a que algún miembro del clan que fuera con retraso se cruzara con ella por el camino—. Mari empezó a dirigirse al noroeste, y solo se detuvo cuando Rigel se le adelantó y empezó a ladrar muy bajito, con las orejas tiesas y el rabo levantado.

Mari se arrodilló al lado de Rigel, y escuchó con atención. El viento que le soplaba en el rostro trajo consigo un leve rumor de agua y, mezclado con el discurrir del arroyo, Mari captó el familiar sonido de la voz de su madre, que hablaba lenta y tranquilamente. Avanzó arrastrándose, apoyada sobre manos y rodillas y acompañada por Rigel, hasta llegar a un arbusto de acebo cuyo tronco era tan grueso como el de un lilo de primavera y tan alto como el de un árbol. Haciendo caso omiso de las afiladas puntas que coronaban los racimos de lisas hojas, que les arañaban la cara y las extremidades, Mari y Rigel se escondieron bajo las protectoras ramas del espinoso follaje. Desde su improvisado escondite bajo el acebo, Mari se asomó a mirar por la empinada pendiente.

El arroyo de los cangrejos era por lo general un tranquilo curso de agua transparente, con un lecho de cantos lo suficientemente grueso como para poder atravesarlo a pie, así como un excelente lugar de cría de sabrosos cangrejos de río. Al inspeccionar la zona, Mari se dio cuenta, sin embargo, de que el arroyo había crecido con las lluvias primaverales y de que ahora el agua parecía turbia y las orillas estaban desbordadas. En la orilla opuesta había un pequeño banco de arena que descendía con elegancia, dando lugar a un pequeño claro detrás del cual había un bosque de cerezos maduros, en los que ya empezaban a florecer pequeños capullos de flores blancas y rosas. Aquella Asamblea era uno de los lugares preferidos de Mari. Sonrió al recordar los días nublados que su madre y ella habían pasado allí, acicalando las imágenes de la Tierra Madre que parecían surgir milagrosamente de la tierra. Había seis estatuas de la Tierra Madre en el calvero; cada una de ellas, en distintas poses, triplicaba fácilmente el tamaño de una mujer humana. Había imágenes tumbadas de lado, rostros de piedra tallados con sonrisas serenas y ojos cerrados, como sumidas en un eterno letargo lleno de sueños. Otras estaban recostadas contra rocas que habían sido colocadas estratégicamente hacía tanto tiempo que se había perdido completamente el recuerdo de cómo habían llegado hasta allí. Y uno de los ídolos, el favorito de Mari, estaba tumbado bocabajo, con la cabeza apoyada en las manos, sonriendo como si fuera guardiana de un secreto particularmente fascinante. Su rostro estaba tallado en una gigantesca piedra negra. Su larga y espesa cabellera era de una hiedra que Mari había podado hacía apenas unas semanas, una perezosa mañana de lluvia.

—Sean o no mágicas, son hermosas —le dijo a Rigel en voz baja.

Los miembros del clan apartaron su atención de los ídolos, empezaron a saludarse los unos a los otros y tomaron asiento alrededor del círculo de imágenes de su Tierra Madre.

Mari parpadeó, asombrada. ¡Nunca había visto que se reuniera tal cantidad de caminantes terrenos! A pesar de que ya no faltaba mucho para el momento de la puesta de sol, los ánimos durante la espera en la Asamblea no eran sombríos: allí reinaba una atmósfera festiva, y las emocionadas voces de los miembros del clan se elevaban claras hasta su escondrijo. Mari contó velozmente cuarenta y cinco mujeres, veinte hombres y diecisiete niños, entre los que estaba Jenna.

Jenna corrió a saludar a Leda.

—¡Leda! ¡Leda! ¿Ha venido Mari contigo esta noche? —preguntó, expectante.

Leda la abrazó.

—No, Jenna. Mari no ha podido unirse a la Asamblea de esta noche.

—Últimamente ha estado muy enferma —dijo Jenna, con tristeza—. La extraño mucho.

—Y ella te extraña a ti —contestó Leda.

—¿Mari sigue encontrándose mal? —preguntó Xander, inclinando la cabeza en señal de respeto hacia Leda.

—Mari siempre ha tenido una salud frágil. Ya sabes lo delicada que puede llegar a ser —dijo Leda, repitiendo las mismas palabras que llevaban toda una vida sirviéndole de excusa para mantener a su hija alejada del clan y esconder sus secretos, incluso de la única amiga de Mari y de su padre.

—Pero Mari posee tus poderes —insistió Jenna—. Sé que los tiene. Tiene tus mismos ojos.

—Así es, niña —respondió Leda amablemente—. Y Mari alberga poder, pero es tan impredecible como su salud.

—Así que es cierto, entonces. Esta noche no elegirás a Mari —dijo Xander.

—Esta noche no elegiré a Mari —respondió Leda, con firmeza.

—Lo siento mucho —dijo Jenna—. Esperaba que fuera lo suficientemente fuerte.

—Yo esperaba lo mismo, niña, y también lo esperaba Mari —contestó Leda—. Pero no va a poder ser.

Mari se abrazó como para impedir que el corazón se le saliera del pecho. Tenía unas ganas inmensas de correr ladera abajo, ocupar el lugar que le pertenecía junto a su madre y reclamar de una vez por todas lo que le correspondía por nacimiento, sin miedo a que la maldijeran por su pelo claro y su piel capaz de absorber la luz del sol. Cerró los ojos, sobrepasada por aquel anhelo tan poderoso, tan cansada de ser diferente que por un momento se sintió increíblemente triste y sola.

Rigel se apretó contra ella y le ofreció consuelo en silencio, recordándole que en realidad no estaba sola y que sus emociones ya no solo le afectaban a ella. Mari abrazó al cachorro contra sí y se concentró en liberar toda su tristeza, imaginando que se derramaba sobre ella, que fluía por todo su cuerpo, que se disipaba en el fértil terreno que había a sus pies. Después, Mari volvió a prestar atención a su madre.

Leda avanzó hacia el centro del lecho musgoso del calvero. Levantó su cayado y lo hizo chocar contra el tronco caído que había frente a ella una, dos, tres veces. En el clan se hizo un silencio expectante. Leda alzó la barbilla y se irguió, derecha y fuerte. El viento hizo ondear su larga melena, levantándolo como una cortina oscura con tintes plateados a su alrededor.

—Yo soy vuestra Mujer Lunar. Mi destino es cuidar del clan de los tejedores, y es precisamente porque ese es mi destino que he escuchado y considerado las preocupaciones de nuestra gente. Y concuerdo con ellas. Ya es hora de que nombre a una heredera que empiece a recorrer el sendero del aprendizaje.

Leda se detuvo durante un momento y fue mirando a los miembros del clan uno a uno, concediéndoles tiempo para que ellos movieran la cabeza en señal de asentimiento y tuvieran la sensación de que la Mujer Lunar hablaba por sus preocupaciones particulares. A la tenue luz del atardecer, cada vez más avanzado, Mari pensó que Leda parecía estar en el clímax de su poder, salvaje, hermosa y sabia, como una de esas hadas del bosque que aparecían en los cuentos que su madre le contaba cuando era niña.

—Todas las caminantes terrenas que tengan los ojos plateados o grisáceos de los tocados por la luna, ¡dad un paso adelante y presentaos ante mí! —ordenó Leda.

Mari tuvo que apretar los dientes para no ceder al fuerte deseo de responder a la llamada de su madre y dar un paso al frente junto con las otras cuatro chicas que avanzaban con pasos rápidos por la Asamblea y hacían una reverencia frente a Leda.

Tres de las cuatro chicas hicieron una profunda y respetuosa reverencia. El caso de Sora, por su puesto, fue diferente. Aunque ella también se inclinó ante su Mujer Lunar, a Mari le dio la sensación de que sus movimientos eran demasiado lánguidos como para mostrar el respeto que la situación merecía. Cuando Leda les indicó a las aspirantes que podían relajarse y las cuatro se enderezaron, Sora alzó la cabeza instantáneamente y se echó hacia atrás la espesa mata de cabello negro. Aquella noche no llevaba corona, pero su pelo estaba trenzado con plumas, cuentas y conchas, y caía por su espalda hasta casi rozar sus sinuosas caderas. Mari frunció el ceño. La actitud de Sora irradiaba una arrogante seguridad en sí misma que era absolutamente inapropiada para alguien que algún día personificaría a la diosa Tierra Madre y que tendría que encargarse de salvaguardar el espíritu del clan.

—Antes de comenzar con el nombramiento de mi aprendiz, me gustaría honrar a estas jóvenes miembros del clan. —Leda sonrió con calidez a cada una de las chicas—. Todas tienen potencial. Todas tienen talento. Aunque solo designaré a una para entrenarla y que, llegado el día, asuma mis responsabilidades, cualquiera de las cuatro podría convertirse en una fantástica Mujer Lunar. Si no os nombro, sentíos libres de buscar otro clan y poneos al servicio de alguien que desee teneros como aprendices. ¿Me he explicado bien?

Las cuatro jóvenes asintieron a la vez. Mari pensó que tres de ellas parecían nerviosas. Sora, sin embargo, era la Sora de siempre: hermosa y completamente segura de sí misma.

—Isabel, te veo, y agradezco tu voluntad de servir a tu clan —empezó a decir Leda—. Aunque no te designo como mi heredera, pido a la Tierra Madre que te bendiga con fortaleza y seguridad.

—Gracias, Mujer Lunar. —La muchacha que respondía al nombre de Isabel se inclinó de nuevo en una reverencia antes de volver, con evidente alivio, a ocupar su lugar entre los miembros del clan.

—Danita, te veo, y agradezco tu voluntad de servir a tu clan. Aunque no te designo como mi heredera, pido a la Tierra Madre que te bendiga con salud y felicidad.

Danita no parecía tan aliviada como se había mostrado Isabel, pero hizo una profunda reverencia y sonrió a Leda antes de volver con su madre y su hermana, que estaban sentadas en unos troncos cercanos.

Aunque Mari sabía que su madre iba a designar a Sora como su heredera, participó de la emoción y expectación del clan mientras las dos jóvenes de ojos grises esperaban en silencio a que Leda continuara.

Ellos desconocen su decisión, se percató Mari mientras estudiaba a los miembros del clan. Entonces, su mirada se posó en Sora, que tenía los ojos clavados en Leda con tal intensidad que, incluso desde su atalaya en las alturas, Mari fue capaz de percibir su deseo. *Mamá no le ha dicho a nadie que va a elegir a Sora, ni siquiera a la propia Sora*. Mari dio un respingo cuando entendió la razón. *En realidad, quería designarme a mí como su heredera, y tan solo hace nueve días que abandonó la esperanza de hacerlo.* Mari reprimió un sollozo y pasó un brazo alrededor de Rigel. El cachorro se apoyó contra ella, ofreciéndole consuelo y fuerza. Mari susurró al oído de Rigel.

—Nunca me arrepentiré de que me encontraras, pero ojalá pudiera ser ambas cosas: tu camarada y la heredera de mamá. —Rigel subió a su regazo. Mari se secó los ojos y siguió contemplando la escena que se desarrollaba ante ella.

—Eunice, te veo y agradezco tu voluntad de servir a tu clan. Aunque no te designo como mi heredera, pido a la Tierra Madre que te bendiga con amor y diversión.

Mari no vio cómo Eunice hacía su reverencia y se retiraba con el resto del clan. Toda su atención se centraba en Sora. De pie frente a Leda, la joven parecía irradiar una ferocidad similar a la de los depredadores. Había nacido el mismo otoño en que lo había hecho Mari, así que tenían la misma edad, pero ahí terminaba cualquier parecido entre ellas. Mari era alta, y tenía un cuerpo más esbelto y grácil de lo normal para un caminante terreno. Sora era aún más baja que la pequeña Leda, pero su cuerpo exhibía unas redondeces en pechos y caderas que hacían pensar a Mari que, a diferencia del resto de las mujeres del clan, aquella chica no trabajaba demasiado.

¿Habrá aceptado ya el tributo que solo se concede a las Mujeres Lunares?, apuntó mentalmente Mari, molesta ante la idea de que una mujer del clan fuera capaz de hacer algo tan irrespetuoso. Intentaría sacar el tema con su madre. Tal vez buena parte del entrenamiento de Sora debería consistir en hacer trabajos físicos duros.

—Sora, te veo y agradezco tu voluntad de servir a tu clan. Es por ello que te designo Mujer Lunar del clan de los tejedores, y mi heredera oficial. ¿Aceptas el nombramiento?

—¡Sí, acepto! —La emoción en la voz de Sora eclipsó la de Leda.

Leda dio una vuelta completa mientras preguntaba:

—Mujeres del clan, ¿aceptáis el nombramiento de Sora como Mujer Lunar?

—¡Sí, aceptamos! —Fue el grito unánime de las mujeres del clan.

A Mari le resultó interesante cuando se percató de que las mujeres parecían menos emocionadas en su respuesta que los hombres, que se levantaron, aplaudieron y silbaron.

—Tal es mi designio, y las Mujeres del clan lo han aceptado. Sora es mi aprendiz. De aquí en adelante, los misterios del poder lunar le serán revelados para que ella pueda seguir purificando al clan del delirio y el dolor de las Fiebres Nocturnas. —Leda, con un movimiento más rígido de lo que a Mari le hubiera gustado ver, se inclinó ante Sora, que parecía brillar de pura satisfacción.

Mari estaba pensando en cuánto le gustaría poder borrar la expresión engreída y victoriosa del rostro de Sora cuando el cuerpo de Rigel se volvió rígido como la piedra.

—¿Qué pasa? —susurró.

Rigel tenía las orejas tiesas y echadas hacia delante, como si aún estuviera observando a Leda. Sin embargo, cuando Mari lo examinó más de cerca, se dio cuenta de que su vista estaba clavada en la lejanía, en algún punto situado tras la Asamblea. Sin hacer el más mínimo ruido, Rigel se apartó de su regazo. Avanzó un paso y cabeceó contra la barrera de acebo. Su cola se levantó e, inmediatamente después, el pelaje que cubría su lomo y su cuello se erizó. El animal giró la cabeza y sus pupilas se clavaron en los preocupados ojos de Mari, que de pronto se sintió invadida por un súbito e irrefrenable deseo de huir en la dirección de la que habían venido, de volver a esconderse en la seguridad de su madriguera.

El peligro se cernía sobre el clan, a Mari no le quedaba ninguna duda de ello.

No dudó. Esbozó mentalmente una imagen de su casa en la que Rigel aparecía sentado frente a la entrada de los arbustos de zarzas.

—¡Vete a casa, Rigel! ¡Ahora! —le dijo.

Rigel tembló y ladró lastimeramente, pero no se apartó de su lado.

Mari mantuvo en su mente esa imagen, y añadió la de su madre y la suya propia a la estampa.

—¡Vete a casa! ¡Ahora! ¡Mamá y yo iremos detrás de ti!

Con una última mirada triste, Rigel dio media vuelta y se arrastró fuera de su refugio bajo el acebo, corrió entre la maleza y se dispuso a deshacer el camino por el que habían venido. Mari se aseguró de que el cachorro estuviera fuera de su vista antes de abrirse paso por el espinoso arbusto en dirección contraria. Sin ni siquiera saber qué era lo que pensaba decir, empezó a descender por las movedizas arenas del banco de arena. Entrecerró los ojos y escrutó el bosquecillo de cerezos que había tras la Asamblea, intentando ver algo a la luz cada vez más débil y captar algún signo del peligro que Rigel había percibido.

Un movimiento en el límite de su campo de visión llamó su atención. Mari se detuvo y se concentró en él. Detrás del clan, justo antes del comienzo del bosque de cerezos, una gran mata de helechos maduros había empezado a moverse, como atravesada por una repentina ráfaga de viento.

Sin embargo, el viento se había detenido hasta que de él no quedó ni la más leve brisa. Mientras Mari contemplaba la escena, horrorizada, los helechos se abrieron y revelaron la presencia de unos hombres altos, rubios y armados con ballestas, cargadas y listas para disparar, que se lanzaron a la carrera y descendieron a toda prisa hacia la Asamblea.

Mari hizo bocina con las manos alrededor de la boca y gritó:

—¡Camaradas al acecho! ¡Corred!

Su madre alzó la cabeza como impulsada por un resorte, y sus ojos localizaron inmediatamente a su hija.

—¿Mari?

—¡Detrás de ti, mamá! —Señaló un punto sobre la cabeza de su madre y repitió—. ¡Corred!

Leda no dudó ni un instante.

—¡Caminantes terrenos, que el delirio nocturno impulse vuestra huida! ¡Poneos a salvo!

El clan estalló en un remolino de movimiento. Nadie desperdició aliento en chillidos ni gritos de terror. Los niños corrieron silenciosamente con sus madres e, igual de silenciosamente, sus madres los tomaron en brazos y se huyeron velozmente en dirección al bosque, como ágiles ciervos. Algunos hombres se volvieron para hacer frente a los intrusos. Otros se adentraron a la carrera en el bosque, cada vez más oscuro.

Mari ya había descendido la mitad del banco de arena cuando la primera flecha alcanzó en el cuello a uno de los hombres del clan que había decidido quedarse y luchar contra los camaradas. La sangre borboteó en su agónico grito mientras él caía, retorciéndose de dolor, muy cerca de donde estaba Leda.

—¡Mamá! ¡Date prisa! —gritó Mari, haciendo gestos a su madre para que fuera con ella.

Podemos escondernos en el acebo. No esperan que nadie se quede tan cerca. ¡Pasarán de largo! ¡Pasarán de largo! La mente de

Mari trabajaba a toda velocidad mientras su madre corría a meterse en el arroyo y caminaba con dificultad entre las rápidas aguas, que le llegaban a la altura de los muslos, subiendo hacia ella.

Un hombre rubio saltó sobre un tronco cubierto de musgo, vio a Leda y se dirigió hacia el agua. Cerca de él, a sus espaldas, otro hombre se detuvo el tiempo suficiente para gritar:

—¡No pierdas tiempo con la vieja! ¡Ve a por la chica de la otra orilla! —Y siguió a una madre y a su hija pequeña a través de unos matorrales.

¿La chica de la otra orilla? ¡Se refiere a mí! El pánico se sobrepuso a cualquier reacción de Mari, y su cuerpo olvidó de repente cómo moverse.

El primer hombre gruñó para asentir a su amigo, se lanzó al agua y dejó atrás a Leda.

—¡No! —gritó su madre—. ¡Mi hija no!

Sacudida por un rayo de pavor, Mari vio cómo su madre se aferraba a las ropas del hombre, cómo le agarraba por la camisa y tiraba para obligarle a detener su precipitada caza. El hombre paró apenas el tiempo suficiente para darle a Leda una bofetada con el dorso de la mano que la hizo caer pesadamente sobre el agua y golpearse la cabeza contra una roca. Leda se desmayó y la veloz corriente de agua la levantó y transportó su cuerpo inerte arroyo abajo.

—¡Mamá! —gritó Mari. Su aterrorizada parálisis se hizo añicos. Chillando con tanta rabia como miedo, sacó la honda y un puñado de piedras de su zurrón. Con un movimiento elegante y preciso, apuntó, echó el brazo hacia atrás y lanzó la honda. La piedra alcanzó al hombre en plena cara, golpeó su mejilla e hizo que se tambaleara. El hombre se desplomó sobre la empinada orilla, a escasos metros de donde estaba ella.

Entonces, Mari echó a correr. Corrió por la orilla, con la honda cargada en la mano y la atención dividida entre el cuerpo de su madre, que aún flotaba en el agua, y la amenaza que registraba el bosque en busca de cautivos.

Mari atravesó la maleza, cada vez más espesa, con dificultad y tropezando con los troncos caídos. Sus pies de plomo no dejaban de encontrar agujeros en el suelo que se camuflaban en las hojas del sotobosque y el anochecer. Pero tenía que llegar hasta su madre antes de que se ahogara.

Mari iba a salvar a su madre, tenía que hacerlo. Ni siquiera permitió que la posibilidad de que Leda muriera se filtrara, como un veneno, en sus pensamientos. Si lo hacía, sabía que su corazón se agrietaría y se rompería, que sus piernas dejarían de soportar el peso de su cuerpo. Al fin, el arroyo hizo una pronunciada curva hacia la derecha, y el cuerpo de Leda quedó atrapado en una maraña de rocas y troncos de madera húmeda e hinchada. Mari llegó hasta la orilla medio corriendo, medio arrastrándose, saltó al agua y luchó contra la corriente por el cuerpo de su madre.

Leda yacía, boca arriba, con el pelo y la ropa enredados entre los desechos que había en el agua. Mari la alcanzó y empezó a apartarle el pelo y a limpiarle la sangre de la cara, buscando desesperadamente el pulso en su cuello. Cuando notó el latido del corazón de su madre, estalló en un sollozo de alivio.

—¡Mamá! ¡Mamá! ¡Despierta! ¡Háblame! —Mari empezó a pasar las manos por el cuello y los brazos de su madre y a palpar el moratón, del tamaño de una mano, que empezaba a oscurecerle la mejilla y el corte del que manaba sangre lentamente por su frente. Mari se obligó a inspirar hondo un par de veces, a tranquilizarse, antes de empezar a asistir las heridas de su madre y a liberarla de aquella maraña de suciedad.

Leda gimió y empezó a tiritar, haciendo aletear los párpados.

—Mari… Mari… —La Mujer Lunar murmuró el nombre de su hija antes de recobrar completamente la conciencia.

—*Shhh.* Estoy aquí, mamá, pero no podemos hacer ruido. No sé dónde están, ni cuántos hay ahí fuera —susurró Mari.

Leda abrió los ojos. Intentó incorporarse, lanzó un grito de dolor y cayó de nuevo al agua mientras se agarraba el costado.

—Las costillas. Astilladas, o rotas —jadeó Leda. Luego, en voz baja y veloz, añadió—: La cabeza también. Me he golpeado con una roca en el agua. Veo borroso. Llévame hasta la maleza. Me esconderé. Tú huye a casa.

—No te dejaré.

—Mari, haz lo que te digo.

—Leda, por una vez, me da igual lo que digas. ¡No te dejaré aquí! —Mari pronunció cada palabra con cuidado—. Ahora, deja de hablar y ayúdame a sacarte del agua antes de que te congeles. —Lo más delicadamente que pudo, se pasó el brazo de Leda alrededor del hombro y, agarrando a su madre por la cintura, empezó a tirar de ella para ayudarla a salir a la empinada orilla.

—La otra orilla está más cerca y la pendiente no es tan pronunciada —dijo Leda entre jadeos de dolor y el castañeteo de sus dientes.

—La otra orilla es de donde ellos han venido. La más alejada es más empinada, pero tiene numerosas rocas, troncos y lugares donde poder esconderse. La maleza es tan espesa que apenas he conseguido llegar hasta aquí. Si a mí me ha retenido, también los retendrá a ellos —dijo Mari con gravedad.

Leda no malgastó aliento en darle la razón a su hija. Se limitó a asentir con la cabeza y a presionarse con más fuerza el costado mientras se mordía el labio para evitar gritar de dolor. Cuando llegaron a la rocosa orilla, Leda se desplomó, tiritando y tratando recuperar el aliento con inspiraciones cortas y dolorosas.

—Justo ahí arriba, un poco más atrás, hay un cedro muerto, plagado de enredaderas. Parece verde, casi vivo. Creo que nos ocultará —dijo Mari.

Con la mano aún en el costado, Leda se recostó contra el terreno encharcado y cubierto de hojas.

—No puedo. Estoy demasiado aturdida. Si me muevo, me marearé.

—Entonces nos quedaremos aquí. Espero que a ninguno de los camaradas se le ocurra venir por aquí.

—¿Cuándo te has vuelto tan testaruda? —jadeó Leda, sacudiéndole la cabeza a su hija.

—No estoy segura, pero creo que es algo que he heredado de mi madre. —Mari se acuclilló junto a Leda—. No puedo perderte, mamá.

—Entonces parece que voy a tener que subir por la orilla hasta ese árbol muerto.

Mari agarró la mano de su madre y la ayudó a incorporarse. Leda permaneció de pie durante un segundo, tambaleándose ligeramente, y, justo cuando Mari empezaba a pensar que aguantaría, el enfermizo tono pálido de la piel de Leda se diluyó hasta perder todo atisbo de color y un doloroso escalofrío, acompañado de un destello gris plateado, le recorrió todo el cuerpo.

—Oh, no —murmuró Mari, buscando desesperadamente en el horizonte, como si pudiera obligar al sol a mantenerse en el cielo.

—No servirá de nada. La noche está al caer y, con ella, más dolor… —Leda se estremeció de nuevo, sus ojos se pusieron en blanco y se desplomó lentamente, con un movimiento casi elegante, al suelo.

—Estoy aquí, mamá. Te ayudaré. Te ayudaré siempre —dijo Mari.

Cogió a su madre en brazos y la levantó. Mientras ascendía por la pendiente de la orilla, la abrazó contra su corazón y pensó que era muy ligera, como si sus huesos estuvieran huecos; como si, en lugar de a su madre, Mari estuviera sosteniendo entre sus manos un pajarillo.

Cuando ya había recorrido la mitad del trayecto, un grito de terror puro paralizó a Mari. En algún lugar a sus espaldas, en la lejanía, escuchó un sonido de ramas que se quebraban y de matorrales que se hacían añicos mientras unos pies descuidados apisonaban el delicado musgo, los helechos y los ídolos sagrados de la Gran Madre.

Con los dientes apretados, Mari levantó a Leda a pulso para intentar subir más deprisa, al tiempo que intentaba ignorar los gemidos de dolor que su madre profería desde la semiinconsciencia y el hecho de que su rostro hubiera pasado del tono blanquecino de un pez muerto al gris de la luz de la luna y de las sombras.

Mari llegó a la cima del banco de arena. Con su madre en brazos, corrió al cedro con el tronco envuelto en hiedra. Era un escondite aún mejor de lo que había imaginado. El árbol estaba medio caído, y la hiedra lo había devorado por completo.

Tras ellos, más cerca, escuchó otro grito. Ese sonido, y el martilleo de las pisadas cada vez más cercanas espolearon a Mari. Agachó la cabeza y, protegiendo a Leda con los brazos lo mejor que pudo, se adentró en la cortina de hiedra y ramas muertas y se topó de frente con Xander y Jenna.

—¡Mari! ¡Leda! Estáis… —El alegre saludo de Jenna fue sofocado cuando la enorme mano de su padre se cerró sobre su boca.

Mari cayó de rodillas al suelo. Se llevó un dedo a los labios, haciéndole un gesto a Jenna para que se callara. Los ojos de la muchacha y su padre iban de Mari a su madre inconsciente, enormes, y se llenaron de miedo cuando unas fuertes pisadas resonaron justo al otro lado de su escondrijo. Demasiado asustada como para moverse, Mari contuvo el aliento mientras acunaba a su madre herida entre los brazos.

—He visto que uno de esos escarbadores huía por aquí —dijo una voz de hombre a escasos metros de ellos—. Era la que le ha roto la mejilla a Miguel con una piedra y le ha dejado inconsciente.

—Nik, ya hemos atrapado a cuatro escarbadoras. Es una más de las que necesitábamos para la Granja. Atrapar a otra no va a cambiar el hecho de que a Miguel se le ha roto la piel. Ahora, lo único que puede hacer es esperar y ver si se cura o se… —El segundo hombre estaba más alejado que el primero, pero sus palabras también llegaban hasta el escondite.

—Quiero a la que ha herido a Miguel —insistió Nik, interrumpiendo a su amigo.

—Mira, Nik, no es excusa suficiente como para quedarnos aquí fuera. El sol está empezando a ponerse. Ya nos hemos alejado bastante de nuestra zona habitual de caza porque querías buscar al cachorro. Thaddeus tiene menos paciencia todavía de lo normal, y no va a permitir que la cacería continúe, mucho menos con un cazador herido. Tenemos que volver.

—O'Bryan, solo quiero buscar un poco más. —A Mari le sorprendió la desesperación en la voz del hombre.

—Primo, ¿has visto algo que te haga pensar que el cachorro está cerca? ¿Una huella, unas hebras de su pelaje, excrementos…? ¿Algo?

Mari notó la presión de aquellas palabras como si fueran piedras deslizándose en bolsillos secretos, apesadumbrándola, abatiéndola, ahogándola en miedo y preocupación.

—No, pero eso no quiere decir nada. Tampoco hemos visto nada que nos hiciera pensar que aquí había una colonia de escarbadores. Pero acabamos de contar ¿cuántos? ¿Casi un centenar de ellos? Puede que el cachorro se haya sentido atraído hacia ellos, puede que haya pensado que los escarbadores son personas.

—Pero si estuviera con los escarbadores, habríamos encontrado algún signo de su presencia. En serio, Nik, piénsalo lógicamente. Esta es la décima noche desde su desaparición. Debe de estar muerto.

—¡No tiene por qué! —La voz de Nik estalló de frustración pura—. Si tuviera refuerzos, refuerzos caninos, podría encontrarlo.

—Primo, Sun tuvo a los terriers, a Laru y Jasmine, la madre del cachorro, buscándolo durante un día entero después de que desapareciera. No encontraron nada, ni rastro de él.

—Porque esas malditas cucarachas destruyeron el rastro. Ahí ya no quedaba nada que encontrar.

—Tal vez no había rastro que encontrar porque esas malditas cucarachas devoraron al cachorro y no dejaron nada de él. —La voz de O'Bryan era amable, pero firme. A pesar del miedo y la preocupación, Mari se dio cuenta de que ambos hombres estaban unidos por una amistad sincera—. Siento tener que decirte esto, pero los enjambres de cucarachas lo devoran todo a su paso. Pero tú ya sabes eso, Nik.

—Lo único que sé es que no puedo dejar de buscar a ese cachorro. Aún no, O'Bryan. Conectamos. Estuvo a punto de elegirme.

O'Bryan suspiró profundamente.

—Si alguna vez desaparezco, espero que me busques con la mitad de tenacidad que estás empleando en buscar a ese cachorro.

—Lo haré, pero mejor no desaparezcas —dijo Nik.

—De acuerdo, entonces. Ve y sigue buscando un poco más entre la espesura de los arbustos que hay en la orilla. Yo me inventaré una excusa para Thaddeus. Pero ya llevamos fuera más tiempo del que deberíamos. Y, cuando dé la cacería por terminada, no habrá nada que pueda hacer para…

—¡Nik, ahí estás! —La voz exaltada de un tercer hombre acalló las palabras de O'Bryan—. ¡Ven, rápido! El Odysseus de Thaddeus acaba de encontrar un rastro bajo un gran matorral de acebo. Parece que ha encontrado la huella de una pata bajo el follaje: ¡la pata de un cachorro de pastor!

—¡Sí! ¡Os lo dije! ¡Os lo dije a todos! —El grito de Nik era triunfal. Su voz y las de los otros dos hombres fueron volviéndose cada vez más tenues mientras ellos corrían hacia el primer escondrijo de Mari.

Entre la maraña de enredaderas protectoras nadie se movió durante unos largos segundos. Luego, cuando el silencio se hizo en el bosque a su alrededor, Xander y Jenna se acuclillaron, juntaron sus cabezas con la de Mari y observaron a Leda con preocupación.

—¿Está muerta? —A Jenna le temblaba la voz.

—No —susurró Mari con seguridad—. Se pondrá bien. Solo está descansando.

A lo lejos, se escucharon más disparos. Mari puso atención, pero ninguno parecía cerca de su escondite.

—¿Un can desaparecido ha provocado toda esta desgracia? —Xander habló en voz tan baja que a Mari le costó escucharle—. No tiene sentido.

—No, no lo tiene. Pero nada de lo que hacen los camaradas tiene sentido —respondió Mari rápidamente, deseando con todas sus fuerzas que aquel hombre llamado Nik nunca hubiera hablado—. Por fortuna, el sol se pondrá dentro de muy poco y la noche los devolverá a su ciudad en los árboles —Mari se dirigió a Jenna, que seguía con los ojos como platos, atemorizados, clavados en Leda—. Cuando eso suceda, llevaré a mamá a casa para atenderla adecuadamente. Dentro de muy poco estará otra vez en pie. No te preocupes, Jenna. Solo tenemos que ocultarnos aquí un poco más.

Mari escuchó gruñir al padre de Jenna, como si quisiera demostrar su aprobación. Sin embargo, Mari percibió algo en aquel sonido que provocó que su atención pasara de Jenna a Xander. El hombre miraba a Leda con una expresión dolorida en el rostro y, ante los ojos de Mari, su piel empezó a resplandecer con el gris enfermizo que señalaba la puesta de sol y la llegada de las Fiebres Nocturnas que atormentaban a los caminantes terrenos.

11

—¡No! ¡No! ¡No! ¡Aquí no, papá! ¡Ahora no! —Jenna retrocedió, apoyando la espalda contra el tronco podrido del árbol muerto y mirando a su padre con unos ojos enloquecidos de miedo. Se abrazó las rodillas y se hizo un ovillo, murmurando una y otra vez—: ¡Aquí no, papá! ¡Ahora no! —Mari vio que el tinte plateado de la luz lunar también empezaba a expandirse por la piel de Jenna.

Mari entendió inmediatamente que la chica no era una amenaza. Si la dejaban sola aquella noche, Jenna se sumiría en la desesperación, lloraría desconsolada y la melancolía se apoderaría de una parte de su ser. Era una situación triste y complicada y, sin la acción sanadora de la Mujer Lunar cada Tercia Noche, al espíritu de Jenna le costaría hallar la felicidad incluso a la luz del día. Era cuestión de tiempo que la desesperación de la noche ahogara cualquier alivio que pudiera traer el día. Sin la ayuda de la Mujer Lunar, las ganas de vivir de Jenna quedarían minadas y la pobre chica condenada a pasar su corta vida en soledad y depresión. Jenna no atacaría a nadie, ni haría daño a nadie salvo, con el tiempo, a sí misma.

Mari no podía asegurar lo mismo del padre de Jenna.

—¡Jenna! ¿Cuándo fue la última vez que tu padre fue purificado?

—¡Mañana es Tercia Noche! —respondió Xander por su hija, con voz ronca y baja.

—Normalmente estaríamos en nuestra madriguera, descansando. Las Fiebres Nocturnas no suelen ser tan malas en Segunda Noche, pero aquí fuera, a cielo abierto… —Jenna se estremeció—. ¡Tienes que ayudarle, Mari! ¡Por favor!

La respiración de Xander empezó a acelerarse y los temblores le sacudieron el cuerpo. Con cada uno de ellos, su piel se volvía más gris y su respiración cada vez más irregular.

—¡Despierta a Leda! —bufó Xander.

—¡No puedo! No está dormida, está inconsciente. —Moviéndose lentamente, se colocó entre Xander y su madre—. Deberías marcharte, Xander. Deberías volver a tu madriguera y descansar. Yo cuidaré de Jenna y de mi madre. Tu presencia aquí no las ayuda. Ahora no. No, cuando ha oscurecido —habló en voz baja y tranquilizadora mientras introducía la mano con cautela en el zurrón y palpaba en su interior en busca de una piedra lisa. La honda no le serviría de nada en una distancia tan corta, pero tal vez podría estrellar una roca contra la cara de Xander y dejarlo inconsciente el tiempo suficiente como para huir.

—¡No! Papá no puede salir ahí fuera. Le matarán.

—¡Despiértala! ¡Cúrame! —La voz de Xander había adoptado un tono tan gutural que sus palabras eran apenas un gruñido.

—¡Xander, escúchame! Mi madre no está durmiendo. Está herida. No puede curarte —Mari intentó razonar con Xander, consciente de que, con cada segundo que pasaba, la noche se asentaba más en su mundo y de que la oscuridad que traía consigo ensombrecía también la mente del hombre, alejando la cordura cada vez más de él.

—Tiene… que… curarme —El cuerpo de Xander parecía haber crecido hasta que la violencia a duras penas contenida que personificaba llenó hasta el más mínimo resquicio del lugar donde estaban escondidos.

—Puedes hacerlo, Mari. Sé que puedes. —La mirada de Jenna, empañada de lágrimas, sostuvo la de Mari—. Tienes los ojos de Leda. Eres su hija.

—Jenna, no es tan sencillo —dijo Mari.

Con un rugido, Xander empezó a acercarse y a hacer cada vez más pequeño el espacio que los separaba. Mari alzó la roca en su mano y se enderezó, fulminándole con la mirada. Adoptó un tono de voz grave y trató de convertir su miedo en ferocidad.

—Sal de aquí, Xander, antes de que me obligues a hacerte daño.

Con un gruñido lleno de desesperación paternal, Xander se dio media vuelta y empezó a alejarse de ella, abriendo a empujones las enredaderas que los ocultaban.

—No —sollozó Jenna—. Es lo único que tengo.

Mari tomó la decisión que cambiaría sus vidas en un segundo, dedicando un fugaz pensamiento a la posibilidad de arrepentirse en el futuro. Agarró con una mano el antebrazo de Xander y lo atrajo de vuelta al escondrijo. Mari alzó la otra mano en dirección al cielo. Xander dio una vuelta sobre sí mismo y gruñó amenazadoramente.

—¡De rodillas! —ordenó Mari.

Le sorprendió ver que Xander la obedecía y se dejaba caer pesadamente al suelo, de rodillas. Mari cerró los ojos y obligó al caos y el miedo que la rodeaban —los sollozos de Jenna, los horribles jadeos animales de su padre y la aterradora quietud de Leda— a apartarse de ella. En lo más profundo de su ser, en la calma en la que Mari albergaba las hermosas imágenes que traducía en dibujos, imaginó el aspecto que debía de tener la luna aquella noche, una media luna creciente, blanca y reluciente sobre los pinos adormecidos.

Cuando la imagen de la luna, brillante y recién salida en el cielo, se materializó con claridad en su imaginación, Mari empezó a hablar al tiempo que seguía dibujando con el poder de su mente.

Sangre de Mujer Lunar fluye por mis venas,
que lo que imagino se haga realidad en esta luna llena.
Tu imagen será, mente y corazón,
de estos seres queridos la salvación.

Las palabras surgieron de la boca de Mari mientras el poder que la luna ejercía sobre ella se hacía más fuerte. No eran las palabras de su madre, sino las suyas, palabras pronunciadas con una cadencia que tenía tanto de desesperación como de amor.

En el boceto que estaba dibujando en su mente, Mari hizo que el creciente lunar fuera enorme; tanto que su presencia se imponía en el cielo nocturno y el caudal de luz se derramaba por el bosque, de un plateado blanquecino, como si se hubiera abierto un dique —poderosa, fresca, tranquilizadora— y su contenido se abriera paso como un torrente.

Mari siguió el curso de la energía y transformó el torrente en una cascada que descendía, descendía y descendía hasta encontrar la pequeña silueta que no pertenecía ni a una caminante terrena ni a una camarada, sino a una chica de cabello apelmazado que era una mezcla de ambas cosas. Cuando supo que estaba todo lo preparada que podía estar, Mari terminó su propia versión del antiguo idioma con el que se invocaba el poder sanador de la luna.

Canaliza, poderosa luna, a través de mi ser
el don de la diosa que es mi destino y mi haber.

Mari tuvo que reprimir un jadeo cuando sintió que la energía la invadía. Con los ojos cerrados, para tratar de retener las imágenes que había trazado en su mente, extendió la palma de su mano abierta.

—¡Xander! ¡Agárrate a mí!

La mano que aferró la suya estaba ardiendo de fiebre. Mari dibujó cómo la cascada de rayos lunares fluía desde su cuerpo hasta el de Xander, llenándolo, refrescándolo, tranquilizándolo. Apretó los dientes, preparada para el remanente de dolor que esperaba sentir al permitir que la energía recorriera libremente su cuerpo, pero no experimentó ningún daño. Y, cuando la mano de Xander que sostenía la suya se enfrió, el hombre dijo:

—Ahora ayuda a Jenna, por favor.

Mari solo pudo asentir. Se apresuró a reemplazar mentalmente la imagen de Xander por la de su hija, con la misma agilidad con la que la manita caliente de su amiga ocupó el lugar de la de su padre.

No supo si habían transcurrido horas o segundos cuando Jenna le apretó la mano y se la soltó con un susurro.

—Lo has conseguido. Nos has curado a papá y a mí. Ahora creo que deberías intentar sanar también a Leda.

Mari asintió, pero mantuvo los ojos fuertemente cerrados. *¡No pierdas la imagen! ¡No puedo perder la imagen!* Se inclinó y ya había empezado a buscar a ciegas a su madre cuando se dio cuenta de que las fuertes manos de Xander la estaban guiando hacia el cuerpo desplomado de Leda.

—Está justo ahí —dijo Xander, con una voz que sonaba perfectamente normal y racional.

Tan pronto posó la mano sobre el cuerpo inconsciente de su madre, Mari empezó a sumar elementos a la imagen que había materializado en su mente: dibujó una luna aún más grande, más hermosa y brillante; esbozó luminosas hebras de energía plateada que se derramaban desde el cielo, que fluían por su cuerpo y a través de él, y que iban acumulándose para componer el boceto que Mari había hecho de su madre. Primero dibujó su cara, pero no trazó ni el corte en su frente, del que aún manaba sangre, ni el feo e hinchado moratón en su mejilla. Luego, dibujó mentalmente el resto del enjuto cuerpo de su madre, imaginándolo fuerte y sano de nuevo. Por último, Mari dibujó en los labios de su madre una acogedora sonrisa y trazó a grandes rasgos sus ojos, abiertos y límpidos.

—¡Ay, Mari, lo has conseguido!

Con un grito de felicidad, Mari abrió los ojos y vio que su madre le sonreía.

—¡Lo ha conseguido, Leda! ¡Mari nos ha salvado! —gritó Jenna.

—¡*Ssshhh*, niña! —dijo Xander mientras miraba con nerviosismo por encima del hombro, pendiente del bosque que quedaba más allá de las enredaderas que los ocultaban—. Los camaradas siguen ahí fuera, todavía están buscando a su can perdido.

—¿Can perdido? —susurró Leda. Su astuta mirada se cruzó con la de Mari.

—Hemos escuchado hablar a esos hombres. Uno de ellos busca a un cachorro —explicó Mari—. Y parece que han encontrado signos de su presencia cerca de aquí.

—Entonces no es seguro que permanezcamos aquí, ni siquiera escondidos —dijo Leda.

—Ahora los pobladores de los árboles no se limitan a raptar a los nuestros si se ven obligados a buscar comida demasiado cerca de su tribu. Ahora, además, inventan motivos para invadir nuestras tierras y asesinar a nuestra gente. —La voz de Xander era apenas un susurro apesadumbrado—. Malditos sean, ellos y todos sus canes.

Sus canes, no el mío. Mari se reservó sus pensamientos para sí. Sin embargo, ahora que su madre se encontraba mejor, la ausencia de Rigel le pesaba. ¿Dónde estaría? ¿Esperándola en la seguridad de su hogar, o atrapado por los camaradas rastreadores en algún punto entre la guarida y el lugar donde estaban ellos?

¿Cómo podría sobreponerme si perdiera a mi Rigel?

—Mamá, tengo que volver a nuestra madriguera. No... No me encuentro bien —dijo Mari.

—Aún no es seguro salir —dijo Xander.

—Sea seguro o no, Mari necesita volver a nuestra madriguera y recuperar fuerzas. Invocar el poder de la luna es agotador, sobre todo para alguien como ella —dijo Leda, observando a su hija con atención.

—Gracias, madre. Sabía que tú me entenderías. —Mari cruzó otra mirada con su madre, agradecida por el apoyo que le brindaba. En ese momento, encontrar a Rigel era lo único que le importaba.

—Xander, Jenna y tú esperad aquí hasta que la luna se eleve sobre los pinares orientales. Para entonces, es muy probable que los camaradas hayan vuelto ya a sus árboles. Sin embargo, tened cuidado con cómo os movéis por el bosque. No crucéis la Asamblea —dijo Leda.

—Leda, quizá sea el momento de que compartas con Jenna y conmigo la ubicación de vuestra madriguera. Podríamos seguiros y asegurarnos de que volvéis sanas y salvas —dijo Xander—. Te doy mi palabra de que jamás traicionaré tu confianza.

—Xander, desvelar dónde se encuentra la madriguera de una Mujer Lunar es un tabú por innumerables motivos, y no estoy dispuesta a faltar a ninguno de ellos. Y mucho menos ahora que es hogar de dos Mujeres Lunares —dijo Leda.

—Entonces, nombrarás a Mari tu heredera —dijo Jenna, sonriendo alegremente.

Mari se percató de que estaba aguantando el aliento mientras esperaba la respuesta de su madre.

—Bueno, Jenna, parece que nuestra Tierra Madre ha hablado por mí. Tras esta noche, no cabe duda de que Mari es portadora de mi don.

—A Sora no le va a gustar oír eso —dijo Xander.

—Sora es joven. Aún le quedan muchos inviernos para descubrir que el sendero que lleva al destino rara vez es un camino recto y despejado de obstáculos —dijo Leda.

A Mari se le escapó un largo suspiro. La verdad es que no sabía muy bien cómo interpretar la respuesta de su madre, pero sentía su creciente preocupación por Rigel como una comezón bajo la piel, y cada vez le costaba más concentrarse en cualquier otra cosa.

—Mamá, ¿estás lista? —le preguntó Mari, ofreciéndole una mano para ayudarla a levantarse.

Leda la tomó y se incorporó. Al principio avanzó lenta y cuidadosamente, como si esperara que el dolor o el mareo volvieran a asaltarla. Vacilante, inspiró hondo y expulsó el aire con una sonrisa.

—Gracias a ti, mi dotada hija. Sí, estoy lista. Mis huesos han sanado, igual que lo ha hecho la herida que tenía en la cabeza.

Antes de que Mari pudiera responder, Jenna y Xander se giraron hacia ella.

—Gracias, Mujer Lunar —dijo Jenna formalmente, inclinando la cabeza en señal de respeto a Mari.

—Gracias, Mujer Lunar. —Xander imitó el gesto de Jenna—. Jenna y yo recolectaremos avellanas para ofrecértelas como tributo la próxima Tercia Noche, como es debido —dijo Xander—. Si no recuerdo mal, Jenna me contó una vez que utilizabas las cáscaras para hacer tinta.

Leda enarcó una ceja y asintió levemente con la cabeza, como para animar a Mari a responder.

—Gra... Gracias. Así es. Y yo aceptaré el tributo con agradecimiento la próxima Tercia Noche —Mari pronunció las mismas palabras que había escuchado repetir a su madre infinidad de veces en el pasado. Sin embargo, sintió como si estuviera intentando ponerse la valiosa capa de piel de Leda y pretender ser alguien que todavía no estaba del todo preparada para ser.

—Que la salud os acompañe hasta nuestro próximo encuentro —respondió Leda formalmente. Luego, abrazó a Jenna y estrechó la mano de Xander. Se volvió hacia Mari—: Iré detrás de ti, hija.

Mari asintió, se detuvo un momento ante la espesa cortina de hiedra y escuchó con cuidado. Al otro lado reinaba un profundo silencio, así que apartó las enredaderas y salió con mucho cuidado del escondrijo. Se detuvo y aguardó, con el oído y los ojos atentos, y, cuando hubo comprobado que el bosque estaba en silencio, que aquel volvía a ser un lugar seguro, le hizo un gesto a su madre para que la acompañara.

Leda atravesó el manto de hojas y siguió los pasos de su hija.

—¿De verdad estás bien, mamá? —preguntó Mari en un susurro, inclinando la cabeza hacia su madre.

—Sí —le respondió Leda, también susurrando—. Estoy muy orgullosa de ti, Mari. Lo que has hecho ahí dentro ha sido asombroso. —Con la cabeza aún inclinada hacia su hija, Leda preguntó—: ¿Y Rigel?

—Lo mandé a casa justo antes de que se produjera el ataque. Rigel me advirtió de que estaban llegando.

—Eso pensaba —contestó Leda.

—Mamá, uno de los camaradas ha mencionado a Rigel. Lo he oído. Han venido aquí porque un hombre que responde al nombre de Nik está buscando un cachorro de pastor. Tiene que ser Rigel. ¿Qué vamos a hacer?

Leda estrechó la mano de su hija.

—Ya lo pensaremos en casa. Ahora, céntrate en abrir tu mente y enviar consuelo a Rigel. Tu can debe de estar volviéndose loco en tu ausencia.

Mari hizo lo que su madre le había dicho: imaginó a Rigel, sentado frente a su madriguera, y se centró en su conexión con el cachorro. A través del vínculo que mantenía con él empezó entonces a enviarle oleadas de confianza y amor, al tiempo que dibujaba un feliz reencuentro entre los tres con el ojo de su mente.

Ese fue el momento en el que Mari cometió el mayor error de su vida. La primera lección que enseña el bosque es que nunca, jamás, se debe apartar la concentración de las inmediaciones. Desde que tuvo edad de caminar, Leda la había instruido a través de la rima y la repetición con sus advertencias:

¡Ten cuidado, sé cautelosa!
Entre los viejos troncos acechan muchas cosas.
¡Siempre preparada, siempre alerta!
Los ojos en el sendero, la mirada despierta,
si quieres volver a tu camita, sana y salva en vez de tuerta.

Sin embargo, aquella noche era distinta. Por primera vez desde que Mari era niña, se encontraba en el bosque mucho después de que la oscuridad hubiera caído, pero su concentración no estaba en absoluto puesta en los peligros que la rodeaban. Leda también estaba inusualmente desconcentrada. La preocupación por Mari y por Rigel, por Jenna y por Xander, así como por todos los caminantes terrenos que habían sido secuestrados o asesinados, ocupaba por completo sus pensamientos. Estaba tan distraída que su mente no se percató del zumbido, grave y amenazador, hasta que Mari y ella estuvieron completamente rodeadas.

Un murmullo de hojas y de algunos de los otros restos que alfombraban el suelo del bosque hizo que Mari se detuviera. Su instinto le advirtió del peligro y una oleada de adrenalina recorrió todo su cuerpo, agudizando sus sentidos y afinando su concentración antes incluso de que su mente hubiera terminado de procesar lo que estaba pasando.

Entonces, el zumbido se grabó a fuego en las mentes de ambas mujeres y el destino de aquella noche se alteró sin remedio.

—¡Licarácnidos! ¡Ponte de espaldas a mí, Mari! ¡Espera mi señal!

Leda empezó a gritar y cualquier noción de cautela abandonó la mente de Mari, igual que las hogareñas imágenes de consuelo que estaba tratando de transmitirle a Rigel. Agradeciendo que Leda hubiera sido tan insistente a lo largo de los años en lo referente al entrenamiento y la práctica, Mari unió automáticamente su espalda a la de su madre y ambas se movieron como si fueran una sola persona, se descolgaron los pellejos de piel de cabritilla del hombro, rompieron los sellos de cera y se los llevaron a la boca.

—Aguanta, Mari. Aguanta. Mantente firme. Alejada del peligro y del delirio, como has ensayado tantas veces, como acabas de hacer ahora. Y recuerda que yo te protegeré. Yo siempre te protegeré.

Mari inspiró honda y lentamente mientras aquel horrible zumbido reverberaba por todo su cuerpo. La señal de su madre parecía no llegar nunca, pero Mari se sintió extrañamente tranquila, como si durante la espera hubiera abandonado su propio cuerpo. Dio un gran trago del pellejo de cabritilla, y contuvo en la boca aquella potente mezcla de agua salada y aceite de lavanda. Sirviéndose de la privilegiada y aguda visión nocturna que había heredado de su madre, Mari inspeccionó el terreno que las rodeaba e intentó atisbar a través del manto nocturno a los depredadores que las acechaban.

En ese momento, el zumbido se detuvo y alrededor de Mari el bosque se convirtió en un estallido de caos y peligro.

Leda hizo un gesto con la cabeza, pero Mari no necesitó ver la señal para darse cuenta de lo que estaba pasando. Lo que hacía apenas unos segundos parecía un montón de hojas caídas acababa de cambiar de forma, de mutar, de transformarse en una araña del tamaño de una ardilla que tomó impulso y se abalanzó de un salto sobre el rostro de Mari.

Con un grito, que tenía tanto de rabia como de terror, Mari escupió la mezcla de agua salada y aceite sobre la criatura, empapándole la cara y los ocho ojos bulbosos. La araña cayó a espaldas de Mari, inofensiva, retorciéndose de agonía. El cuerpo del insecto emitió un siseo similar al de un carbón al rojo vivo bajo el agua cuando Mari lo pisoteó, experimentando la satisfacción de aplastar su cuerpo palpitante.

—¡Vienen más! —le advirtió Leda.

Mari tomó otro sorbo del brebaje que cegaba a las arañas depredadoras y consiguió rebuscar en su bolsillo y sacar el cuchillo antes de que la siguiente criatura se abalanzara sobre ella. Mari escupió el veneno antiarañas y alcanzó a otras dos de ellas. Después, se arrodilló con un veloz movimiento y apuñaló sus agonizantes cuerpos con el puñal de sílex.

—Recuerda, no corras. Eso es lo que quieren que hagamos —Leda hablaba muy deprisa, pero su voz sonaba tranquila mientras tomaba otro trago del líquido—. Sigamos caminando. Despacio. Juntas. Yo cuido de ti. Y tú cuidas de mí. ¿Tu pellejo está lleno de repelente?

—Sí —le aseguró Mari.

—Entonces tenemos suficiente para mantenerlas a raya, si es que nosotras conseguimos mantener la calma.

—Avanzaré a tu paso, mamá. Llegaremos a casa. Sé que lo haremos.

—Prepárate. Vienen más —dijo Leda.

Mari se preparó mientras aquel nauseabundo zumbido reverberaba por el bosque que las rodeaba. Ya se estaba llevando de nuevo el pellejo de cabritilla a la boca cuando la siguiente oleada de arácnidos se materializó en la oscuridad.

Hubo un feroz remolino de gruñidos y chasquidos, y de repente, Rigel apareció de la nada y se abrió camino a través del denso cerco de arañas para apretarse contra el costado de Mari.

Leda escupió otra rociada de repelente a la agresiva plaga y alcanzó a tres de las criaturas. Se sacudió a una cuarta del brazo y la espachurró contra el suelo con el pie. Mari la imitó y ensartó a dos más con un ágil movimiento de su puñal.

—Colócate sobre Rigel —dijo Leda, limpiándose la boca con el dorso de la mano—. No permitas que lo alejen de ti. Si Rigel se queda solo, lo envolverán con sus telarañas para que el nido al completo lo devore.

Mari le robó un segundo al tiempo para abrazar al cachorro contra sí y colocarse de tal manera que Rigel quedara entre sus piernas y su espalda permaneciera apoyada contra la de su madre, mientras le enviaba al can un mensaje telepático: *No te apartes de mí, no te apartes de mí, no te apartes de mí*, y así una y otra vez. Rigel emitió un leve gruñido con su garganta. Tenía toda la atención puesta en la escurridiza oscuridad que los rodeaba, pero se apretaba con firmeza contra las piernas de Mari.

—No te preocupes, Leda. No va a moverse de aquí.

Una nueva oleada de arácnidos se abalanzó sobre ellas, y Rigel luchó junto a Mari, reduciendo a dentelladas a las arañas que lograban zafarse del repelente y de su puñal.

—Tenemos que avanzar como si fuéramos uno solo. Lenta y cuidadosamente, Mari. Entre ataques, esperad a mi señal… —dijo su madre.

Sin embargo, antes de que Leda pudiera hacerle ninguna indicación a su hija, un destello iluminó el sendero que había frente a ellas y un hombre con una antorcha, primero, y una hilera completa de ellos, después, las rodeó mientras aplastaban a las arañas con mazas.

—¡Hay escarbadoras en el sendero! ¡Cogedlas y larguémonos de aquí! —escucharon que ordenaba un camarada.

Mari se quedó paralizada durante apenas medio latido. *¡No apartarán a Rigel de mi lado!* El grito estalló en su mente mientras se agachaba para coger al cachorro en brazos. Ya se estaba moviendo, aferrando el brazo de su madre y tirando de ella fuera del sendero, cuando algo grande y fuerte la empujó con tanta fuerza que Mari no pudo evitar caer hacia delante y arrastrar a Leda y a Rigel consigo. Mari se hizo un ovillo sobre el cachorro y lo protegió con su propio cuerpo mientras caía al suelo. Antes incluso de haber dejado de rodar sobre sí misma, Mari estiró el brazo y buscó a su madre de nuevo, pero un grito se abrió camino en la oscuridad para llegar hasta ellas.

—¡Corred!

Mari se incorporó como buenamente pudo sobre las rodillas y alzó la vista para ver al enorme hombretón que estaba de pie en el mismo lugar que hacía unos segundos ocupaban ella y su madre. Las arañas se le echaron encima mientras él intentaba zafarse de ellas con los puños. A sus espaldas, las antorchas se acercaban cada vez más y más.

Con una sensación de absoluta irrealidad, Mari contempló cómo la mirada de Xander la buscaba. De repente, sus ojos se llenaron de incredulidad y repulsión, y Mari recordó que llevaba a Rigel en brazos. Xander empezó a sacudir la cabeza, adelante y atrás, adelante y atrás, mientras la observaba sin dar crédito.

—¡Es un macho! ¡Mátalo! —gritó un camarada al tiempo que un grito aterrorizado hendía la noche.

Mari y Xander se volvieron a la vez hacia el lugar de donde procedía el grito y tuvieron el tiempo justo de ver cómo un camarada, empuñando una antorcha con el brazo en alto, arrastraba a Jenna tras de sí.

Con un aullido de ira inhumana, Xander echó a correr en pos de su hija. Hizo caso omiso de las arañas que saltaban sobre su cuerpo y le cubrían la espalda, el cuello y la cabeza; ignoró a los camaradas que le apuntaban con sus ballestas e incluso, durante un breve lapso de tiempo, llegó a ignorar también las flechas que le alcanzaban, una tras otra. Mari contó hasta una docena de ellas hasta las plumas enterradas en su cuerpo, pero él seguía corriendo hacia el hombre que había apresado a su hija.

—¡No podemos hacer nada por él! ¡Corre, Mari! ¡Ahora! —El susurro desesperado de Leda la hizo volver en sí.

—Pero han cogido Jenna —susurró.

—Y, si nos quedamos aquí, nos cogerán también a nosotras. ¡Corre, Mari! ¡Ahora! —repitió Leda.

Cogió a Mari de la mano y tiró, obligando a su hija y a Rigel a adentrarse con ella en la oscuridad mientras los gritos de rabia y dolor de Xander se desvanecían a la misma velocidad que el brillo de las antorchas y el olor de la sangre.

12

Nik nunca había estado en la isla de la Granja después del atardecer. Tampoco es que le agradara demasiado la idea de visitarla en aquel momento, pero, al menos, cuando llegara allí podría librarse de la hembra gritona. Tuvo la sensación de que era la milésima vez que lo hacía, pero volvió a mirar por encima del hombro a las escarbadoras cautivas. Cinco estaban amarradas entre sí, las muñecas de una atadas a la cintura de la siguiente para que todas pudieran caminar en hilera, en fila india. La muchacha que no dejaba de gritar, la que habían capturado cuando aquel escarbador los había atacado, avanzaba a trompicones en último lugar, llorando desconsoladamente. La reducida partida de cazadores, liderada por Thaddeus y su terrier, Odysseus, rodeaba a las hembras con las antorchas encendidas en alto, empujándolas de vez en cuando para hacer que mantuvieran un paso veloz. Ya era bien entrada la noche, y lo último que aquel grupo de hombres agotados necesitaba era que un enjambre de cucarachas los atrapara antes de poder llegar a un lugar seguro.

—La última hembra está bastante mal. —O'Bryan captó la mirada de Nik—. Sé que solo es una escarbadora, pero, tío, Nik, ese llanto me está ablandando el corazón.

—Sí, te entiendo —dijo Nik cuando su primo llegó trotando a su lado—. Estoy acostumbrado a verlas deprimidas y fuera de sí, sobre todo de noche. ¿Quién no lo está? Por eso tenemos que hacer lo que hacemos para cuidar de ellas. Pero el llanto de esa hembra es raro.

—Es como si se sintiera apenada por el macho grande que hemos matado al final —dijo O'Bryan.

—Establecen vínculos de apego, parecidos a los de los niños —dijo Nik, volviendo otra vez la vista atrás. La hembra llorosa se tropezó mientras se esforzaba por mantener el ritmo de las demás prisioneras, que corrían, con ojos impasibles y completamente en silencio, junto a los cazadores—. A veces, los machos intentan raptar a las hembras de la isla. Y algunas de ellas parecen ir voluntariamente con ellos. Dos lo hicieron hace más o menos una semana. Fueron abatidas mientras estaban saliendo del canal con el macho que lideraba la huida.

—Bueno, pues esta debía de tener un estrecho vínculo con el macho que nos ha atacado. ¿Crees que podía estar protegiéndola?

—Demonios, O'Bryan, ¿de verdad piensas que eso es posible? Sabes perfectamente que los machos son… Se ponen tan violentos y pierden de tal manera la cordura que ni siquiera se les puede domesticar, como a las hembras. ¿Cómo iba a saber que estaba protegiendo a la chica?

—Tienes razón. Seguramente no pueda ser —dijo O'Bryan, frunciendo el ceño cuando vio que la hembra tomaba aliento y empezaba a sollozar aún más alto, si cabe.

—Es más joven que las demás. Lo único que pasa es que tiene miedo. Incluso a mí me asusta el bosque de noche, y yo no soy un ingenuo escarbador. Me imagino que, para un ser de inteligencia inferior, todo esto debe de resultar el doble de terrorífico. Se pondrá bien tan pronto lleguemos a la isla y se sienta a salvo en las casas flotantes —dijo Nik.

—Sí, a mí también me aliviará librarme de ella. Ya no queda mucho para llegar al puente —dijo Miguel, jadeando con dificultad. Era evidente que el hombre estaba dolorido: tenía la mejilla izquierda ensangrentada e hinchada, y se había quedado a la cola del grupo de cazadores junto a Nik y O'Bryan.

—Miguel, ese pómulo tiene mala pinta. ¿Seguro que estás bien? —le preguntó Nik.

—Sí, estoy bien. Aunque ojalá hubiéramos atrapado a la zorra que me golpeó.

—Cuando te cures, ven a rastrear conmigo. Igual tenemos suerte y nos topamos otra vez con tu escarbadora —dijo Nik.

—¿Vas a seguir buscando? —preguntó Miguel.

—Claro que voy a seguir buscando. Has visto las huellas tan bien como yo —respondió Nik, sin titubear. Su voz denotaba una buena dosis de irritación. ¿Por qué coño era el único al que parecía importarle encontrar al cachorro?

—Sí, pero también he visto cómo la manada de arañas pasaba por encima de sus huellas. Un can joven, ni siquiera un cachorro de pastor tan grande como ese, no puede sobrevivir al ataque de toda una manada de esas cosas —dijo Miguel.

—¿Ah, de verdad? Pues es el mismo can joven que no podía haber sobrevivido a los putos escarabajos sanguinarios y a las malditas cucarachas carnívoras. Y, sin embargo, esas huellas eran suyas, de eso no me queda ninguna duda —dijo Nik.

—Yo opino igual que Nik: hay que encontrar a ese cachorro —dijo O'Bryan antes de que Miguel pudiera responder—. Si aún sigue vivo, debe de ser un can realmente especial.

Miguel se encogió de hombros y a continuación hizo una mueca de dolor.

—Oye, estoy con vosotros. Contad conmigo. En cuanto me cure, volveré a salir ahí fuera.

—Espero que mantengas tu palabra —dijo Nik ahogando, sin embargo, el comentario que realmente quería hacer, ese en el que le decía a Miguel que lo que de verdad necesitaba era contar con cazadores que también fueran camaradas. El olfato de un terrier sería de mucha más ayuda para rastrear que los indicios que cualquier humano pudiera encontrar. Y, por supuesto, estaba el detalle de que a Miguel le habían perforado gravemente la piel. Dudaba mucho de que se curara lo suficiente como para volver a cazar o ser elegido camarada… en su vida.

—¡Alto! —ordenó Thaddeus al resto del grupo.

Los cazadores obligaron a las escarbadoras a frenar de un tirón.

Nik miró a su alrededor y vio que habían llegado a la linde del pinar. Frente a ellos, las antorchas iluminaban una antigua franja de asfalto resquebrajado y, durante el tiempo que estuvieron parados, las nubes ocultaron el rostro de la luna y velaron su tenue luz lechosa. Entonces, acompañada de una repentina vaharada de viento, la lluvia empezó a caer por entre las copas de los árboles, produciendo un tranquilizador tamborileo mientras resbalaba sobre los matojos de helechos y hacía resplandecer la carretera resquebrajada como un espejo roto.

Nik apretó los dientes y murmuró una maldición. La lluvia borraría el rastro del cachorro. Tendría que volver a ese enorme matorral de acebo por la mañana temprano con terriers cazadores antes de que el olor se volviera imposible de seguir.

—¡Al puesto de observación! ¡Cazadores solicitando entrada a la isla! —El grito desvió la atención de Nik hacia el puesto de observación, construido sobre el último de los colosales pinos que bordeaban el asfalto.

—Adelante. Yo vigilo por vosotros. —Fue la respuesta del alto camarada que apareció sobre la plataforma de madera con la ballesta, cargada y lista para disparar, y su pastor a su lado.

Thaddeus le hizo al guardia un gesto con la mano y luego otro al grupo para que lo siguiera. Llegaron corriendo a la carretera cortada y la siguieron hasta llegar al puente. Thaddeus encendió las antorchas que enmarcaban la entrada.

—Antes que nada, Miguel, no me gusta la pinta que tiene esa herida. Te doy permiso para volver a la tribu y hacértela curar. Lawrence y Stephen, acompañadle —dijo Thaddeus—. El resto, vigilad a las escarbadoras mientras cruzamos el río. Que no se tropiecen. Si se caen al canal de noche, podemos darlas por perdidas, y entonces la cacería habrá sido un fracaso. —Thaddeus cruzó una mirada con Nik mientras los cazadores empezaban a cortar las gruesas sogas que mantenían juntas a las mujeres—. Nik, te hago responsable de la última chica.

—¿A mí? ¿Por qué?

—Porque tu obsesión por buscar al cachorro nos ha retrasado.

—¡Pero hemos encontrado un rastro! —Nik intentó mantener un tono razonable, pero estaba absolutamente harto de tener que explicar lo evidente.

—Un rastro, ningún cachorro. Lo que sí que hemos encontrado ha sido una manada de licarácnidos en plena caza, un escarbador macho al que hemos tenido que abatir antes de que él nos matara a nosotros y una hembra que no se calla ni debajo del agua. —Thaddeus se aproximó a la hembra lastimera y, con un brusco tirón, la atrajo hacia sí, tendiéndole a Nik el cabo de cuerda—. Como ya te he dicho, eres responsable de ella.

La hembra se tambaleó y Nik la agarró del brazo para evitar que cayera al suelo. La muchacha dejó escapar un gemido. Se apartó de él, con pasos torpes, lo más lejos que le permitió la cuerda, y se quedó ahí, llorando y mirando a Nik con aquellos enormes ojos líquidos.

—Creo que deberías intentar hablar con ella —dijo O'Bryan.

—¿Hablar con ella?

—Ya sabes, como si fuera un cachorro asustado.

—Un cachorro asustado tiene más seso que cualquier escarbador —resopló Nik con sarcasmo.

—Eh, venga. Sabes que nos entienden perfectamente, aunque no hablen mucho. Bueno, al menos de día lo hacen.

—¡De acuerdo! ¡En marcha! —gritó Thaddeus, a la cabeza del grupo. Todos empezaron a avanzar en fila.

El llanto de la escarbadora se hizo más intenso. No dejaba de apartarse de Nik, de arrastrarle con ella, como si pensara que podía tirar de él para volver al bosque.

Nik suspiró y se enroscó la soga alrededor del puño, con los pies fuertemente clavados en el suelo.

—Venga, vamos —dijo, lo más amablemente que pudo, mientras tiraba de la cuerda para intentar hacerla avanzar—. No quieres volver ahí. Es peligroso.

—Nik, tienes que hacer que se mueva. Bastante cabreado está ya Thaddeus. Si sigue retrasándonos, te va a despellejar vivo —dijo O'Bryan.

—Tú sigue. Os alcanzaremos. —Nik le hizo un gesto a su primo para que prosiguiera y luego se encaró a la hembra. ¡Era tan patética, tan poco agraciada! Al igual que todas las escarbadoras, era muy pequeña. De hecho, esta era más pequeña de lo habitual. Tenía el cabello oscuro lleno de hiedra y hojas y los achatados rasgos de su rostro estaban manchados de suciedad y mocos, de sangre y lágrimas.

—No tienes por qué tener miedo. En la isla estarás a salvo. —Nik hizo un gesto hacia el puente y el grupo que lo estaba cruzando, apartándose de ellos—. Una vez allí, todo irá bien.

La escarbadora cruzó la mirada con él y dijo:

—Nada volverá a ir bien. Has disparado a mi padre.

Su voz sonaba débil y estaba empañada por las emociones, pero sus palabras eran completamente claras, perfectamente comprensibles. Nik experimentó una repentina regresión al momento en el que la hembra se había abrazado al cuerpo sin vida del escarbador, al momento en que se había aferrado a él llorando desconsoladamente. Thaddeus había tenido que apartarla a la fuerza del cadáver. Su respuesta emocional había sido extraña, sin duda. Y ahora, además, ¿le estaba hablando? ¿De noche?

Su vínculo con ese macho debía de ser muy fuerte.

—¿Cómo te llamas? —se sorprendió preguntándole Nik.

—Jenna.

—Yo soy Nik. Jenna, ¿me dejas que te ayude a cruzar el puente hasta tu nueva casa?

Jenna dudó, enjugándose la cara con el dorso de la mano. Primero miró al puente, y luego lo miró a él. De repente, su rostro se iluminó, resplandeciente y ardiente.

—¿Me dejarías marchar? ¿Por favor?

Nik sintió como si le acabaran de dar un puñetazo en el estómago.

—Jenna, ¡no puedo! —respondió abruptamente—. Y, aunque pudiera, no debes adentrarte sola en el bosque de noche. Te matarían.

—Tú no lo sabes todo, Nik. —Las lágrimas empezaron a derramarse de nuevo por su rostro.

—De acuerdo, claro, tienes razón. Puede que no lo sepa todo, pero sí sé que, si no cruzas este puente conmigo, Thaddeus te lo hará cruzar a rastras.

—¿Está muerto?

—¿Thaddeus? No, está justo ahí, y va a... —empezó a decir Nik, fingiendo el malentendido a propósito. La inocencia de los grandes ojos de la muchacha le obligó a detenerse. Inspiró hondo, se pasó una mano por el pelo y empezó de nuevo—: Sí. Tu padre está muerto. Lo... Lo siento —añadió, sintiéndose como si estuviera intentando mantener el equilibrio en arenas movedizas.

Jenna hundió sus huesudos hombros.

—¿Por qué?

—Nos atacó. Teníamos que matarlo.

—No, eso no. ¿Por qué lo sientes?

La pregunta le pilló tan desprevenido que no supo qué responder. Se quedó de pie, mirando a la muchacha, hasta que ella se abrazó a sí misma, como si intentara que su pequeño cuerpo no se cayera a pedazos. Empezó a caminar lentamente por la carretera quebrada hasta el puente, dejando que Nik la siguiera.

No tardaron en alcanzar al resto del grupo. A Nik le sorprendió lo ágil que era Jenna; no como el resto de las escarbadoras, que se movían como si no percibieran del todo el mundo a su alrededor. Durante las horas en las que la luz del día estaba presente, las escarbadoras trabajaban lenta, silenciosa y meticulosamente en los campos, demostrando una misteriosa capacidad para hacer que los cultivos crecieran y las recolecciones fueran prósperas y abundantes. De noche, lo único que se podía hacer era guiarlas, empujarlas, conducirlas, pastorearlas. Nik tuvo la sensación de que, si ellos no hubieran estado allí para guiarlas, el resto de las prisioneras se habría comportado como hembras escarbadoras normales, como cualquiera de esos animales que habitaban en madrigueras, e intentarían encontrar alguna cueva o agujero en el que cobijarse. Si no había ningún agujero disponible, entonces excavarían uno en la tierra y se esconderían en él.

No se preocupaban de sí mismas.

No entablaban conversación.

No penaban por sus padres.

No hacían preguntas con vocecillas débiles y astutas, ni se lo quedaban mirando con sus grandes ojos llorosos.

Mientras la comitiva avanzaba con cuidado por el último tramo del esqueleto oxidado del puente, y llegaba a la carretera que rodeaba la orilla oriental de la isla por el río Canal, Nik contempló a Jenna por el rabillo del ojo. Seguía llorando, solo que ahora en voz más baja. La lluvia se mezclaba con sus propias lágrimas, limpiando la sangre y la suciedad de su rostro pálido, dándole un aspecto muy joven, muy triste.

—Nos has alcanzado antes de que Thaddeus se diera cuenta de que ibas rezagado. Muy bien. Desde luego, hoy ha salido del nido con el pie izquierdo —dijo O'Bryan. Luego miró a Jenna—. Y ella ya no hace tanto ruido. Buen trabajo, primo.

—A mí no me parece tan bueno.

Nik no se dio cuenta de haber dicho aquello en voz alta hasta que O'Bryan le dedicó una mirada de asombro y le dijo:

—¿Te ha picado alguna de esas arañas? Maldita sea, Nik. Deberías…

—No, no, estoy bien —respondió él bruscamente, sin mirar a Jenna—. Es solo que tengo ganas de volver a casa.

—Primo, te entiendo. Pero no te preocupes, el muelle está ahí. Ya no queda nada. —O'Bryan le dio una palmadita en la espalda—. Y por fin has encontrado el rastro de ese cachorro tuyo.

—Sí, es verdad. Ha sido una buena noche. —La voz de Nik sonaba tan inexpresiva, incluso a sus propios oídos, que cuando miró a un lado vio que hasta Jenna lo miraba—. Vamos. —Le dio un pequeño tirón a la cuerda—. Vamos a llevarte a tu nueva casa.

Nik apartó la vista de ella, apretó el paso y guio a la chica por entre los cazadores hasta alcanzar al resto de escarbadoras, que esperaban de pie, en silencio y con las miradas vacías, en el amplio muelle de madera. Jenna le siguió sin volver a protestar hasta que llegaron al muelle, y luego se detuvo como si acabara de toparse con una pared invisible. Nik se volvió hacia ella y vio que estaba mirando al canal y la hilera de casas flotantes que se mecían perezosamente en la corriente.

Nik dudó. En lugar de tirar de ella hacia el muelle, se acercó y trató de utilizar el que esperaba que fuera su mejor tono tranquilizador.

—No pasa nada. En esas casas es donde las escarbadoras.... —se detuvo y se corrigió—. Quiero decir, allí es donde vive tu gente. El agua las mantiene a salvo. Allí no llegan los insectos, ni siquiera las cucarachas carnívoras. Solo tienes que pensar que son... No sé, cuevas flotantes.

—Nik, ¡sabes perfectamente que no tienen inteligencia! Deja de perder el tiempo intentando hablar con ella. Nos estás retrasando. Otra vez. —Thaddeus fulminó a Nik con la mirada desde la barca con la que debían llegar remando a las casas flotantes. Las otras cuatro escarbadoras ya habían montado en la embarcación y estaban sentadas, en silencio, con la cabeza gacha y la mirada clavada en sus manos.

Nik agarró a Jenna del codo, con gesto amable aunque firme, y la condujo hasta la barca, desde donde Thaddeus la agarró bruscamente por la cintura para colocarla junto a las demás.

—Eh, ten cuidado —se escuchó protestar Nik—. Es más pequeña que las demás. No creo que tenga muchos años.

—Maldita sea, Nik, ¡te estás convirtiendo en el héroe de las causas perdidas! —La risa de Thaddeus era sarcástica y contagiosa. Todo el grupo de cazadores, excepto O'Bryan, se unió a él.

En otras circunstancias, Nik se habría dado media vuelta y se habría encaminado inmediatamente hacia el puente. Pero Jenna tenía la cara ladeada hacia él. Su rostro reflejaba la luz de las antorchas, y daba la sensación de resplandecer como una luna llena en una noche de cacería. Sus ojos se cruzaron, y Nik fue incapaz de apartar la mirada. Sin decir nada, se metió en la barca, ocupó el puesto libre que había junto a Jenna y tomó un remo.

—Bien, entonces, entreguemos a estas escarbadoras y volvamos a casa. ¡Remad! —ordenó Thaddeus.

El canal era ancho y había peligrosas corrientes que se arremolinaban en la superficie. Nik pensó que remar hasta allí les resultaría mucho más difícil, pero le dio la sensación de que apenas tardaban unos minutos en atracar junto a la más cercana de las doce casas flotantes. A través de los barrotes que cubrían las ventanas, asomaron unas manos sucias y Nik alcanzó a escuchar una incesante cacofonía de melancolía y delirio. Era complicado distinguir palabras sueltas, porque la mayoría de lo que aquellas voces decían era incomprensible, pero había una palabra que se imponía una y otra vez en medio del caos:

—Socorro… Socorro… Socorro… Socorro…

Nik se estremeció. Sabía que la chica lo estaba mirando y, durante un segundo, deseó ser un cobarde, o tener el corazón de piedra, como Thaddeus. Si así hubiera sido, no habría buscado sus ojos, no le habría dedicado aquella sonrisa de ánimo. Sin importarle lo que los demás pudieran pensar, Nik le dijo a Jenna:

—No te preocupes. Allí estarás a salvo.

Jenna no respondió, pero Nik le bloqueó el paso a Thaddeus para poder alzarla delicadamente del bote y depositarla él mismo sobre el muelle de la casa.

Jenna se quedó allí de pie, como si estuviera hecha de piedra, y luego, muy lentamente, se giró para mirar hacia la casa más cercana. Nik pensó que nunca en su vida había visto a alguien tan asustado. Su rostro pálido y aterrorizado le hizo notar un vacío en el estómago. Para entonces, Thaddeus y los otros cazadores ya estaban sacando al resto de prisioneras del bote. El desembarco hizo que las escarbadoras que había dentro de las casas apretaran las caras contra los barrotes de las ventanas: en la cercanía, sus gritos de socorro eran más comprensibles. Jenna empezó a caminar hacia una de las ventanas, como si realmente quisiera ayudar a las hembras que había dentro.

Nik lanzó un rápido vistazo a Thaddeus, que, afortunadamente, estaba ocupado dejando a la prisionera más grande sobre el muelle. Entonces, Nik salió del bote y se acercó a la chica, volvió a tomarla del brazo y la apartó de la ventana.

Fue al acercarse a la ventana cuando lo oyó, tan claramente como había escuchado a Jenna hablarle antes:

—¡Ha sido purificada!

Entonces, otra voz añadió:

—¡Mujer Lunar!

Y luego otra más:

—¿Dónde está nuestra Mujer Lunar?

Jenna reaccionó más rápido que Nik. Giró la cabeza, como impulsada por un resorte, y miró de nuevo hacia la ventana.

—¡Tabú! —La chica prácticamente le escupió sus palabras a las otras hembras.

Las escarbadoras asomadas a la ventana guardaron el silencio más absoluto. Luego, Jenna se giró y adelantó a Nik, dirigiéndose de nuevo al muelle.

—Oye, Jenna, ¿qué es una Mujer Lunar? —preguntó Nik en voz baja.

Jenna no se detuvo a contestarle y fue a ocupar su lugar entre las otras cuatro mujeres. Nik se las quedó mirando, y siguió haciéndolo mientras Thaddeus guiaba a las cinco por la pasarela de madera que discurría por la aglomeración de casas, desatrancaba la puerta de una de ellas y empujaba a Jenna a su interior. Lo último que Nik vio fue que la muchacha giraba la cabeza para mirarle, antes de que Thaddeus cerrara de un portazo y atrancara la puerta frente a su pálido y afligido rostro.

Nik no conseguía sacarse la imagen de Jenna de la cabeza.

Lo acompañó mientras corría con el resto de los cazadores de regreso a la tribu, de vuelta a la seguridad del santuario de sus hogares en los pinos centinela. Lo acompañó cuando se despidió de O'Bryan con un exhausto adiós y cuando se derrumbó sobre el mullido camastro de su nido de soltero. Lo persiguió cuando cerró los ojos con la esperanza de que el sueño viniera a visitarlo.

Sin embargo, Nik no se durmió. Tuvo que incorporarse bruscamente en la cama cuando se dio cuenta de qué era lo que había visto en el rostro de Jenna que le resultaba imposible olvidar.

La lluvia había limpiado la suciedad y la sangre de sus mejillas y había revelado el misterio que ocultaban. La piel de Jenna era pálida, casi tanto como la luz de la luna. No tenía el mismo tono gris que la piel de todas las escarbadoras adoptaba desde la puesta de sol hasta el amanecer.

—¿Qué demonios está pasando? —se dijo Nik en voz alta, pasando frenéticamente los dedos por su pelo revuelto. ¿Habría estado imaginándose cosas?

Nik revivió mentalmente lo que había pasado durante la noche, pero esta vez prestando atención a todos los detalles y no solo a las pequeñas, aunque reales, huellas de su cachorro.

Lo cierto es que no se había esforzado lo más mínimo en cazar a las escarbadoras. En realidad, había aprovechado la necesidad de conseguir unas cuantas prisioneras como excusa para unirse a la partida de caza en el bosque y animarlos a buscar un poco más al sur de su zona de caza habitual. Tampoco se había preocupado especialmente de capturar a la hembra que había herido a Miguel: aquello también había sido una excusa. Y no es que Nik se avergonzara de lo que había hecho. Volvería a hacerlo sin dudar. Haría lo que fuera necesario para seguir buscando al cachorro. Aunque eso implicara tener que matar más machos escarbadores y capturar también a otras hembras.

Nik bajó la vista hacia sus manos y, de repente, se dio cuenta de que la sensación que tenía en las tripas no le gustaba.

—Era su progenitor, su padre —dijo en voz baja—. El padre de Jenna.

Arrugó el rostro cuando su memoria revivió el momento en que la chiquilla se había echado sobre el cuerpo ensangrentado del hombretón. Su padre estaba intentado protegerla, ahora se daba cuenta. Recordó que el macho escarbador estaba de pie en medio del sendero, cubierto de arañas, sin moverse. Sin atacar. Al menos, no hasta que habían capturado a Jenna. Fue entonces cuando se abalanzó sobre ellos.

Y, a medida que iba reviviendo recuerdos, otra imagen surgió con fuerza y le obligó a incorporarse de nuevo en la cama, sacudiendo la cabeza con incredulidad: el macho grande estaba pálido y ensangrentado, pero, al igual que la de su hija, su piel no era gris, como la del resto de los escarbadores.

13

Aquella noche Nik no durmió prácticamente nada. No le importó, porque así podía estar despierto mucho antes de que saliera el sol y pasar un buen rato poniéndose presentable. Sun era su padre, pero también era el Sacerdote Solar, el líder de la Tribu de los Árboles, y comparecer ante él desaliñado y con los ojos inyectados en sangre no le impresionaría, ni tampoco le predispondría a escuchar lo que Nik necesitaba decirle.

Recién lavado y peinado, Nik recorrió los puentes suspendidos y las estilizadas pasarelas de madera que conducían hasta el corazón de la tribu, donde se encontraba el enorme y hermoso nido en el que habitaba su líder, el Sacerdote Solar. Todo lo que la tribu fabricaba se creaba poniendo especial énfasis tanto en su forma como en su funcionalidad: su gente admiraba a los artistas tanto como a los cazadores o los líderes, quizá más, y dicha admiración había dado lugar a una generación tras otra de talentosos artesanos, los cuales habían, a su vez, creado una ciudad en los árboles rebosante de belleza y elegancia.

Bajo el cielo de color gris perla, similar al del plumaje de una paloma, que precedía al amanecer, Nik se detuvo justo enfrente de la puerta cerrada del nido de su padre. Se preparó y, mientras lo hacía, apreció las majestuosas tallas de pastores guardianes y radiantes soles que decoraban el arco de la entrada. Casi como si tuviera voluntad propia, la mano de Nik se alzó para acariciar uno de los relieves. Una emocionada sonrisa se dibujó en sus labios cuando recordó la rubia cabeza de su madre inclinada sobre aquella misma pieza de madera que tan amorosamente había tallado hacía dos décadas.

Aunque hacía muchos años que había muerto, Nik la extrañaba muy a menudo y se preguntaba si su vida habría sido distinta si ella no hubiera muerto aquel terrible día, hacía diez inviernos.

—¡Ay, Nik! Me has asustado. Buenos días.

Nik se quedó inmóvil en el sitio, parpadeando sorprendido y con la mano aún levantada, sin saber bien qué decir o hacer, cuando Maeve y su cachorra, Fortina, aparecieron en el vano de la puerta frente a él. La mujer tenía el cabello largo y suelto por la esbelta espalda, e iba vestida únicamente con una túnica para dormir. Cuando Nik la miró, las mejillas de Maeve se encendieron de un color rosa vivo.

La joven voz de Fortina emitió un par de gallos cuando ladró, como si estuviera intentando hacerle una pregunta a Nik. Eso lo sacó de su momentánea parálisis.

—Ay, lo siento, Fortina. Seguramente necesitas salir. —Nik se apartó para que Maeve y su can pudieran salir.

—Gracias, Nik —dijo Maeve. Luego añadió, con un titubeo—: ¿Encontraste algún rastro del cachorro durante la cacería de anoche?

—Así es —respondió Nik.

—Oh, ¡me alegro tanto por ti! Me da igual lo que digan los demás. Yo también pienso que está vivo. Sigue buscándolo, Nik. —Después, Maeve le dio una amable palmadita en el hombro y siguió a su impaciente can.

Nik vio cómo se marchaba con una mezcla de sentimientos enfrentados: por un lado estaba la vergüenza de haber sorprendido a la amante de su padre saliendo de su nido; por otro, la satisfacción que le producía que le diera la razón y creyera que el cachorro seguía vivo.

—¿Pretendes quedarte ahí de por vida, o vas a entrar? —La voz de Sun retumbó en el interior del nido. Nik inspiró hondo y entró en el hogar de su padre, al hogar de su infancia.

El nido del Sacerdote Solar era más grande que cualquier otro hogar habitado por un único miembro. Al igual que los demás nidos, había sido construido con maestría, poniendo la forma al servicio de la funcionalidad, para componer una enorme estructura redonda. Sin embargo, al contrario que los otros nidos familiares, el de Sun tenía tres pisos. En la entrada había una mesa de madera de pino, pulida hasta estar resplandeciente, y una serie de bancos rodeaban el perímetro curvo de la estancia, generando un espacio para celebrar reuniones mucho más íntimas con los miembros de la tribu que las que tenían lugar en el foro público. Unas escaleras de caracol llevaban hasta el segundo piso, en el que había estado el dormitorio de Nik hasta que él había cumplido dieciséis inviernos y se había mudado a su propio nido de soltero. Ahora era la biblioteca de su padre, y albergaba la mayor colección privada de libros de la tribu. Desde el segundo piso, ascendía una segunda escalera, ancha y robusta para soportar el peso de un colosal can. Fue desde lo alto de esas escaleras desde donde Laru le dio la bienvenida con tres ladridos, para después bajar corriendo y meneando el rabo como un cachorro, para saludarle.

—¿Cómo estás, muchachote? Estás muy despierto para lo temprano que es —dijo Nik, acariciando al pastor con ternura y disfrutando del tacto de su espeso y suave pelaje.

—Que no te engañe, está cansado. La cachorra de Maeve le ha tenido despierto casi toda la noche. Si vuelves a mediodía, te lo encontrarás hecho una bola en algún rincón soleado, profundamente dormido —rio Sun al salir de su dormitorio, en la tercera planta, mientras se ponía una camisa.

Nik le dedicó una mirada cómplice a su padre.

—Tú también pareces un poco cansado. ¿La cachorra de Maeve también te ha tenido despierto a ti? ¿Vas a tener que echarte después una siestecita con Laru?

—Eso no es asunto tuyo, Nikolas. —La amplia sonrisa de su padre borró cualquier rastro de resquemor de sus palabras, y Nik le devolvió la sonrisa.

—Oye, ya sabes que no quiero que estés solo —dijo Nik, acariciando todavía a Laru—. Y Maeve es una buena mujer.

—Sí que lo es. ¿Té? —preguntó Sun, dirigiéndose al pequeño brasero, cuidadosamente ubicado cerca de una de las esquinas de su nido. Forrado en pizarra, entre las brasas y la yesca había un pequeño hornillo elevado sobre el que pendía uno de los objetos más valiosos de la tribu: una tetera de hierro.

Nik asintió.

—Desde luego. Echo de menos tu té.

—Deberías venir a mi nido más a menudo, entonces. —Sun le sonrió por encima del hombro antes de encaminarse a una de las pequeñas aperturas que había tejidas en la parte superior del nido.

Aunque el sol aún no había salido, el cielo ya empezaba a colorearse con el alba. Cuando Sun levantó la vista hacia las alturas, sus ojos verdes empezaron a resplandecer con un fulgor ambarino. El padre de Nik levantó las manos y, con un gesto hábil y mil veces ensayado, movió los dedos frente a la yesca y pequeñas chispas, como luciérnagas diminutas, saltaron y crepitaron y encendieron el carbón, haciendo que la pila de madera echara a arder alegremente.

A Nik le gustaba vivir solo, pero a su nido de soltero le faltaban todos los lujos de los que disponía la casa de su padre, y es que el Sacerdote Solar era el único miembro de la tribu capaz de domesticar la energía solar para encender una hoguera. La costumbre matutina de su padre, tan familiar, le sosegó. Nik se acomodó en uno de los bancos mientras Laru se estiraba junto a él y apoyaba la enorme cabeza sobre su regazo.

Su padre llenó dos tazas de madera con un brebaje cargado y humeante, le tendió una a Nik y luego se sentó en la mesa frente a su hijo.

—Debe de ser importante. Has llegado incluso antes que Thaddeus.

—Encontramos el rastro del cachorro —dijo Nik, sin más preámbulos.

Sun se enderezó en su asiento.

—¿De verdad? ¿Qué tipo de rastro?

—Huellas debajo de un matorral de acebo, muy cerca de un lugar donde se había reunido un grupo de escarbadores.

—¿Excrementos? ¿También encontrasteis excrementos?

—No.

—Así que no hay modo de averiguar de cuándo son las huellas.

—Padre, si me dieras permiso para volver hoy con los terriers, te demostraría, a ti y a todos, que las huellas son recientes y que mi cachorro está vivo.

—Nik, yo tengo tantas ganas como tú de que el cachorro esté vivo, pero nuestras acciones deben de estar dictadas por la lógica, y no es lógico creer que un can joven haya sobrevivido durante nueve noches sin ningún tipo de protección en el bosque.

—Ya ha pasado diez noches en el bosque. —Nik señaló a Laru—. Este es su padre. ¿Por qué es tan difícil creer que, con una sangre tan poderosa corriendo por sus venas, el cachorro aún siga vivo?

La expresión de Sun se tornó triste.

—No toda la prole es tan fuerte como sus progenitores.

Nik apretó los dientes ante el amargo trago de decepción paterna. Se suponía que debía suceder a Sun como Sacerdote Lunar, pero eso nunca pasaría si un pastor no lo elegía como camarada.

—¿No te das cuenta, padre? De eso se trata, precisamente. Nunca podré ser quien tú quieres que sea a menos que encuentre a ese cachorro: mi cachorro.

—Nikolas, no era mi intención menospreciarte. Estaba hablando de cachorros y sementales, no de ti y de mí.

Nik clavó sus ojos en las pupilas color musgo de su padre y vio la mentira en ellas, pero decidió no desafiarle más. En cambio, decidió cambiar astutamente de tema y de táctica.

—Anoche capturamos a cinco escarbadoras y matamos a varios machos.

Sun asintió con resignación.

—Es temporada de siembra, y era necesario reponer escarbadoras. Sobre todo a la luz de lo rápido que está creciendo la tribu.

—Padre, ¿alguna vez has visto a alguna escarbadora que no se pusiera gris de noche?

Sun negó con una sacudida de cabeza y le dedicó una mirada confusa a su hijo.

—No, claro que no. ¿A qué te refieres?

Nik le contó todo lo que había pasado la noche anterior, comenzando con el primer avistamiento que habían tenido del padre de Jenna en el sendero y terminando con el descubrimiento de la piel pálida de la muchacha y su padre.

Sun sorbió su infusión con aire contemplativo antes de hablar.

—Debo reconocer que el asunto de los escarbadores me preocupa desde hace tiempo. Sus vidas son tan tristes, tan patéticas. A menudo me pregunto si tenerlas aquí, en las condiciones en que lo hacemos, es inhumano. Quizá lo que descubriste anoche sirva para ayudarlas, para mejorar sus vidas.

—Pero es bien sabido que son como bebés grandes, incapaces de caminar por sí solos. No pueden cuidar de sí mismas. De lo único de lo que son capaces es de hacer que las plantas crezcan y de vivir sumidas en una tristeza silenciosa y miserable. Las mantenemos a salvo, incluso de sí mismas, aunque sus vidas son muy cortas. Lo único que les pedimos a cambio es que se ocupen de nuestras cosechas, que es algo que ya está prácticamente en su naturaleza.

—Son nuestras esclavas, Nik. No les pedimos que se ocupen de nuestras cosechas. Son nuestras prisioneras. Deben hacer lo que les ordenamos —dijo Sun.

—Pero no parece importarles mucho —respondió Nik.

—Es cierto, pero, en realidad, lo que ocurre es que nada parece importarles mucho después de que nosotros las capturemos. —Sun negó lentamente con la cabeza—. Es desconcertante. Deben de saber cómo cuidar de sí mismas en la naturaleza. De lo contrario, los escarbadores se habrían extinguido rápidamente. Sin embargo, en la isla de la Granja se comportan como si fueran incapaces de protegerse o de hacer nada más que comer, dormir y cuidar las cosechas.

—¿De verdad crees que en su estado salvaje son diferentes?

—Lo creo, hijo. De hecho, creo que son completamente diferentes.

—¿Por qué dices eso?

—Porque es la verdad. ¿En cuántas cacerías has participado?

Nik se encogió de hombros.

—Contando la de anoche, creo que casi en una docena.

—Yo he participado en cincuenta y siete cacerías. En ese tiempo he visto muchos escarbadores, machos y hembras, jóvenes y viejos. Muy viejos. Con más frecuencia eran mujeres que hombres, pero he visto ancianas encorvadas de cabello cano. Los cazadores no las capturan, porque suelen carecer de la fuerza para ocuparse de nuestras cosechas, pero las he visto —repitió Sun.

Nik pensó en las caras que había visto la noche anterior, apretadas contra los barrotes que cubrían las ventanas de sus casas flotantes —sus jaulas flotantes— e intentó recordar si había visto alguna mujer anciana.

—En la isla de la Granja no viven lo suficiente como para envejecer —dijo Sun—. No mueren de viejas, sino de pena.

—Padre, no sabemos exactamente por qué se mueren. Es como si hubieran decidido dejar de vivir, y punto.

—Dime, Nik, ¿qué sentiste anoche cuando estuviste allí y escuchaste a las hembras pedir socorro?

A Nik la pregunta le pilló desprevenido. Se quedó pensando, confuso:

—Bueno, estaba cansado y preocupado por el cachorro porque…

—No me refería a qué sentiste tú —le interrumpió su padre—. Me refiero a qué sentimiento te transmitieron las escarbadoras, sobre todo aquella joven que dices que te habló racionalmente.

—Bueno, no sé si llegué a sentir la tristeza de Jenna, pero sí que la comprendí. —Sus ojos se engarzaron con los de su padre—. Acababa de ver morir a uno de sus padres.

Sun cerró los ojos y agachó la cabeza.

Nik pudo ver el dolor en su padre y lo compartió. Laru se movió desde donde estaba Nik hacia su padre apoyando la cabeza contra la rodilla de su camarada.

—Lo siento. No quería recordarte la muerte de mamá —dijo Nik suavemente.

Sun abrió sus ojos.

—Hijo, tu madre siempre está en mis pensamientos, pero su recuerdo no es lo único que me hace mantener la cabeza gacha. Creo que lo que pasó anoche fue una señal.

—¿Lo dices en serio? ¿Una verdadera señal? —Nik se echó hacia delante, esperando ansioso que su padre prosiguiera.

Las señales eran de gran importancia para la tribu. Mientras que sus ancestros solían ignorar augurios y presagios —tanto que acabaron desvinculándose completamente de la naturaleza, de la tierra viva—, la tribu creía en la actualidad que la Tierra tenía alma; que los animales, los árboles, las piedras y el propio suelo que pisaban estaba impregnado de una energía única, de un alma; y que, si la tribu prestaba atención, la naturaleza le manifestaría sus maravillas y sus advertencias.

—Completamente en serio —respondió Sun—. Últimamente, los escarbadores me preocupan mucho. Estoy convencido de que lo que viste anoche, sea o no algo fuera de lo normal, es una señal de que hay algo en su naturaleza que a la tribu le resulta incómodo admitir. Así pues, haré un trato contigo, Nikolas. Te concedo permiso para usar a un cazador y su terrier y seguir buscando a tu cachorro durante el tiempo que consideres necesario. A cambio, debes a hacer dos cosas por mí.

—¡Lo que sea, padre!

—La primera es que, mientras buscas a tu cachorro, debes observar a todos los escarbadores con los que te cruces en tu camino. Toma nota de cualquier cosa sobre ellos que te resulte poco usual, pero no los captures. Infórmame únicamente a mí de lo que observes.

—Haré eso por ti, padre. ¿Qué más?

—Como sabes, el número de miembros de la tribu ha crecido considerablemente durante los últimos inviernos.

Nik asintió:

—La tribu es fuerte. Casi todos los bebés sobreviven a los inviernos.

—Así es, y no puedo estar más complacido. Sin embargo, eso también causa que muchos nidos familiares estén abarrotados —dijo Sun.

—La Asamblea para celebrar que Fortina eligió a Maeve estaba abarrotada, sin duda —Nik le dio la razón a su padre.

—Exacto, y eso me lleva a mi segunda petición. Wilkes y su Odin se están preparando para realizar una partida de aprovisionamiento en Ciudad Puerto. Si hemos de adaptarnos a la fertilidad de la tribu, será necesario construir nuevos nidos, así como nuevos sistemas de poleas para subir y bajar a la ampliación de la ciudad. Necesitamos el metal que solo es posible encontrar en las ruinas de la ciudad. Quiero que lideres la partida con Wilkes.

Nik parpadeó ante la petición de su padre, sorprendido.

—Padre, sabes que los guerreros nunca seguirán a alguien que no sea camarada de un pastor.

—Nadie puede discutir que eres el mejor ballestero que ha tenido esta tribu en muchos inviernos. La partida de aprovisionamiento precisará de tus habilidades.

—Los guerreros apreciarán mi talento con la ballesta. Me uniré a la partida que se dirige a Ciudad Puerto. Pero no es necesario que me sigan a mí para ese propósito.

—Es necesario que te sigan o, al menos, que te escuchen, para beneficiarse de tu otro talento.

Nik frunció el ceño.

—¿Mi otro talento? ¿Quieres que talle algo durante la partida de aprovisionamiento? Perdona, padre, pero eso no tiene ningún sentido.

Sun rio.

—Después de tu madre, tú, hijo mío, tienes la mayor capacidad de observación que he visto en mi vida. Y esta partida de aprovisionamiento necesitará desesperadamente de alguien que posea esa habilidad concreta. ¿Recuerdas lo que le pasó al último grupo que enviamos a Ciudad Puerto?

Nik se estremeció.

—Me acuerdo.

Solo dos de los doce camaradas que integraban la partida regresaron con vida. Traían en brazos a sus pastores, heridos de muerte. Ambos perecieron en el transcurso de un par de días, y sus camaradas no tardaron mucho en seguirlos a la tumba. Antes de morir, sin embargo, tuvieron la oportunidad de transmitir el terrorífico relato de cómo habían caído en una trampa, de cómo los robapieles habían desollado vivos a los camaradas apresados y habían vestido sus pieles mientras aún estaban conscientes...

—Necesito tus habilidades de observador para asegurarme de que esta partida de aprovisionamiento no sufre la misma suerte que la que la precedió —Sun interrumpió los horrorosos recuerdos de Nik.

—Lo entiendo, padre, y estoy dispuesto a hacer lo que me pides, pero eso no cambia el hecho de que yo no soy un camarada y de que los guerreros no seguirán mis órdenes —dijo Nik.

—Pero sí seguirán a Wilkes, y Wilkes aprecia tus talentos. Él te escuchará y, de esa manera, los demás te seguirán, aun sin ser totalmente conscientes de ello.

A Nik se le tensó la mandíbula. *Así que voy a arriesgar mi culo, pero no a obtener el respeto que merezco por ello.*

—¿Hay algún problema?

Nik inspiró hondo.

—No. No hay ningún problema.

—Gracias, hijo —dijo Sun—. Es como un sarpullido bajo la piel, esta lástima que siento por los escarbadores.

—Padre, haré lo que me pidas, pero hay una cosa que debo saber: ¿no estarás pensando en liberar a las escarbadoras, verdad? —preguntó Nik.

—Ojalá pudiera, hijo. La tribu replicaría que las escarbadoras prisioneras necesitan que alguien cuide de ellas, y que lo que hacemos reteniéndolas en la isla de la Granja es, en realidad, un acto de caridad. Pero sabes tan bien como yo lo que pasaría si nos viéramos obligados a ocuparnos de nuestros propios cultivos. Las cosechas menguarían drásticamente sin la magia terrena que poseen las escarbadoras, pero más graves aún serían los inevitables accidentes que sobrevendrían. —Sun sacudió la cabeza con tristeza—. Y las muertes que se producirían después.

Nik se estremeció.

—¿Los curanderos no han hecho ningún avance?

—Ninguno en absoluto —replicó Sun con voz lúgubre—. Si nuestra piel se rompe, nos volvemos vulnerables a la roya. Y, una vez se manifiestan sus síntomas, es incurable. Tan solo se puede padecer. Y la enfermedad solo tiene un posible desenlace.

—La muerte —se estremeció Nik.

Una muerte horrible, además.

Nik cruzó una mirada con su padre, consciente de que ambos estaban pensando en la hermosa mujer que había sido su madre y su esposa, y que un día había resbalado mientras tallaba un laúd nuevo para tocar con él a las Plantas Madre. Se cortó en la muñeca. El corte no fue muy grave, ni profundo, ni demasiado largo. Sin embargo, la roya la infectó y se canalizó por las venas de su muñeca para luego expandirse velozmente por su cuerpo. La enfermedad la devastó en cuestión de semanas. Un accidente nimio. Un corte insignificante. Los pensamientos de Nik se centraron en los accidentes y en la tragedia que tan a menudo los sucedía, convirtiendo cosas que deberían ser normales en acontecimientos terribles.

—Anoche una escarbadora golpeó a Miguel con una roca.

La penetrante mirada de Sun se clavó en Nik.

—¿Se le rompió la piel?

Nik asintió.

—Sí.

Sun suspiró.

—Iré a visitarlo tras el amanecer. Nikolas, si Miguel se ha infectado, deberías prepararte. Su familia te culpará por ello.

Nik reprimió sus iracundas excusas. Su padre tenía razón. A la familia de Miguel le daría igual que él no hubiera sido el responsable de que la escarbadora lo atacara. La tribu al completo sabía que Nik aún estaba buscando al cachorro, y que había sido a causa de su búsqueda particular por lo que los cazadores se habían alejado de su territorio habitual.

—Estaré preparado. No llamaré la atención.

Sun enarcó las cejas en un gesto irónico.

—Eso estaría bien, para variar.

Nik miró a su padre con enfado.

—Yo no suelo causar problemas.

La carcajada de Sun sonó más sarcástica de lo que a Nik le hubiera gustado, pero al final terminó riendo con él, agradecido de poder disipar con aquella risa la tristeza que había empezado a instalarse entre su padre y él.

—¿Quieres acompañarme a recibir el amanecer? —preguntó Sun.

—Me gustaría, pero tengo que volver cuanto antes a ese matorral de acebo. Y también necesito informar a un cazador de que tiene que acompañarme.

—Thaddeus y Odysseus forman la mejor pareja de rastreadores que he conocido en muchos inviernos —dijo Sun.

—La verdad es que evitaría llevar a Thaddeus —dijo Nik—. Prefiero la compañía de Davis y su Cameron.

—Son jóvenes, y mucho menos experimentados.

—Bueno, así ganarán experiencia buscando a mi cachorro.

—¿Me permites un consejo?

Nik le hizo un gesto a su padre para que continuara.

—Me gustaría sugerirte que, si yo me encontrara en la situación en la que un miembro de la tribu mayor y más experimentado que yo, como Thaddeus, se demostrara..., bueno, a falta de una manera más suave de decirlo, desdeñoso con algo de lo que yo estuviera absolutamente convencido... —Sun hizo una breve pausa y Nik asintió, con entusiasmo—. Sí, justo lo que pensaba. Digamos entonces que, si se me presentara la oportunidad de demostrar a ese altivo miembro de la tribu que mis convicciones tienen fundamento, y dándose el caso de que fuera una persona corta de miras, aprovecharía dicha oportunidad para demostrarle a él, y en consecuencia al resto de la tribu, que se equivoca.

—¡Es que es tan arrogante! Ha descartado por completo la posibilidad de que el cachorro siga vivo, incluso habiendo encontrado pruebas de lo contrario.

—No te niego que Thaddeus es arrogante y que incluso puede llegar a resultar bastante hiriente, pero está muy orgulloso de sus habilidades como rastreador, las cuales son indiscutibles.

—Sigue sin caerme bien.

Sun sonrió.

—¿Y si te diera permiso para incluir a Davis y Cameron, junto con Thaddeus y Odysseus, en tu búsqueda? Les vendrá bien la experiencia. La tribu se beneficiaría de ello y tu búsqueda resultaría más agradable. ¿Estás de acuerdo conmigo?

Nik dejó escapar un largo suspiro de alivio.

—Estoy de acuerdo. —Nik se quedó callado durante un momento y, antes de que se le hubiera ocurrido que lo que estaba a punto de decir en voz alta podía no ser buena idea, se le escapó—: Padre, ¿alguna vez te has parado a pensar que, tal vez, la ley de la tribu que solo permite ocupar cargos de poder a los camaradas vinculados a sus canes podría estar equivocada?

Sun enarcó tanto las cejas que casi se le unieron a la línea de nacimiento del cabello.

—¿Se puede saber qué estás diciendo, Nikolas?

—La tribu entera reconoce que Madre fue la mejor ebanista que ha habido en generaciones.

—Sí, eso es cierto —dijo Sun con una perpleja sonrisa—. ¿A dónde quieres llegar, hijo?

—Pero, aun así, nunca le permitieron ostentar el título de Maestra Ebanista porque ningún can la eligió nunca, aunque lo merecía y ejerció el cargo durante la mayor parte de su vida adulta.

—Bueno, sí, pero…

—Y tú mismo acabas de reconocer que soy el mejor ballestero de la tribu, y que poseo unas excelentes dotes de observación, pero no puedo liderar a los guerreros porque ningún can me ha elegido todavía. Tal y como yo lo veo, no tiene demasiado sentido.

Su padre se lo quedó mirando en silencio, aspirando y soltando aire varias veces, antes de responder:

—Esta es la cruda verdad, Nikolas: si un can te eligiera, nuestras leyes cobrarían sentido a tus ojos. Hijo, el único motivo por el que pones en tela de juicio la tradición es porque aún no estás vinculado.

Nik no apartó la vista de los ojos de su padre. En cambio, invadido por una triste sensación de resignación, replicó:

—Tal vez tengas razón, padre. Solo lo sabremos si algún día resulto elegido y sigo pensando lo mismo que pienso ahora. Así que, si apruebas mi misión, iré a buscar a Davis y Thaddeus para informarles de que regresamos al territorio de los escarbadores esta misma mañana.

—Siempre contarás con mi aprobación, Nikolas —dijo Sun—. Valoro mucho tu mente entusiasta e inquisitiva... Al igual que lo haría tu madre.

—Gracias, padre.

Nik se arrodilló ante Sun. El Sacerdote Solar apoyó una mano sobre la cabeza inclinada de su hijo y levantó la otra hacia la abertura de la ventana, por la que cada vez se filtraba más luz.

—Yo te bendigo con la caricia del sol, Nikolas, hijo de Sun. Que su calor, su fuerza y su luz te acompañen en tu misión, y que regreses sano y salvo al hogar antes de que la oscuridad extinga el día.

Nik cerró los ojos y la calidez del sol se derramó por todo su cuerpo. Sin embargo, en lugar de concentrarse en el cachorro que tan desesperadamente quería encontrar, lo único que consiguió ver tras sus párpados cerrados fue el rostro pálido y surcado de lágrimas de Jenna.

14

Al principio, incluso cuando ya estuvieron a salvo en su madriguera, protegidas y camufladas por el matojo de zarzas y la puerta firmemente atrancada a sus espaldas, Mari y su madre solo se atrevieron a hablar en susurros, con las cabezas muy juntas. A pesar de que sabían muy poco acerca de los canes y lo desconocían todo sobre sus habilidades de rastreo, ambas mujeres eran conscientes de que debían hacer algo para camuflar el rastro de Rigel. En caso de que alguno de los camaradas regresara (y en particular ese que se hacía llamar Nik), debían conseguir que les resultara difícil, si no imposible, localizarlo.

—Ojalá supiera qué rastros son capaces de detectar los canes y cuáles no —dijo Leda.

—Ojalá tuviéramos tiempo de probar con el propio Rigel y averiguar cómo hacer que pierda un rastro —dijo Mari—. Pero no lo tenemos, mamá. En cuanto esté a punto de amanecer, tengo que volver allí y comprobar si las cucarachas carnívoras han dado cuenta de todo —Mari dejó de hablar, y se estremeció. Sin duda, las cucarachas habían seguido a la manada de licarácnidos y a la mortífera incursión de los camaradas en la Asamblea, en busca de los despojos de los muertos.

—Mari, ¿tienes un plan?

—Tengo una idea. Sé qué es lo que más dificulta, lo que vuelve prácticamente imposible, que pueda seguirse el rastro de un ciervo o de un jabalí. Pienso intentar reproducir todos los obstáculos que alguna vez nos han arruinado a ti o a mí un día de caza.

Leda asintió con un lento movimiento de cabeza.

—Interesante. Podría funcionar.

—Funcionará. Tiene que hacerlo. Ahora, terminemos de comer e intentemos dormir un poco.

Rigel estaba tan cerca de ella que, cuando Mari se levantó para servirse otra ración de aquel estofado de conejo que tan rápidamente parecía desaparecer de sus platos, tuvo que prestar atención para no tropezarse con él. Mari no le quitó el ojo de encima a Leda mientras comían: no le gustaba lo pálida que estaba.

—No hace falta que me acompañes por la mañana. Quédate aquí y descansa, mamá. Rigel y yo estaremos bien, y volveremos enseguida.

—Ni hablar. Nos aseguraremos de que Rigel está a salvo, y lo haremos juntas.

Mari asintió lentamente mientras rellenaba los cuencos de estofado y le preparaba a Rigel otro con conejo crudo, hierbas y semillas, alimentos que el can prefería a la comida cocinada. Mari estaba preocupada por su madre, pero necesitaba que Leda la ayudara para asegurarse de que ese entrometido de Nik no fuese capaz de seguir el rastro de Rigel hasta su madriguera.

—No desistirá. Hagamos lo que hagamos por la mañana, ese camarada seguirá buscando a mi pastor —dijo Mari.

Rigel ladró lastimeramente y Mari abrió los brazos intentando abarcar la mayor parte de su cuerpo, cada vez más grande, en su regazo.

—Por lo que me has dicho, parece que ese tal camarada Nik cree que Rigel va a elegirle a él —dijo Leda.

—Bueno, ¡pues no ha estado más equivocado en su vida! —respondió Mari, con brusquedad. Inmediatamente compuso una sonrisa para disculparse con su madre y acarició a Rigel para tranquilizarlo—. Perdona, no pretendía pagarla contigo —suspiró, ocupando su asiento junto a Leda—. Me resultó muy violento escucharle hablar de Rigel como si le perteneciera. Violento y terrorífico.

Leda le dio una palmadita en la rodilla.

—Lo que escuchaste responde a la pregunta de cómo es posible que los camaradas hayan podido perder un valioso cachorro de pastor. —Su madre sonrió por primera vez desde que Jenna había sido secuestrada—. El astuto Rigel escapó para poder encontrarte.

Mari le devolvió la sonrisa.

—Sí, ¡eso hizo! —Abrazó el cuello de Rigel y el cachorro le lamió la cara con entusiasmo. Poco después, la expresión de Mari se ensombreció—. Y por eso sé que ese hombre no dejará de buscarle. No fue un descuido. No han dejado de venerar a sus canes. Me apuesto lo que sea a que Rigel es el primer cachorro que se les ha escapado en mucho tiempo.

—Yo pienso lo mismo que tú —dijo Leda—. Y no podría estar más de acuerdo contigo: ese camarada no dejará de buscar a tu Rigel. Al menos, no hasta que encuentre pruebas de que ha muerto.

—Y eso es algo que no podemos simular, ¿verdad?

—No se me ocurre cómo hacer que ese camarada piense que el cachorro ha muerto. Tu padre me contó una vez que los pastores se usan para rastrear personas, mientras que los terriers son mejores para el rastreo de animales. De cualquier forma, ten por seguro que hay un can buscando a Rigel, y no será fácil confundir su olfato, ni siquiera aunque pudiéramos hacer que encontraran pelaje de tu cachorro junto a algunos huesos de perro.

Mari tensó la mandíbula, llena de ira.

—Espera, acabas de decir que usan a los terriers para rastrear presas, pero yo escuché decir al amigo de Nik que fue un terrier el que encontró las huellas de las patas de Rigel.

—Eso solo quiere decir que los cazadores llevan buscando a Rigel desde el principio.

—No, madre. No significa eso. También les oí decir que estaban buscando prisioneras, y que Nik les había pedido que exploraran fuera del territorio de caza habitual para encontrar a Rigel. —Al ver la mirada de desconcierto que le dedicaba su madre, Mari decidió continuar sin rodeos—. Leda, no consideran que los escarbadores sean humanos. Por eso estaban cazándonos con terriers, y no con pastores.

—Ay... ¡Ay, no! —Leda parecía estar a punto de desmayarse.

—Bueno, intentemos ver la parte positiva —Mari sonrió, haciendo un esfuerzo sobrehumano—. Si no nos consideraran animales, habrían llevado consigo a los pastores, y los pastores se habrían dedicado única y exclusivamente a buscar a Rigel. Y lo habrían encontrado, mamá. Estoy segura. Así que, ¡aúúú! —Mari echó la cabeza hacia atrás y, para diversión de Rigel, emitió un alegre aullido. El cachorro la imitó hasta que Mari se desplomó junto a él, sin aliento. El animal meneaba la cola y asomaba la lengua entre los dientes para exhibir su particular sonrisa canina—. Esta noche no me importa que me consideren un animal, como a Rigel. En absoluto.

Sin embargo, el ánimo de Leda no se alivió en lo más mínimo.

—A mí me preocupa, Mari. Tu padre nunca me dijo que nos consideraran animales. Tan solo mencionó que creían que éramos como niños pequeños, incapaces de cuidar de nosotros mismos. Nos hacen sus esclavos con el pretexto de que así nos protegen, pero la realidad es que también necesitan que trabajemos para ellos en su isla. No obstante, si ni siquiera nos consideran humanos... Entonces, ¿qué va a ser de ti cuando yo ya no esté?

—Mamá —Mari le cogió la mano a Leda—. No debemos preocuparnos por eso. Eres fuerte, estás sana y aún eres joven. Nos quedan muchos muchos inviernos que pasar juntas. Concentrémonos en cómo vamos a resolver el problema de los camaradas que rastrean a Rigel y... —a Mari se le quebró la voz. No quería cargar a su madre con más preocupaciones.

—¿Y qué, Mari? —insistió Leda.

Mari suspiró.

—¿Y Jenna? ¿Qué vamos a hacer con Jenna?

Leda cruzó una mirada con su hija y pronunció las palabras lenta y cuidadosamente, como si quisiera dejarlas grabadas para siempre en la mente de Mari.

—No podemos hacer nada por Jenna. Ni ahora ni nunca.

—Pero, mamá, ¡solo ha conocido dieciséis inviernos! Sin la presencia de una Mujer Lunar que la purifique de su tristeza, morirá. Nunca se enamorará. Jamás tendrá una hija propia. No volverá a experimentar la felicidad jamás en su vida.

—Mari, tienes que hacerme caso. —Leda aferró con fuerza la mano de su hija—. A menos que encuentren la manera de escapar, todos los caminantes terrenos capturados por los camaradas enloquecen de desesperación y no tardan en morir. Eso ya lo sabes.

—Lo sé —respondió Mari, ahogando un sollozo—. Y por eso tenemos que ayudar a Jenna a escapar.

—Pero ¿a qué coste? No creo que Rigel pueda acercarse a la tribu de los camaradas sin ser descubierto. Y, después de lo que ha pasado esta noche, no me cabe ninguna duda de que ese camarada llamado Nik te apartaría a la fuerza de tu cachorro. Si nos ven como animales, entonces me temo que no te considerarán digna de ser la compañera de un can líder... —La voz de Leda fue apagándose al tiempo que su rostro palidecía. Sacudió la cabeza en un intento de disipar las inquietantes ideas que se estaban formando en su interior—. ¿Estarías dispuesta a sacrificar a Rigel y, posiblemente, tu propia vida para salvar a Jenna?

Un espeluznante escalofrío recorrió el cuerpo de Mari. Con la mano libre buscó a Rigel, para infundirle confianza con una caricia.

—No, no podría —respondió Mari en un susurro—. No pondré a Rigel en peligro.

—Y no te culpo por ello. Rigel está destinado a acompañarte durante toda la vida. Tu vínculo con él es tan profundo como el que tienes con tu propia alma, tan fuerte como el que tienes con tu propio corazón. Yo sí iría. Iría para intentar salvar a nuestra pequeña Jenna. Pero si no lo consiguiera, si me capturaran...

—¡No! ¡No puedes! Y no es porque seas una Mujer Lunar y el clan te necesite. Es porque eres mi madre y mi mejor amiga. Y te necesito.

—Lo sé, Mari. Lo sé. —Leda atrajo a su hija entre sus brazos—. Recuerda, mi niña, que nuestros cuerpos no son más que cascarones. De Xander, lo único que ha muerto es su cuerpo. Su verdadera esencia, su espíritu, está ahora en otro lugar. De igual manera, el cuerpo de Jenna es lo único que ha sido capturado. Su espíritu volverá a ser libre.

—Mamá, creo que jamás olvidaré la cara que puso Xander justo antes de que Jenna gritara. Vio a Rigel. Supo que estábamos juntos, que yo era el motivo de que los camaradas se hubieran adentrado tanto en nuestro territorio, y me miró como si me odiara.

—*Ssshhh*, Mari. No podemos hacer nada para cambiar lo que ocurrió anoche. Ahora Xander se ha liberado del dolor, se ha liberado del delirio que traen consigo las Fiebres Nocturnas, ha regresado con su amada compañera.

—Pero me he alegrado cuando han empezado a dispararle —sollozó Mari en el hombro de su madre—. Porque había visto a Rigel, y sabía que terminaría por contárselo a todo el mundo. Y yo me odio por ello. Me odio tanto por ello. ¡Pobre Jenna! Xander ha hecho bien en mirarme con desprecio. Porque, por mi culpa, su hija es ahora una huérfana, una esclava.

—No es por tu culpa. Es por culpa de este mundo. Y aquello en lo que este mundo se ha convertido no es culpa tuya.

—Quiero cambiar las cosas, mamá —dijo Mari entre sollozos—. Aunque eso signifique tener que marcharme de aquí y empezar de cero.

—Lo sé, mi niña, lo sé…

Mari y Leda se abrazaron con fuerza mientras lloraban por Xander, por Jenna y por el resto de los miembros del clan que habían sido capturados, y desearon con todas sus fuerzas que su mundo fuera distinto: un lugar donde vivir fuera más fácil o, al menos, un lugar más justo.

Mari no pudo pegar ojo en toda la noche. Se acurrucó cómodamente entre su madre y Rigel. Aunque el sueño la evitaba, halló consuelo en la cercanía de su familia, contenta de que Leda se hubiera quedado dormida en el camastro con ella en lugar de retirarse a su propio dormitorio. Mientras Rigel roncaba suavemente, Mari estudió cuidadosamente el rostro de su madre. ¿Cuándo se habían apoderado aquellas arrugas de la tersura de su frente? ¿Y cómo se había quedado tan delgada de repente? Su piel era todavía bastante hermosa, pero también había empezado a adoptar un tono casi transparente. ¿Cuántos inviernos había conocido su madre? ¿Casi cuarenta? ¡Aún no era mayor! A Mari siempre le había parecido tan joven... A veces, sobre todo cuando se reían juntas de alguna tontería —como, por ejemplo, de las ilustraciones tontas que ella dibujaba a veces a propósito—, Mari tenía la sensación de que entre Leda y ella había una relación que iba mucho más allá de la de una madre con su hija. Parecía que fueran hermanas y las mejores amigas, además de la única familia de la que disponían. Mari pensaba que Leda era muchas cosas, pero, hasta aquella noche, nunca le había parecido mayor.

Mari notó una fría punzada de miedo. La madre de Leda murió justo antes de cumplir los cuarenta inviernos. Aquello fue dos años antes de que Leda conociera a Galen y la concibieran a ella, pero a menudo le contaba a Mari historias sobre su abuela. *¿Por qué habría muerto, exactamente? Mamá solo me contó que enfermó y que fue debilitándose cada vez más. Murió poco después de que Leda hubiera concluido su aprendizaje.* Mari tenía cierta tendencia a no formularle a Leda preguntas que pudieran traerle recuerdos tristes, pero en aquel momento se juró silenciosamente que descubriría lo que le había ocurrido a su abuela. ¿Le pasaría lo mismo a su madre? ¿Sería algo que todas las Mujeres Lunares estarían condenadas a padecer?

¡No! A mamá no le pasará eso. Ni ahora ni nunca. Si eso significa que Sora, o yo, o las dos, tenemos que seguir siendo aprendices de Mujer Lunar durante todos los inviernos que estén por venir, que así sea. El pensamiento reverberó con tanta furia en la mente de Mari que Rigel se revolvió inquieto en sueños, se giró para ladrar lastimeramente con aire inquisitivo y apoyó su cabeza sobre ella, despertando a Leda. Su madre la miró, medio dormida, con los ojos empañados de sueño.

—¿Ya es la hora?

—Voy a ver.

Mari se separó de Rigel, que gruñó, y después se estiró y bostezó. Se apresuró a acercarse al pequeño agujero que les servía de ventana al mundo de la superficie. La negrura de la noche estaba empezando a teñirse de gris y de un levísimo tono rosado. Mari se volvió hacia su madre.

—Sí, es la hora.

Mari y Leda desayunaron en silencio y dieron de comer también a Rigel. Se vistieron con cuidado y se aseguraron de que los brazos y piernas de Mari estuvieran bien cubiertos, de que su pelo estuviera completamente teñido y, por último, volvieron a aplicar una capa de arcilla y barro para ocultar sus delicados rasgos; Mari llevó consigo su honda y un zurrón lleno de cantos lisos. Las dos juntas rellenaron los pellejos con la mezcla de aceite de lavanda y agua salada que cegaba a los licarácnidos. Cuando todo estuvo listo, se detuvieron un momento frente a la puerta.

—Tenemos que ser rápidas y silenciosas —dijo Leda—. El sol todavía no ha aparecido en el horizonte, pero, cuando lo haga, cuando la niebla se disipe, serás vulnerable. Estoy segura de que hoy no seremos los únicos miembros del clan en salir a buscar a algún ser querido.

—Nos mantendremos alejadas de los senderos y no haremos ruido.

—Y tenemos que estar atentas. Recuerda que tu piel no es lo único que te hace vulnerable. Si cualquier caminante terreno te ve con Rigel… No sé cómo pueden responder a eso.

Mari sí lo sabía. Lo había visto en los ojos de Xander la noche anterior.

—No permitiré que vean a Rigel. Ya sabe lo que significa «escóndete», lo practicamos siempre que lo saco a hacer sus necesidades. Ya ni siquiera tengo que darle la orden. Solamente señalo y me lo imagino tan quieto y callado que es prácticamente invisible, y Rigel lo entiende. —Mari acarició con cariño al cachorro y le besó en la nariz antes de asentir con la cabeza hacia su madre.

Leda abrió la puerta. Con ayuda de su bastón, apartó las zarzas y Mari y Rigel la siguieron por el sinuoso sendero oculto que salía de su madriguera.

Justo después de cruzar el zarzal, Mari dudó durante un instante y se volvió para contemplar su camuflado hogar mientras se mordía el labio inferior.

—¿Qué pasa? —le preguntó su madre.

—Ojalá supiera cómo ocultar el olor de Rigel. Si los camaradas llegaran a acercarse a nuestra madriguera, ya vengan con terriers o pastores, lo olerán.

—Entonces vamos a asegurarnos de que no les damos ningún motivo para acercarse a nuestro hogar —dijo Leda.

Mari asintió con firmeza.

—De acuerdo, llevaré a Rigel en brazos. No quiero que encuentren huellas de cachorro que puedan llevarlos hasta aquí.

—Me parece muy sensato —respondió Leda.

Mari cogió a Rigel en brazos. Al hacerlo, notó su calor y la solidez de su peso, y pensó que dentro de no mucho sería demasiado grande como para que ella pudiera cargarlo muy lejos. Abrazando con fuerza a su cachorro, avanzó con su madre entre los fresnos y los sauces que predominaban en el bosque húmedo y surcado por arroyuelos en el que se encontraba el territorio de los caminantes terrenos. Mari y Leda podaban cualquier planta comestible del sotobosque que pudiera haber en las inmediaciones de su madriguera, para evitar atraer a otros individuos —ya fueran caminantes terrenos o camaradas—, y favorecían el florecimiento de zarzas, ortigas, roble venenoso y garrote del diablo para que su pequeña sección de bosque resultara lo menos atractiva posible. No se apreciaba ningún sendero en medio de aquella mezcla de plantas peligrosas y desagradables, pero Mari y su madre se movían por la zona con rapidez y seguridad.

Tal y como habían acordado antes de salir de la madriguera, no volvieron directamente a la Asamblea, ni tampoco al arbusto de acebo bajo el que habían descubierto las huellas de patas de Rigel. En cambio, regresaron al lugar donde Xander había sido asesinado, el último lugar en el que Rigel había estado antes de que los tres volvieran a casa a la carrera.

Leda lideraba la comitiva cuando llegaron a un punto donde los helechos estaban rotos y pisoteados. Rigel, de repente, se revolvió inquieto en brazos de Mari, y empezó a lloriquear y a olfatear el aire.

—Xander está aquí, ¿verdad? —preguntó Mari.

Leda le hizo un gesto para que se quedara donde estaba y se adelantó, pero se detuvo bruscamente y se llevó la mano a la garganta.

—¿Mamá? —susurró Mari.

Leda inclinó la cabeza y murmuró una oración antes de regresar con su hija.

—Tenías razón. Las cucarachas pasaron anoche por aquí. —Agarrándose al brazo de Mari, guio a su hija para que diera un amplio rodeo alrededor de la horrenda escena—. Es aquí. Huelo la lavanda. Aquí es donde repelimos a las arañas.

—Y aquí fue donde caímos. —Mari señaló la pequeña depresión en el sotobosque a la que Xander las había empujado en su intento de salvarlas—. De acuerdo, voy a dejar a Rigel en el suelo. —Y así lo hizo. Después, se secó el sudor de la cara y se estiró para aliviar el dolor de espalda—. Ahora vamos a dar un rodeo para volver hasta el cedro bajo el que nos escondimos.

Las dos avanzaron rápida y silenciosamente. El suelo estaba húmedo a causa de la lluvia que había caído al final de la noche anterior y Mari se alegró al ver que las desproporcionadas patas de Rigel dejaban unas huellas bien visibles. Sus pisadas y las de su madre, por supuesto, también dejaban huellas. Sin embargo, Mari no dejaba de lanzar constantemente ramitas y piñas para hacer que Rigel fuera a buscarlas y hacer así que se apartara de sus propias huellas mientras Leda usaba un helecho maduro a modo de escoba para embarrarlas y hacer que fuera imposible distinguirlas unas de otras.

Cuando llegaron al cedro muerto, Leda entró y Mari mantuvo a Rigel fuera de la cortina de enredaderas mientras su madre camuflaba las huellas que los cuatro habían dejado. Luego regresó con su hija y Mari apartó la hiedra, señaló el interior del árbol muerto, y le dijo a Rigel:

—¡Escóndete!

Meneando alegremente la cola, el joven pastor entró corriendo en el árbol y empezó a dar vueltas sobre sí mismo. Al final, se tumbó y alzó la vista para mirar a Mari mientras golpeaba la cola contra un lecho de hojas muertas y suciedad. Era más que evidente que estaba disfrutando de aquel juego. Mari le dejó quedarse ahí dentro un segundo, con la esperanza de que su olor se impregnara dentro del escondrijo.

—A cualquiera que esté rastreando a Rigel debería resultarle sencillo encontrar esto. Desde aquí, iremos directamente al arbusto de acebo y le pediré que también se esconda dentro.

Los tres recorrieron la distancia que separaba el cedro del matorral de acebo. A medida que se acercaban, Mari se fijó en que la zona era un caos de helechos pisoteados, troncos aplastados y matorrales destruidos. Mari buscó plumas de flecha en unos cuantos lugares, y no tardó mucho en encontrar lo que buscaba.

—Otro caminante terreno. Otro muerto más —dijo Leda en voz baja—. ¿A cuántos habrán matado?

—A Xander, a este... Y ahí abajo, en la Asamblea, vi cómo disparaban y mataban a Warren cuando nos atacaron —dijo Mari.

—Warren... Lo lamento mucho. Cyan estará penando su pérdida.

Mari no dijo nada, pero no porque fuera demasiado insensible como para permitir que la muerte y el dolor que traía consigo la afectaran. Sencillamente, no entendía cómo una mujer podía echar en falta a un hombre que había pasado tan poco tiempo de su vida con ella. El caso de Xander era distinto. Había sido él quien había criado realmente a Jenna, y había sido más una madre que un padre para ella. Pero ¿Warren? A Mari le hubiera gustado preguntarle a su madre con cuánta frecuencia acudía a que lo purificara de su delirio. ¿Sería de los que se preocupaba por mantener la cordura por su compañera? ¿O era, en cambio, uno de los muchos caminantes terrenos que se dejaban llevar por las Fiebres Nocturnas una noche sí y otra también?

Mari se obligó a salir de su ensimismamiento y señaló en dirección al arbusto de acebo.

—Rigel, ¡escóndete!

El cachorro se metió dentro de un salto, dio un par de vueltas y, con la boca abierta en una sonrisa traviesa, esperó ansioso el siguiente juego.

—¿Desde aquí vamos al arroyo? —preguntó Leda.

—Sí, pero antes quiero lanzarle esto para hacer que lo traiga desde varias direcciones. —Mari levantó el último palo que había recogido del suelo—. ¡Mira, Rigel! ¡Ve a por él!

Mari lanzó el palo y Rigel echó a correr tras él, para después traerlo de vuelta alegremente. Mari lanzó la ramita una docena de veces en una docena de direcciones distintas. Por último, le hizo un gesto con la cabeza a su madre.

—Creo que ya está bien. Ahora, al arroyo.

Mari llamó a Rigel para que fuera junto a ella y los tres se abrieron camino con cuidado hacia la pronunciada orilla del arroyo.

—Mira por donde pisas, Mari —le dijo Leda, agarrándole la mano a su hija—. Hay muchos huecos y ramas rotas y afiladas ocultas entre las hojas. Esta orilla es mucho más traicionera de lo que parece: por eso el cruce a la Asamblea está mucho más abajo, en el curso del río.

Mari apretó la mano de su madre y la ayudó a recorrer la empinada orilla mientras Rigel correteaba por entre las piernas de ambas con sus desproporcionadas patas, haciéndolas sonreír.

—Creo que será aún más grande que el Orion de tu padre —dijo Leda, jadeando, cuando se detuvieron al final de la orilla para recuperar el aliento.

—¡Creo que Rigel va a ser un can magnífico! Y también creo que hoy lo conseguiremos: cuando hayamos terminado, ningún camarada podrá seguirle hasta nuestra madriguera —dijo Mari, con la esperanza de poder hacer realidad sus deseos expresándolos en voz alta—. Y, a partir de ahora, seré más precavida. Nunca más volveré a casa en línea recta, y lo llevaré siempre en brazos cuando estemos cerca de la madriguera.

Leda enarcó una ceja.

—¿También cuando sea adulto?

Mari asintió con decisión.

—Sí, también cuando sea adulto. Ya soy fuerte, y mi fuerza crecerá con él.

Leda le dedicó una sonrisa al desgarbado y retozón cachorro y luego miró a su hija con los ojos llenos de orgullo y amor.

—Mi niña, estoy segura de que conseguirás cualquier cosa que te propongas si te esfuerzas en ello.

Dándose de la mano, madre e hija atravesaron juntas el arroyo. Las tardías lluvias nocturnas habían hecho que el nivel del agua subiera y la traicionera corriente tiraba ya de sus piernas. Mari agarró con fuerza la delgada mano de su madre sin quitarle ojo de encima a Rigel, que se había detenido al borde del agua y gemía lastimeramente.

—¡Vamos, Rigel! ¡Tú puedes!

El cachorro dejó inmediatamente de lloriquear, alzó las orejas y se lanzó al arroyo. Escupía agua y estornudaba, pero no dejaba de nadar con fuerza. Los tres llegaron a la otra orilla, menos escarpada, y las mujeres rieron en voz baja cuando Rigel se sacudió el pelaje con vehemencia y luego empezó a rodar sobre el musgo, frente al ídolo de la Tierra Madre más cercano.

Las risas de las mujeres se detuvieron de pronto, en cuanto sus miradas fueron recorriendo los ídolos uno a uno. La Asamblea estaba destrozada. Los cazadores no se habían percatado de las estatuas, tan amorosamente adornadas, y habían arrasado con todo lo que se interponía en su camino. Mari contempló cómo su madre iba de una estatua ultrajada a la siguiente. En un primer momento, el impulso de Leda fue reparar los helechos aplastados y el musgo levantado. Sin embargo, cuando encontró que uno de los rostros de la diosa, tallados en arenisca, había sido arrancado del lugar que debía ocupar y reducido a añicos, tuvo que detenerse, embargada por la tristeza. Se sentó con la roca destrozada sobre el regazo, recorriendo con los dedos la escultura agrietada como si así pudiera aliviar el daño de alguna manera.

Mari alzó la vista hacia el cielo. Al este, el gris y el malva habían dejado paso a los colores del fuego, mezclados con el tono cerúleo de la mañana propiamente dicha.

—Mamá. —Se acercó a Leda y le tocó el hombro con suavidad—. Rigel y yo tenemos que ir río arriba, hacia el bosque de los camaradas, para dejar más rastros falsos. Si quieres quedarte aquí para reparar las estatuas de la Tierra Madre, puedo adelantarme rápidamente y volver.

Leda levantó la cabeza y miró a su hija, con los ojos inundados de lágrimas irrefrenables.

—¿No necesitas que te ayude?

—No, mamá. De hecho, terminaremos antes si solamente vamos Rigel y yo. —Mari se detuvo un momento y añadió—: Río arriba no hay madrigueras, ¿verdad?

—No, en esa dirección no hay madrigueras. Nadie construiría su casa en dirección al bosque de los camaradas.

—Entonces, no tengo que preocuparme de que ningún caminante terreno me sorprenda en compañía de Rigel, ¿cierto? —preguntó Mari.

—Vuelves a estar en lo cierto, mi niña, y últimamente esa parece ser la norma. —Leda sonrió a su hija, aunque a Mari le pareció que su expresión seguía ensombrecida por la tristeza—. Estás convirtiéndote en una mujer asombrosa, Mari. Estoy muy orgullosa de ti.

Mari pestañeó, sorprendida.

—Vaya... Gracias, Leda —le dijo, intentando animarla un poco.

—De nada. Te lo mereces. Y deja de llamarme Leda. —Empezó a hacer gestos para que Mari se alejara—. Vete. Yo me quedaré aquí y me tranquilizaré: encontraré el sosiego para mi espíritu en medio de todo este caos. Y luego recompondré este sacrilegio. —Leda se detuvo durante un momento y miró a su alrededor. Cuando volvió a hablar, parecía abrumada—. O quizá debería emplear mi tiempo en descender por el curso del río, hasta las madrigueras más cercanas, y advertir a los miembros del clan de que deben buscar nuevos hogares.

Mari le apartó a su madre el cabello del rostro con ternura y, al hacerlo, encontró en sus sienes muchas más hebras plateadas que de costumbre.

—Mamá, ¿no estaban ayer presentes la mayoría de las mujeres del clan?

—Sí. Debía acudir una mayoría para presenciar y aceptar la elección de mi aprendiz. Las únicas personas que faltaron estaban o bien cazando o bien reunidos —dijo.

—Entonces el clan ya ha sido advertido. Creo que deberías esperarme aquí y ocuparte de los ídolos de la Tierra Madre.

—Estoy segura de que tienes razón. No tardarás mucho en volver, ¿verdad, Mari?

—No, claro que no. El sol está empezando a salir, y el cielo está despejado. Rigel y yo tenemos que volver a la madriguera, y tú tienes que venir con nosotros. Mantente atenta, mamá. Los camaradas llegaron por el cerezal. —Mari señaló hacia los árboles en flor que había tras ellos—. Escucha con atención. Si oyes cualquier cosa, lo que sea, cruza el arroyo y corre hasta casa. Si cuando vuelva no estás aquí, sabré que estás allí esperándonos.

—Tú también estate atenta, Mari. Tienes que vigilar que no te vean los camaradas mientras dejas los rastros falsos y, además, debes tener cuidado de que ningún miembro del clan... —Rigel le golpeó en el muslo con su húmeda naricilla, interrumpiéndola. Leda rio suavemente—. Ah, ya veo, cachorro listo. Tú advertirás a Mari del peligro.

—Sí. Lo hará, sin duda —dijo Mari, acariciando al can y besando con cariño el pelaje mojado de su cabeza—. No te preocupes por nosotros, mamá. Volveré en silencio y tendré el oído atento. Si oigo tu voz, sabré que estás hablando con algún miembro del clan, y me aseguraré de que Rigel se esconde.

—Si alguien del clan aparece por aquí, hablaré muy alto para que puedas oírme fácilmente. —Leda sonrió a Rigel—. Quiero decir, para que Rigel pueda oírme fácilmente y advertirte. —Leda acarició al can, que se meneó alegremente.

—Me parece un plan perfecto, mamá. —Mari se agachó y besó a su madre en la cabeza, repitiendo el gesto que había hecho segundos antes para besar al cachorro. Ambas mujeres sonrieron y el cachorro meneó la cola, en un gesto de alegría compartida—. Estaremos bien, regresaremos muy pronto. Y luego volveremos contigo a casa y descansaremos todo el día.

—Aquí os estaré esperando a los dos —dijo Leda.

—Te quiero, mamá. —Mari escuchó cómo sus pensamientos se manifestaban en voz alta.

Leda sonrió y miró a su hija.

—Yo también te quiero, mi niña. —Entonces dirigió su atención al cachorro—. Rigel, cuento con que cuidarás bien de Mari. —El cachorro trotó hasta donde estaba Leda, le lamió la cara y saltó alegremente mientras ella le acariciaba—. Buen chico, buen chico —murmuró—. A ti también te quiero. —Entonces, sonriendo y tarareando suavemente, Leda se dio media vuelta para ocuparse de la estatua de la Tierra Madre más cercana.

Mari se quedó un momento observando cómo Leda empezaba delicadamente a darle forma al musgo arrancado del voluptuoso y terrenal cuerpo del ídolo. La tristeza en su expresión se transformó entonces en serenidad. Como siempre, cuidar de los ídolos de la diosa parecía tener el poder de calmarla y ayudarla a centrarse. Mari se alegró por ello, aunque aquellas estatuas nunca hubieran tenido el mismo efecto en ella. *Quizá cuando sea mayor… Quizá entonces la Tierra Madre se comunique conmigo como lo hace con mamá.* Mari suspiró. *O quizá la sangre de mi padre impide que la Gran Tierra Madre me dirija jamás la palabra.*

Mari sacudió la cabeza para apartar de su mente aquellos lúgubres pensamientos y, tras despedirse por última vez de su madre con la mano, le hizo un gesto a Rigel para que la siguiera al arroyo y ambos pudieran comenzar su incursión río arriba.

15

Si dejar rastros falsos no hubiera sido una misión tan importante para su supervivencia, Mari la habría disfrutado a lo grande. Rigel, sin duda, lo estaba haciendo. Mari caminaba por el arroyo mientras lanzaba palos sin cesar, para que el cachorro fuera a buscarlos y se los trajera de nuevo, vigilando cómo Rigel entraba corriendo en el bosque y volvía, cómo se lanzaba al agua y nadaba hasta ella, como si no pudiera cansarse jamás de aquel juego. A medida que el sol iba ascendiendo en el cielo, la mañana primaveral se tornaba cada vez más cálida y la sensación del agua fresca en sus piernas era fabulosa. Fantaseó con lo mucho que le gustaría quitarse la ropa y sumergirse en ella, limpiar el polvo, la arcilla y el tinte de sus brazos, su rostro, su cara. Después, elegiría una de las anchas y oscuras rocas que quedaban al sol y se tumbaría allí, desnuda, para que el calor del sol la secara. *Ojalá pudiera*, pensó Mari.

Cuando el arroyo empezó a torcer a la derecha, Mari se aproximó a la orilla más cercana y se sentó sobre un madero al sol y se secó con cuidado el agua y el sudor de la cara. Rigel vino a sentarse a sus pies y empezó a destrozar con los dientes una piña que había pescado del río.

Mari se estiró todo lo que pudo y en las palmas, alzadas al cielo, notó un leve hormigueo cuando las iluminó un rayo de sol. Mari miró a su alrededor. El arroyo doblaba hacia el este en una curva muy cerrada, dando lugar a una especie de calita no muy profunda en la que el agua se acumulaba y resplandecía como una antigua promesa renovada. Rigel y ella estaban completamente solos en una pequeña burbuja de sol y belleza. Dudosa, Mari volvió a levantar las manos sobre la cabeza. Abrió las palmas y las alzó al cielo para que se dieran un buen baño de sol matutino.

Desde sus manos, la calidez se expandió por todo su cuerpo. Mari la agradeció, y se percató de la diferencia que existía entre la energía dorada del sol y la fuerza fría y plateada de la luna. No sabía bien cuál de las dos prefería: aunque pareciera una tontería, nunca había tenido demasiada experiencia con la luz del sol. El sol salía todos los días, y ella no era precisamente una niña. Hacía muchos muchos inviernos desde aquella mañana en que Leda y ella recogían frutas silvestres en un claro al que habían llegado siguiendo el rastro de un cervatillo. El sol había disipado la niebla matutina e iluminaba el claro con una luz dorada y brillante. Mari recordaba perfectamente lo que había sucedido a continuación. Era tan pequeña que sus rasgos eran lo suficientemente neutros como para no necesitar el camuflaje de arcilla, aunque Leda ya había empezado a teñirle el rubio cabello. La inesperada luz solar hizo que un vértigo indescriptible invadiera a Mari. Abrió los brazos todo lo que pudo y, de repente, empezó a bailar entre las matas de frutos silvestres, cantando alegremente para sí, hasta que escuchó que su madre gritaba, horrorizada:

—¡No, Gran Madre! ¡Mari, no!

Mari volvió corriendo junto a su madre y le preguntó qué pasaba, qué había hecho. Leda se había echado a llorar, a Mari ya no le quedaba ninguna duda, aunque su madre se había enjugado las lágrimas con cuidado y había sonreído antes de volverse hacia su curiosa hija y señalar sus brazos descubiertos.

—No pasa nada, mi niña. Eres la digna hija de tu padre. No hay nada de malo en eso, nada en absoluto.

Pero Mari lo entendió perfectamente. Los caminantes terrenos no eran rubios, y bajo su piel tampoco aparecían aquellos delicados dibujos dorados, como hojas de helecho, cuando los tocaba la luz del sol. Mari tenía que fingir que era una caminante terrena o, según la ley, el clan las repudiaría a su madre y a ella. Aquel soleado día fue el comienzo de la vida clandestina de Mari.

—Al menos consigo arañar algunos momentos —susurró Mari. La muchacha extendió intencionadamente los dedos de las manos y echó la cabeza hacia atrás para que sus ojos pudieran contemplar el despejado cielo matutino. Junto a ella, Rigel la imitó y alzó la vista a las alturas. Supo, sin necesidad de mirarle, que los ojos del animal, igual que los suyos propios, habían empezado a resplandecer, multiplicando la calidez que la invadía y la fortalecía.

—Ay, Rigel, es tan agradable… Y eso que el sol ni siquiera ha recorrido aún la mitad del cielo.

De pronto, Mari se dio cuenta de lo que acababa de decir, bajó las manos y negó con la cabeza, intentando poner en orden sus pensamientos. Aquella vez, cuando miró a su alrededor, vio más allá de la silenciosa hermosura de la cala. Mari vio los altos pinos sobre los que el orondo sol parecía estar posado.

—Rigel, ¡vámonos! —Mari se incorporó y se dirigió al arroyo antes siquiera de haber tomado aire dos veces.

¡Demasiado lejos! ¡Me he adentrado demasiado lejos y ahora estoy muy cerca del bosque de los camaradas!

Vadeando el arroyo, con el cachorro nadando a su vera, Mari descendió el curso del río y dio gracias por ir esta vez a favor de la corriente. De repente, un madero flotante chocó contra ella y tuvo una fantástica idea. Se enganchó al madero con una mano, enganchó a Rigel del pelaje y ayudó al can empapado a colocarse de tal manera que le quedara medio cuerpo dentro y medio fuera del agua. Después, teniendo cuidado de mantenerse lo suficientemente agazapada como para que si alguien miraba al arroyo solo viera un resto de tronco flotante, pero no tanto como para que el agua le cubriera la cara y le lavara la capa de arcilla y polvo con la que camuflaba sus rasgos, Mari abrazó el tronco contra sí y rodeó el cuerpo de Rigel con un brazo. La corriente los arrastró y los dos empezaron a flotar velozmente por el centro del arroyo.

Mari tenía toda su concentración puesta en el bosque que los rodeaba. Llevaba fuera mucho rato, había dejado pasar demasiado tiempo. Los camaradas ya estarían, sin duda, de camino para proseguir con su búsqueda, y seguramente también con su caza. Los caminantes terrenos ya debían de haber comenzado las actividades del día, y no tenían manera de saber que los camaradas regresarían tan pronto. No tenían manera de saber tampoco que el único motivo por el que Nik y el resto de los cazadores habían hecho una incursión en su territorio era Rigel. Mari se imaginaba al clan regresando a la Asamblea para buscar los restos de sus seres queridos e, igual que su madre, ocuparse de los ídolos profanados de la Tierra Madre.

—Sí, estarán allí, como topos que asoman de sus madrigueras tras un duro invierno. No esperarán a que los enemigos vengan de nuevo a por ellos —le murmuró Mari a Rigel—. Y, por supuesto, mamá estará entre ellos, intentando salvarlos a todos, aunque lo único que conseguirá será ponerse en peligro. —En cuanto dijo aquello, un miedo terrible le atenazó el estómago—. Tenemos que volver y asegurarnos de que mamá está a salvo. Agárrate, Rigel, voy a darnos impulso con las piernas.

Las patadas de Mari se sumaron a la fuerza de la corriente y los propulsaron con rapidez río abajo. Salvo por los golpes que se daba en las rodillas con las rocas que había sumergidas en el lecho del río, estaba bastante satisfecha con su plan para atajar. De pronto, a través del agua le llegó un sonido de voces femeninas.

Mari soltó el tronco inmediatamente. Manteniendo a Rigel cerca de ella, nadó hasta la zona donde hacía pie y, con un gruñido y haciendo un esfuerzo sobrehumano, cogió al empapado pastor en brazos. Enviándole mentalmente sus pensamientos, trató de tranquilizarlo mientras avanzaba lenta y silenciosamente entre los matorrales del sotobosque: *No pasa nada, quédate quieto y en silencio, no pasa nada.*

—¿Xander ha muerto y han secuestrado a Jenna? ¡Es terrible! —La inconfundible voz de Sora se elevaba sobre las demás. Mari se quedó paralizada donde estaba. Las rosadas y aromáticas flores de los cerezos perfumaban el aire mientras ella inspeccionaba la zona y trataba de encontrar un buen escondite para Rigel. Recordó un enorme sauce que quedaba río arriba, no demasiado lejos de la Asamblea, así que regresó al arroyo y la respuesta de su madre fue acallada por los murmullos del agua y el viento.

No le costó mucho encontrar el sauce. Mari descubrió que era un escondite mucho mejor de lo que había imaginado. Era el único árbol que había en una pequeña elevación de terreno que se alzaba y fusionaba con él. El árbol, con su elegante cortina de ramaje, daba la sensación de estar colocado allí estratégicamente para vigilar el arroyo y la Asamblea. Acuclillada, y con Rigel aún en brazos, Mari se acercó al árbol por detrás y se deslizó entre las ramas.

Dejó a Rigel en el suelo y le susurró: «Escóndete». Después se arrastró hasta el círculo que dibujaban las ramas, que se mecían suavemente. Mari las apartó lo justo para poder mirar entre ellas y guardó el más absoluto de los silencios mientras contemplaba la escena que se desarrollaba ante ella.

Leda se había acercado al arroyo sujetando el rostro tallado en piedra de otra de las estatuas. Estaba inclinada sobre él y, con las manos ahuecadas, vertía agua sobre la superficie para limpiar las huellas embarradas que los insensibles camaradas habían dejado al irrumpir en aquel lugar sagrado.

En la otra orilla, cerca del acebo bajo el que Mari y Rigel se habían escondido la noche anterior, había varios miembros del clan: a excepción de Sora, todos los demás eran hombres. Sora parecía ser la única que hablaba mientras el resto observaba en silencio cómo Leda y ella se enzarzaban en una agitada discusión. Justo cuando a Mari ya se le escapaba el primer suspiro de frustración, porque era incapaz de escuchar absolutamente nada de lo que decían, la corriente de aire cambió y le trajo las voces de ambas mujeres.

—Sí, Sora. Insisto en que es necesario que abandones tu madriguera. Primero, porque está demasiado cerca de aquí como para ser un lugar seguro. Como bien sabes, Mari estuvo aquí la pasada noche. Ella escuchó la conversación de dos camaradas mientras hablaban. Ellos volverán. Uno de sus cachorros ha desaparecido y piensan que puede estar perdido en nuestro territorio. No tienen intención de dejar de buscarlo. En pocas palabras, no es seguro para ti que permanezcas en este lugar, como tampoco lo es para nuestro clan el permanecer cerca.

La mirada de Mari fue hacia Sora, que empezaba a hablar, pero Leda levantó la mano y la hizo callar.

—No he terminado, Sora. Y, segundo, porque anoche aceptaste convertirte en mi aprendiz. Eso implica que, algún día, y si nuestra Gran Tierra Madre quiere, serás una Mujer Lunar. Sabes perfectamente que está prohibido que los miembros del clan conozcan dónde se encuentra la madriguera de una Mujer Lunar. Sabes que, antes o después, tendrás que buscar un nuevo lugar en el que establecer tu hogar. ¿De verdad importa tanto que sea antes o después?

—¡Sí, para mí lo es! —respondió Sora, con arrogancia.

—Y así debería ser. La elección del lugar donde establecer la propia madriguera es un asunto de suma importancia para una Mujer Lunar, así como mantenerlo en secreto —Mari sonrió al escuchar la respuesta de su madre. Definitivamente, Sora no podía hacerle sombra.

—Sé que tendré que encontrar un nuevo hogar y mantenerlo en secreto. —Entonces, como si se le acabara de ocurrir, Sora añadió—: Lo que no entiendo es cómo se supone que voy a construir una madriguera nueva yo sola, sin ningún tipo de ayuda. Al fin y al cabo, mi madre no era Mujer Lunar. Y yo no dispongo de una madriguera oculta y rodeada de silencio y misterio.

Mari entrecerró los ojos exactamente igual que Leda. El tono que Sora había utilizado no solo era lastimero, también era irrespetuoso.

Leda dejó de limpiar el rostro de la estatua y se enderezó. Se volvió para mirar a Sora y, cuando habló, sus palabras resonaron amplificadas a partes iguales por la bondad y la ira.

—Sora, quería esperar hasta poder convocar otra Asamblea para decirte esto, pero parece que ha llegado el momento adecuado. He decidido romper con la tradición, derecho siempre reservado a la Mujer Lunar, y anunciar el nombramiento de dos aprendices.

—¿Dos? No, yo... —empezó a decir Sora.

Leda la interrumpió:

—¡Silencio, aprendiz! Hablarás cuando yo haya terminado. Os anuncio que mi hija, Mari, será también instruida como aprendiz de Mujer Lunar del clan. —Leda calló durante un momento y luego, sonriendo con serenidad, añadió—: Aprendiz, ahora puedes hablar, pero elige tus palabras con cuidado. Tengo la potestad de rechazar a mis aprendices con la misma facilidad con la que las elijo.

A Mari le latía el corazón tan fuerte que casi no alcanzó a escuchar las palabras que Sora pronunció a continuación:

—¡Pero todo el clan sabe que Mari es demasiado enfermiza como para ser una Mujer Lunar!

—Hasta la noche de ayer, hasta el ataque de los camaradas, yo también pensaba que Mari era demasiado frágil para ser Mujer Lunar. Sin embargo, sus acciones me demostraron lo contrario. Verás, el motivo por el que sé que asesinaron a Xander y secuestraron a Jenna es porque, antes de que los camaradas descubrieran nuestro escondite, Mari invocó a la luna y los purificó a los dos de las Fiebres Nocturnas.

Las negras cejas de Sora se enarcaron.

—Me cuesta creerlo.

—Y, aun así, yo misma fui testigo —replicó Leda.

Se produjo un largo silencio durante el cual Sora apartó los ojos de Leda y miró a los cuatro hombres que la acompañaban. Su expresión manifestaba claramente lo que sus palabras no podían decir sin desatar la ira de Leda. Al final, uno de los hombres habló. Era, por supuesto, Jaxom, un joven miembro del clan con el que Sora había estado intercambiando miraditas durante la Asamblea de la luna llena. Lenta, y con manifiestas reticencias, dijo:

—Mujer Lunar, ¿por qué iba Mari a purificar a Xander y Jenna, en lugar de hacerlo tú?

—Jaxom, ¿pones en duda mi palabra?

Mari se estremeció al escuchar el tono de voz de su madre. Rara había sido la vez que la había escuchado emplearlo, pero sabía que lo que pasaría a continuación no iba a resultar agradable.

Los ojos de Jaxom se posaron brevemente en Sora, que se acercó a él con paso veloz y le acarició el brazo con gesto cómplice.

—Por supuesto que Jaxom no pone en duda tu palabra, Mujer Lunar. Sencillamente, ha formulado en voz alta la pregunta que todos nos hemos hecho.

—Entonces le contestaré con la misma sencillez. Anoche estaba herida. Gravemente, de hecho. Mari me salvó de morir ahogada y me llevó a un escondite donde nos encontramos con Xander y Jenna. Me di un fuerte golpe en la cabeza, tenía las costillas rotas. No podía invocar la luna y los camaradas estaban cerca, así que, cuando las Fiebres Nocturnas empezaron a consumir a Xander, Mari hizo lo que yo no era capaz de hacer. Lo purificó a él. Purificó a Jenna. ¿Contesta eso a tu pregunta?

—Casi —respondió Sora, fingiendo una exagerada vergüenza por tener que preguntar algo más—. No obstante, si tus heridas eran tan graves que no podías invocar la luna, ni tan siquiera ayudar a tu hija a hacerlo, ¿por qué hoy pareces completamente recuperada?

Leda alzó la barbilla y, con la voz tan cargada de orgullo y amor que las lágrimas afloraron a los ojos de Mari, respondió:

—Hoy estoy completamente recuperada porque, tras purificar a Xander y Jenna y liberarlos de su delirio, Mari me purificó a mí de mis propias heridas. Y ese, Sora, es el motivo por el que designo como aprendiz a mi hija, Mari, además de a ti.

Mari pensó que aquella sonrisa le duraría para siempre. Sora tenía la boca abierta de par en par y Jaxom asentía, prácticamente haciéndole una reverencia a Leda mientras murmuraba algo que sonaba a disculpa. Los otros tres hombres parecían igual de avergonzados. A Mari la invadió tal alegría que le hizo falta tomar aire varias veces antes de darse cuenta de que el sonido que estaba escuchando, un leve gruñido, procedía de Rigel.

Se volvió a regañadientes para prestarle atención al cachorro. Hasta aquel momento, Rigel había permanecido a su lado sobre el suelo musgoso, hecho un ovillo y medio dormido después de toda la actividad en el arroyo. Ahora, sin embargo, estaba de pie. Su cuerpo prácticamente vibraba a causa de la tensión. Tenía el pelaje de la columna erizado, la cola recogida sobre la espalda, como la cola de un escorpión, y las orejas tiesas. Gruñía suavemente, sin perder de vista el bosquecillo de cerezos que había tras el arroyo. De repente, a Mari la invadió un deseo: *Correr, escapar, huir. Huir. ¡Huir!*

Mari fue rápida, pero no lo suficiente. Para cuando apartó el cortinaje de ramas y gritó: «¡Mamá, huye!», los camaradas y sus canes ya habían salido del bosquecillo de cerezos como un vendaval.

Sora no dudó. Sin apenas mirar a Leda, agarró la mano de Jaxom y gritó:

—¡Sálvame! ¡Sálvame!

El joven la cargó medio a rastras por la empinada orilla y los dos huyeron corriendo al bosque. Los otros tres hombres los siguieron de cerca.

Ninguno de ellos ayudó a Leda.

Leda miró por encima de su hombro y buscó enloquecidamente a Mari. Su hija abandonó el refugio que le ofrecía el sauce y le hizo un gesto para que se marchara, para que huyera. Su intención era ir con ella: dejar a Rigel donde estaba, escondido y a salvo, al menos por el momento, y correr con su madre. Sin embargo, su pastor tenía ideas propias. Rigel clavó los dientes en su túnica y, con una fuerza que desconcertó por completo a Mari, tiró de ella, le hizo perder el equilibrio y la arrastró de vuelta al escondite con tal vehemencia que no pudo hacer otra cosa que caer al suelo, bajo la seguridad del sauce.

—¡Rigel, no! ¡Tengo que ir con mamá! —Mari se revolvió para intentar liberarse del cachorro, pero ya era demasiado tarde. Las voces de los forasteros retumbaron en la Asamblea como el rugido del trueno antes de que brille el rayo.

Boca abajo, Mari se arrastró hasta donde las ramas del sauce barrían el suelo. Con manos temblorosas, apartó sus largos tallos verdes.

Su madre casi había cruzado el arroyo, Mari hundió los dedos en el musgo. *Corre, mamá, corre.*

Del centro de la Asamblea llegaban unos feroces ladridos, pero una voz demasiado familiar se impuso sobre ellos:

—Thaddeus, Sun ha dicho que hoy no había necesidad de capturar a ningún escarbador. Tranquiliza a Odysseus antes de que le estalle una vena, o algo peor.

Mari apartó la vista de la huida de su madre para mirar al grupo de hombres. Se percató, con la distancia que da la sorpresa, de que tan solo eran tres. Dos de ellos iban acompañados de pequeños canes de pelaje rizado que debían de ser terriers. Al tercero no lo acompañaba ningún can, pero Mari reconoció rápidamente su voz y no le costó darle nombre a su alta y apuesta silueta: Nik, el hombre que estaba convencido de que Rigel le pertenecía.

—Nik, cuanto más tiempo pasamos juntos, más me recuerdas a una anciana neurótica. Odysseus solo se está divirtiendo un poco. De hecho, dejemos que tanto Odysseus como Cameron se lo pasen bien. Davis, prepárate. Voy a mandar a mi chico tras esa escarbadora. Manda tú también a Cameron.

—No, no debemos capturar a ningún escarbador —subrayó Nik. Era evidente que estaba molesto—. Ignorad a la mujer. Sigamos rastreando a mi cachorro.

—Podemos hacer las dos cosas. Además, Cameron necesita práctica, ¿verdad que sí, Davis? Para eso ha venido, ¿no? En cuanto la hayamos atrapado, la soltaremos. No es para tanto. —Antes de que el más joven de los dos pudiera responder, Thaddeus asintió, satisfecho con su decisión, y ordenó a su can—: ¡Odysseus, capturar!

Mari contempló impotente cómo el primer terrier se alejaba como una flecha de Thaddeus y se lanzaba al arroyo para perseguir a Leda. El segundo can lo siguió de cerca, ladrando con entusiasmo.

—¡Estamos perdiendo un tiempo precioso que no nos sobra, Thaddeus!

Nik hablaba, pero sus palabras no tenían ningún sentido para Mari. Para ella, lo único que tenía sentido en aquel momento era Leda. Su madre había llegado a la orilla opuesta y estaba empezando a trepar por ella. Mari vio que trataba de darse prisa, de trepar lo más velozmente posible, pero el terreno se elevaba de forma demasiado abrupta y estaba plagado de rocas, zarzas y ramas rotas. Resbalaría, se caería… Y, justo cuando Mari pensó que pasaría, sucedió.

Más tarde, tras reproducir mentalmente aquella horrible escena una y otra vez, Mari se daría cuenta de que Leda debía de haber metido el pie en una de las muchas oquedades que tan traicioneramente ocultaban las hojas muertas y los detritus del bosque. En aquel momento, sin embargo, mientras observaba cómo sucedía, lo único que pudo ver fue que el cuerpo de su madre se ladeaba peligrosamente hacia un lado, que perdía el equilibro y que caía de espaldas mientras Leda agitaba enloquecidamente los brazos. La pronunciada orilla se convirtió en una suerte de tobogán y el cuerpo de Leda se deslizó al arroyo con un violento impulso, de cabeza, retorciéndose y revolviéndose hasta aterrizar finalmente sobre una roca quebrada, con una mitad dentro y otra fuera del agua.

—Estupendo. Ahora has herido a una de ellos —dijo Nik—. Llama a tu can, Thaddeus. Davis, ve a coger a Cammy. Te aseguro que este no es el tipo de experiencia que mi padre quiere que adquiera.

Mari se sintió incapaz de hacer que su cuerpo se moviera. No podía respirar. No podía pensar. Lo único que era capaz de hacer era ver cómo los tres hombres cruzaban el arroyo y lo vadeaban. Thaddeus llamó de vuelta a su terrier y el otro hombre recogió también a su can, más pequeño y más joven.

—Menos mal que no hacía falta que atrapáramos a esta. Es un vejestorio, demasiado débil como para servir de nada en la Granja —dijo Thaddeus, dándole la espalda a la figura inmóvil de Leda—. Vale, entonces, el matorral de acebo estaba en lo alto de esta orilla, ¿verdad?

Nik no contestó. Tenía los ojos fijos en Leda.

—Oye, ¿qué estás haciendo? Pensaba que tenías muchísima prisa por empezar a buscar a tu cachorro fantasma.

Nik se giró bruscamente y se encaró a Thaddeus.

—¡Cállate! Creo que está muerta, y no había ningún motivo para ello.

—¿Muerta? —Mari articuló la palabra en silencio y todo su cuerpo empezó a temblar. Rigel lloriqueó muy bajito y se acurrucó contra ella—. No, no, no, no, no…

—¿Y a quién le importa una escarbadora? Una menos infestando el bosque —dijo Thaddeus—. Vamos, Davis. Lleva a Cameron hasta el matorral y empecemos a hacer el trabajo de Nik por él.

Los dos hombres empezaron a ascender por la orilla con sus terriers, pero Nik no fue con ellos. En cambio, se acercó lentamente a Leda.

—No, no, no, no, no —susurró Mari, la única palabra que parecía capaz de pronunciar.

Nik se acuclilló junto a Leda. Con gesto titubeante, le apartó el cabello de la cara. Mari alcanzó a ver el rostro de Leda y, entonces, se dio cuenta de que no debería poder hacerlo: Leda tenía la cabeza torcida en un ángulo muy extraño, en una posición imposible y antinatural.

—No, no, no, no, no.

Y, entonces, su madre se movió. Mari dejó escapar el aliento en un jadeo y empezó a incorporarse con dificultad, a abrirse camino por entre la cortina de hojas y a correr hacia Leda. Sin embargo, antes de que hubiera podido apartarse del árbol, la voz de su madre flotó clara y nítidamente sobre el agua.

—¡Galen! Mi Galen. Sabía que volveríamos a estar juntos.

Sonrió serenamente a Nik y, en ese momento, un espasmo de dolor contrajo sus rasgos. Leda tosió y de su boca manó un chorro de sangre que descendió por su barbilla y su cuello retorcido. Cerró los ojos y, con un largo estertor, la madre de Mari murió.

Mari sintió como si todo su universo acabara de disolverse. La pena que la invadió era tan intensa que pudo notarla como un puño destrozándola en su interior. Tropezó hacia delante, hacia un haz de luz solar, y el calor la engulló.

—¡No! ¡No! ¡NO! ¡NO! ¡NO! —gritó.

Aún acuclillado junto a su madre, Nik se volvió para mirarla. Mari vio que los ojos se le abrían de par en par a causa de la sorpresa. Era como si acabara de adentrarse en el núcleo mismo del sol, y lo supiera, lo comprendiera, lo deseara y pudiera usarlo en su favor. Alzó los brazos y la desesperación brotó de su cuerpo como una ráfaga de fuego tan puro, tan caliente, que era dorado. Y, con un espeluznante silbido, alrededor de Mari el bosque estalló en llamas.

16

El siseo de las llamas y la muralla de calor que vino a continuación sacaron a Mari del estado de trance que se había apoderado de ella en el momento en que su madre había aterrizado, con el cuello roto, sobre la rocosa orilla. Mari levantó las manos e intentó protegerse del fuego que amenazaba con devorarla.

Mamá ha muerto.

El bosque está ardiendo. Es culpa mía. No sé cómo, pero es culpa mía.

El humo se arremolinaba en torno a ella. Podía escuchar que los hombres se gritaban entre sí, pero la voz del fuego que abrasaba la sequedad del sotobosque a su alrededor era ensordecedora. Mari no los veía, ni tampoco alcanzaba a entender lo que estaban diciendo. Tampoco veía a Leda.

Mamá ha muerto.

Mari se limitó a permanecer quieta, anclada al suelo por efecto de la desesperación y la pena, mientras el incendio se intensificaba a su alrededor. A su derecha, un gigantesco y antiquísimo tronco estaba siendo completamente devorado por las llamas. El calor le arrebolaba la piel y le calcinaba el cabello. Mari clavó la vista en el tronco. Junto a él, un pequeño pino ardió en llamas como el cabo de una vela. Las largas y rizadas ramas del sauce que había tras ella empezaron a curvarse hacia el interior y a agitarse enloquecidas a causa de las corrientes del cada vez más intenso calor.

Yo seré la próxima. Me abrasaré en medio de llamas altas y ardientes. Tal vez, quizá, pueda reunirme con mi madre. Ella así lo creía. Ella creía que todos volvíamos a la tierra, a la Gran Tierra Madre.

Era sencillo, muy sencillo. Lo único que tenía que hacer era quedarse donde estaba. El final llegaría muy rápido, casi tan rápido como le había sobrevenido a su madre. Mari hundió los hombros.

Cerró los ojos. Envolvió su propio cuerpo con sus brazos e imaginó durante un segundo que lo que sentía era el reconfortante abrazo de su madre.

Entonces, notó su presencia: ahí, contra su pierna izquierda. Mari abrió los ojos. Parpadeó para poder atisbar entre el humo y las lágrimas y bajó la vista. Rigel estaba ahí, sentado, sin moverse de su lado, acurrucado contra su pierna. No lloraba. No le mordía la túnica ni intentaba arrastrarla fuera de allí. Tan solo esperaba. Mari supo, sin duda alguna, que si decidía terminar con su vida, también estaría poniendo fin a la de Rigel.

—¡No! ¡Tú también no! —gritó Mari.

Cogió al cachorro entre sus brazos. Atravesó las ramas del sauce como una saeta y saltó un tronco ardiente. Entonces, Mari echó a correr río abajo. No miró atrás. Se concentró en apretar a Rigel contra su pecho y protegerle con su cuerpo tanto del calor del fuego como de los ojos inquisitivos de los camaradas que habían venido en su busca.

Cuando llegaron al arroyo, Mari se lanzó al agua. Solo entonces se dignó a mirar a sus espaldas, hacia la Asamblea, al lugar donde yacía su madre, completamente oculta por un manto de fuego. Dejó que Rigel nadara a su lado, con una mano firmemente apoyada en su pelaje mojado. Tenía la necesidad de tocarlo, de asegurarse de que estaba vivo, a salvo, con ella. Cuando llegaron a la otra orilla, Rigel trepó con dificultad, pero no se apartó de su lado, como si él también necesitara el consuelo que le proporcionaba su cercanía. Cuando llegaron a lo alto de la pendiente, Mari ignoró sus doloridos músculos y cargó al pastor en brazos. Sin saber qué otra cosa hacer, Mari empezó a correr en dirección a casa.

No dejó de correr hasta llegar al lugar donde comenzaban las zarzas y allí se desplomó, con Rigel sobre el regazo. El can se quedó allí, ovillado y jadeando a causa de la ansiedad, pero sin moverse lo más mínimo, simplemente observándola con aquellos ojos ambarinos que de repente parecían sabios e infinitos.

Mari sintió su amor, el vínculo que los unía.

Eso era lo único que Mari podía sentir.

Una abrumadora sensación de entumecimiento le recorrió las venas y se extendió por su cuerpo con cada latido.

—Mamá ha muerto —le dijo a Rigel, pronunciando las palabras en alto. Paladeándolas. Intentando digerirlas.

Rigel no respondió. Ni siquiera ladeó la cabeza en actitud juguetona, como solía hacer cuando Mari hablaba con él. Se limitó a mirarla con sus ojos sabios y ancianos.

Lo había dicho en alto. Había visto morir a Leda. Pero todo le resultaba tan irreal, tan difícil de asimilar... Mucho más difícil aún que todas las historias que le había contado su madre. *¡La imaginaré viva! ¡La imaginaré viva! ¡Haré que se convierta en mi realidad!*

—¿Rigel? —Mari abrió los ojos y miró atentamente al can—. ¿Y si me he equivocado? ¿Y si la realidad es distinta de lo que creo que he visto? ¿Y si mamá solo está herida, en lugar de muerta? —Rigel no emitió ningún sonido en respuesta—. Tengo que volver. Tengo que comprobarlo. Si está herida, puedo curarla esta noche, cuando la luna haya salido. ¡Sé que puedo! Y, aun en el caso de que de verdad haya muerto, no puedo dejarla ahí, abandonada, para que la devoren los insectos. —Cuanto más hablaba, más convencida estaba Mari. No tenía elección. Tanto si Leda estaba viva como si no, Mari tenía que volver a buscar a su madre.

Mari apartó a Rigel de su regazo con delicadeza y se incorporó despacio, apoyando todo el peso de su cuerpo sobre las piernas, que notaba líquidas. Guiándose más por el instinto que por la razón, Mari se giró hacia el oeste y siguió el curso del sol.

—Acompáñame, Rigel. Necesito tu ayuda.

Rigel se volvió hacia ella y se quedó mirando el sol del mediodía. Instantáneamente, sus ojos empezaron a brillar. Mari extendió las manos sobre la cabeza, hacia el orbe amarillo y ardiente que había en el cielo, y durante un segundo sintió cómo su calidez y energía vibraban en su interior. La sensación cesó tan rápido como había comenzado. Con fuerzas renovadas, bajó los brazos y encontró el cayado de Leda. Guiando a Rigel, apartó las zarzas para que el cachorro pudiera seguirla por el laberíntico sendero que llevaba hasta la entrada de la madriguera. Una vez dentro, se puso inmediatamente a trabajar. Lo primero que hizo Mari fue dar de beber a Rigel, y luego ella misma dio un largo trago de agua. Se sentía como si el fuego que había brotado de su interior de algún modo la hubiera dejado profundamente seca. Luego se dirigió a la habitación de su madre. Mari no se permitió pensar en nada que no fuera examinar el zurrón de curandera que Leda llevaba consigo todas las noches. En el interior de la bolsa de lana tejida había vendas y ungüentos, hierbas y pomadas. Mari se aseguró de llevar suficientes provisiones de pomada calmante, así como los remedios más potentes que su madre usaba para aliviar dolores internos. Inspiró honda y profundamente y se volvió hacia Rigel.

—Tienes que quedarte aquí. No sé si los camaradas ya se habrán marchado. Yo… no puedo permitir que te vean. No puedo perderte a ti también, Rigel —empezó a decir, con voz fuerte y decidida. Sin embargo, mientras hablaba, el cachorro empezó a llorar y jadear, angustiado, y a ella se le quebró la voz. Mari se arrodilló, sostuvo el rostro del animal entre las manos ahuecadas y le miró a los ojos, deseando con todas sus fuerzas que Rigel la comprendiera—. Por favor, no estés triste. Por favor, no hagas ruido. Por favor, espérame. Te prometo que volveré contigo, te lo prometo. Eres lo único que tengo. No puedo perderte a ti también, Rigel —repitió. Aún sosteniéndole la mirada, Mari esbozó mentalmente una imagen del cachorro, tumbado en su camastro y mirando hacia la puerta, esperándola.

Mari lo abrazó y, antes de dar lugar a derrumbarse, lo besó, se incorporó y corrió a la puerta. Era consciente de que Rigel la había seguido. Era consciente de que le había cerrado la puerta en la cara, pero no podía mirar atrás. Solo dudó durante el tiempo suficiente para imitar el gesto de su madre y tocar la imagen de la Tierra Madre tallada en el arco de la puerta. Mari contempló la bella estampa de la diosa y rezó en silencio y con devoción. *No hace falta que me hables, Tierra Madre. Comprendo que soy diferente a tu pueblo, pero mamá no lo es. Ella te pertenece. Así que te lo pido por ella, no por mí. Por favor, por favor, te ruego que salves a Leda, tu Mujer Lunar, mi madre, mi mejor amiga.*

Mari no se permitió divagar mientras corría por el sendero abierto de los ciervos. No podía pensar en que Rigel estaba encerrado en la madriguera, muerto de dolor y preocupación. No podía reconocer que, dejándolo atrás, había renunciado a una parte de su ser, tal vez la mejor. No podía permitirse pensar en «quizás» ni en «ojalás». No sentiría. Ya habría tiempo para pensar y sentir después, cuando hubiera traído a su madre de vuelta a casa.

Mari olió el humo antes de escuchar el rumor del agua del río. Aminoró el paso, abandonó el sendero y avanzó arrastrando los pies sin hacer ruido, deteniéndose cada dos pasos para escuchar. Escuchó voces masculinas y caminó aún más lentamente, concentrada en servirse del abundante sotobosque para mantenerse oculta a sus ojos.

Por fin llegó al borde de la empinada orilla. Tumbada boca abajo, Mari avanzó a rastras y muy muy lentamente miró hacia abajo.

El bosque no estaba en llamas, tal y como ella había esperado encontrarlo, aunque el humo aún oscurecía el lugar de la Asamblea y le entorpecía la visión. Cuando la corriente de aire cambió y el humo empezó a arremolinarse, Mari vislumbró a los tres hombres. Se habían quitado las camisas y estaban golpeando el humeante follaje con su ropa. Alcanzó a ver que el sauce bajo el que se había ocultado estaba calcinado, y que los arbustos y matorrales que había alrededor del árbol se habían quemado por completo, pero aquella zona había sido la peor parada por el incendio. Daba la sensación de que los hombres lo habían contenido y que ahora se esforzaban por extinguirlo del todo. Los dos pequeños terriers estaban al lado de sus camaradas, afanándose por escarbar tierra fresca y lanzarla tras ellos para cubrir lo que los hombres ya habían conseguido apagar. Era como si supieran que era necesario asegurarse de que incluso las brasas quedaban totalmente extintas.

Claro que los terriers lo saben. Rigel también lo sabría. Rigel también estaría ayudándome a apagar el fuego.

En cuanto aquel pensamiento afloró en su mente, la mano de Mari se movió instintivamente al espacio vacío que había a su lado, buscando el calor y el consuelo de su camarada. No tenerlo a su lado era una herida abierta en su corazón herido.

Mari hundió las manos en la tierra húmeda y trató de calmar sus pensamientos. Bajó la vista hacia la orilla del lado del río en el que se encontraba y localizó inmediatamente a Leda. No se había movido lo más mínimo. Mari no podía verle la cara. El cuello de su madre seguía torcido en aquel ángulo antinatural.

No importa. Aún podría estar viva. Lo único que necesito es que conserve aunque solo sea una leve chispa de vida y, así, todavía estaré a tiempo de salvarla.

Mari concentró toda su atención en su madre y deseó con todas sus fuerzas que se moviera, aunque fuera un poco.

Leda permaneció inmóvil.

—¡Nik! ¡Thaddeus! ¡Necesito que me ayudéis! ¡Estoy perdiendo este árbol!

Mari apartó la vista de su madre y vio que el más joven de los tres hombres les hacía un gesto desesperado a los otros dos cuando, justo al lado del esqueleto calcinado del sauce, un cedro partido estalló en llamas. Nik y Thaddeus corrieron para ayudarle a combatir el nuevo foco.

Mari no dudó. Manteniéndose lo más pegada al suelo que pudo, se arrastró por el borde de la orilla y medio corriendo, medio resbalando, descendió hasta Leda. Estiró un brazo hacia su madre y se arrodilló junto a ella, tocándole suavemente el hombro.

—¿Mamá?

El hombro de Leda estaba frío y estaba empezando a quedarse rígido.

Su madre estaba muerta.

—Vamos, mamá. Voy a llevarte a casa.

Mari dejó la mente en blanco y se concentró únicamente en sacar de allí a Leda, con cuidado, sin dañar su cuerpo. No intentó cargarla por la pendiente de la orilla. En su lugar, se dejó arrastrar por la rápida y silenciosa corriente y siguió el curso del río por la zona menos profunda hasta que emergió, fantasmagórica, del humo que ya empezaba a disiparse.

Mari se detuvo, jadeando con esfuerzo. Aquel día, que había empezado tan cálido y luminoso, se había vuelto de repente nublado y frío. A su alrededor, la niebla empezó a levantarse del cálido y húmedo lecho del bosque, tan densa que, cuando Mari miró a sus espaldas, no fue capaz de distinguirla del humo. Con un respingo, Mari se dio cuenta de repente de que la tarde estaba ya muy avanzada y de que no faltaban muchas horas para que el sol se pusiera. Cogió a su madre en brazos y la sostuvo por las extremidades. La cabeza de Leda se ladeó cerca de donde la de Mari se había apoyado, en su hombro. Durante un segundo, Mari se permitió inclinar la frente e inhaló el familiar aroma de agua de rosas que Leda usaba siempre para aclararse el cabello.

—No te preocupes, mamá. Yo cuido de ti. Siempre cuidaré de ti —susurró Mari—. Se está haciendo tarde. Pero esta noche lo único que tienes que hacer es dormir. Por fin, lo único que tienes que hacer es dormir.

Decidida, Mari salió del arroyo y ascendió sin demasiado esfuerzo la suave pendiente de la orilla. Dobló hacia el sur, encontró el sendero de los ciervos y empezó el largo y lento recorrido que llevaría a Leda de regreso a casa por última vez.

Al principio, Mari tuvo la sensación de que su madre pesaba como un pajarillo y era fácil de manejar, pero no tardaron mucho en empezar a dolerle los brazos, a pesarle y fallarle las piernas, a faltarle el aliento. Las nubes habían ocultado el sol, y Mari no sabía cómo acceder a su vigorizante energía. La implacable quietud de Leda le causaba un dolor que atenazaba su corazón, y no tardó en transformarse en una carga insoportable que pesaba sobre el resto de su cuerpo. Mari se tambaleaba, obligaba a sus piernas a avanzar, temerosa de que si se detenía a descansar, aunque solo fuera durante un instante, no sería capaz de continuar. La noche estaba empezando a caer y, aunque Mari no quería pensar en ello, la realidad es que la oscuridad convertiría el cuerpo de su madre en un reclamo para los enjambres de criaturas rastreras y carroñeras más repugnantes del bosque.

En la mente de Mari, abotargada por el dolor y la pérdida, jugueteaba una peligrosa tentación. Como si estuviera viéndose a sí misma desde fuera de su cuerpo, Mari pensó un momento en lo que pasaría si aún estuviera afuera, en el bosque, cargando a la muerte en brazos, cuando se hiciera de noche. Mari no tendría mucho que hacer. Podría sentarse y abrazar a su madre contra su cuerpo. Podría cerrar los ojos y descansar, por fin. Quizá pudiera incluso dormir. Estaba tan tan cansada... La oscuridad y los insectos del bosque se encargarían de todo en su lugar. Si no llegaba a la madriguera, si no conseguía alcanzar su refugio, Mari nunca llegaría a saber qué le depararía un anochecer tras otro y tras otro más sin Leda: su vida concluiría con la de su madre.

Sin embargo, si no conseguía llegar a la madriguera, sabía en cambio qué suerte le esperaba a su cachorro. Rigel moriría. Mari lo sabía con la misma certeza que si lo hubiera encerrado en una tumba. Moriría lentamente, solo, asustado y desesperado.

Y Mari no podía hacerle eso a su pastor.

Mari avanzó trabajosamente, incluso cuando sus brazos doloridos se tornaron insensibles y sus pies de plomo apenas pudieron dar un paso más. El estrecho sendero se ramificaba y Mari se descubrió inmóvil, jadeando pesadamente e intentando enjugarse el sudor de los ojos. ¿Qué camino debía tomar? ¿Cuál de los dos? Parpadeó, intentando orientarse. Claro que sabía dónde estaba. Conocía el bosque tan bien como su propio hogar. Hacia la derecha. Debía seguir avanzando hacia la derecha.

Mari dobló a la derecha, pero, al hacerlo, el pie se le enganchó en una raíz desenterrada y, con un grito, todo su peso cayó hacia delante, si bien tuvo tiempo suficiente para girarse e intentar proteger el cuerpo de Leda de la caída. Un dolor agudo se extendió por su muñeca izquierda y Mari aulló de dolor mientras se derrumbaba sobre un montón de hojas, con el cadáver de su madre retorcido en torno a su propio cuerpo.

Intentó levantarse. Recolocó las pesadas e inmóviles extremidades de Leda y la sostuvo en sus brazos como si fuera un niño muy querido, imitando el gesto con el que ella solía coger a Mari de pequeña para consolarla cuando se caía y se raspaba las rodillas, o cuando lloraba porque no era como los demás caminantes terrenos y necesitaba la seguridad y el amor de su madre.

Pero Mari no podía levantarse, ni Leda consolarla.

—No estoy preparada, mamá. —Mari apartó el cabello de Leda de su pálido y gélido rostro—. No estoy preparada para perderte. ¿Qué voy a hacer ahora?

Cerca del sendero, una rama se quebró y un instintivo arranque de miedo aceleró el corazón de Mari. Sosteniendo a su madre con un brazo tembloroso, empezó a buscar como loca en la bolsa con el otro: toda su obsesión era sacar la honda y prepararse para las posibles desgracias que aún le deparaba aquel nefasto día.

En un primer momento, la joven que apareció por el neblinoso sendero no vio a Mari. Estaba demasiado preocupada en mantener bien vigiladas sus espaldas, mirando constantemente hacia atrás, con nerviosismo. Cuando por fin se percató de la presencia de Mari, que estaba desplomada en el suelo y sostenía el cuerpo de su madre, frenó en seco, con ojos enormes y estupefactos.

—¡Oh, no! ¡No puede ser Leda! ¡No puede ser!

A Mari la invadió una ira pura y sincera, mucho, muchísimo más manejable que el dolor que la afligía.

—Sora, ¿qué estás haciendo aquí?

La joven corrió hacia ella, sin apartar la mirada del rostro inmóvil y pálido de Leda.

—¡Ay, diosa! ¿Está muerta? ¡No, por favor, no! —El rostro de Sora se contrajo en una expresión de horror y escepticismo. La muchacha se agachó, con la vista clavada aún en Leda e ignorando a Mari.

Mari notó que algo se rompía en su interior. Como si tuviera voluntad propia, su mano se cerró alrededor de la muñeca de

Sora. Con un leve chillido, los ojos de la muchacha se cruzaron con los de Mari, y lo que Sora vio en ellos la incitó a intentar apartarse, con el rostro embargado por el asombro.

Mari no soltó la muñeca de Sora, al revés, la retorció concienzudamente para causarle dolor.

—Contesta a lo que te he preguntado, Sora. ¿Qué estás haciendo aquí?

—Es-estaba buscando a Leda, por supuesto —dijo Sora, intentando, sin éxito, recobrar un poco de la arrogancia que solía caracterizar su actitud—. Soy su aprendiz, y falta poco para el anochecer.

—Leda ya no tiene ningún aprendiz. Márchate, Sora. —Mari le soltó la muñeca e intentó alejarla de ella.

Sora perdió brevemente el equilibrio, pero no tardó en recuperarlo. Bajó la voz hasta convertirla en un sutil susurro y preguntó:

—Mari, ¿qué ha pasado?

Mari fulminó a Sora con la mirada.

—La dejaste morir, y ha muerto.

Sora parpadeó.

—¿De qué estás hablando? Yo no dejé morir a tu madre.

—¡No mientas! —le chilló Mari, iracunda—. Yo estaba allí. Lo he visto todo. Cuando los camaradas irrumpieron en la Asamblea, llamaste a los hombres y les pediste que te salvaran. Y luego huisteis, y dejasteis morir a mi madre. —La saliva salía despedida de sus labios mientras su rabia se desbordaba.

—¡Pero creía que ella también huiría! ¡Yo no quería que le pasara nada malo! ¿Cómo iba a querer algo así? —La desesperación se apoderó de la voz de Sora—. El clan necesita a Leda. Yo necesito a Leda.

—¿Que tú necesitas a Leda? —Mari sacudió la cabeza—. Sora, eres una furcia egoísta. Y, ¿sabes qué?, ya no tendrás tus necesidades cubiertas, sobre todo ahora que mi madre ha muerto.

Sora se estiró cuan larga era y alzó la barbilla.

—Estás dolida. Lo entiendo. Así que olvidaré todo lo que acabas de decir.

—¡No! —bufó Mari—. Que jamás se te olvide lo que acabo de decirte. Recuérdalo, y recuerda también no volver a acercarte a mí nunca más.

—Pero ¿quién purificará al clan de las Fiebres Nocturnas? ¡Hoy es Tercia Noche! ¿Quién va a instruirme?

—¡Tú sabrás! —Mari le apartó la cara a Sora con infinito desprecio y volvió a estrechar a Leda entre sus brazos. Cerró los ojos durante un segundo, concentrándose y preparándose, y luego intentó incorporarse.

Estuvo a punto de conseguirlo, pero estaba demasiado exhausta. Mari habría tenido que soltar a Leda si Sora no hubiera reaccionado dando un paso adelante para ayudarle a equilibrarla, levantando su cuerpo y recolocándolo sobre el hombro de Mari para que ella pudiera sostener más fácilmente a su madre.

Mari alzó la cabeza y su mirada se topó con los grises ojos de Sora.

—Te ayudaré a llevar a tu madre a casa. Y luego te ayudaré a enterrarla —dijo Sora en voz baja.

—¿Dónde están ahora esos hombres de los que tanto te gusta rodearte? —Mari habló en voz tan baja como ella, pero la suya estaba impregnada de veneno.

Sora reaccionó a la pregunta con sorpresa, pero se apresuró en contestar con naturalidad:

—El anochecer está al caer. No permito que ningún hombre se me acerque tras el anochecer de una Tercia Noche, no a menos que... —Sus palabras se diluyeron en el aire cuando sus ojos se posaron en Leda.

—No a menos que mi madre los purifique de su delirio. Eso es lo que ibas a decir, ¿verdad?

Sora cuadró los hombros.

—Sí, eso es lo que iba a decir. Y no me avergüenza admitirlo. Tendría que estar aún más loca que ellos para querer que un hombre abrasado por las Fiebres Nocturnas se me acercara.

—Pues más vale que te acostumbres a los delirios, o a pasar las noches sola, porque mi madre ha muerto y ya no hay nadie que pueda sanaros, ni a ti ni a ellos. —Mari empezó a tambalearse e intentó dejar atrás a Sora, pero la muchacha se adelantó para cortarle el paso.

—He dicho que te ayudaré a enterrar a Leda.

—No quieres ayudarme. Quieres utilizarme. Sé perfectamente cuál es la diferencia. Apártate de mi camino.

—Mari, tú puedes invocar la luna. Leda nos lo contó. Tienes que ayudarme. A todos, al clan. Eres lo único que nos queda de Leda.

Mari entrecerró los ojos.

—Escucha con atención lo que voy a decirte: no me importa en absoluto cuál sea tu suerte. No me importa lo más mínimo cuál sea la suerte del clan. Habéis utilizado a mi madre hasta agotarla, y después la habéis despreciado como si fuera basura. No permitiré que hagáis lo mismo conmigo. No intentes encontrarme. No intentes seguirme. Déjame en paz. —Mari avanzó un paso al tiempo que golpeaba a Sora con fuerza en el hombro y la sacaba de un empujón del sendero.

—¡Mari! ¡Espera! ¡No puedes dejarme aquí así, sin más! ¡Ya casi ha anochecido! —gritó Sora tras ella.

Sin volverse para mirarla, Mari respondió:

—Si te atreves a seguirme, Sora, te mataré.

Mari no tenía la certeza de que Sora no estuviera siguiéndola, así que, en lugar de tomar el camino más directo para volver a su madriguera, decidió dar un rodeo y seguir una de las laberínticas rutas a las que su madre, su abuela, y su bisabuela, antes que ella, habían dedicado su vida entera a trazar para garantizar que su hogar, y las Mujeres Lunares a las que estaba destinado a proteger, se mantuviera oculto y a salvo. Mari estaba preocupada por Rigel y por el tiempo de más que había empleado en volver a su madriguera, pero, a medida que iba aproximándose, estrechaba a su madre con más fuerza, con mayor desesperación.

Es la última vez que mamá y yo volvemos juntas a casa. Es la última vez que doblo esta curva, que recorro este sendero, que rodeo nuestra casa por este camino.

Mari se detuvo finalmente ante la puerta de su madriguera. Aún con Leda en brazos, permaneció un instante contemplando la imagen tallada de la diosa que se suponía que debía proteger la entrada a su hogar.

¿Por qué no la has salvado? Mari fulminó a la diosa con la mirada. *Te amaba tanto… Seguramente, tanto como me amaba a mí.*

Como de costumbre, la diosa no le contestó.

—No eres más que una hermosa obra de arte. No te diferencias en nada de mis dibujos. —Mari sacudió la cabeza ante la estatua protectora.

Avanzó un paso y abrió la puerta con el hombro.

Rigel estaba allí sentado, justo detrás la puerta, exactamente en el mismo lugar en el que Mari lo había dejado hacía horas. Con una madurez impropia de su corta existencia, se acercó a Mari, se incorporó sobre las patas traseras para olfatear el cadáver de Leda y luego volvió a ponerse a cuatro patas, con la cabeza gacha, despidiendo oleadas de tristeza.

—Lo sé, mi pequeño. Ya lo sé. Pero tenemos que enterrar a mamá antes de poder llorarla.

Temiendo que si soltaba a Leda no sería capaz de volver a levantarla, Mari cargó a su madre por la madriguera y sacó la pala del organizado montón de instrumentos de jardinería que Leda guardaba. Después, en la silenciosa compañía de Rigel, ascendió por el laberíntico sendero que dibujaban los zarzales, dando vueltas y más vueltas hasta llegar al pequeño claro.

Mari se desplomó de rodillas y depositó a Leda con delicadeza sobre el suave césped, le cruzó los brazos sobre el pecho y le enderezó el cuello con mucho cuidado para que pareciera estar dormida.

Se acercó hasta la estatua de la Gran Madre. Probablemente, aquella era la estatua más bella y mejor cuidada de todo el bosque. Tenía un hermoso rostro tallado en obsidiana del color de la medianoche de una velada luna nueva. Los helechos que formaban su cabello eran tupidos y de un color verde intenso. El musgo que tapizaba su cuerpo era denso y suave.

Mari no le dedicó ni un segundo de atención a la estatua. Cogió la pala y, eligiendo el lugar que había justo enfrente de la estatua de la Tierra Madre, la clavó en el suelo.

Rigel no tardó en acompañarla. Cavó con Mari y escarbó en la tierra húmeda y fértil con facilidad, pero sin el juvenil entusiasmo del que solía hacer gala. Rigel estaba tan callado y apesadumbrado como Mari. Ambos cavaron hasta que el cuerpo les empezó a temblar de puro cansancio, y luego siguieron cavando. Finalmente, consiguieron hacer una tumba lo suficientemente profunda. Mari regresó hasta donde yacía el cuerpo de su madre, se acuclilló junto a ella y Rigel la acompañó, apoyándose contra el costado de su compañera. Mari acarició el rostro de su madre.

—Está fría, Rigel. Por eso tenemos que cubrir su cuerpo con tierra. Así lo habría querido mamá. Le gustará descansar junto a su estatua favorita de la Tierra Madre.

Rigel lloriqueó con un ladrido casi inaudible y se frotó contra Leda como si así pudiera conseguir que la mujer volviera a moverse.

—No va a levantarse —dijo Mari, hablando más para sí que para el cachorro—. Ahora, mamá va a dormir. A dormir para siempre.

Mari se inclinó sobre la frente de su madre, la besó y entonces, por última vez, la levantó en brazos. Cojeando, la llevó hasta el agujero que había cavado y, con muchísimo cuidado, la introdujo en su interior. Se acercó a la estatua de la diosa y cortó algunos de los helechos de su cabellera, delicados como piezas de encaje, para colocarlos alrededor del rostro de su madre y empezó a echar tierra sobre la tumba.

Cuando Mari terminó, se sentó frente al montículo de tierra recién excavada y apoyó las palmas de las manos sobre el suelo húmedo. Rigel se sentó a su lado y la observó con atención.

Mari se aclaró la garganta, con los ojos alzados hacia el rostro de la imagen de la Tierra Madre.

—Tierra Madre, esta es Leda, Mujer Lunar del clan de los tejedores, mi madre. Mi mejor amiga. Te amaba y creía en ti, y yo la he traído a su hogar para que pueda descansar en tu compañía. Mamá decía que tú solías hablarle, que solía escuchar tu voz en el viento y en la lluvia, en los árboles y en los helechos, incluso en la música del arroyo. Quiero creer que no la salvaste porque la amas tanto que querías que estuviera siempre contigo. No te culpo. Yo también quería que estuviera siempre conmigo. A-aún quiero que lo haga. Po-por favor, cuida de ella…

En ese momento, a Mari se le quebró irremediablemente la voz y, cuando el anochecer se extendió por el bosque, el cielo gris se abrió y llovió unas lágrimas que se confundieron con las de Mari mientras ella permanecía allí, sentada junto a la tumba de su madre, con el rostro apoyado en el suave y cálido cuello de Rigel. Mari dejó que el dolor de la pérdida la invadiera mientras sollozaba y lloraba la muerte de su amada madre, y su pastor daba salida a su tristeza aullando con desesperación en la noche.

17

Nada había salido como Nik había planeado. El día, que había amanecido tan luminoso y lleno de esperanza, se había vuelto frío, húmedo y desconcertante.

—Mierda de escarabajo, espero no volver a ver nunca más esta zona del bosque de los escarbadores. —Thaddeus sacudió la cabeza, asqueado, mientras usaba su sucia camisa para enjugarse el sudor del rostro, dejando una grasienta mancha de polvo y ceniza que le cruzaba la mejilla.

—Aunque la lluvia nos ha dado un respiro. Creo que el fuego ya no supone ninguna amenaza. Debería ser seguro marcharnos —dijo Nik, poniéndose su propia camisa y mirando hacia el cielo, que ya empezaba a oscurecerse, con los ojos entrecerrados—. Y es buena hora para hacerlo. Si nos damos prisa, estaremos de vuelta justo antes de que anochezca.

—¿Buena hora? A mí me parece que hoy no ha pasado nada bueno —refunfuñó Thaddeus. Sin dirigirle una sola palabra más a Nik, le hizo un gesto a Odysseus para que le siguiera, y cazador y terrier, sudorosos, molestos y llenos de hollín, se dirigieron hacia el sendero que los llevaría de vuelta a su tribu.

Davis, Cameron y Nik lo siguieron más lentamente.

—Es una pena que no hayamos encontrado rastros del cachorro —comentó Davis, sin acritud.

—Bueno, la verdad es que no lo hemos buscado —dijo Nik—. Lo malo hubiera sido que lo hubiéramos hecho y que ni aun así hubiéramos encontrado un rastro.

—Evitar que el bosque se queme es algo bueno. —Davis le dedicó una sonrisa cómplice y devolvió la vista al sendero que se extendía ante ellos, clavándola en la espalda de Thaddeus. Bajó la voz para fingir que susurraba, y añadió—: Y eso son dos cosas buenas que han pasado hoy, pero no se lo digas a Thaddeus.

—No lo haré —le aseguró a Davis, aunque le costaba bromear y reír con el joven.

Aquel maldito desastre se había producido porque Thaddeus se había negado a escucharle y había hecho que los canes se lanzaran hacia aquella anciana escarbadora. Desde ese momento, el día se había ido completamente al carajo.

No había motivos para que aquella escarbadora muriera. Nik no se sentía huraño, ni taciturno —y, desde luego, no estaba tan ofuscado como Thaddeus—, pero le costaba borrar de su mente la imagen de aquella mujer. El recuerdo de su cuello doblado era espantoso. Le había recordado a una muñeca rota y maltrecha. Pero no era su herida lo que se le había quedado grabado a fuego en la memoria. Lo que no se le quitaba de la cabeza era la alegría que había transformado los bastos rasgos de su feo rostro en una expresión extrañamente dulce cuando él se había inclinado a su lado. Lo que no podía dejar de escuchar eran sus últimas palabras, pronunciadas con tal júbilo que su eco no había dejado de reverberar en su mente mientras intentaba evitar con Davis y Thaddeus que el fuego devorara el bosque.

«¡Galen! Mi Galen. Sabía que volveríamos a estar juntos».

¿Qué habría estado imaginando mientras la vida se le escapaba? ¿Qué habrían vislumbrado aquellos ojos moribundos?

No había tenido mucho tiempo para pensarlo porque, justo después de que la mujer muriera, había aparecido la muchacha. La muchacha en llamas.

¿Quién era? ¿Qué era?

Nik solo había visto dos cosas antes de que el fuego cobrara vida. Una había sido el rostro sucio de la joven, contraído en una mueca de dolor. La otra habían sido sus ojos. Refulgían, ambarinos, incendiados en la distancia que los separaba, extrañamente aterradores por lo familiares que le resultaban.

Era una escarbadora. No había duda de que habían sido sus gritos los que habían distraído su atención de la mujer muerta. Tenía el cabello oscuro y apelmazado y la piel del tono sucio y terregoso de todos los escarbadores.

Pero aquellos ojos… Aquellos fulgurantes ojos color ámbar no eran, definitivamente, los de una escarbadora.

Poseía los ojos de la Tribu de los Árboles, y también el poder de dominar el fuego.

¡No! Pero ¿qué me pasa? No puede ser eso lo que he visto. Solo los miembros más poderosos y mejor preparados de la tribu han conseguido dominar el poder necesario para canalizar la luz solar y convertirla en fuego.

La muchacha era una escarbadora. El fuego debía de haberse producido por accidente, ¿verdad? ¿Cómo podía ser cierta cualquier otra posibilidad?

Sin embargo, los acontecimientos de aquel día no dejaban de reproducirse, una y otra y otra vez, en la mente de Nik, para terminar siempre con un fulgor ambarino y el rugido de las llamas al brotar.

—De acuerdo, ahora que nos hemos librado de ese desastre, ¿qué demonios ha pasado ahí? —Davis interrumpió el torbellino de preguntas que asediaban la mente de Nik.

Nik alzó las manos, volvió a dejarlas caer y se encogió de hombros. No ocultó ni su desconcierto ni su frustración, pero fue muy cuidadoso con la elección de sus palabras. Ya había decidido que cuanto menos compartiera de lo que había visto, salvo con su padre, mejor.

—Davis, como ya os he dicho antes a Thaddeus y a ti, cuando esa escarbadora ha muerto, he escuchado que alguien gritaba. He mirado hacia el lugar de donde provenía la voz y he visto a una escarbadora joven junto al sauce donde se ha iniciado el fuego. Luego, a su alrededor todo ha empezado a arder, y la chica ha desaparecido.

Davis negó con la cabeza.

—Sé que los escarbadores no son muy listos. O sea, son muy hábiles con las cosechas y las plantas y esas cosas, pero hay que cuidarlos, protegerlos, en realidad, de sí mismos. Aun así, nunca había oído que hicieran estupideces tales como prenderle fuego a su propio bosque. ¿Tú sí?

—No, nunca. Es evidente que ese prado es una especie de Asamblea para ellos. Lo más probable es que, en medio del caos, a alguien se le haya descontrolado una hoguera y…

—Son como putos animales —los interrumpió Thaddeus, gritando por encima del hombro—. No, son peores que los animales. Los animales no destruyen sus hogares. Eso es lo que han intentado hacer hoy esos escarbadores.

—¿A qué te refieres? —preguntó Nik.

—¡Es evidente! Nos han tendido una trampa. Ayer debieron de escucharte parlotear sobre ese estúpido cachorro, y seguramente sabían que volveríamos. Han provocado un incendio para intentar freírnos, y no les importaba una mierda lo que se destruiría si se les escapaba de las manos.

—No sé, Thaddeus. Son como niños grandes. No creo que sean capaces de planear algo así, ¿verdad? —opinó Davis.

—Pregúntale a Nik. Anoche le pillé de cháchara con una hembra, hablándole como si fuera humana.

Nik le dedicó una mirada ceñuda a Thaddeus. Sin embargo, en respuesta a los desconcertados ojos de Davis, dijo:

—Era muy joven y estaba asustada. Intenté tranquilizarla de camino a la Granja.

—Estuviste de lo más amistoso con ella.

—Thaddeus, te estás sobrepasando. Anoche hice lo que me pediste que hiciera: me encargué de la última prisionera e hice que dejara de llorar. Ni más ni menos.

—Bueno, pues yo te informo de que no pienso volver a adentrarme en el territorio de los escarbadores sin contar con el respaldo de los guerreros y los pastores. Salvo que nuestro Sacerdote Solar, tu padre, lo ordene. En ese caso, no tendré elección. Como ha sucedido hoy. —Thaddeus le dedicó a Nik una mirada de desprecio.

—¡Bastardo sabelotodo, hoy sí que tenías elección! —El genio terminó por explotar y las palabras que había intentado contener y silenciar salieron de su interior a borbotones—. Podrías haber elegido atenerte al plan. Lo único que tenías que hacer era rastrear al cachorro. Pero no. En cambio, esa patata que llevas sobre los hombros, esa mierda vacía más grande que tu can, se ha interpuesto y has tomado una decisión equivocada. Y, por culpa de esa elección, hay una escarbadora muerta, al menos que sepamos. Por culpa de esa elección, hemos tenido que desperdiciar el resto de horas de sol que nos quedaban para contener un incendio en lugar de hacer lo que se suponía que debíamos estar haciendo. Por culpa de esa elección, el rastro de mi cachorro se ha enfriado y ahora nos será mucho más difícil recuperarlo.

Thaddeus se detuvo y se volvió para encararse a Nik.

—Eso que acabas de decir es una mierda como una cucaracha carnívora de grande, y lo sabes.

Ahora fue Nik el que pronunció sus palabras con desprecio.

—¿Por qué? ¿Porque los escarbadores nos han tendido una trampa enorme? —rio con sarcasmo—. Seguro que mi padre le encuentra mucho sentido, igual que los cazadores que llevan rastreando y apresando escarbadores muchos más inviernos de los que sumamos entre los tres y a los que jamás, sin excepción, les han tendido una trampa.

—Bueno, ¡pues a nosotros nos la han tendido hoy! —gritó Thaddeus directamente a la cara de Nik.

—¡No! ¡Lo que ha pasado hoy es que una escarbadora ha muerto! Una muchacha ha gritado. Una hoguera se ha descontrolado. Y ninguna de esas cosas habría sucedido si te hubieras limitado a cumplir órdenes. Precisamente por eso pretendo informar de tus acciones al Sacerdote Solar, mi padre.

—Muy bien, niñato consentido, ve corriendo a contárselo a Sun y escóndete tras sus faldas. Toda la tribu sabe que no tienes ningún poder, igual que tampoco tienes can.

Nik se lanzó a por Thaddeus, pero Davis se interpuso entre ellos para separarlos y gritó:

—¡Nada de enfrentamientos entre miembros de la tribu!

Thaddeus sonrió y retrocedió mientras extendía las manos en un falso gesto de rendición.

—De acuerdo, no seré yo quien viole esa regla. Es Nik el que tiene problemas de autocontrol. Tal vez también deberíamos comentárselo a Sun cuando le presentemos nuestro informe...

—No se han producido daños. Nadie ha asestado ningún golpe —dijo Davis, con nerviosismo.

—Porque estabas tú para evitarlo —Thaddeus rio secamente y le dio una palmadita en la espalda—. Vosotras, señoritas, podéis quedaros aquí y seguir cotilleando. Odysseus y yo nos largamos. —Y, acto seguido, se dio media vuelta y, llamando al terrier con un potente silbido, echó a correr velozmente por el camino.

—No iba a pegarle —le dijo Nik a Davis—. Me habría gustado, pero no lo hubiera hecho.

Davis se pasó una mano por el pelo y suspiró.

—Pues imagínate que hubiera sido tu tutor durante las cacerías. Créeme, en algún momento, todos los aprendices de cazador hemos querido pegarle.

—No debería ser el tutor de nadie —opinó Nik.

—Es el mejor cazador de la tribu, eso no se le puede negar.

—Es un cabrón arrogante.

—Eso tampoco se lo puede negar nadie.

Nik dejó escapar un largo y tenso suspiro, y luego rio suavemente:

—Será mejor que alcancemos a ese cabrón.

—Se me ocurre algo mejor. Somos más jóvenes y más rápidos que él. Dejémosle atrás.

Vivir en lo alto de los antiquísimos pinos de azúcar, lejos de los peligros del sotobosque y entre personas que eran mucho más que una familia —que eran miembros de una tribu—, hacía que resultara fácil olvidar o, más bien, dar por sentadas, la serenidad y la belleza que emanaba de prácticamente todos los aspectos de la Tribu de los Árboles. Regresando aquella noche a la tribu, cubierto de polvo, sudor y ceniza, agotado y frustrado por los inesperados acontecimientos de aquel larguísimo día, una oleada de gratitud invadió a Nik mientras los tres hombres y los dos terriers corrían fatigosamente por el trillado sendero que llevaba hasta la cresta más alta del bosque. El sol acababa de ponerse en el horizonte grisáceo y la leve lluvia que había empezado a caer hacía un rato, cuando aún estaban en territorio de los escarbadores, se había convertido en un rítmico y calmante tamborileo al golpear sobre el denso y verde follaje de los pinos.

Nik se detuvo, jadeando trabajosamente, y se empapó de la belleza de las antorchas que ya empezaban a iluminarse en las alturas. En cuestión de segundos, los imponentes pinos que se erigían sobre ellos se vistieron de luz, risas y calidez.

—Ey, ¿oís eso? —sonrió Davis, volviéndose hacia Nik.

Nik se detuvo a escuchar. Luego parpadeó, sorprendido, cuando reparó en que lo que escuchaba era una de las melodías de celebración de la tribu, perfectamente acompasada con la lluvia primaveral.

—Parece la canción de la camada.

—Así es. Eso quiere decir que Fala ya ha dado a luz. Señoritas, pueden quedarse aquí para recobrar el aliento y atusarse el cabello. Odysseus y yo vamos a unirnos a la fiesta. —Thaddeus se detuvo un momento y, dedicándole a Nik una sonrisa sarcástica, añadió—: Supongo que te alegrará que esta noche no vaya por ahí buscando a Sun para informarle de lo sucedido hoy, así que tienes tiempo de sobra para llenarle la cabeza al Sacerdote Solar con tus excusas. —Riendo alegremente, Thaddeus echó a correr hacia el ascensor y dejó atrás a unos ceñudos Davis y Nik.

—¿Fala? —le preguntó Nik a Davis.

—La pequeña terrier negra, la camarada de Rose. Nadie lo sabe con certeza (bueno, nadie excepto Thaddeus), pero se dice por ahí que Odysseus podría ser el padre de la camada.

—Bueno, me alegro de que haya nacido una nueva camada, incluso si Odysseus fuera el padre. —Nik sonrió a Davis, que le respondió con una sonrisa traviesa.

—¿Sabes?, es cierto eso que dicen de que los canes reflejan la personalidad de sus camaradas. Odysseus ha debido de morder a Cammy el doble de veces que Thaddeus nos ha gritado a nosotros dos. —Davis se arrodilló y rascó a Cameron bajo el mentón. El pequeño terrier rubio meneó la cola.

Nik se agachó y le dio una palmadita en la cabeza al simpático can.

—Lo siento mucho, Cammy.

Cammy dio un brinco y jadeó el típico «¡Ah, ah, ah!» equivalente a una risa perruna.

—No pasa nada, ya estamos acostumbrados. Odysseus es un obseso del control, igual que Thaddeus. Además, aunque el pelaje de los terriers no es tan denso como el de los pastores, su piel también es bastante gruesa.

—Davis, ¿puedo prometerte que, si alguna vez vuelvo a pedirte que me acompañes en una misión de rastreo, vendréis solo Cammy y tú, y nadie más?

—Nadie más... ¿como Thaddeus, por ejemplo?

—Como Thaddeus, por ejemplo —le aseguró Nik.

—Me parece mucho mejor equipo que el de hoy. Pero, oye, a Cammy le caes bien, y a mí, también. Si me preguntas a mí, yo no creo que buscar al cachorro sea una pérdida de tiempo. Si Cammy hubiera desaparecido, incluso antes de que me hubiera elegido, yo nunca habría dejado de buscarlo —dijo Davis.

—Gracias. Te agradezco que me lo digas. —Nik le ofreció la mano a Davis, y el joven se la estrechó amigablemente mientras Cameron bailoteaba alrededor de ambos, resoplando con alegría.

—Bueno, Thaddeus irá por ahí diciéndole a todo el mundo que has vuelto a llevarnos a otra cacería fantasma, pero la verdad es que hoy ni siquiera hemos llegado a empezar ninguna cacería. Eso es lo que yo pienso contarle a la gente —declaró Davis con terquedad.

—No te metas en problemas. A Thaddeus no le gusta que le lleven la contraria.

—A Thaddeus no le gusta nada —dijo Davis, con una sonrisa irónica en los labios—. Y no te preocupes por mí. Estará demasiado ocupado presumiendo de los cachorros supuestamente engendrados por Odysseus como para preocuparse de lo que yo pueda decir sobre lo de hoy.

—Bueno, tú ve con cuidado. No quiero que tengas problemas con Thaddeus por mi culpa. —Nik señaló el ascensor con un gesto. La luz de una antorcha centelleaba en los eslabones de metal de la pesada cadena que lo hacía descender al lecho del bosque—. El ascensor ya está aquí.

Cammy empezó a mordisquearles juguetonamente los tobillos para animarlos a avanzar, y ambos rieron de buena gana ante la insistencia del can.

—Él también tiene ganas de fiesta —dijo Davis mientras el can los empujaba al interior del ascensor que los aguardaba.

—Parece que Cameron es el más inteligente de los tres —dijo Nik, cerrando la puerta de la cabina y haciendo una señal para que comenzara el ascenso.

—Yo tengo esa misma sensación desde que me eligió. —Davis abrió los brazos y gritó—: ¡Ven aquí, Cammy! —El terrier dio un salto y Davis lo atrapó con facilidad. Nik y él rieron mientras Cammy repasaba el sucio rostro de su camarada con sus entusiastas lametones.

—*Puaj,* Davis, si pretendías lavarte, esa no es precisamente la mejor manera.

Nik y Davis echaron un vistazo por entre los tablones de madera que cerraban la jaula del ascensor cuando este se posó sobre su plataforma en las alturas. Una chica estaba de pie en el rellano, con una mano apoyada en su carnosa cadera y un joven pastor a su lado. Nik tuvo la sensación de que tanto la chica como el can los miraban como si acabaran de revolcarse en inmundicia.

—Cammy solo está siendo simpático, nada más. Por supuesto que yo no me lavo así. Bueno, casi nunca. —Davis dejó a Cameron en el suelo e intentó aparentar despreocupación, pero Nik se dio cuenta de que sus mejillas, recién lamidas, se teñían de rosado en las zonas que no estaban cubiertas de saliva de terrier y hollín.

Nik ahogó un suspiro. Claudia era sexy y hermosa, y había sido elegida hacía dos años por Mariah: la can más grande e inteligente de la única camada de pastores que había nacido durante aquella primavera. También era extremadamente consciente del efecto que su presencia provocaba en los hombres de la tribu. En aquel momento, el efecto consistía en dejar a Davis sin habla.

—Hola, Claudia. —Nik le dedicó su sonrisa más carismática—. Muy amable por tu parte dar la bienvenida al hogar a los cazadores.

Claudia enarcó con gesto irónico una de sus rubias cejas.

—Solo estoy cumpliendo con mi turno en el ascensor. Le doy la bienvenida al hogar a todos los que llegan. Y, para vuestra información, ya no quedan sitios buenos en la celebración. La cubierta de madera se llenó en cuestión de minutos tan pronto se anunció que había nacido una nueva camada. Así que no hace falta que os deis prisa: podéis tomaros vuestro tiempo para lavaros… como es debido.

—Gracias por la información. Además, Davis y yo apreciamos mucho ser recibidos por tu bonita cara, sobre todo después de lo mucho que nos ha costado extinguir ese incendio. ¿Verdad que sí, Davis?

La expresión de Claudia cambió inmediatamente y su arrogante expresión se transformó en otra de franca sorpresa.

—¿Un incendio? ¿En el bosque? Thaddeus no ha mencionado nada al respecto.

—Vaya, qué raro. Debía de estar distraído por la noticia de la camada de Fala —comentó Nik, encogiéndose de hombros.

—Pero eso no es excusa para callarse algo tan importante —replicó Claudia.

—En eso te damos toda la razón —dijo Nik, moviendo la cabeza en dirección a Davis. Cuando su amigo se dio cuenta, empezó también a asentir efusivamente—. Oye, Davis, deberías ser tú quien informe a los ancianos sobre el incendio. Ya sabes, como Thaddeus está ocupado…

—Sí, alguien tiene que hacerlo cuanto antes. ¿Dónde fue? —preguntó Claudia.

Nik sintió cómo volvía a suspirar por dentro y le dedicó al sonrojado Davis una mirada que significaba: «Contéstala». El joven camarada reaccionó como impulsado por un resorte.

—Ah, eh, en territorio de los escarbadores, junto a ese arroyo en el que estaban reunidos ayer. —Davis miró a Nik, que asintió casi imperceptiblemente—. Bueno, esto… Creemos que una escarbadora descuidó una hoguera e inició el incendio por accidente.

—La verdad es que no deberíamos permitir que los escarbadores vivan solos. Son como niños malcriados. Me apuesto lo que queráis a que no ha incendiado su lado del arroyo, ¿verdad que no?

Davis y Nik sacudieron la cabeza al unísono.

—No, claro que no.

—¿Ha habido algún herido? —Claudia estudiaba a Davis con interés renovado mientras hablaba.

—Yo tengo unas cuantas ampollas en las manos, y a Cammy se le ha quemado un poco el pelaje —dijo Davis, extendiendo las sucias palmas de sus manos.

—Una escarbadora se cayó y se rompió el cuello. Ha muerto —se sorprendió diciendo Nik en voz alta.

—Me refería a personas heridas, no a escarbadores —dijo Claudia, lanzando una desdeñosa mirada hacia donde estaba Nik antes de volver a posarla en Davis.

—En ese caso, Davis y Cammy se han llevado la peor parte —Nik se apresuró a cambiar de tema. No le gustaba aquel desagradable vacío que sentía en los intestinos, como si algo estuviera mal, cuando la gente hablaba de los escarbadores.

—¿Estás seguro de que Cameron está bien?

Claudia se arrodilló y extendió la mano para acariciar al terrier, que se acercó a ella trotando alegremente, le lamió la mano y luego casi se atrevió a lamer también a la enorme pastora vigilante. Sin embargo, en el último momento se lo pensó mejor, encogió el rabo y regresó corriendo con Davis. La suave risa de Claudia fue melodiosa y casi tan atractiva como su sensual cuerpo y su densa mata de cabello rubio.

—Ay, chiquitín, no te preocupes. A Mariah le gustan los terriers. —Aún con la sonrisa en los labios, se incorporó—. Parece que tu Cammy no tiene problemas para moverse, pero deberías mantenerlo vigilado. Por lo sucias que tiene las patas, debe de haber estado ayudando a sofocar el fuego. Las almohadillas quemadas duelen mucho, y también tardan mucho en curarse.

Davis, que parecía preocupado, se arrodilló, cogió a Cammy y lo sostuvo en sus brazos, colocándolo de espaldas para poder examinar sus sucias almohadillas.

—¿Te importaría echarles un vistazo?

—Claro, por supuesto —dijo Claudia.

—Davis, Claudia, tengo que ir buscar a Sun y contarle lo que ha pasado hoy. Le diré que tú informarás a los ancianos sobre el incendio, ¿verdad, Davis? —preguntó Nik.

Demasiado ocupado con Cameron como para prestarle atención alguna, Davis asintió con gesto ausente.

—Sí, sí, no te preocupes. Lo haré en cuanto Claudia termine de examinar a Cammy.

—Bien, de acuerdo. Te veo luego, Davis. —Los dos camaradas, con las cabezas inclinadas sobre las patas de Cammy, se despidieron de él con un gesto de la mano, sin mirarle.

Nik apartó de su mente la idea de que Claudia haría bien en valorar más a Davis. No era el camarada de un pastor, pero era bueno, y valiente, y tenía sentido del humor…, cosa que a Claudia le faltaba casi todo el tiempo. El sonido de los resoplidos de Cammy y la suave risa de Claudia fueron diluyéndose tras de sí con la lluvia, y Nik se alejó con una sonrisa de satisfacción en los labios.

Buena suerte, Davis. La vas a necesitar.

Thaddeus odiaba a Nik, pero hacía poco que se había dado cuenta de cuánto. Nikolas, hijo de Sun, era un blandengue malcriado y un inútil.

—Eso es lo que pasa cuando tu papaíto se asegura de que nunca te falte nada de lo que tu corazoncito desea —le dijo a Odysseus, que alzó la cabeza para mirarle y bufó como para mostrar su acuerdo—. Oh, pero así son las cosas: ni siquiera su papaíto, el Sacerdote Solar, puede forzar que un can se una a él. Pobre, pobrecito Nik. —Su voz sonaba cargada de odio y sarcasmo—. ¡Cuánto me gustaría poner al pobre, pobrecito Nik en su lugar!

Odysseus ladró lastimeramente y Thaddeus detuvo su diatriba para agacharse y acariciar las orejas del terrier. Cuando volvió a enderezarse, el mareo lo golpeó de lleno. Thaddeus se tambaleó, se agarró la cabeza y cayó de rodillas, tembloroso.

—Caliente —murmuró—. Estoy condenadamente caliente. Debo de estar incubando algo.

Odysseus se apretó contra el cuerpo de su camarada, tiritando de miedo.

—Eh, estoy bien. Solo tengo que librarme de este maldito dolor de cabeza. Me va y me viene desde hace un par de días. Y apagar el incendio que ha provocado esa condenada escarbadora no me ha ayudado, eso seguro. —Thaddeus se frotó los párpados con las palmas de las manos. Los malditos ojos habían empezado a escocerle desde el momento en que había empezado el dolor de cabeza—. Sí, seguro que el humo es de lo mejorcito que hay para mis ojos doloridos —siguió murmurando—. Por culpa de Nik. ¡Todo por culpa de Nik! —La furia bullía en su interior y elevaba su temperatura corporal.

Odysseus volvió a ladrar lastimeramente.

Thaddeus le dio una palmadita en la cabeza:

—Oye, ya te he dicho que estoy bien. Tranquilo, muchacho. En realidad, estoy mejor que bien. Olvídate del dolor de cabeza y de los ojos. En serio te digo que, por primera vez en mi vida, estoy empezando a pensar con verdadera claridad, Odysseus. Ha llegado el momento de que algunas cosas cambien en la Tribu de los Árboles. —Su mano abandonó el crespo pelaje de su terrier y empezó a rascarse los brazos con la vista clavada en la distancia. Consiguió ignorar las oleadas de preocupación que Odysseus le transmitía. De hecho, consiguió bloquearlo todo salvo el extraño dolor de cabeza y el escozor de ojos; todo, salvo la furia que parecía recorrerle el cuerpo al ritmo de los latidos de su corazón—. No, no está bien. No está nada bien que una persona como Nik tenga más privilegios que nosotros solo porque su papaíto está unido a un pastor. Nunca he visto un pastor con tu olfato, Odysseus. En mi vida. ¿Y alguien te lo reconoce? Una mierda, te reconocen. Si no hago algo para que esto cambie, tú y yo nunca seremos más que simples cazadores, y la tribu entera dará por sentados nuestros servicios. —Thaddeus empezó a rascarse los brazos con violencia, sin darse cuenta de que se le estaba empezando a descamar la piel—. Bueno, pues te aviso de que pienso hacer algo para que la situación cambie. Y, cuando lo haya hecho, tú y yo tendremos lo que nos merecemos, te lo prometo.

Tan pronto hubo terminado de pronunciar aquella promesa, algo se transformó en el interior de Thaddeus. Un dolor inmenso y cegador se extendió por su cabeza y sintió como si su mente estuviera a punto de desmembrarse. Thaddeus vomitó, repentina y violentamente, rociando una sangre llena de coágulos negros y bilis a su alrededor.

A cuatro patas, Thaddeus tomó una bocanada de aire e intentó estabilizarse. Odysseus le lamía el rostro, al borde de la histeria. Con una mano temblorosa, Thaddeus apartó al terrier a un lado mientras le murmuraba unos inteligibles consuelos al pequeño can.

Y, entonces, tan repentinamente como lo habían invadido, las náuseas se disiparon y se llevaron consigo los últimos restos de la migraña y del escozor de ojos.

Thaddeus se apoyó sobre los talones y tomó una profunda bocanada de aire.

El dolor no regresó.

Se limpió la boca con la camisa manchada de hollín.

El dolor seguía sin regresar.

Inspiró hondo de nuevo. Se sentía mejor. Mucho mejor. Bien. De hecho, se sentía bien.

Thaddeus se incorporó. Empezó a caminar, luego a trotar y, por último, con una sonrisa animal, se lanzó a una carrera desbocada por el sendero, ágil y poderoso como un venado.

No fue consciente de que a Odysseus le costaba mantenerle el ritmo. No era consciente de nada más que de la nueva energía que galopaba por sus venas.

18

Nik sabía que no le costaría mucho encontrar a su padre, ni siquiera en medio del gentío que celebraba el nacimiento de la nueva camada, así que se tomó su tiempo para limpiarse el humo, el polvo y el sudor, y se puso ropa limpia. Luego, se limitó a seguir los sonidos de la fiesta.

Claudia tenía razón: los miembros de la tribu no solo llenaban la inmensa cubierta de madera que rodeaba los Árboles Madre, en los que crecían las valiosas Plantas Madre, sino que la desbordaban. Habían improvisado asientos en el sistema de plataformas que lo rodeaba y alrededor de los nidos familiares, las cápsulas de los artesanos, los miradores y los núcleos de nidos de solteros. Nik se detuvo un momento, se agarró a una gruesa rama y se alzó sobre la muchedumbre para poder distinguir algo entre el alegre caos de la tribu, que celebraba con entusiasmo el nacimiento de una nueva camada de terriers.

La música y el aroma de las ollas en las que se hervían arroz salvaje, setas y verduras, aderezadas con ajo y cebolletas de primavera, competían con las risas y ovaciones dedicadas a los bailarines celestiales, que ejecutaban su danza desde las barras aéreas y las cuerdas colgadas de las ramas más altas de los árboles que rodeaban la explanada. Los bailarines vestían prendas de vivos colores, y tanto los hombres como las mujeres llevaban el cabello teñido de todos los colores imaginables: desde el púrpura de la remolacha al rosa de las camelias, pasando por el azul de las flores del cornejo. Nik observó cómo se lanzaban grácilmente desde sus pértigas y cómo giraban y caracoleaban, agarrándose a las barras de equilibrio apenas un instante para después elevarse y volver a caer en picado, sus movimientos siempre acompasados con la música. Parecían una bandada de hermosas aves. Nik se unió a los vítores del resto de la tribu cuando la música fue *in crescendo* y los bailarines parecieron desafiar la gravedad con su gran final. Después, se abrió camino entre la multitud, sonriendo y devolviendo felicitaciones mientras los festejantes, a todas luces embriagados por los ríos de cerveza primaveral que corrían por toda la celebración, lo empujaban.

Sun ocupaba su lugar de siempre en la explanada. Sentada junto a él en el lugar de honor, Nik reconoció a la feliz y evidentemente borracha Rose, camarada de Fala. Nik se sintió enormemente aliviado por no ver a Thaddeus, aunque la mayoría de los ancianos estaban presentes en el festejo, sentados justo detrás de Sun.

Al ver que su hijo se acercaba, Sun le hizo un gesto con la mano y sonrió para darle la bienvenida. Nik le dedicó una respetuosa inclinación de cabeza a su padre y felicitó a Rose.

—Enhorabuena por la camada de Fala. ¿Cuántos cachorros ha tenido?

—¡Ciiinco! —balbució Rose—. Han sssido ciiinco. Grandesss, negrosss y sssanos. Por todosss los diosesss, mi chica ha hecho un buen trabaaajo. —Rose alzó su vaso y Nik se dio cuenta de que era casi tan grande como una jarra.

—¡Por Fala! —exclamó la mujer.

—¡Por Fala! —repitieron Nik y los que estaban más cerca de ella. Entonces, se acercó a su padre. Sun le hizo sitio para que Nik pudiera sentarse a su lado.

—¡Que le traigan a mi hijo un vaso de cerveza! —gritó Sun.

Casi inmediatamente, un vaso de espumosa cerveza primaveral se materializó en su mano.

—Buena fiesta —dijo Nik tras dar un largo sorbo.

—Sí, las mejores fiestas son las que celebran el nacimiento de nuevos cachorros —dijo Sun.

Nik le dedicó a su padre una ceja enarcada.

—¿Y cuánta fiesta has tenido tú hoy?

Sun imitó la expresión de su hijo.

—No tanta como para no poder escuchar tu informe. Eso, si es que hay algo de lo que tengas que informarme.

Nik bajó la voz y acercó la cabeza a la de su padre.

—Tengo algo que contarte, pero no quiero hacerlo aquí.

Sun asintió una única vez antes de dirigirse a Rose.

—Camarada, el deber me llama. Pero, de nuevo, permite que os felicite a ti y a Fala por sus cachorros. Que el sol os bendiga a vosotras y a ellos, y os ayude a prosperar.

—Graciasss, Sun —balbució, arrastrando las letras.

Sun miró por encima del hombro y buscó con la vista al Anciano Superior.

—Cyril, ¿te importaría ocupar mi sitio? Necesito hablar con Nik.

—¡Por supuesto! —El hombre de cabello cano se movió con una ligereza que avergonzaría a muchos hombres más jóvenes cuando él y su pastor de hocico gris se movieron hacia delante—. Además de tu sitio, ¿me dejarás tu cerveza?

Sun sonrió.

—Esta, amigo mío, me la llevo conmigo. Tengo la sensación de que me va a hacer falta cuando termine de hablar con Nik.

Los ojos color musgo de Cyril se posaron en Nik. Este asintió y sonrió al anciano.

—Salve, Cyril.

—Salve a ti también, Nikolas. ¿De verdad tienes que hablar con Sun, o solo te usa como excusa para irse temprano a la cama? —Cyril bajó la voz hasta convertirla en un amago de susurro—. Bueno, ya sabes que se está haciendo viejo…

Nik sonrió con malicia.

—Eso le digo yo. —De los doce ancianos que conformaban el gobierno del Consejo de la Tribu, su preferido siempre había sido Cyril. Era el único anciano que parecía querer estar en contacto con los miembros más jóvenes de la tribu, y también era el único que había mantenido intacto su sentido del humor tras haber sido elegido miembro del Consejo.

—Me voy pronto a la cama porque allí suelo encontrarme con una hermosa y sensual camarada —dijo Sun. Mientras Cyril reía, el Sacerdote Solar le dio un leve coscorrón a Nik y dijo—: Venga, vamos.

—Sí, señor, ya voy —dijo Nik—. Cyril, Davis no debería tardar en llegar. Tiene que informaros de un incendio que hemos apagado hoy en territorio de los escarbadores.

—¿Un incendio? —Sun se detuvo y retrocedió para volver a acercarse a Cyril y que nadie más escuchara su voz—. ¿Ha habido algún herido? —preguntó.

—Ningún camarada ha resultado herido de gravedad. Davis y su Cameron se han chamuscado un poco. Creo que Thaddeus y Odysseus no han sufrido ningún daño.

—¡Eso esss! ¡Bebamosss por Thaddeusss y sssu Odysseusss! ¡El sssemental de losss cachorross de mi Fala! —Rose alzó otra jarra rebosante y la multitud rompió a gritar.

Sun suspiró.

—Ahora entiendo por qué Thaddeus no ha venido antes a informarme.

—Ser camarada de un semental no es excusa —dijo Cyril.

Nik tuvo cuidado de adoptar una expresión neutral, levemente preocupada, mientras se apuntaba mentalmente un tanto en el equipo de los buenos. Ahora, los ancianos agradecerían a Davis que acudiera a informar de lo sucedido, mientras que Thaddeus se llevaría una merecida reprimenda. *Misión cumplida*, pensó Nik.

—Ve con Nikolas. Yo me quedaré aquí, esperando a Davis y su informe. ¿Deberíamos convocar una reunión del Consejo cuando anochezca? —preguntó Cyril.

Sun miró a Nik, que negó con la cabeza casi imperceptiblemente.

—No creo que sea necesario reunir al Consejo para amonestar a Thaddeus —dijo Sun.

—Tienes razón. Escucharé a Davis y luego hablaré con Latrell. Estoy seguro de que se le ocurrirá un escarmiento adecuado para el granuja —dijo Cyril.

—Pero que no sea esta noche. Esta noche, deja que Davis se tome una copa. Y tú vuelve a las tuyas, viejo amigo. Los trámites desagradables pueden esperar a mañana —replicó Sun.

—Estoy de acuerdo —concordó Cyril.

—Vamos, Nik.

A Nik le sorprendió que su padre no lo llevara de vuelta a su nido. En cambio, le dijo algo en voz baja a Laru. El pastor trotó frente a ellos para que la alegre concurrencia les abriera paso mientras ellos cruzaban la amplia plataforma y ascendían por las escaleras de caracol hasta la plataforma de Sun.

Durante un segundo, ninguno de los dos hombres habló. Ambos permanecieron callados, el uno junto al otro, con Laru sentado entre ellos. Nik acarició el espeso pelaje del pastor con la mirada perdida en las luces parpadeantes y los espejos que centelleaban, como luciérnagas, sobre la ciudad en las alturas.

—He adelantado la inspección de aprovisionamiento a Ciudad Puerto. Tendrás que estar preparado para partir con la próxima luna llena.

Nik parpadeó, sorprendido.

—¿Tan pronto? Eso es en… ¿dos semanas, más o menos?

—Sí, un poco más. Quería esperar hasta que los días fueran más largos, pero… —La voz se le quebró, y Sun hizo un gesto que abarcaba a su alrededor.

—Sí, lo entiendo. La tribu está superpoblada.

—Y de la superpoblación surgen desavenencias… —replicó Sun.

—Hablando de desavenencias, necesito contarte lo que ha pasado hoy.

Sun se giró y se apoyó contra la balaustrada tallada, de frente a Nik, para poder mirar a su hijo a los ojos.

—De acuerdo. Cuéntamelo.

Nik inspiró hondo y expulsó el aire de golpe, diciendo:

—Te va a parecer increíble, y seguramente yo esté equivocado. Es muy probable que haya malinterpretado lo que he visto. Pero, padre, te juro que lo que voy a contarte es lo que creo que es cierto.

Sun estudió a su hijo con detenimiento.

—Nikolas, nunca me has dado ningún motivo para dudar de tu franqueza, y tampoco lo haré ahora. Cuéntamelo todo.

Y eso hizo Nik. No se guardó nada para sí. Describió la Asamblea junto al arroyo y cómo Thaddeus había insistido en que Davis y él soltaran a los terriers para perseguir a la escarbadora.

—¡Por amor del fuego solar! ¡Le dejé muy claro a Thaddeus que no debía cazar escarbadores!

—Yo también, y no sirvió de nada. La mujer se asustó.

—Es entendible. Acabábamos de hacer prisioneras la noche anterior —opinó Sun.

—Y, presa del pánico, cayó por una orilla escarpada y se rompió el cuello —dijo Nik.

Sun sacudió la cabeza para negar y, casi de forma automática, susurró:

—Que la luz del sol la guíe al Más Allá.

—Padre, antes de morir habló conmigo.

—¿De verdad? ¿Qué te dijo?

—Fue muy extraño. Me acerqué para ver si podía hacer algo por ella. Me miró como si se alegrara de verme. Como si se alegrara enormemente. Me dijo que sabía que volvería con ella. Y, entonces, murió.

—¿Y por qué iba a alegrarse de verte una escarbadora?

—No creo que me estuviera viendo. Me llamó Galen, como si a quien tuviera delante fuera a él, en vez de a mí.

A Nik le sorprendió la reacción de Sun. El color abandonó el rostro de su padre y sus ojos se cerraron como si lo hubiera asaltado un dolor repentino. La mano que se pasó por la cara le temblaba. Laru se revolvió, ladrando lastimeramente y apretándose contra el costado de su camarada.

—¿Padre? ¿Qué sucede?

—Yo… Yo conozco ese nombre.

—¿Galen? ¿Conoces a un escarbador llamado Galen?

Sun clavó sus ojos en los de Nik.

—No. Conocí a un camarada llamado Galen. Y tú también.

—Padre, ¿de qué estás hablando?

—Cuéntame el resto y te lo explicaré. ¿Cómo empezó el incendio? —preguntó Sun.

Nik tragó saliva, a pesar de la sequedad que tenía en la garganta. Deseó haber traído consigo el vaso de cerveza.

—Esta es la parte increíble.

—Adelante, hijo.

—La mujer murió, y, entonces, en el otro lado del arroyo, vi a una hembra joven de escarbadora. Estaba escondida bajo las ramas de un gran sauce. Gritaba: «No, no», y me miraba. Antes de poder hacer o decir nada, sus ojos se transformaron, padre. Resplandecieron con nuestro color: el color de la luz solar. Levantó los brazos, y la maleza que la rodeaba estalló en llamas. Fue ella quien lo causó. No me lo he imaginado, te juro que no me lo he imaginado. Esa escarbadora puede invocar la luz solar y canalizar el fuego, igual que tú. —Nik se quedó muy quieto, esperando que su padre resoplara, se riera o le tratara con condescendencia.

—¿Quién más sabe esto?

—Thaddeus y Davis también estaban allí, pero no vieron a la chica. En cuanto la maleza empezó a arder, ella desapareció.

—¿Cómo creen ellos que se originó el fuego?

—Thaddeus cree que los escarbadores nos tendieron una trampa. Pero Davis no está de acuerdo. Él se cree la versión que yo le he dado.

—¿Que es…?

—Le dije que debía de haber algún otro escarbador en la cercanía y que los dos huyeron cuando nos vieron llegar, que perdieron el control de alguna hoguera que incendió la maleza seca alrededor del sauce.

—¿Y dices que Davis se cree tu versión?

Nik asintió.

—Y eso es de lo que va a informar a Cyril.

—Bien. Bien —Sun se enjugó el ceño con una mano temblorosa.

—Padre, ¿me crees?

—Completamente —dijo Sun.

—¿Crees incluso lo que te he contado sobre la chica en llamas? ¿La escarbadora?

—Creo especialmente lo que me has contado acerca de ella, Nik. Y no creo que sea una escarbadora. No, al menos, una escarbadora pura sangre.

—No lo entiendo.

—Me temo que yo sí —respondió Sun—. Y está relacionado con Galen.

—¿Quién es Galen?

—Quién era, más bien —dijo Sun—. Era mi amigo. Hasta que lo maté. Y creo que también fue el padre de esa chica, lo que la convierte en mitad escarbadora, mitad camarada.

19

Nik se quedó mirando a su padre, profundamente conmocionado. *¿Cómo puede ser eso cierto? Padre es un buen hombre, un hombre bondadoso, el espíritu de la tribu. ¿Cómo es posible que matara a su amigo?*

—Fue hace mucho tiempo —dijo Sun en voz baja, en un tono que destilaba un antiguo arrepentimiento—. Ya hace casi veinte años de eso. Eras tan pequeño que no me sorprende que no te acuerdes de Galen, pero estoy seguro de que sí te acuerdas de su pastor, Orion.

Nik pestañeó, sorprendido.

—¡Orion! ¡Claro que lo recuerdo! ¡Era enorme! O, al menos, lo era en mis recuerdos infantiles.

—Orion fue el pastor más grande que ha habido jamás en la tribu. Ni siquiera Laru es tan grande como lo fue aquel portentoso macho.

—Espera, sí que recuerdo a su camarada. Se marchó para unirse a una tribu norteña. Recuerdo que lloré porque no pude despedirme de Orion. —Nik cruzó una mirada con su padre—. Me dijiste que Orion y Galen tenían que viajar al norte porque aquella tribu necesitaba un semental de pastor para engendrar una nueva estirpe.

—Eso fue lo que le contamos a todo el mundo —respondió Sun—. Que nunca llegara a reunirse con aquella tribu del norte fue la tragedia que lloramos su familia y yo.

—Pero entonces no le mataste, ¿verdad? Murió durante su viaje al norte.

Sun tomó una profunda bocanada de aire, y a Nik le dio la sensación de que envejecía ante sus ojos.

—Yo lo maté. Y también maté a Orion. Es algo que lleva pesándome casi veinte años.

Nik se pasó la mano por la cara en una siniestra imitación del gesto que su padre hacía cuando estaba profundamente turbado.

—No lo entiendo.

—Galen cometió un sacrilegio.

—¡Por amor del fuego solar! ¿Destruyó una Planta Madre?

Sun negó con una sacudida de cabeza.

—No, robó las hojas de cuna. Muchas, y con gran frecuencia.

—Padre, esto no tiene sentido. ¿Por qué robaría un camarada hojas de cuna, a menos que hubiera un niño que...? —La revelación le llegó a Nik como si alguien le acabara de propinar un puñetazo en el estómago—. La chica. Robó las hojas para la escarbadora.

—Ellos se denominan caminantes terrenos, no escarbadores —dijo Sun lentamente—. Nik, lo que estoy a punto de decirte no se lo he contado a nadie en casi veinte años. Cyril conoce la historia. Tu madre también la conocía. Todos los demás que alguna vez la conocieron están tan muertos como Galen y Orion.

—De acuerdo, padre, adelante. Te escucho, y juro guardar tu secreto.

—Gracias, hijo.

Sun clavó la vista en el horizonte, ya oscuro, y empezó a hablar. Al principio, su voz sonaba áspera, titubeante, como si le costara encontrar las palabras adecuadas para relatar su historia. Sin embargo, a medida que iba hablando, adoptó una cadencia distinta, como si estuviera surcando las aguas del pasado con su relato.

—Galen y yo teníamos la misma edad: nos criamos juntos. Fuimos elegidos camaradas el mismo año. Incluso estuvimos enamorados de la misma mujer. —Sun respondió a la expresión de asombro de su hijo con una sonrisa—. Sí, Galen amaba a tu madre, y ella lo amaba a él. Afortunadamente para mí, su amor por él era como el que una hermana tiene por un hermano, y su amor por mí iba mucho más allá.

—¿Galen estaba resentido contigo porque madre te eligió a ti?

—No; o, al menos, no lo estuvo durante mucho tiempo. El resentimiento no formaba parte de la naturaleza de Galen. Era la mejor persona que he conocido nunca. Solo lo vi furioso una vez, y no tuvo nada que ver con tu madre.

—¿Fue cuando lo descubriste robando hojas de la Planta Madre?

—No. Aquella vez no se mostró furioso. Se mantuvo callado. Y fue valiente. Me perdonó. Incluso me perdonó que matara a Orion. —Sun volvió a pasarse la mano por la cara y se enjugó las lágrimas. Cuando volvió a hablar, su voz retomó otra vez el ritmo, y no titubeó—. Galen fue el mejor aprovisionador que he conocido nunca y, posiblemente, también fue el mejor aprovisionador que ha tenido la tribu. Sin embargo, no lideraba partidas de guerreros a Ciudad Puerto y otras ruinas: Orion y él preferían ir solos a buscar provisiones. Ambos tenían la habilidad de moverse casi en absoluto silencio. Resultaba realmente asombroso ver cómo aquel gigantesco pastor era capaz de convertirse en un fantasma. Baldrick, el Sacerdote Solar al que sucedí, le puso ciertas restricciones a Galen, y decretó que su valor para la tribu era demasiado elevado como para que realizara sus expediciones solo. Cuando yo ocupé su puesto, retiré todas esas restricciones. —Sun suspiró y sacudió la cabeza para negar—. Era joven y pensaba que sabía más que el anciano que me precedió. Estaba equivocado. Si hubiera insistido en que Galen formara equipo con otro camarada, no habría pasado lo que pasó.

—Padre, ¿Galen violó a una escarbadora?

—No, hijo. Yo creo que Galen se enamoró de una caminante terrena.

—¿La mujer que ha muerto hoy?

—Sí.

—¿Cómo pudo suceder?

—Desconozco los detalles. Cuando abandonaba la tribu durante días y días, nadie le interrogaba sobre sus ausencias, porque para él aquella era la norma. Galen y Orion buscaban provisiones en solitario. Galen siempre volvía con tesoros, y yo siempre me alegraba de darle la bienvenida, a él y a los dones que traía consigo. —Sun acarició a Laru, como si necesitara el consuelo que le proporcionaba el contacto con su can—. Pero incluso entonces supe que algo en el interior de Galen había cambiado. En una ocasión, nos tocó hacer juntos una guardia de vigilancia, y dos escarbadoras intentaron escaparse de la Granja. Las disparé y las maté en cuestión de segundos, tal y como dicta la ley. Esa fue la única vez que vi furioso a Galen. Empezó a gritar, a decirme que, si estuviéramos en su lugar, si fuéramos prisioneros cautivos, también nosotros intentaríamos escapar. Yo le recordé que los escarbadores no eran capaces de protegerse a sí mismos, que había que cuidar de ellos como de niños que no son capaces de madurar. Jamás se me olvidará lo que me dijo entonces. Me dijo que no eran escarbadores, sino caminantes terrenos, y que eran distintos a los miembros de la tribu, pero no inferiores a nosotros. Me dijo que sus vidas estaban regidas por una conexión con la tierra, una simplicidad y una belleza de la que nosotros carecemos, y también que eran tremendamente valientes.

—¿Te explicó a qué se refería?

Sun negó con una sacudida de cabeza.

—Cuando su furia se apaciguó, me pidió perdón y me dijo que lo único que pasaba es que no soportaba que los matáramos. No insistí. Debería haberlo hecho, pero no lo hice.

—Debió de parecerte que estaba loco de atar —opinó Nik.

—En aquel momento, así fue. Pero, en los inviernos que se han sucedido desde entonces, he terminado por cambiar de opinión.

—¿Pero no llegó a confiarte que estuviera con una escar…, quiero decir, con una caminante terrena?

—No hasta justo antes de que lo matara. —La mirada de Sun pasó del horizonte a su hijo—. Incluso después de tantos años me cuesta pensar en ese día, aunque tampoco consigo nunca alejarlo por completo de mi mente. Espero que tú puedas perdonarme, porque yo no creo que sea capaz de perdonarme a mí mismo.

—¿Cómo sucedió? —quiso saber Nik.

—Nadie se habría dado cuenta de lo que estaba haciendo Galen si Cyril no lo hubiera visto llevando las hojas al bosque. Galen fue muy astuto: solo cortaba una hoja de cada planta, y aquello no era suficiente como para levantar sospechas, la falta era apenas imperceptible. Una mujer, la más anciana del grupo que se dedicaba a cuidar las Plantas Madre, le mencionó a Cyril que estaba preocupada porque el número de hojas no le cuadraba. A Cyril acababan de nombrarlo miembro del Consejo de ancianos en aquel momento, y era muy diligente en sus tareas. Aunque la anciana no sospechaba que alguien estuviera cometiendo sacrilegio y robando de las plantas, Cyril fue lo suficientemente pragmático como para ponerlo en duda. Sin compartir sus sospechas con nadie, empezó a vigilar los Árboles Madre. Una noche, en el momento más tranquilo, entre la medianoche y el amanecer, vio a Galen acercándose a hurtadillas a las Plantas Madre y cortando una única hoja de cada planta madura.

—Es prácticamente increíble —dijo Nik—. ¿Y Cyril no lo detuvo?

—Cyril era un anciano, no un guerrero. No le correspondía a él ejecutar una sentencia de muerte. También sabía la conmoción que supondría para los mismos cimientos de la tribu que Galen fuera acusado públicamente y ejecutado. A él toda aquella situación le parecía tan increíble como a ti.

—Así que Cyril te lo contó —dijo Nik.

Sun asintió.

—Eso hizo. Quería ofrecerle a Galen la oportunidad de redimirse, de explicar por qué estaba robándole algo tan preciado a la tribu. Seguimos a Galen, Cyril con su Argos y yo con Sampson. —La mirada de Sun volvió a perderse en el distante horizonte—. El rastro de Galen era tan fácil de detectar que casi resultaba ridículo. A menudo he pensado que quizás quería que lo atraparan, aunque probablemente eso no sea más que un reflejo de mi propia culpabilidad. Dimos con él en una pequeña charca, alimentada por una cascada de escorrentía. No tenía las hojas consigo, pero admitió haberlas robado. Y dijo que volvería a hacerlo. También dijo que no lo lamentaba, que jamás lo lamentaría.

»Cyril lo interrogó, intentó que nos llevara hasta el niño para el que había robado las hojas. Galen se negó. Aceptó su sentencia de muerte. Justo antes de que yo la ejecutara, me susurró al oído: "Sun, la amo. Las amo a ambas".

»Entonces, me miró a los ojos y me perdonó. Me pidió que después de acabar con él ejecutara también a Orion para que no agonizara lentamente de pena. Le pidió a Orion que se tumbara, que se quedara quieto, que se pusiera cómodo, le dijo que no pasaba nada y que pronto volverían a estar juntos. Le corté el cuello a mi amigo, y luego hice lo mismo con su can. —Sun dejó de hablar y agachó la cabeza. Nik se dio cuenta de que su padre estaba llorando.

—Debió de ser terrible —dijo Nik en voz baja, secándose las lágrimas que también brotaban de sus ojos.

—Es lo peor que he tenido que hacer nunca. Desde entonces, no ha pasado un solo día sin que no me haya arrepentido de ello.

—Pero sentiste que no tenías alternativa —dijo Nik, intentando comprender a su padre.

—Esa no es excusa para un acto tan infame. Debería haber traído a Galen a la tribu para que los ancianos lo sometieran a juicio. Tal vez el veredicto habría sido distinto —dijo Sun.

—¿El resto de los ancianos saben lo que pasó en realidad?

—Cyril les contó que Galen admitió haber estado robando de la tribu. Que no mostró ningún arrepentimiento por sus acciones y que tampoco dio ninguna explicación de por qué había estado robando las hojas de las Plantas Madre. Cyril informó de que había dictado sentencia y de que había sido testigo de cómo dicha sentencia se ejecutaba. Los ancianos se quedaron profundamente conmocionados. Debatieron mucho sobre lo que podría suceder con la moral de la tribu si descubrían que un camarada tan respetado y querido como Galen había enloquecido de esa manera y que había sido ejecutado por su nuevo Sacerdote Solar. El Consejo votó por ocultar lo que había sucedido. Fue a Cyril a quien se le ocurrió la coartada de que Galen y Orion se habían trasladado al norte. Aquella mentira tenía un cierto tinte de realidad. Una tribu norteña había hecho un llamamiento para que se les enviaran sementales de pastor y poder engendrar nuevas camadas.

—Y el viaje es peligroso, sobre todo si un camarada y su pastor insisten en viajar solos —concluyó Nik por él.

Sun dio media vuelta de nuevo y miró a su hijo.

—Ese es el embuste que contamos. Y yo lo lamento muchísimo. Lo lamentaré eternamente.

Nik miró a su padre. Intentó imaginárselo matando a un buen hombre y al can al que estaba unido y, de repente, sintió como si el mundo entero se hubiera tambaleado y todo se hubiera quedado torcido. Las náuseas lo invadieron y la cabeza empezó a palpitarle.

—Nikolas, ¿podrás perdonarme?

Aquella vez, Nik titubeó antes de contestar.

—Te perdono —dijo muy despacio—. Padre, yo no tengo derecho a juzgarte. Hiciste lo que creías que tenías que hacer, y los ancianos hicieron lo que creyeron mejor para el bienestar de nuestra tribu. Pero lo que pasó fue horrible, no puedo ni imaginar lo que ha supuesto para ti arrastrar un secreto así durante todos estos años.

—Ha sido una carga, una carga que ahora compartes conmigo, hijo. También te pido disculpas por ello.

Nik enderezó la espalda y notó el peso de esa carga. Deseó poseer la habilidad de hacer retroceder el tiempo para dejar de saber lo que hasta hacía unos minutos desconocía. Pero no podía decirle aquello a su padre. La culpa y el remordimiento en el rostro de Sun expresaban claramente lo insoportable que había sido para él guardar aquel secreto.

Recorrió los pocos pasos que lo separaban de su padre y lo abrazó, estrechándolo con fuerza y sorprendiéndose al reparar en que sobrepasaba en altura a su padre por algunos centímetros. ¿Cuándo había sucedido eso?

—Gracias, hijo. Gracias —replicó Sun, liberándose del abrazo de Nik y secándose los ojos—. Comprendes por qué tenía que contártelo, ¿verdad?

Nik asintió muy despacio.

—La muchacha en llamas es la hija de Galen.

—Debe de serlo.

Entonces, una idea golpeó a Nik con tal fuerza que casi se tambaleó.

—Padre, el cachorro. Mi cachorro. ¿Crees que podría estar buscando a esta chica para unirse a ella?

La expresión de asombro de Sun le dijo mucho más que sus palabras.

—¡Por amor del fuego solar, Nik! Si lo que dices es cierto, hay un cachorro ahí fuera buscando a una chica huérfana que ha sido criada como una escarbadora.

—¿Lo aceptará si la encuentra? ¿Lo matarán el resto de los escarbadores? ¿La matarán a ella, quizá?

—Desconozco las respuestas a esas preguntas. Desconozco las reglas de su sociedad, ninguno de nosotros las conoce —dijo Sun—. Debes encontrarla, Nik. Debes encontrarla cuanto antes.

—Y, si lo hago, encontraré a mi cachorro —dijo Nik.

Sun apoyó la mano en el hombro de Nik.

—Hijo, si lo encuentras con ella, tienes que entender que entonces será su cachorro, no el tuyo.

—Bueno, pero al menos lo encontraremos —dijo Nik, sintiéndose revuelto y vacío—. Es irónico que ahora mismo esté prácticamente en la misma posición que Galen. —Su padre le dedicó una mirada inquisitiva y Nik se explicó—: Tengo que buscarla yo solo, igual que hizo él.

—En absoluto, Nikolas. La tragedia de Galen sucedió porque yo decidí flexibilizar las reglas y permití que fuera a recolectar solo. Pero no pienso permitir que eso suceda de nuevo, y mucho menos que le suceda a mi hijo.

—Padre, sé razonable.

—Estoy siendo razonable. Estoy aprendiendo de mis errores pasados. No irás solo.

—¿Estás preparado para compartir tus secretos con el resto de la tribu? —preguntó Nik.

—No. Pero tampoco estoy preparado para perderte. No quiero que salgas ahí fuera tú solo. ¿En quién confías, Nik?

—¿Para un secreto de esta magnitud? ¡En nadie!

—No es necesario compartir todo el secreto, Nikolas, con una parte es suficiente. Solo debes compartir que viste a una escarbadora que parecía tener el poder de invocar la energía solar y que yo te he encargado confidencialmente, para que no cunda el pánico en la tribu, que averigües más sobre la chica en llamas. Y, al mismo tiempo, estarás buscando al cachorro.

—O'Bryan. Confío en él —respondió Nik—. Y, después de él, yo diría que en Davis.

—Confío más en la lealtad de O'Bryan. Para él has sido más un hermano mayor que un primo. Pero Davis me parece una buena segunda opción, y supongo que necesitarás las dotes de rastreo de un terrier. Comienza con O'Bryan, pero informaré a Latrell de que doy permiso a Davis y Cameron para rastrear contigo siempre que los necesites.

—Empezaré mañana mismo, al alba.

—Me temo que el mejor lugar para empezar con la búsqueda es regresar a esa Asamblea.

—Yo también lo creo.

—Llévate a O'Bryan mañana. A ver qué podéis descubrir vosotros dos solos.

—Así lo haré —estuvo de acuerdo Nik—. Solo pediré ayuda a Davis si O'Bryan y yo no somos capaces de encontrar el rastro de la chica o el cachorro.

Sun apoyó las manos en los hombros de Nik y le dio a su hijo una pequeña sacudida.

—Sé astuto, Nik. Y no corras riesgos. —Entonces, Sun lo abrazó con una fuerza que a Nik le pareció muy cercana a la desesperación. Antes de soltarlo, el Sacerdote Solar susurró—: Siento que tengas que llevar esta carga sobre tus hombros. Quiero que sepas que lo lamento.

Nik cerró los ojos y le devolvió el abrazo a su padre. En voz alta, dijo:

—No pasa nada, padre. Está bien.

Sin embargo, para sus adentros, Nik reconoció en silencio: *Yo también lo lamento. Lo lamento muchísimo…*

20

Si no hubiera sido por Rigel, Mari también habría perecido en las semanas que siguieron a la muerte de Leda. No es que hubiera valorado realmente la posibilidad de suicidarse: por su mente no circulaban pensamientos como saltar de un acantilado, ahogarse en un río o adentrarse en Ciudad Puerto y permitir que los monstruos que gobernaban sus ruinas le arrancaran la piel a tiras hasta que la vida abandonara su carne. No, Mari no habría hecho ninguna de esas cosas.

Sencillamente, habría dejado de vivir.

No habría luchado por salir de la cama y alimentarse para tener energía y poder alimentar también a Rigel. Habría dejado de hacerlo absolutamente todo: habría dejado de comer, de beber y, finalmente, de vivir. Mari se habría hecho una bola en el camastro de Leda y habría permanecido allí hasta unirse a su madre en la muerte.

Sin embargo, Mari no podía sentenciar a Rigel a la misma suerte. Sabía que el can moriría con ella. Lo sabía desde el día del incendio en la Asamblea. Si lo deseaba con la fuerza suficiente, su pastor se tumbaría en el camastro junto a ella y los dos dormirían el sueño eterno.

Y Mari no podía pedirle eso. Había escapado de la Tribu de los Árboles y se había abierto camino a través del infierno del bosque para encontrarla, para elegirla como camarada de vida, una vida que ni siquiera había tenido oportunidad de vivir todavía. Se merecía algo mejor que compartir con ella una tumba.

Así que Mari vivía por Rigel.

La mañana del primer día fue la peor. Mari despertó en la cama de Leda, con Rigel al lado. En ese momento, entre el sueño y la vigilia, su madre aún seguía viva y, durante unos pocos latidos,

Mari no entendió por qué había dormido en la cama de Leda, por qué se sentía tan dolorida, tan entumecida. Tan sucia...

—¿Mamá? —la llamó, bostezando y estirando sus rígidos miembros. Rigel lloriqueó, se frotó contra ella, despertándola por completo, y su cruel memoria cobró vida.

Leda había muerto.

Rigel y ella estaban solos.

Mari se hizo un ovillo y empezó a sollozar. *¿De dónde salen todas estas lágrimas? ¿Se acabarán alguna vez? Deberían hacerlo. Por favor, que lo hagan.*

No tenía nada de hambre, solo sed. Mari se dirigió muy lentamente al gran aljibe de piedra que Leda y ella habían llenado el día anterior, justo antes de salir a cubrir el rastro de Rigel. Se quedó ahí de pie, mirando al agua, incapaz de distinguir su reflejo bajo la espectral luz que arrojaban los hongoritos y la musguinescencia. Mari rozó la superficie líquida, fría y atrayente, con las yemas de los dedos. Usó el cucharón pequeño para rellenar primero el cuenco de madera que usaba Rigel y el cachorro empezó a beber agua a lametones, casi con desesperación. A continuación, Mari bebió, bebió y bebió, con tragos largos y profundos, uno, dos, tres cacillos llenos a rebosar.

Después de beber, se secó la boca, se acercó a la ventana y miró hacia la oscuridad.

—Hemos dormido el día entero, puede que incluso más —Mari habló para Rigel igual que hacía siempre, pero intentó no pensar en la realidad: que el cachorro era lo único que le quedaba, su único motivo para vivir.

Rigel también había terminado de beber y daba vueltas a su alrededor, resoplando y mirando la puerta con expectación.

—Ya entiendo, tienes que salir. Vamos a tener que hacer esto de otra manera. Ahora tenemos que tener más cuidado que antes. Antes..., cuando Leda estaba viva.

Mari guio lentamente a Rigel a través de las ramas y luego lo obligó a permanecer oculto entre los arbustos espinosos mientras ella se adelantaba y atisbaba la oscuridad en busca de peligros. La luna creciente estaba alta en el cielo despejado. El bosque parecía tranquilo. Mari regresó a toda prisa con Rigel, con los brazos abiertos de par en par.

—¡Sube! —le gritó, y Rigel trotó alegremente hacia ella y saltó a sus brazos abiertos—. Vamos a tener que seguir practicando esto para que yo pueda levantarte en brazos. No puedo dejar que andes suelto fuera de la madriguera. No puedo arriesgarme a que te encuentren. —Mari cargó con Rigel, se alejó bastante de su madriguera y lo dejó en el suelo para que hiciera sus necesidades. Solo entonces se dio cuenta de quién debía realmente ocultarse—: De todo el mundo —le dijo al cachorro mientras este la observaba con su inteligente mirada ambarina—. Tenemos que ocultarnos de los camaradas que andan buscándote, y tenemos que escondernos de Sora y del resto de los escarbadores. —Mari dio un largo y triste suspiro y soltó el aire muy despacio mientras notaba cómo el peso de la realidad se asentaba profundamente sobre sus hombros—. No tenemos amigos, Rigel. Creo que no podemos confiar en nadie.

El cachorro se acercó hasta donde Mari estaba sentada y apoyó la cabeza sobre su hombro. Suspiró y, recostándose contra ella, le transmitió sentimientos de calor, amor y aceptación.

—Tienes razón. Podemos confiar el uno en el otro, y eso es suficiente. —Mari rodeó a Rigel con los brazos y enterró el rostro en el espeso y suave pelaje de su cuello.

El cachorro permaneció muy quieto, compartiendo su calor y su amor con su camarada y Mari solo se movió cuando el estómago del can rugió con ferocidad.

—Hambre. Debes de tener hambre. Mamá dejó un poco de conejo ahumado para nosotros. Puedo hacer un estofado y, luego, nosotros… —Mari se quedó sin voz. *¿Nosotros qué? Mamá no está aquí.* Mari sacudió la cabeza—. No. No voy a pensar en ello. Comeremos. Eso es lo único en lo que tengo que pensar ahora mismo. —El sonido de algo que se arrastraba entre los arbustos a sus espaldas hizo que Mari se incorporara y gritara—. ¡Rigel, arriba!

Estrechó al cachorro contra ella y se alimentó con la fuerza del animal, a pesar de que tenía el cuerpo agotado y la mente ahogada en la tristeza.

Fue mientras preparaba el estofado cuando Mari decidió cambiarlo todo.

—Solíamos dormir por el día y quedarnos despiertos durante la mayor parte de la noche, esperando a mamá. Ya no podemos hacer eso, Rigel —Mari iba dando voz al torrente de pensamientos que circulaba por su mente mientras cortaba zanahorias y cebollas para el estofado—. Los únicos que salen solos de noche son los hombres enloquecidos por las Fiebres Nocturnas y… nosotros ya no tenemos que esperar a mamá. —Mari calló un momento y parpadeó para apartar de sus ojos las lágrimas que amenazaban con ahogarla—. Pondremos cepos y los revisaremos durante el día. Cuidaremos nuestros huertos y cosecharemos frutas, hierbas y verduras durante el día. Haremos todas las cosas que solíamos hacer de noche con mamá, pero las haremos durante el día. Y luego, Rigel, por la noche nos quedaremos aquí, en nuestra madriguera, a salvo y durmiendo.

Rigel estaba sentado junto a ella, observándola con atención mientras hablaba. El travieso espíritu típico de los cachorros, que le obligaba a tener todo el día el hocico metido donde no debía y mordisquear todo lo que quedara a su alcance (ya fuera una zanahoria o una de las piedras reservadas para la honda) había desaparecido por completo. En el transcurso de un día y una noche, Rigel había abandonado la juguetona actitud de un cachorro y ahora hacía gala del comportamiento serio y atento de un pastor adulto.

Mari se dijo que el cambio en Rigel era algo bueno. Sin embargo, en lo más profundo de su ser, le apenaba haber perdido a su cachorro.

—De acuerdo, tu estofado está listo. Aquí lo tienes.

Mari le sirvió una ración a Rigel y, al darse cuenta del entusiasmo con el que el can se lanzaba a por él y lo vacío que parecía de repente su vientre, añadió más estofado al bol. Después, continuó llenando el silencio de la madriguera con el sonido de su voz mientras removía el estofado y lo cocinaba más antes de servirse su propia ración:

—Bueno, ¿dónde nos habíamos quedado? Ah, sí, es verdad. Vamos a salir durante el día. Sé que el día implica sus propios peligros. Puede que algún miembro del clan me vea. Y, si además luce el sol, es probable que noten que mi piel resplandece. —Mari se quedó paralizada y dejó de remover el estofado, porque un nuevo y liberador pensamiento acudió a su mente—. Rigel, ¡da igual que me vean! —El cachorro dejó de comer y ladeó la cabeza para mirarla—. ¿No lo entiendes? A mamá le preocupaba que el clan descubriera cuál es mi verdadera naturaleza porque temía que nos desterraran y quería que el resto de los caminantes terrenos me aceptaran. Pero ahora todo eso ha cambiado. Ya no voy a seguir los pasos de mamá, nunca seré Mujer Lunar. No formo parte del clan de los tejedores. En realidad, nunca he formado parte del clan de mamá. Así que ya no importa si alguien me ve y piensa que tengo el cabello demasiado claro, o que mi piel resplandece bajo el sol porque… ¡yo misma me he desterrado del clan!

Mari se quedó allí, inmóvil, con el cacillo en la mano y la vista puesta en el estofado humeante, mientras intentaba que aquella nueva vida se aposentara en su piel y su alma. No iría por ahí alardeando de lo que la diferenciaba de los caminantes terrenos, pero tampoco evitaría la luz del día como llevaba haciendo la mayor parte de su vida. Sería cuidadosa. Se mantendría alejada de las Asambleas y las madrigueras del clan, pero los días de ocultarse de la luz del sol habían terminado.

Un pensamiento peregrino interrumpió su monólogo interno. *En el arroyo no me oculté del sol y el fuego vino a mí. Prendí el bosque en llamas. ¿Cómo? ¿Cómo lo hice?* Mari se estremeció. *Luego. Piénsalo luego. Ahora no.*

Se sirvió un plato de estofado y siguió pensando en alto.

—Tengo que tener cuidado de que nadie nos encuentre aquí, pero esta madriguera es algo que mamá y yo llevamos manteniendo en secreto toda mi vida. —Había todo tipo de trampas y triquiñuelas para hacer que la localización exacta de su madriguera se mantuviera en secreto. Mari las conocía todas de memoria y las dominaba con la misma pericia con la que era capaz de hacer que dibujos planos parecieran cobrar vida y respirar—. También debo asegurarme de que nadie te encuentra nunca, de que nadie te hace daño, de que nadie te aparta de mí. —Mari inspiró hondo varias veces para tranquilizarse—. Escondernos. Pienso entrenarte para que te escondas tan bien que podrás aparecer y desaparecer como el humo.

Rigel estornudó y volvió a roer los huesos de conejo. Mari le habría sonreído, pero parecía incapaz de conseguir que las comisuras de sus labios se levantaran.

Y ahora ¿qué? ¿Qué viene después de que hayamos cazado y recolectado, de que nos hayamos ocupado de las tareas cotidianas del día a día? ¿Qué hacemos entonces? ¿Cómo llenamos nuestras vidas?

Mari no reparó en que había vuelto a quedarse petrificada y que volvía a mirar, inmóvil, el caldero del estofado, hasta que Rigel ladró y se apretó contra su pierna.

—Perdona —se apresuró a responder, al tiempo que rellenaba su cuenco. Después, se sentó a su lado con su propia cena entre las manos—. Esto es lo que haremos: superaremos un día, y luego superaremos otro, y luego otro más. Juntos.

Decidida, Mari alzó la cuchara de madera y se obligó a tragar la primera cucharada, y después la segunda, y otra más mientras ignoraba las lágrimas que dejaban surcos en sus mejillas y el terrible dolor que sentía en su corazón.

A Mari le sorprendió que modificar sus patrones de sueño y los hábitos que los acompañaban les costara tan poco. Quizá en parte durmiera tan fácil y profundamente porque la única manera en la que podía escapar de la tristeza que inundaba sus días era en sueños. Leda seguía viva solo cuando ella soñaba y, solo cuando soñaba, Mari volvía a ser feliz y Rigel recuperaba su juguetón espíritu de cachorro.

Los gritos empezaron poco después del anochecer del séptimo día tras la muerte de Leda.

Para entonces, cerrar y atrancar la puerta tan pronto caía el sol ya se había convertido en costumbre. En ese momento, Mari estaba terminando el primero de los nuevos cepos que había diseñado para atrapar conejos vivos y Rigel mordisqueaba con satisfacción un hueso de venado de una pieza que ella había matado aquella misma mañana. El primer grito fue tan primitivo que Mari prácticamente lo ignoró: su cerebro asumió que aquel grito procedía de un animal, y no de un ser humano.

El segundo grito se escuchó más cerca y también resultó más identificable como grito humano. Rigel dejó su hueso y de su garganta escapó un grave gruñido.

—No te separes de mí —le dijo Mari, si bien sabía que no era necesario dar aquella orden. A menos que Rigel estuviera practicando sus habilidades de camuflaje y sigilo, el pastor nunca se apartaba de su lado y siempre mantenía a Mari dentro de su campo visual.

Mari desatrancó la puerta y ambos salieron por ella andando muy silenciosamente, moviéndose por entre el sinuoso sendero cubierto de espinas que rodeaba su madriguera y sin abandonar en ningún momento la protección de las zarzas. Mari y Rigel se detuvieron justo en la linde y se pararon a escuchar.

Los gritos que siguieron a continuación sonaban más lejanos, y cada uno de ellos parecía diluirse cada vez más en la distancia. Mari se mantuvo atenta hasta que ya no hubo nada más que escuchar, y Rigel y ella regresaron a la madriguera y atrancaron la puerta de nuevo.

Mari cogió su lápiz de carboncillo y sacó un folio de papel en blanco. El lapicero se le antojó extraño en la mano y le sorprendió reparar en que no había vuelto a dibujar desde el día en que Leda había muerto. De repente, su visión se vio invadida por imágenes de su madre (su sonrisa, sus delicadas manos, la frondosidad de su cabello, la ternura de sus ojos grises), y tuvo que luchar consigo misma para no trasladar todas aquellas imágenes al papel.

—Primero esto. Luego mamá. Ya dibujaré luego a mamá —dijo Mari y, aferrando el carboncillo con fuerza, empezó a tomar notas sobre los gritos.

Se dio cuenta de que debería haberlos contado, así que, en una nota aparte, apuntó: «LA PRÓXIMA VEZ, CONTAR LOS

GRITOS». Luego siguió anotando todo lo que sabía sobre la dirección de la que parecían proceder los sonidos, cuánto habían durado y cómo sonaban, como si ahí fuera hubiera una única persona aullando y, definitivamente, con voz masculina.

—Mañana nos mantendremos alejados del sureste —le dijo a Rigel—. Normalmente no nos adentramos mucho en esa dirección porque hay Asambleas y madrigueras, pero también hay frutos silvestres que ya deberían estar maduros. Tendremos que buscarlos más al norte, o apañarnos sin ellos. —Mari escribió otra nota aparte como recordatorio.

Entonces, Mari eligió una nueva hoja de papel en blanco. Acarició la suave superficie con la mano mientras cerraba los ojos y dejaba que la imagen de su madre se perfilara en su mente. Cuando se sintió preparada, abrió los ojos y empezó a dibujar.

Mari no tardó mucho. Como si acabara de despertar de uno de sus sueños, parpadeó, se frotó los ojos y luego bajó la vista para contemplar su creación.

Leda le sonreía. Estaba sentada junto a la chimenea, su lugar favorito para trenzar cestas. Su expresión emanaba aquella calidez y alegría tan familiares con las que Leda miraba a su hija desde que Mari tenía memoria. Con mucha suavidad, Mari recorrió el dibujo con las yemas de los dedos sin darse cuenta que de sus lágrimas se derramaban con una especie de chapoteo sobre el papel. Con un movimiento apresurado y tembloroso, secó la humedad y luego, llevando el dibujo consigo, se acercó al camastro que había sido de Leda y que ahora compartía por las noches con Rigel. Abrazando el papel contra sí, Mari se hizo un ovillo y Rigel se apoyó contra su espalda.

Aquella fue la única noche que Mari no se sumió tan fácilmente en un sueño exhausto. Aquella noche Mari permaneció mucho tiempo despierta, intentando escuchar más gritos y pensando…, pensando…

21

Mari y Rigel se despertaron al amanecer. Durante los primeros días, a Mari le sorprendió lo fácil que le resultaba cuadrar sus horas de sueño y vigilia con el sol. Si asomaba por el horizonte, se despertaba. Si el sol se había puesto, Rigel y ella se metían en la cama. En realidad, aquella sucesión de días que avanzaban con el sol les facilitaba la vida.

Era casi como si hubiera olvidado por completo la luna. Casi.

Mari dio de comer a Rigel y mordisqueó unas manzanas desecadas mientras terminaba los nuevos cepos para atrapar presas vivas en los que había estado trabajando durante los últimos días. Cuando tejió la última hebra en su lugar, levantó la trampa terminada y sonrió.

—¡Rigel, creo que lo he conseguido!

El cachorro alzó la cabeza de su cuenco de estofado de conejo, le dedicó un alegre resoplido y trotó hacia ella meneando todo el cuerpo. Mari lo acarició y lo besó en la cabeza.

—Vamos, termínate el desayuno. Luego tenemos que poner este cepo e ir a buscar setas.

Rigel obedeció, pero la reacción del can a su sonrisa y la emoción que destilaba su propia voz hicieron que Mari suspirara y la hizo reflexionar.

Es la primera vez que sonrío desde que mamá murió.

La idea la sorprendió, si bien no supo si su sorpresa se debía a la sonrisa en sí o a la reacción de Rigel, que le había hecho darse cuenta de lo triste que había estado, que ambos habían estado.

—No es justo para ti —le dijo al cachorro, que alzó de nuevo el hocico del cuenco para mirarla y meneó la cola con gesto titubeante—. Te mereces vivir en una familia feliz. Tenías una familia feliz. —Rigel ladró lastimeramente y Mari hizo un esfuerzo por que sus labios volvieran a sonreír.

Lo intentaré, por Rigel. Sonreiré por Rigel.

El pastor siguió mirando a Mari mientras terminaba su desayuno. Mientras tanto, ella empezó a ponerse la arcilla que endurecía sus rasgos bajo la atenta mirada del can, que no apartaba la vista de su camarada y golpeaba en el suelo de la madriguera con la cola.

A pesar de que apenas camuflaba sus facciones, la costumbre y el miedo la obligaban a sentarse todos los días en su escritorio y a modificar meticulosamente su reflejo. Lo que no había vuelto a aplicarse era el tinte capilar.

—Ya está bien. Me da igual que mi cabello sea distinto. Es que me da igual —le dijo Mari a Rigel, que resopló como si estuviera de acuerdo con ella.

Cuando estuvo preparada, Mari cogió el morral que dejaba preparado todas las noches antes de irse a dormir. Llevaba una herramienta cortante, su honda y varias piedras lisas; también el pellejo, que había rellenado de aceite de lavanda y agua salada, por si acaso la oscuridad los sorprendía todavía fuera de la madriguera y una manada de licarácnidos encontraba su rastro. Mari también envolvió unas cuantas sobras de conejo para Rigel y, para ella, una hoja de col rellena con una mezcla de pasta de semillas, cebolletas, tallos y las últimas reservas de setas que se había aprovisionado Leda.

—De acuerdo —le dijo a Rigel, deteniéndose justo frente a la puerta de la madriguera—. Nos dirigiremos en dirección opuesta a los gritos que escuchamos anoche. Lo bueno es que las setas tempranas salen siempre justo en dirección contraria, no muy lejos de aquí. Puedo colocar el cepo en el bosque de fresnos al que iremos a buscar setas. Cuando iba allí con mamá, las dos pensábamos que era un lugar magnífico para colocar trampas. —Mari guardó silencio un momento y esperó a que el dolor que le producía recordar las cosas cotidianas que Leda y ella solían hacer juntas se hiciera menos intenso. Luego, se animó y trató, en vano, de volver a sonreírle a Rigel—. Pero, aun así, debemos tener mucho cuidado. Y esto vamos a practicarlo mucho.

Mari se concentró e imaginó a Rigel acuclillado y en silencio, escondido justo en el vano de la puerta de la madriguera.

Antes de tener tiempo siquiera de pronunciar la orden, Rigel trotó ágil y sigilosamente por el interior de la madriguera y se acostó en el vano de la puerta, tal y como Mari había imaginado.

—¡Bien hecho! ¡Estoy muy orgullosa de ti! —Mari se acuclilló junto a él, le palmeó el lomo y lo besó mientras la cola del can se meneaba y tamborileaba contra la puerta y Rigel le lamía la cara.

Mi niña, no le niegues la alegría. Mari casi pudo escuchar la voz de su madre cuando tomó el cayado y empezó a guiar a Rigel a través del entramado de zarzas. Mari se obligó a reaccionar. Tenía que concentrarse en la realidad. Fantasear era peligroso. Tenía que reservar las fantasías para cuando Rigel y ella estuvieran a salvo en su cama, con la puerta atrancada frente a los peligros del mundo exterior.

Como siempre, se detuvieron en la linde de las zarzas. Mari observó y escuchó con atención, pero de lo que más pendiente estaba en realidad era de la actitud de Rigel. El cachorro siempre detectaba antes que ella si había algún peligro al acecho. Al ver que no mostraba ningún signo de preocupación, Mari salió de las zarzas, abrió los brazos y le gritó:

—¡Arriba!

Rigel saltó ágilmente a sus brazos y ella lo acomodó de tal forma que pudiera soportar su peso con el hombro izquierdo y dejar libres el brazo y la mano derechos.

—Estás empezando a pesar mucho —le dijo, y el can le lamió la oreja—. ¡No, no hagas eso! ¡O te soltaré y te estrellarás contra el suelo como una sandía! —El cachorro le apoyó la naricilla mojada contra el cuello. Mari casi se echó a reír, pero, acuclillada como estaba, para recoger el cepo, y con el esfuerzo de tener que cargar tanto la trampa como el cachorro, en vez de una risa lo único que pudo articular fue un gruñido de esfuerzo—. En serio, Rigel, tengo que empezar a practicar dentro de la madriguera. Tengo que levantarte y soltarte, levantarte y soltarte, y fortalecer los músculos. O eso, o tú dejas de comer y crecer… Y la verdad es que no creo que eso vaya a pasar.

Mari salió del bosquecillo de cedros rojos que bordeaba su madriguera, y evitó pensar en lo que haría cuando Rigel hubiera alcanzado su tamaño adulto y pesara más que ella.

A pesar de que era una mañana fresca y neblinosa, para cuando estuvo lo suficientemente lejos de la madriguera como para poder soltar a Rigel, Mari sudaba y jadeaba.

—Colina arriba. Los fresnos están colina abajo, pero tenemos que subir el promontorio antes de poder bajarlo. —Sacudió la cabeza y se enjugó el rostro con el dorso de la manga—. La próxima vez tendré que pensarlo mejor. Te llevaré en brazos hasta que estemos lejos de la madriguera, pero cuesta abajo, y luego daremos un rodeo para empezar a ascender. De acuerdo, los fresnos están justo ahí, doblando esa pronunciada curva en el sendero, en lo alto de la colina. —Se secó el rostro de nuevo y le hizo un gesto a Rigel para que la siguiera—. Vamos a ver si cazamos un par de conejos gordos y fértiles y encontramos unas cuantas setas para la cena.

Mientras se dirigían hacia el bosquecillo de fresnos, Mari probó a transmitirle a Rigel imágenes mentales de aquellas cosas que quería que hiciera. La primera, y la más importante de todas, era la orden de esconderse. Desde que Leda había muerto, Rigel parecía comprender mucho mejor lo importante que era ocultarse. Había dejado de curiosear por todos lados como un cachorro, de mordisquear y escarbarlo todo como solía hacer, en vez de camuflarse en silencio en el bosque. Así que Mari había decidido probar con nuevas órdenes. Se lo imaginó tumbado, le transmitió la imagen que había esbozado en su mente y se alegró al ver que el pastor se echaba inmediatamente boca abajo en el suelo.

—¡Buen chico, Rigel! ¡Buen chico! —Mari sonrió y acarició al cachorro, que meneó la cola y resopló con alegría. Desde aquel momento, Rigel acometía sin rechistar cualquier orden que Mari imaginara, siempre y cuando eso la hiciera sonreír—. Eres un pequeño chantajista —le dijo Mari, pasándole la mano por el hocico—. Ya me he dado cuenta de lo que estás haciendo: estás intentando alegrarme. Por eso te quiero. —Mari lo besó en la punta de la nariz y lo estrechó con fuerza con la esperanza de que algún día, más por él que por ella, fuera capaz de recobrar la felicidad.

Llegaron a la curva en el camino. Mari transmitió automáticamente una orden a Rigel y el can se ocultó en la vegetación aledaña, donde nadie que fuera por el camino o regresara por la misma dirección podría verle, pero sin perder de vista a Mari en ningún momento.

Mari dobló la curva, y ya estaba a punto de dejar que el cachorro saliera de nuevo cuando escuchó un grito de alivio junto a ella.

—¡Ahí estás!

Mari se quedó paralizada en el sitio y alzó la vista hacia las ramas de un gigantesco arce. Después, hubo una serie de apresurados chasquidos e improperios ahogados y, entonces, Sora se medio dejó caer, se medio cayó, del árbol.

—Por fin. He estado intentando encontrarte durante días. —Sora la fulminó con la mirada al tiempo que intentaba alisarse la sucia túnica y se arrancaba las hojas muertas de su larguísima y enredada melena.

—Te advertí de que te mataría si me seguías.

—Recuerdo perfectamente lo que me dijiste. Precisamente por eso no te he seguido, a pesar de que tus palabras fueron muy crueles. Sin embargo, te he perdonado, porque llevabas en brazos a tu madre muerta.

—No quiero tu perdón. No quiero nada de ti —dijo Mari.

—Bueno, ¡pues yo sí que quiero algo de ti! —Sora calló un momento. A todas luces, estaba intentando recuperar la compostura. Cuando retomó el hilo de su discurso, la desesperación en su voz desapareció, y Sora empezó a hablar con un tono mucho más sosegado y racional—. Lo que quería decir, en realidad, es que queremos algo de ti.

—No —dijo Mari. Apartó a Sora de su camino de un empujón y miró disimuladamente hacia los matorrales donde se escondía Rigel. Mari solo veía un leve destello de sus ojos ambarinos.

Sora se plantó frente a ella, cerrándole el paso, y la agarró por la muñeca. En ese momento, Mari escuchó el gruñido de advertencia que ya empezaba a resonar en las profundidades de la garganta de Rigel. Sacudiendo el brazo, rompió el contacto con Sora y, tratando de disimular lo alterada que estaba, se apresuró a decir en voz alta:

—Adiós, Sora. No pienso ayudar a nadie. Estoy guardando luto por mi madre.

—Precisamente es por tu madre por lo que debes ayudar.

—No, no tengo por qué ayudar a nadie.

—El clan te necesita, Mari. Todos están enloqueciendo, sobre todo los hombres: sin una Mujer Lunar que los purifique, no consiguen librarse de las Fiebres Nocturnas. Y lo mismo les sucede a las mujeres del clan, que, con cada día que pasa, se sumen más y más en su tristeza.

—Tú no pareces estar demasiado triste —dijo Mari. Y, estudiándola con mayor detenimiento, añadió—: Aunque es cierto que te he visto con bastante mejor aspecto.

—Tengo este aspecto porque he estado viviendo en este árbol, que la diosa lo maldiga, las últimas cinco noches —mientras lo decía, Sora se señaló a sí misma e hizo una especie de barrido que abarcaba desde sus sucias ropas a su enmarañado cabello.

—Bueno, pues entonces te sugiero que vuelvas a casa.

—¡No puedo! ¡Ya no tengo una casa a la que volver! —Las palabras estallaron en la garganta de Sora, seguidas por unos sollozos que hicieron que sus hombros se sacudieran—. Los hombres saben dónde vivo. Destruyeron mi madriguera durante uno de sus ataques de locura. Yo… Ya no tengo ningún lugar a dónde ir.

—Sora, siento mucho lo de tu madriguera, pero no puedo…

—¡Sí, sí que puedes! Tú eres la única que puede arreglar las cosas, hacer que vuelvan a ser como eran antes.

—Yo no soy Mujer Lunar —respondió Mari.

—Eres lo más parecido a una que tenemos.

—Entonces, lo lamento mucho por vosotros. —Mari dejó atrás a Sora y le transmitió a Rigel una imagen en la que le pedía que la siguiera por fuera del sendero, en silencio y escondido.

Sin embargo, en lugar de quedarse junto al arce, Sora se echó a correr junto a ella.

—¿A dónde vas?

—No es asunto tuyo. Y no puedes acompañarme. Quédate aquí, Sora. O no. Ve a donde te plazca, pero ni se te ocurra venir conmigo. —Mari se detuvo y se quedó mirando el árbol—. Además, ¿por qué elegiste este lugar?

—Ya te lo he dicho. Estaba escondida y esperándote.

—Pero ¿por qué aquí?

—Este es el último lugar donde te vi. Llevabas en brazos el cuerpo de Leda. Supuse que tu madriguera no debía de quedar muy lejos de aquí. Así que, cuando los hombres destruyeron mi hogar, regresé aquí para esperar a que volvieras a aparecer.

—Sora, constrúyete una nueva madriguera, tal y como Leda te aconsejó que hicieras. En algún lugar escondido. Mantenla oculta. E intenta invocar la energía de la luna. Mi madre creía en ti. Ella intuyó tu poder y, puesto que no pareces haber enloquecido (no más que antes, al menos), y es evidente que no estás deprimida, mi madre estaba en lo cierto. Las únicas que no necesitan purificarse de las Fiebres Nocturnas son las Mujeres Lunares. Es a ti a quien el clan necesita, no a mí.

—¡No sé cómo hacerlo! Lo he intentado. Te juro que lo intento todas las noches. Siento la energía de la luna. Es helada. Me asusta. Soy incapaz de conseguir que haga lo que quiero que haga.

Mari suspiró.

—Tienes que concentrarte. Y te hará falta práctica, mucha práctica.

—Pero ¿cómo? Cuando creo que estoy concentrada, el frío se apodera de mí y es como si acabara de caer en un lago helado del que no hubiera escapatoria posible. Siento que me ahogo. Es aterrador.

Mari asintió.

—Sí, lo sé. Yo también lo he sentido. Pero tienes que ignorar el frío. Mira, si dices que para ti es como un lago helado, tienes que imaginar que el lago se descongela y que el agua fluye a través de ti.

—De acuerdo, lo intentaré. Y, después, ¿qué?

—Después tienes que canalizar la energía hacia alguna otra persona o cosa —dijo Mari.

—¿Me acompañarías esta noche? ¿Me enseñarías a hacer lo que acabas de explicarme? Por favor, Mari.

—No, Sora. Tendrás que arreglártelas tú sola. Estuve observándote durante la última Asamblea de luna llena. Deberías haber prestado atención a mi madre, pero seguramente pensabas que coquetear con Jaxom era mucho más importante. Te equivocaste —Mari calló un momento y luego añadió—: Recuerda: tú fuiste a quien mi madre eligió inicialmente como sucesora, no a mí.

—Todo el mundo sabe que Leda me eligió a mí en lugar de a ti porque a ti siempre te pasaba algo.

—¡A mí no me pasa absolutamente nada! Sencillamente, soy diferente a vosotros. Y ser distinta no quiere decir que esté enferma, ni que me pase nada malo, ni que sea inferior. Simplemente, soy distinta. —Mari se dio cuenta mientras gritaba de lo liberador que era poder decir en voz alta lo que llevaba atormentándola tantos años.

Entonces, Sora habló, y Mari se arrepintió de haber abierto la boca.

—¿Distinta? ¿A qué te refieres? Pensaba que solo eras enfermiza —Sora observó atentamente a Mari—. ¿Qué te ha pasado en el pelo?

Mari reprimió el impulso de echarse encima la capucha de la capa y cubrírselo.

—A mi pelo no le pasa nada. ¿Qué le pasa al tuyo? Lo tienes espantoso.

Sora puso los brazos en jarras sobre sus voluptuosas caderas.

—Mari, ¡llevo tres días escondida en el bosque! ¿Qué excusa tienes tú?

—Que mi madre se ha muerto. —Mari hizo aquella declaración con una voz completamente inexpresiva, y se alejó.

—¡Espera, Mari! Perdóname. No pretendía ofenderte —dijo Sora.

—Ya me he hartado de esta conversación. No me sigas.

—¿O qué? ¿Me matarás? No creo que seas una asesina.

Mari se volvió para mirar a Sora.

—Mira, solo había dos personas en el mundo que me importaban: mi madre y Jenna. Mi madre está muerta y Jenna está peor que muerta. Ya no tengo nada que perder. No dudes ni por un segundo que soy capaz de matarte. —Mari siguió caminando a buen paso, y le transmitió a Rigel la orden de que dejara de ocultarse.

En cuanto Mari dobló la esquina y desapareció de la vista de Sora, dejó atrás el sendero y decidió atravesar directamente la colina. Rigel salió entonces de los matorrales que había a su lado.

—Ven conmigo, vamos a poner un poco de distancia. Sora nunca ha sido muy aficionada al ejercicio físico. No nos alcanzaría ni aunque fuera tan estúpida como para empeñarse en seguirme.

Mari agarró con fuerza el cepo para conejos y ambos echaron a correr, dibujando un rastro sinuoso e intrincado. A Mari no le costó nada abrirse camino a través de aquella espesura que tan bien conocía. Poco después, empezó a adentrarse en el bosquecillo de fresnos por el sur, en lugar de por el norte, como había planeado en un primer momento. Tras la agitada carrera, se dejó caer sobre un lecho de musgo, con Rigel jadeando a su lado. Acarició y halagó al cachorro diciéndole lo listo que había sido escondiéndose tan bien. Rigel ladró lastimeramente al olisquear a Mari donde Sora la había tocado.

—No te preocupes. No vamos a mezclarnos con ella, ni con ningún otro miembro del clan. Ahora tú y yo somos nuestro propio clan. Solo nos necesitamos el uno al otro.

Tras descansar un poco, Mari se acercó hasta el arroyo, que burbujeaba melodiosamente a su paso por el bosquecillo y, después de que Rigel y ella hubieran apaciguado su sed, empezó a buscar el mejor lugar para colocar el cepo.

—¡Sí! Sabía que lo recordaba bien. Mira esto, Rigel. Berros primaverales… ¡Y hay un montón! —Emocionada, Mari avanzó por la orilla del arroyo—. Y mira esto. —Señaló, aunque Rigel estaba ocupado lanzando un palo al aire para después volver a recogerlo—.

¿Esos dos rastros, uno al lado del otro? Sin duda, son rastros de conejos. ¡Y aquí hay más, muchos más! ¡Este es el lugar perfecto para capturar los conejos!

Tarareando para sí, Mari empezó a arrancar hierbas silvestres a puñados y a frotarlas contra el cepo, tejido como si fuera un canasto, para intentar disimular su olor. A continuación, colocó la trampa frente a los berros y retrocedió hasta una hilera de arbustos de zarzamora bastante jóvenes.

Mari se limpió las manos en la capa y llamó a Rigel, que corrió hasta ella con el palo en la boca. Derrapó sobre el suelo del bosque y frenó frente a ella. Meneando la cola con entusiasmo, le ofreció el palo con la clara intención de que Mari lo tirara y jugara un rato con él.

—Vale, pero solo un ratito. Esas setas están esperando a que las recojamos, y tú y tu prodigioso sentido del olfato vais a ayudarme a encontrarlas.

Mari tomó el palo que le ofrecía el cachorro y lo lanzó al otro lado del riachuelo para que Rigel se lo devolviera. Observó con orgullo cómo lo localizaba con facilidad y saltaba por encima del riachuelo para volver a sentarse a su lado.

Mari bajó la vista para observarlo. ¡Se estaba haciendo tan grande! Era cierto que sus patas seguían pareciendo desproporcionadamente grandes para el tamaño de su cuerpo, y que su rostro seguía teniendo cierto aire de cachorro, pero ya debía de pesar por lo menos veinte kilos. O, al menos, esa era la sensación que daba. Mari se imaginó cuánto le quedaba todavía por cambiar, cuánto le quedaba para ser un pastor majestuoso e imponente, inteligente y amoroso. Mari se imaginó al can adulto en el que se convertiría y, repentinamente abrumada por aquella visión del futuro Rigel, se arrodilló en el suelo y lo atrajo hacia sus brazos.

—¡Te adoro! Siento que ya solo me tengas a mí, y que las cosas no sean como cuando mamá estaba viva. Pero te prometo que me esforzaré más, Rigel. Voy a intentar con todas mis fuerzas que los dos seamos felices.

El joven pastor soltó el palo y trepó a su regazo, aunque buena parte de su cuerpo ya no cabía sobre las piernas de Mari. Apoyó la cabeza sobre su hombro y Mari notó cómo la invadía una oleada de amor incondicional.

—¡Apártate de ella, monstruo! —retumbó la voz de Sora por el bosque de fresnos—. ¡Huye, Mari, huye!

Rigel reaccionó antes que Mari. Salió disparado de su regazo y se encaró a la joven, que sostenía un palo sobre la cabeza y lo blandía en dirección a él. Rigel se agazapó para proteger a Mari, retrajo los labios en una mueca feroz y emitió un gruñido profundo y grave que nadie habría dicho que procedía de un cachorro.

—¡Santa diosa! ¡Es tu monstruo! —La voz de Sora rezumaba histeria. Tenía los ojos grises abiertos como platos. Soltó el palo y trató de retroceder, pero el gruñido de Rigel se intensificó, paralizándola donde estaba.

Mari se sentía aletargada. Cuando habló, su voz sonó perfectamente normal.

—No es un monstruo, pero es mío, y yo soy suya.

La mirada enloquecida de Sora iba del can a la muchacha y de la muchacha al can.

—¡Maldita sea la diosa, eso es lo que te pasa! ¡Eres una camarada!

22

—En realidad, eso no es cierto. Solo una mitad de mí es camarada. La otra pertenece a los caminantes terrenos —dijo Mari.

—Te-tengo que sentarme. No permitas que me devore —dijo Sora.

—No te devorará. Pero, sin duda, podría morderte, así que siéntate despacio y no intentes huir.

—Ya quisiera poder huir, pero las piernas no me responden. —Sora se sentó pesadamente donde estaba, incapaz de apartar la vista de Rigel—. Es enorme. ¡Mira qué dientes tiene! ¿Siempre tiene los ojos tan saltones? ¿Estás segura de que no va a comerme?

Mari acarició cariñosamente a Rigel.

—Estoy segura. Bueno, a menos que intentes huir. O hacerme daño. En ese caso te morderá, y lo hará con mi consentimiento. Y no tiene los ojos saltones.

—¿Siempre eres tan desagradable?

Mari arrugó el rostro.

—No estoy siendo desagradable. Has sido tú quien me ha seguido. Te advertí de que no lo hicieras.

—Y ahora sé por qué. ¿Leda sabía que tenías a este… este…? —A Sora se le quebró la voz mientras señalaba a Rigel con una mano temblorosa.

—Es un can. Un pastor. Se llama Rigel. Y por supuesto que mi madre sabía que lo tenía. Vive con nosotras —Mari calló un momento y se corrigió con voz triste—: Bueno, ahora vive solo conmigo.

—Mari, por todos los niveles del infierno, ¿cómo ha podido suceder esto?

—¿Cómo ha podido suceder qué? ¿Que Rigel viva conmigo, o que sea mitad camarada, mitad caminante terrena?

—¿Cómo puedes estar tan tranquila? —Sora dijo aquello prácticamente chillando. Rigel empezó a gruñir de nuevo y ella se llevó otra vez la mano al pecho, como intentando evitar que el corazón le explotara dentro. Sora inspiró hondo y dijo—: Me supera cada vez que me enseña los dientes y hace ese sonido terrorífico.

—Pues entonces no me grites.

—¡Lo estoy intentando! —exclamó Sora y, al darse cuenta de que había vuelto a gritar, cerró los labios con fuerza.

Mari suspiró.

—Mira, de acuerdo. No sé por qué estoy tan tranquila. No debería estarlo. Acabas de descubrir un secreto que mi madre y yo llevamos toda mi vida tratando de ocultar. —Mari calló, reflexionó un momento y prosiguió, como si en realidad estuviera pensando en alto en lugar de hablando con Sora—. Es un alivio que lo sepas, que alguien lo sepa, por fin. Además, desde el día en que mi madre murió, nada ha vuelto a ser como era. Que estés aquí y me hayas visto con Rigel es solo un madero más en la hoguera en la que se ha convertido últimamente mi vida.

—¿Cómo te encontró esta cosa?

—Sora, deja de llamarlo cosa. Llámalo por su nombre.

—Perdóname, pero es que es muy raro. —Tomó aliento y empezó a hablar de nuevo—. Bueno, ¿cómo te encontró Rigel? —Sora volvía a tener los ojos clavados en el pastor, y Rigel retrajo los labios para enseñarle los dientes—. ¿Puedes hacer que pare de hacer eso?

—Sí que puedo, pero no estoy segura de querer hacerlo.

—Bueno, pues entonces me limitaré a quedarme aquí sentada, completamente aterrorizada —dijo Sora, intentando alisarse el pelo.

—Me parece buena idea.

Como Mari no añadía nada más, Sora dejó escapar un leve sonido de exasperación que hizo que Rigel ladeara la cabeza, como si estuviera intentando decidir qué hacer con ella.

—Mari, ¿vas a contestarme a lo que te he preguntado, o no?

—Supongo que podría. La verdad es que no sé cómo me encontró Rigel. Apareció en nuestra madriguera la noche de la última Asamblea de luna llena. Estaba muy malherido. Ayudé a mi madre a invocar la luna y lo curé. Aquella fue la primera vez que conseguí invocar el poder lunar.

—Justo antes de morir, Leda me dijo que iba a anunciar que tú también serías su aprendiz, porque habías purificado a Xander y Jenna.

—Sé perfectamente lo que te dijo. Estaba allí, escondida con Rigel bajo el sauce que hay junto a la Asamblea.

—Entonces, ¿purificaste a Xander y Jenna?

—Sí. Mi madre jamás mentiría.

Sora resopló.

—¡Pues, aparentemente, se pasó la vida mintiendo! Siempre dijo que eras una muchacha enfermiza y que no soportabas estar bajo la luz del sol.

—Eso es distinto. Estaba protegiéndome, no mintiendo.

Mari se remangó la manga de la capa y frotó su sucio antebrazo contra el suelo húmedo y musgoso. Después retrocedió unos cuantos pasos, hasta el lugar donde un rayo de sol matutino se abría camino por entre la niebla, que ya empezaba a disiparse. Mari alzó el brazo, como si pretendiera alcanzar el sol. Notó inmediatamente cómo la calidez le producía un hormigueo en el cuerpo. Clavó sus ojos en los de Sora al tiempo que giraba la zona del brazo que tenía al descubierto hacia ella.

Sora tuvo que reprimir un grito de asombro.

—¡Santa diosa! ¡Tus ojos! ¡Brillan! Y tu… tu brazo. ¡Es asqueroso! ¿Se te está moviendo la piel?

Mari volvió a bajarse la manga.

—No, no se me mueve la piel. Es lo que pasa cuando me expongo a la luz del sol, y no es más asqueroso que invocar la luz de la luna.

Sora sacudió la cabeza.

—Esto es una locura. ¿De verdad eres hija de Leda?

—¡Por supuesto que lo soy! —Mari cerró los puños—. ¡Ni se te ocurra preguntarme eso! ¡Jamás lo vuelvas a cuestionar!

En respuesta al estallido de ira de Mari, Rigel gruñó y avanzó con actitud amenazante hacia Sora. La joven se arrastró por el suelo en un intento por retroceder, dejando un leve rastro mientras clavaba los talones en el suave musgo.

—¡Detenlo! ¡No he hecho nada malo!

Mari tocó a Rigel para tranquilizarlo.

—No pasa nada. No la muerdas todavía.

—¿Todavía? —preguntó Sora con voz temblorosa.

—Todavía —replicó Mari.

—Oye, de verdad lo siento mucho. No quería hacerte enfadar. Creo que tenemos que tranquilizarnos y razonar todo esto. No pretendo deciros ni a tu can ni a ti lo que tenéis que hacer. Lo único que hago es intentar que toda esta situación tenga algún sentido —dijo Sora.

Mari inspiró hondo y, muy lentamente, se sentó junto a Rigel. Mantuvo el brazo alrededor del cuello del animal, más para tranquilizarlo que para controlarlo. A menos que Sora la atacara, Rigel se limitaría a gruñir y amenazarla. O, al menos, eso creía Mari.

—De acuerdo, hagamos que todo esto tenga sentido —dijo Mari—. Tú haz las preguntas. Yo las contestaré. Y luego ya veremos qué más hacemos.

—Está bien. ¿Un camarada violó a Leda?

—¡No! Mi madre y mi padre estaban enamorados —dijo Mari.

—Eso no es posible.

—Bueno, pues aquí me tienes, así que, evidentemente, sí que es posible.

—De acuerdo... Y, si eso es verdad, ¿dónde está ese camarada que dices que es tu padre? —preguntó Sora.

—Muerto.

—No pretendo ofenderte, pero que tu padre, el camarada, esté muerto, parece bastante conveniente.

—No, no lo es. Si Galen hubiera vivido, mi madre, él y yo nos habríamos marchado de aquí y habríamos ido a un lugar donde hubiéramos podido vivir como una familia, pero los suyos lo mataron antes de que mis padres pudieran huir —dijo Mari.

—¿Cómo lo sabes?

—Mi madre me contó cómo se enamoraron, sus planes de huida, y cómo a Galen lo siguió y lo asesinó su propia gente cuando se negó a entregarnos a ella o a mí a los camaradas. Mi madre lo vio todo. Yo era apenas un bebé, así que no lo recuerdo. Pero mi madre si lo recordaba. Lo recordó todos los días de su vida.

Sora se quedó mirando a Mari en silencio, y Mari percibió que algo cambiaba en los ojos de la muchacha.

—¿Qué pasa? —preguntó Mari.

—Nada, es que me sorprende lo triste que debió de ser —dijo Sora.

—Pregunta lo que quieras para que podamos acabar con esto.

—Ahora mismo solo se me ocurre otra pregunta más. Entonces, y aunque lo cierto es que te has entrenado durante toda tu vida para ser Mujer Lunar, ¿los motivos por los que Leda no te designó su aprendiz fueron ese can, tus ojos y tu piel?

—No son solo mis ojos y mi piel. Los rasgos de mi cara son también distintos, pero los disimulo. —Mari se rozó el ceño y la nariz con las yemas de los dedos—. Mi pelo también. Me tiño el pelo. Bueno, solía teñírmelo. —Compuso una mueca de disgusto cuando se tocó aquel desastre sin brillo que tenía por cabellera—. He dejado de hacerlo.

Sora la miró con los ojos entrecerrados.

—Tienes el pelo claro, como los camaradas, ¿verdad?

—¿Esa es tu última pregunta?

Sora arrugó el rostro.

—No, es simplemente una observación con una pregunta implícita.

—Sí, tengo el cabello claro. Eso creo, al menos. Hace muchísimo tiempo que no lo veo limpio, o sin tinte.

—Por eso siempre pareces tan sucia. —Sora alzó las manos en un gesto que pretendía detener las palabras de Mari—. No, tampoco es una pregunta. Solo es una observación. Y no has contestado a mi primera pregunta. No del todo.

—En un primer momento, mi madre decidió no designarme su heredera porque mis poderes eran impredecibles. Las cosas cambiaron cuando Rigel me encontró, herido de muerte. Y, luego, conseguí invocar la luna sin ayuda de mi madre para curarla a ella y purificar a Xander y Jenna. A pesar de todo, me sorprendí tanto como tú cuando mi madre dijo que iba a tomarme como aprendiz junto contigo.

—¿No lo sabías?

Mari negó con la cabeza.

—No. No tenía la más mínima idea de que pretendía hacerlo. Habíamos hablado de ello, pero mi madre pensaba que me sería muy difícil estar separada de Rigel.

Los ojos de Sora volaron hacia el cachorro.

—¿Por qué?

—Porque estamos unidos. Ninguno de los dos llevamos bien estar sin el otro. —Mari abrazó a Rigel y sonrió a su cachorro, que golpeó el suelo con la cola y le lamió la cara—. Cuando un can elige a su camarada, el vínculo que se forma entre ellos dura toda la vida.

—¡Santa diosa! ¡Ese monstruo es el causante de que los cazadores atacaran la Asamblea!

—¡Ni se te ocurra llamarlo monstruo! No es culpa de Rigel que un tipo que no tiene su propio can esté obsesionado con él —respondió Mari.

—Pero estoy en lo cierto, ¿verdad? Era a él a quien estaban rastreando los cazadores, no a nosotros.

—Esa es una pregunta nueva, y has dicho que solo tenías una más. Ya me he hartado de contestar. Ha llegado la hora de decidir qué hacer contigo —dijo Mari.

—¡Eso es facilísimo! —sonrió Sora—. No hay nada que decidir, porque solo hay una posibilidad. Voy a vivir en tu madriguera contigo. —Sora calló un momento y su sonrisa se desvaneció al mirar a Rigel—. ¿Está siempre dentro?

—Sora, no vas a vivir con nosotros. Y sí, Rigel está conmigo. Siempre.

—Bueno, eso va a ser un inconveniente. Y uno bastante terrorífico, además, aunque supongo que es inevitable. Vas a tener que encontrar el modo de que deje de hacer esos horrorosos sonidos, de enseñarme los dientes y evitar que me muerda, por supuesto.

—¿Eres un hombre, en realidad? ¿Padeces de Fiebres Nocturnas?

—Pues claro que no.

—De acuerdo, entonces sencillamente estás loca. De ninguna de las maneras vas a venir a vivir con Rigel y conmigo —declaró Mari.

—De acuerdo, no quería que las cosas fueran así, pero no me dejas alternativa. Mari, si no permites que vaya a vivir contigo, voy a contarle a todo el clan quién eres en realidad. Voy a hablarles de la existencia de Rigel y pienso decirles que el último ataque de los camaradas fue culpa suya. Tu madriguera está oculta, lo sé, pero ¿cuánto tiempo crees que lo seguirá estando si el clan al completo, enloquecido por las Fiebres Nocturnas, se dedica a buscarte?

—No permitiré que hagas eso. No dejaré que salgas de aquí —dijo Mari, incorporándose. Rigel, cuyas emociones armonizaban con las de su compañera, se colocó a su lado y gruñó amenazadoramente a Sora.

—Si pretendes que me quede aquí, tendrás que matarme —respondió Sora—. Y, desde el día que me amenazaste con hacerlo, he tenido mucho tiempo para pensar. Nunca hemos sido amigas, y no te conozco demasiado bien, pero dudo mucho que seas una asesina.

—Tal vez yo no lo sea, pero no sé si podría decir lo mismo de Rigel —resolló Mari.

—Has dicho que no me devoraría.

—No he dicho que no pudiera matarte —aclaró Mari.

—Quiero creer que no lo hará. Estoy convencida de que puede hacerme daño, e incluso matarme, pero no creo que tú le permitas hacerlo —dijo Sora.

—¿Y por qué no?

—Porque eres la hija de Leda, y nunca harías algo así —respondió Sora—. Mira, Mari, esto puede ser beneficioso para todos. Solo me quedaré contigo durante el tiempo suficiente para que me enseñes cómo invocar la luna. En cuanto esté preparada para ser la Mujer Lunar del clan, me marcharé.

—Pero acabas de decirme que destruyeron tu madriguera —dijo Mari.

—Así es. Ayúdame a construir mi propia madriguera secreta. Por favor. Cuando esté lista, viviré en ella, y me encargaré de cuidar del clan. Y tú serás libre para hacer lo que sea que pretendas hacer con tu vida.

—¿Y cómo sé que no me traicionarás? ¿Que no le revelarás al clan la verdad sobre Rigel y sobre mí?

—Yo no te traicionaré si tú no me traicionas a mí. Serás la única persona del clan que sepa dónde está mi nueva madriguera. Si no le revelas a nadie mi secreto, yo no le revelaré a nadie el tuyo.

Mari se quedó mirándola.

—Hay una cosa que no entiendo, ¿por qué estás tan empeñada en ser la Mujer Lunar del clan? Si crees que es un trabajo sencillo, estás muy equivocada. Es duro, agotador y jamás jamás termina.

—Soy consciente de ello. O, al menos, sé que Leda era una Mujer Lunar que trabajaba duro, estaba constantemente agotada y jamás se tomaba un respiro de sus responsabilidades. —Sora se apresuró a levantar las manos y prosiguió antes de que Mari pudiera responder—. Yo respetaba mucho a tu madre. Era una magnífica Mujer Lunar. Pero lo cierto es que yo no tengo delirios de grandeza. Yo me conformaría con ser una buena Mujer Lunar.

—Leda creía que ser Mujer Lunar era algo vocacional. Una responsabilidad.

Sora asintió.

—Sí, también soy consciente de eso. La escuché dar muchos sermones sobre ese tema en concreto. —Enarcó una ceja hacia Mari, un gesto de lo más expresivo—. Dime que a ti no te sermoneaba con eso.

—Mi madre se apasionaba siempre que hablaba de los dones que la diosa le había concedido. Podrías haber aprendido mucho de ella. —Mari se dio cuenta de que estaba a la defensiva, pero bajo ningún concepto quería reconocer que ella misma había desdeñado a veces el trabajo de su madre como Mujer Lunar del clan.

—Por supuesto que podría haber aprendido mucho de ella. Y, ahora, voy a aprenderlo de ti. Intentaré ser la mejor aprendiz posible, y tú no me sermonearás sobre mis muchas, muchísimas responsabilidades para con el clan, ¿verdad que no?

—No, no lo haré. El clan no me importa lo más mínimo. Lo único que me importa es que Rigel y yo podamos mantener nuestro secreto a salvo.

—Entonces, deberíamos llevarnos bien —replicó alegremente Sora.

—Todavía no me has explicado por qué deseas tanto convertirte en Mujer Lunar, cuando está claro que no opinas igual que mi madre —dijo Mari.

Sora no respondió. Se limitó a morderse el labio y evitar mirar a Mari a los ojos.

—Mira, Sora, ni siquiera pienso considerar tu propuesta si a cambio tú no eres completamente sincera conmigo —le advirtió Mari.

Sora clavó sus ojos en los de ella, y Mari se sorprendió al verlos inundados de vulnerabilidad.

—De acuerdo, me parece justo —inspiró hondo, expulsó el aire y luego dijo de corrido—: Quiero ser Mujer Lunar porque quiero convertirme en alguien tan importante para el clan que nadie vuelva a abandonarme jamás.

Mari parpadeó, pensando que tal vez no la hubiera entendido bien. Se quedó mirando a Sora, que apartó la vista con timidez. ¿Dónde había quedado esa muchacha hermosa y arrogante que detestaba trabajar, esa que solo tenía tiempo para los jóvenes del clan?

—¿Abandonarte? Creo que no te entiendo —dijo Mari.

—Claro que no me entiendes. Ni siquiera me conoces. —Sora suspiró de nuevo—. Mi padre formaba parte del clan de los molineros. Conoció a mi madre en una Asamblea comercial. Después de que mi madre y él se emparejaran y ella se quedara embarazada de mí, él se marchó con su antiguo clan. Y, en cuanto yo nací, mi madre se fue con él. Sin mí.

—¿Tu madre te abandonó? ¿Así, sin más?

Sora apartó la vista y asintió.

—Así, sin más. Y no quiero que eso vuelva a sucederme jamás. Nadie abandona a una Mujer Lunar. Nadie. Es demasiado importante, demasiado valiosa.

—Oh —acertó a decir Mari, sorprendida ante aquella nueva versión de la Sora que conocía—. Lo siento.

—Ahora lo entiendes, ¿verdad? Nunca seré tan buena como Leda, pero cuidaré del clan.

—Y, como pago, ellos cuidarán de ti —dijo Mari.

Sora asintió.

—Eso espero. Es lo único que he querido en toda mi vida.

—Lo entiendo. —Mari se levantó muy despacio, con gran resolución—. Puedes venir a vivir con nosotros, pero haremos las cosas a nuestra manera, no a la tuya.

Una sonrisa iluminó el rostro de Sora.

—Me parece bien. Seré una buena aprendiz. ¿Cuándo podré empezar a invocar la luna?

—Me temo que no hasta esta noche, momento en el cual en realidad preferiría estar durmiendo. Pero, antes de eso, vas a tener que ayudarme con algunas tareas de caza y recolección.

—¿Eh? ¿Para qué? ¡Cazar y recolectar no tiene nada que ver con invocar la luna! —Sora miró a su alrededor en el bosquecillo de fresnos, como si Mari acabara de pedirle que empezara a construir su madriguera allí mismo, de la nada, sin ningún material a su alcance.

—Bueno, lo primero que vas a hacer es buscar el helecho más grande que haya en esta zona, y arrancarlo. Lo usaremos esta noche, mientras practicas cómo invocar la luna. ¡No! —Mari frenó la pregunta de Sora antes de que ella pudiera pronunciarla—. Ahora mismo no pienso explicarte por qué. Y, después, me vas a ayudar a recoger setas. Para la cena. Hasta que te conviertas en una verdadera Mujer Lunar y tengas derecho a recibir tributo, vas a tener que cazar, recolectar y aprovisionarte como cualquier otro miembro del clan. —Mari le dio una palmadita a Rigel en la cabeza—. Vamos, muchacho, busca esas setas con tu olfato y muéstraselas a Sora para que ella también aprenda a recolectarlas.

Mari le dio la espalda y se dirigió hacia el pino donde sabía que solían crecer las setas mientras Sora seguía sus pasos.

23

—Este zarzal es imponente —dijo Sora. Estaban de pie justo frente a una de las entradas ocultas al sistema de senderos que serpenteaba alrededor de la madriguera de Mari—. ¿Cuánto tiempo tardó en alcanzar este tamaño?

Mari dejó a Rigel en el suelo con un gruñido y luego cogió el cayado para poder apartar uno de los espinosos matorrales. Rigel se adentró en la maraña espinosa y Mari fue borrando sus huellas con el pie.

—Lo recuerdo así de grande desde que tengo uso de memoria, pero mantenerlo así implica mucho trabajo y también canalizar mucha energía lunar. —Mari frunció el ceño cuando se agachó para inspeccionar las zarzas más de cerca. No hacía ni siquiera un ciclo lunar que Leda había muerto, y ya era evidente que el crecimiento de las espinas se había ralentizado y que en algunas zonas las ramas empezaban a clarear.

—Espera un momento, ¿invocas a la luna para cuidar de estos zarzales?

Mari se quedó mirando a Sora.

—No tienes ni idea de en qué consiste ser Mujer Lunar, ¿verdad?

—No. Leda murió antes de que mi instrucción comenzara.

—Creía que ya llevabas un tiempo entrenándote con mi madre —dijo Mari.

Sora se revolvía, inquieta, mientras se pasaba de un brazo al otro el enorme helecho que Mari le había pedido que recogiera, y componía muecas de asco al ver las manchas de polvo y suciedad en su piel y su colorida túnica.

—Se suponía que debía observarla. Ya sabes, mientras purificaba al clan. Debo admitir que podría haber prestado más atención, pero no recuerdo haberla visto hacer nunca nada relacionado con plantas. Bueno —se apresuró a añadir—, sé que Leda usaba ciertas plantas para curar enfermedades y tratar heridas. Pero eso no tiene nada que ver con invocar el poder de la luna y aplicarlo a una planta.

—En realidad, es exactamente lo mismo. Te lo demostraré en cuanto salga la luna. Este zarzal, desde luego, necesita que alguien se ocupe de él.

—¿De verdad? A mí me parece que está bien —opinó Sora. Con ademán vacilante, tocó una de las innumerables espinas que montaban guardia y tuvo que retirar el dedo con un pequeño chillido y llevárselo a la boca—. ¡Están muy afiladas!

La mirada de Mari adoptó de repente una actitud tierna y distante.

—Luciérnagas y luz de luna. Mi madre solía decir que las espinas están hechas de luciérnagas y luz de luna.

—Qué raro. ¿Por qué diría eso?

—Te lo enseñaré esta noche. —Mari le hizo un gesto a Sora para que avanzara siguiendo a Rigel por el laberinto—. Vamos, tienes que mantenerte cerca de mí, igual que Rigel. Tenemos otro cayado. Terminarás aprendiendo a usar los pasadizos del zarzal, pero, hasta que lo hagas, es probable que moverte por aquí te resulte confuso, e incluso peligroso.

—¡Ay! —Sora se llevó la mano a un largo y profundo arañazo.

—A eso me refería. Te he dicho que no te apartes de mí. Tengo que ir retirando las ramas para vosotros dos.

—¡No quiero estar cerca de él! —dijo Sora con un violento susurro, señalando a Rigel.

—Tendrás que superarlo. Si no nos molestas demasiado, ni a él ni a mí, nosotros tampoco nos meteremos contigo —dijo Mari.

—Es que es enorme. Y esos horribles dientes que tiene...

—De acuerdo, deja de susurrar. Rigel oye mejor que cualquiera de las dos. Y entiende mucho más de lo que tú te piensas. Además, sus dientes no son horribles. Se supone que son grandes y afilados. Y cada vez van a ser más grandes, y más afilados. Así que ve acostumbrándote y deja de comportarte como una escarbadora estúpida.

—¡No me llames eso! —se quejó Sora. Rigel le dedicó una dura mirada y le enseñó los dientes—. ¿Ves a lo que me refiero? —Sora señaló al cachorro—. Ni siquiera podemos hablar sin que me amenace.

Mari levantó un hombro.

—Sé amable, y dejará de hacerlo.

Sora dejó escapar un largo y frustrado suspiro.

—No estoy siendo antipática a propósito, pero me da miedo. —Y, entonces, soltó un agudo chillido de dolor: uno de los mechones de su larga cabellera se había quedado enredado en una zarza.

—Me estás dando dolor de cabeza —dijo Mari, liberando el cabello de Sora de un tirón.

—Eso ha dolido.

—Limítate a seguirme. Ahora ya sabes por qué me trenzo el pelo.

—Leda no llevaba el pelo trenzado —replicó Sora con terquedad, alisándose el mechón herido y frotándose el cuero cabelludo.

—Leda era más delgada que yo, y que tú. De acuerdo, ten cuidado. Vamos a tomar una curva pronunciada a la derecha y luego hay que girar inmediatamente a la izquierda. Desde ahí, el camino empieza a ascender en zigzag.

—¿Puedo soltar el helecho?

—No. —Mari apartó otro matorral de espinas—. Ya no queda muy lejos.

—Así que, aunque alguien sospeche dónde podría estar vuestra madriguera, no sería capaz de atravesar este laberinto de zarzas —dijo Sora, pasando frente a Mari con gran precaución.

—Esa es la idea.

—¿De verdad te has acostumbrado a entrar y salir de esto? —preguntó Sora, alzando la vista hacia la barrera de espinas que, como los muros de un antiguo laberinto, casi impedían ver el cielo vespertino.

—Todo esto es para mantenernos a salvo. No es solo que esté acostumbrada, es que es algo que valoro enormemente. Y tú también deberías.

—Ah, por supuesto que lo hago. Creo que es magnífico. Es simplemente que no sabría cómo hacer algo igual —dijo Sora.

Yo tampoco, pensó Mari, *pero tendré que averiguarlo. Cuanto antes terminemos de construir su madriguera, antes saldrá de la mía.*

—Aquí a la izquierda, luego cinco pasos hacia abajo, a la derecha, cinco pasos hacia arriba y habremos llegado a la puerta de la madriguera —dijo Mari.

—¡Por fin! Estoy agotada, y muerta de hambre —dijo Sora.

De repente, a punto estuvo de chocarse con Mari, porque se había quedado mirando, boquiabierta, la entrada a la madriguera. Sora rodeó a Mari con cuidado de no pincharse con ninguna espina y se acercó a la talla de la diosa que parecía sostener la robusta puerta de madera. Acarició la imagen con gesto reverente y, por un instante, a Mari le recordó a Leda.

—Qué hermosa es —comentó Sora con voz ahogada—. ¿Quién la hizo?

—Mi bisabuela. Era artista —dijo Mari.

—Me encantaría que la Tierra Madre también protegiera mi madriguera —dijo Sora. Miró a Mari por encima del hombro—. ¿Tú sabrías hacer algo así?

Mari parpadeó. La pregunta la había pillado desprevenida.

—No lo sé, nunca lo he intentado. Esto, yo… dibujo.

Sora se volvió para mirarla.

—¿También eres artista?

—Sí, supongo que sí.

—¿Y por qué no lo sabía ningún miembro del clan? —preguntó Sora.

—Jenna lo sabía

—Jenna es una cría. ¿Por qué no lo sabía alguien más importante?

—Mi madre lo sabía. Y en el clan no había nadie más importante que ella —replicó Mari.

Sora se la quedó mirando en silencio durante un largo instante. Al final, dijo:

—Teníais muchos secretos, vosotras dos.

—No nos quedaba más remedio —dijo Mari.

—Conozco la ley, pero ¿de verdad creíais que el clan habría desterrado y repudiado a dos Mujeres Lunares por algo que pasó hace tanto tiempo?

—Leda no quería arriesgarse a que fuera a mí a quien apartaran del clan —dijo Mari.

—Leda era la única Mujer Lunar que teníamos. A ella nunca la habrían desterrado —dijo Sora, como si fuera una verdad universal—. Y, si tú hubieras demostrado que tenías algo valioso que aportar al clan, tampoco habrías sido repudiada. —Se detuvo un momento y su mirada se posó brevemente en Rigel—. Aunque me temo que no puedo decir lo mismo de él.

Mari alzó la barbilla con orgullo.

—Todos los secretos que mi madre guardaba eran para protegerme. Y yo haré lo mismo para proteger a Rigel.

—¿Cuánto tiempo más crees que podrás meterlo y sacarlo de tu madriguera en brazos?

—Mientras Rigel siga teniendo aliento —dijo, sin titubear lo más mínimo.

—¿Y cuánto más crecerá?

—No lo sé, pero no me importa. Seguiré cargando con él.

Sora sacudió la cabeza con tristeza.

—Has elegido una vida muy dura, Mari.

—Yo no la he elegido. Es la que me ha tocado vivir. —Mari apartó a Sora de un empujón—. Entra y te enseñaré dónde dormirás durante el breve tiempo que pasarás aquí. Ah, y puedes dejar el helecho afuera, junto a la puerta.

—No entiendo por qué me has hecho cargar con esta cosa todo el camino hasta aquí.

—Ya lo entenderás —respondió Mari con hartazgo—. Ahora, haz que eres una buena aprendiz y entra para que podamos comer y terminar la tarde.

—No se te da muy bien ser mentora —se quejó Sora con un lloriqueo que a Mari le puso los nervios de punta.

Mari bajó la vista hacia Rigel, que la miró. Ambos suspiraron al unísono, y Mari le susurró a su cachorro:

—Por algo no entraba dentro de mis planes ser la mentora de nadie...

—Tu madriguera es preciosa. Y está limpísima. No me puedo creer que esto lo hayas dibujado tú. ¡Son magníficos!

—Dicho así, no parece un halago. —Mari le dedicó a Sora una mirada ceñuda.

—No puedes culparme por estar sorprendida. —Sora siguió hojeando la pila de dibujos de Mari como si estuviera hipnotizada—. Me cuesta creer que tengas tanto talento y no lo hayas compartido con el clan.

—¿Y qué se supone que debía haber hecho? ¿Hacer retratos de los miembros del clan? No sabía que el clan necesitara dibujos a carboncillo para sobrevivir.

—Ahora estás siendo sarcástica —dijo Sora sin apartar los ojos de los esbozos.

—En realidad, no. De verdad no pensaba que a ningún miembro del clan le fueran a interesar mis dibujos —dijo Mari mientras removía el estofado y añadía un puñado de setas y hierbas aromáticas.

—¿Alguna vez has estado en una madriguera que no fuera esta?

—Sí. He estado en la madriguera que Jenna compartía con su padre —dijo Mari.

—Eso no era más que un cuchitril de hombre. ¿Nunca has estado en ninguna de las madrigueras de las mujeres?

Mari clavó la mirada en los grises ojos de Sora y se la sostuvo. Aunque el tema de conversación no era demasiado agradable, le resultaba liberador poder hablar con sinceridad por una vez.

—Apenas tenía cinco años cuando los dibujos empezaron a aparecer bajo mi piel cada vez que me daba el sol. Hasta entonces, mi madre me teñía el pelo, pero no era necesario hacer mucho más para ocultar mi verdadera naturaleza. A partir de ese momento, la acompañaba a todas partes. Bueno, al menos durante el día. De noche me quedaba aquí encerrada.

—¿Tú sola? ¿Incluso siendo tan pequeña?

Mari asintió

—Creo que mis primeros recuerdos son dormirme junto a la puerta para asegurarme de que oía llamar a mi madre cuando volvía al amanecer.

—Debe de haber sido muy duro para ti, y también para Leda —dijo Sora.

—Tampoco estaba tan mal. Mi madre y yo nos teníamos la una a la otra, y a nosotras con eso nos bastaba. —Mari volvió a prestar atención al estofado—. Así que sí, he estado en madrigueras femeninas, pero era demasiado pequeña como para recordar nada. Lo único de lo que me acuerdo es de que parecían muy grandes y estaban llenas de objetos extraños.

—Sí, obras de arte decorativo: tallas en madera, tapices, cosas así. De verdad, me sorprende muchísimo que Leda no te haya hablado nunca de lo hermosas que son nuestras madrigueras. Tu talento habría sido muy apreciado si el clan supiera de su existencia. —Sora miró en derredor de la pequeña caverna—. También me sorprende que las paredes de la tuya no estén decoradas con tus murales. Porque sabes pintar, ¿verdad?

—Claro que sé. Mamá y yo pensamos en pintar alguna escena en las paredes, pero al final decidimos plantar más hongoritos y musguinescencia para que yo tuviera mejor luz por la noche mientras esperaba a que ella volviera a casa. —Mari señaló la chimenea—. Eso lo he pintado yo.

—Son preciosas. —Sora contempló las delicadas florecillas azules que parecían crecer alrededor del dintel.

—Son nomeolvides. Las preferidas de mi madre.

—Sí, son muy bonitas. Eres una gran artista. El clan valoraría mucho tus talentos, sobre todo las maestras. Esos dibujos serían muy útiles para enseñar a los niños a leer y escribir.

Mari peló y machacó un diente de ajo más con el puño y lo echó al caldero, y luego empezó a cortar cebolletas primaverales. Se quedó pensando en lo que le había dicho Sora, dándole vueltas y más vueltas a la idea y tratando de encontrar un motivo por el que Leda habría decidido mantener su talento en secreto. Mari sabía que lo que más preocupaba a Leda era su seguridad, y que vivía con el terror constante de que descubrieran la verdad sobre ella y la desterraran del clan. Sin embargo, ahora se preguntaba si, quizá, la preocupación de su madre por mantener aquel secreto no sería desmesurada. Por un segundo, Mari imaginó cómo habría sido que el clan la valorara por un talento propio de ella, por algo que no estaba relacionado con su madre, y le sorprendió la oleada de nostalgia que se apoderó de ella.

Rigel ladró lastimeramente y su cuerpo, fuerte y cálido, se apretó contra su pierna. Mari bajó la vista para mirarlo con una sonrisa en los labios.

—No pasa nada. Solo estaba pensando en lo que podría haber sido y no fue. —Y le palmeó la cabeza.

—Hablas mucho con él —observó Sora.

—Sí, se le da bien escuchar —replicó Mari.

—Pero te comportas como si pudiera entenderte.

—Es que puede.

—¿Estás segura?

—Completamente. —Mari miró a Sora y descubrió que en su expresión solo había curiosidad, así que añadió—: Rigel y yo estamos unidos de por vida. Me ha elegido como su camarada. Y ser elegido camarada es mucho más que un mero título. Significa que estamos conectados. Yo percibo sus emociones y él las mías. Y, cuando dibujo algo mentalmente e imagino cómo le transmito esa imagen, Rigel la entiende.

Sora enarcó sus oscuras cejas, sorprendida.

—¿Te lo estás inventando para tomarme el pelo?

—¡No! Te estoy diciendo la verdad.

—¿Me lo puedes demostrar?

—¿Cómo? —preguntó Mari.

—No sé, imagínate a Rigel yendo a la puerta y tumbándose —dijo Sora tras pensarlo un par de minutos.

—Eso es fácil. —Mari siguió removiendo el estofado y, sin mirar a Rigel ni dirigirle una sola palabra, dibujó mentalmente cómo Rigel se tumbaba frente a la puerta. En cuestión de un par de segundos, el pastor se apartó de su lado, se dirigió hacia la puerta y se tumbó.

—Es asombroso. ¿Crees que los canes de todos los camaradas se comportan así?

—No sé si todos, pero el pastor de mi padre lo hacía. Me lo contó mi madre.

—Este es él, ¿verdad? —Sora sostuvo el boceto de Galen, Orion, Leda y Mari de niña.

Mari lo miró de refilón y apartó la vista rápidamente. Ver dibujos de su madre le dolía. Le dolía muchísimo.

—Sí. Esos somos Galen y su pastor, Orion, mi madre y yo.

—El pastor no está terminado —comentó Sora.

—Eso es porque, hasta que Rigel me eligió, nunca había visto a un can tan de cerca como para dibujarlo.

Sora se dejó caer sobre el camastro que antes era de Mari, pero que ahora usaría (solo temporalmente) ella.

—Es realmente asombroso.

—¿El qué?

—Tú... O, más bien, tu parentela. Y él. —Señaló con la barbilla a Rigel, que seguía tumbado junto a la puerta, observando a Mari con sus ojos adormilados—. ¿Sabes?, tiene un pelaje muy bonito, de un color precioso. Se podría hacer una hermosa capa con él.

Mari se giró, empuñando el cazo como si fuera una espada.

—¡Ni se te ocurra pensar en despellejarlo!

Sora rio, hasta que Rigel le lanzó un suave bufido de advertencia. Se aclaró la garganta y luego, con los ojos aún brillantes y una voz aparentemente arrepentida, dijo:

—No lo decía en serio. Era un halago.

Mari y Rigel resoplaron al unísono.

—Es extrañísimo lo sincronizados que estáis —dijo Sora.

Mari le sirvió a Rigel una generosa porción de estofado y luego añadió conejo crudo a su gran cuenco de madera. Lo dejó aparte para que se enfriara mientras servía sendas raciones para Sora y para ella misma. Luego, le puso al pastor su cena y llevó una silla para sentarse junto al camastro con Sora.

Sora probó el estofado, asintió, hizo un ruidito de aprobación y, cuando iba por el segundo bocado, preguntó:

—¿No tienes pan reciente?

—Si quieres pan reciente, puedes prepararlo tú misma —replicó Mari.

—Lo haré. Mi pan es ligero como una nube por dentro.

A Mari casi se le escapa el estofado con el resoplido.

—Como si supieras hacer pan…

—Claro que sé hacer pan. Y muy bueno, además. Que no me guste revolcarme por la tierra cardando cosas y que odie cazar no significa que no sepa transformar lo que otros recolectan y cazan por mí en recetas deliciosas. —Tomó otra cucharada de estofado, saboreándolo con detenimiento—. Esto no está mal, pero le has puesto demasiado ajo y muy poca sal.

—¿Le estás poniendo pegas a mi estofado?

—Claro que no. Solo estoy haciendo un comentario objetivo. Mañana cocinaré yo. Ya verás. ¿Tienes ingredientes para hacer pan?

—Sí. Está todo en la despensa, en la parte trasera de la madriguera. —Mari intentó no demostrar demasiado interés, aunque pensar en un pan ligero como las nubes le hacía salivar—. Mi madre hacía el pan, y yo los estofados.

—Yo sé hacer ambas cosas, y más. Si tú cazas y recolectas los ingredientes, yo los cocinaré.

Mari estuvo a punto de negarse, pero se reprimió. ¿Qué más daba que Sora no supiera cómo encontrar comida? Definitivamente, que Sora cocinara le facilitaría la vida.

—Trato hecho —dijo.

—¿De verdad?

—De verdad.

—¡Gracias! —dijo Sora, tomando otra cucharada de estofado—. No te arrepentirás.

—Llevo arrepentida desde que me encontraste bajo ese árbol —rio Mari con amargura.

—Eso ha sido cruel. —Sora clavó los ojos en el estofado y se mordió el labio.

Mari se encogió de hombros, sorprendida de que el comentario de Sora la hubiera incomodado.

—Pretendía ser sincera, no cruel. No estoy acostumbrada a pasar tanto tiempo con nadie que no fuera mi madre. Tal vez deberías dejar de tomártelo todo tan a pecho.

—¿Quieres cambiar tu manera de ser? —preguntó Sora.

—No. ¿Por qué debería?

—No te lo voy a explicar, porque la conversación sería larguísima. En resumidas cuentas: tú no quieres cambiar. Yo tampoco. Así que, ¿por qué, en lugar de intentar cambiarnos la una a la otra, no nos aceptamos tal y como somos e intentamos sacar el máximo provecho al acuerdo al que hemos llegado?

—Supongo que lo que dices tiene sentido.

—Entonces, ¿trato hecho? —preguntó Sora.

—Trato hecho —acordó Mari.

Se terminaron el estofado en silencio y, pretendiendo una mínima camaradería, limpiaron juntas los platos. Sin embargo, después de la cena, Sora empezó a frotarse los brazos, y a Mari eso le recordó dolorosamente a uno de los gestos de su madre. Mari abrió el ventanuco que daba al cielo para comprobar que, efectivamente, la noche ya había caído. Inspiró hondo y, girándose hacia Sora, dijo:

—Bueno, pues parece que es hora de la primera lección. ¿Conoces la escritura terrena?

Sora estaba sentada en el camastro, pasando con esmero un peine de madera por la larga y espesa cabellera.

—No, nunca he oído hablar de ello.

Mari suspiró.

—¿Mi madre no te enseñó nada?

—¿Por qué no asimilas de una vez que no tengo ni idea de cómo se invoca a la luna? Porque ya te lo he advertido antes: no tengo ni la más remota idea de cómo se invoca la luna. —Sora calló y se quedó mirando a Mari—. ¿A ti no se te eriza la piel? Ya ha anochecido.

—Yo no soy como tú. El anochecer no me afecta —respondió Mari.

—¿En absoluto? ¿No sientes un hormigueo horrible en la piel?

—No —dijo Mari.

—¿No sientes dolor, incluso aunque te expongas a la luz de la luna? —Sora observaba a Mari con unos ojos enormes y asombrados.

—A mí no me afecta que se ponga el sol. Ni tampoco que salga la luna —confirmó Mari—. Y, ahora, sigamos con la escritura terrena.

—Espera un momento, ¿estás segura de que puedes invocar el poder de la luna? O sea, ¿cómo puedes hacerlo, si no la sientes bajo la piel?

—Esto es absurdo. Me va a costar menos demostrártelo que explicártelo.

Mari dudó un momento, pero luego entró en el dormitorio de su madre, que ahora era el suyo. Se acercó a la ordenada pila en la que Leda guardaba su ropa y tomó su capa. Se concedió un segundo para abrazar la tela multicolor contra su cuerpo e inhaló profundamente el aroma a romero y agua de rosas que impregnaba el perfume de su madre. Se ciñó la capa alrededor de los hombros y se la ajustó con cuidado antes de coger dos gruesos ramilletes de salvia, atados con tiras de tela de vivos colores, de la cesta de provisiones de Leda. Cuando terminó de prepararse, se reunió con Sora en la sala principal de la madriguera.

Mari se detuvo un momento para introducir una brasa de la lumbre en un yesquero y, mientras estaba acuclillada frente a la chimenea, Sora estiró la mano y pasó suavemente las yemas de los dedos por la manga de la capa de Leda.

—Es preciosa.

A Mari el gesto la pilló desprevenida y dio un respingo. Rigel alzó la cabeza inmediatamente y fulminó a Sora con sus ojos ambarinos.

—Haz el favor de no sorprenderte tanto, sobre todo porque lo único que consigues es que él me mire así. Yo apreciaba a Leda. Además, siempre admiré su capa. El tinte es precioso, y las flores bordadas en el dobladillo también.

—Gracias. Yo le tejí esta capa a mi madre.

—Pues, siendo así, deberías intentar hacerte algo así para ti. No tienes por qué ir siempre vestida con ropas que parecen sucias y harapientas. Y también puedo ayudarte con el pelo. —Sora calló un momento, inspeccionando a Mari—. Bueno, creo que podría.

—Sora, estoy cansada. Estoy triste. Y se me está agotando la paciencia. Ahora, sígueme e intenta estar calladita un rato. —Mari se acercó a la puerta, la abrió y le tendió a Sora su antiguo cayado—. Vamos a empezar por que aprendas a apartar las zarzas tú misma. Y, recuerda, es de noche. Aquí estamos a cubierto, pero ten cuidado con lo que dices y el volumen con el que lo dices. Ahora que mi madre no está, no tengo ni idea de dónde paran de noche los miembros del clan y, más concretamente, los hombres del clan.

—Yo sí sé dónde están. Rodeando mi pequeña y preciosa madriguera, ahora completamente en ruinas —dijo Sora con voz quebrada—. Conseguí salir por los pelos. —Recogió su propia capa, asqueada por el polvo y las manchas que la cubrían—. Ay, diosa, es insoportable no tener mis túnicas, mis capas ni mis vestidos.

—Sora, céntrate. Se supone que ahora eres mi aprendiz. Eso significa que deberías estar pensando en cómo tratar de invocar la luna, no en las ropas que has perdido.

—No las he perdido. Las han hecho prisioneras —murmuró Sora, mientras blandía torpemente el cayado. Nada más salir por la puerta, se detuvo un momento para acariciar la imagen de la gran diosa.

—Oye —le dijo Mari, mirándola por encima del hombro—. No te olvides de coger ese helecho.

Con un gruñido, Sora se echó el enorme y marchito helecho al hombro, provocando que una cascada de tierra y raíces arrancadas se derramara por su espalda. Con una mueca de asco, declaró:

—¡Juro que cuando sea la Mujer Lunar del clan, jamás volveré a mancharme! ¡Lo juro! Jamás. Igual a ti te gustan el polvo y la suciedad, pero yo los odio.

Mari no se molestó en corregir a Sora. Se limitó a avanzar, dejando que una espinosa rama volviera a cerrar el camino. Rigel y ella intercambiaron una mirada cómplice al escuchar el ahogado chillido a sus espaldas.

24

—¡Este lugar es precioso! Nadie imaginaría nunca que está aquí —dijo Sora, en voz baja y respetuosa—. ¿Puedo acercarme a la Tierra Madre?

Mari no contestó. Frenó bruscamente cuando apenas se había adentrado medio paso en el claro y se quedó allí quieta, observando.

—¿Mari? ¿Estás bien?

Rigel dejó escapar un ladrido lastimero y le lamió la mano con nerviosismo.

—¿Qué? Ah, sí. Estoy bien. —Mari acarició a Rigel con gesto ausente, consolándose en su cercanía.

—No parece que estés bien. En realidad parece que estás a punto de vomitar.

Mari cruzó una mirada con Sora.

—Enterré aquí a mi madre, en brazos de la Tierra Madre. No he subido aquí desde entonces.

—Ah. Eso explica por qué estás tan pálida. Lo siento, Mari —dijo Sora en voz baja—. ¿Puedo acercarme a la Tierra Madre? —repitió. Después añadió—: Me gustaría ofrecer una oración por Leda.

—A mi madre le habría gustado.

Antes de adentrarse en el claro, Sora estrechó fugazmente la mano de Mari, y le dijo:

—Sé que no somos amigas, pero de verdad que lamento muchísimo la muerte de tu madre.

Incapaz de articular palabra, Mari asintió y parpadeó rápidamente para apartar las lágrimas. Cuando Sora entró en el claro, inspiró hondo y, dirigiéndose a ella, exclamó por encima del hombro:

—¡Estas flores son increíbles! Huelen a miel. Me resultan familiares, pero no sé cómo se llaman. ¿Qué son? ¿Cómo es que crecen aquí?

—Son nomeolvides, las mismas que pinté en el dintel de nuestra chimenea. Yo no las he plantado. Nunca antes habían florecido aquí —dijo Mari.

Sora se detuvo y se dio media vuelta para mirarla. Mari se agachó y acarició suavemente las delicadas flores azules en las que Rigel acababa de hundir el hocico y que olisqueaba con entusiasmo.

—Por lo general, no florecen hasta mediados de verano, y jamás lo hacen aquí.

—Te las ha enviado ella —opinó Sora.

—¿Cómo puede ser esto obra de mamá? —Mari se secó la lágrima que acababa de escapar de su ojo.

—No. Leda, no. —Sora señaló con la cabeza hacia la estatua—. La Gran Tierra Madre te las ha enviado.

—¿También habla contigo? —preguntó Mari, observando el sereno rostro de la estatua.

—No con palabras, pero siento la presencia de la diosa. ¿Tú puedes escucharla?

Mari sacudió la cabeza con gesto triste.

—No.

—Pero ¿notas su presencia? —Al ver que Mari no respondía, Sora le sonrió y le dijo—: Bueno, es evidente que la diosa vela por ti. Enviarte la flor de Leda para consolarte es un gran gesto.

Sora se acercó a la estatua de la Tierra Madre. Mari la observó arrodillarse, alzar las manos y comenzar a murmurar algo que no fue capaz de distinguir bien.

De repente, Mari tuvo la sensación de que estaba espiando una conversación privada y centró su atención en el suelo. Lo que esperaba encontrar allí era la crudeza de la tumba recién cavada de su madre. Sin embargo, junto a los brazos abiertos de la diosa, en lugar de tierra removida, había una espesa capa de césped cuajada de aromáticas flores azules.

Los ojos de Mari se dirigieron hacia el rostro de la Tierra Madre. Mari se quedó mirando la imagen de la diosa, deseando estar abierta a lo que fuera que la Gran Tierra Madre pudiera enviarla. Entonces, susurró:

—Si has sido tú quien me ha enviado las flores, gracias. Jamás olvidaré a mi madre. Sería como olvidarme de respirar. Pero gracias.

—¡Ay, mucho mejor! —Sora ya no estaba arrodillada, sino de pie bajo la luz de la luna, con los brazos alzados y la cabeza echada hacia atrás. El tono plateado que había empezado a teñir su piel había desaparecido. Cuando se volvió para mirar a Mari, estaba sonriendo—. Estoy preparada para la primera lección sobre cómo invocar la luna.

—¿Sabes en qué dirección queda el norte?

Sora ladeó la cabeza, pensativa. Luego, señaló la estatua.

—Ahí está el norte.

—Exacto. Empezaremos por el norte. ¿Sabes por qué? —le preguntó Mari.

—¿Porque es la dirección de los comienzos?

—Bueno, sí, pero el motivo por el que esa es la dirección de los comienzos es porque consideramos que la Tierra es un ser vivo más, y su cabeza se encuentra al norte. Por eso comenzamos por ahí.

—Tiene sentido —asintió Sora.

—¿Dónde has dejado el helecho?

—Está ahí mismo. —Sora lo levantó del lugar donde lo había dejado, acostado entre las flores aromáticas.

—Colócalo en el centro del claro.

Mientras Sora hacía lo que le había pedido, Mari se situó frente a la diosa y encendió los dos ramilletes de salvia.

—Este es para ti —dijo, tendiéndole uno a Sora, que corrió hacia ella para recibirlo.

—Y ahora ¿qué?

—Aléjate de mí unos pasos. Así las dos tendremos espacio para movernos.

—¿Qué tal así?

—Bien. De acuerdo, así es como mi madre solía describírmelo cuando era una niña: La luna necesita saber quiénes son sus mujeres. Y, al igual que la Tierra, valora la belleza. Así que nos presentaremos bailando, trazando nuestros nombres bajo su luz y sobre la tierra.

La expresión nerviosa en los ojos de Sora se transformó en una sonrisa complacida.

—¿De verdad? ¿La manera de presentarme como Mujer Lunar es bailando?

—De verdad —respondió Mari—. Así que tus pies tienen que moverse deletreando tu nombre y, mientras bailas, tienes que sostener el ramillete de salvia. Debes agitarlo a tu alrededor y formar con él la silueta de las letras. ¿Sabes por qué he traído salvia, y no cualquier otra hierba desecada?

Sora giró el ramillete encendido a su alrededor y tosió levemente.

—¿Por qué produce mucho humo?

—No, eso solo ha sido una coincidencia. Es porque ingerir salvia tiene grandes propiedades curativas, sobre todo para las mujeres. El aceite de sus hojas se utiliza para curar muchas enfermedades. Y, cuando se quema estando seca, su humo purifica. Es buena para los nuevos comienzos. Como esta noche. La primera vez que me presenté a la luna, mi madre hizo que bailara con un ramillete encendido muy semejante a este.

—Creo que lo entiendo. ¿Hay algo concreto que deba hacer mientras bailo? Me refiero a además de dibujar la silueta de las letras de mi nombre.

Mamá, ¿qué debo hacer mientras bailo mi nombre?

Dejarte invadir por la alegría, mi niña. Demostrarle a la luna lo mucho que se alegra su futura Mujer Lunar de bailar para presentarse ante ella. Baila alrededor de todo el claro y llénalo todo de humo y de risas y de tu belleza única.

Las palabras de Leda se disiparon como el humo a su alrededor. Mari sonrió entre las lágrimas que le surcaban las mejillas.

—Lo único que tienes que hacer es ser feliz. Demostrarle a la luna lo mucho que te alegras de ser su Mujer Lunar. Y bailar por todo el claro. Llenarlo de humo, de danza y felicidad.

—Eso es fácil. ¿Cuándo empiezo?

—Cuando yo lo haga. —Mari levantó su ramillete de salvia. Luego se visualizó dibujando en el suelo la silueta de una «M» y empezó a bailar.

A Mari le costó mucho soltarse. Habían pasado más de diez inviernos desde que se había presentado ante la luna. En aquel entonces, Mari era una niña risueña, y sus piececitos descalzos habían dibujado la silueta de su nombre sobre la tierra fértil mientras bailaba con su madre y llenaba el claro de felicidad, humo aromático y amor. En un primer momento, sus movimientos fueron rígidos. Torpes, incluso. Pero, a medida que el claro se iba llenando de volutas de humo de salvia, y las carcajadas jadeantes de Sora acompañaban sus movimientos, Mari empezó a encontrar cierto consuelo en la familiar silueta de su nombre. Aquello era algo que sabía hacer. Además, conocía el claro a la perfección. Era un lugar seguro, formaba parte de su hogar. Era el lugar que compartía con su madre, era donde había nacido y crecido, donde había enterrado a Leda. Sus pies dibujaron las letras de su nombre entre las perfumadas flores azules, y Mari sintió en el cuerpo el hormigueo de algo que no llegaba a ser alegría —aún no—, pero que al menos aliviaba bastante la tristeza, aunque fuera solo durante un rato. Sintió el impulso de abrir ambos brazos al máximo para abrazar aquella sensación. Recordando la felicidad con la que Leda y ella habían llenado aquel claro, Mari bailó.

De repente, un chillido en la lejanía, un chillido animal y rebosante de odio, hizo estallar en pedazos la paz del claro.

—¡Ay, diosa, no! No permitas que me atrapen. —Sora corrió junto a Mari y le agarró la mano.

Mari buscó a Rigel con la mirada. El can seguía tumbado junto a la estatua de la diosa Tierra. Salvo por las orejas tensas y los ojos entornados que atisbaban la lejanía, parecía relajado e indiferente a los aullidos.

Mari notó cómo sus hombros tensos se relajaban.

—No nos están amenazando. No saben dónde estamos, y, aunque lo supieran, les sería prácticamente imposible atravesar las zarzas —dijo Mari. Luego añadió—: ¿Quiénes son?

—Los hombres de nuestro clan. Ellos son la causa de que estuviera escondida en aquel árbol.

Un nuevo aullido hizo eco al primero, aunque esta vez el sonido procedía de otra dirección.

—¿Sabes dónde están? —preguntó Mari.

—El primero que hemos escuchado, no. Pero creo que el segundo, sí. Suena como si el grito viniera del lugar donde está mi madriguera. Bueno, más bien, del lugar donde estaba mi madriguera hasta que una manada de hombres la destruyera —contestó Sora con tristeza—. Ya no solo enloquecen durante la noche. Me dan terror. También tuve que huir de ellos a la luz del día.

Entonces, escucharon un tercer chillido, más próximo que los otros dos.

—¿Eso no viene de donde está el árbol en el que me escondía? —Incluso a la luz de la luna, Mari se dio cuenta de que Sora había palidecido. Sus desesperados ojos buscaron los de Mari—. ¿Te das cuenta de lo grave que es eso?

—No dudo que sea grave. Yo también escuché los chillidos anoche, pero me pareció que procedían de un solo hombre —dijo Mari.

—Bueno, pues no es uno, son todos. Todos los que aún están vivos, más bien. Mari, sé que no te importa lo que le pase al clan, y tampoco pretendo hacerte creer que soy tan honrada y entregada como lo era tu madre, pero, si alguien no empieza pronto a purificarles de las Fiebres Nocturnas, dentro de poco no habrá ningún clan que purificar.

Mari se quedó mirando a Sora. En su rostro había una expresión seria y atemorizada.

—De acuerdo. Entonces, comencemos con una lección práctica, mientras aún te quede un clan al que volver —dijo Mari.

—Tú podrías purificarlos. Quiero decir, hasta que mi formación termine —dijo Sora.

—No. Son demasiado impredecibles. Demasiado incontrolables. Si algo llegara a pasarme, no habría manera de consolar a Rigel.

No estoy segura de qué haría exactamente, pero no creo que viviera mucho si yo no regresara a su lado.

—Y Rigel te importa más que el clan.

Las palabras de Sora eran una afirmación, no una pregunta, pero Mari la contestó de todos modos.

—Sí, me importa más que tu clan. No es mi clan, Sora, nunca lo ha sido. Lo único que era mío de ese clan era mi madre. —Mari le dio la espalda a Sora y se dirigió hacia el helecho, que esperaba, triste y lacio, en medio del claro—. Vamos —dijo, sin volver la vista atrás para mirar a la chica—. La primera lección de todas es el poder de sanar.

—¿Sanar? Pero ¿no deberías enseñarme a invocar el poder de la luna para purificar al clan? Lo demás puedo aprenderlo más tarde —dijo Sora, arrastrando los pies detrás de Mari.

—Si quieres hacer esto, lo haremos a mi manera o, lo que es lo mismo, a la manera de Leda. Si no, se acabó la instrucción —determinó Mari, al tiempo que dejaba el ramillete de salvia, aún humeante, junto al helecho y le hacía un gesto a Sora para que la imitara y se colocara a su lado—. Siéntate junto al helecho. —Mari señaló el mustio bulto verde.

Sora se sentó con un suspiro. Levantó una de las marchitas hojas y la dejó caer. Luego, miró a Mari y comentó:

—Está muy mustio.

—Sí, y tú vas a usar la energía de la luna para curarlo.

—¿Por qué? —preguntó Sora.

—Porque las labores de una Mujer Lunar van mucho más allá de purificar a su pueblo de las Fiebres Nocturnas. Una Mujer Lunar es una partera. Es una sanadora. Es una experta en hierbas, una consejera, una salvadora y, a veces, incluso, la encargada de administrar el consuelo de la muerte a aquellos cuya condición no tiene remedio.

—Parece que eso lo hubiera dicho Leda —dijo Sora.

—Y también es lo que deberías decir tú. O, al menos, yo voy a enseñarte lo que Leda me enseñó a mí. Después, tú misma decidirás qué tipo de Mujer Lunar quieres ser —dijo Mari—. Ahora, prepárate y empieza a concentrarte.

La noche estalló en un coro de gritos de hombres, lejanos, iracundos. Mari pensó que sonaban como una manada de lobos rabiosos que aullaban su furia a la luna.

—No puedo concentrarme con eso de fondo. ¡Es horrible! —dijo Sora.

—Tienes que hacerlo. ¿Cómo crees que estarán cuando acudan a ti para que los purifiques? Y no me refiero a la primera vez. Acudirán a ti en ese estado todas las veces. Yo purifiqué a Xander durante una Segunda Noche: ni siquiera habían pasado los tres días de rigor entre purificaciones y empezó a transformarse en un monstruo ante mis propios ojos. Sora, tienes que ser capaz de prepararte y concentrarte en medio del caos, del peligro y del miedo. Si no, te herirán; tal vez incluso te maten. Te lo puedo asegurar.

—¿Cómo lo conseguiste tú? ¿Cómo lograste superar el miedo? —preguntó Sora, con los ojos enormes y llenos de lágrimas contenidas.

—Esbocé mentalmente la escena que deseaba que sucediera.

—Pero yo no soy artista como tú. ¡Para mí eso no tiene ningún sentido! —protestó Sora.

—Para mí sí lo tiene, y quizá tú puedas sacarle algún sentido si me escuchas. Cuando dibujo, hago que lo que habita en mi imaginación cobre vida. Hasta hace poco, yo tampoco lo entendía, pero creo que es lo que hacen todas las Mujeres Lunares. Imaginan que la energía lunar se canaliza por su cuerpo hacia los demás, y esa imagen es tan poderosa, tan vívida para ellas, que la energía se doblega a su voluntad. Así que lo que tienes que hacer es hallar la manera de que lo que imaginas parezca real.

Sora se mordió el labio inferior.

—No tengo la más mínima idea de cómo hacer eso.

—Bueno, hagamos un intento y veamos qué pasa. Así al menos tendrás un punto del que partir —dijo Mari.

Sora estaba empezando a asentir cuando una nueva serie de aullidos retumbó en la noche.

—Están empeorando —opinó Sora.

—Parece que están aproximándose entre sí. Eso no puede ser bueno. Pensaba que por las noches los hombres siempre eran solitarios. A no ser que hubieran sido purificados, al menos —dijo Mari.

—Mi madriguera la atacaron en grupo. Fue a plena luz del día. Creo que están moviéndose juntos. —La voz de Sora rezumaba miedo.

—Oye, no nos encontrarán aquí. Estamos a salvo. Tú estás a salvo —le aseguró Mari.

Sora alzó la barbilla y asintió.

—Estoy lista. Voy a intentarlo.

—De acuerdo, lo primero que tienes que hacer es prepararte. Creo que lo más fácil es respirar lentamente. Mira, respira conmigo mientras cuento hasta seis. Primero, inhala. Uno, dos, tres, cuatro, cinco, seis —dijo Mari mientras tomaba aire—. Ahora, aguanta la respiración contando hasta uno y luego suelta el aire contando otra vez hasta seis. —Mari contó mientras observaba a Sora.

La muchacha hacía lo que Mari le indicaba, pero daba la sensación de no estar poniendo demasiado interés. Era como si siguiera sus instrucciones únicamente para complacerla. *Mamá, ¿qué hago?* Rebuscó en su mente mientras seguía contando para que Sora respirara. *¿Cómo consigo que se concentre de verdad?*

Las palabras de Leda alzaron el vuelo en la memoria de Mari como una hermosa y pequeña tórtola. *Mi niña, confía en ti y en la Gran Tierra Madre. Eres más sabia de lo que piensas, y la compasión de la diosa es infinita.* Mari miró a la estatua, deseando que la diosa le mostrara un poco de esa compasión y le indicara qué hacer.

Entonces, Mari abrió los ojos de par en par, sorprendida. No, la diosa no hablaba con ella, no permitía que ella percibiera su presencia. Pero Sora sí que lo hacía, ella misma se lo había contado. Esa era la respuesta que Mari buscaba.

—Sora, gírate para quedar de cara a la Tierra Madre —dijo Mari.

Sora parpadeó.

—¿Ya hemos terminado de respirar?

—No, todavía no, pero se me ha ocurrido una idea. Siéntate de cara a la estatua. —Sora se giró hacia donde le pedía—. Vale, esta vez, mientras respiras conmigo, concéntrate en la Tierra Madre. Nota cómo su presencia inunda el claro. Está presente en la suave brisa nocturna. Su aliento tiene el aroma dulce de las flores que nos rodean. Lleva un manto de tierra y un velo de noche. Ella está presente en todo.

Mari percibió instantáneamente el cambio que se produjo en Sora. Sus hombros se relajaron. Las profundas arrugas de su ceño, presentes hasta hacía solo un par de inspiraciones, desaparecieron. Daba la sensación de haberse fundido con la hierba mientras respiraba profunda y fluidamente, con la mirada fija en la Tierra Madre.

—Ahora, vuelve a respirar con normalidad, pero sigue concentrándote en la diosa. Dame tu mano.

Sora no dijo nada, pero levantó la mano. Mari se la tomó.

—Coloca la otra mano sobre el helecho.

Sora hizo lo que Mari le había dicho.

Nuevos aullidos retumbaron en la noche, y la mano de Sora apretó la de Mari con fuerza.

—Concéntrate —se apresuró a responder Mari, apoderándose de las palabras de su madre y compartiéndolas con Sora—. Toma la serenidad necesaria de la Tierra Madre. Puedes estar rodeada de caos, de enfermedades y de heridas, pero debes encontrar tu verdadero ser, aquel que habita en tu interior. Libérate de todo lo que sea mundano, libérate de los miedos, de las preocupaciones, de las tristezas, para que la plateada luz de luna pueda fluir a través de ti. Es una cascada nocturna. Y, esta noche, el helecho es el recipiente que debe contener esa cascada. Piensa en el helecho. Imagínalo lleno de vida, fresco y radiante otra vez.

Sora relajó la mano que estrechaba la de Mari y dijo en voz baja:

—Estoy preparada.

—Bien. Lo estás haciendo muy bien. Cuando comience con la invocación, quiero que repitas conmigo y que pienses que la luz de la luna fluye a través de mí, a través de ti y se derrama en el helecho.

—De acuerdo. Puedo hacerlo —dijo Sora.

Cuando Mari comenzó a invocar el ritual, sintió que Leda estaba allí con ella, sonriendo con orgullo y susurrándole amorosamente al oído:

Yo declaro ser tu Mujer Lunar,
a tus pies pongo mis poderes, sin nada que ocultar.

Sora comenzó a repetir los versos con una vocecilla muy débil. Sin embargo, a medida que Mari proseguía con la fórmula, y ella iba repitiéndola, su voz fue fortaleciéndose hasta que Mari pudo detectar un atisbo de seguridad en ella.

Tierra Madre, guíame con tu mágica visión,
otórgame el poder de la luna llena para cumplir mi misión.
Ven, luz plateada, derrámate sobre mí,
para que quienes están a mi cuidado puedan purificarse en ti.
Canaliza, poderosa luna, a través de mi ser
el don de la diosa que es mi destino y mi haber.

Mari levantó la mano y cerró los ojos, imaginándose que la luz de la luna fluía como agua por su cuerpo y luego por el de Sora. La fría y plateada energía se derramó sobre ella y se arremolinó en su cuerpo, pero no con el dolor gélido y punzante con el que solía perforarla, sino con una fuerza a la que aún no se había acostumbrado, pero con la que Mari podía contar, que podía invocar, que podía canalizar y transmitirle a Sora.

—¡Ay, está tan fría! —jadeó Sora, intentando soltarle la mano a Mari.

—Eso es porque no va destinada a ti. Tú no la necesitas, ya estás purificada. Piensa en el helecho. ¡Concéntrate, Sora!

—Eso intento, pero duele mucho.

—Puedes detener el dolor, pero para eso tienes que liberar toda esa energía. Piensa en el helecho. Imagina que la energía lunar es agua, y que tú puedes conducirla a través de tu cuerpo y regar la planta con ella —dijo Mari.

—Es mu-muy difícil —dijo Sora, con un castañeteo de dientes.

Mari aferró la mano de Sora con más fuerza e imprimió cierta dureza a sus palabras.

—Si yo puedo, tú puedes. ¡Esfuérzate más!

Mari vio que Sora arrugaba la frente. Que sus hombros se encorvaban a causa del esfuerzo. Que su lisa frente se perlaba de pequeñas gotas de sudor. La mano que tenía apoyada sobre el helecho temblaba. Sin embargo, justo cuando Mari había decidido dar por terminado el ejercicio, las mustias hojas del helecho empezaron a henchirse y enderezarse de nuevo.

—Oh —jadeó Sora—. ¡Lo estoy consiguiendo! ¡Estoy invocando el poder de la luna!

En aquel instante, Sora perdió la concentración. Con una violenta convulsión, desenlazó sus dedos de los de Mari, cayó al suelo sobre las manos y las rodillas y vomitó el estofado de conejo junto al helecho a medio curar.

—No te preocupes. Se te pasará pronto. —Mari recogió la espesa melena de Sora y la acomodó sobre su espalda para que no se la ensuciara.

Sora temblaba. Entre arcadas, dijo:

—Ha sido horrible. Luego ha mejorado, pero después ha vuelto a ser insoportable.

—Sí, lo sé. Yo también lo he vivido —dijo Mari.

Sora se recostó, se limpió la boca con la manga y en sus labios se dibujó una mueca de profundo asco:

—¿Tú también te mareaste?

—Tantas veces que he perdido la cuenta. Había pensado en pedirte que no comieras hasta que hubiéramos terminado, pero la sensación es peor si en el estómago no tienes nada que vomitar. Las náuseas secas son horribles, y duran mucho más.

Sora se estremeció.

—Está bien saberlo. Entonces, ¿no lo he hecho muy mal?

—En realidad, lo has hecho muy muy bien. Mucho mejor de lo que lo hice yo la primera vez. —Mari inspiró hondo y le dijo a Sora la verdad—: Estás dotada para esto. Algún día llegarás a ser una Mujer Lunar muy poderosa. Mi madre hizo bien en tomarte como aprendiz.

Sora buscó los ojos de Mari con los suyos.

—¿De verdad?

Mari asintió.

—Completamente.

Sora respondió con una sonrisa luminosa y llena de alegría.

—Eso ha sido casi amable por tu parte.

—Oye, no hagas que me arrepienta de haber sido sincera contigo —dijo Mari, levantándose del lugar donde hasta hacía un momento se había arrodillado con Sora. La muchacha volvió a agarrarle la mano.

—Espera. No pretendía ofenderte. Lo que debería haber dicho es… gracias.

—Bien, en ese caso, de nada —dijo Mari, percibiendo la sinceridad en los ojos claros de Sora—. Ahora, planta tu helecho y vámonos a dormir. Ya he perdido la costumbre de estar despierta de noche.

—¿Que plante mi helecho? ¿Dónde?

—Donde quieras. Tú lo has salvado. Te pertenece —dijo Mari.

La sonrisa de Sora se ensanchó aún más si cabe.

—¿Así funciona? ¿Si salvas algo o a alguien, te pertenece?

Antes de que Mari pudiera abrir la boca para advertirle a Sora que no se apresurara tanto, una marea de chillidos las rodeó y la noche estalló con los sonidos inhumanos de la locura que traían consigo las Fiebres Nocturnas. En aquel momento, todos aquellos terroríficos gritos y aullidos confluyeron para formar dos palabras que los hombres empezaron a gritar incesantemente y que hicieron que Mari sintiera un escalofrío equivalente al tacto de las patas de mil hormigas sobre la piel.

—¡MUJER LUNAR! ¡MUJER LUNAR! ¡MUJER LUNAR!

—¡Ay, diosa! ¿Dónde están? ¡Suenan tan cerca! —Sora se hizo un ovillo y apretó las rodillas contra su pecho mientras se mecía de adelante hacia atrás.

Mari miró a Rigel. Se había incorporado y tenía la cabeza ladeada, como si él mismo también tratara de decidir a qué distancia estaban los hombres. Sin embargo, su pelaje no se había erizado como solía cuando el peligro estaba realmente cerca. Trotó hasta Mari y se apoyó contra su costado. Inmediatamente, Mari se sintió invadida por una oleada de seguridad y consuelo. Le palmeó la cabeza y se agachó para besarle el hocico.

—¿Qué vamos a hacer? —dijo Sora, con la voz impregnada de miedo y lágrimas.

—Esta noche no son una amenaza para nosotras. No, al menos, si nos quedamos aquí dentro, protegidas por las zarzas. Y voy a hacer lo que las Mujeres Lunares que han vivido en esta madriguera durante cuatro generaciones siempre han hecho. Voy a transmitirle el poder de la luna a los zarzales para garantizar que estamos a salvo.

—¿Necesitas que te ayude? —preguntó Sora, con voz temblorosa.

Mari la miró. Estaba pálida y sudorosa, y parecía agotada.

—No. Por esta noche, tú has terminado. Yo me ocuparé de los matorrales de espino. Tú encárgate del helecho.

Entonces, y antes de pararse a pensar que nunca había canalizado sola la energía de la luna hacia las zarzas, se dirigió a buen paso hacia la estatua de la Tierra Madre. Tal y como había visto hacer a Leda innumerables veces, se colocó frente al ídolo y alzó los brazos, con las palmas levantadas hacia el cielo y abiertas para recibir la luz plateada de la luna. Cerró los ojos y empezó a respirar: uno, dos, tres, cuatro, cinco, seis, inspirar. Luego, uno, dos, tres, cuatro, cinco, seis, espirar. Repitió los ejercicios de respiración hasta que el corazón dejó de martillearle en el pecho y los gritos de los hombres del clan, desquiciados por las Fiebres Nocturnas, se hicieron tan tenues como el rumor de la brisa nocturna al deslizarse por entre las espinas.

Entonces, Mari empezó a hablar. Sus palabras recordaban a las de Leda, pero eran propias, únicas y sinceras. Y, mientras hablaba, Mari abocetó mentalmente una hermosa escena: los hilos plateados de energía que brotaban de la luna, y que solo respondían a la llamada de una Mujer Lunar, llovían en forma de largos y densos torrentes sobre su valioso zarzal, haciendo que las ramas crecieran y se endurecieran y que las espinas, afiladas como espadas, se extendieran y multiplicaran, dando lugar a una muralla impenetrable para cualquiera que pretendiera hacerle daño a Rigel o a ella.

Como hicieran mi madre y las mujeres de mi linaje
te ruego que protejas este hermoso paraje.
Que la luz de la luna, plateada y potente,
las espinas y zarzas esta noche alimente.
Canaliza, poderosa luna, a través de mi ser
el don de la diosa que es mi destino y mi haber.

Una energía gélida fluyó hacia sus manos con tal violencia que Mari tuvo que apretar los dientes para no gritar. En aquel momento a punto estuvo de perder la concentración, pero repitió incesantemente un único pensamiento, consiguió aferrarse a su imagen mental: *Yo no soy más que un canal… Yo no soy más que un canal…* Y, barriendo el claro con los brazos, Mari extendió las manos y se libró del poder helado, transmitiéndoselo, como un fuego descontrolado, al matorral de zarzas.

La extraña familiaridad de aquella sensación la golpeó con tanta fuerza que a punto estuvo de caer de rodillas.

La energía de la luna fluía a través de ella, hacia las plantas que la rodeaban, como un incendio fuera de control….

Era como el fuego del sol. ¡La sensación era tan parecida! Salvo por el hecho de que la luz lunar era fría y sanadora. En cambio, la luz solar —la desesperación y el dolor que la habían llevado a canalizarla el día de la muerte de Leda— era ardiente y destructiva.

¿Cómo es posible que no haya pensado antes en lo que hice? ¡Incendié el bosque! ¡Fui yo!

En ese momento, Mari empezó a cuestionarse no ya quién era, sino qué clase de criatura era.

A sus espaldas, Mari escuchó el grito de sorpresa de Sora y abrió los ojos lentamente, aún aferrada a la imagen que había construido en su mente. A su alrededor, las zarzas resplandecían con una chispeante luz plateada. Todas las espinas titilaban, como luciérnagas, mientras se henchían, crecían, se fortalecían.

—Tal como mi madre solía hacer —susurró Mari—. Salvo porque es evidente que yo no soy mi madre.

Y entonces, con la misma velocidad con la que se había encendido, el zarzal volvió a adoptar la oscuridad expectante de una verdadera muralla protectora.

Mari miró el rostro de la estatua. Estaba tan serena como siempre. Aguzó el oído todo lo que pudo y se abrió completamente.

Nada. No sentía nada. Ni siquiera un diminuto atisbo de la preciada presencia de la diosa. Afligida, Mari llamó a Rigel a su lado y, mientras esperaba a que Sora terminara de plantar su helecho, se consoló con el amor incondicional que le ofrecía su camarada.

25

Ojo Muerto era dios. Naturalmente, el pueblo seguía refiriéndose a él como Campeón o, más bien, algunos de sus miembros seguían llamándolo así. Había quien aún se dirigía respetuosamente a él como Cosechador. Había quien lo evitaba por completo y elegía, en cambio, difundir rumores y sembrar la discrepancia. Ojo Muerto comprendió que quienes optaban por disentir lo hacían movidos por el desconcierto y la ira. Estaban acostumbrados a venerar a un dios muerto que hablaba a través de la traicionera voz de unas ancianas vanidosas. Ojo Muerto sabía qué cambios debía llevar a cabo para que él y aquellos miembros del pueblo merecedores de la salvación pudieran avanzar hacia un nuevo futuro.

El primer paso era purgar el templo.

El templo de la Segadora estaba en el centro mismo de las ruinas de la ciudad. Era una construcción atípica, tal y como debía ser la morada de un dios. Los edificios que lo rodeaban habían sucumbido al paso del tiempo, pero el templo se erguía, alto e imponente. Algunas de las oscuras ventanas conservaban algo de vidrio, incluso. La piel del edificio también era única, en toda la ciudad no había nada comparable a ella. Un liso embaldosado verde daba paso a largas franjas verticales de metal rojo intercaladas con vidrios rotos y la piedra color crema en la que estaba construido el resto del templo.

La estatua que el pueblo llamaba diosa Segadora se alzaba sobre la entrada protegida del edificio, custodiándolo a él y a la ciudad con sus quince metros de magnificencia. Ojo Muerto alzó el rostro para mirar a la estatua, acariciando ensimismado la cicatriz con forma de tridente que tenía en el brazo. Cuando sus ojos se encontraron con la fría e inmutable mirada de la Segadora, le sorprendió descubrir que una parte de su ser aún anhelaba que ella le hablara, aunque tan solo fuera para fulminarlo con su poder por haber intentado usurparla.

Pero no hizo nada. No era una diosa. Solo era una estatua imponente, pero vacía.

Sí, Ojo Muerto sabía lo que debía hacer.

Era un trabajo sucio y desagradable. Había asesinado a varias de las decrépitas sibilas la noche en que anunció al pueblo que era el Campeón electo por la Segadora. Sin embargo, el templo aún albergaba un nido de esas mezquinas ancianas que habían estado habitando allí y alimentándose de la teta del pueblo, generación tras generación.

Ojo Muerto entró en el templo y no pudo evitar arrugar la nariz al percibir el rancio aroma que impregnaba su interior. Sus ojos no tardaron mucho en acostumbrarse a la turbia luz que se filtraba, titubeante, por entre las ventanas rotas, y se dirigió a la escalera que llevaba al balcón de la diosa y a la cámara que ocupaban las sibilas, situada justo detrás del balcón.

Ojo Muerto recordó el aspecto que tenía la cámara de las sibilas cuando era niño y las custodias lo habían llevado a que se presentara ante la diosa por primera vez. Lo recordaba como un lugar aterrador, imponente y misterioso.

Aquel día, la cámara a la que accedió no guardaba prácticamente ningún parecido con la que llenaba sus recuerdos.

En la cámara de las sibilas solo ardían dos hogueras. El resto de los recipientes de metal estaban fríos, llenos de cenizas mohosas. Las enredaderas crecían libres y salvajes, sin ningún tipo de cuidado ni atención, y daba la sensación de que se derramaban del techo como olas verdes que amenazaran con ahogar los sucios camastros en los que se apilaban los cuerpos dormidos de las sibilas. Dispersos por toda la estancia había pequeñas pilas y montones de huesos. Huesos que no habían sido limpiados. Huesos que no estaban dispuestos para conformar bellos diseños que alegraran la vista. Las moscas zumbaban inquietas por la sala, y avanzaban perezosamente de un montón al siguiente.

Ojo Muerto miró en derredor con profundo asco. Notó que su furia empezaba a arder, a crecer y crecer, cada vez más…

—¡No puedes pasar! —graznó una anciana, incorporándose en su mugriento camastro y cojeando hacia él—. ¡Esta es la cámara sagrada de nuestra Segadora!

Ojo Muerto fulminó a la mujer con una mirada de repulsión.

—Precisamente porque es sagrada he venido a poner las cosas en su lugar. —Alzó su daga de tres puntas y comenzó la obra que sabía que el pueblo necesitaba.

Las sibilas intentaron huir de él, pero eran débiles, ancianas y enfermizas. Ojo Muerto no disfrutó matándolas. Eran un sacrificio sencillo. Mejor acabar con ello cuanto antes.

—Matarlas a todas. Purgar la cámara de la diosa. Es la única manera.

Estaba arrojando los cuerpos por el balcón de la Segadora cuando escuchó una voz a sus espaldas. Era tan musical, tan hermosa, tan fuerte, que por un momento creyó que la diosa, por fin, después de todo, le hablaba. Ojo Muerto se dio la vuelta inmediatamente, se arrodilló junto a la colosal estatua e inclinó la cabeza en actitud suplicante.

—Estaré eternamente a tus órdenes, mi Segadora —dijo.

—Entonces, no nos opondremos. —La voz no provenía de la estatua, sino de la cámara de las sibilas.

Ojo Muerto levantó la cabeza bruscamente. En medio de la estancia, cubierta de sangre, había una mujer. Ojo Muerto tardó un instante en levantarse. Dándole la espalda a la estatua de metal y blandiendo su tridente se encaró a su interlocutora.

—Prepárate para ser sacrificada —declaró.

—Yo ya he sido sacrificada. Si he de volver a serlo, elijo hacerlo junto al Campeón de la Segadora. —La mujer avanzó un paso para que la luz de las llamas que ardían en uno de los braseros le iluminara el rostro.

Ojo Muerto se la quedó mirando. En realidad, no era una mujer. Era una niña de cuerpo esbelto y hermoso, con una espesa melena castaña que contorneaba la curva de su cintura. Vestía como una sibila: iba descalza y con los senos desnudos, cubierta por una sencilla falda decorada con un ribete hecho con cabello de los

Otros. Sin embargo, cuando su mirada fue ascendiendo por el cuerpo de la joven hasta su rostro, Ojo Muerto experimentó un horrible escalofrío de asombro.

Donde deberían haber estado sus ojos solo había dos cavidades oscuras como grutas en un rostro de rasgos gráciles y bellos.

—¿Quién eres? —le preguntó, aunque lo hizo únicamente para ganar tiempo y poder poner en orden sus pensamientos.

Nunca antes la había visto, pero conocía su nombre. Todo el pueblo sabía cuál era el nombre de la invidente. Se la habían entregado a la diosa como sacrificio nada más nacer, pero las sibilas habían decretado que les pertenecía y le habían perdonado la vida. Eso había sucedido hacía unos dieciséis inviernos, y aquella era la primera vez que Ojo Muerto la veía de cerca.

—Soy Dove —dijo, ladeando la cabeza—. Pero eso ya lo sabes. Aunque hay algo que no sabes, Campeón. La diosa me ha llamado para que sea tu oráculo.

Ojo Muerto se la quedó mirando durante un momento, pero luego no fue capaz de contenerse más. Echó la cabeza hacia atrás y rio a carcajadas, con todas tus fuerzas.

—¿Osas reírte de tu oráculo?

—No, me rio de una chiquilla sin ojos que pretende sobrevivir gracias a su inteligencia.

—He sido tocada por nuestra diosa, soy un oráculo divino.

Ojo Muerto dejó escapar una nueva carcajada.

—No es necesario que finjas conmigo.

—No estoy fingiendo.

—Entonces, ¿hablas por boca de la diosa?

—Eso he hecho. Eso hago.

—Explícame cómo lo haces —le pidió.

—No puedo ver, pero la diosa me ha concedido el poder de tener visiones —dijo.

—¿Y todo lo que la diosa te muestra se hace realidad?

—Sí, pero no siempre manifiesto todo lo que veo. A veces la diosa pretende enseñar una lección, castigar o recompensar. Así que solo hablo cuando la diosa me lo permite.

—Eso es de lo más conveniente. Si tus visiones no se hacen realidad, siempre puedes decir que viste algo que decidiste reservarte... Porque la diosa te lo pidió, por supuesto.

—Dudas de mí.

Aunque no era una pregunta, Ojo Muerto contestó.

—Dudo de ti. ¿Sabes por qué?

—Porque desearías usurpar mi lugar —respondió ella.

—No, en absoluto. Ya estoy representando el papel de Campeón de una diosa que sé que está muerta. Ser el oráculo de esa misma diosa no me interesa en absoluto. Aunque tú sí me interesas. Me interesas muchísimo.

Dove se quedó muy quieta. En sus labios se dibujó lentamente una sonrisa perspicaz.

—Entonces, lo sabes.

—¿Que la diosa no es más que una estatua vacía y que las sibilas llevan generaciones actuando únicamente en beneficio propio? Sí, lo sé.

—Entonces, ¿a qué estás jugando, haciéndote llamar Campeón y proclamando que sigues los dictados de su voz? —preguntó Dove.

—No juego a nada. Pretendo sacar a aquellos miembros del pueblo que lo merezcan de esta ciudad de muerte y enfermedad y llevarlos hacia una nueva vida. Si para ello tengo que fingir en un principio que sigo los dictados de una diosa muerta, que así sea. El fin justificará una pequeña mentira.

—Porque si mientes es por el bien del pueblo, no solo por tu propio bien.

—Ah, ahora escucho al oráculo. ¿Ha sido la diosa quien te ha revelado eso? —le dijo, sarcásticamente.

—No. Ha sido mi inteligencia —respondió ella—. No hay ninguna diosa. Solo hay ancianas petulantes y vanidosas y un pueblo al que llevan generaciones controlando.

—En realidad, oráculo, ahora solo estamos el pueblo, tú y yo. Acabo de mandar a las ancianas petulantes y vanidosas a reunirse con su diosa muerta.

Dove sonrió.

—Eso esperaba. He olido su sangre y escuchado sus gritos. Y, ahora, me gustaría hacerte una pregunta.

—Hazla —respondió Ojo Muerto, sintiéndose sorprendentemente intrigado por la muchacha sin ojos.

Dove se acercó a él muy despacio. Sus pasos no eran titubeantes ni torpes, tan solo tenían una cadencia lánguida. Todos sus movimientos eran muy precisos. Su cuerpo se movía con una sensualidad primitiva que hizo que a Ojo Muerto se le encogieran las tripas de deseo. Se detuvo cuando estuvo a su alcance.

—¿Es cierto que absorbiste la esencia de un venado y que tu piel se renovó hasta quedar como la de una cría?

Ojo Muerto encogió los hombros bajo su camisa salpicada de sangre.

—¿Puedo cogerte la mano? —le preguntó él.

Sin dudarlo, Dove le ofreció ambas manos con las palmas abiertas. Ojo Muerto las tomó y guio sus dedos por los tersos músculos de sus brazos y su cuello, permitiendo que se detuviera cuando encontró las heridas recién formadas donde su piel y la del venado se habían fusionado y se habían convertido en una sola.

—Increíble —susurró—. Es cierto.

—Y también podría ser cierto para nuestro pueblo —dijo Ojo Muerto—. Pero no aquí. No en esta ciudad de escombros en la que mora una diosa muerta. Debemos abandonar este lugar y construir una nueva ciudad que no cargue sobre sus hombros con siglos de enfermedad.

Las manos de Dove le cubrieron los hombros. Alzó su rostro ciego como para mirarlo y se preguntó por qué esa cara le resultaba tan hermosa y expresiva.

—Si me llevas contigo, seguiré hablando en nombre de la diosa. Conseguiré que el pueblo confíe en que seguirte es su voluntad. Seguir a su Campeón. Empezaré diciendo que la Segadora me ha mandado una visión de su descontento con las sibilas, con aquello en lo que se habían convertido, y que ha llamado a su Campeón para que las purgue de su templo.

—Las ancianas han sido muy crueles contigo, ¿verdad? —le preguntó en voz baja.

Dove agachó la cabeza y su larga y oscura melena cayó hacia delante, hasta casi tocar su pecho descubierto.

—Hasta hoy, la vida ha sido cruel conmigo —dijo ella.

—Pues, a partir de hoy, tu Campeón te protegerá de las crueldades de la vida.

Fue como si las palabras de Ojo Muerto la hubieran dejado sin aliento. Con un jadeo, Dove cayó de rodillas.

—Gracias, Campeón —dijo respetuosamente—. Soy tu sierva.

—No —respondió él, tomando sus manos con delicadeza para ayudarla a levantarse—. Entre nosotros no debería haber ni artificios ni ceremonias innecesarias ni falsas reverencias. No te postrarás ante mí. Jamás.

—Pero eres mi Campeón y el Campeón del pueblo. Solo deseo mostrarte la veneración que mereces.

—No es tu veneración lo que deseo, mi Dove —dijo él.

La sensual sonrisa volvió a sus labios.

—Dime qué es lo que deseas, Campeón.

—Prefería hacerte una demostración.

Ojo Muerto la tomó en sus brazos y ella le veneró, tan entera y completamente como su cuerpo veneró el de ella.

Mucho, muchísimo más tarde, cuando hubieron satisfecho las necesidades de sus cuerpos, empezaron a purgar la cámara trabajando codo con codo. Dove tenía fascinado a Ojo Muerto. Su piel era blanca y suave, pura y excepcional como una nevada. No tenía ojos, pero jamás tropezaba. Se movía ágilmente por la cámara y arrastraba los camastros pestilentes hasta el balcón, para que él pudiera arrojarlos al patio que había abajo. Usó un tridente sacrificial para cortar las lianas de enredadera que hacía años que nadie cuidaba, dejando a su paso montones de verdor para que él los recogiera y los sacara de allí.

A Ojo Muerto le costaba mantener las manos lejos del cuerpo de Dove. Era tan suave, tan cálida y tan receptiva… Muchísimo más majestuosa de lo que los antiguos relatos contaban sobre cómo eran las sibilas de la diosa antes de convertirse en ancianas decrépitas y decadentes, cuando eran los latidos mismos del pueblo.

En un momento en el que se detuvo, con los brazos llenos de huesos putrefactos para arrojarlos por el balcón, Dove volvió su rostro ciego hacia él, sonriente y preciosa. Él le acarició la suave mejilla con un dedo. Maravillándose en voz alta ante la bella perfección de su rostro, le preguntó:

—Dove, ¿nunca se te ha agrietado la piel? ¿Nunca la has mudado?

—No, nunca —respondió ella.

—¿Jamás?

—Jamás —le aseguró ella.

—¿Sabes a qué se debe? —Ojo Muerto se lo preguntó por simple y llana curiosidad.

No esperaba que fuera capaz de darle una respuesta, aunque le sorprendió que ella se la ofreciera.

—Creo que sé por qué. Desde el día en que nací, cuando mis cuidadores me trajeron a la diosa como ofrenda para ser sacrificada, nunca he abandonado el templo y mi piel no se ha agrietado ni ha mudado jamás.

—Pero habrás llevado alguna vez una piel ajena, ¿verdad?

Dove negó sacudiendo la cabeza y su melena ondeó a su alrededor como un velo de fina gasa.

—No, las sibilas nunca habrían malgastado la piel de uno de los Otros conmigo. Decían que era algo demasiado valioso, demasiado escaso, y que alguien como yo no lo necesitaba.

—¿Has comido la carne de los Otros? El último sacrificio tuvo lugar hace unos cuantos inviernos, cuando capturamos a varios de los Otros que participaban en aquella gran partida de aprovisionamiento. ¿Las sibilas no compartieron el sacrificio contigo?

—Recuerdo bien a los últimos Otros que fueron sacrificados. Sus gritos reverberaron en las paredes del templo durante varios días. Pero, no, tampoco se me permitía comer su carne. Lo cierto es que no se me permite comer carne de ninguna clase —calló un momento y su voz adoptó el tono mordaz y punzante de las ancianas—. ¡Semillas, frutos secos, arroz y plantas bastan para la invidente!

—¡Dove, escucha! Yo tampoco he probado jamás la carne de los Otros. Siempre me ha asqueado, así que me limitaba a fingir que participaba de los banquetes. Sí es cierto que he usado su piel desollada para cubrir la mía, aunque mi cuerpo no la absorbió tan bien como la del venado. —Ojo Muerto experimentó una oleada de emoción—. Además, decidí construir mi casa en uno de los edificios que hay en los confines de la ciudad, y prefiero cazar en el bosque para comer.

—El pueblo dice que pasas mucho tiempo en el bosque —dijo Dove.

—El pueblo está en lo cierto.

—El venado cuya energía absorbiste no lo encontraste en la ciudad, ¿verdad?

—No. A los animales que se cazan dentro de los límites de la ciudad siempre les pasa algo. Lejos de aquí, en el bosque, está claro que los animales son más fuertes. Muy pocas veces encuentro las rarezas que veo aquí: los miembros faltantes, las grandes masas bulbosas que les crecen bajo la piel, los cueros retorcidos. —Ojo Muerto agarró a Dove por los hombros y le dijo con vehemencia—: Dove, ¡por eso me siento tan atraído por el bosque! ¡Porque está limpio! Lo que sea que mató a la ciudad, que sigue matándonos a nosotros, no le afecta.

—Debemos abandonar este lugar —dijo ella—. ¡Lo sabía! ¡Lo he sabido desde que era una cría! Y, ahora, el pueblo también lo sabrá. Eres su Campeón, su Campeón verdadero.

Dove se inclinó hacia él y él se agachó para atrapar sus suaves y ávidos labios entre los suyos, deleitándose en la perfección con la que Dove encajaba en su cuerpo y pensando: *Qué bien sienta ser dios.*

Los braseros estaban encendidos e inundaban la cámara y el balcón de la diosa, recién limpios, con un untuoso aroma a cedro. Mientras Ojo Muerto apilaba en el patio los cuerpos de las sibilas, y los hediondos desechos a los que se reducían sus vidas, formando una gran pira sobre un montón de hojas de pino, en el piso de arriba Dove preparaba un enorme caldero del estofado de verduras que había perfeccionado sin necesidad de la carne sacrificial de las sibilas. Cuando todo estuvo listo, Ojo Muerto encendió la pira y regresó al balcón con Dove para esperar a que el pueblo acudiera.

No tuvieron que esperar mucho.

La pira ardiente atrajo enseguida a los habitantes de la ciudad. Salieron arrastrándose de entre las sombras, aferrando entre sus huesudas manos los roedores y las aves que traían como sacrificio a la diosa. Tan pronto alcanzaron la pira, Ojo Muerto los vio atisbar entre las llamas y retroceder, horrorizados, al darse cuenta de dónde provenía el olor a carne quemada que se mezclaba con el de la madera de pino.

—El pueblo está abajo —le susurró Ojo Muerto a Dove—. Ha llegado la hora.

Ella le tendió su mano sin dudarlo un instante. Él se la tomó y la ayudó a subir a lo alto de la balaustrada del balcón.

—Ten valor —le susurró—. La barandilla es ancha y yo estoy contigo. No te dejaré caer.

Su sonrisa resplandeció a la luz de las llamas.

—Es fácil tener valor si tú estás conmigo, mi Campeón. —Acto seguido, Dove abrió los brazos de par en par. Con una voz fuerte y clara, para que todo el pueblo la oyera, exclamó—: ¡La diosa me ha honrado con una visión y me ha ordenado que la comparta con su pueblo!

—¡Dove está hablando! ¡Dove, la invidente! ¡Nos está transmitiendo las palabras de la diosa! —Los murmullos del pueblo se elevaban desde el suelo.

Dove esperó a que su inquietud se acallara antes de continuar.

—¡La diosa está disgustada!

Un murmullo de gritos y jadeos ahogados surgió de la multitud. Dove levantó las manos y el pueblo calló inmediatamente.

—No temáis. La Segadora me ha enviado una visión para explicar cómo puede el pueblo recuperar sus favores. Vuestro Campeón ya ha empezado a ejecutar sus órdenes. Ha purgado el templo de la plaga a la que llamábamos sibilas. —Dove señaló hacia la pira llameante que había a sus pies—. Las ancianas y su inmundicia están siendo purificadas por el fuego. A la diosa esto le complace, pero el próximo paso debe proceder de su pueblo.

—¡Dinos qué debemos hacer! ¡Dinos cómo recuperar los favores de la diosa! —gritó el pueblo al unísono.

—¡Obedeced a vuestro Campeón! ¡Él conoce los designios de la diosa! —dijo Dove, señalándole con una grácil floritura de su suave y blanco brazo.

De un salto, Ojo Muerto se encaramó al borde de la barandilla y se colocó junto a ella.

—¡Escuchad la voluntad de la diosa! —exclamó—. Ella ordena que su pueblo deje de comer los animales que se encuentran en la ciudad. Ordena que su pueblo deje de comer la carne de los Otros. Ella ordena que su gente lleve una vida más pura.

—¿Cómo? ¿Dónde encontraremos alimento? ¿Dónde encontraremos sacrificios? ¿Cómo podremos entonces renovar nuestras pieles?

Las voces del pueblo rayaban en la histeria. Ojo Muerto aguardó pacientemente a que se calmaran. Cuando al fin se hizo el silencio y los rostros de todos estuvieron alzados hacia él para escucharle, Ojo Muerto habló.

—Sabed que la Segadora se ha comunicado conmigo a través de su oráculo, Dove. Le he preguntado a la diosa cómo liderar a su pueblo y hacer que recobre su fuerza… ¡y ella ha respondido! Nuestra diosa ha dicho que tenemos derecho a aspirar a más, pues durante un largo tiempo hemos tenido muy poco. —Señaló hacia las lejanas colinas, invadidas por el profundo y exuberante verdor de los prósperos bosques de pinos que protegían a los Otros—. ¿Por qué son mejores que nosotros? —Ojo Muerto calló para que los susurros exaltados que escuchaba a sus pies aumentaran de volumen. Después, silenció los murmullos con su propia voz—: ¡No serán mejores a menos que puedan mantener lo que tienen! La Segadora recuerda a su pueblo a través de su Campeón que la que impera es la ley del más fuerte, y que la única compasión se halla en las tres puntas de su tridente. —Ojo Muerto hizo un barrido hacia la lejana ciudad de los árboles—. ¡En territorio de los Otros, el pueblo hallará una vida nueva!

En medio de aquel asombrado silencio, la voz del anciano sonó como una espada oxidada.

—¿Abandonar nuestra ciudad? ¿La ciudad de la diosa? Tal vez esa sea tu vía, pero no será la del pueblo de la Segadora.

A Ojo Muerto no le costó identificar a su interlocutor. Por supuesto, se trataba de Hombre Tortuga. Se había separado del nutrido grupo que conformaba el pueblo y lo fulminaba con la mirada. Ojo Muerto consideró la opción de refutar su arcaica actitud con hechos —los mismos hechos que Dove y él habían descubierto por sí mismos—, pero decidió no hacerlo. El pueblo estaba acostumbrado a la realidad de la muerte, del sacrificio. Sin vacilar lo más mínimo, Ojo Muerto alcanzó el tridente que se usaba para grabar a fuego la marca de la diosa en las crías, lo lanzó y alcanzó a Hombre Tortuga en el centro del pecho.

El anciano se desplomó como si le hubieran pulverizado los huesos y, tambaleándose y cayendo a la pira, alimentó con su cuerpo la fuerza de las llamas, que crepitaron con un rugido frenético.

El pueblo permaneció muy quieto, con todos los ojos alzados hacia Ojo Muerto y Dove.

—¿Lo has matado? —susurró Dove.

—Eso he hecho.

Dove alzó de nuevo los brazos.

—¡Así erradica nuestro Campeón la disensión entre el pueblo!

Como si ambos estuvieran coordinados, Ojo Muerto añadió:

—¿Quién quiere avanzar hacia un nuevo futuro? ¿El futuro que este pueblo, fuerte y poderoso, merece?

Sin dudarlo, el joven cosechador al que conocían como Puño de Hierro dio un paso al frente.

—¡Yo quiero!

Se produjo una breve pausa, y luego otro miembro del pueblo, y otro, y otro más avanzaron para unirse a Puño de Hierro, todos gritando su conformidad. Ojo Muerto vio que no todo el pueblo se animaba a dar un paso adelante, que muchos retrocedían, huían para volver a las sombras y los escombros de la ciudad. *Que así sea. Para mí, ya están muertos. No tardaré mucho en hacer que se reúnan con esa diosa muerta.* Por ahora, sin embargo, tenía suficiente con concentrarse en la gente que aguardaba bajo el balcón.

—¡Venid a mí! —exclamó Ojo Muerto con alegría—. ¡Que todos los cosechadores y cazadores se reúnan conmigo en el balcón de la diosa!

Como si pudiera leerle el pensamiento, Dove añadió:

—Y que las mujeres del pueblo se reúnan conmigo en la cámara, que ya no es propiedad de las sibilas sino del pueblo.

Mientras el pueblo entraba en el templo, Ojo Muerto bajó a Dove de la barandilla del balcón y la besó apasionadamente.

—Está sucediendo, mi Campeón —murmuró, apoyada contra su pecho—. Las mujeres y yo daremos de comer a tus cazadores y cosechadores.

—Y yo les explicaré cuáles son las nuevas voluntades de la diosa.

—¡Sí, mi Campeón! ¡Sí! —Lo besó de nuevo. Se apartó de sus brazos, sin ninguna gana, solo cuando las pisadas del pueblo retumbaron en la cámara—. Recíbelos —dijo Dove, sonriendo a Ojo Muerto como si realmente fuera su dios—. Esta noche señala el comienzo de tu nueva vida.

—Nuestra nueva vida —la corrigió.

Acariciando con suavidad la suave mejilla y besando una vez más los dulces labios, Ojo Muerto se dirigió a la puerta de la cámara con grandes zancadas para recibir a su pueblo.

26

—Nik, lo digo en serio. No hay ningún rastro nuevo. Ni una sola huella. Nada —dijo Davis—. Lo siento, compañero. Sé que mañana te marchas con la expedición de aprovisionamiento, y de veras me gustaría que hubieras podido irte con mejores noticias, pero no hemos encontrado ni la más mínima pista que lleve hasta tu cachorro o hasta la chica. Lo único que hemos encontrado son rastros de esos enormes escarbadores desquiciados y de la destrucción que van dejando a su paso. Pero rastros femeninos, ninguno. Ni tampoco caninos.

—Primo, sé que no quieres oír esto y, maldición, yo tampoco quiero decírtelo, pero creo que hemos llegado a un punto muerto —dijo O'Bryan—. Y de verdad que no es porque Davis o yo no te creamos. Sabemos que viste cómo esa escarbadora mutante provocaba el incendio. Sabemos que el cachorro está vivo o, al menos, que lo estaba hace un par de semanas. Los tres encontramos sus huellas, pero no nos llevaron a ninguna parte. No nos han guiado a nada. Sé que hoy aún es temprano, pero creo… Creo que tal vez ya va siendo hora de pensar en retirarnos.

Nik pensaba que estaría preparado para el momento en que Davis y O'Bryan quisieran abandonar la búsqueda de la muchacha y el cachorro, pero la realidad es que sus palabras le golpearon con fuerza en las entrañas. Se tragó el nudo de frustración que había estado amenazando con ahogarle durante las dos últimas semanas y, haciendo un esfuerzo supremo, consiguió mantener la voz tranquila. Sacó el pellejo de agua fresca que había rellenado en el último arroyo que habían cruzado y se lo pasó a O'Bryan. Luego, le hizo un gesto con la cabeza para que lo compartiera con Davis. Tomó de su morral un par de hojas de berza enrolladas y rellenas de pasta de frutos secos, arroz y verduras, y se las tendió a los dos hombres (la ración de Davis era un poco más generosa para que pudiera compartirla con el trabajador y perpetuamente hambriento Cameron). Por último, Nik les hizo un gesto para que se sentaran con él en el tronco de un árbol caído.

—Ya, si os entiendo. ¿Estamos todos de acuerdo en que algo raro les pasa a los escarbadores machos?

O'Bryan y Davis asintieron mientras devoraban el improvisado almuerzo.

—Sí, está pasando algo muy raro —dijo Davis, con la boca llena de rollito—. Sé que soy nuevo en esto, pero nunca he visto ni he oído hablar de rastros como los que hemos encontrado.

—Oye, yo no soy cazador... Pero, Nik, sabes que nos hemos dedicado a rastrear prácticamente desde que tuvimos edad de tener nuestro propio nido, y te digo una cosa: sea lo que sea lo que esté ocurriéndoles a los escarbadores, no es bueno. Las cosas han cambiado, pero no para mejor —opinó O'Bryan.

—He estado pensando mucho sobre esto, especialmente durante las últimas semanas —dijo Nik, teniendo cuidado de empezar dándoles la razón a sus dos amigos—, y quiero probar una cosa. Solo una. Hoy, nada más. Si seguimos sin encontrar nada, lo reconsideraré mientras estoy con la partida en Ciudad Puerto.

Nik vio que O'Bryan y Davis intercambiaban una mirada. Davis se encogió de hombros y O'Bryan sonrió, aunque Nik estaba prácticamente convencido de que aquella sonrisa era forzada.

—¿Qué plan tienes, primo?

—De acuerdo, hemos encontrado huellas en el lado del arroyo de los escarbadores que queda en terreno de la tribu, partiendo desde donde encontramos el rastro del cachorro hace dos semanas. —Sus dos amigos asintieron con un movimiento de cabeza. Nik prosiguió—: Luego, hemos rastreado esas mismas huellas desde el arbusto de acebo hasta el otro lado del arroyo, así como alrededor de la zona donde las licarácnidos nos atacaron y donde matamos al escarbador macho aquella noche.

El padre de Jenna, añadió Nik, aunque solo mentalmente.

—Sí, y siempre pasa lo mismo —intervino Davis—. El rastro, simplemente, se detiene.

—¡Exacto! —dijo Nik—. Es raro, ¿no te parece?

—Es frustrante, de eso no cabe duda —opinó O'Bryan mientras Davis le asestaba un nuevo mordisco a su rollito y asentía—. Quizá lo que les está pasando a los escarbadores macho tenga alguna relación.

—Bueno, supongo que podría tenerla, pero ¿y si fuera algo deliberado que el rastro se detuviera? —dijo Nik.

Sus dos acompañantes lo miraron con curiosidad.

—Escuchad esto que os voy a decir —se apresuró a añadir Nik—: Estamos buscando a una chica fuera de lo común que, por el motivo que sea, posee algún vestigio de nuestros poderes tribales, ¿verdad?

—Puede ser. O sea, ninguno de nosotros lo sabe con seguridad. Ni siquiera tú, Nik, y eso que tú eres el único que vio lo que hizo —opinó Davis.

—Tienes razón. No es más que una suposición. Pero, si ella es especial y el pastor está con ella, debemos al menos considerar la posibilidad de que sea lo suficientemente inteligente como para ocultar las huellas del cachorro y tratar de desviarnos de su rastro.

O'Bryan y Davis se lo quedaron mirando con la boca abierta. A regañadientes, Nik apuntó:

—Sé que parece una locura, pero todo este asunto ya es una locura de por sí.

—Ya lo creo —concordó Davis.

—Entonces, ¿qué propones? —preguntó O'Bryan.

—Que cambiemos la manera de hacer la búsqueda —dijo Nik.

—¿A qué te refieres? —quiso saber Davis.

—Hasta ahora hemos dado por hecho que estábamos rastreando a una escarbadora y a un cachorro. Puede que estén juntos, puede que no. Sin embargo, hasta ahora no nos hemos preocupado de rastrear a alguien que pudiera estar ocultando sus huellas y tratando concienzudamente de confundirnos. ¿Qué os parece si consideráramos la opción de seguirla a ella, y al cachorro, como si fueran miembros de la tribu?

—¿Y cómo lo hacemos? —Davis se enderezó sobre el tronco, intrigado.

Nik se lo explicó.

—Supongamos que la chica y el cachorro son camaradas que hubieran huido de la tribu.

—¿Huir de la tribu? Eso es una locura —replicó O'Bryan.

—Sí, lo es. Pero ya habíamos quedado en que todo esto ya es una locura, ¿no? —intervino Davis—. Sigue, Nik. Igual esta nueva vía nos lleve a algún lado.

Aliviado de que el cazador se mostrara dispuesto a escuchar su extravagante ocurrencia, Nik se explicó a toda prisa.

—Bueno, la pregunta es: ¿qué aspectos de la búsqueda habríais cambiado si hubierais sabido que la persona y el can al que estábamos rastreando estuvieran intentando confundirnos a propósito?

Davis se recostó y masticó con aire pensativo antes de contestar.

—Pues yo dejaría de seguir su rastro, porque seguramente lo habrían dejado únicamente para despistarnos a Cammy y a mí. Y, luego, trataría de pensar como la persona que estuviera intentando darme esquinazo y me dirigiría hacia donde me dictara la lógica, en lugar de a donde me guiara el rastro.

—¡Eso es lo que tenemos que hacer! —dijo Nik, propinándole una fuerte palmada a Davis en la espalda y haciendo que Cammy se pusiera a dar brincos a su alrededor, emocionado—. Creo que es bastante sencillo delimitar la zona por la que ya no deberíamos seguir buscando.

Nik abrió su morral y sacó el mapa que habían estado siguiendo. Sus dos amigos lo rodearon y señalaron en el plano mientras hablaban.

—Te refieres a dejar de buscar en los terrenos de la tribu junto al arroyo —dijo O'Bryan.

—Y a dejar de buscar al sur del arroyo, aunque el rastro se adentre en territorio de los escarbadores —dijo Davis—. Allí solo encontramos unas pocas huellas, que entraban y salían del río. Si pensamos que la muchacha está intentando confundirnos, yo diría que ese rastro lo dejó a propósito para enviarnos en una dirección equivocada.

—¡Bien pensado! —dijo Nik.

—Y lo mismo haría con las pistas que llevan al norte —dijo Davis.

—¿A qué te refieres? —preguntó Nik.

—Hemos encontrado una gran concentración de huellas alrededor de la zona donde se produjo el ataque, pero luego, ¡chas!, las huellas desaparecen. Nada de nada. Si nos guiamos por tu suposición, y tomando como referencia las huellas, diría que las dos mujeres sufrieron un ataque y el cachorro iba con ellas. Volvieron para intentar ocultar el rastro y confundirnos, pero no contaban con el olfato de Cammy. —Davis palmeó con cariño al pequeño terrier rubio—. Así que cuando este olfato nos indique que el rastro lleva al norte y al oeste, e incluso al sur, tras regresar al sendero, yo diría que esas tres son las direcciones en las que no deberíamos buscar.

—Aunque precisamente ese es el sentido en el que llevamos haciéndolo durante las últimas dos semanas —opinó O'Bryan.

Nik sonrió.

—Me gusta cómo estáis pensando. Eso solo nos deja el este. La única dirección en la que no hemos encontrado ni la más mínima huella. Y no hace falta que busquemos en círculos, eso ya lo hemos hecho. Solo tenemos que dirigirnos hacia el este, descartar la zona que ya hemos rastreado y empezar a buscar en zigzag.

—Tenemos que darnos prisa, Nik. La puesta de sol no puede sorprendernos aquí. Y mucho menos con lo que sea que les esté pasando a los escarbadores —dijo Davis.

—Estoy de acuerdo —acordó Nik—. Entonces, pongámonos en marcha, rápido.

Terminaron el almuerzo y se dirigieron al este, atravesando un tramo de bosque tan plagado de helechos de cinco dedos que Nik tuvo la sensación de caminar por uno de los tapices del delicado encaje que los artesanos de su tribu tejían con la lana de las ovejas que sus miembros se encargaban de cuidar, aunque fueran criadas en la isla de la Granja.

—Nunca me ha interesado mucho el territorio de los escarbadores —dijo Davis—. Los pinos no son lo suficientemente altos y hay demasiado barro y hojas en descomposición. Pero esta zona es bonita. Deberíamos arrancar algunos de estos helechos: si los plantamos cerca de alguna de nuestras regaderas, puede que echen raíces y crezcan como lo hacen aquí.

—Esta zona es un humedal. Por eso crecen tan bien aquí los helechos de cinco dedos —dijo O'Bryan, sacudiéndose con asco el fango pegajoso que se le había adherido a la bota—. A los escarbadores les encantan estos terrenos bajos, pero la verdad es que no entiendo por qué.

—Yo sí —intervino Nik—. Les encantan porque nosotros los odiamos.

—Supongo que tiene sentido —opinó Davis—. Por mi parte, que se los queden. ¿Hueles eso? Aquí hay algo que apesta.

—Seguramente sea el maldito barro. —O'Bryan estaba extrañamente gruñón—. Primo, te quiero mucho, ya lo sabes, pero después de esto me debes un par de botas nuevas.

—Trato hecho —respondió Nik—. Pero ese olor no viene del barro.

—Cammy está en ello —dijo Davis, señalando el trasero rubio del terrier, que ya casi había desaparecido entre los helechos.

Los hombres corrieron tras el can. Cruzando la cima de una colina que había en los bajíos, alcanzaron a ver un riachuelo que discurría por un bosquecillo de cedros. La brisa soplaba allí más fuerte y la corriente venía de cara, trayendo consigo un olor tan fétido y penetrante que Nik estuvo a punto de dar una arcada. Los entusiastas ladridos de Cammy también les llegaron con la brisa.

—¡Cammy, espera!

Davis le gritó la orden al terrier y salió corriendo hacia el claro, seguido de cerca por Nik y O'Bryan.

Los tres hombres frenaron a la vez cuando llegaron al centro del bosque y el terrier, que estaba sentado bajo un cadáver en descomposición, les ladró una advertencia.

—Bien hecho, Cammy. Buen trabajo. —Davis animó a su camarada mientras los tres contemplaban lo que colgaba de las ramas del cedro.

—Menudo desperdicio... Los ciervos son muy escasos y preciados. Lo han dejado aquí para que se pudra. Toda esa carne. Toda esa piel y vísceras, echados a perder —dijo Nik—. Bajadlo. Dejemos que al menos el bosque se beneficie de él.

O'Bryan encontró el extremo de la cuerda de la que pendía el cadáver. Con un rápido tajo de cuchillo, el cuerpo quedó libre y cayó al lecho del bosque haciendo un ruido nauseabundo.

—Le faltan el corazón y el hígado, y también la carne del flanco, del pecho y del cuello, pero nada más. Eso es lo único que se han comido —observó Davis.

—¿Y por qué demonios iban a comer tiras tan finas de carne y a dejar todo lo demás? —preguntó O'Bryan.

—Mírale el cuello —señaló Davis.

Nik se acuclilló junto al ciervo, tapándose la nariz con la manga.

—No veo marcas de flechas ni de cuchillos. Le han machacado la cabeza, y tiene la garganta y el vientre abiertos en canal a mordiscos.

—Esas dentelladas no son animales —dijo Davis.

—No. Son humanas —concordó Nik con voz lúgubre—. No me gusta esto. No me gusta nada. Odio tener que decirlo, pero esto parece obra de los robapieles.

—¡Robapieles! ¡Primo, no! Nunca salen de Ciudad Puerto —dijo O'Bryan.

—Lo sé, pero es evidente que a este ciervo lo han desollado. —Nik calló durante un momento, deteniéndose a observar el cuerpo más de cerca antes de añadir—: Y, probablemente, lo han hecho cuando aún estaba vivo.

Mientras tanto, Davis inspeccionaba las huellas del claro.

—Hombres. Varios. Nik, he oído lo que acabas de decir sobre los robapieles, pero estas pisadas son anchas y planas: las huellas típicas de los escarbadores macho. Aun así, no entiendo por qué desperdiciarían así una pieza como esta.

—Están locos —dijo O'Bryan—. ¿Cómo vamos a entender por qué los escarbadores hacen lo que hacen?

—Pero nunca antes había pasado algo como esto, ¿verdad? —dijo Nik.

—No, nunca he oído hablar de algo así —contestó O'Bryan—. ¿Tú, Davis?

—No. Nunca. Ni siquiera los escarbadores dejarían que se pudriera un ciervo entero. Son demasiado valiosos, muy difíciles de encontrar.

—El bosque está cambiando. Los escarbadores también —dijo Nik, notando un extraño escalofrío bajo la piel—. Y esto es prueba de ello. Tenemos que marcharnos de aquí. Inmediatamente. Tengo el presentimiento de que no encontraremos rastro de la chica ni del cachorro por aquí cerca. Si han sido lo suficientemente astutos como para ocultarnos su rastro a nosotros, seguramente también lo serán para mantenerse alejados de esta manada de machos ávidos de caza. —Nik le dedicó una última y triste mirada al ciervo en descomposición y, de repente, Cammy empezó a gruñir.

—Algo se acerca —dijo Davis—. Algo malo.

Los tres hombres levantaron sus ballestas y ya estaban empezando a desandar el camino que habían recorrido para llegar al claro cuando cinco escarbadores machos parecieron materializarse de entre las mismas sombras. Se movían con una elegancia animal, con los cuerpos encorvados y las manos convertidas en garras. Uno de ellos, el más grande, les enseñó los dientes mientras hablaba con una voz tan gutural que era difícil reconocerla como humana.

—¡Ahora vosotros sois las presas! —Su rugido fue una especie de señal para el resto de los escarbadores.

Las criaturas atacaron al unísono.

—¡Corred a esa cima! —gritó Nik mientras lanzaba una flecha que se clavó en el cuerpo del macho que lo estaba atacando—. ¡Desde allí podremos atacarlos!

—¡Cammy! ¡Arriba! —gritó Davis.

El terrier salvó la pendiente a toda velocidad y se puso fuera del alcance de las garras de los escarbadores.

Nik vio que Davis ya llevaba recorrida la mitad de la cuesta y que O'Bryan lo seguía de cerca. Su primo se dio media vuelta y se detuvo.

—¡Vamos, O'Bryan! ¡Sal de aquí!

—¡No te dejaremos atrás! —gritó O'Bryan.

Nik no alcanzó a ver dudar a su primo, pero si pudo sentirlo.

—¡No me estáis dejando atrás! ¡Subid y disparad desde ahí!

—¡Lo tengo! Yo... —Un grito de espanto interrumpió las palabras de O'Bryan—. ¡Ahhh!

Nik atravesó el cuello de otro escarbador con una de sus flechas. El enorme macho cayó derribado, retorciéndose y gorgoteando, y los tres que lo seguían dudaron, concediéndole a Nik el tiempo justo para ver que su primo estaba luchando cuerpo a cuerpo contra otro escarbador.

—¡O'Bryan! ¡Estoy llegando!

Con un movimiento tan fluido como el del agua al discurrir sobre un lecho de cantos rodados, Nik levantó la ballesta, apuntó y derribó a dos de los tres escarbadores con una única flecha. El tercer macho, que parecía más joven y ligeramente menos bestial, lanzó un aullido furioso antes de desaparecer en el bosque.

Nik se dio media vuelta y apuntó con su ballesta al macho al que se estaba enfrentando su primo. Sin embargo, no podía arriesgarse a disparar: los dos estaban demasiado cerca el uno del otro.

En lugar de usar la ballesta, Nik decidió correr, dándose impulso con los brazos y usando todas sus fuerzas para llegar hasta O'Bryan. Con la misma naturalidad con la que respiraba, Nik sacó la daga de la vaina de su cinturón de cuero. La criatura estaba de espaldas a él. Nik hundió en su carne la hoja del cuchillo, hasta el mango. El macho cayó de rodillas gritando de agonía y, antes de exhalar su último aliento, hundió sus dientes en la pierna de O'Bryan.

—¡No! —El grito de Nik fue un eco del alarido de dolor de O'Bryan.

Nik apartó al escarbador de un empujón y lo mandó rodando colina abajo. Entonces, cogió a O'Bryan por la cintura, lo ayudó a incorporarse y gritó:

—¡Vamos! ¡Vamos! ¡Vamos!

¡Fiuuum! ¡Fiuuum! Detrás de Nik, dos flechas hicieron blanco. Cuando O'Bryan y él llegaron a lo alto de la colina, Davis estaba allí, ballesta en mano y acompañado por Cammy, que gruñía junto a él.

—Los he alcanzado a los dos —dijo Davis—. Ya no veo ninguno más.

—Yo no he visto al que me ha atacado hasta que ha sido demasiado tarde —dijo O'Bryan, jadeando para recobrar el aliento mientras recostaba casi todo el peso de su cuerpo en Nik—. Ha salido del suelo. Estaban escondidos, Nik. Nos han tendido una emboscada.

—Tenemos que salir de aquí. ¡Ahora! —gritó Nik—. Davis, haz que Cammy se adelante. Pídele que nos avise si olfatea algún escarbador más. —Con la mano libre, Nik sostuvo su propia ballesta, lista para disparar—. Mientras tanto, tú cúbrenos las espaldas.

—¡Hecho! —respondió Davis con gravedad—. ¡Cammy, a casa! ¡Vigila!

Unidos por sus lazos de sangre y amistad, los tres hombres lucharon por abrirse camino a través del bosque. Dos nuevos machos los atacaron y ambos murieron, el uno por un disparo procedente de la ballesta de Davis y el otro por una flecha de Nik. No se detuvieron a descansar ni a evaluar la situación hasta que llegaron al arroyo donde todo había comenzado hacía más de dos semanas.

Nik cortó con su daga el pantalón empapado en sangre de O'Bryan, dejando a la vista una fea mordedura en su gemelo.

—Mete la pierna en el agua. Límpiatela. ¡Deprisa, O'Bryan! —dijo Nik—. Davis, que Cammy monte guardia. Dile que nos advierta si alguno más anda cerca.

Davis murmuró algo a su inteligente terrier y el can se subió de un salto a una roca junto a la orilla del río. Desde allí, olfateó el aire en todas direcciones mientras su aguda vista inspeccionaba el sotobosque en busca de posibles peligros.

—¡Ya está! ¿Qué puedo hacer yo?

—Recoge musgo de esa estatua de ahí y luego arráncate una tira de tela de la camisa. Voy a cortar la hemorragia, a hacer una cataplasma con el musgo y luego nos dirigiremos a casa —dijo Nik.

—A la orden.

Davis corrió hacia el ídolo de los escarbadores, una extraña figura que parecía una mujer surgiendo directamente de la tierra.

—¡Mierda de escarabajo, Nik, se me ha abierto la piel! —O'Bryan empezó a arañarse la herida, como si así pudiera arrancar de su cuerpo la sentencia de muerte que contenía.

—¡Para, primo! ¡Para! —Nik agarró las manos de O'Bryan para evitar que se dañara aún más la piel—. No está tan mal. Déjame que te la vende, y luego te llevaremos con los curanderos.

O'Bryan se desplomó de espaldas, con las piernas aún en el agua y el resto del cuerpo temblando en la orilla.

—Sabes que no pueden hacer nada, lo sabes perfectamente. Estoy acabado.

Nik sacudió a O'Bryan por los hombros.

—¡No puedes rendirte!

—¡Aquí lo tengo! ¡Lo tengo! —Davis le lanzó una pequeña mata de espeso musgo verde a Nik.

Nik vendó con él la herida de su primo y trató de ignorar la profunda y sangrante oquedad que había dejado la piel faltante.

—Te vas a poner bien. No te ha alcanzado ninguna vena.

O'Bryan se tapó los ojos con el brazo.

—No me voy a poner bien. Lo sabes. Nunca volveré a estar bien. Nunca más.

—¡Te he dicho que no puedes rendirte! —dijo Nik, que seguía vendando la herida—. Davis, necesito esa tira de tela.

Nik escuchó que algo se rasgaba.

—Ahí la tienes. —Davis le tendió una tira de tela larga y fina.

Nik envolvió la tela alrededor de la herida, vendada con musgo, y la ató con fuerza.

—Bébete esto —dijo, tendiéndole a su primo el pellejo con agua.

Con manos temblorosas, O'Bryan hizo lo que Nik le pedía.

—¡Cammy está alerta! ¡Vienen más! Tenemos que salir de aquí —dijo Davis.

—Marchaos sin mí. Dejadme una ballesta. Los mantendré ocupados —dijo O'Bryan.

—De ninguna manera —declaró Nik con gravedad—. Ahora, dame la mano y saca el culo del agua. Nos vamos a casa.

No vieron al hombre grande y a los dos más pequeños, aunque no menos peligrosos, que los observaban desde la profundidad de las sombras del bosque. No vieron la mirada de satisfacción de Ojo Muerto mientras acariciaba la cicatriz con forma de tridente de su brazo y se imaginaba el nuevo futuro que estaba empezando a desplegarse ante él.

—Tenías razón, Campeón —dijo Puño de Hierro—. Los escarbadores están infectados.

—Y eso significa que los Otros también se infectarán. Lo único que tenemos que hacer es seguir desollando criaturas del bosque, pero, como tú dijiste, no tanto como para llevarlas hasta el santo remanso de la muerte —opinó el segundo hombre, al que llamaban Acosador.

—No, debemos seguir tus órdenes y parar mientras aún tengan fuerza para vivir, para moverse, para llegar hasta la gente del bosque —dijo Puño de Hierro.

—Y se aniquilarán entre ellos de forma aún más bella de lo que lo han hecho hoy —opinó Acosador.

—Exacto. Me alegro de que ahora ambos me entendáis —replicó Ojo Muerto—. ¿El cepo está dispuesto?

—Tal y como ordenaste —asintió Puño de Hierro.

—Nos aseguramos de que la partida de aprovisionamiento de los Otros no se percatara de nuestra presencia, pero han sido atraídos al lugar de la emboscada.

—Lo habéis hecho bien. Muy bien —dijo Ojo Muerto. Levantó el cepo con el que habían atrapado a varios pavos gordos—. Ahora, llevémosle a Dove y a la diosa nuestras inmaculadas presas. ¡Esta noche, el pueblo tendrá un banquete para celebrar la recompensa que nos aguarda el futuro!

27

Hasta bien entrado el anochecer, cuando Nik hubo llevado a O'Bryan al nido de los curanderos y hubo hecho que Davis y Cammy se sometieran a una revisión y se hubo asegurado de que no habían sufrido ninguna herida en la piel, las manos no dejaron de temblarle.

—Ha sido culpa mía. Yo soy el único culpable de que O'Bryan estuviera allí.

—Hijo, bébete esto. —Sun puso entre las manos de su hijo una taza de cerveza caliente mezclada con una infusión de hierbas.

Nik negó con una sacudida de cabeza.

—No, no puedo dormir. Tengo que volver al nido de los curanderos y acompañar a O'Bryan.

—Nikolas, bebe. Descansa. Mañana debes partir con la expedición de aprovisionamiento, y no puedes marcharte sin haber dormido, no si lo que pretendes es volver vivo de ella. Y yo espero que así sea —dijo Sun.

—Padre, no puedo dejar a O'Bryan aquí así.

—No puedes hacer nada por él. Solo el tiempo dirá si se ha infectado o no. Pediré al sol que lo bendiga y le cuidaré en tu ausencia, pero la expedición no puede esperar, y tú debes unirte a ella...

—Pero O'Bryan...

—¡Un solo individuo nunca es más importante que la tribu! —le interrumpió Sun—. O'Bryan sabía cuáles eran los riesgos que implicaba salir de cacería contigo. Los aceptó voluntariamente. Tú has hecho todo lo que estuvo en tu mano para protegerlo. Has conseguido traer de vuelta a la tribu, sanos y salvos, a un joven cazador, a su terrier y a ti mismo a pesar de que os tendieron una emboscada y os perseguían varios escarbadores salvajes. La partida de aprovisionamiento te necesita, y la tribu necesita desesperadamente los materiales que habéis de traer. Mañana partirás con ellos.

Nik clavó los ojos en los de su padre.

—¿Por qué estamos haciendo esto? ¿Es porque te sientes culpable?

—Contesta tú mismo a esa pregunta.

—Desconozco la respuesta. Ya no sé nada, salvo que estaba persiguiendo un espejismo con mi primo, mi mejor amigo, el hombre al que considero como un hermano, y que ahora probablemente sufrirá una terrible y dolorosa agonía, habiendo conocido tan solo dieciocho inviernos.

—Nik, algo está pasando, algo que va mucho más allá de encontrar a ese cachorro que tanto deseabas que te eligiera y descubrir la verdad sobre esa muchacha híbrida. Sea lo que sea, es el único causante de las heridas de tu primo. Tú le has salvado, hijo. Tú lo has traído de regreso a casa.

—¿Para qué? Ya sabes la suerte que le espera. Vimos cómo madre moría a causa de lo mismo. Tal vez debería haber dejado que el escarbador lo matara, así al menos su sufrimiento habría terminado rápido.

—¿Y si la roya no lo infecta? Entonces, ¿qué?

—Padre, la herida es profunda. Sabes perfectamente las pocas esperanzas que hay —dijo Nik.

—Pero, al menos, existe esperanza, y eso es gracias a que lo has traído a casa. Duerme —repitió Sun—. Y quédate aquí esta noche. Visitaremos juntos el nido de los curanderos mañana, antes de tu partida.

Nik suspiró y cedió ante la insistencia de su padre. Se llevó la taza a los labios y dio un profundo trago. Las hierbas no tardaron en hacer efecto, tornando su visión borrosa y entorpeciéndole el habla.

—Ojalá me hubieran mordido a mí, en vez de a él —murmuró mientras su padre lo tendía en el camastro que había preparado junto al fuego de la chimenea.

—Y yo estaré eternamente agradecido de que no fuera así —dijo Sun—. Laru, quédate con Nik.

El gigantesco pastor se acostó junto a Nik, le transmitió toda la calidez de su cuerpo y lo calmó con su amor y lealtad, haciendo que a Nik le resultara imposible resistirse a la negrura. Finalmente, acurrucado contra el can de su padre, cerró los ojos y se entregó a una noche sin sueños.

—Tiene buen aspecto —dijo Sun mientras Nik y él dejaban el nido de los curanderos y se dirigían al ascensor—. Tal como ha dicho la curandera, no hay síntomas de infección ni de inflamación. Eso significa que hay esperanzas para O'Bryan. Además, tu primo tiene una actitud muy positiva, y eso puede ayudarle a salir de esta de una pieza.

—Eso espero, padre.

Nik no quería hablar de O'Bryan y tampoco de lo que con tanta certeza sabía: que ni la buena predisposición de su primo ni la ausencia de infección o inflamación lo salvarían. Lo cierto era que, de cada diez miembros de la tribu afectados por una herida que les rasgara la piel, seis acababan contrayendo la roya. Cuanto más grave era la herida, mayores eran las posibilidades de resultar infectado por la enfermedad. Y aquel escarbador le había arrancado a O'Bryan un trozo de carne del tamaño de una boca humana del gemelo. Los números jugaban en su contra, pero Nik no tenía ganas de discutir con su padre sobre hacerse falsas esperanzas, así que cambió de tema:

—¿Cuántas parejas has decidido mandar a la expedición?

—Seis: Wilkes liderará con Odin, por supuesto. También he accedido a que vayan Monroe y Viper, Sheena y Captain, Crystal y Grace, Winston y Star y Thaddeus y Odysseus. Y tú, evidentemente.

Nik miró a su padre con la frente arrugada.

—Espera, ¿has accedido a que Thaddeus se una a la partida, siendo consciente de que yo también iría?

—Nik, que no te caiga bien no es razón suficiente para no incluir en la misión al mejor cazador de la tribu —respondió Sun.

—Pero que sea un cabrón arrogante que nunca jamás me escucha sí que es un motivo bastante bueno.

Sun se detuvo y se volvió para quedar frente a su hijo.

—Thaddeus es soberbio, y no os tenéis ningún aprecio, pero nunca haría nada que pusiera en peligro la seguridad de Odysseus. Además, el que está a cargo de la misión es Wilkes. Él te escuchará.

Nik suspiró y se pasó la mano por el pelo.

—De acuerdo, pero que quede claro que no me gusta. ¿Y qué me dices de las dos mujeres? ¿De veras es necesario arriesgarlas a ambas?

—Hijo, ¿quién crees que ha elaborado la ruta inicial de este viaje?

—Creía que lo había hecho Wilkes. —Nik se encogió de hombros.

—No. Sheena y Crystal han estado trabajando juntas para mapear las ruinas durante los últimos ciclos lunares. No las subestimes. Conocen ese río mejor que los pescadores. De hecho, los pescadores evitan Ciudad Puerto, pero Sheena y Crystal conocen las entradas y las salidas del canal mejor que su propio nido. No te preocupes por su seguridad. Son pequeñas, sí, pero es precisamente por ello por lo que pueden entrar en sitios en los que ni tú, ni ninguno de los hombres cabríais jamás. Y sus pastores son dos de los canes más resistentes de la tribu. Protegerán a sus camaradas.

—De acuerdo, tú sabrás —dijo Nik, aunque no conseguía liberarse de la persistente sensación de catástrofe que parecía planear sobre la expedición.

—Hijo, no permitas que lo que le ha sucedido a O'Bryan nuble tu juicio. Haz tan buen uso de la perspicacia que sé que posees como de la pericia con la ballesta que toda la tribu conoce, y ayuda a Wilkes a traer a la partida de vuelta a casa sana y salva.

Nik suspiró largamente.

—Tienes razón. Lo que le ha pasado a O'Bryan me está afectando mucho. Padre, están pasando cosas muy extrañas en el bosque. ¿No te tiene eso preocupado?

—Por supuesto que sí. Pero lo cierto es que en el bosque siempre suceden cosas extrañas. Vivimos en un mundo extraño y peligroso. Hijo, creo que el hecho de no haber encontrado al cachorro pesa demasiado en tu corazón.

—Sí. Pensaba que con ayuda de Davis y Cameron, y contando con O'Bryan en la cacería... Creía que gracias a ellos seguro que lo encontraría. Y también a la chica. O que, al menos, a estas alturas tendríamos pistas tangibles de su existencia. Pero lo único con lo que nos hemos topado ha sido con una emboscada de los escarbadores y con un montón de caos.

—¿Seguirás buscándolo cuando regreses? —preguntó Sun.

—Sinceramente, padre, todavía no lo he decidido. Y, en realidad, quizá sea eso lo que me tiene tan alicaído. No quiero renunciar a él, al cachorro. Pero estoy empezando a pensar que es probable que mi búsqueda sea tan insensata como considera el resto de la tribu.

—No toda la tribu piensa que seas un insensato. Algunos piensan que eres un joven leal y tenaz. Y, por si alguna vez lo dudas, yo formo parte de ese grupo, aunque es cierto que estoy terriblemente preocupado por los nuevos comportamientos que están exhibiendo los escarbadores macho.

—Entonces, ¿nunca antes se había tenido noticia de que hubieran tendido una emboscada? —preguntó Nik.

—No. Ni siquiera a Cyril le suena que algo así haya sucedido alguna vez. Anoche estuvo revisando nuestros registros de caza, y tampoco ha encontrado mención alguna a nada parecido. Parece extraño que este comportamiento sea exclusivo del presente. —Sun exhibía una mirada angustiada—. Estoy recibiendo presiones para que realicemos una purga de la población de escarbadores. Y, a la luz de este nuevo ataque, no sé cómo voy a poder argumentar lógicamente a los ancianos mi negativa.

—¿Una purga? ¿De verdad pretenden matar a todos los machos que encuentren?

—Sí. La sola idea ya me pone enfermo —reconoció Sun.

—¿Y qué pretendes hacer?

—Voy a rezar por que nos estemos enfrentando a un puñado de machos asilvestrados —suspiró—, y por que ayer matarais a la mayoría de ellos.

—¿Y si los aullidos nocturnos y las emboscadas no cesan?

—Entonces, mucho me temo de que seré el responsable del exterminio de los caminantes terrenos.

Nik apoyó una mano en el hombro de su padre.

—No será responsabilidad tuya. Habrá sido voluntad de la tribu.

—Yo soy el líder de esta tribu, Nik. Eso lo convierte en responsabilidad mía.

Padre e hijo llegaron hasta el ascensor. Allí los esperaban Wilkes y su pastor, Odin, que se saludó efusivamente con Laru.

—Ahí estás, Nik. Buenos días, Sun —dijo Wilkes.

—Buenos días a ti también, Wilkes. Odin está en una forma excelente —dijo Sun, estrechando la mano de aquel hombre altísimo.

—Gracias, Sacerdote Solar. La verdad es que así es.

—Me alegro de verte, Wilkes. —Nik le estrechó la mano y le dio una palmadita cariñosa en la cabeza a Odin.

—El resto del equipo ya está en el embarcadero, aunque yo he preferido esperarte —dijo Wilkes—. He supuesto que habríais ido a ver a O'Bryan.

—Allí estábamos —respondió Sun por Nik—. Está mejorando.

—Me alegro de oír eso. ¿Listo, Nik?

—Lo estoy —respondió Nik.

—Hijo, me despediré de ti aquí —dijo Sun—. Debo presidir la Celebración del Amanecer, y luego Cyril me ha pedido que acuda al Consejo para discutir seriamente el asunto de los escarbadores. —Atrajo a Nik hacia sí y le dio un fuerte abrazo—. Cuídate, hijo. Vuelve pronto a casa.

—Te quiero, padre. —Nik le devolvió el abrazo.

—Y yo a ti, Nikolas —despidiéndose de Wilkes con un leve gesto de cabeza, Sun y su Laru se alejaron en dirección al nido del Consejo.

—Ese asunto de los escarbadores es muy raro, ¿no te parece? —Wilkes trató de conversar con Nik mientras el elevador descendía.

—Sí. Rarísimo —replicó Nik, con la esperanza de que su sequedad frenara las preguntas de Wilkes.

—¿De verdad os tendieron una emboscada?

—Sí —Nik reprimió un suspiro.

—No tenía ni idea de que fueran tan inteligentes —comentó Wilkes.

Nik se encogió de hombros, como si el tema no fuera con él.

—Aparentemente, sí.

—Inteligentes y malvados. Una combinación peligrosa. Se parecen a mi última pareja.

Nik dio un imaginario salto de alegría cuando vio una puerta abierta al cambio de tema.

—¿Ethan y tú ya no estáis juntos?

—¡No! He dicho mi última pareja, porque a este paso me va a matar. Si se me ocurriera dejarle, sé a ciencia cierta que me mataría. —Wilkes rio de buena gana, y Nik le imitó, contento de que el elevador tocara suelo y pudieran dejar de lado el tema de los escarbadores, aunque solo fuera durante un rato.

—Entonces, ¿cuál es el plan para el equipo? —preguntó Nik mientras avanzaban por el bosque y descendían por la colina hacia la isla de la Granja y el caudaloso río, cuyo cauce surcarían hasta las ruinas de la inmensa ciudad que llamaban Puerto.

—Va a ser un buen viaje. Sheena y Crystal han descubierto un edificio al suroeste, justo en el canal, en el que nunca antes hemos entrado.

—¿Justo en el canal? —preguntó Nik—. No es muy común hacer un hallazgo tan cerca del Muertum. ¿Cómo ha sucedido?

La tribu llevaba generaciones aprovisionándose en la ciudad. Siempre intentaban mantenerse lo más cerca posible de la vía de escape que les proporcionaba el ancho canal, conocido oficialmente como río Willum y al que muchos se referían, en un tono menos formal y más morboso, como río Muertum. Sin embargo, a medida que los inviernos y las décadas habían ido pasando, la tribu se había visto obligada a adentrarse más y más en la ciudad muerta, y eso implicaba también que cada vez menos expediciones habían conseguido salir de allí con vida. Ciudad Puerto era territorio de los robapieles, y las incursiones en su territorio eran demasiado arriesgadas como para justificar que los encargados de hacerlas perdieran la vida intentando conseguir ollas, sartenes, espejos o cadenas.

—Según parece, lo que durante toda la vida hemos pensado que no era más que un montón de escombros y enredaderas era en realidad un gran edificio de metal. Hasta hace dos días, cuando las chicas estaban terminando el reconocimiento, quedaba tan oculto por la vegetación que nadie se había molestado en inspeccionarlo más de cerca.

—¿Y cómo lo descubrieron? —preguntó Nik.

—La tormenta eléctrica que hubo hace un par de noches hizo que una sección del techo se desplomara. Probablemente le cayó algún rayo. La abertura no es demasiado grande, pero puede verse desde el río. Las chicas lo han comprobado. Dicen que dentro hay muchísimo cable de acero, cadenas e incluso algunos vidrios.

—Es demasiado bueno para ser verdad —dijo Nik. Al hacerlo, se le erizó la piel.

—Bueno, ya ha pasado alguna vez antes. ¿Recuerdas lo que ocurrió hace diez inviernos? La expedición liderada, si mal no recuerdo, por el padre de Monroe, descubrió la manera de entrar dentro de aquella estación de piedra a través de las vías del tren. Ese condenado lugar llevaba tanto tiempo sellado que ya nadie recordaba su existencia. Y entonces, un día, ahí está: una pared se derrumba, y aparece un tesoro de espejos, ollas y sartenes.

—Sí, lo recuerdo. Mi madre se quedó con uno de los espejos. Sun aún lo conserva —dijo Nik.

—Y estaba todo ahí, tan cerca que quedaba prácticamente a un escupitajo del río. Y da la sensación de que esta vez el hallazgo es incluso mejor, porque parece ser exactamente lo que necesitamos para poder construir más nidos —dijo Wilkes.

—Es prometedor —replicó Nik, intentando librarse de aquella sensación premonitoria.

La ciudad en ruinas era un ente vivo que cambiaba, crecía, moría y renacía una y otra vez. Que la partida de reconocimiento hubiera encontrado justo lo que la tribu necesitaba tan cerca del río era algo bueno. Entrar sería fácil, y salir más fácil todavía. Así el peligro se reduciría.

—¡Sí que lo es! —Wilkes sonrió, evidentemente animado—. No creo ni que nos haga falta la luz de la luna esta noche para volver remando a casa. Diría que estaremos de vuelta para celebrar la puesta de sol.

—Me gusta ese pronóstico —respondió Nik.

—No parece que vayamos a necesitar de tus dotes de observador, pero no te preocupes. Me alegro de que hayas venido. Oye, igual hasta avistamos alguna presa desde el río y puedes hacernos una demostración de tus habilidades como tirador. Así esta noche traeremos de vuelta a casa metal, vidrio y carne fresca —dijo Wilkes—. Hazme caso: esta es una misión con buena estrella.

—Me esforzaré al máximo —dijo Nik, sintiéndose ligeramente estúpido por la inquietud que lo invadía.

Sabía que su desánimo tenía más que ver con O'Bryan, con el cachorro perdido y con la chica misteriosa que con la expedición de aprovisionamiento de Wilkes. Hizo un esfuerzo para liberar la mente. Tenía que centrarse y ser un miembro activo de la misión: ya decidiría después qué hacer con el resto de las cosas.

El muelle desde donde partirían estaba cerca de la base del puente que conducía a la isla de la Granja. Mientras Nik y Wilkes descendían corriendo el último tramo de pendiente de la colina, vieron que el resto del equipo se había colocado frente al sol, con los rostros y los brazos alzados hacia el nuevo sol saliente.

—¡Ah, bueno! Estamos a punto de empaparnos en el amanecer. Siempre es un buen comienzo para un viaje de búsqueda —dijo Wilkes.

Él y Nik se unieron rápidamente a ellos, alzando la cara y los brazos a la claridad, la luz dorada del nuevo día.

Nik inspiró hondo y dejó que la energía de los rayos solares calcinara el persistente presagio que lo acosaba desde que había encontrado el ciervo en descomposición en aquel claro. Una intrincada maraña de nervios de hojas se iluminó bajo la piel desnuda de sus brazos mientras la calidez lo invadía y le proporcionaba la descarga de energía que tanto necesitaba.

—Buenos días, Nik —dijo Winston—. Siento mucho lo de tu primo.

—Gracias —dijo Nik, dándole una fugaz palmadita a la pastora de Winston, Star.

—¿Cómo está? —preguntó Winston.

—Aguantando —respondió Nik—. Gracias por preguntar.

—¡Eh, hola, Nik! Me alegro de que tu ballesta y tú os unáis a la expedición. —Monroe le dio una palmadita en la espalda y su pastor, Viper, de un negro azabache, lo olfateó para saludarle amistosamente.

—Mi ballesta y yo también nos alegramos de acompañaros, Monroe —dijo Nik—. Aunque, por lo que me ha contado Wilkes, la misión va a consistir en entrar y salir en un visto y no visto.

—Eso esperamos —dijo Sheena—. Hola, Nik.

—Me alegro de verte, Sheena. Y a ti también, Crystal. Vuestros pastores tienen buen aspecto. —Nik se detuvo a mirar realmente a Captain y Grace, que estaban tumbados juntos en el muelle—. Grace está particularmente lustrosa.

La sonrisa con la que le respondió Crystal era radiante.

—Como debe ser.

—Tienes razón. Así debe ser, sin duda. Lleva el futuro en su vientre. —Sheena le dio a Crystal un beso íntimo, fugaz, y luego echó una mochila con provisiones al interior de su kayak.

—¿Grace está preñada? —preguntó Nik.

—No te preocupes, Nik —le dijo Crystal, palmeándole la mejilla con un gesto asombrosamente maternal—. Está de tan poco tiempo que acompañarnos no supone ningún peligro.

—No pasa nada —añadió Wilkes—. ¡Y la fertilidad trae buena suerte!

—¿Sun lo sabe? —preguntó Nik. Le costaba creer que su padre hubiera dado permiso para que una can preñada, aunque fuera en una fase muy temprana de la gestación, se uniera a una misión que implicaba tal peligro potencial.

—Bueno, no. Todavía no. Sheena y yo habíamos pensado anunciarlo después de…

Apenas Crystal empezó a hablar, la sarcástica voz de Thaddeus ahogó sus palabras.

—Nikolas, tú eres el único que piensa que hay que contárselo todo a tu papaíto.

El grupo al completo guardó silencio. Todos se quedaron mirando a Nik y esperando su respuesta. Era un secreto a voces que Thaddeus se había pasado las últimas dos semanas limpiando letrinas por la forma en que se había comportado durante la misión de rastreo en la que había acompañado a Nik. Hasta ese preciso instante, Nik no sabía con certeza cuántos miembros de la tribu estaban al tanto de que estaba más involucrado en el castigo de Thaddeus de lo que la gente suponía.

Nik dominó sus rasgos para componer una expresión de asombro.

—No se te ha visto mucho el pelo últimamente, Thaddeus. Ah, es verdad. Debe de ser porque estabas demasiado ocupado sacando mierda de un agujero.

—Por culpa de tu bocaza, maldito bast…

—¡Ya basta! —Wilkes se interpuso entre ambos—. No permitiré peleas en esta misión. Más os vale enterrar lo que sea que os pase hasta que volvamos, o ambos os quedaréis en tierra.

Nik se obligó a relajarse. Sonrió a Wilkes.

—Ningún problema con eso. Solo estoy aquí para ayudar. Nada más.

—¿Thaddeus? —preguntó Wilkes, dirigiéndose explícitamente a él.

—He participado en otras cinco expediciones de aprovisionamiento. Odysseus y yo haremos nuestro trabajo, como siempre. Si necesitáis rastrear algo, lo haremos. La presencia del hijo de Sun no tiene por qué cambiar eso —dijo Thaddeus.

—Bien. Entonces, terminemos de cargar los kayaks y partamos —dijo Wilkes.

Thaddeus pasó junto a Nik, llamó a su terrier, Odysseus, y le hizo un gesto para que se montara en su kayak. Se acercó un poco más de la cuenta a Nik, hasta casi rozarle, y le dijo en un susurro:

—Las cosas entre nosotros no se van a quedar así.

Nik le fulminó con la mirada y respondió, serio, y con un volumen parecido:

—Está bien saberlo.

—Nik, tú remarás con Sheena y Crystal —le gritó Wilkes desde el muelle—. Son las que más espacio tienen en su kayak.

—Por nosotras, genial —le sonrió Sheena a Nik—. Así podemos dejarle remar a él.

—No te preocupes. Pesáis tan poco que será como flotar en el agua —respondió Nik mientras le devolvía la sonrisa.

Nik decidió ignorar a Thaddeus, que seguía ceñudo. *Deja que la partida se dé cuenta de lo gilipollas que es. Con un poco de suerte, conseguirá cabrear a Wilkes y se ganará un par de semanitas más vaciando letrinas.* La idea le arrancó una sonrisa mientras ayudaba a las mujeres a cargar su kayak. Con un poco de suerte aquella podía ser, después de todo, una misión exitosa en más de un sentido.

28

No tardaron mucho en cargar los seis kayaks y amarrar a la popa de cada una de las pequeñas embarcaciones los depósitos flotantes, listos para recibir los preciados botines que esperaban obtener durante la misión. Cuando todo estuvo preparado, Wilkes los congregó alrededor del mapa que había desplegado sobre una gran roca lisa junto al puerto.

—Repasemos el plan una última vez para que todos lo tengamos claro: navegaremos el Willum cruzando Ciudad Puerto hasta el canal que se encuentra más al suroeste. Eso significa que para llegar allí tendremos que cruzar todos los puentes, así que manteneos alerta y vigilantes. Recordad: lo que no se ve alrededor de esas moles es mucho peor que lo que sí se ve. El edificio está justo delante de estas islas, aquí. —Wilkes señaló un punto en el mapa que mostraba un grupo de islitas con forma de lágrima en el centro del río—. En la orilla occidental. —Los ojos de Wilkes se posaron brevemente en Sheena—. Dijiste que cerca había un lugar para atracar los kayaks, ¿verdad?

—Sí, se ve muy bien. Está justo ahí. —Sheena señaló con el dedo un punto en el mapa.

—Para llegar a la abertura en el edificio es necesario escalar un poco. Se ve desde el río —añadió Crystal.

—No debería ser muy difícil enganchar un par de cables alrededor del metal y arrastrarlo hasta el agua, cargarlo en las barcas y largarnos —dijo Sheena mientras su compañera y ella se sonreían amorosamente.

—Me gusta cómo suena eso —respondió Wilkes—. ¿Preguntas?

Nik estuvo a punto de mantener la boca cerrada, pero las palabras de su padre le reconcomieron la conciencia y le incitaron a hablar.

—Sheena, ¿has dicho que la abertura del edificio alcanza a verse desde el río?

—Sí, aunque está bastante oculta por enredaderas y cosas así. Tal vez no la hubiéramos visto de no haber sido por ese trozo de vidrio.

—¿El vidrio? —preguntó Nik.

—Sí, debía de estar atrapado en las enredaderas cuando el techo se derrumbó y, justo cuando estábamos remando junto al edificio, se reflejó un rayo de luz en la superficie —intervino Crystal—. Por eso no lo habíamos visto en incursiones anteriores. ¿Cuántas veces crees que habremos pasado por allí delante antes de que esa cosa nos hiciera un guiño? —le preguntó a su pareja.

Sheena levantó uno de sus esbeltos hombros.

—Muchas. Fue una verdadera bendición que el sol nos lo revelara.

Salvo por Nik, el grupo al completo asintió y sonrió.

—¿Tienes alguna pregunta más, Nik? —quiso saber Wilkes.

—No. No, esa era la única pregunta que tenía. Es solo que me parece raro. Hace más de diez inviernos desde que se hizo un hallazgo tan cerca del río, ¿no es así?

—Sí, bueno, parece que somos afortunados —dijo Wilkes con una ancha sonrisa.

—Como han dicho las chicas, el sol las bendijo. Al hijo del Sacerdote Solar no debería costarle tanto aceptar algo así —dijo Thaddeus con una sonrisa mordaz.

—Oh, yo no tengo ningún problema en aceptar las bendiciones del sol —respondió Nik—. Siempre y cuando de verdad sean bendiciones.

—¿Qué pretendes? ¿Ya estás persiguiendo espejismos otra vez? —Los ojos de Thaddeus refulgieron con malicia.

—No, Thaddeus, solo estoy intentando hacer mi trabajo, igual que tú. Me he unido a esta misión para disparar a posibles blancos y observar. Y, dado que ahora mismo no hay nada a lo que disparar, estoy observando.

—Bueno, pues esperemos que observar sea lo único que tengas que hacer hasta que regresemos a la tribu cargados de metal —dijo Wilkes.

—Y vidrio —añadió Crystal—. Vi una pieza casi perfectamente redonda, sin una sola grieta. Pienso llevármela y convertirla en la ventana de nuestro nuevo nido.

Sheena deslizó su mano para engarzarla con la de Crystal.

—Nuestro nuevo y amplio nido. Me muero de ganas de que llegue el día en que no tengamos que vivir apiñadas en ese diminuto nido de solteras. Al fin y al cabo, ¡dentro de poco tendremos cachorros!

—Y yo digo que, con esa bendición en mente, zarpemos —dijo Wilkes.

Los seis relucientes kayaks de madera se deslizaron con fluidez sobre las aguas del Willum, hiriendo la corriente con la misma facilidad que un cuchillo al rojo se hunde en un cubo de grasa. Los canes se acomodaron en sus esteras sobre el lastre. No tardaron en quedarse adormilados bajo la cálida luz matutina.

Nik se alegraba de formar equipo con Sheena y Crystal. Le caían bien. Hacía varios inviernos que se habían emparejado y, a diferencia de Wilkes y Ethan, casi nunca discutían. Además, pesaban la mitad que los hombres, y eso contando incluso el peso de sus grandes pastores, que en aquel preciso instante roncaban audiblemente.

—Así que cachorros, ¿eh? —les gritó Nik, desde su puesto en la parte trasera del bote, mientras los tres remaban—. Son buenas noticias. Seguro que Captain y Grace tienen una camada de cachorros preciosos.

—¡Estamos muy emocionadas! —dijo Crystal.

—Cualquiera diría que es ella la que va a dar a luz —dijo Sheena, girando la cabeza para dedicarle a Crystal una cálida sonrisa.

—Vamos, no finjas que no estás tan emocionada como yo. Sheena lloró cuando Captain y Grace se aparearon —dijo Crystal.

—Fueron lágrimas de alegría —admitió Sheena—. Lo reconozco. Y puede que también llore cuando nazcan.

—Enhorabuena. Me alegro mucho por vosotras —dijo Nik—. Siempre es bueno que haya nuevos cachorros en camino, sobre todo teniendo en cuenta lo rápido que está creciendo la tribu.

—¿No querrás decir que es bueno que haya más cachorros para tener una oportunidad de que uno te elija? —gritó Thaddeus.

—Ese comentario no viene a cuento —dijo Sheena, fulminando a Thaddeus con una mirada sombría.

—No te preocupes —dijo Nik, forzando una risa—. Además, lo cierto es que me sentiría muy honrado si uno de los cachorros de vuestros Captain y Grace me eligiera.

El agua le hizo llegar el resoplido de Thaddeus.

—Tú te sentirías muy honrado si cualquier cachorro te eligiera, aunque fuera un cachorro fantasma.

Nik miró a Thaddeus, que le fulminaba con su maliciosa mirada mientras se rascaba los brazos. Además de no dejar de gruñir, parecía incómodo. *Bueno, es que hace mucho calor. El muy idiota no debería haberse puesto una túnica de manga larga.* Antes de que Nik pudiera abrir la boca para responderle y decirle que enfriara los ánimos —tanto en sentido literal como figurado—, Crystal se le adelantó.

—Nik, ¿qué te parece si ponemos a trabajar los músculos y les abrimos el camino a los muchachos? —dijo, mirando ceñuda a Thaddeus—. Además, seguramente la compañía sea más agradable que la que hay por aquí.

—Wilkes, ¿te importa si nos adelantamos? —gritó Sheena.

—No, pero manteneos a la vista y dejad que os alcancemos antes de cruzar el puente del Triángulo. Vosotras dos conocéis estas aguas mejor que todos nosotros juntos, y esa zona del río es bastante traicionera.

—¡Eso haremos!

Los tres empezaron a remar y su kayak se adelantó rápidamente, dejando atrás con facilidad a los otros botes, que transportaban cargas más pesadas.

—No soporto a ese cabrón arrogante —dijo Sheena.

—Sí. Si no fuera por el excelente olfato de su terrier, no tendría ninguna importancia para la tribu. —Crystal le dio la razón.

—Es desesperante, ¿no? —dijo Sheena.

—¿Que sea un cabrón? Sí —concordó Nik.

—Sí, bueno... A lo que me refería es a que es desesperante que a él lo haya elegido un can, aunque sea un terrier y no un pastor, y a ti no —dijo Sheena.

Nik, que no estaba acostumbrado a hablar abiertamente de un asunto tan delicado con nadie que no fuera O'Bryan, se quedó callado, buscando las palabras para responder.

—Sheena, cariño, creo que a Nik no le apetece hablar de eso —le recordó delicadamente Crystal.

—No, está bien. No me importa. Soy consciente de que la gente habla de mí, de que se habla sobre ello. Dicen que no he sido elegido y que soy un imbécil obsesionado con perseguir el rastro de un cachorro que hace mucho que debe de haber muerto.

—Nosotras no pensamos que seas un imbécil. Es más, te damos la razón —dijo Crystal—. Yo jamás dejaría de buscar a Grace, y Sheena nunca cejaría en su empeño de buscar a Captain.

—Gracias. Significa mucho para mí que me digáis eso —dijo Nik, y entonces aprovechó para cambiar de tema—. Bueno, contadme más acerca de ese nuevo nido que estáis construyendo.

Crystal recibió aquel tema con el mismo entusiasmo que un pastor recibe una pelota, y Sheena y ella no tardaron en enzarzarse en una animada discusión sobre dónde deberían colocar la ventana que pretendían cubrir con vidrio y sobre si preferían que su hogar tuviera uno o dos pisos. Agradecido de no tener nada que aportar a la conversación, Nik se concentró en seguir remando e inspeccionando el río.

A su madre le encantaba contemplar el río. Nik recordaba que solía hablar de él como si fuera una criatura viva que albergara innumerables secretos y, aunque respetaba su fuerza, y sabía que bajo aquella superficie de aspecto engañosamente inocente se ocultaban los vestigios de un mundo muerto hacía largo tiempo, le provocaba mucha más curiosidad que temor.

No se atrevía a decirlo en voz alta, pero de niño Nik no había pensado lo mismo, y seguía sin hacerlo. A él el río no lo intrigaba.

Es más, le atemorizaba profundamente, aunque aquella revelación había muerto con la única persona conocedora de aquel miedo: su madre. La tribu decía que el Muertum era un misterio, un misterio que demasiado a menudo terminaba con la muerte de los que pasaban demasiado tiempo en él. Nik había sido testigo de cómo la muerte salía al encuentro de los que se aventuraban en el río. La primera vez era tan pequeño que no debería conservar ningún recuerdo, pero tenía grabada a fuego en la mente la imagen de aquel claro día de verano y de los pescadores que navegaban tranquilamente por sus aguas, lanzando con despreocupación sus anchas redes. O, más bien, lo que se había quedado grabado a fuego era el recuerdo de aquel pescador que había lanzado su red demasiado cerca de uno de esos troncos medio hundidos que solían llamar «vórtices». La red se quedó enredada en el tronco y, antes de que el pescador pudiera liberarla, perdió el equilibrio y cayó al río. La maraña de corrientes que se arremolinaban alrededor del aspirador lo arrastró bajo la superficie con tanta fuerza que sus raíces, ocultas bajo las turbias aguas de la crecida primaveral, lo atraparon y se aferraron a él como un amante demoníaco hasta que se ahogó.

Nik reprimió un escalofrío al recordar vívidamente cómo la tribu arrastraba el aspirador hasta la orilla para liberar el cadáver pálido e hinchado del pescador.

Sin embargo, lo cierto era que lo que más atemorizaba a Nik no eran los aspiradores, ni tampoco las corrientes traicioneras o los restos de lo que alguna vez debieron ser imponentes embarcaciones pero que ahora no eran más que moles oxidadas, volcadas e inútiles que bloqueaban el canal en el centro de la ciudad en ruinas. Lo que más le aterrorizaba del río eran las trampas mortales que llamaban puentes.

Según los archivos tribales y las asombrosas capacidades de reconstrucción de los constructores de la tribu, se creía que Ciudad Puerto tenía en el pasado doce gigantescos puentes que surcaban de orilla a orilla el ancho del río Willum. Ninguno de ellos había sobrevivido intacto tras la muerte de la ciudad, pero, en distinta medida, todos ellos habían dejado sus huellas sobre, o bajo, las aguas del río.

—¡Atentos! —dijo Crystal desde su puesto en la parte delantera del kayak—. Vamos a pasar por el puente del Arco.

Nik apretó los dientes y se secó en los pantalones las palmas sudorosas, primero una y luego la otra, antes de empezar a remar apartando el agua con fuerzas renovadas. Al estar en la parte trasera del kayak, el puesto más importante para mantener el rumbo, su misión era asegurarse de que la barca no se acercaba a ninguno de los remolinos que discurrían junto a los enormes arcos verdes caídos que sobresalían del agua como si fueran la dentadura podrida de un gigante ahogado. Se obligó a inspirar honda y lentamente y a reprimir el pánico que amenazaba con aflorar a la superficie mientras seguía las indicaciones que Sheena les iba haciendo a gritos para que se acercaran más a la izquierda o a la derecha, o para que remaran más o menos deprisa.

—¡Buen trabajo, Nik! Ya casi lo hemos cruzado. Colócanos un poco más en el centro. Este puente no es de los peores, pero, si no tenemos cuidado, la corriente nos engullirá —les advirtió Sheena.

Nik se inclinó hacia delante para seguir remando e impulsó la barca hacia el centro del río. Rápidamente, los tres dejaron atrás el mortífero remolino. Cuando lo hubieron pasado y estuvieron lejos de él, Nik miró a su derecha y vio cómo un enorme vórtice quedaba atrapado en la resaca y cómo los rápidos, coronados de espuma, giraban y lo vapuleaban como si no pesara más que un palo que se le lanza a un pastor, antes de que el agua finalmente se lo tragara y lo hiciera desaparecer.

Nik se estremeció, pero siguió remando.

Lo único que quedaba del siguiente puente eran unos pilares rectangulares de piedra medio derrumbados que solían sufrir desprendimientos en el momento menos esperado. Hacía dos inviernos, un camarada y su pastor habían muerto mientras remaban demasiado cerca de uno de los edificios e intentaban mantenerse alejados de los remolinos. El desprendimiento los había enterrado tan hondo que la tribu nunca pudo recuperar sus cuerpos.

—Esperemos aquí —dijo Sheena cuando hubieron atravesado las moles de piedra y estuvieron a salvo al otro lado—. Deberíamos cruzar el Triángulo con el resto del grupo.

—Una parte del Triángulo ha vuelto a moverse —explicó Crystal mientras detenían el bote—. Sheena nos guiará. Los demás deberían seguirnos de cerca.

—De acuerdo, sin problema.

Nik intentó parecer despreocupado, pero no podía dejar de secarse las manos sudorosas en los pantalones ni de hundir los hombros para, antes de continuar, intentar liberar un poco de la tensión que lo atenazaba.

—A mí también me ponen la piel de gallina los remolinos —dijo Crystal.

—Son un grano en el culo, y la razón principal de que este maldito río cambie tan a menudo.

—Creía que vosotras erais chicas de río, que no había nada en el Muertum que os hiciera perder la calma.

—¿Lo dices en serio? ¡A mí me ponen enferma! —admitió Crystal—. Son aberrantes.

—No es más que agua que ha encontrado una manera un poco extraña de escapar —rio Sheena.

—¿Sabes a qué me recuerdan? —le preguntó Crystal a Nik. No esperó a que respondiera—. Es como si los puentes perforaran la superficie de la piel y la hicieran sangrar bajo el lecho del río. Los remolinos son las venas abiertas de la tierra, y a través de ellas fluyen corrientes de agua, barro, vórtices y cuerpos —Crystal se estremeció, asqueada, y calló un momento— hasta tierra firme.

—No puedo estar más de acuerdo contigo. —La mirada de Nik se topó con el agua burbujeante que señalaba la presencia de los cimientos del próximo puente. Incluso desde la lejanía, Nik era capaz de ver cómo las olas coronadas de espuma borboteaban en el río y delimitaban una zona de aguas turbulentas y llenas de escombros que fluían hacia el interior de la ciudad—. Nunca he visto remolinos así en ninguna otra parte del río.

—Es que solo los hay aquí, en las ruinas de los puentes de Ciudad Puerto. Hace más o menos cinco inviernos, cuando empecé a interesarme de verdad por comprender el río, hablé con uno de los ancianos. Me dijo que, en teoría, los remolinos surgieron durante el último de los grandes terremotos, pero no supo explicarme por qué solo aparecen aquí, únicamente cerca de los puentes —dijo Sheena, y se encogió de hombros—. Yo más bien los veo como un problema más con el que hay que lidiar cuando se explora el río.

Crystal le dedicó a su novia una larga sonrisa.

—Lo dice Sheena, la que no le tiene miedo a nada.

—Pero eso es solo porque te tengo a mi lado —dijo Sheena.

Nik miró hacia otro lado mientras las dos chicas compartían un tierno e íntimo beso, intentando darles algo de privacidad mientras se preguntaba cómo sería emparejarse con alguien que creyera que Nik no le temía a nada.

—¡Todos concentrados y preparados para abordar el Triángulo! —gritó Wilkes mientras se colocaba a la cabeza del grupo.

—Se ha movido un poco, probablemente durante la última gran tormenta —comentó Sheena.

—Pero Sheena sabrá guiarnos para que lo atravesemos. Navegad detrás de nosotras y no os pasará nada —dijo Crystal—. Venga, Nik, ¡danos un poco de potencia!

—¡Voy! —Nik se inclinó para remar, con la concentración puesta en Sheena y las instrucciones que le gritaba.

A pesar de que Nik respetaba y valoraba la seguridad con la que ambas mujeres navegaban el río, deseaba con todas sus fuerzas poder estar en cualquier otra parte.

Las barcas se aproximaron al Triángulo con una precaución largamente ensayada. A la vista quedaban algunos restos del puente original, pero una buena parte de él quedaba oculta justo bajo la superficie. Lo habían bautizado «el Triángulo» por la forma que tenían los gigantescos fragmentos de acero que flotaban en el río. Afilados y letales, giraban con la corriente como si el puente derruido estuviera vivo y acechara a quienes osaran adentrarse en su acuosa morada.

—Os va a dar la sensación de que estamos acercándonos demasiado al remolino —gritó Sheena a pleno pulmón, para que su voz se escuchara por encima del rugido del agua—, pero nos dirigimos hacia allí solo para rodear un enorme trozo de metal que queda a la izquierda. Cuando grite «ahora», Nik frenará y virará, muy rápido, hacia el centro del río. Así que dadlo todo con esos remos. No queremos que ese remolino atrape a ninguno.

Nik tragó saliva y notó un retortijón en el estómago.

—¡Ahora, Nik! —gritó Sheena.

Nik hizo exactamente lo que le había ordenado, y los tres dejaron atrás el afilado borde de metal oxidado, así como el espumoso remolino.

—¡Bien hecho, Sheena! —dijo Wilkes cuando todos estuvieron fuera de la zona del Triángulo—. Ahora, ayúdanos a cruzar el resto.

—¡Dicho y hecho! —gritó Sheena en respuesta.

—¡Esa es mi chica! —sonrió Crystal.

Aún medio dormido, Captain meneó el rabo y rozó la superficie del agua. El tacto húmedo lo despertó completamente y, con un respingo que casi lo hace caer de lado, encogió la cola bajo el cuerpo y provocó la risa de las dos mujeres, que enseguida empezaron a tomarle el pelo al gran pastor.

Nik no dijo nada. Se limitó a volver a secarse las manos y a darle la razón en silencio al can. Si él tuviera cola, la mantendría a buen recaudo, alejada de aquel río furibundo.

El siguiente puente se había fragmentado en gigantescas láminas de metal del color de la sangre reseca. Las únicas que no se habían hundido en el fondo del río eran las dos que habían quedado enganchadas en el casco de un barco que, a su vez, estaba volcado contra los restos de lo que debía de haber sido un enorme pilar de piedra. Cuando pasaron remando junto al puente, Nik pensó que estaría eternamente agradecido de que aquellos que habían vivido antes que él hubieran saqueado ya cualquier cosa de utilidad que hubieran podido encontrar en los oxidados cadáveres de todos los barcos del canal de Ciudad Puerto.

Estaban empezando a adentrarse en lo que se consideraba el núcleo de la ciudad en ruinas. Sheena le pidió que remara un poco más despacio para que a los demás les fuera más sencillo seguirles el paso. Nik aprovechó para dejar que su vista vagara por los restos de Ciudad Puerto.

Un espeso y vivo manto de vegetación lo cubría todo. Los cuentacuentos aún narraban relatos sobre sus antepasados y sus ciudades de vidrio, cemento y metal. Se sabía que Ciudad Puerto había sido distinta o, al menos, lo suficientemente distinta como para que los antepasados dejaran registro de ello. Era un hecho aceptado por todos que quienes habían construido la ciudad y quienes la habitaban valoraban, aunque tan solo fuera mínimamente, el bosque. Por eso, en su mundo de vidrio, cemento y metal habían incluido árboles y espacios verdes que llenaban el interior de la ciudad. Los ancianos afirmaban incluso que los primeros miembros de la tribu procedían, de hecho, de Ciudad Puerto; que habían huido a los bosques porque pensaban que los árboles podían ser su salvación.

Nik estudió atentamente la ciudad. De tanto en tanto, atisbaba un reflejo de luz en una superficie que podía ser vidrio o metal. Sin embargo, la mayoría de los restos de Ciudad Puerto eran grandes montañas de escombros amortajadas por un manto de vida vegetal. Nik se estremeció de nuevo. Las verdes enredaderas, los gigantescos helechos, las zarzas, los árboles eran como los vórtices del río. Bajo ellos se ocultaba un sinfín de maneras de morir, y no solo a causa de las ruinas que había bajo las plantas y las criaturas mutantes que habían elegido vivir al abrigo de las mismas. En la ciudad, incluso las plantas habían mutado. Igual que los remolinos traicioneros, eran letales y aberrantes.

—De acuerdo, ¿todos listos para avanzar? —gritó Sheena.

—Iremos justo detrás de ti —dijo Wilkes.

Nik se inclinó sobre el remo y se preparó cuando vio que el puente de Acero se erguía ante ellos. Era el puente de la ciudad que se encontraba en mejor estado. La única parte que faltaba por completo era la central. Sus dos torres se habían derrumbado de costado y habían quedado abiertas de lado a lado, de forma que el agua oscura se colaba por los orificios de metal negro y le daba el aspecto de unas diabólicas fauces a las que les faltaran los incisivos. Aquella visión le puso a Nik la piel de gallina. Sin embargo, aquel puente era el más fácil de cruzar de todos, ya que lo único que tenía que hacer era mantener centrado el kayak en medio de los dos dientes faltantes.

Finalmente, consiguieron esquivar con facilidad la succión de los remolinos y, muy poco después, llegaron al siguiente puente. Estaba cerca de las ruinas de la estación de tren y del edificio que hacía diez inviernos les había proporcionado un botín tan abundante que en la tribu aún circulaban historias sobre sus bondades. El puente había desaparecido por completo, y de él solo quedaban unas gruesas columnas de piedra de sección cuadrada que se alzaban sobre el agua. No obstante, Nik sabía que bajo ellas había vigas de acero desesperadas por aferrarse a cualquier cosa que osara sumergirse demasiado bajo la superficie ondulante.

Mientras cruzaban entre dos de las colosales columnas y accedían al tramo del río cuajado de esqueletos oxidados de barcos, Nik notó cómo un hormigueo le subía y bajaba por la piel de la columna, como si a sus espaldas quedaran los guardianes de roca de un cementerio acuático que aguardaran el más mínimo fallo por su parte para cerrarse y sellar para siempre su vía de escape.

Sobre el agua ya solo quedaba un puente con vida. Los ojos de Nik se alzaron, como dotados de voluntad propia, hacia las torres que se erguían a una altura de más de treinta metros sobre el río. De las torres pendían gruesos cables de acero, algunos de ellos cortados, retorcidos o medio derrumbados sobre el centro del puente, otorgándole un aspecto macabro, aunque extrañamente elegante, semejante a la caja torácica de un bailarín que hubiera caído desplomado siglos atrás, después de demasiadas piruetas fallidas.

—Es raro que este aún siga siendo blanco, ¿no te parece? —comentó Crystal en voz muy baja, como si temiera que sus palabras pudieran despertar a los muertos.

—A mí me recuerda a un esqueleto —opinó Sheena.

—Eso es justo lo que estaba pensando. —Nik les dio la razón.

—El remolino que hay en este puente no es de los peores, pero tened cuidado. Justo después del siguiente meandro está el último puente, y luego llegaremos al lugar del hallazgo —dijo Sheena—. Aunque no queda mucho del puente, el remolino es casi tan peligroso como el del Triángulo. Tened cuidado de que el meandro del río no nos acerque demasiado, o nos succionará.

—¿Has oído eso, Wilkes? —gritó Crystal.

—¡Entendido! —respondió Wilkes—. ¡Vamos justo detrás de vosotros!

Nik ignoró absolutamente todo a su alrededor excepto las instrucciones de Sheena. Por eso le sorprendió cuando Crystal se giró y, con ojos risueños, le dijo:

—¡Ya vale, ya vale! Ya lo hemos pasado. Como no frenes un poco, nos vas a llevar derechos a las cataratas.

—Ay, perdón —dijo Nik, intentando relajar los nudillos, blancos de hacer tanta presión.

—¡Ahí! ¿Lo veis? —gritó Crystal, señalando un punto justo encima de la orilla occidental.

Todos los ojos siguieron el dedo de Crystal. Nik no tuvo problemas en localizar la abertura, pero solo porque su vista pudo captar un destello de luz. Cuando por fin pudo fijar la mirada en el parpadeante resplandor, se dio cuenta de que era como si las enredaderas hubieran explotado y hubieran dado lugar a un hueco oscuro entre el verdor.

Como una tumba, pensó Nik. La sensación de hormigueo bajo la piel regresó.

—Nik —dijo Sheena, señalando la orilla occidental del río. Lo que no estaba cubierto de desechos flotantes o enterrado en las enredaderas era rocoso y estaba tapado por restos de árboles—. ¿Ves dónde empiezan los juncos y las espadañas?

—Sí, los veo.

—Acércanos hasta allí. El sendero de ascenso al edificio está cerca.

Nik las condujo rápidamente al lugar. Aunque no quería, bajo ningún concepto, meterse en aquel agujero que tantas ganas tenían de explorar los demás, sí quería en cambio salir del río, aunque solo fuera durante un breve lapso de tiempo. Los otros cinco kayaks se deslizaron junto a ellos y los canes saltaron, impacientes, de sus esterillas, completamente despiertos y a todas luces tan contentos como Nik de estar de nuevo en tierra firme.

—Sheena, has hecho muy buen trabajo guiándonos hasta aquí sanos y salvos —dijo Wilkes—. Cuando regresemos a casa, le propondré al Consejo que Crystal y tú seáis las primeras en construir vuestro nido.

—Yo creo que debería ser un nido de dos plantas —añadió Monroe—. Sobre todo si vuestros Captain y Grace van a seguir obsequiando a la tribu con nuevas camadas.

Crystal dejó escapar un juvenil chillido y abrazó a Sheena, que sonrió alegremente.

—No es necesario, solo estamos cumpliendo nuestra obligación para con la tribu, como el resto de vosotros —dijo Sheena.

—¡Pero nos apuntamos lo del nido de dos plantas! —se apresuró a añadir Crystal, provocando una carcajada general en el grupo.

—Bueno, entonces, ¡cojamos lo que necesitamos y volvamos a casa! —dijo Wilkes—. Armas listas. Sobre todo la tuya, Nik. —Wilkes le tendió otro carcaj más para su ballesta, lleno de flechas—. Quiero que todos llevemos cuerdas de arrastre. Nik, tú ten la ballesta cargada y esa aguda mirada bien atenta. Recordad que, aunque las moradas de los robapieles se encuentran más adentro de las ruinas, vienen al río a pescar y buscar provisiones. No bajéis la guardia, a menos que queráis que uno se ponga vuestra piel como traje.

Crystal se estremeció levemente.

—Ay, solo de pensarlo, me dan náuseas.

—¿Sheena y tú habéis visto alguno durante las misiones de reconocimiento? —le preguntó Nik.

—No, gracias al sol bendito.

Nik entrecerró los ojos y miró hacia las moles verdes que se erigían como gigantescos túmulos funerarios, ocultando los restos ruinosos de lo que en un pasado fueron altos edificios que bordeaban el canal.

—Wilkes, ¿alguno ha visto algún rastro de los robapieles mientras nos dirigíamos hacia aquí? —dijo Nik, frotándose el brazo donde la piel le hormigueaba como si una gélida brisa hubiera soplado sobre él.

—No, la verdad es que no —dijo Wilkes—. ¿Alguno ha visto alguna señal de la presencia de esos bastardos? —El resto de los hombres negaron con un movimiento de cabeza. Wilkes sonrió y le dio una palmada en el hombro a Nik—. ¿Ves?, yo llevaba razón: esta misión tiene buena estrella.

Nik no dijo nada. En cambio, se dedicó a estudiar la zona que los rodeaba.

—Winston, tú y tu Star quedaos con los botes y cubridnos las espaldas. Entraremos y saldremos lo antes posible —dijo Wilkes.

Winston asintió, asegurando la ballesta con el interior del codo.

—Si encontráis una olla, de cualquier tipo, me gustaría quedármela. El cumpleaños de mi Allison es la semana que viene, y creo que le gustaría mucho dejar de tener que pedirle a su madre la suya.

—Pues para ti la primera olla que encontremos —dijo Wilkes.

—De acuerdo, entonces. La entrada está por allí. —Sheena guio al grupo, abriéndose camino con cuidado por entre las piedras y los escombros.

Todos los miembros de la tribu, salvo Nik, mantuvieron a su can cerca de ellos, conscientes de que sus sentidos podrían alertarlos de ciertos peligros mucho antes de lo que los sentidos humanos fueran capaces de descifrarlos. Nik mantuvo los ojos y los oídos bien atentos y la ballesta preparada mientras intentaba convencerse de que la desagradable sensación que no conseguía sacudirse de la piel se debía a la cercanía de los puentes y los remolinos, nada más.

Un par de kilómetros después, la orilla giraba bruscamente hacia el interior, dibujando una forzada pendiente que hizo que Nik frunciera el ceño, confuso. Con la forma de un largo rectángulo, el río se adentraba en la orilla. Allí el agua estaba más calmada y turbia, y el suelo se encontraba plagado de juncos. Del río salían dos largas y gruesas franjas de metal oxidado. El agua salpicaba bajo los raíles, y a Nik aquello le recordó demasiado a otro puente. Aunque sobresalían del agua, se podía llegar a ellas desde la orilla a través de los restos medio derruidos de los soportes de metal y los bloques de cemento.

—¿Eso son raíles? —preguntó Monroe.

Sheena asintió.

—Lo son. ¿Veis cómo llevan hasta el edificio que encontramos y luego se estrechan ahí, hasta llegar al propio río?

Nik miró… y no le gustó lo que vio.

—Vaya, ¡qué maravilla! —dijo Thaddeus—. Podemos seguir las vías para llegar hasta la abertura y, cuando terminemos, podemos traer los kayaks hasta aquí y bajar los trozos más pesados deslizándolos sobre estas cosas para cargarlos aquí mismo.

—Eso había pensado yo también —dijo Sheena.

—Sí, Sheena y yo las usamos para subir y comprobar el hallazgo. La verdad es que es bastante mejor que arrastrarse entre esas enredaderas y matorrales horribles. —Crystal se estremeció con un escalofrío—. Nunca se sabe lo que hay escondido ahí debajo.

—¿Y por qué no están estos raíles ocultos por las enredaderas? —observó Nik. La expedición al completo se volvió para mirarlo—. ¿Sheena y tú despejasteis la zona antes de subir al edificio?

—No, ya estaban así cuando los encontramos —dijo Crystal.

—¿Y qué me decís de los alrededores? —Nik señaló hacia los bloques y los soportes.

Salvo por los juncos, que crecían a raudales al borde del agua, los raíles estaban siniestramente despejados de plantas y escombros.

—Tampoco —dijo Crystal—. La verdad es que no hicimos mucho más, salvo seguir las vías para llegar ahí arriba.

—¿Qué pasa, Nik? —preguntó Wilkes.

—No lo sé. A mí todo esto me huele raro.

Wilkes se encogió de hombros.

—Aquí hay demasiadas rocas, y mucha agua. Tal vez eso haga que las enredaderas no consigan crecer sobre los raíles.

Nik señaló hacia el resto de la orilla.

—Ahí hay las mismas rocas, la misma agua y montones de enredaderas.

—Ya lo veo —observó Wilkes, frotándose la barbilla—. Quizá esas cosas son tóxicas. Nunca se sabe qué porquería rezuman.

Nik se acercó con cuidado hasta un ancho bloque de cemento y siguió hasta uno de los raíles. Luego, se acuclilló junto a él. Era grande (enorme, en realidad) y ahora, desde aquella distancia, se dio cuenta de que los raíles tenían unas gruesas ranuras, como si hubieran sido diseñados para encajar algo gigante en su interior y poder deslizarlo hacia el río. Podían tener fácilmente casi un metro de óxido, pero parecían robustos, como si alguien los hubiera usado el día anterior. Nik golpeó en lo alto del primer raíl con los nudillos.

—Solo es metal. Es idéntico al de las vías del tren o al de los pilares de los puentes. Son grandes. —Se detuvo para alzar la vista hacia el edificio, infestado de enredaderas, al que llevaban los raíles—. Debe de haber sido un lugar donde se construían barcos, por el acceso al agua. No parecen tóxicos. El resto de las plantas crecen sin problemas.

—¿Y a dónde quieres llegar, además de a hacernos perder el tiempo? —intervino Thaddeus.

Nik le ignoró y siguió hablando con Wilkes.

—Es como si alguien hubiera despejado los raíles para que los encontráramos. —Señaló hacia la zona verde desde donde el trozo de vidrio parpadeaba tentadoramente—. Y eso de ahí arriba parece estar tan fuera de lugar como esto.

—¿Fuera de lugar? —preguntó Wilkes.

—Siento que están atrayéndonos hacia allí con un espejo estratégicamente colocado y unos raíles convenientemente despejados —dijo Nik.

—¡Oh, venga! ¡Eso es ridículo! ¡Ya estás otra vez persiguiendo espejismos! —replicó Thaddeus, levantando los brazos para mostrar su descontento.

—Nik, Sheena y yo subimos hasta allí. Nos asomamos al agujero. Solo es el techo erosionado de una especie de almacén gigante, nada más. Como bien has dicho, probablemente es donde construyeran los barcos y estos raíles se usaran para botarlos al río —dijo Crystal.

—Nik, te entiendo, y estoy de acuerdo en que deberíamos tener cuidado, pero ahí dentro hay un montón de piezas de metal, cadenas y vidrio —dijo Sheena—. Y, aparentemente, no hay señales de nada más. El interior está completamente cubierto de polvo y escombros. Durante siglos, ahí dentro no ha habido nada más que roedores e insectos.

—Te creo —le respondió Nik—. Pero sigue sin cuadrarme la forma en que disteis con él. Creo que deberíamos incendiar el lugar antes de que ninguno entre ahí.

—¡Y una mierda de escarabajo gigante! ¡Tienes que estar de broma, maldita sea! —explotó Thaddeus—. Eso nos retrasaría días, semanas, incluso.

—Morir en la misión nos retrasaría mucho más —dijo Nik. Y luego, dirigiéndose a Wilkes, añadió—: Sabes por qué he venido, y yo te digo que hay algo en todo esto que a los demás se os está pasando por alto. No hará ningún daño incendiarlo, dejar que se queme y volver con más guerreros para que monten guardia mientras nosotros nos llevamos el vidrio y el metal.

—No hará ningún daño, salvo porque el fuego dejará el vidrio inservible. —Thaddeus sacudió la cabeza—. No. Si lo hacemos como dice Nik, perderemos días enteros. La tribu necesita nuevos nidos ahora, no cuando a Nik le parezca que es seguro aprovisionarse de metal.

—Nik, ¿qué es lo que temes? —le preguntó Wilkes.

—Ayer unos escarbadores nos tendieron una emboscada a Davis, O'Bryan y a mí. Esto —Nik hizo un barrido con el brazo que abarcó las vías oxidadas, el extraño estanque rectangular y el edificio que se erigía sobre ellos—, a mí esto me parece otra emboscada.

—Nik, sabes perfectamente que los escarbadores nunca entran en la ciudad —le dijo Crystal, con mucho tacto.

—No me refiero a los escarbadores. Estoy hablando de los robapieles.

—Pero no hay rastro de ellos —intervino Monroe—. Ni uno solo.

—Y esa es precisamente una de las cosas que más me preocupa —dijo Nik—. Por lo general vemos, aunque sea de lejos, humo de una de sus hogueras o los restos de algún pobre animal al que han atrapado, desollado vivo y después empalado como si fuera un trofeo. ¿Alguien ha visto algo así de camino hasta aquí?

Los miembros del grupo negaron al unísono con una sacudida de cabeza.

—Pero eso puede significar tan solo que esos carroñeros se han desplazado a otro lugar, que se han recluido aún más en el interior de la ciudad… o que últimamente no han venido a cazar por aquí —opinó Wilkes—. Y eso, en realidad, es bueno, Nik. —El líder se acercó a él y le apoyó una mano en el hombro—. Sé por lo que has tenido que pasar últimamente. Quizá este no fuera el mejor momento, tal vez es demasiado pronto para salir en una expedición como esta. Creo que eso te está nublando el juicio, hijo.

—Espero que estés en lo cierto —dijo Nik.

—Lo estoy. De todas maneras, mantengámonos alerta. Escuchad a vuestros canes. Si perciben peligro, alertad a todo el mundo y volved a los botes —dijo Wilkes—. De acuerdo. Sheena, Crystal, vosotras habéis encontrado el botín. Vosotras nos mostráis el camino.

—¡Yupi! —gritó Crystal, emocionada, mientras Grace daba alegres saltitos a su alrededor—. ¡Venga, mi preciosa! Vamos a por esa ventana nueva.

29

Haciendo un alegre bailecito, Crystal puso un pie en el primer raíl mientras Grace la seguía de cerca. La franja de metal era tan ancha que el can no vaciló lo más mínimo y siguió a su camarada con facilidad.

—Subimos siguiendo este raíl y luego bajamos por el otro —explicó Sheena—. Así que ambos son seguros.

—De acuerdo. Monroe, Viper y tú seguidlas primero. Después irán Thaddeus y Odysseus. Odin y yo iremos en la retaguardia. —Wilkes miró a Nik—. ¿Vienes o prefieres quedarte aquí?

—Iré a donde tú me ordenes que vaya —respondió Nik, inspeccionando los alrededores en busca de alguna señal de lo que fuera que le estuviera poniendo la piel de gallina. *Puede que Wilkes tenga razón. Puede que fuera demasiado pronto para unirme a una misión como esta.*

—Ya tenemos suficientes ballestas ahí arriba. Mejor quédate aquí abajo por si acaso algo intenta cogernos por sorpresa —dijo Wilkes.

—A sus órdenes —respondió Nik.

—Oye, Sheena, ¿por qué te has quedado atrás?

Nik y Wilkes se volvieron al escuchar la pregunta de Monroe y vieron que Captain, el can de Sheena, paseaba de aquí para allá junto al raíl, nervioso. A pesar de que su camarada ya estaba de pie sobre las vías, el pastor no dejaba de lanzar inquietas miradas al agua turbia y cuajada de juncos que había estancada bajo ellos.

—Venga, Captain. ¡Vamos, grandullón!

Captain dejó escapar un ladrido lastimero y se negó a seguirla.

Sheena frunció el ceño, evidentemente desconcertada por la actitud del can.

—¿Qué te pasa? Si subiste por aquí ayer, como un campeón. —Sheena miró a Wilkes, confusa—. No tengo ni idea de qué es lo que le pasa. No le gusta mucho el agua, pero nunca se había puesto tan terco.

—¿Qué pasa? —gritó Crystal. Ya había ascendido casi la mitad del raíl y estaba sobre la que, aparentemente, era la parte más alta del estanque.

—Está preocupado, confuso… Atemorizado, incluso —dijo Sheena—. Pero no sé por qué.

Nik se acercó a Wilkes y dijo en voz baja, para que solo él pudiera escucharlo:

—Pídeles a Crystal y Grace que bajen. Captain tiene la misma sensación que tengo yo: algo no está bien. Tenemos que…

Las palabras de Nik murieron ahogadas cuando el turbio estanque que había bajo los raíles estalló en una pesadilla de caos y muerte. Los robapieles soltaron los juncos por los que respiraban y emergieron del agua. Sus letales dagas de tres puntas salpicaron agua turbia cuando chillaron su aterrador grito de guerra y atacaron.

La primera lanza alcanzó a Grace y se clavó detrás de su hombro y la fuerza del golpe la derribó del raíl. Con un agónico aullido, la hermosa pastora calló al agua.

—¡NO! —gritó Crystal.

Sacando un cuchillo de la vaina de cuero de su cinturón y sin dudarlo un instante, Crystal saltó al agua en pos de su camarada y aterrizó en medio de los robapieles.

—¡Crystal!

Sheena gritaba e intentaba desenvainar su propio cuchillo cuando Wilkes la empujó sobre la orilla para evitar que también saltara de cabeza a una muerte segura, como había hecho su pareja.

Nik se arrodilló y empezó a disparar una salva de flechas tras otra hacia el estanque mientras las mortíferas lanzas zumbaban al pasar junto a él. Intentó localizar a Crystal, pero había demasiados juncos y era imposible distinguir nada a través del agua turbia.

Nik oyó que otro can aullaba, agonizante, pero no se volvió a mirar. Siguió disparando y disparando sin cesar. ¡Eran muchísimos! Y todos ellos habían estado esperando, acechando, justo bajo la superficie del agua.

—¡Su objetivo son los canes! —gritó Wilkes—. ¡Tenemos que volver a los botes, o los matarán y nos cogerán! ¡Vámonos! ¡Ya! ¡Nik, cúbrenos!

—¡A sus órdenes! —gritó Nik.

—¡No nos iremos sin Crystal y Grace! ¡No los dejaré aquí! —gritaba Sheena, forcejeando con Wilkes, que intentaba sacarla de allí a rastras.

—¡En ese caso, tu Captain y tú estáis tan muertos como ellos! —le respondió Wilkes, también a gritos.

—¡No permitáis que me atrapen con vida! —Aquel espantoso grito procedía del estanque.

Entonces, Nik vio a Crystal. El agua ensangrentada, turbia, le llegaba hasta el pecho. Con un brazo sostenía el cuerpo de Grace y con el otro empuñaba su daga, blandiéndola una y otra vez hacia el círculo de robapieles que se cerraba a su alrededor.

Nik disparó una, dos veces, y dos robapieles más desaparecieron bajo el agua. Al instante siguiente, otros dos aparecieron nadando y sustituyeron a los caídos en el círculo, cada vez más asfixiante.

Nik sabía que no la matarían. No inmediatamente, al menos. Los robapieles estaban convencidos de que podían absorber la energía vital de un camarada vistiendo su piel, y que esa energía solo se transferiría a ellos si el camarada estaba vivo cuando se lo desollaba. Así que se llevarían a Crystal a su templo, en el centro de la ciudad en ruinas, y le arrancarían la piel del cuerpo a tiras, concienzuda y meticulosamente, intentando mantenerla con vida durante el mayor tiempo posible. Luego, se alimentarían de lo que quedara de su cuerpo y devorarían su carne cruda a dentelladas voraces, sangrientas.

—¡Vienen más desde el edificio! —gritó Monroe.

Nik se concedió un segundo para alzar la vista. De la abertura del edificio surgió un torrente de robapieles.

—¡Crystal! —gritó Sheena.

—¡No podemos salvarla! —dijo Wilkes—. Nik, pon fin a su sufrimiento y síguenos.

Fue como si el tiempo se hubiera detenido. Nik se incorporó y, mientras las lanzas llovían a su alrededor, apuntó hacia abajo, hacia el estanque. Crystal alzó la vista y sus ojos se cruzaron. Lanzó su daga y se la clavó al robapieles que estaba más cerca en el cuello. Entonces, abrazó con fuerza el cuerpo de Grace, sonrió y asintió levemente hacia Nik.

No se permitió pensar. Apretó el gatillo de la ballesta y vio cómo su flecha se clavaba hasta las plumas en el centro de la blanca y lisa frente de Crystal. Con un suspiro que Nik escucharía en sus pesadillas durante el resto de su vida, Crystal se desplomó sobre el cadáver de Grace y ambas desaparecieron juntas bajo el agua.

Nik se dispuso entonces a cubrir a Wilkes y Sheena, sin dejar de disparar flechas a la horda de robapieles que se dirigía hacia ellos desde arriba y desde abajo.

Todos los kayaks, salvo aquellos en los que viajaban Wilkes y Monroe y Sheena y él ya habían zarpado cuando Nik llegó al lugar donde habían desembarcado. Por el rabillo del ojo vio que Viper, el can de Monroe, estaba herido y que de su flanco sobresalía una lanza. Su camarada lo medio arrastraba, medio cargaba, con él para depositarlo en la esterilla del lastre.

Entonces, a menos de veinte metros de él, Thaddeus gritó:

—¡Odysseus!

Nik vio cómo el hombre más grande que había visto en su vida emergía de debajo del kayak de Thaddeus. La pequeña embarcación osciló peligrosamente y el terrier cayó del lastre al agua, donde un robapieles lo atrapó inmediatamente.

—¡No! —gritó de nuevo Thaddeus.

Su grito murió cuando aquel gigante lo amordazó con una mano. Thaddeus cayó de espaldas, se golpeó la cabeza contra el asiento de madera y quedó inconsciente. El robapieles lo agarró del cuello de la túnica como quien coge del pellejo a un cachorro y lo sacó del bote sin hacer esfuerzo alguno.

Una lanza vibró al cortar el aire junto al oído de Nik, y este disparó otras cuatro flechas más para intentar alcanzar al hombretón que nadaba hacia la orilla apresando a Thaddeus con su colosal brazo. Los robapieles, sin embargo, parecían multiplicarse bajo el agua y emergían sin parar para formar una barrera humana entre sus flechas y aquel hombre que se batía en retirada.

—¡Vamos, Nik! ¡Vamos! —gritó Wilkes mientras Odin saltaba a la esterilla y equilibraba el bote.

Monroe y él empujaron el kayak al río y saltaron a su interior cuando entró en la corriente y los precipitó hacia el cauce del río.

—¡Aquí, Nik! ¡Ayúdame! —gritó Sheena.

Nik miró a su espalda. Con el rostro surcado de lágrimas, Sheena trataba desesperadamente de liberar los contrapesos que colgaban de los costados de su kayak. Captain ya estaba montado en la embarcación, acurrucado junto al que había sido el asiento de Crystal. Nik se dio cuenta inmediatamente de lo que sucedía. Sin Grace para equilibrar el peso de Captain, volcarían. Tenían que soltar lastre si querían escapar.

Nik no malgastó tiempo en charlas y se lanzó inmediatamente al agua (que no llegaba a cubrirle por completo) y llegó hasta el kayak. Le propinó una violenta patada a uno de los brazos del lastre con el talón de la bota y consiguió soltarlo al mismo tiempo que Sheena conseguía liberar el que aún quedaba en la barca.

—¡Métete! Yo le daré impulso —dijo Nik.

Sheena se metió tambaleándose en el bote y ocupó su lugar en la parte delantera del kayak mientras Nik, inclinado hacia delante y usando toda la fuerza de sus brazos, empujaba la pequeña embarcación hacia el río. Cuando notó que sus pies perdían apoyo en el lecho del bosque y él saltaba ya sobre la popa del kayak, una lanza lo alcanzó. La hoja se hundió en su omoplato.

Un dolor abrasador le sacudió todo el cuerpo. Intentó incorporarse, intentó levantar el remo atado a la embarcación. Movido por la adrenalina, mordiéndose el labio para no gritar, apartó el agua a paladas. A su alrededor, llovían flechas. Una se hundió en el costado de madera de la barca. Otra aterrizó justo detrás de Nik.

Nik remó con todas sus fuerzas ignorando el dolor, ignorando el hecho de que las fuerzas lo abandonaban al mismo ritmo que la sangre que, cálida y veloz, manaba fuera de su cuerpo.

Nik percibió vagamente que la lluvia de lanzas ya no solo no los rodeaba, sino que empezaba a mitigarse. Habían entrado en la corriente y el río los arrastraba velozmente fuera de su alcance. Pero Nik siguió remando. Incluso cuando su visión empezó a oscurecerse, tornándose tenue y gris en los bordes, Nik remó.

—Nik, ayúdame a virar. ¡Estamos demasiado cerca del remolino!

Era levemente consciente de que Sheena le gritaba, de que el pequeño bote estaba empezando a girar y a dar vueltas sobre sí mismo. Parpadeó, intentando aclarar su visión borrosa, y por un segundo consiguió enfocar a Sheena. Se había dado la vuelta para mirarle con unos ojos como platos, gigantescos en su pálido rostro surcado de lágrimas.

—Lo siento —intentó disculparse, pero ya no era dueño de sus palabras.

—¡Vamos a volcar! —gritó Sheena, intentando que su voz se impusiera al rugido de los rápidos—. Intenta agarrarte al bote. Tal vez lo consigamos si logramos mantenernos dentro de la barca.

La corriente los sacudió de nuevo e hizo que la proa se inclinara peligrosamente hacia un lado. Antes de caer al agua, Nik consiguió alzar la vista y ver que estaban siendo succionados por un estrecho pasadizo entre los arcos metálicos, que apenas asomaban en la superficie, de lo que alguna vez fue la base del puente derrumbado.

Perdió de vista el kayak, a Sheena y a Captain en un abrir y cerrar de ojos. La corriente lo impulsó con violencia hacia delante, y su cuerpo impactó contra la cercha metálica. Gritó de dolor cuando el asta de la lanza se rompió en mil pedazos y la punta metálica se hundió aún más si cabe en su carne. Entonces, el remolino lo atrapó y lo arrastró hacia el fondo.

Intentó contener el aliento. Trató de luchar contra la corriente, pero un dulce letargo empezó a inundar su cuerpo como una gélida agua negra. Cuando la bendita oscuridad finalmente se apoderó de él, Nik no dedicó su último pensamiento a su madre, ni a su padre, ni siquiera a su corta vida. Su último pensamiento se lo dedicó al cachorro, a su cachorro. *Siento haberte defraudado. Siento no haberte encontrado. Pero me alegro, me alegro infinitamente, de que no hayas muerto hoy conmigo.*

30

—¡Encended los fuegos! ¡Convocad al pueblo! ¡Nuestro Campeón trae un sacrificio! —bramó Puño de Hierro cuando los cazadores y cosechadores supervivientes entraron en el patio del templo.

Desde la barandilla del balcón de la Segadora, Ojo Muerto vio a Dove. Estaba allí, de pie, igual que cuando él y el pueblo se habían marchado para tenderle la emboscada a los Otros. Distinguió su expresión tensa, atenta, y se sintió invadido por una oleada de inmenso placer cuando se dio cuenta de que había estado esperando, que todavía esperaba, escuchar su voz para saber que él estaba a salvo.

—¡Dove! ¡Traigo un sacrificio! —exclamó.

Su rostro, su hermoso y suave rostro de cuencas vacías, se iluminó con una sonrisa que ardía tan cálida y fiera como las hogueras de la diosa.

—¡Nuestro Campeón ha regresado! ¡Reuníos en el patio para que la diosa presencie el sacrificio!

Ojo Muerto vio cómo las manos de las mujeres (muchachas jóvenes, en realidad) que Dove había reclutado como lazarillas la ayudaban a llegar hasta la barandilla del balcón. Ansioso de volver a su lado, Ojo Muerto afianzó el peso del Otro sobre su espalda y echó a correr.

—¡Levantad el cadalso sacrificial! —ordenó Ojo Muerto.

Los cazadores y los cosechadores que regresaban con él de la emboscada obedecieron inmediatamente. Empezaron a arrastrar la sucia plataforma de madera que se encontraba en el interior del templo hasta el lugar aún teñido de hollín, en el centro del patio, donde Ojo Muerto había erigido la pira con la que había purificado el santuario. Ojo Muerto asintió, complacido, mientras examinaba el cadalso. Dove y sus lazarillas habían actuado exactamente tal y como habían prometido: mientras el resto de los hombres y él ponían en práctica la emboscada y luchaban contra los Otros, ellas se habían dedicado a frotar la antigua plataforma con agua y cera de abejas hasta hacer que la madera resplandeciera con un intenso color óxido, un rojo que daba testimonio de las generaciones de sangre derramada, y que los círculos de hierro brillaran a la luz de las hogueras ardientes con destellos plateados.

Cuando todo estuvo dispuesto, Ojo Muerto aguardó pacientemente y solo avanzó para colocar en el cadalso al Otro, aún inconsciente, hasta que vio aparecer a Dove. Ella se colocó bajo el balcón de la Segadora, con aspecto sereno y divino, rodeada por exactamente una docena de jóvenes. Todas llevaban los senos desnudos e iban vestidas únicamente con largas faldas decoradas con una franja de cabello humano de los Otros que el pueblo había sacrificado a lo largo de los siglos. Ojo Muerto apreció la imagen que componían, sobre todo porque la artífice de aquella escena era la joven sin ojos.

—¡Encadenadlo primero, y después levantad el cadalso! —ordenó Ojo Muerto.

Cuando el pueblo se lanzó en tropel a cumplir sus órdenes, Ojo Muerto se acercó a Dove. Dove no se movía por allí con la misma seguridad e independencia que en la cámara de la que no había salido durante los dieciséis inviernos de su vida. Sin embargo, cuando Ojo Muerto le ofreció su brazo, diciéndole: «¿Oráculo, me permites que te guíe hasta el sacrificio?», no dudó. Apoyó su suave y blanca mano en su musculoso antebrazo y le permitió que la condujera hasta los escalones del cadalso. Ambos ascendieron juntos los cuatro escalones y se detuvieron frente al hombre, que colgaba abierto de brazos y piernas sobre la estructura con forma de «T».

—¿Quién tiene a su can? —preguntó Ojo Muerto al pueblo.

—¡Aquí! ¡Está aquí! —El pueblo abrió paso para permitir que Puño de Hierro llegara hasta la plataforma. Sostenía en sus brazos al pequeño terrier negro, que estaba atado y amordazado.

Ojo Muerto percibió inmediatamente la inteligencia en los ojos del animal, que no ladraba, ni tampoco se resistía. Se limitaba a observar al hombre inconsciente atado a la plataforma.

—¡Despertadlo! —ordenó Ojo Muerto.

Dos de los cosechadores se acercaron cargados con sendos cubos oxidados y llenos de agua y los vaciaron sobre el hombre. El Otro escupió instantáneamente y empezó a forcejear, intentando liberarse de los grilletes de hierro que mantenían presos sus tobillos y muñecas.

—Si sigues luchando, te harás daño tú solo —le dijo Ojo Muerto.

El hombre dejó de moverse. Pestañeó varias veces, intentando aclararse la vista. Examinó a Ojo Muerto, pero su mirada no se detuvo en él, sino en Puño de Hierro y el can que tenía en brazos.

—Haced lo que queráis conmigo, pero liberad a Odysseus —gruñó entre los dientes apretados.

—No estás en posición de negociar —dijo Ojo Muerto.

—Por supuesto que lo estoy, bastardo mutante. Sé que creéis que la carne viva tiene ciertas propiedades mágicas capaces de libraros de vuestra repugnante existencia, así que os interesa mantenerme vivo durante el máximo tiempo posible. Te doy mi palabra de que me resistiré a la muerte, incluso mientras me arrancáis la piel a tiras del cuerpo, solo si dejas que mi terrier se marche.

—Y si no, ¿qué? —le preguntó Ojo Muerto, con sincera curiosidad por escuchar lo que aquel hombre enfurecido tenía que decir.

—Muy sencillo. Me rendiré. Me concentraré en el dolor y en la sangre, y me dejaré morir para poder reunirme con Odysseus en el otro mundo, cuanto antes mejor —concluyó. Después, escupió un gargajo de flemas a los pies de Ojo Muerto.

—¿Tan importante es para ti este can? —preguntó Ojo Muerto.

Los ojos del hombre refulgieron con una furia apenas contenida.

—Pareces el líder de estos mutantes, así que voy a dar por hecho que tienes más seso que ellos y que conoces la magnitud del vínculo que existe entre un can y su camarada. Así que, sí, Odysseus me importa tanto que estaría dispuesto a hacer muchos sacrificios para salvarlo.

—Interesante… —meditó Ojo Muerto. Luego bajó la voz y le susurró a Dove—: Tenías razón, preciosa mía. Era necesario capturar al can junto con el hombre. Esto va a ser perfecto.

La muchacha le respondió con una serena sonrisa y le acarició el brazo.

—Prosigue con tu plan, Campeón. Me aseguraré de que la diosa esté de tu parte. El pueblo seguirá tus dictados, ahora y siempre. —Se volvió para mirar a la multitud, que aguardaba con una emoción casi tangible—. ¡Este sacrificio será distinto de todos aquellos a los que estáis acostumbrados, pero la diosa me ha mostrado lo que debemos hacer para satisfacerla, y el Campeón cumplirá su voluntad!

Entre el pueblo se produjo un pequeño revuelo. Entonces, los cosechadores se arrodillaron, seguidos por los cazadores y finalmente por los hombres y las mujeres más ancianos, que habían empezado a asomar de entre las sombras que rodeaban el templo.

—Presentan sus respetos —le susurró Ojo Muerto a Dove.

Ella asintió casi imperceptiblemente y, entonces, sacó el tridente sacrificial de la funda que llevaba pendida de su esbelta cintura, lo alzó y gritó:

—¡Que comience el sacrificio!

—¡Que comience el sacrificio! —repitió el pueblo.

Ojo Muerto tomó el tridente de su mano, no sin antes dedicarle una profunda reverencia de respeto a Dove. Luego le hizo un gesto a Puño de Hierro para que lo acompañara hasta la plataforma. Flanqueado, a un lado, por el cosechador que sostenía al can y, al otro, por la oráculo invidente, Ojo Muerto se acercó hasta el hombre.

—Quiero que me digas tu nombre antes de comenzar —dijo Ojo Muerto.

—¿Liberarás a Odysseus?

—Así será. Tienes mi palabra de que permitiremos que tu can abandone la ciudad con vida.

Dio la sensación de que el hombre se desinflaba de puro alivio.

—Me llamo Thaddeus.

—Thaddeus, yo soy el Campeón, y quiero honrarte por lo que traerás a mi pueblo.

Ojo Muerto estiró un brazo, aferró por la pechera la túnica empapada de Thaddeus y se la arrancó del cuerpo de un tirón.

Ojo Muerto se quedó mirando el torso desnudo del hombre, sin dar crédito a lo que estaba viendo, y luego echó la cabeza hacia atrás y rompió a reír. A sus espaldas, el pueblo se revolvió, inquieto, y una nube de inquisitivos murmullos se extendió entre la multitud. Ojo Muerto se hizo a un lado para que el pueblo pudiera ver bien a Thaddeus. Se escucharon gritos de asombro y chillidos de sorpresa cuando el pueblo vio la piel ajada y agrietada que lucía en su torso y sus brazos.

—¡Es uno de nosotros! —gritó Ojo Muerto, y luego se volvió hacia Thaddeus, que lo observaba con ojos duros, gélidos—. Así que comiste la carne del venado…

No formuló la frase como una pregunta, pero el Otro contestó de todos modos.

—No la comí. Su sangre me salpicó, y me entró en los ojos y la boca.

—Y, entonces, tu piel empezó a agrietarse y mudar —dijo Ojo Muerto, incapaz de dejar de sonreír.

—Sí. Mira, ya basta de cháchara sin sentido. Deja que Odysseus se marche y haz lo que tengas que hacer. La verdad es que me muero de ganas de que me arranques esta asquerosa piel del cuerpo y poder abandonar este mundo de mierda.

Ojo Muerto rio de nuevo.

—¡Ah, no! Estás muy equivocado. No pretendo matarte. Lo que voy a hacer es salvarte. —Le hizo un gesto a Puño de Hierro—. Traedme al can.

Puño de Hierro se acercó a él, con el pequeño terrier aún en brazos. Ojo Muerto cogió al animal y le dio la vuelta para que su vientre y su costado quedaran a la vista. Con un movimiento tan ágil y experto que Odysseus no empezó a gritar o resistirse hasta que la primera tira de carne fresca se hubo desprendido limpiamente de su cuerpo, Ojo Muerto hizo el primer corte.

—¡No! ¡Deja de hacerle daño, hijo de puta! ¡Me has jurado que lo dejarías marchar! —chilló Thaddeus, sacudiéndose para intentar liberarse de sus grilletes.

—Y mantendré mi juramento, pero una vez que haya completado el sacrificio.

Con idéntica destreza, Ojo Muerto cortó dos finas y sangrientas tiras más del cuerpecito del pobre perro y se las tendió a Dove, que las sostuvo con reverencia entre sus blancas y suaves manos. Finalmente, le dijo a Puño de Hierro:

—Venda las heridas del animal.

Entonces se giró hacia Thaddeus, que lloraba y chillaba con la misma histeria que exhibía el can.

—*Ssshhh* —lo tranquilizó Ojo Muerto—. Tu Odysseus se recuperará. Ya ha cumplido su cometido. Y tú también lo harás.

Tomó las tiras de carne escarlata de las manos de Dove, de una en una, y las cortó en tiras más pequeñas antes de empezar a vendar con ellas las profundas grietas que exhibía la piel de Thaddeus.

—¿Qué estás haciendo? —preguntó Thaddeus, con los dientes apretados de furia y dolor.

—Salvarte —respondió Ojo Muerto.

Con gran meticulosidad, Ojo Muerto vendó las grietas de la piel de Thaddeus con la carne aún caliente del terrier. Cuando hubo terminado, Dove llamó a sus lazarillas para que vendaran las heridas con tiras de tela y luego, una vez más, Ojo Muerto se volvió para dirigirse al pueblo.

—Ahora veis lo que la diosa le ha mostrado a Dove. Traed agua para Thaddeus y su can. Ahora son libres de regresar a su ciudad en los árboles.

Ojo Muerto desencadenó a Thaddeus, y el hombre se desplomó sobre el suelo de la plataforma ensangrentada. Puño de Hierro regresó entonces con Odysseus, recién vendado, y Ojo Muerto lo tomó de los brazos del cosechador para depositarlo en los de Thaddeus. El hombre abrazó al pequeño can contra su pecho, empapado en sangre, meciéndose adelante y atrás y contemplándolo con los ojos llorosos y embargados por el dolor.

Se produjo un silencio inquieto y, entonces, uno de los cazadores más veteranos, un hombre que respondía al nombre de Serpiente, habló:

—Campeón, hemos escuchado y obedeceremos la voluntad de la diosa, pero no la comprendemos.

Ojo Muerto sonrió, satisfecho de que el pueblo no le retirara su apoyo ni siquiera a pesar de no compartir su visión de las cosas.

—Porque me has sido leal, te lo explicaré —respondió Ojo Muerto. Se volvió hacia Thaddeus—. Dime, Thaddeus, ¿qué harían los Otros si supieran que se te ha agrietado la piel, que la estás mudando?

El cuello de Thaddeus se agitó, convulso, cuando tragó el último sorbo del agua que las lazarillas de Dove le habían traído. Se secó la boca con el dorso de su mano temblorosa y cruzó una mirada con Ojo Muerto sobre la cabeza de su terrier.

—No sé qué haría la tribu.

—Oh, venga, seguro que me puedes dar una respuesta mejor —dijo Ojo Muerto.

Thaddeus agachó la cabeza para mirar a su can. Inspiró hondo y, cuando volvió a levantarla, su expresión estaba completamente transformada, se había endurecido, se había tornado vacía y furiosa.

—Me aislarían. Si no pudieran curarme, nos sacrificarían a Odysseus y a mí.

Ojo Muerto asintió, satisfecho.

—Exacto, porque acabar con tu vida sería lo más beneficioso para los Otros.

—Así lo verían ellos —dijo Thaddeus.

—Pero no es así como yo lo veo —prosiguió Ojo Muerto—. Yo no creo que estés enfermo. Creo que te has transformado en algo mejor y que, cuando comprendas exactamente en lo que te estás convirtiendo, rechazarás cualquiera de esas supuestas curas. Sin embargo, esa decisión te compete únicamente a ti. Ahora eres libre de marcharte, de mantener a salvo tu secreto.

—¿Por qué? —quiso saber Thaddeus.

—Porque la diosa Segadora lo ordena, y nosotros no ponemos en tela de juicio su voluntad. —Ojo Muerto le lanzó la túnica ensangrentada a su propietario, diciendo—: Devolved a Thaddeus y a su Odysseus al río, a su bote. Liberadlos.

El pueblo respondió ascendiendo a la plataforma y ayudando a Thaddeus a incorporarse, sosteniéndolo mientras lo guiaban desde el patio hacia el núcleo derrumbado de la ciudad. Thaddeus volvió la vista atrás una sola vez para mirar la gigantesca estatua de la diosa que se cernía sobre ellos.

Ojo Muerto acarició la suave mejilla de Dove con un dedo.

—Ha sido más fácil incluso de lo que pensaba. Qué sorpresa tan imprevista que ya estuviera infectado. Ahora sí, todo está en marcha.

—Será tal como tú dijiste. —Dove le cogió la mano, la guio hacia su cintura y se adentró con avidez entre los brazos de Ojo Muerto.

—Sí, está ya tan lleno de furia como de la infección que contamina esta ciudad. Thaddeus sembrará la discordia y la destrucción entre los Otros y, cuando su fruta envenenada haya por fin madurado, cosecharemos una nueva ciudad, una nueva vida, un nuevo mundo.

Ojo Muerto se inclinó para atrapar los labios de Dove entre los suyos y entonces, en perfecta armonía, ambos entraron en su templo donde, rodeados por las lazarillas de Dove, gozaron y festejaron.

31

Mari tomó la decisión nada más despertarse. Estaba bostezando, estirándose y disfrutando del calor que le transmitía Rigel, tumbado a su lado en la cama que antes era de Leda. Estaba pensando que era necesario hacer la colada, algo que nunca le había gustado particularmente. Y pensar en lavar su ropa la llevó inmediatamente a pensar en la limpieza, en general. Cuando Mari se estiró de nuevo e intentó pasar por encima de Rigel, el cabello —su sucio, apestoso y repugnante cabello— le cayó sobre la cara.

Mari levantó un mechón sin brillo y se lo intentó peinar con los dedos. También se percató entonces de la suciedad que había bajo sus uñas, en sus manos, en sus brazos. Como si tuvieran vida propia, sus manos, grises de polvo, se alzaron para tocar su cara. La tenía sucia. Lo sabía. La mayor parte del maquillaje se había desprendido. Por pura costumbre, Mari se levantó y cogió el bote de arcilla, lista para volvérsela a aplicar y ocultar sus rasgos. Mientras lo hacía, pensó que también debía hervir un poco de tinte para camuflar el color de su cabello. No necesitaba mirarse en el espejo para saber que el verdadero tono ya empezaba a asomar bajo el tinte y la suciedad. Solo de pensar que tenía que volver a untarse el pelo, que ya de por sí apestaba, con aquella asquerosa mezcla, hizo que se le hundieran los hombros. Le dieron ganas de volver a meterse en la cama y dormir para siempre.

Sería maravilloso no tener que ocultarse bajo tantas capas de arcilla, suciedad y tinte.

Y, entonces, Mari se quedó petrificada.

¿Y si dejaba de camuflarse? ¿Y si empezaba a ser ella misma?

Notando que algo había cambiado en ella, Rigel se despertó del todo. Bajó del camastro de un salto, se estiró y trotó hasta ponerse a su lado mientras la miraba con una expresión entre curiosa y divertida.

Mari sonrió a su camarada.

—Antes ocultaba mi aspecto porque era lo mejor para mamá y para mí. Pero mamá ya no está. Sora será la nueva Mujer Lunar. Eso significa que ya no hace falta que el clan me acepte. Nunca jamás. —Rigel meneó la cola y ladró como para mostrar su acuerdo. Mari asomó la cabeza de la diminuta habitación que había sido de su madre y miró a Sora, que parecía profundamente dormida. Entonces, se giró de nuevo hacia Rigel—. De acuerdo, pues ya está. Decidido. Se acabó el polvo. Se acabó el tinte. Se acabó la arcilla. Voy a dejar de fingir que soy alguien que no soy.

Tarareando para sí, Mari empezó a buscar ropas limpias. Luego se dirigió a la despensa y sacó un bulbo entero de raíz de jabonera. Pasó un dedo por la hoja de los cuchillos que reposaban en una de las estanterías de la despensa y eligió el más afilado de todos. Luego, preparó el desayuno para Rigel y para ella mientras fantaseaba con cómo sería recuperar su piel y que el tono natural de su cabello volviera a brillar. Cómo sería vivir sin la necesidad de cubrir, de ocultar ni teñir nada.

¡Sería maravilloso!

Con aquella resolución en mente, Mari regresó hasta la estancia principal de la madriguera y tiró de la pierna de Sora una, dos veces. La muchacha murmuró algo y se hizo un ovillo, encogiendo las piernas contra el cuerpo. Mari suspiró, se acercó a la puerta y cogió el cayado. Y entonces, con una sonrisa maliciosa en los labios, pinchó a la chica en el trasero.

Sora sacudió una mano como si estuviera intentando espantar un insecto y murmuró:

—Ya vale.

—Voy a salir, y probablemente deberías venir conmigo.

Sora rodó en la cama y la miró con los ojos entrecerrados y somnolientos.

—No, probablemente lo que debería hacer es dormir. Vete.

Mari estuvo a punto de coger el bulto en el que se había enrollado Sora y sacarla a rastras del camastro, pero se lo pensó mejor. *Como solía decir mamá, es mejor usar el seso antes que el hueso.*

—Vale, pues quédate aquí. Pero luego, cuando empieces a quejarte del mal olor, que sepas que te estarás refiriendo a ti, no a mí.

Los grises ojos de Sora se abrieron de par en par.

—¿Vas a lavarte?

—No sé por qué te sorprendes tanto.

Sora se incorporó en el camastro.

—Pues claro que me sorprendo. Nunca te he visto limpia.

—Me has visto limpia muchísimas veces. Lo que no has visto es mi piel, ni mi cara, ni mi pelo sin los potingues que llevo usando la mayor parte de mi vida para camuflarme y estar a salvo. No soy una mugrienta, Sora. Solo soy distinta —dijo Mari.

Sora olfateó en dirección a Mari y arrugó la nariz.

—Pues, desde luego, hueles a mugre.

—Mi madre ha muerto. He estado de luto.

—¿La gente no se lava cuando está de luto? —Sora intentó reprimir, fútilmente, una risilla.

—Eso no tiene gracia, Sora. Levántate y ven conmigo. Quiero limpiarme toda la mugre que llevo encima y, aunque siento tener que pedírtelo, voy a necesitar tu ayuda.

—¿En serio? —Sora se echó el cabello hacia atrás y empezó a recogérselo en una gruesa trenza.

Mari observó sus ágiles dedos.

—Sí, voy a necesitar que me ayudes con el pelo.

—¡Por fin! Me alegro por ti, Mari.

—Bueno, es que ya no tengo ningún motivo para intentar encajar en el clan, así que tampoco hay ningún motivo para no ser yo misma.

Mari se preguntó por qué le hacía sentirse tan vacía decirle eso a Sora, cuando llevaba semanas repitiéndose aquella misma cantinela sin ningún tipo de remordimiento.

—Sabes perfectamente que no tiene por qué ser así. Tú y yo podríamos ayudarnos mucho mutuamente.

—¿Cómo?

—¿Por qué no puede tener el clan dos Mujeres Lunares? —preguntó Sora—. Eso implicaría menos esfuerzo para las dos.

—No. Acabo de decirte que pretendo ser yo misma, y mi verdadero ser y el clan no pueden mezclarse —respondió Mari.

—Solo era una idea.

—¿Vas a acompañarme al estanque, o no?

—Ya voy, ya voy.

Sora se levantó y, como si hubiera vivido en aquella madriguera durante toda su vida, se acercó a la lata de las hierbas y empezó a llenar una taza para prepararse su infusión matutina.

Mari suspiró y se sentó en la silla de su madre.

—Si vas a preparar manzanilla, me podrías servir a mí también una taza.

—¿Queda algo de estofado, o ese animal tuyo se lo ha comido todo?

—Rigel prefiere el conejo crudo. Así que, sí, queda estofado. Está en el caldero.

—¿Quieres también un poco? —preguntó Sora, echando manzanilla en otra taza.

—No, ya hemos comido. Duermes muchísimo —dijo Mari, frotándole las orejas a Rigel.

—Tengo la sensación de que vamos a salir ahí fuera y que el sol no habrá salido apenas. Eso no es dormir mucho. Despertarse tan temprano no es natural.

—Precisamente eso es lo que piensa el resto del clan del amanecer, y por eso me despierto y salgo a esa hora. Y, a menos que haya alguien espiando o intentando encontrarme, como tú, garantiza que no me encuentre con ningún miembro del clan —dijo Mari.

—Si es que queda algún miembro del clan que encontrar —comentó Sora—. Anoche los gritos eran terroríficos, era como si estuvieran matando a una persona. O a muchas, más bien.

—Otra buena razón para despertarse temprano —observó Mari.

—No, otra buena razón por la que el clan necesita dos Mujeres Lunares —dijo Sora.

—Ya vale —le pidió Mari—. Por favor.

Sora vio algo en los ojos de Mari que le hizo apartar la mirada y fruncir la boca en una línea tensa y triste.

Mari bebió su infusión en silencio mientras Sora terminaba de desayunar. Luego, las dos dividieron las ropas sucias en sendos montones, cogieron sus morrales y sus cayados y comenzaron a abrirse camino por entre el matorral de zarzas.

—¿Vamos bien? —preguntó Sora.

—Sí, este es el camino al arroyo. Está justo en dirección contraria a la madriguera. —Mari usó el cayado para levantar una rama de espinas afiladas como cuchillos para que Rigel y Sora pudieran pasar tras ella—. En el siguiente giro, saldremos del zarzal, pero sigue caminando detrás de mí. No toques nada hasta que yo te diga que puedes hacerlo.

—¿Por qué? ¿Qué está pasando?

—Creo que va a ser más fácil enseñártelo que contártelo. —Mari dobló nuevamente en el laberinto de zarzas y levantó una rama que parecía un muro de espinas. Salió del zarzal y desembocó en una hondonada del bosque llena de maleza.

Sora aplastó un mosquito enorme y no pudo evitar contener una expresión de asco al ver la mancha de sangre que le había dejado en el brazo.

—Yo no veo ningún arroyo. Lo único que veo son mosquitos y un montón de barro y malas hierbas en medio de un bosque de arces muy raros.

—Eso es lo que se supone que tienes que ver. Pero esas hierbas no son malas, y los arces que dices que son raros no son árboles. Mira mejor.

Sora suspiró, pero hizo lo que Mari le pedía.

—*¡Puaj!* Esas enredaderas que están por todas partes son roble venenoso. Y esos arbustos de ahí son ortigas. ¡Nunca había visto matorrales tan grandes! —Sora entrecerró los ojos para inspeccionar más de cerca aquellas plantas, cuyas gigantescas hojas tan similares eran a las de los arces. Cuando las hubo identificado, retrocedió con una mueca asqueada—. Por la Santa diosa Madre, ¡eso no son árboles! ¡Es garrote del diablo! Si tocas los tallos o pisas sus brotes, te cubres de espinas diminutas. Este lugar es horrible. No veo ningún arroyo y no tengo la menor intención de caminar por ahí. ¿No podemos ir por otro lado?

—Esa reacción es exactamente el motivo porque el que mamá y yo hemos estado cultivando este laberinto desde que tengo uso de memoria. Lo más difícil fue trasplantar el garrote del diablo, pero las malas hierbas previenen que nadie intente explorar la zona. El arroyo discurre justo al oeste de aquí, y el roble venenoso y las ortigas crecen a lo largo de toda la orilla. Solo hay un camino seguro para atravesarlo, así que no te alejes de mí.

—¿Tenemos que atravesar esto cada vez que queramos ir al arroyo?

—Cuando te conoces el camino, es muy fácil. Cuando veas el arroyo y el estanque, entenderás por qué merece la pena.

Mari se abrió camino con facilidad por entre los arbustos de garrote del diablo y las ortigas y saltó, sin tocarlos, de los montículos de roble venenoso, guiándolos hacia un arroyo ancho y de aguas poco profundas. El cauce había crecido con las lluvias primaverales, pero resplandecía, transparente, a la luz del amanecer. Mari entró en el arroyo y contrajo levemente la cara cuando el agua fría le lamió las pantorrillas.

—¿Cómo vamos a bañarnos aquí? No cubre nada —observó Sora.

—No nos bañamos aquí o, al menos, no es el mejor lugar para darse un baño en condiciones. Aquí es donde rellenamos los cubos de agua. El estanque está ahí arriba —señaló Mari—. Es más rápido y más seguro llegar allí por el arroyo, para evitar todo eso. —Mari señaló el vergel de hiedra venenosa y ortigas que crecía a ambas orillas del arroyo—. Cuando encuentres un buen lugar para construir tu propia madriguera, tendrás que trasplantar allí algunas de estas hierbas. Y también zarzas y garrote del diablo, claro.

—¿Y cómo puedo hacerlo sin pincharme ni intoxicarme?

—Pues usando guantes, un poco de sentido común y la energía de la luna —dijo Mari. Su voz se asemejó siniestramente a la de su madre—. Vamos, no está lejos.

No percibieron rastros de ningún ser viviente salvo por los graznidos de los arrendajos y varias ardillas grises, que chillaron al ver a Rigel y desaparecieron rápidamente en los árboles.

—Más tarde tendremos que revisar las trampas. Nos estamos quedando sin carne —dijo Mari.

—Me alegro de que no tengamos que sortear otro laberinto de ortigas para encontrarlas —dijo Sora, rascándose la pierna con una mueca de dolor—. Me he acercado demasiado a uno de los arbustos.

Mari estaba a punto de decirle que terminaría aprendiendo a caminar por ahí cuando escucharon el sonido de la cascada. Aceleró el paso y, poco después, ambas estuvieron frente a tres caídas de agua que se vertían sobre una charca redonda y transparente. Rigel corrió al estanque, le dio un par de lametones al agua chispeante y luego se estiró sobre una roca soleada, suspiró complacido y cerró los ojos.

—¿No se supone que debería montar guardia? —preguntó Sora.

—Puede hacerlo con los ojos cerrados. Si quieres comprobarlo tú misma, intenta agarrarme —dijo Mari.

—No te preocupes, me fío de tu palabra. —Sora se quedó mirando las cascadas de agua y el tranquilo estanque—. Esto es asombroso. No tenía ni idea de que esto estuviera aquí —dijo ella.

—Eso es porque ahí arriba nuestro querido arroyuelo es una espumosa corriente que discurre a través de una garganta de roca. Es casi imposible llegar hasta el agua desde ningún sitio, porque las orillas del cañón son muy resbaladizas. Hace años, probablemente debido a un desprendimiento, se formó una pequeña presa natural y se originó una serie de cascadas lo suficientemente mansas como para dar lugar a esta charca y ese pequeño cauce. Si llueve mucho, se desborda, sobre todo en primavera, pero la presa nunca se ha roto. Y, aunque lo hiciera, solo se inundarían las enredaderas y las ortigas, y cuando el agua volviera a su cauce, todo volvería a estar en su sitio. —Mari avanzó lentamente por el arroyo, y se dirigió hacia la zona de la charca que menos cubría. Sobre una roca plana dejó su ropa limpia y la raíz de jabonera—. Trae aquí la ropa sucia. Podemos dejarla en remojo mientras nos bañamos. Así será más fácil limpiarla y, si sigue haciendo tan buena mañana, podemos dejarla secando sobre esas rocas.

Sora fue hasta donde estaba Mari y, tal como ella le había pedido, puso a remojar la ropa sucia en la parte menos honda de la charca. Mari sacó una navajita de su mochila y se la tendió a Sora.

—Quiero que me cortes el pelo —le pidió.

Sora la miró con perplejidad.

—¿Estás segura?

—Mira cómo lo tengo. Es una asquerosidad. Quiero librarme de él.

—¿Cuánto quieres que te lo corte?

Mari se lo pensó durante un momento y luego levantó la mano y se señaló justo debajo de la mandíbula.

—Por aquí. Córtamelo por aquí.

—Eso es mucho —le advirtió Sora.

—Ya crecerá. Y, por primera vez, no se me apelmazará con el tinte y el polvo. Hazlo, y ya está.

Sora se encogió de hombros.

—De acuerdo, como tú quieras. Es tu pelo. Tu maraña de pelo sucio, sucísimo…

Sora hizo una mueca mientras levantaba la compacta mata de pelo. Luego la recogió en una coleta y empezó a serrarla con la cuchilla de la navaja.

Mari cerró los ojos e hizo caso omiso de los tirones. Cuando Sora hubo terminado, Mari se llevó automáticamente las manos a la cabeza. La notaba ligera y extraña, como si no fuera suya del todo.

—Te lo he dejado bastante igualado. La verdad es que ha sido bastante fácil en cuanto me he deshecho de esa maraña apelmazada. Ve a lavártelo. Tengo ganas de ver cómo te queda —dijo Sora.

Mari se incorporó, se desvistió y lanzó la ropa sucia al montón empapado que formaban las demás prendas. Luego cortó un trozo bastante generoso de raíz de jabonera y se dirigió a la parte más honda de la charca.

Sabía que Sora tenía los ojos clavados en su espalda, pero no se giró hacia ella hasta que pudo sentarse en el fondo del estanque y quedar cubierta por el agua hasta los hombros. Sora aún seguía de pie junto a la charca.

—No dejas de mirarme. Me haces sentir incómoda —dijo Mari.

Sora parpadeó y Mari vio cómo se le sonrojaban las mejillas antes de que se diera media vuelta.

—Lo siento. Es que tu piel es de un color distinto.

—Ya te había avisado —respondió Mari.

—Sí, pero verlo es distinto que saberlo. Además, cuando te da la luz del sol, aparecen esos extraños dibujos luminosos.

Mari bajó la vista para mirarse y vio cómo la delicada filigrana de nervios de la Planta Madre afloraba bajo su piel. Estiró el brazo y se maravilló del milagro que habitaba en su interior.

—¿Duele? —le preguntó Sora en voz baja.

—No, para nada. —Mari alzó la vista de su brazo para volver a posarla en Sora—. Nunca había hablado de ello con nadie, ni siquiera con mi madre.

—¿Por qué no?

—A mi madre le ponía nerviosa. Le aterrorizaba la idea de que alguien pudiera verme. Creo que… prefería olvidar que esta parte de mí existía —dijo Mari, pestañeando para contener las lágrimas que habían empezado a formarse en sus ojos.

—Oye, no creo que Leda quisiera ignorar tu verdadera naturaleza —dijo Sora—. Lo único que quería era mantenerte a salvo.

Mari le sonrió tímidamente.

—Sí, tienes razón. Gracias por recordármelo.

—No tienes que dármelas, maestra.

Mari se sumergió en el agua y volvió a emerger, escupiendo y frotándose con la sustancia espumosa y pegajosa que manaba de la raíz. Cerró los ojos, frotó un trozo bastante grande con ambas manos y entonces se lavó la cara una, y otra, y otra vez. De la cara pasó a los brazos y las manos, rascando para arrancar las capas de arcilla y polvo que llevaban años ocultando el verdadero color de su piel. Por último, Mari se centró en su cabello. Perdió la cuenta de las veces que se lo enjabonó, se lo aclaró y repitió el proceso, pero no paró hasta que los mechones chirriaron al tacto y en su pelo no quedó ni un solo nudo. Tiritando, nadó para salir del estanque y secarse en la roca sobre la que Rigel tomaba el sol.

Sora no había tardado tanto tiempo en asearse como ella y ya estaba seca, vestida y cómodamente sentada en otra de las amplias y cálidas rocas.

Mari no la miró hasta que estuvo sentada junto a Rigel. No era por pudor, el pudor era una tontería. Leda le había enseñado que un cuerpo desnudo no era algo de lo que avergonzarse. Era un don de la Gran Diosa y, ya fueran altos o bajos, gordos o delgados, todos los cuerpos debían ser respetados. Mari esperó para mirar a Sora porque no era capaz de anticipar cómo reaccionaría. Nadie, salvo Leda, la había visto nunca desnuda y con el cabello limpio. Jamás. Así que se sentó al sol y se secó bajo los cálidos rayos de luz, sintiéndose invadida por la emoción y el nerviosismo a partes iguales.

—Vuelves a resplandecer —dijo Sora—. Y no te estoy mirando, pero es que es imposible no verlo.

Mari miró su cuerpo. Su piel desnuda seguía sonrojada por la fuerza con la que se había frotado, pero la rojez quedaba disimulada por el brillo dorado que emanaba de los nervios luminosos que le recorrían el cuerpo. Alzó los ojos y cruzó la mirada con la de Sora.

—También tienes los ojos distintos. Te brillan mucho y son del color del sol en verano. Los ojos de tu alimaña también. No quiero que te lo tomes a mal, pero es raro —dijo Sora. Entonces, calló un momento y luego añadió—: Pero tienes el pelo muy bonito. Rizado, del color del trigo. Y tu cara también es distinta. Tus rasgos, desde luego, no son los mismos que los de los miembros del clan, pero yo diría que limpia estás mucho mejor.

—Gracias —dijo Mari. Se pasó los dedos por el pelo, y le encantó la suavidad y la flexibilidad del tacto—. Es agradable.

—¿Qué sientes cuando el sol te ilumina así? —le preguntó Sora muy lentamente.

—Calor —respondió Mari—. Es agradable. Me siento como si pudiera nadar hasta el mar y volver sin jadear siquiera. —Mari empezó a pensar en la oleada de fuego que la había recorrido entera, que había prendido el bosque en llamas, pero su mente desechó rápidamente la imagen. En aquel momento, no podía pensar en eso. Ya reflexionaría sobre ello más tarde, cuando estuviera más habituada a su nuevo ser.

—Tal vez puedas hacerlo. ¿Quién sabe de qué son capaces los camaradas?

—Yo no soy una camarada —respondió Mari.

—No sé si lo eres, pero la verdad es que ya no pareces una caminante terrena.

Mari se mordió el labio. No supo qué responder. En realidad, no sabía en quién, o en qué, se estaba convirtiendo. Se vistió en silencio, deseando tener una respuesta para todas las preguntas que inundaban su mente.

Cuando el sol se alzó en mitad del cielo, Sora y ella empezaron a limpiar la ropa y a tenderla sobre las rocas soleadas que rodeaban el estanque. Cuando por fin terminaron, Sora bostezó ostentosamente. Mari iba a sugerirle que se echara una pequeña siesta mientras esperaban a que la ropa se secara cuando Rigel, que llevaba dormitando toda la mañana, se abalanzó repentinamente sobre ella. Lloriqueaba y gemía, moviéndose inquieto de adelante atrás y de atrás adelante. A Mari no le habría hecho falta estar vinculada a él para darse cuenta de que había algo que tenía intranquilo al cachorro.

—¿Qué te pasa? ¿Se acercan los hombres? ¿O son los camaradas? —Sora inspeccionaba el bosque a su alrededor. Parecía lista para echar a correr hacia la madriguera en cualquier momento.

—No hay peligro. No me está advirtiendo. Está agitado, es como si le costara trabajo quedarse quieto.

Sora resopló y se relajó un poco.

—Bueno, quizá sea porque lleva toda la mañana durmiendo. Creo que en realidad lo que le pasa es que es un poco vago.

—Es joven. Los canes jóvenes duermen mucho —dijo Mari, aunque no tenía ni idea de si aquello era cierto o no. Mari se acuclilló frente a su cachorro—. ¿Qué pasa? ¿Qué te preocupa?

Rigel ladró dos veces y corrió un par de metros, como si quisiera dirigirse a la escarpada pendiente rocosa que había sobre la cascada. Se detuvo allí y se volvió a mirar a Mari, ladrando lastimeramente.

—Parece que quiere que vayas con él. ¿Suele hacer eso a menudo?

—No. Por lo general sé exactamente lo que intenta decirme. —Mari se acercó a Rigel, pero el cachorro echó a correr de nuevo, y aquella vez empezó a trepar por la pendiente. Allí se detuvo de nuevo y le ladró—. De acuerdo, te sigo. —Mari se volvió para mirar a Sora—. Tú puedes quedarte aquí si quieres, pero creo que será mejor que vaya a ver lo que está intentando enseñarme.

—No pienso quedarme aquí sola. Si te pierdo, no seré capaz de encontrar el camino entre ese montón de plantas urticantes y venenosas, y mucho menos de volver a la madriguera. No, yo voy donde tú vayas.

—Bueno, de acuerdo, de todas maneras, tenemos que esperar a que la ropa se seque. —Mari le hizo un gesto a Rigel, como animándolo a continuar—. ¡Vamos! ¡Yo te sigo!

Rigel trepó por las rocas con facilidad. Cuando llegó a la cima, se quedó justo al borde de la pendiente, mirando a Mari y exhortándola con sus ladridos.

—*¡Ssshhh!* ¡No armes tanto escándalo! —le dijo Mari.

El cachorro dejó de ladrar instantáneamente, pero siguió emitiendo un ladrido quejumbroso casi imperceptible.

—Espero que lo que tenga que enseñarte sea bueno. Trepar por aquí no es nada fácil —dijo Sora, que jadeaba detrás de Mari.

—Nunca había hecho algo así. No sé qué es lo que puede estar queriendo enseñarme —respondió Mari. Luego, con un gruñido de esfuerzo, se impulsó sobre el borde del barranco. Cuando estuvo arriba, le ofreció una mano a Sora para ayudarla a subir.

Apenas habían recuperado el aliento cuando Rigel echó a correr de nuevo, lloriqueando y volviéndose de tanto en tanto para mirarlas. Las muchachas lo siguieron, con un ritmo entrecortado. El cachorro las esperaba hasta que lo alcanzaban y, cuando habían recobrado mínimamente el aliento, salía disparado de nuevo y las obligaba a perseguirlo.

—¿Cuánto más crees que pretende alejarse? —Sora se secó el sudor de la cara y se abanicó el cuello con la gruesa mata de cabello.

—No lo sé —respondió Mari, abriéndose camino entre las rocas y teniendo cuidado de mantenerse alejada del borde de la garganta y sus resbaladizas pendientes—. Pero noto que cada vez está más nervioso. Espero que eso signifique que ya casi hemos llegado a lo que sea que quiere enseñarme.

—Yo también lo espero —resopló Sora—. Por lo menos la pendiente aquí no da tanto miedo. Se parece al arroyo de los cangrejos, aunque hay más corriente.

—Sí, aquí las aguas no son tan bravas. Aquí es donde mamá y yo solíamos venir a ver qué cosas traía la corriente desde la ciudad.

—¿Desde la ciudad? ¿De allí es de donde viene el arroyo? —preguntó Sora.

—Sí, este es uno de los rápidos que se ramifica del río que la atraviesa.

—¿Leda y tú solíais seguir el curso hasta la ciudad?

—¡No! Mamá nunca me dejó acercarme a ese espantoso lugar. Sabemos que viene de allí porque a veces la corriente arrastra algunos objetos, como el caldero de hierro en el que preparamos el estofado. Mamá y yo lo encontramos hace algunos inviernos cerca de aquí. Y una vez…

Una ráfaga de ladridos acalló las palabras de Mari. Rigel había desaparecido de su vista, y ella echó a correr para alcanzarlo. Cuando llegó hasta él, vio que el cachorro había bajado hasta el agua y le ladraba escandalosamente a un montón de deshechos que se habían enganchado en el esqueleto de un árbol caído.

—Rigel, ¡calla! Estás haciendo mucho ruido, y ya estoy aquí. ¿Qué quieres enseñarme?

El cachorro se movió para que Mari pudiera ver mejor el montón de basura, y a ella se le ahogó el aliento en la garganta. Enredado entre una maraña de troncos y lianas y la masa de hojas muertas que solía arrastrar el río con las crecidas primaverales, estaba el cuerpo de un joven.

—¡Por las tetas de la Tierra Madre! ¡Es un camarada! —gritó Sora a espaldas de Mari.

Mari se acercó un poco más para inspeccionar el rostro del joven. Se sobresaltó al darse cuenta de que lo conocía. ¡Era Nik! El camarada que había estado rastreando el bosque en busca de Rigel.

—Está muerto —observó Sora—. Deberíamos quedarnos su cuchillo. ¿Lo ves, ahí? Lo lleva enganchado en el cinto. Y deberíamos acercarnos un poco más. Tal vez encontremos alguna otra cosa interesante que haya llegado flotando con él.

Mari asintió.

—Sí, de acuerdo. —Era una propuesta un poco siniestra, pero Sora llevaba razón.

¿No era ese el motivo por el que Rigel las había llevado hasta el cadáver? Los cuchillos eran objetos muy valiosos, sobre todo aquel, que parecía un cuchillo de metal de verdad. También merecía la pena llevarse el cinturón de cuero. Entonces, Mari le miró los pies. No se atrevería a desnudarle, no se veía capaz de eso, pero podía llevarse sus botas. Mari se irguió, ignorando la sensación de vacío en el estómago y se agachó a por el cuchillo. Fue entonces cuando Nik tosió y, con un gruñido lastimero, vomitó agua sobre su camisa.

—¡Santa Madre Diosa, está vivo! —dijo Sora.

Y, acto seguido, se desmayó.

32

Cuando el camarada vomitó el agua del río en la camisa, Mari retrocedió tambaleándose para apartarse de él y resbaló sobre las rocas del río. El joven, sin embargo, no abrió los ojos. Tan solo se quedó allí, hecho un ovillo, respirando con jadeos breves y entrecortados, tiritando.

Por el rabillo del ojo, Mari vio que Sora empezaba a moverse.

—¿Estás bien? —le preguntó, sin apartar ni un segundo la vista del hombre.

Sora se sentó, frotándose el codo.

—¿Qué ha pasado?

—Te has desmayado.

—¿Me he desmayado? —Entonces, sus ojos se movieron hacia la pila de desechos flotantes, identificaron entre ellos al hombre y se abrieron de par en par—. ¡Ay, diosa, que no lo he soñado! ¡Ha pasado de verdad, y está vivo!

Rigel se acercó al camarada y ladró muy bajito.

—¡Rigel! ¡Apártate! —dijo Mari, acercándose para coger al cachorro y alejarlo de allí.

El camarada abrió los ojos. Mari vio que parpadeaba varias veces, como si le costara enfocar. Entonces, vio a Rigel y en sus labios se dibujó una sonrisa.

—Te he encontrado.

Su voz era débil, y sonaba como si tuviera la garganta llena de grava. Levantó una mano en un intento de alcanzar a Rigel. Una sacudida de dolor le surcó el rostro, que palideció tanto que sus labios por un momento parecieron azules. Cerró los ojos con fuerza e inspiró por la boca con varias aspiraciones cortas y entrecortadas. Rigel se sentó, mirando alternativamente al camarada y a Mari con una expresión suplicante en sus astutos ojos.

—Mátalo. —Sora estaba de pie junto a Mari, mirando al hombre herido con violenta repulsión—. Está herido. No podrá detenerte. Quítale el cuchillo y mátalo.

—No puedo hacer eso —dijo Mari.

—Entonces, lo mataré yo. —Sora avanzó un paso, pero Mari la sujetó por la muñeca.

—No, espera.

Sora se detuvo y ladeó la cabeza, mirando a Mari.

—Es más cruel dejarlo aquí para que sufra. Si se hace de noche, las cucarachas lo encontrarán y se lo comerán vivo. Lo más piadoso es terminar con él antes de que lo hagan ellas.

Mari se adelantó a Sora y se acercó al hombre. Rigel estaba sentado junto a él. Mari le acarició la cabeza al cachorro y le murmuró algo en voz baja. No le gustaba la inquietud que emanaba de él. Mari inspeccionó el rostro del hombre. Sí, estaba segura de que era el camarada al que había escuchado que llamaban Nik, el que había estado buscando a Rigel. Mientras aún tenía los ojos cerrados, estiró el brazo y rozó su cuchillo. El joven, que se debatía entre la consciencia y la inconsciencia, no hizo amago de responder.

—¿Es metálico?

Mari le pasó el cuchillo a Sora.

—No lo sé. Compruébalo tú.

—¡Lo es! Y está asombrosamente afilado. ¡Es un magnífico hallazgo! —Sora inspiró hondo y luego soltó el aire a toda velocidad, acompañándolo de un torrente de palabras—. De acuerdo, lo haré yo. Yo lo mataré. —Sora rodeó a Mari y se acercó con determinación al hombre que yacía en el suelo.

Antes de que Mari pudiera detenerla, Rigel se adelantó. Se interpuso entre Sora y el hombre, y luego retrocedió unos cuantos pasos y se tumbó sobre las piernas del camarada, mostrándole los dientes a la muchacha en actitud amenazadora.

—Tu alimaña se ha vuelto loca —dijo Sora, retrocediendo unos cuantos metros.

Mari se acercó a Rigel, que se quejó lastimeramente y movió la cola, pero no cambió la posición protectora que había adoptado sobre las piernas del hombre. Mari se acuclilló frente a él y le miró a los ojos. El cachorro le transmitió sus emociones: inquietud, ansiedad y preocupación. Una preocupación infinita.

Mari sostuvo cariñosamente el hocico de Rigel entre sus manos.

—No deberíamos. Además, está muy mal. Es muy probable que muera, de todos modos.

Rigel volvió a lloriquear y le lamió la cara. No necesitaba usar palabras para comunicarse abiertamente con Mari, y ella cada vez estaba más segura de por qué la había llevado hasta allí y qué quería que hiciera.

—De acuerdo. Por ti, le echaré un vistazo.

—¿Qué? ¿Por qué vas a hacer eso? —quiso saber Sora.

—Sora, a estas alturas ya deberías haber entendido que yo haría cualquier cosa por Rigel. Ha sido él quien me ha traído hasta aquí. No te permite matar a este hombre. Creo que no podría haberme dejado más claro que lo que quiere es que le ayude. Y esa es la razón por la que pienso examinarle: por Rigel.

En aquel instante, Rigel se hizo a un lado. Se apartó apenas lo justo para que Mari pudiera reconocer a Nik, pero siguió interponiéndose entre él y Sora, dedicándole a la chica miradas amenazadoras cada vez que hacía un movimiento.

Al principio Mari no vio la punta de la lanza. Solo se percató de que en la cabeza de Nik había un corte muy feo, del que manaba un agua escarlata que le corría por el cuerpo y la cara. También le examinó rápidamente las piernas y los brazos. Tenía un corte en el muslo derecho, pero la herida era limpia. Necesitaría puntos, aunque parecía una lesión sin complicaciones. El hombro izquierdo estaba muy magullado y ya empezaba a amoratarse. Fue cuando intentó levantarlo cuando vio la herida del hombro.

—Oh, esto tiene muy mala pinta —le dijo Mari a Rigel—. El asta se ha roto, pero la punta de la lanza se le ha quedado en el hombro.

—Lo más piadoso sería quitarle ese afilado cuchillo que lleva en el cinturón y cortarle el cuello —comentó Sora.

Rigel gruñó.

—Dile a tu alimaña que lo único que intento es ser lógica —dijo Sora.

—Sí, sé que la idea de morderla resulta muy tentadora. —Mari se dirigió a Rigel—. Pero, ahora mismo, no puedo ocuparme de dos personas heridas.

—¿Dos «personas» heridas? Mari, él no es una persona. Es un camarada. Es nuestro enemigo. ¿Crees que, si alguna de nosotras apareciera herida en el estanque donde él se baña, se pensaría dos veces si ayudarnos o no? Mira, te voy a ahorrar la contestación: NO. No, no lo haría.

Mari retrocedió, aún acuclillada, se apoyó sobre los talones y miró a Sora.

—No es la primera vez que veo a este camarada. Es el que estaba buscando a Rigel.

—¡Santa diosa! Razón de más para matarlo —opinó Sora.

—Estaba presente cuando mi madre murió —dijo Mari en voz baja—. Fue amable con ella.

—¿Él? ¿Estás segura?

—Lo estoy. —Mari se enjugó una lágrima. Entonces, y habiendo tomado ya una decisión, se incorporó y se sacudió las manos en los pantalones—. Sora, no voy a matarle. Y tú tampoco. Y, desde luego, no vamos a dejarlo aquí para que lo devoren los insectos.

—¡No lo dices en serio! Piensa con lógica. ¿Dónde pretendes curarle?

—En mi casa, por supuesto —respondió Mari.

—¡Eso es una ridiculez! No puedes llevar a nuestra casa a un camarada moribundo.

—Sora, no es nuestra casa. Es mi casa. Mía y de Rigel. Y ahí es exactamente donde voy a llevarlo.

—¿Solo porque le mostró un poco de compasión a tu madre cuando agonizaba y porque el loco de tu can le ha tomado cariño? ¿Te das cuenta de lo ridículo que suena eso? Los camaradas llevan generaciones persiguiéndonos, esclavizándonos y asesinándonos.

Dejar entrar a este en tu casa, y en tu vida, es un error que podría costarte a ti, y a mí, la vida. Te dije que el clan te aceptaría por tus talentos, y sigo pensando lo mismo. Pero sé perfectamente lo que harán si descubren que has salvado a un camarada. Estoy segura de que tú también conoces las historias de cómo nuestros ancestros intentaron ayudarlos. Los caminantes terrenos hicimos algo bueno y los camaradas nos pagaron con muerte y esclavitud.

—Sora, en parte yo también soy camarada. Durante toda mi vida he tenido la necesidad de hacer preguntas cuyas respuestas mi madre solo podía imaginar. Este hombre, este tal Nik, puede resolver todas esas dudas. Todas. Así que pienso llevarlo a la madriguera y a curarlo. Si no te gusta la idea, puedes irte a vivir a otra parte —declaró Mari.

—No tengo ningún otro lugar en el que vivir, y lo sabes —dijo Sora.

—Entonces, ayúdame. Descubriré lo que necesito saber de él y luego dejaré que siga su camino —le pidió Mari—. Por favor, Sora.

—¿Y no te preocupa que cuando le dejes seguir su camino nos eche encima a toda su tribu?

—No le daré la oportunidad de hacerlo. No permitiré que sepa dónde se encuentra la madriguera —replicó Mari, obstinada.

—¿Y cómo pretendes hacer eso?

—Pues igual que lo hacía mi madre cada vez que un miembro del clan estaba tan herido que necesitaba quedarse en nuestra madriguera para ser atendido. No pasaba muy a menudo, pero, cuando sucedía, mamá ocultaba el rostro de la mujer y le hacía dar vueltas hasta que perdía completamente el sentido de la orientación.

Sora se mordió el labio inferior y clavó los ojos en la quieta figura del hombre herido.

—No tengo muchas opciones, ¿verdad?

Mari suspiró.

—Sora, lo siento. Entiendo que es peligroso, pero lo que necesito de él hace que el peligro merezca la pena. Rigel lo sabe, y por eso me ha traído hasta aquí. Tengo que intentar salvarlo. Tengo que intentar descubrir todo lo que pueda sobre esta otra parte de mí. —Mari alzó el brazo recién lavado. El delicado entramado de nervios ya no resplandecía, pero lucía el tono bronceado de una piel acariciada por el sol—. Ni siquiera entiendo por qué cuando le da el sol mi piel resplandece unas veces y otras, como ahora, no lo hace. No sé cuánto crecerá Rigel, ni cómo se supone que debo cuidar de él. Desconozco por completo esta parte de mí.

Sora clavó sus pupilas en las de Mari.

—¿Y tan duro es no saber?

—Es horrible. Me siento como si fuera una extraña para mí misma.

—Una extraña para ti misma... Sí, debe de ser una sensación espantosa. De acuerdo. Te ayudaré.

Mari le sonrió a Sora.

—Gracias.

—De nada, maestra. ¿Qué es lo primero que tenemos que hacer?

—Llevarlo de vuelta a la madriguera.

—¿Nada más? —preguntó Sora, con sarcasmo.

—Bueno, no solo eso. Primero tenemos que sacarlo del agua, detener la hemorragia de las heridas más graves y secarlo y calentarlo para que no muera de hipotermia o de conmoción antes de que lleguemos a casa.

—De acuerdo, pero si se despierta e intenta atacarnos, yo creo que deberíamos soltarle y huir.

—Rigel no permitirá que nos ataque —dijo Mari.

—Lo dirás por ti. Rigel no permitirá que te ataque a ti.

Las comisuras de los labios de Mari se curvaron hacia arriba.

—En realidad, me refería a las dos. Rigel nos protegerá a ambas. ¿Verdad que vas a ser un buen chico?

Rigel agitó la cola.

Sora sonrió.

—Ah, bueno, vale, me tranquiliza saberlo.

—Vamos a sacarlo del agua. Así podremos volver al estanque y envolverlo en algo que esté limpio. La ropa ya debería haberse secado.

—¿Y cómo vamos a llevarlo hasta la madriguera?

—Con la camilla de mamá.

—Parece que pesa bastante —observó Sora.

—Menos mal que nosotras somos fuertes —respondió Mari.

Sora arrugó el rostro en una mueca, pero no dijo nada.

—De acuerdo. Yo le cojo de los brazos y tú de las piernas. Cuando lo hayamos sacado del agua, podemos dejarlo sobre esa zona musgosa de ahí. Entonces veré qué heridas tengo que curar antes de llevarlo a casa —dijo Mari—. Rigel, tienes que quitarte de en medio. —El pastor le dejó paso obedientemente y se apartó para sentarse al lado de Sora.

Mari se acercó al hombre y se acuclilló a su lado.

—Nik, ¿puedes oírme?

El hombre no se movió.

—¿Nik?

Sus párpados aletearon brevemente antes de abrirse. Se quedó mirando a Mari.

—¿Quién…? ¿Qué eres? —Entonces intentó sentarse, pero volvió a desplomarse sobre los desechos flotantes con un gemido de dolor.

—No intentes incorporarte. Estás gravemente herido —le dijo Mari—. Pero eres Nik, ¿verdad?

El muchacho no abrió los ojos, pero asintió débilmente con la cabeza.

—Bien. De acuerdo, Nik, yo soy Mari —decidió ignorar la parte de la pregunta del «qué eres» y añadió—: Y ella es Sora. Vamos a sacarte del agua. Te va a doler, seguramente mucho —calló un momento. Luego dijo—: Tú quédate quieto. Intentaré que esto dure lo menos posible, pero, si te dejamos dentro del agua, morirás.

Nik abrió los ojos apenas una rendija y asintió de nuevo con gesto dolorido. Después susurró:

—Está bien.

—Está preparado. Cógele de las piernas. —Mari se colocó sobre un montoncito de hojas y raíces fangosas e introdujo ambas manos bajo los hombros de Nik, intentando no tocar la punta de la lanza—. De acuerdo… ¡Arriba!

Nik gritó, pero solo una vez. Su rostro adquirió el mismo tono blanco que hay en el vientre de los peces muertos. Mari estaba segura de que se había quedado inconsciente.

—¡Rápido! Se ha desmayado. Ahora, apoyémoslo sobre el musgo —dijo Mari mientras hacía esfuerzo para soportar el peso.

Nik era mucho más alto que un caminante terreno y sus músculos eran largos y delgados en lugar de gruesos y compactos, pero, al fin y al cabo, pesaba tanto como cualquier otro miembro del clan.

En cuanto estuvo fuera del agua y sobre el lecho de musgo, Mari se puso rápidamente manos a la obra:

—Dame su cuchillo.

Empezó cortando sus pantalones para dejar a la vista la herida de la pierna, y luego cortó la camisa.

—Necesito que bajes al sendero. Estoy casi segura de haber visto milenrama en la última curva. Arranca un puñado y tráelo. Yo iré preparando vendas de musgo para cubrirle las heridas y que no se desangre mientras lo transportamos.

—La milenrama es de esta altura más o menos, ¿verdad? —Sora levantó la mano a un metro del suelo, aproximadamente—. ¿Es un arbusto lleno de florecillas blancas que huelen raro y con hojas que parecen una versión en miniatura de los helechos de cinco dedos?

—Justo, sí —dijo Mari, que seguía ocupada con Nik—. He visto una mata muy grande justo al lado del camino. Ve a por ella. ¡Rápido!

—Ahora mismo vuelvo —dijo Sora, corriendo hacia el sendero.

—¿Estoy muerto?

A Mari le sorprendió el sonido de aquella voz y sus ojos se movieron rápidamente para encontrarse con los del muchacho.

—No, todavía no. No hables. Reserva tus fuerzas. Voy a tener que volver a moverte, pero antes quiero vendarte las heridas.

—El cachorro… ¿Está a salvo?

—Sí. Rigel está a salvo.

—¿Rigel?

Mari asintió.

—Así se llama.

—Eres su camarada.

No lo dijo como si hubiera formulado una pregunta, pero Mari se apresuró a contestar.

—Soy su camarada.

Entonces, Rigel apareció a su lado y apoyó la cabeza entre ambos para olisquear el rostro de Nik. El hombre herido sonrió débilmente.

—Me alegro de que no muriera.

—Bueno, él es el culpable de que tú no estés muerto. Puedes darle las gracias luego, si sobrevives —le dijo Mari.

Acto seguido, Mari apartó a Rigel. Sin embargo, el cachorro se quedó muy cerca, tumbado a los pies de Nik y observándola a ella con atención. A Mari le sorprendió la devoción que Rigel demostraba hacia aquel hombre que, evidentemente, conocía a su cachorro y que probablemente habría vivido con él en su sofisticada ciudad de los árboles, y sintió una aguda y repentina punzada de celos. ¿Iba a perder a Rigel? ¿Querría el pastor volver con su tribu, a la vida que tenían planeada para él?

Mari bajó la vista para contemplar el musgo. Sus manos estaban quietas y sintió como si el corazón se le acabara de romper en mil pedazos.

Tan pronto pensó en aquello, Rigel se levantó y corrió a su lado. Se apoyó contra ella y alzó la vista, acariciándola con el hocico, para transmitirle su amor infinito e incondicional. Mari le echó los brazos al cuello y enterró su rostro en el cálido y suave pelaje.

—Lo siento. No volveré a dudar de ti. Lo siento.

—*Puaj...* Se me había olvidado cuánto apesta la milenrama —dijo Sora. Al verlos, frunció el ceño—. Pensaba que había que darse prisa, así que he vuelto corriendo, y eso que sabes que no me gusta correr, ¿y cuando llego te encuentro abrazando a esa alimaña? La verdad es que no parece que te hayas dado mucha prisa.

—Tú dame la planta y sigue buscando musgo. Ah, y está despierto. Bueno, más o menos. Te lo digo para que no te sorprendas.

—Después de hoy, creo que ya nada puede sorprenderme.

Mari le dedicó una sonrisa triste a Sora y empezó a masticar un trozo de raíz de milenrama. Escupió la masa que había formado sobre la palma de su mano y la presionó contra las heridas sangrantes. Luego le hizo un gesto a Sora para que se pusiera detrás de ella y cubriera la raíz con musgo. Nik no abrió los ojos ni emitió el más mínimo sonido hasta que Mari lo levantó para alcanzar la herida de lanza. Entonces gimió y abrió los ojos de repente.

Mari sacudió la cabeza al ver la herida y comentó, más para sí que para él o para Sora.

—No puedo tratar adecuadamente la herida hasta que lo llevemos a la madriguera. Si le saco ahora la punta, perderá demasiada sangre. Voy a tener que cauterizarla.

—¿Y qué vas a hacer hasta que lleguemos allí? Tiene muy mala pinta: está hinchada, sanguinolenta y supura. Supongo que el agua del río no ha ayudado mucho —comentó Sora.

—No, la verdad es que no. Será necesario limpiar la herida y vigilarla, incluso después de haberla cauterizado. Ahora mismo voy a hacer una cataplasma de milenrama y musgo. Hay que sacarlo de aquí. Cuánto más tiempo tenga la punta clavada, más difícil será sacársela y peor será también la infección.

Mari mascó el último trozo de raíz y lo escupió alrededor de la ensangrentada punta de la lanza. Luego la cubrió con musgo y volvió a tumbar a Nik sobre el manto vegetal. Se levantó y fue a lavarse las manos en el río.

—Y ahora ¿qué? —preguntó Sora.

—Ahora Rigel va a quedarse con él mientras tú traes algo de ropa seca. Haz que esté lo más cómodo posible —dijo Mari.

—¿Y a dónde vas tú?

—A la madriguera, a por la camilla de mi madre. Volveré en cuanto pueda. —Mari se acuclilló junto a Rigel—. Quédate aquí. Vigílale y no muerdas a Sora. —Mari miró a la chica y añadió—: Y si Nik se despierta e intenta hacerle daño a Sora, muérdele a él.

—¿De verdad? —sonrió Sora.

Mari le devolvió la sonrisa.

—De verdad. Pero no te emociones. Estoy bastante segura de que Nik ni siquiera puede sentarse, así que mucho menos va a atacarte.

—Bueno, de todas maneras, es un bonito gesto por tu parte.

Sora se estiró y le dio una palmadita insegura a Rigel. Solo una. El cachorro golpeó la cola contra el suelo. Una sola vez.

Mari se acuclilló al lado de Rigel.

—Vigila a Nik y a Sora, pero escóndete si ves que alguien se acerca. —Mari miró a Rigel a los ojos, dibujando imágenes mentales para ilustrarle lo que necesitaba que hiciera y lo que necesitaba que no hiciera. El can meneó la cola y respondió con gruñidos de asentimiento, haciéndole llegar sensaciones cálidas y tranquilizadoras—. De acuerdo, te creo. Volveré pronto. Muy pronto. Te quiero. —Mari le besó y luego pasó corriendo junto a Sora, diciendo—: ¡Vamos!

Fue delante de Sora durante todo el camino de vuelta al estanque, lo que tampoco le supuso demasiado esfuerzo. Sora parecía no tener ningún tipo de resistencia.

—¿Nunca haces nada que suponga esfuerzo físico? —le preguntó cuando la vio tropezar junto a la orilla del río y doblarse sobre sí misma mientras daba grandes bocanadas de aire.

—No, si puedo evitarlo —jadeó, intentando recuperar el aliento.

—Llévale esto. —Mari le lanzó a Sora una de sus túnicas más antiguas y un camisón—. Sécale con la túnica, pero no le frotes las heridas. Luego, cúbrele con el camisón. Te veré allí con la camilla y espero que con algo que lo mantenga dormido hasta que lleguemos a la madriguera.

—Espera, ¿vamos a tener que cargarle con la camilla durante todo el camino de vuelta a casa? —Sora se volvió para mirar a sus espaldas las escarpadas rocas que llevaban hasta el sendero—. ¿Vamos a tener que bajar por ahí con él?

Mari sonrió.

—Bueno, es mejor que si tuviéramos que subirle por ahí.

Y, sin esperar la respuesta de Sora, terminó de recoger la ropa seca y regresó trotando a casa.

33

De camino a la madriguera, Mari fue recopilando en su mente todo lo que Leda le había enseñado acerca de cómo ocuparse de alguien tan gravemente herido como Nik. La punta de lanza que tenía clavada en la espalda iba a resultar peliaguda. Solo pensar en lo que tendría que hacer para extraerla le revolvía el estómago: quitar la punta, limpiar la herida y, luego, usar una de las varillas que Leda empleaba para cauterizar las venas sangrantes y eliminar cualquier posible infección que hubiera podido empezar a formarse.

La herida era bastante fea, pero no tanto como el posible daño interno. Su madre solía decir que los daños internos eran como una muerte silenciosa, pero Mari sabía cómo detectarlos: en el rápido examen que le había hecho a Nik no había descubierto ningún síntoma de hemorragia interna.

—Pero yo no soy curandera. Se me podría haber pasado algo por alto —iba reprendiéndose a sí misma mientras atravesaba la maraña de espinas, cogía su cayado y atravesaba ágilmente el laberinto que llevaba hasta la madriguera.

Mari intentó sacudirse de encima aquellas sensaciones de miedo y duda. Moviéndose con mucha más seguridad de la que en realidad sentía, fue al dispensario de hierbas medicinales de su madre y empezó a elegir con cuidado mientras recitaba en voz alta lo que necesitaba para no olvidar nada.

—Raíz de valeriana para que duerma durante todo el viaje hasta aquí. —Mari preparó una densa infusión y la introdujo en el pellejo medicinal para llevársela a Nik—. Una manta y cuerda, para atarle a la camilla y poder bajarle por las rocas. —Se detuvo un momento y sacudió la cabeza, murmurando para sí—: Eso le va a doler.

Mari volvió al dispensario y se quedó allí, contemplando los ingredientes que tenía ante sí. Se sentía tan impotente y extrañaba a Leda con tal intensidad que a punto estuvo de caer de rodillas. Tuvo deseos de dejarse llevar por la desesperación. Lo único que quería era hacerse un ovillo y llorar, llorar y llorar...

Pero no podía. Nadie iba a venir a salvarla. No había nadie que pudiera ayudarla. Ni a ella, ni a Rigel, ni a Sora. Ni siquiera al camarada, Nik. *¡Piensa, Mari! Mamá era una maestra extraordinaria. Te enseñó todo lo que necesitabas saber: ahora lo único que tienes que hacer es recordar.*

Y entonces, sintiéndose estúpida e inexperta, Mari le dio la espalda al dispensario y corrió hasta el precioso baúl de madera tallada que había a los pies del camastro de su madre, el mismo que había estado pasando de generación en generación de Mujeres Lunares desde hacía tanto tiempo que ni siquiera Leda alcanzaba a recordar cuánto.

Mari se detuvo un momento. No había abierto el baúl desde que Leda había muerto. Muy lentamente, levantó la tapa y aspiró hondo el delicado aroma a romero que, durante el resto de su vida, a Mari le recordaría a Leda.

Sobre un montón cuidadosamente doblado de mantas y ropa de abrigo, Mari encontró el cuaderno de curas de su madre. Lo tocó con delicadeza y palpó la textura de las viejísimas tapas con las yemas de sus dedos. Todos los niños del clan aprendían a leer, escribir y cultivar sus talentos particulares a medida que crecían y maduraban. Las mujeres del clan valoraban la creatividad y el trabajo duro y, cuando un niño demostraba una habilidad particular, ya fuera para la poesía, la carpintería, la caza, el tejido o el tinte, intentaban instruirlo en esa materia aunque para formarlo tuvieran que enviarlo a un clan vecino. Sin embargo, desde el momento en que nacían, las hijas de las Mujeres Lunares recibían un tipo de instrucción distinta. De su formación se encargaban, fundamentalmente, sus madres, porque en su futuro podía residir la clave de la salud, de la cordura y, en última instancia, de la historia del clan, que quedaba recogida en aquellos cuadernos de curas.

—El diario de mamá, el diario mágico de mamá —murmuró Mari—. No importa cuántas veces me explicaras que tu cuaderno no contenía historias fantásticas, sino, ni más ni menos, las verdades del clan: yo siempre lo recordaré como tu particular forma de hacer magia.

Lo abrió por una página señalada con la pluma azul vivo de un arrendajo. Los dedos temblorosos de Mari recorrieron la conocida caligrafía de Leda.

«Mari, mi niña, esfuérzate todo lo que puedas, pero no te cuestiones. La indecisión puede llegar a ser tan mortífera como la pasividad. Si crees en ti la mitad de lo que yo lo hago, todo irá bien. Te quiero».

Por un instante, fue como si Leda estuviera allí con ella, a su lado, dándole la confianza que necesitaba y transmitiéndole lo mucho que siempre había creído en su querida hija. Mari abrazó el diario contra su pecho. Luego se secó las lágrimas, se recompuso, volvió a abrir el cuaderno y empezó a hojear las páginas con el pulgar.

Los robapieles guiaban a Thaddeus a través de la ciudad en ruinas a una velocidad tal que al camarada le costaba mantenerles el paso con Odysseus en brazos.

De pronto, empezó a pasar algo muy extraño. Cuando en el horizonte ya se atisbaba la ribera del río, Thaddeus sintió como si reviviera. De repente, ya no notaba el peso del cuerpo de Odysseus en los brazos. De repente, los dolores y escozores que lo habían acompañado durante semanas, desde el momento en que la sangre del venado se había introducido en su cuerpo a través de sus ojos y su boca, cesaron.

Así, sin más. Tal y como había comenzado, el dolor se desvaneció.

Thaddeus inhaló una bocanada de aire, la primera en semanas que no le dolía, y en esa bocanada de aire detectó un olor.

Muchos, más bien. Identificó el aroma del agua, a pesar de que ni siquiera podía verla. Olfateó un hedor penetrante y sucio, y por el rabillo del ojo vio a un roedor del tamaño de un conejo que corría por entre los edificios en ruinas.

¡He olido un roedor! ¿Cómo demonios es posible?

Captó el aroma de algo dulce y fragante cuando la corriente cambió de dirección. Le pareció que era jazmín, pero no vio ningún jazmín entre las enredaderas que había a su alrededor. Entonces, doblaron una esquina, y luego otra más. Estuvieron a punto de pasarle desapercibidas, porque eran diminutas: apenas dos ramas ahogadas entre la hiedra, pero entre ambas sumaban cuatro pequeñas flores blancas.

He olido el jazmín mucho antes de lo que debería, incluso aunque se hubiera tratado de un gigantesco arbusto en flor, y no de cuatro ridículos capullos. ¿Qué me está pasando?

—Por aquí. Atracamos el bote ahí abajo. —El robapieles que respondía al nombre de Puño de Hierro señaló el río.

Thaddeus asintió y giró hacia donde el hombre le señalaba. Los robapieles se movían casi en absoluto silencio. La única prenda que vestían todos eran unos pantalones toscamente cosidos con pieles de animal. Llevaban la cabeza rapada y sus torsos desnudos estaban cubiertos por una extraña mezcla de líneas y símbolos que les decoraban los brazos, el pecho, e incluso el cuello y la cabeza. Mientras Thaddeus los observaba, se percató de que todos los motivos se repetían de tres en tres, igual que la punta triple de la gigantesca lanza que portaba la estatua de su diosa. La partida que lo escoltaba estaba compuesta únicamente por hombres, pero le costaría olvidar a las mujeres que había visto frente a él, observándolo, mientras estaba en el cadalso, mudas y perturbadoramente seductoras. La más extraña de todas era, sin duda, la muchacha sin ojos que obviamente estaba emparejada con su Campeón. Las profundas grutas que tenía en lugar de ojos lo perseguirían en sus sueños futuros, al igual que el recuerdo de sus núbiles pechos, sus carnosos labios y la espesa cascada de cabello brillante que dibujaba la esbelta curva de su cintura.

—Ahí. Tu bote está ahí. —Puño de Hierro fue el primero en detenerse cuando llegaron a lo alto de la orilla que llevaba al río.

Thaddeus asintió y empezó a descender la pendiente de la orilla con cuidado, sosteniendo al terrier herido contra su cuerpo. No le costó llegar al kayak, porque ahora se movía mucho más rápido de lo que creía posible hacía un momento. Volvió la vista atrás, sin saber bien qué debía decirles a los robapieles, casi como si esperara que cambiaran de idea y lo llevaran de vuelta por su ciudad muerta hasta el cadalso ensangrentado.

Pero habían desaparecido.

Thaddeus no se quedó para intentar averiguar a dónde habían ido. Corrió hacia el kayak, acomodó a Odysseus lo mejor que pudo en el fondo del bote, soltó el único lastre que había sobrevivido a la batalla, cogió el remo que aún estaba atado al asiento trasero y, dando un potente impulso, zarpó de la orilla y se introdujo en la embarcación con un atlético salto que recordaba asombrosamente a los movimientos de un terrier.

Se inclinó para remar contra la corriente. Al principio le preocupó no tener la fuerza suficiente para guiar el kayak por entre los desechos que arrastraba el río y los remolinos, pero Thaddeus no tardó en darse cuenta de que era mucho más que fuerte. No le costó lo más mínimo impulsar la barca con los remos y el kayak surcó el río como si estuviera siendo empujado por toda una partida de cazadores.

Seguramente sea solo la adrenalina. Seguramente, tan pronto como mi cuerpo se dé cuenta de que he escapado, de que estoy a salvo, esta sensación desaparecerá.

Sin embargo, la sensación no desapareció. Thaddeus se sentía lleno de una fuerza que reflejaba la ira que parecía estar siempre presente en su interior. No se desvaneció. No disminuyó. En todo caso, no dejaba de aumentar.

Odysseus lloraba lastimeramente y Thaddeus dejó de remar un momento para acariciar al pequeño terrier y murmurarle palabras de consuelo. Al hacerlo, Thaddeus se miró el brazo. Las vendas que le cubrían las grietas de la muñeca y el brazo se habían secado. Muy lentamente, desató la tela que le rodeaba la muñeca.

La herida ya había empezado a sanar. Se estaba cerrando en torno a la tira de carne que el Campeón le había arrancado a Odysseus. La piel vieja y muerta que la rodeaba estaba mudando. Thaddeus se la frotó, asqueado, y la capa de piel se desprendió de su brazo, dejando a la vista una capa de carne rosada. Thaddeus, fascinado ante aquella visión, era incapaz de apartar la vista. Con manos temblorosas de impaciencia, se desató la venda que le rodeaba el codo. ¡Allí también estaba sucediendo lo mismo! Su piel agrietada se estaba sanando al absorber la carne de Odysseus, y la piel infectada estaba empezando a desprenderse.

Thaddeus levantó el brazo y lo flexionó, sintiéndose poderoso y completo.

—¿Curarme? No. No necesito una maldita cura. Lo que menos necesito es una maldita cura.

Thaddeus se inclinó de nuevo para remar y pensó: *El Campeón tenía razón. No estoy enfermo, solo me he transformado. Y me gusta. Me gusta mucho.*

Cuando Mari regresó finalmente con Rigel, Sora y Nik, estaba empapada en sudor y agotada después de cargar con la ligera, aunque aparatosa, camilla. Con un suspiro de alivio, soltó la litera y el desgastado zurrón en el que Leda solía transportar sus medicinas cerca de donde estaba tumbado Nik. Después, se acercó a Rigel para decirle lo valiente y bueno que había sido y lo bien que había vigilado.

—Sabes que yo también he estado vigilando, ¿verdad? —preguntó Sora.

—Gracias —respondió Mari, y luego sonrió a la muchacha—. ¿También quieres que te acaricie?

Sora sonrió, divertida.

—Creo que deberías ahorrarte las energías para él.

—¿Está consciente? —preguntó Mari, arrodillándose junto a Nik.

Sora se encogió de hombros.

—No lo sé. Ha estado un rato despierto mientras lo secaba y lo tapaba con tu camisón, que, por cierto, es demasiado pequeño para cubrirlo entero. Pero no ha dicho nada, lo único que ha hecho ha sido gruñir un poco. Luego ha abierto los ojos un par de veces, y lo único que ha hecho es quedarse mirando a tu alimaña.

Mari apoyó los dedos contra la muñeca de Nik y no tuvo dificultad para encontrarle el pulso. Era fuerte, aunque más acelerado de lo que a Mari le hubiera gustado. La piel de Nik estaba fría y húmeda. Estaba a punto de pronunciar su nombre cuando abrió los ojos.

—Grises —dijo en una voz tan baja que sonaba como si no estuviera despierto del todo—. Tienes los ojos grises.

—¿Cómo estás, Nik? —le preguntó Mari, ignorando por completo el comentario.

—He estado mejor —respondió él—. Me duele la espalda. Una de las lanzas de los robapieles me alcanzó.

—Ya lo he visto. Te he traído algo para el dolor. Bébetelo, te ayudará. —Mari le hizo a Sora un gesto con la cabeza—. Levántale un poco los hombros para que pueda tragar, pero ten cuidado con la herida de la lanza.

Mientras Sora le sostenía, Mari le acercó el pellejo a los labios.

Nik la miró con ojos dudosos. Luego, sus labios se curvaron ligeramente.

—Hay maneras más fáciles de terminar conmigo que con veneno.

—Yo he votado por cortarte el cuello con tu propio cuchillo, pero Mari y su bicho no han secundado la moción —dijo Sora.

—No le hagas caso —dijo Mari—. Es lo que yo hago casi todo el tiempo.

Mientras bebía, Nik le sonrió a Mari con los ojos. Cuando el pellejo estuvo vacío, ayudó a que Sora volviera a dejarle con cuidado en el suelo.

—De acuerdo, mientras la infusión hace efecto voy a prepararte para trasladarte a la camilla —dijo Mari.

—¿Trasladarme? —preguntó Nik.

—No puedes quedarte aquí. Los insectos te devorarán —dijo Sora—. A mí no es que me parezca mal, pero, de nuevo, ellos son mayoría.

—Voy a llevarte a mi madriguera, a mi casa —dijo Mari—. No está lejos de aquí, pero eso no quiere decir que el viaje vaya a ser sencillo. Estamos a bastante altura, así que para volver a casa tendremos que descender.

—¿Cómo? —preguntó Nik.

Mari desvió la mirada hacia la camilla que acababa de dejar junto a él.

—Bueno, voy a atarte ahí, y luego Sora y yo vamos a transportarte y puede que a arrastrarte hasta allí.

—Suena como si me fuera a doler —comentó Nik.

—Ah, no dudes que te va a doler. Te va a doler mucho —dijo Sora alegremente.

—En cuanto la infusión empiece a hacer efecto, estarás bien. Avísame cuando empieces a sentirte atontado.

—¿Por qué? —preguntó Nik.

Mari le dedicó una mirada ceñuda y se preguntó si no habría infravalorado la gravedad del golpe que Nik se había dado en la cabeza.

—Pues porque no quiero moverte hasta que el analgésico empiece a hacer efecto.

—No, me refería a por qué me estás salvando, en lugar de matarme.

—Que es lo que yo proponía —dijo Sora.

Mari la calló con una mirada y luego se dirigió a Nik.

—Porque no soy una asesina.

—No tenías por qué haberlo sido. Podías haberme dejado morir aquí.

—Digamos que a Rigel no le hacía gracia la idea de dejarte morir y que, ahora mismo, ese es tan buen motivo como cualquier otro para, al menos, intentar salvarte —dijo Mari. Luego le hizo una seña a Sora para que la siguiera hasta la camilla. Empezó a desatar las correas y rebuscó en el zurrón para encontrar un palo que Nik pudiera morder. Sora la siguió, sin dejar de mirar por encima de su hombro—. Lo primero que tenemos que hacer es transportarlo hasta la camilla. —Mari habló en voz baja para que los oídos de Sora fueran los únicos que pudieran captar su voz—. Luego tenemos que atarlo bien. No podemos dejarle caer cuando lo bajemos por la cascada.

—¿Y por qué no le ponemos en la camilla y dejamos que flote hasta la cascada? De hecho, podríamos dejar incluso que descendiera por la cascada. Si sobrevive, habrá sido la voluntad de la diosa. Y, si no... —Se encogió de hombros—. Entonces no sería su voluntad que sobreviviera y moriría.

—No vamos a llevarlo flotando por la corriente. No creo que pueda soportar otra vez el frío del agua. Y ni hablar de dejarlo caer por la cascada porque, definitivamente, la caída lo mataría y no creo que esa sea una señal de la diosa. Creo que está demasiado ocupada como para preocuparse de un camarada medio muerto y de un par de proyectos de Mujer Lunar. —Mari puso los ojos en blanco y sacudió la cabeza—. Sería muchísimo más útil que me ayudaras de verdad.

—De acuerdo, perdona. Solo bromeaba. Bueno, más o menos. Dime qué tengo que hacer.

Mari volvió a mirar a Nik.

—¿Cómo te encuentras ahora?

Él la miró con sus ojos de color verde musgo, desenfocados y vidriosos.

—Tengo sssueeeñooo...

—Bien. Sora y yo vamos a ponerte en la camilla. Te ataremos para que no te caigas. Lo haremos lo más delicada y rápidamente que podamos, pero bueno...

—¿Esssperáisss que me desssmaye? —dijo Nik, arrastrando las palabras.

—Cuento con ello —murmuró Mari. Movió la camilla hasta que casi tocó el cuerpo de Nik y luego le hizo un gesto a Sora para que le sujetara las piernas—. A la de tres, le pasamos a la camilla. ¡Una, dos, tres!

Nik cerró los ojos y gruñó, pero Mari fue rápida y usó la cuerda trenzada para asegurarle con fuerza. Cuando Nik estuvo atado lo más fuerte que Sora y ella pudieron ajustar las correas, Mari se arrodilló junto a él.

—¿Nik?

Sus párpados aletearon y luego se abrieron una rendija.

—¿Ya hemosss llegado? —hablaba como si la lengua no le cupiera en la boca.

—No. Esto..., todavía no. Pero llegaremos dentro de nada. Necesito que te pongas esto en la boca un rato. Es corteza de sauce, así que, además de ayudar a que no te muerdas la lengua, te calmará el dolor. También tengo que vendarte los ojos. —Mari se sacó un trozo de venda del bolsillo.

—¿Por qué tienes que vendarme los ojos?

—Porque voy a curarte, pero no pienso permitir que sepas dónde vivo. ¿Lo entiendes?

Nik asintió levemente.

—Eresss muy lisssta. No parecesss una niña grande, en absssoluto.

Mari le miró con el ceño fruncido.

—Ese comentario ha sido muy raro —dijo Sora, mirando a Nik por encima del hombro.

Nik iba a contestar, pero Mari le calló metiéndole el trozo de palo en la boca. El muchacho abrió la boca obedientemente y mordió. A continuación, Mari le ató el trozo de tela alrededor de la cabeza y le cubrió los ojos.

—¿Estamos, Nik?

Él asintió de nuevo.

—De acuerdo, Sora, yo te guío. Avísame cuando necesites descansar, pero recuerda que no podemos hacer muchas paradas —le dijo Mari.

—¿Y si me canso mucho?

—Mira el cielo —dijo Mari.

Sora alzó la vista, sin entender bien a qué se refería Mari, y luego la miró a ella.

—¿Dónde está el sol? —le insinuó Mari.

—¡Ay, Santa Diosa! ¡Está empezando a ponerse! Si se nos hace de noche mientras estamos fuera con él, su sangre atraerá a las cucarachas, a los escarabajos, a las licarácnidos y…

—Y precisamente por eso no podemos hacer muchas paradas —le dijo Mari. Luego cogió un extremo de la camilla y añadió—: No te olvides de levantar el peso con las piernas.

Mari jamás olvidaría lo horrible que fue el camino de regreso a la madriguera, aunque aquello le sirvió para hacerse dos promesas.

La primera fue que tenía que descubrir cómo hacer que Sora se pusiera en forma. La muchacha era todo curvas y delicadeza y, bajo aquella suave apariencia, a Mari no le quedaba duda, no había un solo músculo.

La segunda promesa que se hizo a sí misma fue que tenía que simplificar su vida. Nada de Sora. Nada de Nik, el camarada. Nada que le provocara estrés, confusión o angustia. Curaría a Nik, le haría las preguntas pertinentes y le mandaría a paseo. Se aseguraría de que Sora aprendiera a invocar la luna y la mandaría a paseo a ella también. Y, entonces, Rigel y ella por fin tendrían un poco de la paz que tanto se merecían.

—No puedo —jadeó Sora, soltando el extremo de la camilla que sujetaba y haciendo que Nik gruñera con el palo en la boca… otra vez—. Lo siento, pero no puedo cargar más con él.

Tras ella, Rigel lloriqueaba en voz baja. Con mucho más cuidado que Sora, Mari apoyó su extremo de la camilla en el suelo y acarició al cachorro para tranquilizarlo y decirle, sin necesidad de usar palabras, que ya casi estaban a salvo, que ya casi estaban en casa.

Mari miró a Sora y trató de interpretar si realmente se había quedado sin energías o no. La muchacha estaba empapada en sudor. Tenía la espesa melena oscura apelmazada contra la cara y el cuello. Le temblaban los brazos y, en lugar de respirar, jadeaba.

Afortunadamente, Sora había dejado caer la camilla justo antes de que entraran en la maraña de espinas. Con mucho cuidado, Mari se inclinó para hablar con Nik.

—¿Crees que puedes andar? Ya queda muy poco.

Estaba tan pálido y quieto, con la mitad del rostro oculto, que Mari creyó por un momento que había muerto durante el último tramo del viaje. Ya se había agachado para tomarle el pulso cuando le escuchó murmurar:

—No lo sé.

—Bueno, vamos a tener que intentarlo. Sora, coge mi cayado. Yo ayudaré a Nik a caminar. Tienes que seguir mis instrucciones con mucho cuidado, y podremos cruzar las zarzas sin problemas. Espero.

—Lo que sea con tal de poder sentarme, descansar y tomarme una buena taza de algo caliente —dijo Sora.

Mari estuvo a punto de decirle que el descanso no entraba en la agenda de ninguna de las dos aquella noche, pero, cuando cruzó la mirada con los grises ojos de Sora y los vio tan llenos de sincero agotamiento, lo pensó mejor. Así que, en su lugar, sonrió y le dijo:

—Me has ayudado mucho. Ya casi hemos llegado. Siéntate ahí, al lado de la entrada, junto al roble venenoso. Descansa mientras le desato.

Sora asintió lentamente y se dejó caer sobre el trasero. Mari deshizo los nudos con rapidez y luego, murmurándole palabras de ánimo a aquel muchacho semiinconsciente, le pasó un brazo alrededor de los hombros y pasó uno de los suyos alrededor de su cintura.

—Cuando estés dentro, gira inmediatamente a la izquierda. Cuando hayas levantado la primera rama, verás el sendero. Avanza unos diez pasos, y te parecerá que gira otra vez a la izquierda, pero es mentira. Es un callejón sin salida que solo lleva a más espinas. En vez de a la izquierda, tienes que ir a la derecha.

—De acuerdo —respondió Sora, adentrándose a regañadientes en las zarzas.

—Nik, apóyate en mí. Ahora tenemos que caminar.

Fue más difícil de lo que Mari había supuesto. Nik no dejaba de tropezarse y perder el equilibrio. Mari estaba segura de que había estado a punto de desmayarse un par de veces, pero ella no dejó de hablarle en ningún momento ni tampoco de darle instrucciones a Sora. Para su sorpresa, llegaron a la puerta de la madriguera con apenas un par de rasguños.

—¿Dónde vas a ponerle? —preguntó Sora mientras se desplomaba frente a la chimenea y avivaba fatigosamente el fuego para que volviera a cobrar vida.

—En mi cama. Tiene que estar cerca del fuego.

—Pensaba que ahora era mi cama —rezongó Sora.

—Tú dormirás en la cama de Leda. Yo me haré un camastro junto al fuego. Va a necesitar que haya alguien atendiéndole durante toda la noche.

Y yo tengo que asegurarme de que no se despierta e intenta escapar de aquí, añadió Mari en silencio, para sí misma. Guio a Nik hasta el estrecho camastro en el que había dormido la mayor parte de su vida y, con un largo suspiro, Nik se recostó.

—Ahora voy a quitarte la venda —le dijo.

Mari le retiró el trozo de tela y el muchacho parpadeó con aquellos ojos adormilados para mirarla.

—¿Dónde estoy?

—En casa. Bueno, en mi casa. Descansa mientras preparo lo que necesito para curarte la herida de la espalda. —Mari se dirigió a Sora—. Pon agua a hervir.

—¡Ay, diosa, menos mal! ¡Hora de tomar algo caliente!

—En realidad, no. El que va a tomar algo caliente es él. Tú y yo vamos a tener que esperar. Tengo que sacarle esa punta de lanza de la espalda.

Sora frunció el ceño y dejó caer los hombros, desolada, pero llenó la olla con agua fresca y la colgó sobre la chimenea para que hirviera. Mari corrió a la despensa de su madre, donde había dejado el cuaderno de curas, con las páginas que tenía que seguir marcadas. Moviéndose con rapidez y seguridad, sacó del baúl las varillas que su madre usaba para cauterizar, así como varios metros de vendas limpias y la cajita de madera en la que Leda guardaba las agujas hechas con espinas de puercoespín y el hilo de tripa de conejo que usaba para dar puntos. Luego, se acercó a la cesta que contenía raíz de hidrastis y le llevó a Sora la raíz, las varillas y tres cuencos grandes.

—Corta tres trozos de raíz del tamaño de tu pulgar, haz una pasta con un poco de agua caliente y mete una en cada cuenco. Luego, llena los cuencos de agua y mete las varillas en el más grande.

—¿Para qué? —preguntó Sora.

—La raíz es hidrastis, y sirve para eliminar la infección. Los hierros son para cauterizar la herida cuando le haya sacado la punta de la lanza, así que tienen que estar lo más limpios que sea posible. Yo me lavaré bien las manos en la mezcla en cuanto se enfríe lo suficiente para poder tocarla y tú harás lo mismo en otro de los cuencos. El tercero es para aclarar la herida cuando la lanza ya esté fuera.

»No te olvides de volver a llenar la olla de agua y asegurarte de que sigue hirviendo. Voy a preparar una tisana de hierbas, más fuerte que la infusión de valeriana que le he dado antes, para que se la administres. —Mari bajó la voz—. Debería dejarle inconsciente, pero no sé cuánto tiempo durará el efecto, así que tenemos que ser rápidas.

—¿«Tenemos»? —susurró Sora.

—¿Sigues queriendo convertirte en Mujer Lunar?

—Por supuesto —contestó Sora.

—Entonces, «tenemos» —dijo Mari.

—Vale, es lógico, pero entonces voy a calentar un poco de estofado. Necesitamos comer para poder estar despiertas. —Sora miró a Nik, que volvía a estar inconsciente, con expresión dudosa.

—No, ahora mismo él no necesita comer. Lo más probable es que lo vomite. Pero sí necesitará un caldo para después, y eso también lo puedes ir preparando. Coge la carne de los huesos del último conejo y…

—Para. Cocinar sé. Tú ocúpate de él. Yo me ocupo de alimentarnos a todos.

—Gracias, eso me viene muy bien.

Mari le dedicó a Sora una mirada de agradecimiento. Luego se levantó, se sacudió las manos en la túnica y volvió al dispensario para coger la valiosa botellita de cristal llena de líquido que Leda reservaba únicamente para emergencias. Hecha a base de jugo de amapola, aquella era una poción muy potente. Mari volvió a leer las instrucciones sobre la dosificación que había dejado Leda y luego decidió cuántas gotas debía añadir a la infusión de cáñamo que su madre recomendaba usar para paliar las náuseas, la ansiedad y el dolor.

Esto debería dejarlo inconsciente —dijo para sí—. *Eso, si no lo mata.*

Luego reunió más vendas y pasó rápidamente las hojas del cuaderno de su madre para encontrar las anotaciones sobre una herida particularmente profunda que había cuidado hacía varios inviernos. Leda había tomado apuntes muy meticulosos sobre el proceso de cauterización, lo que había hecho inmediatamente después y cómo había emplastado la herida con una pomada a base de miel, hamamelis, salvia y flores de caléndula. Mari sonrió al leer la última nota de su madre: «La herida curó bien, sin infección, ¡gracias a la Gran Tierra Madre y al poder de los pensamientos positivos!».

Esforzándose para que también sus pensamientos fueran positivos, Mari reunió miel, hamamelis, salvia y flores de caléndula. Vertió generosas porciones de cada ingrediente en el fondo del mortero más grande que tenía su madre y luego regresó a la estancia principal de la madriguera, donde se dispuso a mezclarlos.

—Su infusión está lista, y los tres cuencos con la pasta de *hiprastis* también están preparados —dijo Sora.

—Pasta de hidrastis —la corrigió Mari, y su voz sonó exactamente como la de su madre—. Yo le daré el té. Sigue removiendo esto —Mari calló un momento y luego añadió—: Por favor.

—Encantada. —Sora le dedicó una sonrisa exhausta—. Aquí está la infusión. Dásela y, cuando vuelvas, siéntate un momento para comerte tu estofado.

Mari asintió a modo de agradecimiento y volvió con Nik. El joven abrió los ojos en cuanto escuchó que Mari decía su nombre y se sentaba a su lado en el camastro.

—Bébete esto. Sabe fatal, pero te ayudará a dormir. Mientras duermes, te sacaré esa lanza de la espalda y te coseré la herida.

—Menos mal que voy a estar dormido, entonces.

Tenía los ojos más claros desde que habían vuelto del río, y fue capaz de incorporarse lo justo para tragar el amargo brebaje. Se recostó pesadamente en el camastro, pero, cuando Mari fue a levantarse, Nik estiró el brazo y agarró su mano con una fuerza asombrosa.

—¿Podría quedarse conmigo el cachorro? ¿Solo hasta que me quede dormido?

Mari no le contestó. Bajó la vista para mirar la mano entrelazada con la suya. Nik suspiró y se la soltó.

—Sí, Rigel puede quedarse contigo —le dijo.

Mari miró a su cachorro. Estaba tumbado donde siempre solía estarlo, delante de la puerta. Mari se dio cuenta de que a su lado estaba el gran cuenco de madera en el que comía, por lo que parecía, recién vaciado a lametones. Mari miró a Sora con curiosidad.

—Sí. Le he dado de comer a tu alimaña mientras te ocupabas del otro macho de nuestra madriguera —dijo Sora—. Sabía que no nos ibas a dejar comer hasta que lo hubiera hecho él. Me refiero al can, no al macho.

—Ah —contestó ella, demasiado sorprendida como para formular una verdadera respuesta.

Acto seguido, Mari se giró de nuevo para mirar a Rigel y hacerle un levísimo gesto con la cabeza. Inmediatamente, el can se acercó trotando hasta ella. Mari lo abrazó y hundió el rostro en el espeso y suave pelaje que rodeaba su cuello, intentando extraer fortaleza y determinación de su contacto, y le besó la punta de la nariz. Rigel meneó el rabo y le lamió la cara antes de acercarse al camastro y volver a acurrucarse al lado de Nik. Mari vio que el muchacho bajaba la mano para tocar a Rigel y, con los ojos cerrados, acarició muy despacio al cachorro.

Mari se sentó con Sora junto a la chimenea. La muchacha le tendió un cuenco.

—Gracias —dijo Mari. Ambas comieron en silencio, con avidez. Cuando ya llevaba la mitad del cuenco de estofado, Mari miró a Sora—. Y gracias por dar de comer a Rigel.

—De nada. Me alegro de que no me haya dado un bocado a mí en vez de al conejo.

—Yo también me alegro —respondió Mari, y se sorprendió al darse cuenta de que de verdad se alegraba de que Rigel no le hubiera dado un mordisco a Sora—. Voy a necesitar tu ayuda para lo que tengo que hacer ahora, y va a ser mucho peor de lo que ha sido traerlo hasta aquí.

Sora le sostuvo la mirada.

—Bueno, entonces supongo que te alegras de que esté aquí para ayudar.

—Sí —Mari se escuchó admitir la sorprendente realidad—. Supongo que, después de todo, me alegro de tenerte aquí.

34

Sora clavó con fuerza la punta de su dedo en el hombro de Nik una, dos, tres veces. El joven ni se movió. Después, alzó la vista para mirar a Mari.

—Está completamente inconsciente.

Mari asintió con seriedad.

—De acuerdo. Tenemos que darnos prisa. Ayúdame a ponerle de lado para poder colocarle la esterilla debajo.

Juntas, Sora y Mari cogieron una de las esterillas tejidas que Leda usaba con distintos propósitos, desde tener una superficie sobre la que sentarse cuando Mari y ella hacían pícnics fuera de la madriguera hasta poder guarecerse de la lluvia y el viento cuando salían a cazar o a recolectar plantas y hacía mal tiempo.

—Tenemos que colocarle bocabajo, y creo que también sería buena idea atarle los brazos y las piernas. Si se despierta mientras estoy cauterizando la herida y no conseguimos que se quede quieto, podría hacerse mucho daño.

—A mí me parece estupendo lo de atarle —comentó Sora.

—Mientras tú te ocupas de eso, yo voy a lavarme las manos. Necesito que vengas conmigo en cuanto le hayas inmovilizado.

Mari fue hasta donde estaban los cuencos llenos de infusión caliente de hidrastis, cogió las varillas metálicas y las colocó con cuidado en el fuego. Después, empezó a lavarse las manos mientras recordaba las palabras que su madre tantas veces le había repetido: «Mi niña, lávate las manos hasta que pienses que están limpias. Después, multiplica el tiempo por dos y vuélvetelas a lavar. No te olvides de frotar bien debajo de las uñas».

Sora se reunió con ella tan pronto hubo terminado y Mari vertió una parte del agua caliente en otro de los cuencos. Luego le dijo:

—Tienes que lavártelas durante mucho más tiempo del que crees que necesitas, y no te olvides de frotar bajo las uñas.

Mari sonrió en secreto para sus adentros. Escuchar el eco de Leda en sus propias palabras estaba empezando a tranquilizarla más de lo que la entristecía. Era como si su madre aún estuviera allí en la madriguera, observándola y ofreciéndole su amor.

—Limpias. Y ahora ¿qué? —dijo Sora, que miraba a Nik con los brazos en jarras.

Mari ya había sacado las agujas, el hilo de tripa de conejo, el cuchillo más pequeño de todos los que tenía su madre y las vendas. Mientras los colocaba junto al camastro, Mari fue designando cada herramienta en voz alta para que Sora aprendiera sus nombres y le explicó también para qué se usaba cada una. La muchacha la escuchaba con atención, y aquel interés le ayudó a calmar los nervios. Sin embargo, sentía que debía haber esperado para comerse el estofado, porque tenía el estómago peligrosamente revuelto.

—Ahora vas a sentarte en la cabecera del camastro y a sujetarle los hombros. Cuando te pida un instrumento, tienes que pasármelo lo más rápido que puedas.

—¿Y si empieza a moverse? ¿Le suelto para pasarte las cosas o sigo sujetándole a él?

—Eso dependerá de lo que esté haciendo. Si tengo un cuchillo, una de las varillas o una aguja en su piel, le sujetas. En caso contrario, puedes soltarle.

—Entendido.

—¿Estás preparada? —le preguntó Mari.

—¿Lo estás tú?

—Por supuesto. No podría estar más preparada. Voy a empezar —dijo Mari, mirando a Nik sin moverse, de pie junto a él.

—Puedes hacerlo.

Mari parpadeó, sorprendida, al escuchar las palabras de Sora. Cruzó la mirada con ella.

—¿Estás segura?

—Sí, lo estoy —respondió Sora, sin dudarlo—. Eres una Mujer Lunar, heredera de varias generaciones de Mujeres Lunares. Creo que no hay nada que no puedas hacer.

—Gracias, Sora.

Mari parpadeó para apartar de sus ojos aquellas inesperadas lágrimas y, animada por la confianza que Sora demostraba tener en ella, se sentó en el camastro junto a Nik y comenzó a retirar la cataplasma que le cubría la herida.

—Eso tiene mala pinta —comentó Sora cuando Mari terminó de limpiar el musgo y la milenrama de la zona afectada.

—Por eso tenemos que darnos prisa. Lo tiene tan hinchado que tal vez tenga que cortarle un trozo de carne para poder sacarle la lanza. —Mari inspiró hondo y se recordó a sí misma que Nik no sentiría nada. Al menos de momento, si ella conseguía darse prisa.

Así que se dio prisa.

Al principio, sus movimientos eran inseguros, pero la punta de la lanza estaba tan embutida en aquel amasijo de carne inflamada y sanguinolenta que ir con cuidado no la llevaba a ninguna parte salvo toparse con otro revoltijo de carne inflamada y sanguinolenta.

—¡Pásame el cuchillo!

Sora le tendió el cuchillo. Mari cortó la carne que rodeaba uno de los lados del trozo de metal, deslizó sus dedos a través de la carne ensangrentada y logró hacer pinza alrededor de la punta. Con un fuerte gruñido, tiró y aquel horrible instrumento de tres puntas abandonó la carne de Nik con un repugnante y húmedo sonido de succión.

—¡Infusión de hidrastis y vendas! ¡Rápido!

Sora le pasó primero la infusión y luego las vendas. Mari aclaró una, y otra, y otra vez, teniendo mucho cuidado de identificar el lugar del que procedía la hemorragia más severa. Los apuntes de su madre hacían mucho hincapié en eso. Tenía que saber qué venas necesitaba quemar para detener la pérdida de sangre.

—De acuerdo, ahora necesito la varilla mediana. Ten cuidado de coger el extremo con un trapo. Están ardiendo.

Sora asintió, corrió hasta la chimenea y volvió sosteniendo una varilla cuyo extremo refulgía con el color del jengibre fresco. La varilla estaba envuelta en lo que a Mari le pareció una de sus camisas limpias.

—Ahora necesito que limpies la herida una vez más, que presiones con fuerza con una venda y que, cuando yo te diga, la apartes y le agarres de los hombros. Si va a despertarse, probablemente será ahora.

Sora vertió aquella amarillenta infusión desinfectante sobre la herida y luego, tal y como Mari le había indicado, hizo presión sobre la herida sin apartar los ojos de ella un solo momento.

Mari no dudó. Temía que, si lo hacía, si vacilaba un segundo, no podría continuar.

—¡Ahora!

Sora apartó el vendaje y, antes de que la herida volviera a inundarse de sangre, Mari presionó la refulgente varilla cauterizadora contra la zona de la que más líquido fluía.

Aquel movimiento le arrancó a Nik un alarido gutural, pero Sora lo inmovilizó con fuerza contra el camastro. En cuestión de segundos, su cuerpo volvió a sumirse en la inconsciencia.

—Tráeme la otra. La más pequeña —dijo Mari, dejando escapar un suspiro de alivio y apartándose del rostro el pelo, empapado en sudor, con el dorso del antebrazo.

Sora no tardó en alcanzarle otra de las varillas. Mari se apresuró a intercambiarla por la que ya se estaba enfriando y con el extremo llameante volvió a hacer presión contra el resto de los vasos de los que manaba sangre.

El cuerpo de Nik se sacudió de nuevo, pero esta vez fue un espasmo reflejo, una respuesta automática a la cauterización. No emitió ningún sonido y, en cuanto Mari apartó el hierro candente de la herida, su cuerpo recuperó la calma.

—Tráeme la pomada —dijo Mari.

Sora le pasó el cuenco de madera en el que habían amasado el ungüento de miel, hamamelis, salvia y flores de caléndula. Mari le añadió también un poco de raíz de hidrastis porque le preocupaba que la herida pudiera infectarse. Sin perder un segundo, cubrió la zona cauterizada con aquella mezcla perfumada y pegajosa.

—De acuerdo, ahora solo me queda coserla.

Sora le tendió la aguja enhebrada y Mari empezó a zurcir la herida. Le sorprendió darse cuenta de lo poco que le impresionaba estar cosiendo carne. Por supuesto, había visto a Leda hacer aquello mismo muchísimas veces, pero ella solo había practicado sobre cuero y conejos muertos. *Se me da bien*, se percató Mari con un pequeño sobresalto de alegría. *Se me da realmente bien.*

Juntas, Mari y Sora cubrieron cuidadosamente los puntos con vendas limpias, para luego volver a tumbar a Nik de espaldas y proseguir con la herida que tenía en la pierna. Mari ya había tomado la decisión de coser también el corte de la cabeza. En cuanto dejó de sangrar, Mari se dio cuenta de que el líquido rojo lo hacía parecer mucho más grave de lo que en realidad era. Sin embargo, la herida de la pierna era otro cantar.

—Es muy profunda —observó Sora mientras se movía para agarrar a Nik por los tobillos, aunque él seguía inmóvil e inconsciente.

—Sí. Antes de cosérsela, voy a limpiarla y a aplicar lo que queda de la pomada que le he puesto en el hombro. Pero me preocupa casi tanto como la herida de la espalda.

Mari se puso manos a la obra, y tuvo la sensación de que el tiempo se detenía. Estaba tan concentrada, tan metida en su pequeña burbuja, que no reparó en lo nerviosa que estaba empezando a ponerse Sora hasta que sus manos empezaron a temblar y a sacudir con el movimiento las piernas de Nik.

—Sora, tienes que quedarte quieta. No puedo… —Mari alzó la vista.

Sora tenía el rostro pálido a causa del dolor, un siniestro contraste con el rubor plateado que ya empezaba a expandirse por su piel.

—Lo siento. Estaba intentando aguantar, pero…

—No es culpa tuya. Ve. Necesitas que te dé la luz de la luna. Ve ahora.

—Pero necesitas que te ayude —dijo Sora entre dientes, intentando resistir el dolor.

—Te necesito entera, no llena de dolor y pesar.

—Creo que voy a vomitar. —Sora se cubrió la boca con una de sus manos teñidas del color de la plata.

—Venga. Necesitas salir a la luz de la luna. —Mari miró a su cachorro, que estaba tumbado en su lugar habitual, frente a la puerta. Mientras presionaba las manos contra la herida de la pierna de Nik, se concentró en imaginar que su cachorro encontraba el camino para atravesar el laberinto de espinas mientras Sora le seguía—. Rigel, lleva a Sora arriba.

—¡Pero no va a querer hacerlo! —protestó Sora.

—Claro que va a querer hacerlo.

Mari se dio media vuelta para seguir cosiendo la fea herida en la pierna de Nik. Apenas le dirigió una breve mirada a su cachorro cuando Sora le abrió la puerta y él salió de la madriguera, para luego darle la espalda a la chica y esperar a que lo siguiera. *Gracias. Eres tan listo y tan bonito y tan valiente y tan bueno... ¡Gracias, Rigel!* Mari le envió aquel pensamiento y le transmitió una oleada de amor a su pastor. Entonces, con la certeza de que Rigel no la decepcionaría, se inclinó sobre la pierna de Nik y retomó su trabajo.

—Ha ido mejor de lo que me esperaba —dijo Mari.

Sora y Rigel regresaron justo a tiempo para ayudarla a vendar la herida de la pierna, recién cosida. Pusieron a Nik lo más cómodo posible y lo recostaron medio de lado, medio de espaldas. Después, colocaron los instrumentos en un cuenco con infusión de hidrastis caliente y recogieron todas las vendas ensangrentadas. Al fin, las dos muchachas se concedieron un segundo para descansar junto a la chimenea mientras le daban sorbitos a una infusión y observaban el cuerpo inmóvil de su paciente.

—Yo tampoco esperaba que fuera a salir tan bien. Estaba segura de que iba a despertarse y a revolverse —dijo Sora—. ¿Qué llevaba esa infusión que le has dado?

—Zumo de amapola y cáñamo —miró a Sora y se descubrió sonriendo—. Ojalá pudiera tomar yo un poco ahora mismo.

—¡Ja! En circunstancias normales, te animaría a que te prepararas una buena poción somnífera, y luego lo arrastraría a él fuera de la madriguera mientras tú estás inconsciente. Sin embargo, estoy tan orgullosa de todo el trabajo que hemos hecho que no creo que fuera capaz de nada que pudiera echarlo a perder.

—Bueno, eso me anima —dijo Mari, y lo decía en serio. Inspiró hondo y se giró para mirar a Sora—. Has hecho muy buen trabajo esta noche. Te agradezco mucho tu ayuda.

—¡Gracias! —dijo Sora, evidentemente sorprendida por el piropo de Mari.

Pero ella no había terminado todavía.

—Vas a ser una magnífica Mujer Lunar.

El rostro de Sora se ruborizó con un tono rosado.

—Eso… Viniendo de ti, eso significa mucho para mí —y luego, casi con timidez, añadió—: Esta noche me has recordado a Leda. Tu madre habría estado orgullosa de ti.

Mari sonrió.

—Ella tampoco te habría dejado matar a Nik.

—Sí, lo sé. Aun así, yo le habría aconsejado que le cortara el cuello.

—Estoy segura de que así habría sido. Mamá te habría echado un sermón sobre la bondad y la humanidad con el que te habrían salido ampollas en los oídos.

Los ojos de Sora volvieron a posarse en Nik.

—No me cabe la menor duda. —Luego se giró hacia Mari—. No funcionará, ¿sabes?

—Puede que sí. Si consigo evitar que se le infecten las heridas, estoy bastante segura de que se curará. Bueno, eso si no tiene alguna lesión interna mortal que se me haya pasado por alto.

—No, no me refiero a eso. Me refiero a que los caminantes terrenos y los camaradas nunca podrán coexistir en paz. Eso es lo que nunca funcionará. Hay demasiado dolor, demasiada violencia entre nosotros. ¿Cómo podrías confiar en ellos?

—Mamá se enamoró de un camarada. Me tuvieron a mí. Ellos quisieron vivir en paz —observó Mari.

—Y a tu padre lo mataron por ello. Mari, no puedes tener ambas cosas. No puedes ser caminante terrena y camarada.

Mari miró a Rigel, que estaba tumbado al lado del camastro de Nik, profundamente dormido.

—Pero es que eso es lo que soy, Sora, mitad una cosa y mitad la otra —dijo Mari.

—Vas a tener que elegir cuál de los dos es tu mundo —dijo Sora.

Aún mirando a Rigel, Mari dijo:

—Creo que elegí cuando Rigel me encontró.

—No, que tengas un can no implica que tengas que vivir como una camarada. Puedes ser parte del clan. Mari, estoy convencida de que te aceptarán, tal y como eres, por tus habilidades.

Mari resopló.

—Tú serás su Mujer Lunar, no yo.

—¡Pero tú también podrías serlo! No me refiero solamente a tus habilidades como Mujer Lunar. Si no quieres invocar la luna, perfecto, no lo hagas. Hay muchas otras cosas que puedes hacer: tus dibujos son hermosos; tienes grandes habilidades como curandera, de verdad que sí; y, aunque eres un poco gruñona, eres una maestra excelente. El clan valora todos esos dones. Creo que pasarán por alto el hecho de que seas en parte camarada y de que tengas a tu alimaña contigo si compartes con ellos tu experiencia. No es que todo esto haya sido precisamente culpa tuya. Y, ahora que tanto tu padre como tu madre están muertos, no creo que tengan a nadie a quien desterrar.

Mari se bebió su infusión mientras reflexionaba sobre lo que le decía Sora.

Cuando escuchó gemir a Nik, Mari se puso de pie inmediatamente.

—Sora, cuela la infusión que he preparado y tráemela en cuanto se haya enfriado lo suficiente como para beberla. —Se acercó a la cama de Nik y le apoyó una mano en el hombro con delicadeza—. Nik, tienes que intentar mantenerte lo más quieto posible. Te he sacado la punta de la lanza y te he cosido las heridas, pero si te mueves demasiado podrías abrirte los puntos y provocar otra hemorragia.

Nik giró la cabeza, y sus ojos desenfocados se cruzaron con los de Mari.

—Me duele como si se me estuviera incendiando la espalda.

—Lo sé. Lo siento. —Sora llegó a toda prisa, sosteniendo una taza de madera en la que humeaba una infusión de aroma penetrante—. Bebe esto. Te ayudará.

Sora tuvo que ayudar a Mari a incorporar a Nik. El joven se atragantó, tosió y escupió, pero se bebió todo el contenido de la taza. Luego, volvió a desplomarse de espaldas mientras gemía de dolor.

—Sed —dijo débilmente Nik.

—Rellenaré esto con agua.

Sora cogió la taza y se acercó al cubo donde almacenaban el agua de beber. Luego, volvió y se la tendió a Mari. Entre las dos volvieron a incorporar a Nik para que el joven pudiera beber y, después, intentaron ponerle lo más cómodo que les fue posible.

Mari observó que el brebaje de hierbas hacía efecto y la tensión del cuerpo de Nik se relajaba. Justo antes de que su respiración se tornara más pausada y profunda, adquiriendo la cadencia del sueño, Nik estiró la mano para buscar a Rigel. Con un suspiro de satisfacción, se durmió acariciando al cachorro.

—¿Te molesta? —le susurró Sora mientras servía la aromática infusión de lavanda y camomila que había preparado para ellas y se sentaba, con los pies recogidos bajo el cuerpo, en el que poco a poco se había convertido en su lugar junto a la chimenea.

—¿El qué?

—Está claro que tu alimaña es una obsesión para él.

—Podrías llamarle Rigel, ¿sabes? Es su nombre —dijo Mari.

—Podría, pero Alimaña me está empezando a gustar. —Rigel tensó las orejas cuando escuchó a Sora, y la joven sonrió—. Y creo que a él también.

—¿Y cómo sabes que no es su mirada de «quiero comerte»? —bromeó Mari.

—Porque no me ha enseñado esa horrible dentadura que tiene. Y tú no has respondido a mi pregunta.

—Rigel y yo estamos unidos de por vida. Nada ni nadie puede cambiar eso. Eso lo sé por lo que mi padre le contó a mi madre, y por lo que mi madre me contó a mí. El resto lo he aprendido aquí. —Mari se llevó la mano al pecho, justo encima de su corazón—. Y de aquí. —Se llevó la mano del corazón a la cabeza—. Así que no estoy celosa, si es eso a lo que te refieres. Lo que me preocupa es la obsesión en sí misma.

—Sabía que teníamos que haberle matado.

—Puede que tengas razón —dijo Mari.

—¿Cómo? ¿En serio me estás dando la razón?

—No te emociones tanto. Solo he dicho que, esta vez, puede que tengas razón —bromeó Mari, sonriendo para que sus palabras no sonaran hirientes. Después, continuó—: Lo cierto es que no sabremos si salvarle ha sido un error garrafal hasta que esté curado y se haya ido.

—¿Te arrepientes de que no le hayamos matado?

Mari se lo pensó antes de contestar. Y, finalmente, decidió:

—No, no me arrepiento de eso, Sora. He visto cómo los camaradas mataban a nuestra gente con menos remordimientos de los que yo tengo cuando destripo un conejo. Aunque haber elegido salvar a Nik sea un error, sé que no me equivoco al valorar la vida más de lo que lo hacen ellos.

—Si actuamos como ellos, seremos igual que ellos —dijo Sora lentamente—. En teoría, estoy de acuerdo contigo. Solo espero que también llevemos razón en la práctica. Nuestro clan no será capaz de soportar muchos más golpes.

Mari suspiró.

—Echo de menos a Jenna.

—Sé que erais amigas.

Mari asintió.

—Vi cómo se la llevaban, Sora. Nik formaba parte de esa expedición de caza, lo que me hace pensar…

Sora enarcó las cejas. Como Mari no añadía más, insistió:

—¿Qué te hace pensar?

—Que podría devolvernos el favor con otro favor.

35

De no ser por el ardor que sentía en la espalda, Nik habría podido pensar que había muerto y que había sido condenado a un nivel del infierno particularmente estrafalario. Desde el segundo en que había recobrado la consciencia, después de ser vomitado por los rápidos del río a una montaña de desechos flotantes, su mundo se había convertido en un lugar, cuanto menos, extraño.

Al principio, todo parecía demasiado irreal para ser cierto. ¡El cachorro lo había encontrado! Y, junto con la hembra escarbadora que quería acabar con él y con el cachorro, que se llamaba Rigel, estaba la camarada de Rigel, una joven llamada Mari.

Mari también era demasiado irreal como para ser cierta. A primera vista, podría haber pasado por un miembro de la tribu. Era alta y esbelta. Llevaba el cabello dorado corto, y los rizos le enmarcaban el rostro dándole un aspecto infantil. Sin embargo, su rostro la delataba. Sus facciones no se parecían en absoluto a las de la tribu. Tenía los pómulos altos y los labios curvos y carnosos de la tribu, pero sus ojos eran distintos. Eran más grandes, almendrados. Y eran del color equivocado. En lugar de cualquiera de los tonos de verde que distinguían a los miembros de la tribu, los iris eran de un gris tan claro y luminoso que parecían casi plateados.

Sus ojos le recordaban algo, pero ese algo se había vuelto escurridizo en la nublada mente de Nik.

Aunque había perdido y recuperado la consciencia varias veces mientras las dos muchachas lo transportaban desde el río hasta su casa, se percató de que entre ellas existía cierta tensión y de que Mari era claramente la que mandaba de las dos.

La memoria de Nik flaqueaba a partir del momento en que habían llegado a la casa, que ellas llamaban «madriguera». Era como una de esas experiencias infantiles que uno no termina de estar seguro de si realmente ha vivido o si solamente recuerda por el simple hecho de que le han repetido la misma historia mil veces.

No era posible que los escarbadores lo hubieran salvado.

No era posible que lo hubieran transportado sobre una camilla hasta aquella limpia y acogedora madriguera que llamaban hogar, que le hubieran extraído la lanza de la espalda y que hubieran curado todas sus heridas.

No era posible y, a pesar de todo, ahí estaba. Al fin completamente despierto, sobre un cómodo camastro, dentro de una madriguera subterránea, con el joven cachorro de pastor que había estado buscando durante semanas tumbado al alcance de su mano y la camarada de ese mismo cachorro, que además era una escarbadora, dormitando junto al agradable calor de la hoguera de la chimenea.

—Y, a pesar de todo, aquí estoy —murmuró Nik para sí.

El cachorro levantó la cabeza para mirarle. Nik sonrió y le acarició el suave pelaje, sin importarle que aquel leve movimiento le provocara pinchazos en la espalda.

—¿De verdad estás despierto?

La mirada de Nik pasó del cachorro a la chica. Ella se frotó los ojos, somnolienta, se estiró, atizó el fuego para avivarlo, vertió agua en una olla y la puso a hervir.

—Sí, creo que lo estoy. A no ser que tú me digas que estoy soñando —dijo Nik.

—No estás soñando. ¿Cómo te encuentras?

—Me encuentro confuso —dijo Nik, con total honestidad.

La muchacha ladeó la cabeza para estudiar su rostro. Sus ojos parecían sonreírle, pero su expresión seguía siendo grave, seria.

—Que te sientas confuso no está mal. Esperaba que me dijeras algo así como «me estoy muriendo», o que me preguntaras por centésima vez si ya te habías muerto.

—Bueno, me duele la espalda. La cabeza y la pierna también. Pero la confusión supera ahora mismo todos los dolores. *Umh*, supongo que tengo que agradecértelo a ti.

—¿El estar confuso?

—Sí y no. Tú eres el motivo de mi confusión, pero tengo que darte las gracias por haberme ayudado —dijo Nik.

—De nada —respondió ella.

—¿De verdad te llamas Mari?

—Sí.

—Eso me parecía. Pero recordar lo que pasó ayer es más o menos como intentar recordar un sueño. Bueno, una pesadilla, más bien, si quieres que sea completamente sincero —dijo Nik.

—¿Ayer?

—Sí, ayer, cuando me sacasteis del remolino y me trajisteis aquí.

Mari vertió el agua humeante en un cuenco de piedra y la removió antes de decir:

—El ayer al que te refieres fue en realidad hace cinco días.

Nik sintió una punzada de asombro.

—¿Llevo aquí cinco días?

—En realidad, ya va para siete. No queda mucho para el anochecer —dijo.

—No tengo la sensación de haber estado casi siete días inconsciente —dijo.

—No los has estado. No del todo, al menos. Perdías y recuperabas la consciencia todo el rato, fundamentalmente porque tenías fiebre. Pero ya te ha bajado. Has estado hablando mucho de alguien que se llama O'Bryan.

—Es mi primo y mi mejor amigo —dijo Nik.

—Tu yo febril estaba muy preocupado por él.

—Mi yo consciente también lo está. Hace no mucho que lo hirieron.

—También has hablado con tu padre.

—¿Y qué le he dicho? —preguntó Nik, sintiendo curiosidad a la vez que lo invadía la extraña sensación de que su intimidad había sido violada.

Mari se encogió de hombros.

—Era muy difícil distinguir lo que decías. Solo se distinguían las palabras «padre» y «O'Bryan».

—Padre probablemente piensa que he muerto —dijo Nik, más para sí que para ella.

—Te estás curando bien. Me alegro, sobre todo, de que estés completamente consciente. Por fin. Pronto volverás con tu padre. —Alzó el cuenco de piedra y vertió la mezcla humeante sobre un delicado paño. Luego la transfirió a una taza de madera. A continuación, se la tendió a él—. Bebe esto. Te ayudará a soportar el dolor.

—¿Puedes ayudarme primero a incorporarme?

Mari asintió. Nik se apoyó en ella mientras recolocaba los almohadones en su espalda para que él pudiera erguirse. Cuando volvió a tumbarse, a Nik le sorprendió que aquel leve esfuerzo le hubiera dejado jadeante, débil y con un dolor que se irradiaba desde la herida de la espalda.

—Bébete la infusión —le repitió la chica, tendiéndole la taza.

Aun así, Nik dudó.

—Me hará dormir otra vez, ¿verdad?

—Deberías esperar que así sea —respondió ella.

Nik dejó la taza en la repisa que había a su lado.

—¿Podemos hablar un poco, antes?

Ella se encogió de hombros.

—Eres tú el que tiene que soportar el dolor. Tú decides.

—Mari, ¿dónde estoy?

—Estás en mi madriguera, en mi casa.

—¿Dónde está la otra chica que estaba aquí antes? Había otra chica contigo, ¿verdad?

—Ah, te refieres a Sora. Sí, estaba aquí. Ahora mismo ha salido, pero volverá pronto.

—¿Quería matarme? —le preguntó Nik.

La sonrisa que había en los grises ojos de Mari se reflejó brevemente en sus labios.

—Sí, quería. Bueno, probablemente sigue queriendo hacerlo, pero no lo hará.

—¿Por qué no?

—Ella te diría que es porque yo no la dejo, pero la verdad es que matarte sería inhumano. Y nosotras no somos inhumanas —respondió mientras clavaba sus ojos grises en los de él con seriedad, como si sus palabras pretendieran desafiarle.

—¡Pero si es una escarbadora!

—No la llames así. Ni se te ocurra usar esa palabra en su presencia —le espetó Mari. Sus ojos plateados resplandecieron con furia—. Somos caminantes terrenas. Si quieres llamarnos de alguna manera, incluso cuando regreses con tu gente, así es como debes hacerlo.

—Pero el cachorro te eligió, y eso significa que, definitivamente, no eres una…

—¡Lo soy! —le interrumpió Mari—. Soy una caminante terrena, como mi madre antes que yo, y su madre antes que ella.

En respuesta a su ira, Rigel se acercó trotando a la chica. Ella volvía a ocupar su lugar junto a la chimenea, y el joven pastor se apoyó contra su cuerpo mientras la miraba con veneración. Entonces, todas las piezas del puzle encajaron en su sitio.

¡Es ella! La chica en llamas. Y se ha unido al cachorro, tal como padre y yo suponíamos. Nik estudió a Mari mientras ella le murmuraba algo al can y empezaba a prepararse una infusión.

¿Estaría recordando mal el aspecto que tenía el día del incendio, o es que ella había cambiado drásticamente? No, no se había equivocado. No era necesario ver a aquella chica de cerca para darse cuenta de que tenía el mismo aspecto que el resto de las hembras escarbadoras. Tenía el pelo largo y oscuro, y sus rasgos eran mucho más bastos.

Entonces, ¿qué podía haber pasado para que eso cambiara? ¿O es que realmente estaba atrapado en una pesadilla y se estaba volviendo loco? Nik decidió que solo había una manera de descubrirlo.

Así que preguntó, de sopetón:

—¿Fuiste tú quien le prendió fuego al bosque el día que aquella anciana resbaló y se rompió el cuello?

—No era una anciana. —La voz de Mari había perdido cualquier atisbo de emoción.

—Lo siento, no pretendía ofenderte —dijo Nik, eligiendo con cuidado sus palabras—. Pero fuiste tú, ¿verdad?

—Fui yo —respondió ella—. Y aquella mujer se llamaba Leda. Era mi madre.

Aquella certeza se extendió por su sangre. Eso era lo que le resultaba tan familiar: ¡los ojos de la chica! Eran del mismo color que los de la mujer que había muerto aquel día. Mari era realmente una mestiza: la hija de un camarada y una escarbadora. *O, mejor dicho, de una caminante terrena*, se corrigió Nik en silencio. Clavó sus ojos en los de la chica.

—Siento mucho lo de tu madre.

—Yo también —dijo ella.

—No fue mi intención. Fue un accidente.

—Lo sé. Yo estaba ahí. —La chica calló y luego añadió—: Vi cómo te acercabas a ella. ¿Te dijo algo antes de morir?

—Me llamó Galen. Ella… Ella creyó que había vuelto a por ella —dijo Nik.

Mari apartó la vista y parpadeó velozmente. Antes de hablar, se aclaró la garganta, aunque su voz sonó ronca, a causa de la emoción:

—Galen era el nombre de mi padre.

—Era un miembro de la tribu, un camarada —respondió Nik.

Mari cruzó de nuevo la vista con él.

—Sí. Lo era. Y lo matasteis por amar a mi madre.

—Mari, yo no lo maté —replicó Nik.

—¿Qué estabas haciendo en nuestro territorio, Nik?

Nik dudó, pero no le costó tomar una decisión. No quería mentir, y aquella muchacha, aquella muchacha medio camarada, medio caminante terrena, que le había salvado la vida, se merecía algo más que una maraña de mentiras y medias verdades. Su padre estaría de acuerdo con él, aunque fuera el único de la tribu en apoyarle. Así que le contaría la verdad, lo máximo que pudiera, al menos. Pero, a cambio, necesitaba información.

—Contestaré a todas las preguntas que tengas. Pero, a cambio, necesito algo de ti.

Ella enarcó las cejas.

—Me parece un comentario bastante arrogante teniendo en cuenta que se lo haces a alguien que acaba de salvarte la vida.

Nik suspiró e inmediatamente compuso una mueca al notar el dolor que le causaba aquel movimiento. Se revolvió, inquieto, y trató de encontrar una posición más cómoda. Finalmente, dijo:

—No pretendía sonar arrogante. Sé que estoy en deuda contigo. Pero, como supongo que ya te imaginarás, yo también tengo preguntas que hacerte.

Mari asintió con un leve movimiento de cabeza.

—Sí, me lo imaginaba. De acuerdo. Una pregunta a cambio de otra pregunta. ¿Qué quieres saber?

—¿Por qué vosotras no sois infantiles, ni estáis tristes? ¿Por qué Sora y tú sois normales?

Mari parpadeó, sorprendida. Luego rio sonora y enérgicamente, lo que causó que Rigel empezara a su vez a saltar y ladrar de alegría a su alrededor. Mari tuvo que calmar al cachorro y enjugarse las lágrimas antes de poder contestarle y, cuando por fin lo hizo, sus ojos grises aún resplandecían con la risa contenida.

—Perdona. Es que me ha parecido gracioso que pienses que Sora y yo somos normales.

—Entonces, el resto de las escarba…, esto, quiero decir, caminantes terrenas, ¿no están siempre deprimidas y apagadas, casi en estado catatónico?

—No, por supuesto que no. Pero Sora y yo somos, bueno… —Mari dudó. Era evidente que también trataba de elegir sus palabras con cuidado—. Supongo que la mejor manera de describir lo que somos es decir que somos curanderas. Por lo general, solo hay una curandera en cada clan de caminantes terrenos.

—¿Por eso sois especiales? ¿Porque vuestro clan tiene dos curanderas? —preguntó.

—Más o menos. Antes, nuestro clan solo tenía una, que era mi madre. Murió sin haber terminado de instruir a su aprendiz. Podrías decir que Sora y yo colaboramos para intentar ocupar el rol de mi madre, pero ninguna de las dos sabe todo lo que debería. Es algo poco común, porque por lo general los curanderos solo tienen un aprendiz.

—Yo sigo vivo, así que supongo que no se os da tan mal, después de todo —dijo Nik.

—Hago lo que puedo. Y, aunque no soy tan buena como mi madre, eso es lo máximo que puedo hacer —respondió ella.

—Lo siento, pero sigo muy confundido. Estás hablando conmigo como si tal cosa, como si fueras un miembro más de la tribu. Y puede que no recuerde nada de lo que ha pasado durante los últimos días, pero no creo que recordar que Sora haya estado mortalmente deprimida. Solo la recuerdo enfadada y con ganas de asesinarme.

—Sí, eso resume bastante bien los sentimientos de Sora hacia a ti. Y no, no está deprimida.

—Pero ¿por qué no?

Nik levantó las manos. Inmediatamente se quedó inmóvil y tuvo que cerrar los ojos con fuerza y respirar para reprimir una oleada de dolor y de náusea. Cuando volvió a abrir los ojos, Mari estaba junto a su camastro, mirándole con preocupación.

—Creo que deberías beberte la infusión y dejar de moverte. Hace siete días, estuviste muy cerca de morir —le dijo.

—Lo haré, te lo prometo, pero esto es importante. —Detestó lo débil que sonaba su voz—. ¿Me podrías dar un sorbo de agua?

Mari se acercó al cubo del agua fresca, rellenó una taza y se la alcanzó.

—Gracias —Nik dio un profundo trago antes de proseguir—. Mira, la razón de que esté tan confuso es que los únicos, eh, caminantes terrenos que he conocido no eran capaces de mantener una conversación coherente porque estaban demasiado deprimidos. También son infantiles e incapaces de cuidar de sí mismos. Y, si fueran hombres, querrían matarme, y no me refiero de la forma en la que lo hace Sora, que se limita a decir que quiere matarme: ellos me atacarían. Entonces, ¿por qué? ¿Por qué vosotras dos sois distintas? ¡Y mira esta madriguera! Es preciosa. La decoración es increíble. ¿Quién la ha hecho? ¿Todas vuestras casas son así?

Mari clavó sus ojos en los de él y sacudió la cabeza, dedicándole una mirada de incredulidad.

—Primero, me has hecho más de una pregunta. Segundo, es… A ver, déjame adivinar: ¿a que los únicos caminantes terrenos que has conocido, salvo Sora y yo, son prisioneros vuestros?

—Bueno, sí. A ver, viven en la isla de la Granja —dijo Nik, sintiéndose profundamente incómodo, pero, esta vez, no a causa de sus heridas.

—¿Isla de la Granja? ¿Así llamáis al lugar donde tenéis esclavizada a nuestra gente?

—Ellas…, esto, trabajan ahí para nosotros. Sí.

—No, Nik. Si los caminantes terrenos trabajaran para vosotros, podrían irse cuando quisieran. Pero, si intentan escapar, tu gente los mata. Mantener a la gente cautiva en contra de su voluntad y obligarla a trabajar es esclavitud.

Nik no apartó la vista de la furia que centelleaba en su mirada gris.

—Tienes razón. Sí. Isla Granja es donde mantenemos prisioneras a las mujeres que cuidan de nuestras cosechas. Y todas están deprimidas. Tanto que, llegado el momento, se tumban y se dejan morir. Pero no son como tú. Ellas no…

—¡Serían como yo si volvieran a ser libres! —Nik tuvo la sensación de que las palabras explotaban dentro de la boca de Mari—. No podéis encerrarnos. Eso nos destruye. Tu gente nos destruye. ¿Por qué crees que nuestros hombres os atacan en cuanto os ven? Para protegernos, igual que Xander protegió a Jenna cuando tu grupo la capturó. Vosotros le matasteis por querer protegerla, pero es que era su padre.

—Lo… Lo sé —Nik fue incapaz de seguir sosteniéndole la mirada a Mari—. Estuve con ella aquella noche. Ella es como tú. Habló conmigo.

Mari rodeó su camastro.

—¿Has visto a Jenna desde que la capturasteis?

—No. Yo no me ocupo de vigilar la Granja, o a los escarbadores…, esto, quiero decir, caminantes terrenos. En realidad yo soy ebanista. Yo…

—Ve a ver a Jenna cuando haya terminado de salvarte la vida y regreses con tu tribu. Te prometo que estará deprimida y parecerá que tiene la mente vacía. Es una esclava, y la esclavitud terminará matándola. Tan cierto como que tú mataste a su padre. ¿Sabes qué edad tiene?

—No, no lo sé.

—Solo ha conocido dieciséis inviernos. Dieciséis —dijo Mari.

—Lo... Lo siento —dijo Nik.

—Sentirlo no salvará a Jenna de morir de desesperación. Sentirlo no le devolverá la vida a su padre. Ahora me toca a mí hacer las preguntas. ¿Qué estabas haciendo en nuestro territorio?

—No me hirieron en vuestro territorio. Formaba parte de una expedición de aprovisionamiento a Ciudad Puerto. Los robapieles nos tendieron una emboscada. No sé si los demás miembros consiguieron volver a la tribu. Mi barca quedó atrapada en un remolino después de que aquella lanza me hiriese... —Nik se detuvo cuando su memoria recuperó destellos de imágenes en las que aparecían Crystal y Grace.

—No, no me refiero a eso. Antes, cuando estabas con los cazadores. La noche en que capturasteis a Jenna, el día antes de que mi madre muriera. ¿Qué estabais haciendo entonces en nuestro territorio?

—Estaba rastreando a Rigel.

Al escuchar su nombre, el cachorro irguió las orejas y ladeó la cabeza en dirección a Nik. El joven tuvo que recomponerse y apartar de sus pensamientos el recuerdo de aquellos que habían caído durante la emboscada. Ya se enfrentaría a eso después, si aquella chica le dejaba regresar a la tribu. Si conseguía sobrevivir.

—Eso sospechaba —dijo Mari.

—Ocultaste el rastro, el suyo y el vuestro, para intentar despistarnos, ¿verdad? —preguntó Nik.

—Sí. Mamá y yo ocultamos nuestro rastro y el de Rigel. Por eso regresamos al río aquel día.

Se produjo un silencio extraño cuando entre ambos empezó a flotar la certeza de que Mari había perdido a su madre porque Nik había estado buscando al cachorro. Invadido por un abrumador sentimiento de culpa, Nik intentó cambiar de tema.

—Rigel tiene muy muy buen aspecto.

Su comentario transformó la expresión de Mari en un gesto casi cálido.

—¿De verdad lo crees? Nunca sé bien qué debería darle de comer, ni cuánto. Y su pelaje… Es tan espeso… Lo va dejando todo lleno de pelo. Me preocupa estar haciendo algo mal, porque se le está empezando a caer a mechones.

Nik rio, pero tuvo que apretar los dientes para reprimir el dolor lacerante de su espalda. El cuerpo se le empapó en sudor y por un momento pensó que iba a vomitar. Mari tardó menos de un segundo en aparecer junto a él y acercarle la taza de infusión calmante a los labios. Nik negó con un movimiento de cabeza.

—No, todavía no. Tengo… Tengo más preguntas. Estoy bien. Me duele, pero resulta agradable no tener el pensamiento nublado, para variar —dudó, y luego añadió—: ¿Podría comer algo?

—Te calentaré un poco de caldo, pero tienes que beberte la infusión. Si no lo haces antes de que el dolor sea demasiado intenso, te arrepentirás —le advirtió Mari.

—Solo un ratito más —asintió Nik.

Mari regresó junto a la chimenea y cambió la olla que había puesto a hervir por una pequeña sartén renegrida por el paso del tiempo. Mientras revolvía el contenido, a Nik se le hizo la boca agua con los aromas de carne, ajo y cebolla que le traía el aire. Tragó saliva e intentó sentarse un poco más derecho.

—Es normal que pierda pelo, sobre todo cuando hay un cambio de estación. No has hecho nada mal. Nosotros usamos peines de espinas de pescado para cepillar el pelaje de los pastores. Y, por lo general, hay que hacerlo a diario. ¿Qué le das de comer?

—Conejo, fundamentalmente.

—Dáselo crudo, es lo mejor para él. Puedes añadir huevos crudos de cualquier tipo, si los encuentras, con cáscara y todo, y también brotes verdes. Puedes darle manzanas, zanahorias y apio, cuando puedas. Y no le des de comer tanto como le gustaría. Algunos pastores grandes son capaces de comer hasta reventar si les dejas, y Rigel procede de un largo linaje de pastores muy glotones. —Nik sonrió al cachorro, que tenía la atención dividida entre Mari y él—. La regla general de salud canina es que se le debe ver el conjunto de las costillas, pero sin que se distingan individualmente. Rigel parece en buena forma: ni sobrealimentado ni raquítico.

—¿Conoces a su madre y su padre?

—¡Claro! Su madre es Jasmine. Tiene el pelaje prácticamente negro y es tan grande como muchos pastores machos. Su padre es Laru. A Laru lo conozco muy bien.

—¿Laru también es grande?

A Nik se le ensanchó la sonrisa.

—Es el pastor más grande de la tribu. Su camarada es mi padre.

—¡Tu padre! ¡Por eso seguiste buscando a Rigel!

Nik abrió la boca, pero tuvo que volver a cerrarla. No sabía qué, ni cuánto, debía contarle a aquella extraña joven. Cuando volvió a mirarla, Nik se dio cuenta de que Mari había dejado de remover el caldo y lo observaba con atención.

—No, no fue por eso por lo que buscaba a Rigel —se escuchó reconocer en voz alta—. No dejé de buscarle porque... —arrastró aquella última palabra, incapaz de admitir la embarazosa realidad.

—Tú no tienes un can propio, ¿verdad?

—No, no lo tengo —respondió Nik.

Mari enarcó las cejas al comprender.

—¡Ah! ¡Querías que Rigel te eligiera!

Nik dudó un momento antes de espetarle:

—Sí, eso era lo que quería. Fue culpa mía que se escapara aquella noche. Prácticamente todos los miembros de la tribu pensaban que me había vuelto loco por creer que Rigel podía haber sobrevivido a los escarabajos sanguinarios y las cucarachas carnívoras, pero yo nunca lo di por perdido.

—Estaba muy malherido cuando llegó aquí —dijo Mari.

Nik parpadeó, sorprendido.

—Entonces, ¿siguió tu rastro hasta aquí, hasta tu casa?

—Sí, así fue. —Mari acarició al cachorro mientras este hacía tamborilear la cola contra el suelo de la madriguera—. Y, luego, mi madre y yo le sanamos.

—¿En tu familia siempre habéis sido curanderos? —estaba preguntando Nik cuando la puerta de la madriguera se abrió y una joven entró corriendo en la casa.

—¡No le cuentes nada sobre nosotras! —espetó, fulminándole con la mirada—. Mari, ¡lo he conseguido! ¡El helecho está vivo!

En el rostro de Mari se dibujó una amplia sonrisa que hizo relucir sus ojos grises y reveló unos delicados hoyuelos en las mejillas.

—¡Es fantástico! ¡Ya estás lista para pasar al siguiente nivel!

—¿Personas?

—Personas —asintió Mari.

—Sora, me gustaría darte las gracias a ti también —dijo Nik—. Por salvarme.

La escarbadora le dedicó una mirada sombría.

—Yo no te he salvado. Fue Mari. Yo solo la ayudé. —Se volvió hacia Mari—. Avísame cuando vuelva a quedarse inconsciente para venir a cenar contigo. —A continuación, desapareció en la parte trasera de la madriguera.

Para romper el incómodo silencio que acababa de caer sobre ellos, Nik dijo:

—Sí, me acordaba bien. Esa era la que quería matarme. ¿Sois hermanas?

—Como te he dicho antes, «esa» se llama Sora. Y no, no somos hermanas —tras una pausa, Mari añadió—. Somos amigas.

—Pues no parece muy simpática.

—Pues la verdad es que es más simpática que yo. Lo único que pasa es que no confía en ti. —Mari vertió el caldo de la sartén en un pequeño cuenco de madera y se lo acercó a Nik.

—Gracias —dijo, y su atención se centró en sorber el delicioso líquido.

Una agradable calidez invadió su magullado cuerpo. Se terminó el caldo en un suspiro y se recostó con cuidado, sintiéndose satisfecho y agotado.

—Y, ahora, esto. —Mari le tendió la infusión, ya fría. Él la aceptó por fin y bebió el amargo brebaje de un trago—. De acuerdo, antes de que vuelvas a dormirte, tengo que cambiarte las vendas.

Con un gruñido, Nik se tumbó de costado para que Mari pudiera llegar a su espalda. Apretó los dientes, preparado para una nueva oleada de dolor, pero los gestos de Mari resultaron ser sorprendentemente delicados, y apenas llegó a notar un leve tirón en la piel que rodeaba el vendaje.

—No, no, no. Esto no debería estar pasando.

—¿El qué? —Nik intentó girar la cabeza, pero Mari le dedicó una penetrante mirada que le obligó a quedarse quieto y preguntarle a la almohada—: ¿Qué es lo que se supone que no debería estar pasando?

—Estaba curando bien, muy bien. No había síntomas de infección salvo por la fiebre, que te bajó ayer. Pero ahora la carne que rodea la herida está descolorida, negruzca, incluso, como si estuviera sucia. Pero eso no puede ser... Y, además, hay una especie de pequeñas protuberancias negras que parecen costras pegadas a la herida.

—¿Huele de alguna manera? —A Nik se le hizo un nudo en el estómago. El sudor había comenzado a perlarle el rostro.

Notó que Mari se inclinaba hacia él. Olfateó la herida, y Nik escuchó cómo daba una arcada. Notó que Mari se apartaba de él, pero Nik giró la cabeza y la vio enjugarse la boca y sacudir la cabeza mientras murmuraba, más para sí misma que para él:

—Es como si la carne se estuviera descomponiendo. Huele a descomposición. —Volvió a colocar la venda sobre la herida y dijo—: Déjame ver la pierna.

Sin decir nada, Nik rodó sobre sí mismo con mucho cuidado para permitirle ver la herida de su pierna.

En cuanto Mari retiró el vendaje, él mismo fue capaz de oler la herida: la repulsiva y familiar peste de la roya y la muerte. Se recostó y cerró los ojos, intentando calmar el temor y el pánico que amenazaban con asfixiarlo.

—Sencillamente, no lo entiendo. —Mari se inclinó de nuevo sobre la herida—. Aquí han aparecido úlceras y la piel también se ha decolorado. Y, además, está ese olor... No tiene sentido. Cambié las vendas ayer, y no había el más mínimo síntoma de esto.

—No es culpa tuya. —Nik se sintió morir al escuchar el sonido de su propia voz—. Y no hay nada que puedas hacer para remediarlo.

—¿A qué te refieres?

—A que esto acabará conmigo, y no está en tu mano curarlo. Lo llamamos la roya, y ya hace muchos inviernos que afecta a la tribu. Con cada estación, se cobra más y más vidas. —Nik buscó los ojos de Mari con los suyos—. ¿Me ayudarías a volver a casa? Quiero ver a mi padre antes de morir.

Mari puso los brazos en jarras, y sus ojos se entrecerraron con un gesto testarudo.

—No pienso llevarte a ninguna parte hasta que me digas qué es exactamente la roya, y cómo te has infectado.

—Lo único que sabemos a ciencia cierta sobre la roya es que la causa un tipo de hongo. Podemos infectarnos cuando se nos rompe la piel.

Mari abrió los ojos de par en par.

—¿Puedes contagiarte con un simple arañazo?

—Sí, es posible infectarse si se produce cualquier clase de corte en la piel. Es cierto que, cuanto más profunda es la herida, más posibilidades hay de infectarse —confirmó Nik, apesadumbrado. Ahora que la conmoción inicial había pasado, se sentía cansado, triste y mareado. Lo único que quería era dejarse mecer en brazos de la poción somnífera de Mari y dormir para siempre.

—¿Tu tribu está muriendo?

Nik miró a Mari. No parecía alegrarse. Tampoco parecía disgustada. Tan solo mostraba curiosidad.

—En realidad, la tribu no deja de crecer, pero la roya es cada vez peor. Antes solo se infectaban los niños muy pequeños, o los más ancianos. Y solía afectar a un tercio de todas las personas que sufrían una herida o un corte. Pero eso está cambiando. Cada vez se contagia más gente. Mi madre murió a causa de la infección justo después de mi décimo invierno.

—Lo siento. Sé lo que es perder a tu madre —dijo Mari.

—Gracias. ¿Me ayudarías a regresar a la tribu antes de que esto me mate? No me queda mucho tiempo. En cuanto empiezan el hedor y las úlceras, la roya pasa a la sangre. Pronto se apoderará de mi cuerpo. Si tengo suerte de que la herida de la lanza esté lo suficientemente cerca de mi corazón, no tardará en acabar conmigo.

—Nik, no he desistido de curarte —dijo Mari.

—Te lo agradezco, Mari, de verdad que sí. Pero tienes que entender que nuestros curanderos llevan generaciones intentando dar con una cura para la roya, y hasta ahora no han conseguido ni siquiera ralentizar su avance. Esa es la razón por la que empezamos a capturar a tu gente y obligarla a que se ocupara de nuestras cosechas. Muchos miembros de la tribu morían de roya en los campos después de sufrir pequeñas heridas o cortes.

Mari se lo quedó mirando como si de repente acabara de crecerle una cola y se hubiera puesto a ladrar.

—¿Nos esclavizáis porque vuestros curanderos no consiguen curar una enfermedad?

—Bueno, sí. O casi. Por eso empezamos a apresar a..., esto, caminantes terrenos. Fue cuando se convirtieron en nuestros cautivos cuando nos dimos cuenta de que no eran capaces de ocuparse de sí mismos.

—¡Pero eso es porque morimos si nos esclavizan!

—Nosotros... Nosotros no sabíamos eso... Nadie lo sabía. —Nik no añadió que ya no estaba tan seguro de que ese fuera el único motivo por el que los esclavizaban. Pensó en Thaddeus y en Claudia, e incluso en Wilkes, y no fue capaz de imaginárselos arando, sembrando, escardando o cosechando.

—Eso es, sencillamente, ridículo, y pienso ponerle fin. Ya sé por qué Rigel me llevó hasta ti. Nik, voy a transformar tu mundo —dijo Mari. Luego, caminó a grandes zancadas hasta la cortina cerrada que separaba la estancia principal de la parte trasera de la madriguera, la descorrió y gritó—: ¡Sora! ¡No te amodorres! Tenemos trabajo que hacer.

36

—¡Tengo mucho sssueño! —gritó Nik, arrastrando las palabras.

Mari y Sora cruzaron una mirada. Desde la botica, Mari le gritó:

—Bien. Es bueno que tengas sueño. Pero no te duermas. Todavía no.

—No sssé sssi podré evitarlooo —gritó otra vez.

Mari se acercó hasta el vano de la puerta que conectaba con la estancia principal de la madriguera y asomó la cabeza a través de la cortina.

—Nik, estoy aquí. No hace falta que grites. Te he dicho que iba a buscar en el cuaderno de mi madre para ver si puedo encontrar una manera de curarte. Y necesito que estés despierto.

—Pero tengo sssueñooo…

Mari puso los ojos en blanco.

—Ya dormirás después. —Se giró y miró a sus espaldas, al lugar donde estaba sentado el cachorro que, como siempre, no se apartaba de su lado—. Rigel, ve con Nik. —Mientras el cachorro trotaba hasta el camastro del enfermo, Mari dijo—: Acaricia a Rigel. O habla con él. Lo que tú quieras, pero no te duermas.

—¡Vale! —le dijo, llevándose la mano extendida a la frente en una especie de saludo militar.

Mari volvió a poner los ojos en blanco y desapareció tras la cortina. Corrió hasta el baúl de su madre, donde Sora y ella estaban sentadas mientras repasaban el cuaderno de curas de Leda, y siguió estudiando en busca de remedios para todas aquellas enfermedades que tuvieran un mínimo de parecido con la roya de Nik.

—¿Por qué no dejas que se duerma? Cuando está despierto arma muchísimo más escándalo —opinó Sora.

Mari levantó la vista de la página que estaba leyendo.

—¿Puedes con él?

—Claro que no —resopló Sora—. Ya lo hemos intentado y hemos fracasado estrepitosamente. Además, mis brazos y mis piernas están volviendo a la normalidad, ya no gritan por el dolor de las agujetas.

—Tienes muy poca tolerancia al dolor —dijo Mari.

—Ya lo sé, pero yo no lo veo como algo malo. En serio, Mari, ¿a quién le gusta el dolor?

—Sora, a veces llevas razón en algunas de las cosas que dices.

—¡Gracias! —sonrió.

—¿Podemos volver a concentrarnos en curar a Nik, por favor? —pidió Mari.

—De acuerdo, pero sigo sin entender por qué de repente eso es tan importante. No pretendo parecer inhumana, pero él mismo dice que se está muriendo. ¿Por qué no le haces todas las preguntas que le tengas que hacer, y luego le das algo que le alivie el dolor lo suficiente como para que pueda volver a morir con su tribu?

—Porque la excusa que usa la tribu para capturar a las mujeres del clan es que ellos no pueden ocuparse de sus cosechas porque, si lo hacen y se hieren en el proceso, podrían infectarse con la roya. Por eso pienso encontrar una cura para la roya, para que no tengan excusas para esclavizarnos.

—Supongo que yo no soy tan optimista como tú. Dudo mucho que la tribu vaya a querer liberar a nuestra gente así como así.

—¡Creo que lo tengo! —Mari dio un brinco y corrió a la otra estancia—. ¡Nik! ¡Abre los ojos!

Nik parpadeó y la miró con la vista nublada.

—¿Los tengo abiertos?

—Sí, ahora sí. De acuerdo, escucha esto. —Mari empezó a leer una de las entradas que había en el cuaderno de su madre—: «Callie sufría de una terrible infección provocada por hongos. Me recordó a la roya de los árboles, por eso hago un apunte especial aquí. Unas pequeñas esporas negras se adhirieron a una herida que estaba curándose limpiamente. Después, la carne alrededor de la herida empezó a tornarse negruzca y se llenó de úlceras. Desprendía olor a descomposición». —Mari alzó la vista del cuaderno—. ¿Describe esto lo que pasa con la roya?

Nik le sonrió y asintió.

—Sí, así es. ¿Entonces, los escarbadores..., uy, quiero decir, los caminantes terrenos también la sufren?

—La sufrían, en el pasado —respondió Mari con suficiencia—. Mi madre consiguió curarla, igual que voy a hacerlo yo. Ahora vuelvo.

Mari regresó corriendo con Sora.

—¡Es esto!

—Ya he oído. ¿Qué más dice?

—Mamá escribió: «Probé sin éxito con varios ungüentos. Recordé un potente remedio que mi madre usó una vez para curar una infección micótica muy extrema. Lo probé y la infección sanó, gracias al poder de la luna y la gracia de nuestra benevolente Tierra Madre. El ungüento se prepara de la siguiente forma: hay que empastar un poco de raíz de añil silvestre con agua hirviendo. Se mezcla con miel caliente y se aplica una pequeña cantidad en la herida. La cura es rápida pero, ATENCIÓN, hay que tener cuidado. En grandes dosis, puede ser tóxica y producir náuseas, diarrea, palpitaciones, parálisis respiratoria y muerte. Una sola aplicación del ungüento bastó para curar la enfermedad. Me temo que más de una podría resultar venenosa».

—Parece sencillo. ¿Sabes qué es la raíz de añil silvestre? —preguntó Sora.

—Por supuesto. La uso para hacer tinta. Es esa planta que da unas bonitas flores azules y crece junto a los arroyos. Al secarse, quedan unos capullos azules que tintinean cuando sopla el viento.

—¡Ah! ¡Ya sé qué flor dices!

—Bien. Pues ve a arrancar unas cuantas y tráeme las raíces.

Sora frunció el ceño.

—No me has contestado cuando te he preguntado por qué no le dejabas dormirse. ¿Qué tiene que ver el ungüento con si podemos o no con él?

—Mamá dejó escrito que su paciente se curó gracias al poder de la luna.

Sora se quedó boquiabierta.

—No. No puedes invocar la luna para él.

—Claro que puedo, y tú vas a ayudarme. Es el siguiente nivel, ¿recuerdas? Ya has curado al helecho —dijo Mari.

—¡Pero no puede saber que somos Mujeres Lunares! —El susurro de Sora sonaba más bien como un siseo de serpiente.

—Y por eso voy a preparar otra poción igual a la que le suministré justo antes de sacar la lanza, pero no quiero que se quede inconsciente antes de que pueda subir solo al claro.

Sora arrugó la frente, confundida.

—Entonces, le sacamos de la madriguera, le damos la poción, pierde el conocimiento, invocamos a la luna y le curamos. Y después ¿qué?

—Luego, lo traemos de vuelta a rastras. —Mari sonrió a Sora.

—Por fin una luz al final del túnel. Iré a buscarte esa raíz de añil. —Sora se detuvo un momento en la puerta y, en voz baja, preguntó—: Después de esto, cuando le hayas curado la roya, ¿podrá marcharse?

—Sí, entonces podrá marcharse.

—Por fin. Me daré prisa.

—A ver, explícamelo otra vez —balbució Nik.

Mari hizo acopio de paciencia una vez más y le contestó. Por enésima vez.

—Te he aplicado en las heridas el ungüento que mi madre usaba para curar la roya. Pero, en sus notas, mi madre decía que el paciente necesita exponerse a la luz de la luna. Así que Sora y yo vamos a vendarte de nuevo los ojos y a llevarte a un lugar donde estarás seguro. Una vez allí, te daré una poción y podrás sentarte a la luz de la luna para que la roya se cure. ¿Lo has entendido?

—No —respondió, adormilado—. No-lo-entiendo.

—A ver si lo entiendes así: si haces caso a Mari, vivirás. Si no, morirás. Es así de simple —dijo Sora—. ¿Lo has entendido?

Nik miró a Sora con los ojos entrecerrados, parpadeó varias veces y luego dijo:

—No te caigo bien.

—Esto no es una cuestión de simpatía, sino de confianza —dijo Sora.

—Mari me cae mejor que tú —afirmó Nik, muy despacio, con cuidado de pronunciar bien todas las palabras.

Mari disimuló la carcajada con una tos.

—Puede que lo que te estamos pidiendo te suene extraño, pero mi madre era una gran curandera. Confía en mí, Nik. Sé que puedo hacer que sanes.

Los ojos color verde musgo de Nik se cruzaron con los de ella y, durante un segundo, se mostraron completamente lúcidos.

—Confío en ti, Mari.

Mari tuvo que tragar saliva para combatir la repentina sensación de sequedad que se apoderó de su boca. Nik le decía la verdad: confiaba en ella. —Te prometo que no te decepcionaré —dijo Mari—. Siento que tengas que caminar. Soy consciente de que te duele.

—¡Casssi nada! —balbució Nik alegremente.

—Bien, eso es bueno —dijo Mari—. De acuerdo, te llevaremos hasta la entrada.

Nik descansó sobre ella y los dos avanzaron lentamente hasta la puerta. Antes de que Sora la abriera, Mari apoyó a Nik contra la pared de la madriguera y levantó la banda de tela que pretendía atarle en torno a la cabeza para cubrirle los ojos.

—No hace falta que hagasss esssto —le dijo Nik, con una sonrisa—. No voy a contarle a nadie dónde vivesss.

—Nadie sabe dónde viven las curanderas —le dijo Mari—. Ni siquiera los miembros del clan.

—¡Entoncesss me parece jusssto que tampoco me lo cuentesss a mí! ¡Esssta bien! ¡Véndame losss ojosss!

Se tambaleó tanto que Sora y Mari tuvieron que ayudarle a enderezarse para evitar que se cayera al suelo. Con gestos rápidos, Mari le ató el trozo de tela alrededor de la cara.

—¿Puede venir también Rigel? —preguntó Nik, moviendo la cabeza a ciegas en todas direcciones.

—Sí, claro. Estará a tu lado mientras te das un baño de luna —le aseguró Mari.

—Y otro baño de poción —dijo Sora, con un susurro exagerado.

—En Sssora no confío —dijo Nik.

—*Ssshhh* —le dijo Mari—. Concéntrate en mantenerte derecho y caminar. Que tus brazos estén siempre cerca de mí o a los lados del cuerpo. Vamos a atravesar un buen montón de zarzales. ¿Lo entiendes?

Nik asintió y el movimiento de cabeza hizo que volviera a tambalearse. Gimió de dolor cuando apoyó todo el peso de su cuerpo con demasiada fuerza sobre su pierna herida.

—Asssí mejor —dijo Nik—. Ssse essstá muy bien agarradito a ti.

Sora sacudió la cabeza. Daba la sensación de que estaba a punto de coger su cayado y golpear a Nik. Mari se limitó a decir:

—Estoy lista, Sora.

Sora fue guiándolos por entre las zarzas. Solo dudó dos veces, y las dos veces corrigió la trayectoria antes de que Mari tuviera que recordárselo. Mari se sorprendió de lo mucho que había mejorado la chica orientándose en aquel laberinto y lo apuntó mentalmente para decírselo después.

El camino fue lento y tuvieron que detenerse muchas veces a descansar, pero finalmente llegaron al claro y, una vez allí, Mari guio a Nik hasta la estatua de la diosa y le ayudó a sentarse sobre el espeso césped que alfombraba el suelo frente a ellos. Le desató la venda y, mientras parpadeaba y se frotaba los ojos, tomó la taza de infusión en la que habían vertido el cáñamo y el zumo de amapola de las manos de Sora.

—De acuerdo, Nik. Bébete esto y ponte cómodo.

Nik estiró la mano para coger la taza, pero se detuvo cuando por fin se le despejó la vista. Miró a su alrededor con los desenfocados ojos abiertos de par en par y trató de empaparse de la imagen del pequeño claro, del muro de zarzas y de la estatua de la diosa que tan grácilmente parecía surgir del suelo.

—¿Estoy soñando?

—Sí, lo estás —dijo Sora.

—¿Y puede Rigel formar parte de mi sueño?

Mari miró a Sora como para reprenderla, pero contestó a Nik.

—Sí, sí que puede.

Sin necesidad de que Mari dijera nada, el cachorro trotó hasta Nik y se acostó a su lado. El joven sonrió y apoyó una mano sobre su suave pelaje. A Mari le sorprendió el sentimiento de alegría que experimentó cuando vio juntos a los dos. A la luz de la luna, Nik no parecía tan pálido y enfermo. El rubio cabello estaba alborotado y le caía sobre uno de los ojos. Nik intentó peinárselo, sin éxito, y suspiró con pesadez. A Mari le recordó a un adolescente, un adolescente muy apuesto. Tuvo que sacudirse mentalmente para volver a estar centrada.

—Bébete la infusión, Nik, por favor —le dijo.

Nik parpadeó con fuerza, y sus ojos fueron de Rigel a Mari.

—Rigel confía en ti. Yo confío en ti —dijo por fin—. Me beberé cualquier cosa que me des. —Entonces, recibió la taza de sus manos y bebió de un trago la amarga infusión. Se recostó, con la mirada clavada en la diosa y, acariciando lentamente a Rigel, dijo—: Hermosa. —Su voz era soñadora y, sorprendentemente, ya no arrastraba las palabras—. Es tan hermosa. Me recuerda a ti, Mari. Firme. De confianza. Pero extraña. Muy extraña…

Su voz se fue desvaneciendo a la misma velocidad que sus manos se detenían, sus ojos se cerraban y su respiración adoptaba la cadencia profunda de unos sutiles ronquidos.

Sora se acercó a él y le dio un golpecito en el pie con el cayado. Cuando vio que no Nik reaccionaba, sonrió a Mari.

—Ha caído rapidísimo. ¿Qué dosis le has dado?

—La suficiente para asegurarme de que no se despertará mientras invocamos a la luna. —Mari se secó el sudor de la frente con el dorso de la manga—. Pesa mucho más de lo que parece.

—Sí, es verdad. Y parece que le gustas un poco —dijo Sora.

—¡Qué cosas dices! Está enfermo, terriblemente dolorido, y yo no hago más que medicarle. Nada de lo que dice tiene ningún sentido.

Sora resopló.

—¿Estás preparada para esto? —preguntó Mari.

—Si con «esto» consigo que se largue de una vez de la madriguera, sí, estoy más que preparada.

—De acuerdo. —Mari se acercó a Nik y se sentó a su lado, cerca de la calidez de Rigel. Con mucho cuidado, giró su cuerpo para poder apoyar la mano contra la herida de lanza, aún vendada y tratada con el ungüento. Levantó la otra mano para que Sora se la cogiera—. Empecemos.

—Pero tú deberías estar aquí, y yo donde estás tú —dijo Sora.

Mari le sonrió.

—Puedes hacerlo. Es lo mismo que has hecho ya con el helecho. Lo único que tienes que hacer es imaginar que yo soy el helecho y que invocas a la luna para que su energía fluya a través de ti y se derrame sobre mí. Una vez en mí, yo se la transmitiré a Nik.

—¿Estás segura de que no deberíamos…?

—Estoy segura de que puedes hacerlo. Tan segura como de que has sabido abrirte camino entre un bosque de zarzas para traernos hasta aquí. Yo creo en ti, Sora.

Sora parpadeó muy rápido y apartó la vista de Mari. A Mari le pareció ver un velo de lágrimas en los grises ojos de la muchacha, pero, cuando volvió a mirarla de nuevo, Sora sonreía:

—Estoy lista. Puedo con esto.

Sora entrelazó fuertemente su mano con la suya y comenzó la invocación. Mari cerró los ojos y disfrutó del sonido de la sosegada voz de la muchacha. Sora no dudó ni una sola vez. Había memorizado el conjuro palabra por palabra. Mientras ella repetía aquella fórmula que tan familiar le resultaba, Mari empezó a respirar profundamente. Deslizándose con fluidez en su propia imaginación, dibujó mentalmente una escena en la que la luz plateada de la luna se derramaba como una majestuosa cascada sobre la palma alzada de Sora. Imaginó que Sora resplandecía con su luz y, luego, que esa luz se vertía en su interior, que llenaba su cuerpo para luego acumularse en el de Nik hasta que él también quedaba iluminado por la majestuosidad de la luna. Mari mantuvo los ojos fuertemente cerrados y visualizó mentalmente cómo la herida de la espalda de Nik pasaba de ser un amasijo de carne putrefacta y descompuesta a una cicatriz rosada y perfectamente curada. Entonces, con los ojos aún cerrados y manteniendo esa imagen mental en la cabeza, paseó la mano por el cuerpo de Nik y fue desde la herida que tenía en la espalda hasta la que tenía en la pierna. Apoyó la palma de la mano contra ella e imaginó que también la curaba.

Mari no tenía ni idea de cuánto tiempo habían pasado así los tres, conectados por el tacto, la energía y la imaginación. Solo volvió en sí cuando Sora cayó de rodillas a su lado y desligó su mano de la de ella.

—Ya está. No aguanto más —dijo Sora en voz baja. Su voz sonaba como si estuviera absolutamente agotada.

Mari abrió los ojos y volvió a la realidad. Estaba sedienta y vorazmente hambrienta. Sus ojos se posaron en Nik. Estaba profundamente dormido.

—¿Crees que ha funcionado? —preguntó Sora.

—Llevémoslo a rastras a la madriguera y veámoslo.

—Me alegro de que hayas dicho «a rastras» —comentó Sora—. Pero no pienso cogerle de la cabeza. No me gusta acercarme a su cara.

—¿Qué le pasa a su cara? A mí no me parece feo —dijo Mari mientras intentaba ponerse de pie.

En realidad, lo encuentro atractivo, pensó, pero se negó a admitirlo en voz alta.

—Es un camarada. Todos los camaradas son feos. Bueno, menos tú, claro. Tú tienes sangre de caminante terrena, y eso te salva de parecerte demasiado a ellos.

—Gracias, creo.

Mari se inclinó y agarró el cuerpo inerte de Nik de los brazos mientras Sora le levantaba las piernas.

—¿Sabes qué tenemos que aprender a hacer? —preguntó Sora, jadeando mientras tiraba de Nik con una mano y trataba de apartar los espesos matojos de zarzas con el cayado que tenía en la otra.

—¿El qué?

—Tenemos que averiguar cómo atarle una cuerda al pecho a tu alimaña para que nos ayude a arrastrar cuerpos y cosas así.

—Pues la verdad es que no es mala idea —dijo Mari, y rio al ver la expresión en el rostro peludo de su pastor.

—¡Ha funcionado! —exclamó Sora. Nik se revolvió y murmuró algo incomprensible. Sora arrugó el rostro y su voz se convirtió en un susurró—: Las cosas negras han desaparecido, y las que tenían pus también.

—Se llaman úlceras. Y las cosas negras son esporas. —Mari colocó la venda sobre el ungüento en la pierna de Nik, y luego se enderezó, estirando los músculos de la espalda.

—Úlceras y esporas, entendido. ¿Podemos comer ya?

—Eso espero. ¿Está listo el estofado?

—Sí, ya está. Esta vez le he echado más especias. —Sora corrió hasta la chimenea y empezó a verter cacillos del aromático estofado en sus cuencos.

A Mari se le hizo la boca agua al pensar en la comida que preparaba Sora, cada vez más deliciosa. Se sentó junto a la muchacha y se dispuso a comer con entusiasmo.

—Esto está muy bueno. Buenísimo —murmuró Mari, dando un bocado.

—Gracias —dijo Sora, no sin antes dedicarle a Nik una miradita por el rabillo del ojo—. ¿Cuánto tiempo crees que estará dormido?

Mari se encogió de hombros.

—La última vez se pasó así un día entero. Esta vez, no sabría decírtelo, pero su cuerpo se está recuperando muy rápido. Dormir le ayudará a curarse, pero si está despierto eso quiere decir que se marchará pronto. Sora, conoce a Jenna —dijo Mari.

Sora abrió los ojos de par en par.

—¿Qué? ¿Cómo?

—Me dijo que formaba parte del grupo de cazadores que la capturó. —Mari miró a Nik. Daba la sensación de estar profundamente dormido. Aun así, se acercó más a Sora y habló en voz baja—. Quería saber por qué no estamos desesperadas y muertas de tristeza como el resto de las mujeres que capturan, y por qué Jenna había hablado con él.

—¿Habló con él? ¿Eh?

—Aquella noche, aquella nefasta noche en la que mataron a Xander y atraparon a Jenna, yo los purifiqué a ambos. Así que Jenna estaba completamente en sus cabales cuando la apresaron.

—Igual que Xander sabía perfectamente lo que estaba haciendo cuando les atacó y trató de salvar a Jenna.

Mari tomó una generosa cucharada de estofado y asintió. No quiso recordar que Xander también había tratado de salvarla a ella. No quiso recordar la expresión de odio e incredulidad que vio en su cara cuando se dio cuenta de que Rigel estaba con ella.

—¿Y qué le dijiste?

—¿Sobre qué? —Mari volvió a la conversación.

—Cuando te preguntó por qué nosotras éramos normales —dijo Sora.

—Le dije que la esclavitud acaba con nosotros.

—Bueno, esa es una forma de ver la realidad. ¿Crees que hay alguna manera de conseguir que libere a Jenna? —preguntó Sora.

—No lo sé, pero lo intentaré.

—No puedes permitir que descubra que somos Mujeres Lunares —susurró Sora.

—No lo haré —dijo Mari.

—Está prohibido. Sabes que está prohibido que un camarada sepa nada sobre las Mujeres Lunares —insistió Sora.

—Lo sé. Sora, no te alarmes. Descubriré todo lo que pueda sobre Rigel y Jenna y luego, cuando sus heridas estén lo suficientemente curadas, le vendaré los ojos y lo sacaré de aquí. —Ambas siguieron comiendo en silencio hasta que Mari añadió—: Lo has hecho muy bien esta noche. Estoy orgullosa de ti.

—¡Gracias! —Sora se tapó la boca cuando se dio cuenta de que su grito había provocado que Nik se revolviera inquieto. Luego, de nuevo en un susurro, le dijo a Mari—: Esta noche ha sido mucho más fácil: hice exactamente lo que me dijiste e imaginé que el poder de la luna me recorría y te llenaba, como pasó con el helecho, y se hizo realidad.

—Lo estás consiguiendo —dijo Mari—. Te estás convirtiendo en Mujer Lunar.

La sonrisa de Sora era radiante.

—Gracias a ti. Es todo gracias a ti.

—En realidad, no. Yo solo sigo las enseñanzas de mi madre. A ella se le habría dado esto mucho mejor que a mí.

—No estoy segura de que eso sea cierto, pero no quiero discutir con mi maestra —dijo Sora.

—¿Y desde cuándo? —bromeó Mari.

—Desde ahora mismo. Pero no te preocupes, estoy segura de que cambiaré de idea pronto.

Las chicas se sonrieron. Mari sintió una oleada de alegría al darse cuenta de que así era, de que estaba sonriendo. Sonreía mucho, últimamente. Y disfrutaba de la compañía de Sora. *Ya no estoy tan sola*, pensó. Repentinamente insegura acerca de si quería establecer un vínculo con alguien más que con Rigel, Mari apartó de su mente aquel pensamiento y dijo:

—Esta noche no he escuchado los gritos de los hombres asilvestrados, ¿tú?

—Antes, cuando estaba sanando al helecho, escuché algunos, pero eran muy débiles. Los gritos procedían del suroeste, y sonaban como si solo hubiera dos o tres voces distintas en lugar de la media docena que hemos estado escuchando últimamente.

Mari se limpió las manos y cogió el diario que había comenzado a escribir la primera vez que escuchó los gritos, un día que le parecía que había tenido lugar muchas noches atrás.

—Tres voces distintas, lejanas, procedentes del suroeste, ¿me equivoco? —Levantó la vista de la página para mirar a Sora.

—Sí, eso es. Salvo que…

Mari soltó la pluma y volvió a sentarse al lado de Sora.

—¿Salvo que qué?

—Mari, creo que va siendo hora de que salgamos a buscar a las mujeres del clan. —Cuando Mari abrió la boca para hablar, Sora la cortó en seco—. Espera, escúchame. —Mari volvió a sentarse, con los brazos cruzados sobre el pecho, y Sora prosiguió—: Tú misma dijiste que el siguiente nivel era curar gente. Así que necesito encontrar gente a la que sanar.

—A eso precisamente es a lo que me has ayudado esta noche.

—Te he pedido que me escuches.

Mari asintió y le hizo un gesto a Sora para que continuara.

—Últimamente lo he estado pensando mucho. Hace ya bastante tiempo que Leda murió, y las mujeres del clan deben de estar sumidas en una profunda depresión. Podría intentar purificarlas. Solo eso, nada muy complicado. No debería ser muy distinto de lo que hemos hecho esta noche, ¿verdad?

—Bueno, es un poco más complicado, sí. Sobre todo si una horda entera de mujeres melancólicas se abalanza sobre ti implorándote que las purifiques.

—Entonces me aseguraré de que no se abalancen sobre mí. Mira, el plan es ir a la madriguera de los alumbramientos antes de que se ponga el sol. ¿Cuántas mujeres del clan están a punto de salir de cuentas? ¿Cuatro?

Mari se encogió de hombros.

—No estoy segura, pero creo que más o menos, sí.

—Hablaré con ellas y veré cómo están. Y luego regresaré aquí y te contaré lo que he visto para que me digas lo que debo hacer.

—Van a necesitar que las purifiques —dijo Mari—. Y puede que precisen también de otro tipo de cuidados. No sé qué le sucede a una mujer si se pone de parto sin haber sido atendida antes por una Mujer Lunar. Sora, no estoy segura de que una mujer tenga la voluntad suficiente para dar a luz si no la han purificado periódicamente de las Fiebres Nocturnas.

—Entonces, acompáñame. Trae el botiquín de Leda. Entre las dos podremos ocuparnos de lo que sea que encontremos en la madriguera de alumbramientos —dijo Sora.

—Tengo que quedarme aquí.

—Dijiste que estabas harta de esconderte.

—No me quedo aquí porque quiera esconderme. Tengo que quedarme aquí por él. —Mari apuntó la barbilla en dirección a Nik.

—Deja a Rigel vigilándole y ven conmigo. Las mujeres del clan son más importantes que él —opinó Sora.

—¿Por qué no dormimos un poco y por la mañana vemos qué tal está? —respondió Mari.

—De acuerdo, sí, durmamos un poco. Si cuando vayamos a salir está despierto, le drogamos otra vez. Así podrás acompañarme sin preocuparte de que tu alimaña tenga que cortarle el paso. —Sora miró a Rigel, que estaba tumbado junto al camastro de Nik—. Aunque entiendo por qué estás preocupada. A tu alimaña le cae muy simpático.

Rigel levantó la cabeza y miró primero a Mari y luego a Sora. Era evidente que sabía que estaban hablando de él. Mari sonrió al cachorro:

—Ya te lo he explicado varias veces. Rigel nunca me abandonaría, si crees que eso es lo que me preocupa. Lo único que pasa es que no quiero que Rigel intente detener a Nik si intenta marcharse. Quiero decir, ¿qué crees que le haría?

—Yo creo que la alimaña le mordería. La verdad es que daría lo que fuera por verlo —dijo Sora.

—No quiero que Rigel le muerda. Quiero que Nik mejore lo suficiente para salir de aquí por su propio pie cuando haya contestado a todas mis preguntas.

Rigel se incorporó, se estiró y luego trotó hasta Mari y Sora y se acomodó en el hueco que quedaba entre ambas, que aún estaban tan cerca la una de la otra que podían seguir hablando en susurros.

Sora arrugó el rostro e intentó apartarse.

—Cada vez que me acerco a tu alimaña, me lleno de pelos.

—Nik dice que es por el cambio de estación. Después de hablar hoy con él, ya sé cómo cepillarle el pelaje.

—Bien, qué alivio.

Rigel miró a Sora y luego estornudó en su cuenco de estofado, prácticamente vacío.

—Ay, *puaj*. La alimaña es asquerosa. —Sora dejó caer el cuenco justo delante del cachorro.

Meneando la cola, Rigel engulló el resto del estofado, cubierto con sus babas.

—La verdad es que sabe perfectamente cómo conseguir comida. Y esa es otra de las cosas sobre las que Nik me ha hablado hoy. Hay que vigilar cuánto come —dijo Mari, dándole una palmadita cariñosa a Rigel. Luego se levantó y dejó el cuenco vacío al lado de la chimenea—. Venga, vamos a dormir un poco, y luego veremos cómo está Nik.

—Espero que esté «drogable» —dijo Sora, meneando los dedos para despedirse de Mari y de Rigel—. Dulces sueños.

—Dulces sueños —susurró Mari, acurrucándose con Rigel sobre el camastro improvisado frente a la chimenea.

Mientras el brillo de la hoguera se iba reduciendo para convertirse en un débil resplandor rojizo, Mari se quedó observando a Nik y trató de catalogar mentalmente las preguntas que quería hacerle. Sin embargo, las preguntas la evitaron una y otra vez mientras Mari estudiaba al muchacho y se distraía por la forma en que su cabello rubio resplandecía bajo la tenue luz. Los ojos de Mari fueron de su cabello a su rostro, cada vez más intrigados. Sus rasgos eran tan distintos de los de los hombres del clan… Los de Nik eran más delicados, con fuertes pómulos y labios carnosos. Su mandíbula no era tan cuadrada y su cuello y sus hombros eran mucho menos robustos, pero Mari se sentía tentada de considerarle atractivo.

Nik se revolvió y apartó una de las mantas. Uno de sus dorados y bronceados brazos, de músculos largos y esbeltos, asomó desnudo sobre las pieles. Mari notó un aleteo en el estómago y una cálida oleada de deseo le recorrió todo el cuerpo.

Casi sin pensarlo, Mari se acercó a Nik. Le recolocó las pieles y volvió a taparlo. Luego miró disimuladamente hacia el vano vacío de la puerta que conectaba con la estancia trasera de la madriguera. Definitivamente, Sora estaba en la cama. Muy despacio, Mari estiró la mano hasta que las yemas de sus dedos acariciaron el cabello de Nik.

Suave… ¡Es tan suave!

Un leve ronquido procedente de la estancia trasera hizo que Mari volviera a retroceder hasta el fuego. Rigel se reunió con ella y le apoyó la cabeza sobre la rodilla mientras ambos seguían observando a Nik.

—¿Quieres que te cuente un secreto? —le susurró al cachorro—. A mí me parece guapo. Pero no se lo cuentes a Sora.

Rigel ahogó varias carcajadas perrunas antes de estirarse a su lado y quedarse dormido. Mari tardó un poco más en hacerlo y, cuando por fin sucumbió al sueño, soñó con brillantes cabellos rubios, largos músculos bronceados y pinos que se mecían suavemente bajo la brisa…

37

—No puedo creerlo. ¡Ha desaparecido! ¡Ha desparecido de verdad! —Nik tenía la vista fija en la herida de su pierna. La noche anterior era un amasijo de carne putrefacta y ennegrecida por la mortífera roya, y ahora estaba rosada, sana y en claro proceso de curación—. ¿Y la de la espalda? ¿Esa también?

—Ya te he dicho que esa también está limpia de roya. —Mari le sonrió mientras terminaba de aplicar ungüento de añil sobre la cicatriz y volvía a cubrirla con la venda.

—Pero ¿volverá?

Mari le miró a los ojos.

—Confía en mí, Nik. Se ha curado del todo.

—Confío en ti, te prometo que lo hago.

Los luminosos ojos de Nik fueron de Mari a Sora, que la miraba con una extraña expresión cómplice en sus ojos grises. Nik ignoró a la escarbadora y se centró en Mari.

—No estarás fuera mucho tiempo, ¿verdad? —preguntó Nik.

A Sora se le escapó un sonoro bufido.

—Venga, no finjas que no aprovecharías cualquier oportunidad para coger a la alimaña de Mari y volver corriendo a la tribu. —La joven le dedicó una seria y ceñuda mirada que Nik le devolvió.

—Es evidente que no puedo correr a ningún sitio. Apenas puedo caminar. Y yo jamás haría eso, ¡nunca le robaría el can a otra persona! —protestó.

—Ya. Seguro que tampoco matarías nunca a la madre de nadie, ¿verdad? O a su padre. Ah, espera, que los escarbadores no somos personas. Somos cosas, así que no pasa nada si nos matáis —añadió Sora.

—Yo no creo que seáis cosas, y yo… —empezó a decir Nik, pero Mari le interrumpió.

—Nik, pronto estaré de vuelta. Las dos estaremos vuelta. Pero vas a tener que beberte esto para que no tenga que preocuparme de si estarás aquí o no cuando lo hagamos.

Como de costumbre, las palabras de Mari parecían lógicas y racionales, a diferencia de las de Sora, a quien en secreto había decidido bautizar como la amiga escarbadora demente. Así que, cuando Mari le tendió una taza llena de un brebaje apestoso, Nik se bebió todo el contenido con varios tragos largos.

—Uy, creo que le he echado un poco de belladona a la infusión. ¿No era esa la hierba mortal, Mari? —dijo Sora, con fingida inocencia.

A Nik se le encogió el estómago. La belladona no lo mataría, pero, sin duda, le haría vomitar, y la herida de la espalda le dolía tanto, sin que ni siquiera hiciera falta moverse, que a veces desearía estar muerto. Se quedó mirando la taza, preocupado y perplejo.

—Ya basta —le dijo Mari a su amiga la loca. Luego se dirigió a él—: Sora no sería capaz de hacer algo así, pero de todas formas la infusión la he preparado yo. No contiene nada que pueda hacerte daño, pero sí que vas a quedarte dormido. Ya sabes que somos curanderas. Tenemos que ir a ver cómo se encuentra el resto de nuestros pacientes. No estaremos fuera mucho tiempo. —Se inclinó y abrazó a Rigel—. Quédate aquí con Nik. No dejes que se marche.

El joven pastor le lamió la cara e hizo tamborilear el rabo contra el suelo. Mari lo besó en el hocico y Sora y ella, cargadas con sendos zurrones llenos de hierbas y pomadas, salieron de la madriguera.

Rigel se acercó a la puerta cerrada, se sentó frente a ella y empezó a ladrar lastimeramente.

—Sí, ya sé cómo te sientes, muchacho. Pero al menos tú sabes dónde estamos.

Rigel miró a Nik por encima del hombro y luego se volvió hacia la puerta para ladrar de nuevo. La infusión no tardaría en dejarle para el arrastre, pero en aquel preciso momento se sentía absolutamente pletórico. Mari le había curado la roya. No se iba a morir. Ningún miembro de la tribu volvería a morir por su causa: lo único que tenía que hacer era convencer a Mari de que compartiera con él la receta secreta del ungüento.

—Pero eso será algo que le pediré a Mari cuando su amiga la loca no pueda escucharnos. Esa chica es un grano en el culo —gruñó Nik. Pero ni siquiera la escarbadora iba a enturbiarle el ánimo aquel día. ¡No iba a morir de roya!—. Oye, Rigel, ¿qué te parece si exploramos un poco? Muy poco, te lo prometo. Creo que tengo energía suficiente para cojear hasta el escritorio. Solo quiero sentarme en la silla, aunque solo sea durante un par de minutos, antes de que esta asquerosa infusión que me ha preparado Mari haga efecto. Será una gran aventura.

Notó los ojos de Rigel clavados en él mientras se apoyaba en el borde del camastro para enderezarse. Consiguió arrastrar los pies los pocos metros que lo separaban del escritorio, y luego se dejó caer pesadamente en la silla con un gruñido. Sus heridas estaban mucho mejor, pero el movimiento había provocado que aquel dolor lacerante regresara a su espalda y que otro dolor, más sordo, empezara a palpitarle en la pierna al ritmo de los latidos de su corazón. Se sentó muy quieto, intentando calmar su respiración y luchando contra el mareo que empezaba a acecharle.

El hocico del cachorro estaba húmedo y fresco, y la sensación cuando le rozó fue asombrosamente familiar. Nik sonrió y abrió los ojos.

Era cierto que Rigel era un cachorro precioso. Nik le acarició la negra cabecita y le sonrió a sus astutos ojos.

—No he tenido la oportunidad de darte las gracias por salvarme la vida. No sé cómo conseguiste que Mari me encontrara, por no hablar de que me trajera a su casa y se ocupara de mis heridas, pero gracias. Mi padre, Sun, también te las daría. ¿Te acuerdas de Sun? ¿El Sacerdote Solar? —Rigel meneó la cola y sonrió, esa versión jadeante de una sonrisa característica de los pastores, con la lengua asomando por un costado, que acabó por arrancarle otra sonrisa al propio Nik—. Seguro que te acuerdas. Estoy seguro de que lo recuerdas todo. Y, a pesar de ello, elegiste estar aquí, elegiste quedarte con ella. —La sonrisa de Nik se tornó agridulce—. No esperaría menos de ti. Tu camarada es una joven afortunada.

Rigel lamió la mano de Nik y volvió a dirigirse a la puerta. Bostezó y se sentó frente a ella con su habitual actitud vigilante.

—Bueno, supongo que ya hemos tenido suficiente aventura por hoy. Hora de volver a mi camastro.

Nik apoyó una mano en el escritorio para darse impulso y, sin querer, desperdigó por el suelo todos los papeles en los que Mari había estado tomando notas. Nik se recostó de nuevo para poder volver a colocar el montón en su sitio y dejarlo todo como estaba. Con una rápida ojeada reparó en la clara caligrafía de Mari. Era una entrada en una especie de diario sobre sus heridas y cómo Mari las había tratado, con qué frecuencia había cambiado los vendajes, así como comentarios sobre la extracción de la punta de la lanza y las pociones que había preparado para ayudarle a dormir y también, se asombró, para ayudarle a curar.

Con una punzada de emoción, leyó las notas en busca de cualquier mención a los ingredientes del ungüento que había usado para curar la roya. Nik suspiró, frustrado:

—Todavía no ha escrito esa parte —murmuró para sí—. Pero lo hará. Y cuando eso suceda, lo único que tendré que hacer será leerlo y recordar lo que haya escrito.

Róbasela: lo único que tienes que hacer es robársela y regresar a la tribu con la receta.

Un cálido sentimiento de culpabilidad hizo que se sonrojara. No, nunca haría algo tan indecente. Antes le pediría a Mari que compartiera la receta del ungüento con él y con su gente. Solo si se negaba consideraría alguna alternativa menos honesta.

Necesitaba la receta de la pomada. Para la tribu. Debía hacerse con ella.

Nik volvió a fijarse en la pila de notas. Las leyó de nuevo para asegurarse que no se le había pasado nada por alto y, bajo las páginas en blanco que aguardaban a que Mari las llenara con su nítida caligrafía, vio la esquina de una que no se parecía a las demás. Extrajo la gruesa hoja de papel del montón y no le quedó más remedio que reprimir un pequeño grito de sorpresa.

Era un boceto de Rigel. Estaba tan exquisitamente dibujado, rebosaba un talento tan refinado, que Nik podría haber pensado que era obra de uno de los maestros artistas de la tribu. Intentando resistirse al mareo que le estaba provocando la infusión de Mari, Nik hojeó el resto de los folios, y le costó creer la belleza que contenían. Alzó la vista para observar los dibujos que decoraban el dintel de la chimenea y unos cuantos más dispersos por entre los matojos de hongoritos y musguinescencia.

—Esos son buenos, pero no tanto como estos. —Nik volvió a fijarse en los bocetos. En la parte inferior de cada dibujo había una firma diminuta, casi imperceptible. Nik entrecerró los ojos y distinguió el nombre: Mari. Siguió hojeando el montón de folios hasta llegar al último, el que le obligó a contener el aliento. Era un dibujo de una escarbadora que sostenía en sus brazos a un bebé envuelto en las hojas de la Planta Madre. La Escarbadora sonreía al alto y apuesto camarada y su pastor, que a su vez la miraba con ojos rebosantes de amor.

—Ese es Galen. Tiene que serlo. Y esa es la madre de Mari, con Mari de bebé. —Nik sacudió la cabeza—. Y veo esto, y veo a la Mari adulta, y sé que todo es cierto, pero me cuesta creerlo. Todo esto es muy difícil de asimilar.

Nik volvió a colocar los papeles muy despacio, apilándolos tan ordenadamente como estaban. Luego cojeó con cuidado hasta su camastro y se desplomó sobre él, jadeando con fuerza y sintiéndose ridículamente débil.

Cuando sus ojos se cerraron, Nik estaba pensando en Mari y en lo que diría su padre cuando le contara lo que había aprendido de ella y de los caminantes terrenos.

Nik sabía perfectamente lo que le diría su padre. Casi podía escuchar su voz en la madriguera mientras se sumía en aquel sueño medicado en el que el dolor no tenía cabida. *Tráela de vuelta a su hogar, con la tribu, hijo. Tráela de vuelta a la tribu.*

—Hoy hace mucho calor —Mari se detuvo para secarse el sudor de la cara y dar un sorbo de agua del pellejo que llevaban consigo—. Y ni siquiera ha llegado el verano.

—Es que hace días que no llueve. No tener que caminar entre el barro siempre se agradece, pero este calor es horroroso —opinó Sora.

—Bueno, la madriguera de los alumbramientos siempre está fresca, y justo al lado pasa un arroyo muy agradable. Me muero de ganas de meter ahí los pies y refrescarme un poco.

—Suena de maravilla. Las mujeres que ocupan la madriguera siempre tienen la mejor comida. ¿Te has fijado alguna vez? —preguntó Sora.

—Creo que nunca me he parado a pensar en ello, pero supongo que tienes razón. Las embarazadas comen mucho, así que tiene sentido que su comida sea especialmente buena —dijo Mari sonriendo a Sora—. Y eso acaba de darme ganas de que apretemos el paso.

—Bueno, ya casi hemos llegado. Oye, tengo una idea. Quiero ver si puedo coger algunos brotes de su huerto de las plantas aromáticas. El tuyo es un poco triste, le faltan muchísimas hierbas comestibles, y eso implica que los aderezos de todo lo que cocino son igual de tristes —dijo Sora.

—Me parece bien que cocines lo que quieras y como quieras. Eres muy buena cocinera —dijo Mari.

—Gracias. Me gusta cocinar. Probablemente es porque me gusta mucho comer.

—Sea por lo que sea, me alegro. A mamá se le daba mejor que a mí, pero a ti se te da de maravilla.

—¡Sí, es verdad! —Sora sonrió, pero entonces su expresión se ensombreció un poco—. Oye, ¿y qué vas a decirles a las mujeres del clan sobre esto? —Sora hizo un gesto con los dedos para abarcar el rubio cabello de Mari, sus delicados rasgos y su piel limpia y libre de todo camuflaje.

—Pienso decir la verdad —respondió Mari, resuelta.

—¿Toda la verdad? ¿Vas a hablarles de tu alimaña? Y por alimaña me estoy refiriendo a Rigel, no a Nik.

—Nik no es «mío». No, no pienso contarles nada sobre Rigel o Nik. No ahora, al menos. Creo que asimilar la verdad sobre mí ya será bastante duro sin necesidad de complicarlo con un can o un camarada herido —dijo Mari.

—Quizá sea mejor que nunca digas nada acerca de Nik —dijo Sora.

—Lo que en realidad espero es que un día, dentro de no mucho tiempo, tenga que hablarles sobre Nik para que entiendan por qué los camaradas han dejado de esclavizar a la gente del clan.

—¿Sabes?, al principio pensaba que eras una pesimista sin remedio, y la verdad es que puedes llegar a serlo. Pero también eres curiosamente idealista. Creo que debes de haberlo heredado de tu padre —dijo Sora.

—No lo sé. Leda siempre era optimista, pasara lo que pasara —respondió Mari.

—Vale, así que sí que eres una idealista. Bueno, pues yo intento ser realista, entonces ¿te importaría dejar que represente el papel de maestra durante un momento y te dé un pequeño consejo?

—Por supuesto —dijo Mari.

—No le cuentes a Nik cómo se cura la roya. Nunca. No se lo cuentes ni a él ni a ningún miembro de su tribu —dijo Sora.

—Pero, aunque supieran cómo preparar el ungüento, tampoco podrían curarla. Ellos no pueden invocar la luna —observó Mari.

—¿Y si en cambio pueden invocar el sol? Yo te he visto hacer algo parecido cuando te brilla la piel. ¿No se supone que cuando haces eso estás invocando el sol?

—Puede ser, todavía no se lo he preguntado a Nik. —Mari recordó la sacudida de energía y calidez que había vibrado en su interior el día en que su madre había muerto y con la que incendió accidentalmente el bosque—. Aunque creo que tienes razón. El resplandor es una reacción a la energía del sol. Es solo que yo no sé cómo se controla.

—Me apuesto lo que quieras a que la tribu sí lo sabe —dijo Sora.

—Tienes razón. Seguiré tu consejo. No le revelaré a Nik qué ingredientes usé para preparar el ungüento. No todavía, al menos —dijo Mari.

—Si de mí dependiera, no deberías contárselo ni a él ni a ninguno de los de su calaña. El conocimiento es poder, Mari. Mantén el control sobre el poder que tienes.

Mari asintió seriamente con un gesto de la cabeza.

Caminaron en silencio, ambas sumidas en sus propios pensamientos, hasta que Mari escuchó el alegre burbujeo del agua bajo los lisos cantos rodados.

—Ah, mira, ahí está el arroyo. La madriguera está justo al doblar esa curva. ¿Hueles a comida? Yo todavía, no. —Mari olfateó el aire.

—No. Nunca me había pasado que viniera aquí y no hubiera algo delicioso preparado para comer. —Sora también olisqueó el aire.

Las dos chicas doblaron la curva y comenzaron a trepar por las piedras que había colocadas a modo de anchos escalones para facilitar el acceso a la puerta de la madriguera. Mari alzó la vista con una sonrisa expectante, pero la sonrisa no tardó en borrarse de su rostro.

La puerta de la madriguera estaba rota. Colgaba de las bisagras y se agitaba como si un gigante la hubiera arrancado de cuajo. La diosa fecunda que había tallada en el marco debía de haberse agrietado cuando la puerta había sido destrozada, así que ahora daba la perturbadora sensación de estar partida por la mitad.

Sora subió corriendo los últimos peldaños y se detuvo bajo el vano de la puerta. Sus dedos acariciaron con delicadeza la imagen dañada, como si su tacto tuviera el poder de reparar tanta destrucción.

—Sora, espera —Mari habló en voz baja y sacó la honda y varios cantos rodados—. Déjame entrar a mí primero.

—¡Ay, diosa! —susurró Sora, lanzando miraditas furtivas y temerosas a la oscuridad de la madriguera—. No crees que haya hombres dentro, ¿verdad?

—No lo sé —le respondió Mari, también en un susurro—, pero ahora mismo me gustaría que Rigel estuviera aquí.

—Nunca pensé que diría esto, pero a mí también me gustaría. —Sora se hizo a un lado y dejó que Mari entrara antes que ella.

Mari había estado muchas veces en la madriguera de los alumbramientos acompañando a Leda. Básicamente, se trataba de una enorme estancia cavernosa con una gran chimenea y muchos camastros cómodos. En la madriguera solían reverberar las voces de las mujeres y los niños, pero aquel día el interior estaba silencioso y en calma. Como era característico en los caminantes terrenos, los ojos de Mari no tardaron en acostumbrarse a la tenue luz del interior. Vio que la chimenea estaba apagada, así que recorrió la sala con la vista. Aquel lugar era un auténtico caos. Las camas habían sido arrojadas contra las paredes curvas de la madriguera, y los astillados armazones estaban desperdigados por el suelo, junto a las gruesas pieles que debían arropar a las mujeres que daban a luz.

—No veo a nadie. ¿Y tú? —susurró Sora, unos cuantos metros por detrás de ella.

—No, pero ahí detrás hay una despensa muy grande. Tengo que echar un vistazo.

—No vas a entrar ahí tú sola, ni hablar. —Sora se adelantó y se detuvo únicamente para coger la pata rota de una cama, que blandió como si fuera una maza.

Las dos jóvenes avanzaron juntas por la devastada madriguera hasta que llegaron al fondo de la sala. Los mejores artesanos del clan se habían encargado de tejer el tapiz que se usaba como cortina para separar la estancia principal de la despensa. En la escena que se mostraba en él, un grupo de mujeres del clan rodeaba una magnífica estatua de la Tierra Madre embarazada, que surgía directamente del suelo musgoso y estaba adornada con helechos y flores. Todas las mujeres sonreían y sostenían en sus brazos bebés sanos y felices. Ahora, el tapiz colgaba de la barra de madera reducido a un par de tiras de tela: la preciosa escena tejida estaba rasgada, arrancada.

Mari apartó con el brazo los jirones de tela.

—No, por favor, no me hagas daño. Haré cualquier cosa que me pidas, pero no me hagas daño.

—Ay, diosa —dijo Sora con voz ahogada—. Es Danita.

Mari miró a la chica, y le costó reconocer a aquella joven a la que su madre había nombrado candidata a aprendiz de Mujer Lunar ante el clan hacía no mucho tiempo. Pero cuando las miró con sus ojos grises, vidriosos y llenos de asombro, quedó claro que, efectivamente, era la misma joven.

Sora se adelantó y se acercó a la chica, que estaba hecha un ovillo en la esquina más oculta de la despensa y se protegía entre las estanterías rotas y vacías y los restos que la violencia y los robos habían dejado a su paso.

—¡No! ¡No! —gritó la muchacha, cubriéndose la cara con los brazos y encogiendo el cuerpo en una bolita compacta y diminuta.

—*Ssshh.* Danita, soy yo, Sora. Y la que está conmigo es Mari. Estás a salvo. A partir de ahora, todo va a ir bien.

Sora se arrodilló junto a ella. La muchacha la miró a través de sus brazos. Empezó a bajarlos y apartarlos de su cara, pero, en cuanto su mirada enloquecida detectó a Mari, empezó a gritar y a dar leves sollozos mientras se tambaleaba hacia atrás y trataba de incrustarse, más si cabe, en la esquina.

—Ey, Danita, solo es Mari —dijo Sora, tocando con delicadeza el hombro tembloroso de la chica—. Yo misma le corté el pelo, por eso lo tiene tan corto. Se ha dado un buen baño y se lo ha lavado, por fin. ¿Recuerdas lo sucio que solía llevarlo?

Mari arrugó el ceño al escuchar los comentarios de Sora, pero no dijo nada porque Danita había dejado de sollozar y la miraba con sus enormes y atemorizados ojos.

—Me... Me acuerdo —respondió Danita, con voz temblorosa.

—Bueno, pues cuando se lo lava, tiene el pelo de un color raro. —Sora se percató de la mirada molesta de Mari y añadió, a regañadientes—: Raro, no. No quería decir raro. Quiero decir distinto. Y un cabello distinto no es algo de lo que uno deba tener miedo, ¿verdad?

—Verdad —replicó Danita, dudosa, sin dejar de observar a Mari con atención.

—Hola, Danita. Soy yo, ¿ves? ¿Qué te parece si sales de la despensa y nos cuentas qué ha pasado? —le preguntó Mari con amabilidad.

Danita clavó sus ojos en los de Mari.

—No creo que pueda. —Los grises ojos estaban inundados de lágrimas, que se derramaban abundantemente por las mejillas. Fue entonces cuando Mari se fijó en la sangre que le salpicaba la túnica, surcada por los regueros de lágrimas de la joven.

—Danita, cielo, ¿estás herida? —le preguntó Mari.

El rostro de la muchacha se derrumbó, y asintió con un movimiento de cabeza:

—Ellos me hicieron daño.

—¿Ellos? —preguntó Sora.

—Los hombres del clan.

Danita pronunció aquellas palabras en un susurro. Luego, se abrazó las piernas contra el pecho y empezó a balancearse de adelante hacia atrás. Mientras lo hacía, Mari atisbó los muslos desnudos de la muchacha. Estaban amoratados, llenos de cardenales y manchados de sangre seca.

—Danita, ¿siguen aquí los hombres del clan? —le preguntó Mari rápidamente.

—No, hace días que no los veo. Aquí no hay nadie.

—Ahora estamos nosotras —dijo Mari, acariciándole el hombro—. Nosotras cuidaremos de ti.

—Sora y yo vamos a prepararte una cama y a encender un fuego en la chimenea. —Mari le quitó el tapón a su pellejo y se lo tendió a Danita—. ¿Por qué no bebes un poco de agua y esperas aquí mientras nosotras nos ocupamos de eso?

Danita tenía la mano sucia y temblorosa, pero cogió el agua y empezó a beberla a tragos. Mari le hizo un gesto a Sora para que la siguiera a la estancia principal.

—Creo que la han violado —susurró Mari cuando se hubieron alejado lo suficiente como para que Danita no pudiera escucharlas.

—¿Qué?

—Tiene los muslos llenos de sangre y moratones. —Mari empezó a rebuscar en el zurrón de medicamentos que llevaba consigo—. ¿Puedes encender el fuego? Necesito poner agua a hervir.

—Sí, por supuesto. —Sora corrió a la chimenea.

—No voy a ponerme a reparar un armazón, creo que lo mejor será que apile unas cuantas mantas y pieles para improvisar un camastro. Sora, no he podido ver si sigue sangrando.

Sora miró a Mari por encima del hombro.

—Puedes hacerlo. Puedes ayudarla.

Mari asintió y terminó de preparar la cama. Luego le tendió a Sora un pequeño manojo de hierbas.

—Haz una infusión con esto. ¡Maldición! Casi no he traído medicinas en el zurrón. Normalmente, la despensa está llena. Solo he traído cosas para aliviar los nervios y la melancolía.

—¿Qué es esto? —Sora olió el paquetito de hierbas que Mari le tendía—. Huele como las infusiones que le das a Nik.

—Tiene valeriana. Debería tranquilizarla. —Mari rebuscó en su zurrón y arrugó el gesto, frustrada ante la escasez de alternativas—. Bueno, tal vez haya algo útil entre los restos de la despensa.

—¿Qué necesitas? El huerto de las plantas aromáticas está cerca del arroyo.

Mari se lo pensó un momento y luego dijo:

—Nos vendría de maravilla un poco de salvia, si la encuentras. Cuanto más grandes sean las hojas, mejor. Detiene la hemorragia.

—Espero poder encontrarla. Pero lo que realmente espero es que no la necesites —dijo Sora.

—Yo convenceré a Danita de que salga aquí fuera.

—Y yo iré a por el agua y la salvia —respondió Sora.

—Llévate el garrote ese contigo, y yo tendré la honda cerca. Si te parece ver o escuchar a los hombres del clan, grita. Todo lo alto que puedas.

—Ah, no te preocupes. Seguramente hasta Rigel pueda escucharme desde la madriguera.

En cuanto Sora se marchó corriendo, Mari inspiró hondo para tranquilizarse y luego regresó a la despensa.

El cuerpo de Danita se sacudió de terror e intentó arrastrarse otra vez hacia atrás, como si pudiera desaparecer en la pared de la madriguera, mientras dejaba escapar unos leves grititos de pánico.

—Danita, soy yo otra vez. Mari. —Se acuclilló frente a la chica, intentando no acercarse demasiado rápido—. Sora va a prepararte una infusión y yo ya te he hecho una cama para que estés más cómoda. ¿Te gustaría venir a la otra sala conmigo?

—¿Y si vuelven?

Mari se sacó la honda del bolsillo delantero de la túnica.

—Les dispararé con esto. Tengo muy buena puntería.

—Dispara a matar —dijo Danita.

Mari tragó saliva con fuerza.

—Lo haré. Sora y yo no permitiremos que te pase nada malo.

—Ya me ha pasado.

—¿Dejarías que te viera? Puedo ayudarte.

—¿Dónde está Leda?

—Mamá ha muerto —dijo Mari.

—Eso decían, pero yo no quería creerlo. ¡No quería! —Danita sacudió la cabeza de atrás adelante, de atrás adelante, y se tapó la cara con las manos, sollozando entrecortadamente—. Esto no terminará nunca.

Mari se acercó un poco más a Danita, le apartó con delicadeza las manos de la cara y las sostuvo con fuerza entre las suyas.

—Mamá me enseñó a hacerlo. Yo puedo ayudarte. Y también estoy enseñando a Sora cómo se hace. Ella también te ayudará. Todo va a salir bien, te lo prometo. Por favor, ¿me acompañarías a la otra sala?

—No creo que pueda levantarme —dijo Danita.

—Entonces, nos levantaremos juntas.

Mari se incorporó y tiró de las manos de Danita para auparla. Luego, rodeó a la chica con fuerza, percatándose de lo delgada que parecía estar y de lo fría y húmeda que tenía la piel, y la ayudó a caminar lentamente hasta la cama.

Danita aulló de dolor cuando se sentó sobre el montón de mantas y pieles. Con mucho cuidado, Mari le levantó las piernas y colocó una pila de almohadas para que apoyara las rodillas.

Sora se abrió paso entre ambas con paso rápido y le tendió a Mari un puñado de aromáticas plantas de salvia. También transportaba un cubo destrozado, que vertía agua en el suelo a través de varios agujeros en el metal abollado.

—Esto es lo único que he encontrado para hervir agua. No hay ni teteras ni cazos por ningún sitio. Ah, y tampoco he visto señales de que haya nadie fuera, ni hombres ni mujeres.

—Se han ido. Se han ido todos —dijo Danita.

—¿Los hombres? —preguntó Mari.

—Eso… Eso espero —Danita tiró de las mantas para taparse hasta la barbilla, y volvió a tiritar—, pero la verdad es que no lo sé. Las que se han marchado han sido las mujeres. Todas.

—Espera, ¿cómo? —Sora se dio media vuelta para mirarla mientras colgaba el cubo sobre el fuego de la chimenea.

—Las mujeres del clan se han ido. Dijeron que Leda había muerto. Dijeron que tú también habías muerto, Sora.

—¿Yo? Es evidente que no estoy muerta.

—Algunas mujeres fueron a tu madriguera. Esperaban que pudieras invocar la luna para purificarlas, pero volvieron diciendo que estaba destruida.

—Sí, tenían razón. Lo hicieron los hombres, pero yo no estaba dentro cuando ocurrió. Estaba con Mari.

—También creen que Mari está muerta. Y Jenna.

—A Jenna la capturaron, pero no está muerta —respondió Mari—. Danita, ¿estás segura de que todas las mujeres se han marchado?

—Completamente. Lo único que les aguardaba si se quedaban aquí eran la tristeza y las Fiebres Nocturnas. Algunas mujeres se dirigieron al sur, al clan de los molineros. Otras fueron a la costa para unirse al clan de los pescadores. Y los hombres… Los hombres están completamente desquiciados.

Las lágrimas volvieron a derramarse por el rostro de Danita. Mari se sentó en la cama junto a ella y le apartó el pelo de la cara.

—¿Por qué no te marchaste con ellas? —preguntó Mari con delicadeza.

—¡Lo hice! —Danita hipó un leve sollozo—. Yo estaba en el grupo que se dirigía a la costa, pero entonces me acordé del bonito tapiz que había aquí. —Su mano temblorosa señaló la cortina hecha jirones—. Mi abuela lo tejió especialmente para la madriguera de los alumbramientos. La extraño mucho… A mi abuela.

—Claro que sí, es normal —dijo Sora mientras preparaba la bebida de Danita—. Era una excelente tejedora y una gran mujer del clan.

—¿Ves?, tú me entiendes. Cuando me di cuenta de que las mujeres habían olvidado recogerlo y llevarlo consigo, me ofrecí voluntaria para volver a por él. —Cerró la temblorosa mano sobre su corazón y apoyó la otra por encima, en un intento de calmar el latido acelerado que le galopaba en el pecho—. Llegaron cuando estaba descolgándolo. Me pidieron a gritos que invocara la luna, que los purificara. ¡Ni siquiera era de noche! —Los enormes y líquidos ojos de Danita oscilaban entre Mari y Sora—. Les dije que no podía. Ni aunque hubiera sido de noche. Y, entonces, ellos… me atacaron. —Sus hombros se sacudieron con la fuerza de unos sollozos desgarradores—. Me hicieron daño.

Sin decir nada, Mari estrechó a la chica entre sus brazos. Tal y como Leda había hecho tantas veces cuando ella estaba herida, o triste, o asustada, Mari le frotó la espalda a Danita y la sostuvo contra sí para que supiera que la entendía, que estaba a salvo, que no estaba sola.

—La infusión está lista —dijo Sora en voz baja.

—Danita, Sora te ha preparado una rica infusión. Ayudará a que te sientas mejor. ¿Quieres bebértela?

La muchacha hipó y asintió. Le temblaban muchísimo las manos, así que Mari sostuvo la taza contra sus labios y luego la ayudó a tumbarse de nuevo.

—¿Te importa si te limpio un poco? Sora ha calentado un poco de agua en el cubo.

—Duele —dijo Danita—. Sobre todo ahí. —Se señaló entre las piernas.

—Lo sé, cielo —dijo Mari—. Tendré cuidado.

Mari hizo un gesto con la cabeza y Sora empezó a humedecer varias tiras de venda en el agua caliente y a tendérselas a Mari, para luego colocarse a la cabecera de la cama de Danita y darle la mano a la joven. Mientas Mari la limpiaba y examinaba, Sora no dejó de parlotear sobre cualquier cosa, desde recetas para tortitas de pan hasta lo poco que había llovido, hasta que los párpados de la chica aletearon y, por fin, se cerraron.

Mari le hizo un gesto a Sora para que la acompañara hasta la otra punta de la sala y ambas inclinaron la cabeza y se acercaron la una a la otra.

—¿Cuán grave está? —preguntó Sora en voz muy baja.

—Bastante. Está desgarrada, pero la herida es de hace varios días, tiene demasiado tiempo como para poder coserla. La he limpiado y vendado con las hojas de salvia, pero han abusado muchísimo de ella. No sé si podrá tener hijos algún día.

—¿Qué más podemos hacer por ella?

—Necesita descansar y pomadas para combatir la infección.

Sora sacudió la cabeza.

—No puedo ni imaginarme el dolor que debe de sentir. Mari, no puede quedarse aquí. Tiene que volver a la madriguera con nosotras.

—Lo sé —respondió ella.

—No puede saber de la existencia de Nik. Si el clan se entera de que has salvado a un camarada, no sé lo que nos harán… a ninguna de las dos.

—Lo sé —repitió Mari.

—Entonces, ¿qué piensas hacer con él?

Mari dejó escapar un largo suspiro y tomó una decisión.

—Pienso mandarlo de vuelta a su tribu. Inmediatamente.

38

—Nik, despierta. ¡Tienes que despertarte! —Mari le zarandeó el hombro con fuerza suficiente como para avivar el dolor de la herida.

Nik arrugó el gesto y le apartó la mano de un empujón.

—No necesito más té. Ya tengo sueño.

—No puedes tener sueño. Nik, tienes que despertarte. Tienes que regresar con la tribu. Ahora.

Sus ojos se abrieron de par en par.

—¿Volver? ¿Ahora?

Mari asintió y le tendió la ropa de mayor tamaño que pudo encontrar en la madriguera.

—Sí. Ahora. Vístete, o no llegarás antes de que caiga la noche, y eso no te conviene en absoluto.

Nik se sentó muy despacio, con movimientos rígidos.

—Entonces, ¿por qué no puedo esperar aquí hasta que se haga de día? Así me aseguraré de poder llegar.

—Porque tienes que irte. Sora trae aquí a una chica. Está muy malherida y no tiene ningún otro lugar a donde ir.

—¿Y es una caminante terrena?

—Por supuesto que es una caminante terrena. Ya voy a tener que explicar bastantes cosas cuando vea a Rigel, así que no puedo arriesgarme a que te vea a ti también.

—¿Por qué no? Eres curandera. Entenderá que has estado curándome, igual que vas a curarla a ella.

—Nik, si descubren que te he salvado, los miembros del clan seguramente me condenen a muerte. A mí y a Sora.

—Ah, no había pensado en eso.

—Sé que aún estás débil, y que no deberías hacer este viaje hasta dentro de unos cuantos días, por lo menos, pero de verdad que no puedo hacer otra cosa —le decía Mari mientras le ayudaba a ponerse la túnica—. Te acompañaré hasta que lleguemos al arroyo de los cangrejos. Luego, tendrás que hacer el resto del camino solo.

—¿Cómo está el día hoy? ¿Nublado o soleado? —preguntó él.

—Soleado, y hace mucho calor —dijo Mari.

—Bien. Eso ayudará.

—¿Cómo?

Nik esbozó una sonrisa, y una de las comisuras de sus labios se curvó ligeramente más que la otra.

—Llévame fuera y te lo mostraré.

Mari obligó a Nik a despedirse de Rigel dentro de la madriguera.

—Sé que te resulta mucho más fácil rastrear a Rigel que a mí. Así que, ¿me das tu palabra de que no volverás para intentar encontrarlo? —le preguntó Mari cuando Nik se quejó de que Rigel tuviera que quedarse.

Nik dejó escapar un largo suspiro.

—Puede que haya cosas que no te he contado, pero todo lo que te he dicho es verdad, así que no puedo hacer esa promesa sin mentirte.

Mari sacudió la cabeza y le dedicó una mirada de reproche:

—¿Te salvo la vida y aun así sigues tras el rastro de mi Rigel?

—¡No! Jamás debe separarse a un can de su camarada. Mari, ¿no se te ha ocurrido pensar que sé que, si encuentro a Rigel, también te encontraré a ti? ¿Que es posible que quiera volver a encontrarte?

Mari arrugó la frente.

—Pues no, no se me había ocurrido.

—Pensaba que estábamos empezando a ser amigos. Y yo jamás pondría a un amigo en peligro, o al menos evitaría con todas mis fuerzas hacerlo. Jamás traería a la tribu a tu territorio para encontrarte.

Mari se revolvió, inquieta.

—Te creo, Nik. O supongo que lo que en realidad creo es que ahora mismo dices la verdad. Sin embargo, cuando regreses con tu propia gente, es muy fácil que esa verdad cambie.

—Te prometo que nunca haría nada que pudiera separaros a Rigel y a ti. Da igual quién sea o con quién esté, siempre mantendré esa promesa.

—¿Incluso cuando vuelvas y le muestres a todo el mundo que una escarbadora te ha curado de la roya?

—Se llaman caminantes terrenos, no escarbadores —dijo Nik, dedicándole una amplia sonrisa. Luego, su rostro adoptó de nuevo una actitud seria y dijo—: Mari, por favor, dame la receta de la pomada y la infusión que usaste para curarme. Salvaría muchas vidas, y cambiaría drásticamente a toda mi tribu.

—Por supuesto, pero solo cuando todos los caminantes terrenos que tenéis como esclavos sean liberados y tu tribu se comprometa a no volver a cazarnos nunca más.

—No puedo prometerte eso, porque no está en mi mano. Es algo que el Sacerdote Solar y los ancianos deben decidir.

—Entonces, me temo que guardaré la cura de la roya para mí. Cuando estés en posición de hacerme esa promesa, o mejor aún, cuando vea que las mujeres del clan que han sido capturadas regresan a sus madrigueras, me pensaré si compartirla contigo y con tu tribu —dijo Mari—. Así que más te vale despedirte de Rigel aquí dentro, porque no voy a permitir que nos siga.

Nik estaba sentado en la silla junto al escritorio.

—Rigel, ven aquí, hombrecito. —Rigel miró a Mari, que asintió, y luego trotó hasta Nik. El joven se inclinó para acariciarle y mirar al cachorro a los ojos—. Me alegro tanto de haberte encontrado sano y salvo… Nunca me olvidé de ti, y nunca te olvidaré. Cuida bien de tu chica, parece que lo va a necesitar mucho. Y la verdad es que estaría bien que mordieras a Sora, solo un poquito, de mi parte.

Nik abrazó a Rigel y le revolvió el espeso pelaje. Mari se dio cuenta de que un reguero de lágrimas discurría por las mejillas de Nik, así que apartó la vista mientras él se secaba los ojos y se recomponía.

—De acuerdo, estoy listo.

Se acercó a él y le ató la venda alrededor de la cabeza, cubriéndole los ojos por completo antes de sacarlo de la madriguera. Se alegró al ver que podía caminar solo, aunque tenía que apoyar la mayor parte del peso de su cuerpo en el cayado que llevaba consigo. Mari le advirtió que la siguiera de cerca y le recordó la presencia de las zarzas. Con una mano apoyada en su hombro, Nik cojeó lentamente tras ella.

Una vez fuera del laberinto de espinas, Mari le rodeó los hombros con un brazo para ayudarle a aliviar parte del peso que cargaba sobre la pierna herida. Avanzaban muy lentamente, y ambos sudaban y jadeaban con fuerza cuando por fin estuvieron lo suficientemente lejos de la madriguera. Mari hizo girar a Nik sobre sí mismo una, y otra, y otra vez, y después le quitó la venda de los ojos.

Nik se enjugó el sudor de la cara y parpadeó ante la luz:

—Bien, las copas de los árboles no son demasiado densas. Aquí será más fácil. —Nik miró al cielo y luego se giró para colocarse frente al sol—. Deberías hacer esto conmigo. Probablemente necesitarás las energías para curar a la chica enferma. Me imagino que últimamente no has dormido demasiado.

—¿Hacer el qué, contigo?

—Absorber el poder del sol, por supuesto —dijo Nik—. ¿No lo has hecho nunca?

Mari se encogió de hombros.

—No estoy segura.

—Pero le prendiste fuego al bosque usando la energía solar —replicó él.

—No fue mi intención —confesó Mari—. ¿Tú puedes prenderle fuego al bosque? —le preguntó, dudosa.

Nik rio, pero el dolor en su espalda transformó inmediatamente su expresión en una mueca.

—No, no puedo. No hay muchos en la tribu capaces de invocar el fuego. Mi padre puede hacerlo, y hay unos cuantos ancianos que también pueden, pero nada más. Si tuviéramos más tiempo podría ayudarte, podría enseñarte cómo lo hace mi padre.

—Ojalá fuera así, pero no tenemos más tiempo. En realidad, no tenemos nada de tiempo —dijo Mari—. Así que date prisa en hacer lo que tengas que hacer. Tus heridas aún están demasiado recientes como para que estés a salvo. Si la oscuridad te sorprende en el bosque, los insectos no tardarán en dar contigo y todas mis curas no habrán servido para nada.

—De acuerdo, lo entiendo. Solo tengo que hacer esto. —Nik echó la cabeza hacia atrás y extendió los brazos lo máximo que pudo—. Cólmame, sol bendito. Préstame tu fuerza para poder regresar a salvo con la tribu.

Mari observó, absorta, cómo los ojos de Nik empezaban a cambiar de color y pasaban del oscuro verde musgo a un brillante color ámbar que le recordó a los de Rigel. Entonces, comenzando por sus palmas, alzadas y abiertas para recibir la luz del sol, un entramado de delicados y familiares motivos empezó a aflorar sobre la superficie de la piel con un resplandor dorado.

Y, de repente, Nik dejó de parecer un extraño herido y demacrado. Ahora parecía alto, fuerte y sorprendentemente hermoso. Desconcertada por aquel repentino cambio en la percepción que tenía de él, Mari se obligó a apartar la mirada de Nik y a dirigirla a sus propios brazos desnudos, sobre los que empezaba a resplandecer la misma filigrana de nervios de hojas.

—¡Hazlo tú también, Mari! ¡Hazlo tú también!

Abrumada por una timidez desconocida, Mari se sentía incapaz de mirar a Nik a los ojos.

—No sé cómo.

—Es lo más sencillo del mundo. Solo tienes que abrir los brazos y aceptar el don que te pertenece por derecho de sangre.

Mari abrió los brazos, insegura. Brillaban débilmente, pero no sucedió nada más y, aparte del calor del sol, tampoco experimentaba ninguna otra sensación.

—Tus ojos no han cambiado de color. Colócate de cara al sol y levanta los brazos. Extiende las palmas, así. —Nik exageró el gesto para hacerle una demostración.

Mari le imitó.

—Vale, estoy haciendo lo mismo que tú, pero conmigo no tiene el mismo efecto. Tal vez yo no pueda hacerlo.

—¡Claro que puedes! Absorber el sol es mucho más fácil que invocar el fuego, pero primero tienes que aceptarlo, Mari. Y eso implica que también debes aceptar que una parte de tu ser pertenece a la Tribu de los Árboles.

Al escuchar aquello, Mari bajó los brazos.

—Me va a llevar tiempo hacer eso.

—En realidad, no tiene por qué si lo piensas de esta manera: si no tuvieras algo de camarada, Rigel no habría elegido buscarte para unirse a ti. Eso no te cuesta aceptarlo, ¿verdad?

—Verdad.

Mari inspiró hondo, abrió los brazos y los alzó de nuevo, abriendo las palmas y orientándolas en dirección al sol. Entonces, observó la resplandeciente bola de fuego en el cielo y pensó: *Acepto la parte de mí que me concedió a Rigel. Por derecho de sangre, cólmame.*

El calor y la energía penetraron vibrando en su cuerpo a través de las palmas abiertas, y Mari tuvo que contener un grito.

—¡Sí, justo así! ¡Bien hecho, Mari!

Mari miró sus brazos desnudos, fascinada por el detalle de las espirales y los motivos que empezaban a brillar por todo su cuerpo a medida que este absorbía los rayos del sol y transformaba el calor en energía.

—¡Es una sensación increíble! —dijo ella.

—Te brillan los ojos como si tuvieras pedazos de sol engarzados en ellos. Tienes un don. Solo he conocido a un par de personas capaces de absorber la luz del sol tan profundamente como tú lo haces. Mari, hay tantas cosas que podrías aprender de la tribu sobre tu naturaleza…

Mari dejó caer los brazos, reacia, y apartó el rostro de aquel sol arrebatador.

—No iré contigo —le dijo.

—De acuerdo, lo entiendo. Pero no te cierres a conocer un mundo del que podrías formar parte.

—Dices que solo me cuentas la verdad. Así que ahora dime sinceramente, Nik, ¿de verdad crees que la tribu me aceptaría tal y como soy?

Nik la observó durante un momento, y Mari vio que sus ojos se llenaban de emociones encontradas. Al fin, contestó con renuente honestidad:

—No lo sé. En la tribu nunca han tenido que aceptar a alguien como tú. No sé lo que harían.

—Gracias por decirme la verdad.

—Nunca te mentiré, Mari.

Sus miradas se cruzaron y Mari notó que algo le revoloteaba agitadamente en el estómago. Fue la primera en apartar la mirada.

—Vamos, te acompañaré hasta el arroyo. Tengo que volver a la madriguera. A estas alturas, Sora ya debe de haber traído a la chica y ella precisa de mis cuidados.

Nik le pasó un brazo alrededor de los hombros en un gesto que a Mari se le antojó extrañamente íntimo. Se reprimió con severidad por ello y se dijo que era una tontería. Había sido la curandera de aquel hombre. Había visto todo lo que tenía que ver de él, durante días y días. Y en ningún momento le había resultado incómodo. ¿Por qué había de resultárselo ahora?

Mari le rodeó la cintura con el brazo y siguieron caminando.

Tardaron menos de lo que Mari había calculado. Era evidente que a Nik le había fortalecido enormemente absorber la luz solar y, aunque caminaba lenta y fatigosamente, podía caminar. Mari lo guio hasta la zona más meridional del arroyo de los cangrejos, donde la orilla no era tan traicioneramente empinada. Ambos cruzaron con mucho cuidado y Mari dejó escapar un colosal suspiro de alivio cuando Nik al fin tuvo los pies firmemente apoyados en tierra seca.

—Desde aquí sabes cómo llegar a la tribu, ¿cierto?

—Cierto —asintió Nik.

—Bien, de acuerdo. Adiós, Nik.

Mari se dispuso a dar media vuelta y alejarse de él, pero Nik le tocó la mano para detenerla.

—Mari, ¿podré volver a verte?

—Nik, será mejor que no hagamos planes, ni promesas. Tú eres un camarada y yo una caminante terrena. No es natural que seamos amigos.

—Para tu madre y tu padre sí lo era.

—Eso es distinto. Galen amaba a mi madre. —Las palabras salieron volando de la boca de Mari antes de que pudiera detenerlas. Notó cómo se le encendían las mejillas con el rubor—. No quería decir ninguna tontería, que tú tengas que amarme ni nada por el estilo. Solo digo que Galen y mi madre eran distintos a nosotros, y eso es bueno, porque su relación les costó la vida a un camarada y su pastor.

—Pero tú no eres solo una caminante terrena —replicó Nik.

—¿«Solo» una caminante terrena? Ese es el problema, ¿no lo ves? Puede que hayas dejado de llamarnos escarbadores, pero sigues sin considerarnos tus iguales. ¿Cómo se supone que puedo mantener una amistad con alguien que considera que una mitad de mí es infrahumana?

—Yo no creo que los caminantes terrenos sean infrahumanos. Después de conoceros a Sora y a ti, ya no.

—Ah, ¿así que ahora Sora te cae bien? —Mari trató, sin éxito, de reprimir la sonrisa que había empezado a curvarle la comisura de los labios.

—¡Y una mierda de escarabajo! Sora no me cae bien, pero eso no quiere decir que la considere infrahumana, ni mucho menos. Creo que podría enfrentarse a muchos de los guerreros de mi tribu y lo más probable es que los derrotara a todos.

—La verdad es que no se le da demasiado bien pelear. No es demasiado amiga del esfuerzo físico.

—No tengo ninguna duda de que podría incordiarlos hasta la muerte —opinó Nik.

—En eso te doy la razón —se sonrieron, y Mari no pudo evitar añadir—: Nik, si alguna vez me necesitas, si me necesitas de verdad, Rigel me llevará hasta ti.

—Como ya hizo una vez —replicó Nik.

—Sí, exactamente. —Mari se dio cuenta de que no quería alejarse de Nik. Abrumada por la extrañeza que le provocaban sus propias emociones, se le escapó una pregunta que llevaba varios días rondándole por la cabeza—. Nik, ahora que sabes que Rigel ha elegido a su camarada, ¿no podrías unirte a otro pastor?

—Ojalá fuera tan fácil. Lo cierto es que Rigel no me impidió unirme a ningún otro pastor, ni tampoco a un terrier. Nadie sabe cómo eligen los canes a sus camaradas, lo único que sabemos es que la elección nunca cambia y que el vínculo es indisoluble. Llevo deseando convertirme en camarada desde que tengo uso de razón, pero parece que el destino tiene otros planes para mí.

—¿A qué te refieres? ¿Hay pocos cachorros en la tribu?

—No, para nada, pero los canes eligen a sus camaradas entre los miembros de la tribu que han conocido entre dieciséis y veintiún inviernos. Hay algunas excepciones, pero esas excepciones ocurren fundamentalmente porque algunos camaradas son elegidos después de que su primer can haya muerto.

—¿Muerto? —Mari se quedó pálida.

Nik le tocó el hombro con un tierno gesto de comprensión.

—Asegúrate de que Rigel y tú tomáis mucho el sol. No solo nos proporciona energía, a nosotros y a nuestros canes: también prolonga nuestras vidas. Tu Rigel puede llegar conocer treinta inviernos. Tal vez incluso más.

Mari se relajó levemente. ¡Treinta inviernos! Eso era mucho tiempo. Buscó los ojos de Nik con los suyos.

—Entonces, ¿dices que la excepción de que un can elija a su camarada después de cumplir veintiún inviernos solo se produce si ese camarada ya ha sido elegido previamente?

Nik asintió y apartó la vista.

—¿Cuántos años tienes?

—El pasado invierno fue mi vigésimo tercero. Ya ves, no parece muy probable que ningún can vaya a elegirme.

—No lo sabía. Yo lo… Lo siento, Nik. Lo siento mucho. ¿Eso te complica las cosas en tu tribu?

—Sí, no estar unido a un can me deja en un extraño estado de limbo.

—¿Qué quieres decir?

—Bueno, pues, por ejemplo, que soy el mejor arquero de la tribu, pero, como ningún pastor me ha elegido, no se me permite ser un líder, así que nunca me otorgarán el título de Primer Arco. Mari, no te he hablado de esto en ningún momento, pero a veces siento como si no supiera bien quién soy.

—¿Y no puedes ser simplemente tú mismo? —dijo Mari. Inmediatamente se dio cuenta de lo irónico que resultaba que fuera precisamente ella quien le diera a Nik aquel consejo, cuando lo cierto era que ella misma tampoco estaba del todo segura de quién era.

—Bueno, eso es lo que he estado intentando hacer, pero quien yo soy no encaja demasiado bien con lo que la tribu considera normal.

—Bueno, me temo que con eso no puedo ayudarte, porque yo nunca me he sentido normal.

—Supongo que por eso formamos tan buen equipo —le sonrió Nik.

Mari le devolvió la sonrisa. Se quedaron así, sonriéndose, hasta que la situación empezó a resultar incómoda. Entonces, Mari extendió la mano y, con su mejor imitación de la voz seca e indiferente de Leda, dijo:

—Te deseo salud y felicidad, Nik. Adiós.

Nik cogió la mano que Mari le ofrecía, pero, en lugar de estrechársela, la giró con delicadeza, la sostuvo entre las suyas y luego se inclinó y le besó la muñeca en el lugar donde confluía su pulso.

Cuando Nik alzó la vista, ambos cruzaron la mirada y se la sostuvieron.

—¿Por qué has hecho eso? —le preguntó Mari, sin aliento.

—No estoy seguro —respondió Nik.

Mari retiró la mano.

—Bueno, adiós.

Esta vez, cuando Mari dio media vuelta, Nik no se lo impidió.

Mari no tardó en alcanzar la otra orilla del arroyo. Se detuvo apenas un instante para volverse. Esperaba ver la espalda de Nik mientras se él alejaba cojeando, pero estaba exactamente en el mismo lugar donde lo había dejado, observándola. Levantó la mano para que él la viera y se despidió de él con un gesto.

En lugar de devolvérselo, Nik hizo bocina con las manos y gritó desde el otro lado del agua:

—Te dije que solo te diría la verdad, así que ahí van dos verdades: la primera es que daría mi vida por que un pastor como Rigel me eligiera; la segunda es que volveré a verte. ¡Lo prometo! —Acto seguido se dio media vuelta y se adentró cojeando en el expectante bosque.

Mari no se permitió quedarse a observar cómo se marchaba. No durante demasiado tiempo, al menos.

39

El resto del trayecto que Nik tuvo que recorrer para llegar a casa fue agotador, doloroso y transcurrió en el más absoluto silencio. Debería haberse sentido emocionado ante la perspectiva de regresar a la tribu, pero lo cierto era que, cuanto más se acercaba, más atribulada estaba su mente.

Había encontrado al cachorro, pero volvía sin el cachorro.

Había descubierto la cura para la roya, pero tampoco volvía con ella.

Y había encontrado a la chica que causó el fuego, pero tampoco la traía a ella.

—Sí, claro, podría anunciar la verdad a los cuatro vientos para que todo el mundo lo supiera. ¿Y qué pasaría después? —razonó Nik en voz alta—. Que la tribu entera me exigiría encontrar a Mari y llevarla a ella, al cachorro y a la cura ante ellos. —Negó con la cabeza—. Eso, si consigo encontrarla, claro, lo cual es un «si» enorme a no ser que Mari quiera ser encontrada. Ella nunca aceptaría venir a la tribu. —Nik frunció el ceño cuando pensó en cómo reaccionarían hombres como Thaddeus—. La traerían a rastras a la tribu, lo quisiera o no. Rigel la protegería. ¿Quién sabe cómo podría terminar eso? —Se estremeció al recordar demasiado nítidamente la terrorífica historia que su padre le había contado sobre Galen y su Orion. Ambos fueron asesinados: ambos. Y ambos eran miembros de pleno derecho de la tribu, camaradas respetados por todos—. ¿Qué serían capaces de hacerle a Mari?

No. Tenía que haber otro modo. Mari era inteligente y compasiva. Cuando consiguiera ganarse su confianza, cuando consiguiera hacerle entender que su padre y él lucharían para que las condiciones de los caminantes terrenos que mantenían prisioneros cambiaran, estaba convencido de que ella compartiría la cura para la roya con él.

—Necesito tiempo. Padre me ayudará. Los dos resolveremos esto juntos. —Eso implicaba que no podía contarle a nadie más que a Sun que Mari tenía la capacidad de curar la roya—. Entonces, ¿dónde diré que he estado? ¿Cómo podré explicar por qué no estoy muerto? —Nik avanzaba cojeando, cavilando, cavilando...

Halló la respuesta cuando llegó a lo alto de la colina sobre la que se extendía la ciudad de la Tribu de los Árboles. Allí de pie, mientras recuperaba el aliento y admiraba la majestuosidad de la tribu, Nik comprendió lo que debía hacer.

Nik debía contar la verdad. O, al menos, su versión debía ser lo más honesta posible sin poner todo el universo de Mari en peligro.

Llegó cojeando hasta el ascensor y tiró de la cadena. Desde lo alto, escuchó una voz que le gritaba:

—¿Quién va?

—¿Davis?

Se hizo un largo silencio.

—¿Nik?

—¡Sí! ¡Soy yo!

El elevador empezó a descender inmediatamente y, cuando Nik se montó en él y empezó a subir, escuchó los ladridos emocionados de Cammy. En cuanto la puerta de aquel ascensor enrejado se abrió, un rayo rubio se abalanzó sobre él y saltó y resopló a su alrededor cuando el pequeño terrier corrió a darle la bienvenida.

—Cammy, ¡cuánto me alegro de verte! —Nik se inclinó con gestos rígidos para acariciar al can.

Entonces, Davis lo cubrió completamente con un abrazo de oso, y Nik rio al tiempo que su rostro se contraía de dolor.

—¡Lo siento! Perdona. ¿Estás herido? Dijeron que te habían matado, así que debes de estarlo. ¡Lo siento, no quería estrujarte así de fuerte! —balbució Davis. Después, chocó su puño contra el de Nik en un saludo mucho menos doloroso.

—Estoy bien o, mejor dicho, ya estoy bien. Me alegro mucho de verte, Davis.

—Sun no se lo va a poder creer cuando te vea. ¡Venga! ¡Vamos a ver a tu padre!

—Espera, Davis. ¿Dónde está padre?

—Ay, mierda de escarabajo, claro, ¿qué demonios me pasa? Antes tendrás que ver a los curanderos. Estás de pie, pero da la sensación de que podrías caerte redondo al suelo en cualquier momento. ¿Y qué llevas puesto? ¿Puedes andar? ¿Cuán herido estás?

—De acuerdo, vamos de una en una. Puedo caminar, pero ya no mucho más. Aunque sí que creo poder llegar hasta el nido de mi padre. ¿Sabes dónde está? —repitió Nik.

—Creo que está en su plataforma, absorbiendo los últimos rayos del sol poniente.

—¿Podrías ir a buscarle de mi parte?

—¡Faltaría más, Nik!

—¿Y me prestarías tu capa?

—Claro. ¿Tienes frío? ¿Estás conmocionado? Tienes mal aspecto —dijo Davis, quitándose la capa y tendiéndosela a Nik.

—No, es solo que no quiero que nadie me vea antes que padre. —Nik se cubrió la cabeza con la capucha de la capa de Davis. Si mantenía la cabeza gacha, nadie debería reconocerlo, sobre todo teniendo en cuenta que todo el mundo le daba por muerto.

—Sí, claro, tiene lógica. Ha sido terrible, Nik. Las cosas no han ido nada bien desde que los supervivientes llegaron de la expedición de aprovisionamiento.

—¿A quiénes hemos perdido, además de a Crystal y Grace?

—Viper, el can de Monroe, murió hace dos días. Y ayer Monroe lo acompañó.

—¿Suicidio? —Nik empezó a sentir náuseas.

—No. Le clavaron una lanza en el costado. Eso acabó con él, pero tardó varios días en morir.

—¿Y qué hay de Sheena y Captain?

Davis sacudió la cabeza con gesto triste.

—Aguantan a duras penas.

—¡Consiguieron volver!

—Sí, Captain tiene rota una de las patas delanteras. Todavía es pronto para saber si se curará. Si muere, yo creo que Sheena le seguirá.

—¿La hirieron?

—Estuvo a punto de ahogarse, pero no está herida. Consiguió evitar que se la tragara un remolino. Captain y ella consiguieron aferrarse a un puente el tiempo suficiente como para que Wilkes volviera remando a rescatarlos. A Captain se le quedó atrapada la pata en una de las cerchas y acabó rompiéndosela. No sé cómo consiguió Sheena mantenerse sujeta al puente mientras lo sostenía a él, pero la cosa es que lo consiguió —Davis calló un momento y apoyó una mano sobre el hombro de Nik—. Lo que le pasó a Crystal fue horrible, ¿no?

Nik asintió con un movimiento de cabeza. No estaba muy seguro de que su voz fuera a permitirle responder.

—Sin embargo, hiciste lo correcto al matarla antes de que esos cabrones se la llevaran.

Nik asintió de nuevo, parpadeó con fuerza y apartó la vista. Se aclaró la garganta.

—¿El resto de la expedición ha vuelto a casa? ¿Qué me dices de Thaddeus? Vi cómo un robapieles lo sacaba de su kayak. Intenté detenerle, pero no fui capaz de acertar con el disparo.

—Sí, fue horrible. Los robapieles los capturaron a Odysseus y a él y empezaron a arrancarle tiras de carne al terrier.

—¡Mierda de escarabajo, qué horror! No me cae bien Thaddeus, pero no le desearía ese horror ni a él ni a Odysseus.

—Oye, tampoco te aflijas tanto. Thaddeus consiguió escapar con Odysseus, y ha vuelto más soberbio y estúpido que antes, incluso.

—¿Odysseus está vivo?

—¡Sí! Y se está curando de maravilla. Parece que los robapieles empezaron con él, y se distrajeron tanto con la forma en que el pequeño se resistía que, no sé cómo, Thaddeus consiguió liberarse, mató a unos cuantos, cogió a Odysseus y escapó por el río.

—Me alegro de oír eso. Fue horrible, horrible de verdad. Me alegro de que algunos consiguieran salir de allí, aunque todos estuvimos expuestos al mismo peligro.

—Por lo que dice Wilkes, la partida no habría corrido ningún peligro si te hubieran hecho caso.

—Bueno, ya es tarde para arrepentirse. Y Wilkes tenía buenas razones para tomar las decisiones que tomó. —Nik se pasó una mano temblorosa por el pelo.

—¡Mierda, es verdad! Yo aquí parloteando y tú a punto de caerte redondo al suelo. Ve al nido de tu padre. Iré a buscarle de tu parte.

—Gracias, Davis.

—Bienvenido a casa, Nik. Me alegro mucho, muchísimo, de verte con vida.

Laru irrumpió en el nido, y se abalanzó sobre Nik apenas unos segundos antes que Sun. Nik reía y gruñía, dolorido, pidiéndole a Laru que se le quitara de encima, cuando los brazos de su padre lo levantaron con muchísima delicadeza de la silla en la que se había sentado y lo envolvieron por completo.

—¡Padre, cuidado! ¡Tengo la espalda herida!

Sun redujo la fuerza del abrazo, pero no soltó a su hijo. Nik notó que su padre temblaba y se dio cuenta de que aquel hombretón estaba sollozando. Sobrecogido por un repentino arrebato infantil, Nik apoyó la cabeza sobre su hombro y le devolvió el abrazo con todas las fuerzas que fue capaz de reunir.

Al final, Sun se retiró y agarró a Nik por los hombros. Tenía el rostro bañado en lágrimas, pero su sonrisa refulgía de alegría.

—Me has dado un buen susto, hijo. Un susto de muerte.

—No era mi intención. Yo también me asusté —dijo Nik.

—Te quiero, hijo. Demasiado como para que vuelvas hacer algo así —dijo Sun.

—Intentaré no ponerme al borde de la muerte en un futuro cercano —replicó Nik—. Padre, si no me siento, me voy a caer.

—¡Por supuesto! ¡Por supuesto! Laru, apártate para que Nik pueda ponerse cómodo.

Agradecido, Nik volvió a desplomarse sobre la silla. Laru se sentó a su lado y se apoyó contra él mientras lloriqueaba muy bajito.

—Está bien, Laru. Está bien —Sun reprendió con ternura al enorme pastor. Luego, se acuclilló frente a su hijo y lo observó con detenimiento—. Estás bien, ¿verdad?

—Sí. Pero, si quieres que te cuente la verdad, tienes que saber que es una historia muy larga y completamente de locos.

—Te prepararé una buena infusión mientras me la cuentas —opinó Sun.

—Eso está hecho. ¿No tienes algo un poco más fuerte?

—Afortunadamente, sí.

Sun cogió dos tazas de madera y una jarra grande, llenó las tazas y le tendió una a Nik. Después, arrastró una silla desde la otra punta de la mesa para sentarse junto a su hijo.

—De acuerdo. Cuéntame.

Nik notó el tacto de los dedos de su padre mientras inspeccionaba la piel que rodeaba la herida de su espalda.

—Tienes razón. No hay el menor síntoma de roya. Es evidente que la herida fue grave, pero cuesta creer que te la hicieras hace apenas una semana. La cicatrización es asombrosa. Igual que la del corte en la pierna. —Sun retrocedió un paso y Nik se bajó la túnica—. Es increíble.

—Pero es verdad. La roya había proliferado tanto que la herida de la pierna había empezado a descomponerse y oler.

—Eso es una condena a muerte; y una muerte rápida, además —dijo Sun.

—No, ya no lo es.

—Pero esta muchacha, Mari, no te confió el remedio.

—Lo hará, padre. Sé que lo hará. Tan solo necesito tiempo para conseguir que confíe en mí.

—Te entiendo, hijo. Y aún te diré más: estoy de acuerdo contigo, todo lo de acuerdo que puedo estar sin conocer a esta joven. Lo que me has descrito es algo que la tribu probablemente podría llegar a aceptar, sobre todo si trae consigo al cachorro de Laru y la cura para la roya. El problema es el tiempo. Me temo que no tienes mucho —dijo Sun.

—Tendré todo el tiempo que haga falta si no le cuento a nadie que Mari sabe cómo curar la roya. Ahora solo contaremos una parte de la verdad: que una caminante terrena me encontró y me salvó la vida en un intento de demostrar su humanidad. Les contaremos el resto cuando me haya ganado su confianza y haya conseguido traerla aquí, a ella y a Rigel. No veo qué problema hay.

—Tu plan no tiene ningún problema, el único inconveniente es el tiempo. Nikolas, siento tener que decirte esto, pero O'Bryan se está muriendo.

—¿Qué? ¡Pero su herida no era tan grave! No era… —Nik se detuvo en seco cuando la revelación se abrió paso entre sus atropellados pensamientos—. O'Bryan tiene roya.

—Así es. Y avanza a pasos agigantados.

—¿Cuánto tiempo le queda?

—Días. Quiere terminar con esto cuanto antes, Nik. Les ha implorado a los curanderos que le den el licor de acónito.

—¡No! ¡Eso no pasará! No permitiré que suceda.

—¿Y qué pretendes hacer?

Nik se frotó el hombro y deseó tener a mano una taza de la hedionda infusión de Mari para aliviar sus dolores.

—Iré inmediatamente a buscar a Mari y la convenceré de que cure a O'Bryan.

—Podríamos acudir a los ancianos y solicitarles que permitan liberar a un grupo de escarbadoras. Tendremos que contarles que Mari es capaz de curar la roya, pero creo que eso bastará para que consientan. Sin embargo, no puedo prometer que sigan liberando escarbadoras una vez que tengamos la cura.

—Padre, tienes que dejar de llamarlas escarbadoras. Son caminantes terrenas. —En ese momento, Nik se enderezó—. Y no hace falta que acudamos a los ancianos, porque no necesito que liberen a un grupo de caminantes terrenas. Bastará con liberar a una. —Nik clavó los ojos en la mirada inquisitiva de su padre y esbozó una sonrisa de alivio—. ¡Jenna es amiga de Mari! Le ofreceré la libertad de Jenna a cambio de la vida de O'Bryan. Mari no tendrá que darme inmediatamente la receta del ungüento mientras cure a O'Bryan.

—No creo que tu primo esté en condiciones de viajar, Nik. Está en muy mal estado —le advirtió Sun.

—Entonces, necesitaré que me ayudes dos veces: para sacar a Jenna de la isla de la Granja y para hacer que Mari se infiltre en la tribu a escondidas y cure a mi primo.

—Hijo, te ayudaré una, dos o mil veces. Lo único que te pido es que no vuelvas a poner en riesgo tu vida.

—Trato hecho, padre.

—¿Cómo es, en realidad, esta hija de Galen? —quiso saber Sun.

—Es fuerte e inteligente. También es bondadosa, aunque no creo que se definiera a sí misma con ese adjetivo. Con lo dura que es, si alguien le dijera que es bondadosa probablemente se lo tomaría como un insulto. —Nik se dio cuenta de que sonreía al pensar en Mari—. Y es una artista increíblemente talentosa. Tiene un boceto de un dibujo de Galen, Orion y su madre.

—Me gustaría poder verlo algún día —dijo Sun.

—Espero que así sea, padre. —Nik le dio un sorbo a su cerveza, aún pensando en Mari—. Emanaba una suerte de tristeza… Cada vez que sonreía, daba la sensación de haber olvidado cómo hacerlo o de no estar del todo segura de querer recordarlo.

—Bueno, ha perdido a sus dos padres. A su madre, hace muy poco. Tú sabes lo que se siente en esa situación, hijo.

—Lo sé, pero hay algo más: reconozco en ella la tristeza de sentirse extraña en su propia piel —comentó Nik.

—Nunca antes me habías dicho que tú te sintieras así —dijo Sun.

—No es fácil hablar de ello, y no quiero decepcionarte más de lo que ya lo he hecho.

Sun se inclinó hacia delante y apoyó ambas manos sobre los hombros de su hijo.

—Nikolas, tú no me decepcionas. Es una sensación que te has creado tú en tu mente. Me daría igual que te eligiera una docena de los mejores pastores a la vez o que jamás lo hiciera ningún can: no podría quererte más de lo que lo hago. Y, desde luego, tampoco podría quererte menos.

Nik parpadeó para disimular las lágrimas y trató de sonreír.

—Padre, solo lo dices porque pensabas que estaba muerto, ¿verdad?

Sun no le restó ni un ápice de seriedad a su expresión y sostuvo la mirada de su hijo.

—Te lo digo porque es la verdad, hijo. Quiero que tomes tus propias decisiones y, si eso te lleva por un camino que yo jamás habría esperado de ti, entonces síguelo. Siempre contarás con mi amor y mi respeto.

—Gracias, padre. —Sun le abrazó y Nik se quedó allí un instante, sintiéndose a salvo entre los brazos de su padre.

Cuando se separaron el uno del otro, ambos tuvieron que secarse los ojos. Cuando sus miradas volvieron a encontrarse, los dos se echaron a reír.

—Me alegro tanto de haberte recuperado —dijo Sun—. Wilkes me hizo un informe completo de lo que sucedió allí. Me dejó muy claro que tu intuición era absolutamente correcta y que, si te hubieran hecho caso, el resultado habría sido completamente distinto.

—Tuve que matarla. No podía dejar que se la llevaran, pero fue lo más difícil que he tenido que hacer en mi vida, padre.

—Lo único que le hiciste a Crystal fue un enorme favor.

—Ojalá ese peso hubiera recaído sobre otra persona.

—Lo sé, hijo. A veces los actos más bondadosos son los más difíciles de sobrellevar.

—Quiero ver a O'Bryan.

—Hijo, espera. Quédate aquí esta noche. Has sufrido mucho. Necesitas dormir y reponerte. En cuanto amanezca, yo mismo te acompañaré a la enfermería.

—No puedo esperar. Si fuera yo quien estuviera en su lecho de muerte, O'Bryan tampoco esperaría.

—Tu lealtad es asombrosa, hijo. Es una de tus mejores cualidades. ¿Quieres que vaya contigo?

—No será necesario. Tranquilo, termínate la cerveza. Aunque sí que aceptaré tu invitación de pasar aquí la noche. No me apetece mucho estar solo.

—En realidad, que estés vivo me ha insuflado algo de vida a mí también, y yo también tengo algo que hacer. —Sun se incorporó y se secó las manos en los pantalones. A Nik le pareció distinguir sombras bajo los ojos de su padre y unas arrugas en su cara que eran más profundas que antes de que él se marchara. Sin embargo, Sun le sonreía y daba la sensación de sentirse revitalizado—. Puedo acompañarte un trecho hasta la enfermería.

—¿Podrías prestarme algo de ropa? Creo que habrá un montón de caras ceñudas y provocaré unas diez mil preguntas si me presento en la enfermería con los harapos de una escarbadora —dijo Nik.

—¡Faltaría más!

Sun subió de dos en dos los escalones que llevaban hasta su dormitorio y regresó en cuestión de segundos con unos pantalones y una túnica tejida lo suficientemente gruesa como para protegerle del frescor nocturno.

—¿A dónde vas, padre? ¿A ver a Maeve? —preguntó Nik mientras se cambiaba de ropa.

—No, sí, bueno… Supongo que ya estará allí.

—¿Allí?

—Hemos recibido la visita de un miembro de los mercenarios —dijo Sun.

Las cejas de Nik dieron un brinco.

—¿En serio? ¿Ha venido a visitarnos un hombre felino?

—En serio. Ha sido interesante, aunque tengo que reconocer que no he sido el mejor anfitrión. Estaba llorando la muerte de mi hijo.

—Bueno, ya no —le sonrió Nik.

—Y por eso voy a unirme a la recepción que le han preparado, y de la que me excusé de estar presente —dijo Sun.

—Bueno, pues dile que no permita que su lince marque el nido de los huéspedes. ¿Te acuerdas de la última vez que recibimos la visita de un mercenario y su gato marcó el nido?

Sun se estremeció.

—La peste era insoportable, sobre todo después de que nuestros canes sintieran la necesidad de dejar sus propias marcas para disimular las de los gatos. Repugnante, sencillamente repugnante. Pero no tendremos que preocuparnos de eso con el lince de Antreas: las hembras no marcan como los machos.

—¿Qué? ¿Me estás diciendo que un mercenario se ha unido a una hembra de lince?

—Eso es exactamente lo que estoy diciendo —observó Sun.

—Creía que eso no pasaba —comentó Nik—. Los linces macho solo eligen a varones humanos a los que unirse, y las hembras eligen mujeres. ¿O es que las historias sobre la gente felina que escuché de niño me tienen completamente engañado?

—No te sientas engañado. Este tipo de vínculo no es muy frecuente. Es el primero del que yo tengo constancia, de hecho. Aunque creo que no es un tema de conversación particularmente cortés para tratar con un mercenario.

—Sin duda —sonrió Nik—. ¿Qué está haciendo aquí el hombre felino?

—Buscando una compañera.

A Nik se le escapó una carcajada.

—¿De la tribu? No creo que muchas de nuestras jóvenes quieran dejar de vivir en el cielo, rodeadas de canes y cosas hermosas, para hacerlo en un cubil lleno de gatos.

—Sabes que eso de que está rodeado de gatos es una exageración. Con lo solitarios que son, es bastante probable que los únicos gatos que los rodeen sean las crías que la hembra dé a luz, y solo hasta el momento en que hayan elegido un humano con el que unirse.

Nik sacudió la cabeza.

—Son gente extraña, ¿verdad?

—En ellos se refleja el comportamiento de su animal camarada, igual que ocurre con nosotros. Los linces son distintos a los canes, y lo mismo sucede con su gente. Independientemente de lo extraños que puedan resultarnos a nosotros, son excelentes guías y guerreros.

—Querrás decir excelentes guías y asesinos —dijo Nik.

—Creo que llamarlos asesinos es tan poco educado como interrogarles sobre el género de sus gatos —dijo Sun, sonriendo a su hijo—. Pero de lo que no queda duda es de que tienen cierta habilidad con las espadas.

—Ni de que esas habilidades están en venta. Eso es algo que nunca he conseguido comprender, padre. ¿Dónde queda su lealtad?

—Creo que la guardan para sus linces y para consigo mismos —opinó Sun—. Pero ellos son los únicos que conocen los senderos que atraviesan los puertos de montaña. Por eso me alegro de que pongan a la venta sus habilidades.

—Padre, no te imagino queriendo dar un paseíto por las montañas —rio Nik.

—Bueno, a mí no; a mí ya se me ha pasado la sed de aventuras. Sin embargo, hay todo un mundo nuevo al otro lado de las montañas. He oído que los pastos se extienden hasta el infinito, y que son un paisaje de gran belleza —dijo Sun.

—¡Y no te olvides de los Jinetes del Viento!

Sun rio de buena gana.

—¿Cómo iba a olvidarlos? Cuando eras pequeño nunca te cansabas de las historias sobre los mágicos jinetes de las praderas. ¿Sabes que una vez, cuando tenías unos seis inviernos, te vi cabalgando sobre un palo mientras imaginabas que era un caballo?

Nik notó que se le ruborizaban las mejillas.

—¿Podemos cambiar ya de tema?

Su padre le sonrió.

—Creo que bautizaste al palo como Rayo, si no recuerdo mal.

—Anciano, estás perdiendo la memoria por momentos —bromeó Nik—. Vámonos de aquí antes de que te vuelvas completamente senil.

Sun rio de nuevo y agarró a su hijo por el hombro.

—De acuerdo, de acuerdo. ¿Estás listo?

—Todo lo listo que puedo estar —respondió Nik.

Justo antes de abandonar la intimidad del nido, Sun se volvió hacia Nik.

—Hijo, aplaudo tu decisión de revelar lo máximo que puedas sobre lo que te ha pasado. Pero quiero que estés preparado. Si todo sale como nosotros esperamos, la tribu descubrirá, en algún momento, la verdad sobre los orígenes de Mari. No soy capaz de predecir cómo reaccionará nuestra gente. Están convencidos de que los escarbadores son poco más que niños subdesarrollados con una extraña habilidad mágica para cosechar cosas, y que es necesario cuidar de ellos como se cuida de los rebaños. Cambiar esa concepción transformará nuestro universo, y ahora mismo no sé cómo la tribu encajará un cambio así —Sun hizo una pausa y luego añadió—: No obstante, si quieren que dejemos de morir de roya, me temo que no tienen demasiadas opciones.

—Padre, eso es exactamente con lo que cuento.

40

Nik experimentó un alivio inmenso cuando vio que la recepción que habían organizado para el mercenario era un acto pequeño y estaba compuesto, en su mayoría, por los ancianos del Consejo y por un grupo de mujeres solteras, lo suficientemente jóvenes todavía como para poder emparejarse pero lo suficientemente mayores como para que las posibilidades de que un can las eligiera fueran demasiado escasas. *Lo que significa*, pensó Nik, reprendiéndose a sí mismo mientras su padre y él se aproximaban al grupo, *que la mayoría tiene mi edad.*

—¡Nik! ¡Ay, Nik! ¡Has vuelto! ¡Estás vivo! —Maeve se levantó de un salto del asiento que ocupaba junto a Cyril y se lanzó a sus brazos mientras reía entre lágrimas de felicidad.

—Hola, Maeve. Y hola, Fortina. A ti también me alegro de verte.

Nik se liberó de los brazos de Maeve y se agachó para acariciar entre las orejas a la cachorra, cada vez más grande, mientras pensaba en lo mucho que se parecía a Rigel. Sintió una punzada de dolor. Lo que sentía no era la misma envidia que hubiera experimentado antes de encontrar al cachorro, sino nostalgia. Echaba de menos a Rigel. Y también extrañaba a Mari. Darse cuenta de aquella sensación de pérdida hizo que permaneciera acuclillado contemplando a Fortina, mientras su mente se sumía en una marea de tribulaciones.

—Nik, ¿te pasa algo? ¿Te encuentras bien? Sun, ¿estás seguro de que está recuperado? —preguntó Maeve.

Nik se recompuso y acarició a Fortina una vez más. Después, se levantó con una sonrisa en los labios dirigida a la amante de su padre:

—Lo siento, Maeve. Sí, estoy bien. Perfectamente.

—¡Nikolas! Me faltan palabras para expresar cuánto me alegro de que hayas regresado con nosotros. —Cyril cogió la mano de Nik y se la estrechó con calidez.

—Gracias, Cyril. Estuve cerca de no hacerlo.

—¿Cómo has logrado volver? Sheena dijo que estabas herido de muerte cuando el remolino te succionó —dijo Cyril.

—Es una historia complicada, amigo mío —empezó a decir Sun—. Nik puede contártela después de...

—Padre, no me importa contárselo a Cyril. —Nik se obligó a sonreír, como si no tuviera absolutamente nada que ocultar—. Cuanto antes sepa la tribu lo que me ha sucedido, más sencillo será contarlo.

—Adelante entonces, hijo —dijo Sun.

Nik inspiró hondo y decidió ir directamente al grano.

—Sheena no mentía: estaba herido de muerte.

Nik se giró hasta quedar de espaldas a Cyril y Maeve. Acto seguido, Sun le ayudó a levantarse la túnica para que la herida, perfectamente vendada, quedara a la vista de todos.

—¿Ya has pasado por la enfermería?

Cyril y todos aquellos que se habían apartado del mercenario para escucharle intercambiaron miradas de desconcierto que Nik entendió a la perfección. Los rumores se propagaban por la tribu con mayor rapidez que un incendio en verano. Si hubiera pasado por la enfermería, la tribu al completo ya estaría al tanto de que había regresado.

—Ahí es adonde me dirigía ahora mismo —explicó Nik, bajándose la túnica—. Esta herida me la vendaron las curanderas de los caminantes terrenos.

—¿Curanderas de los caminantes terrenos? —preguntó Maeve, con incredulidad, mientras su mirada viajaba de Nik a Sun en busca de una explicación.

—Se refiere a los escarbadores —La voz de Thaddeus, impregnada de sarcasmo, llegó desde el fondo del grupo que los rodeaba.

Se produjo un silencio absoluto y repentino. Nik asintió y sonrió a Thaddeus como si el hombre acabara de ayudarle.

—Me alegro de verte sano y salvo, Thaddeus. Y lo que has dicho es correcto: caminantes terrenos es como se llaman a sí mismos. El apelativo de escarbadores es un insulto.

La carcajada de Thaddeus sonó como un ladrido.

—Muy propio de Nik, eso de preocuparse por insultar a un escarbador.

La sonrisa de Nik se desvaneció y fulminó a Thaddeus con una penetrante y franca mirada.

—Los caminantes terrenos me salvaron la vida. No creo que pagarles el favor con un insulto sea lo más adecuado.

—Pero ¿por qué te salvaron? —se apresuró a preguntar Cyril antes de que Thaddeus pudiera monopolizar la conversación.

—Esa fue una de las primeras preguntas que les hice a las dos mujeres —dijo Nik—. Lo cierto es que una de ellas quería cortarme el cuello y dejarme flotando en el río, flotando sobre el mismo montón de escombros sobre el que me encontraron.

—Y, si todo es tal como cuentas, ¿por qué no lo hicieron? —quiso saber Rebecca, otra de las ancianas, mientras observaba detenidamente a Nik.

—La otra curandera, cuyo nombre es Mari, no se lo permitió. Afortunadamente para mí, Mari era la que mandaba. Dijo que matarme las convertiría en seres tan inhumanos como los que poblaban la Tribu de los Árboles.

El revuelo que siguió a las palabras de Nik fue tal que muchos otros miembros de la tribu empezaron a asomar la cabeza por las puertas y las ventanas de los nidos cercanos.

Sun alzó las manos, haciendo un gesto para pedir silencio.

—Lo único que está haciendo Nikolas es repetir las palabras que le dijeron a él. Los gritos no cambiarán los acontecimientos que vivió. Yo digo que le escuchemos y aprendamos de lo que le ha pasado.

—¿Así que donde has estado durante toda la semana ha sido en la madriguera de unas escarbadoras? —preguntó Rebecca.

—En la madriguera de unas caminantes terrenas. Y, sí, ahí es donde he estado.

—¿Y cómo era? —preguntó una de las jóvenes que había al fondo del corrillo.

—¿Estás diciendo que en realidad sí son capaces de ocuparse de sí mismos? —preguntó otra voz de entre los presentes.

Nik buscó entre la creciente multitud hasta que localizó a quien había formulado la primera pregunta y se dirigió directamente a ella para contestar:

—La madriguera era cómoda y limpia, Evelyn, y también era hermosa de una manera muy particular. Y, en cuanto a la segunda pregunta, sí, definitivamente sabían cuidar de sí mismas, y también supieron cuidar de mí.

—Sí, y esas respuestas demuestran lo mucho que has debido de delirar —bromeó Thaddeus—. Bueno, al menos Nik sabe dónde está la madriguera. Un par de curanderas no nos vendrían mal en la Granja. Quizá puedan evitar que el resto de las escarbadoras caigan muertas tan a menudo.

—No sé dónde se encuentra su madriguera. Estas mujeres me vendaron los ojos. Pero, aunque lo supiera, no te llevaría hasta ellas —respondió Nik.

—¿Es que acaso ya no eres miembro de la Tribu de los Árboles? ¿Acaso ahora eres un caminante terreno?

Thaddeus formuló aquella pregunta como si de verdad estuviera interesado en la respuesta de Nik, pero sus ojos brillaban con un deje de victoria superficial y maligno y sus palabras rezumaban furia.

Nik ignoró a Thaddeus y, en su lugar, se dirigió a Cyril para responder:

—Esas dos mujeres me salvaron la vida, y lo único que las caminantes terrenas pidieron a cambio fue que compartiera mi historia con la tribu. Así que esto es lo que quiero que todo el mundo sepa: los caminantes terrenos que mantenemos aquí prisioneros, y que parecen incapaces de ocuparse de sí mismos, en realidad están invadidos por la melancolía y mueren pronto porque la cautividad es mortífera para ellos. Ahí fuera, en libertad, son muy distintos. No sufren de una depresión enfermiza. Tienen familias a las que quieren. Valoran la lealtad y valoran a sus curanderas. Poseen un conocimiento asombroso sobre las hierbas y sus propiedades curativas. Saben apreciar el arte. Son seres inteligentes e interesantes. Son tan humanos como nosotros.

»Esta es la historia que querían que compartiera con la tribu. Ahora, os ruego que me disculpéis. Debo visitar a mi primo en la enfermería.

Nik abrazó a su padre y se abrió camino a empujones por entre la nutrida multitud, poniendo buen cuidado de golpear a Thaddeus con el hombro. Tuvo que contener una dolorosa bocanada de aire, porque la sensación que experimentó al chocar contra él fue la misma que si lo hubiera hecho contra un muro de piedra.

—Ten cuidado —dijo Thaddeus en voz baja y maliciosa—. Algunos somos mucho más de lo que aparentamos.

—Eso está claro. Por eso, de alguna manera, tú conseguiste escapar de una horda de robapieles y el único que resultó herido fue tu can —dijo Nik, en voz igual de baja.

Luego, le dio la espalda a Thaddeus y se alejó.

Cuando pasó junto al asiento de madera tallada que ocupaba el mercenario, Nik le saludó con un gesto de la cabeza. El mercenario le devolvió el saludo con un sutil asentimiento y un rostro tan inescrutable como el del lince de ojos amarillos que estaba sentado, inmóvil, a su lado.

Tras él, las voces de la tribu, alzadas en una vehemente discusión con su padre, empezaron poco a poco a desvanecerse y, finalmente, diluirse hasta que fue imposible distinguirlas de los susurros del viento nocturno que soplaba entre los robustos pinos.

—Bueno —se dijo Nik—. Ya no hay vuelta atrás.

Y, aunque se dirigía a ver a su mejor amigo moribundo, Nik sintió como si su vida acabara de librarse de una enorme y pesada carga.

La enfermería estaba formada por una sucesión de nidos sencillos dispuestos en forma circular y conectados por un sistema de pasarelas lo suficientemente anchas y resistentes como para poder transportar o sacar a los enfermos, aunque para ello hubiera que usar una camilla. En la enfermería se atendía tanto a canes como a humanos sin hacer distinción entre ellos, ya que se consideraba que ambas especies gozaban de la misma importancia. Ese fue el motivo por el que Nik vio a Sheena antes de encontrar a O'Bryan. Entró en el primer nido con la intención de preguntarle a la curandera de guardia dónde podía encontrar a su primo, pero el lugar estaba vacío salvo por Sheena y Captain.

Sheena tarareaba una melodía en la que Nik reconoció una antigua nana mientras cepillaba delicadamente el pelaje de su gran pastor, que estaba tumbado de lado y tenía una de las patas delanteras inmovilizada por un enorme cabestrillo y una venda. Sheena alzó la vista cuando lo vio entrar en el nido, y su cuerpo se quedó completamente inmóvil mientras el color abandonaba su rostro al instante.

Nik intentó sonreír, pero de pronto se sintió sobrecogido por el recuerdo de Crystal, de lo emocionada que estaba con la partida de aprovisionamiento, de su bondad, de su humor, del amor que le profesaba a Sheena y, por último, por la espantosa forma en la que se había aferrado al cadáver de Grace y le había implorado que le pusiera fin a su vida.

—¿Nik? ¿Eres tú de verdad, o es que Captain y yo por fin hemos muerto?

—Soy yo. Y nadie más va a morir. —Nik se acercó a ella y se arrodilló, con las pupilas clavadas en las suyas—. ¿Podrás perdonarme?

A Sheena se le llenaron los ojos de lágrimas, pero no apartó la mirada.

—No necesitas mi perdón. Hiciste lo correcto. Si te hubiéramos escuchado, mi Crystal estaría aquí y ahora nos prepararíamos para dar la bienvenida a una nueva camada de cachorros. —Las lágrimas se desbordaron de los ojos de Sheena y se derramaron por sus demacradas mejillas.

Captain se revolvió, inquieto. Automáticamente, su camarada lo acarició y le murmuró palabras tranquilizadoras. Cuando se hubo tranquilizado, Sheena le hizo un gesto a Nik para que la acompañara a la otra punta del nido.

—Captain no podía dormir, así que lo han medicado —Sheena habló en voz muy baja, intentando no despertar a su can—. A mí también me han medicado, pero no surte el mismo efecto. Cada vez que cierro los ojos la veo desenvainando el cuchillo del cinturón y saltando a esa cloaca detrás de Grace. —Una sacudida le hizo estremecer todo el cuerpo—. No dejo de verlo, y no soy capaz de dormir.

—Me sonrió justo antes de que la disparara. —La voz de Nik vaciló y él tuvo que obligarse a sostener la torturada mirada de Sheena—. Tenía a Grace en brazos. Me miró, sonrió, asintió y, cuando todo hubo terminado, Grace y ella desaparecieron juntas bajo el agua.

Sheena estiró la mano y agarró la de Nik.

—Gracias por contármelo. Se me hace un poco más fácil asimilarlo si sé que Grace y ella estaban juntas.

—Ninguna de las dos sufrió, eso te lo garantizo —dijo Nik.

—Entonces no lo hagas tú tampoco, Nik. Crystal no querría eso. Ella sí que habría sufrido, habría sufrido enormemente, si no le hubieras lanzado esa flecha antes de que esos monstruos se la llevaran con ellos.

Nik asintió, le dio un leve apretón en la mano y luego se la soltó.

—¿Cómo está Captain? Me han dicho que la fractura es bastante grave.

—Todavía no lo sé. No está infectada, pero aún no nos han dado ninguna seguridad de que puedan salvarle la pata. —Sheena sacudió la cabeza, sin apartar los ojos del can dormido—. No lleva muy bien la pérdida de Crystal y Grace, y yo tampoco.

Nik se ahorró las condolencias que tantas veces tuvo que escuchar tras la muerte de su madre: «Con el tiempo, te será más fácil», «Ella habría querido que siguieras con tu vida y fueras feliz», «Ahora está en un lugar mejor». Ninguna de esas palabras le ayudó nunca. De hecho, solo empeoraban las cosas: era como si solo pretendieran restarle importancia a su pérdida. Así que Nik le dijo a Sheena lo que le habría gustado que alguien le hubiera dicho a él.

—Captain y tú disfrutasteis de la compañía de Grace y Sheena durante muchos años. Vuestro amor era fuerte y sincero. Os costará mucho vivir sin ellos. Cuando la sensación se haga insoportable, intenta recordar que tuvisteis algo que algunas personas pasan toda la vida esperando sin llegar a experimentar jamás. No sé si te servirá de consuelo, pero al menos hará que el dolor sea asumible.

Sheena se enjugó las lágrimas del rostro.

—Lo recordaré. Es solo que no sé bien qué hacer sin ella.

—Tienes que seguir adelante. La vida se encargará de ir acomodando el resto. —Nik le dedicó una mirada al pastor dormido—. Y Captain también. Os tenéis el uno al otro, y eso es lo que hará que la vida valga la pena.

Sheena volvió a sollozar un poco y, de repente, Nik vio cómo cuadraba los hombros y se secaba las lágrimas de la cara. Era como si lo viera por primera vez.

—Oye, ¿cómo es que estás vivo?

Nik sonrió.

—Creo que soy demasiado testarudo para morirme.

—No, en serio. ¿Qué ha pasado?

—Unas curanderas de los caminantes terrenos me encontraron y me sanaron. De no ser por ellas, estaría muerto —calló un momento y luego añadió—: Los caminantes terrenos son los escarbadores.

—Lo sé, se me da bien la agricultura. Antes de que Crystal y yo empezáramos a hacer incursiones de reconocimiento, solía pasar bastante tiempo en la isla de la Granja. Las mujeres se referían a sí mismas como caminantes terrenas. —Sheena se apoyó contra la pared del nido y cruzó los brazos, envolviéndose el cuerpo mientras observaba cómo dormía su pastor—. ¿De verdad estuviste en casa de una caminante terrena?

—Sí. Bueno, de dos, en realidad. Son curanderas. Por eso estoy vivo. Me sacaron la punta de la lanza y me cosieron las heridas.

—¿Y no hay síntomas de roya?

—Ninguno —respondió Nik.

—¿Qué opinión tienes de los caminantes terrenos?

—Me sorprendieron. Una de las dos me caía bien. La otra quería matarme, así que costó un poco más que me resultara simpática.

—Siempre me he preguntado cómo serían en libertad. En la isla están siempre tan tristes… Sin embargo, a veces, no muy a menudo pero sí algunas veces, se advertía en ellas un destello de algo distinto. Justo después de ser capturadas, al principio, tejen esteras, cestas y cosas así, ya sabes, cosas para que esas jaulas flotantes en las que viven por la noche resulten más hogareñas que una celda. Pero eso no dura mucho tiempo. Enseguida se dejan vencer por la melancolía y dejan de hacer cualquier cosa que no sea cuidar de las cosechas durante el día y llorar desconsoladamente por la noche.

Nik estudió a Sheena y aprovechó la oportunidad:

—¿Y si te dijera que en libertad son completamente distintas? El cautiverio es lo que las vuelve melancólicas y las mata.

Sheena lo miró y, durante un segundo, Nik percibió un destello de interés en aquellos desesperados ojos:

—Te respondería que no me sorprende. No todos los miembros de la tribu pensamos que son idiotas sin remedio, sobre todo los que hemos pasado algo de tiempo en la isla de la Granja. —Se encogió de hombros y la chispa de interés desapareció de sus ojos—. Pero ¿qué podemos hacer para remediarlo? La roya hace que trabajar en el campo sea una condena a muerte.

—Los cambios no son fáciles —dijo Nik mientras en su mente se agitaba un torbellino de posibilidades.

Sheena se lo quedó mirando.

—Tú mismo has cambiado.

Nik asintió.

—¿Y piensas que eso va a ser bueno o malo?

Lo dijo como si estuviera pensando en voz alta en lugar de haciendo una pregunta, pero Nik contestó de todas maneras.

—Todavía no lo sé. Te lo diré cuando lo averigüe.

—Trato hecho. Oye, creo que deberías saber que Thaddeus también ha vuelto cambiado. No obstante, estoy bastante segura de que el cambio, en su caso, es para mal en lugar de para bien.

—¿A qué te refieres?

—Bueno, nunca ha sido demasiado simpático, pero desde que Odysseus y él volvieron de la emboscada con vida, su actitud es aún peor de lo habitual. Sea lo que sea lo que vio, lo que le pasó, le ha arrancado la poca bondad que pudiera quedarle. Es cruel y está siempre furioso. Constantemente. Y te odia, Nik. Ten cuidado con él.

—Lo haré. Gracias por la advertencia.

—Si alguna vez necesitas ayuda, Nik, pídemela. Estoy en deuda contigo.

—¡No, no lo estás!

Sheena le apoyó la mano en el brazo.

—Sí, tanto Crystal como yo lo estamos. Tu primo está en el nido tres. Sabes que está muy mal, ¿verdad?

—Lo sé.

—Lo siento —dijo Sheena. Luego, las comisuras de sus labios se curvaron levemente hacia arriba—. Los cambios son difíciles.

—Lo son —sonrió Nik con tristeza—. Sheena, intenta quitarte esa imagen de Crystal de la cabeza y duerme un poco. Captain necesita que seas fuerte.

Sheena asintió.

—Lo intentaré —dijo mientras regresaba, casi arrastrándose, junto al lecho de Captain. Justo antes de que Nik saliera del nido, añadió—: Me alegro de que hayas regresado.

—Y yo me alegro de que tú también lo consiguieras.

El nido tres estaba justo al otro lado de la plataforma, así que Nik llegó allí en cuestión de segundos. Permaneció un momento en el vano de la puerta, inspirando profundamente el aire nocturno y recordándose que, fuera lo que fuera lo que hubiera ahí dentro, independientemente de lo grave que estuviera O'Bryan, Mari podía curarlo. Mari le curaría.

Entró en el nido. El fétido olor de la roya en su estado más avanzado era tan denso que casi podía paladearse. Aquel olor le trajo a la memoria el recuerdo de lo dolorosos que habían sido los últimos días de su madre. Le hizo falta serenarse para no salir corriendo del nido y poder evitar las arcadas. Tuvo la sensación de que pasaba mucho tiempo, pero seguramente la curandera no tardó más de unos cuantos segundos en acercarse a él.

—¿En qué puedo ayudar…? —Sus ojos se abrieron de par en par cuando reconoció a Nik—. ¡Nikolas, has regresado! ¿Estás herido? ¿Necesitas cuidados?

Nik tomó la mano que le ofrecía y sonrió con sincera amabilidad. Kathleen era una de las curanderas de más edad y, en opinión de Nik, también la más amable. Fue ella quien había estado presente junto al lecho de su madre cuando murió, y le estaría eternamente agradecido por los atentos cuidados que le había proporcionado.

—Kathleen, yo estoy bien. He venido a ver a O'Bryan.

La anciana curandera frunció el ceño, y el canoso terrier, que nunca se apartaba de su lado, imitó la expresión con tanto acierto que Nik estuvo a punto de echarse a reír.

—¿Bien? ¿Y cómo es posible? Sheena nos ha contado que te clavaron una lanza y quedaste atrapado en un remolino.

—Es cierto, pero también recibí la atención de una excelente curandera, así que estoy bien.

—¿Una curandera? ¿De qué tribu? ¿Cómo?

—No, de una tribu, no. Del clan. Los caminantes terrenos cuidaron de mí —dijo Nik, y luego aguardó la reacción de la anciana.

—¿Escarbadores? —parecía absolutamente perpleja.

—Caminantes terrenos —la corrigió Nik.

—¿Nik?

Al escuchar su nombre, Nik miró por detrás de Kathleen y vio que O'Bryan intentaba incorporarse con gran esfuerzo. Nik corrió a su encuentro.

—Primo, ¿cómo estás?

—¡Nik! Eres tú. Pensaba que eras parte de mi sueño.

Kathleen arrastró una silla junto al lecho de O'Bryan y le hizo un gesto a Nik para que se sentara antes de susurrar:

—Que la visita no sea muy larga. No tiene demasiadas fuerzas.

Nik asintió con gesto ausente, tomó asiento y se inclinó hacia delante para poder abrazar a su primo.

A Nik le sorprendió notar el tacto de los huesos de O'Bryan a través de la túnica. Cuando su primo se recostó en el camastro, vio que su rostro se había teñido del exangüe tono azulado que indicaba que su muerte estaba aterradoramente próxima.

—Espero que fuera un buen sueño.

O'Bryan le sonrió.

—Ahora sí que es bueno. —Agarró la mano de su primo—. No me puedo creer que estés aquí. Nos dijeron que habías muerto.

—Estuve a punto. —Aunque Kathleen estaba en la otra punta del nido, atendiendo a los pacientes que había allí, Nik se inclinó y bajó la voz—: Escúchame, porque voy a tener que contarte esto muy rápido. Fue ella quien me encontró: la chica en llamas.

—¿Qué?

—*¡Ssshhh!* —siseó Nik—. Se llama Mari. El cachorro estaba con ella, tal como sospechábamos. La ha elegido.

—¿Como si fuera una camarada? —A O'Bryan le resplandecían los ojos a causa de la fiebre, pero su mente aún estaba lúcida.

—Es medio camarada. Su padre era uno de los nuestros. —Nik hizo un brusco gesto para frenar las preguntas que O'Bryan quería hacerle—. Te lo explicaré todo después. Ahora lo único que importa es que te pongas bien.

—Primo, me estoy muriendo. Es un secreto a voces. No se puede hacer nada. Aunque me alegro muchísimo de que estés aquí. ¿Estarás conmigo cuando me beba el acónito?

—No te vas a beber el maldito acónito. Vas a curarte y a volver a estar de una pieza. —Nik se acercó para que O'Bryan no se perdiera una sola palabra de lo que tenía que decirle—: Tenía una punta de lanza clavada en la espalda y la pierna abierta por un corte muy profundo. Ayer empezó a haber síntomas de roya. —Moviéndose con cuidado, Nik se levantó la pernera del pantalón y se apartó la venda para que O'Bryan pudiera ver la piel rosácea de la cicatriz.

Su primo frunció el ceño.

—Pero no tiene aspecto de tener roya.

—Exacto. Y, ayer, la herida estaba llena de úlceras putrefactas.

—Entonces, es imposible que fuera la roya —opinó O'Bryan.

—Oh, claro que lo era, no me queda ninguna duda. O'Bryan, Mari me la curó. Y también te la va a curar a ti.

O'Bryan se lo quedó mirando, incrédulo.

—Ahora sí que estoy seguro de que esto es un sueño.

Nik sonrió.

—Déjalo todo en mis manos. Lo único que tienes que hacer es no contárselo a nadie. Y, cuando digo a nadie, quiero decir a nadie. Ve preparándote para salir de aquí.

—Nik, apenas puedo caminar. —O'Bryan apartó la manta que ocultaba la mitad inferior de su cuerpo.

Tenía la pierna derecha alzada y envuelta en vendas de la rodilla para abajo. El muslo desnudo estaba descolorido y se había hinchado hasta alcanzar el doble de su tamaño normal.

Con gestos delicados, Nik volvió a cubrir la pierna herida de su primo con la manta.

—Aunque era muy buena idea —comentó O'Bryan—. Lástima que ya no estemos a tiempo.

—No vas a darte por vencido, porque yo no pienso hacerlo. Si tú no puedes llegar hasta ella, yo traeré a Mari hasta aquí —dijo Nik.

—Sé que últimamente no pienso con demasiada lucidez, pero ¿me puedes explicar cómo piensas hacer eso?

—Voy a intercambiar una vida por otra. Así es como pienso hacerlo.

41

—¿No es extraño que algo tan importante como dormir se dé por supuesto con tanta facilidad… hasta que lo echas en falta? —Mari apoyó la cabeza contra una de las paredes de la madriguera y cerró los ojos, completamente agotada.

—Perdona, ¿decías algo? Estaba dormida.

Mari abrió sus párpados apenas una rendija y compartió una exhausta sonrisa con Sora.

—Esta noche lo has hecho todo tú sola.

La sonrisa de Sora se iluminó, disipando su cansancio y acentuando su hermosura.

—He estado espectacular.

—¿Te lo dices tú misma?

—Bueno, si no me lo dices tú, me lo tendré que decir yo.

—Lo has hecho muy bien esta noche. Muy bien, de verdad. Espectacularmente bien, incluso —dijo Mari. Su mirada se posó en el camastro que solía ocupar Nik, y que ahora acogía temporalmente a la pequeña y durmiente silueta de Danita—. Su cuerpo se curará. Es su mente lo que me preocupa.

—¿Escribió Leda algo en sus cuadernos sobre cómo ayudar a alguien que haya pasado por lo mismo que Danita?

—Violación, llamémoslo por su nombre. A Danita la violaron.

—Esa es una palabra horrible —comentó Sora.

—Entonces está a la altura de lo que define.

Sora sacudió la cabeza.

—Las cosas no pueden quedar así. Tenemos que hacer algo.

—Ya estamos en ello. El cuerpo de Danita está sanando, esta noche la has purificado con el poder de la luna, y yo voy a revisar los cuadernos de mamá porque estoy segura de que puedo preparar algún brebaje para que su mente también se recupere.

—No me refería a Danita cuando decía que tenemos que hacer algo. Estoy hablando de los hombres. Tú misma los has oído esta noche. Han vuelto a acercarse. A acercarse demasiado.

Mari enderezó un poco la espalda y alimentó el fuego de la chimenea con otro tronco.

—Los he oído.

—Hay que purificarlos. No será posible razonar con ellos hasta que se libren de las Fiebres Nocturnas.

Mari clavó los ojos en Sora.

—No.

—¿No? ¿Qué estás diciendo? ¡Es evidente que necesitan que los purifiquen!

—Yo no pienso hacerlo.

—Pero, Mari...

—¡Ya has visto lo que le hicieron a Danita! Abusaron bestialmente de ella. Está desgarrada, ensangrentada y magullada. Sora, tiene marcas de mordeduras en los pechos y en los muslos. Son animales y habría que sacrificarlos.

—¡Están en este estado únicamente porque su Mujer Lunar ha muerto! Si los purificáramos, volverían a su estado normal.

—Y, luego, ¿qué? Cuando vuelvan a ser normales, ¿crees que podrán vivir con lo que han hecho? —preguntó Mari.

—Tal vez sea algo con lo que tengan que cargar para siempre, pero no deberíamos dejar que sigan enloqueciendo cada vez más. Y no solo porque eso sería terrorífico para ellos. —Sacudió la cabeza, negando—. No entiendo cómo puedes ser capaz de mostrar tanta compasión por alguien como Nik, cuya gente lleva siglos matando y esclavizando a la nuestra, y no estás dispuesta a ayudar a los hombres de nuestro clan.

—Yo pertenezco a ambos pueblos, a los camaradas y a los caminantes terrenos, Sora. Estoy haciendo lo posible para averiguar cuál es mi sitio. Quizá esté equivocada, pero lo que le hicieron a Danita es tan horrible que sencillamente no tengo ningún deseo de ayudarlos —reconoció Mari.

—Te entiendo, y también estoy de acuerdo contigo en que los hombres son peligrosos. Sin embargo, no parece que vayan hacia ninguna parte, como el resto del clan. Debemos hacer algo al respecto. ¿Estarías dispuesta a seguir su rastro y matarlos?

Mari arrugó el rostro en una mueca de repulsión.

—No creo.

—Bueno, bien. Entonces, dado que tenemos la capacidad de ayudarlos, hagámoslo —dijo Sora.

—Estás preparada, ya lo sabes. Tienes fuerza suficiente como para purificarlos tú sola.

Sora clavó sus ojos en los de Mari y le sostuvo la mirada.

—Les tengo miedo.

—Haces bien.

—¿Me acompañarías, por favor? ¿Me ayudarías a prestarles mi ayuda?

—Sora, yo no quiero ser Mujer Lunar —dijo Mari.

—¡Pero lo eres!

—¡No, no lo soy!

Sora y Mari dirigieron la vista hacia el camastro, pero Danita estaba sumida en un sueño exhausto y no se movía ni lo más mínimo.

—No lo soy —insistió Mari, bajando la voz.

—¿Por qué odias tanto al clan? —preguntó abiertamente Sora.

Mari abrió la boca para negar, pero se detuvo. Muy despacio, mientras pensaba en voz alta, trató de responder con la mayor sinceridad posible a la pregunta de Sora:

—Porque nunca he sido parte del clan, jamás he sido aceptada como uno de sus miembros. Mamá se vio obligada a mantenerme apartada de ellos. Sora, llevo ocultando mi verdadera naturaleza desde que tengo uso de memoria, consciente de que, si no me escondía, me camuflaba y mentía, mamá y yo podríamos haber pagado por ello con nuestras vidas.

Sora se giró para quedar frente a ella.

—Danita te ha aceptado hoy sin ningún problema. Incluso ha acariciado a tu alimaña y ha dicho que el pelaje que rodea su cuello es suave como el de un conejo (cosa que me cuesta creer, la verdad, pero el comentario ha sido un detalle por su parte). ¿Alguna vez te has parado a pensar que Leda y tú podríais haber estado exagerando demasiado vuestras diferencias, en lugar de fijaros en las cosas que os acercaban al clan?

—Te pido por favor que no hables mal de mi madre.

Sora tocó el brazo de Mari con delicadeza.

—No estoy hablando mal de ella, jamás haría eso. Leda hizo lo que creía que era mejor para ti: te protegió. Lo único que digo es que, tal vez, lo hiciera demasiado. Yo te he aceptado. Danita te ha aceptado. Y creo que el resto del clan también lo haría, sobre todo si supieran que tus dones son mayores aún que los de tu madre.

—Es evidente que mis dones no son mayores que los de mi madre.

Sora enarcó una ceja con gesto irónico.

—Sé lo del incendio.

—¿Eh?

—Lo provocaste tú, el día en que murió Leda. Lo hiciste usando la energía solar —dijo Sora. Al ver que Mari no contestaba, insistió—. Oye, sabes que puedes decirme la verdad. Llevo razón en lo del incendio, ¿a que sí?

—Sí —admitió Mari en voz baja.

—¿Cómo lo hiciste?

—No tengo la menor idea. Nik dijo que podría ayudarme a controlarlo, pero tuvo que marcharse demasiado pronto.

—Bueno, entonces no tienes de qué preocuparte. Ese hombre, en concreto, no tardará en volver a aparecer —comentó Sora.

Mari no respondió.

—Y, cuando lo haga, podrá enseñarte a usar la energía solar. Y, entonces, si los hombres intentan hacerte algo, o, mejor aún, si cualquier miembro del clan intenta hacerte algo, solo tendrás que lanzarles un poquito de fuego. Creo que eso resolvería la cuestión de si el clan te aceptaría o no —concluyó Sora con una sonrisa complacida.

—Creo que hay cierta diferencia entre la aceptación y la intimidación —dijo Mari.

—Una diferencia muy sutil. Y, de todas formas, ¿qué más da, si con ello consigues lo que quieres?

—¿Y qué es lo que crees que quiero? —preguntó Mari.

—Ser parte del clan sin sentirte juzgada y aislada —dijo Sora.

Mari se avergonzó cuando sintió que sus ojos se llenaban de lágrimas. Parpadeó para ahuyentarlas y se giró hacia la chimenea.

—Voy a preparar un poco de manzanilla. ¿Quieres una taza?

—Si la preparas tú, no. —Sora le quitó a Mari las hierbas de la mano y la obligó a mirarla a los ojos—. Eres una Mujer Lunar sensacional, pero como cocinera eres un desastre. Y no deberías avergonzarte de querer que los demás te acepten. Es lo que queremos todos.

—¿En serio?

—Completamente en serio. Sécate las lágrimas. Yo prepararé la manzanilla. También queda un poco de pan. —Rigel levantó la cabeza y trotó hasta Sora, se sentó frente a ella y empezó a llorar en voz baja—. No debería haberte dado de comer. Ahora ya nunca me dejarás en paz.

—Es todo un halago a tu cocina que haya aprendido a entender la palabra «pan» —dijo Mari.

—Supongo que tienes razón.

Sora partió el extremo de una delgada hogaza y se lo lanzó a Rigel, que lo atrapó al vuelo. Partió el resto de la hogaza por la mitad y le tendió un trozo a Mari.

—Entonces, ¿vas a ayudarme?

—¿Estamos hablando otra vez de los hombres?

—Sí, así es —dijo Sora.

—Déjame que me lo piense —le pidió Mari.

—Mientras lo haces, ten en cuenta una cosa: formas parte de ambos mundos, la tribu y el clan. Creo que deberías usar tus habilidades para el bien, para el bien de ambas.

Mari abrió los ojos de par en par, sorprendida.

—Eso implica que te parece bien que ayude a la tribu, ¿te das cuenta de eso?

—Si significa que también ayudarás al clan, entonces creo que el trato es justo —declaró Sora—. Eso, si tu querida tribu no te hace prisionera o te mata por ser mitad escarbadora, claro.

—Ahí lo tienes —dijo Mari.

—Supongo que es algo que podrás discutir con tu camarada cuando vuelva en tu busca.

—Estás muy convencida de que eso va a pasar —dijo Mari.

—Tienes el remedio para la roya, enfermedad de la que su gente lleva años muriendo. Volverá —dijo Sora.

Mari se quedó mirando el fuego.

—Supongo que tienes razón.

—Oye. —Sora le dio un golpecito en el hombro—. Y lo digo también por cómo te miraba. También volverá por eso.

—Y también porque le cae muy bien Rigel —dijo Mari.

—Sí, es verdad, pero no mira a Rigel como te mira a ti.

—Bueno, eso sería un poco siniestro —comentó Mari.

—Bébete la manzanilla y piensa cosas bonitas sobre tu clan. ¿Me has oído, Mari? Tu clan —dijo Sora.

—Ah, sí, te he oído perfectamente. Mi clan, que ha huido o ha caído en las garras de una brutal demencia.

—Bueno —respondió Sora, sonriendo a Mari—. Así es tu clan, Mujer Lunar.

—¡Padre, despierta!

Nik zarandeó a Sun por el hombro. Laru dormía junto a su camarada. El animal alzó la cabeza, que ya empezaba a encanecer, y le propinó a Nik un par de somnolientos golpecitos con la cola.

—¡Padre, esto es importante! ¡Tienes que levantarte!

Sun parpadeó varias veces, reconoció a su hijo y se despertó inmediatamente.

—¿Cuál es el problema? ¿Qué ha pasado?

—Tengo que encontrar a Mari. Inmediatamente. A O'Bryan no le queda tiempo. Es posible que ya sea demasiado tarde —dijo Nik.

—¿A qué altura de la noche estamos?

—Acaban de tocar las campanadas de medianoche —dijo Nik.

Sun se incorporó en la cama y empezó a vestirse.

—Hijo, esto es lo que vamos a hacer: dormirás unas cuantas horas, y luego…

—¿Dormir? ¡Y una mierda de escarabajo, padre! ¿No me has oído? ¡No tengo tiempo para dormir!

—Para lo que no tienes tiempo es para no dormir. ¿Cuán lejos crees que podrás llegar adentrándote en la noche solo, con esas heridas y el estado de agotamiento en el que te encuentras? —le preguntó Sun.

—No puedo dormir sabiendo que mi primo está agonizando —dijo Nik.

—Nik, no podrías arrastrar a esa muchacha de noche por el bosque ni aunque te encontraras ileso y descansado. Necesitas la luz del día para encontrar el camino hasta Mari. Esto es lo que te propongo: duerme unas cuantas horas. Justo antes de que amanezca, ve al lado de la isla donde está el canal, junto al puente. Allí habrá un kayak esperándote. Ve con él hasta las casas flotantes, encuentra a la chica y móntala en la canoa. Luego, quiero que atraques el kayak lo más cerca que puedas del puesto de vigilancia.

—Pero, padre, el vigía me verá desde la torre, seguro.

—Sí, sin duda te habría visto de haberse tratado de un amanecer cualquiera. Pero mañana estará rezando con su Sacerdote Solar y recibiendo los rayos del sol naciente —dijo Sun—. Yo me aseguraré de que el vigía esté completamente concentrado en sus oraciones y en recibir al sol, porque seré yo quien vigile la isla en su lugar.

—Si la tribu descubre que me has ayudado a sacar a una de las prisioneras de la isla de la Granja, podrías perder tu puesto como Sacerdote Solar —dijo Nik.

—La tribu puede sustituirme como líder, pero nunca podrá arrebatarme mi verdadera vocación —respondió Sun—. Como decía, atracarás la canoa junto al puesto de vigilancia y luego tomarás la ruta más directa hacia el bosque.

—Rodearé la ciudad de los árboles e iré directamente al territorio de los caminantes terrenos.

—¿Sabes cómo encontrar a Mari?

Nik se pasó una mano por el cabello.

—Espero que Jenna pueda echarme una mano con eso. Pero, en caso de que no pueda, sé más o menos en qué zona se encuentra su madriguera. Lo cierto es que cuento con que Rigel me ayude.

—¿El cachorro? ¿Crees que te llevará hasta Mari, como hizo la otra vez?

Nik asintió.

—Eso espero.

—De acuerdo, pongamos que encuentras a Mari y consigues convencerla de intercambiar la vida de Jenna por la de tu primo. Después, ¿qué? —preguntó Sun.

—Después, si puedo garantizar su seguridad, la traeré aquí para que cure a O'Bryan. ¿Podrías ayudarme con eso?

—Bueno, tiene un vínculo con un pastor y su padre era miembro de nuestra tribu. Ejercer la violencia contra un miembro de la tribu es tabú. Nuestras propias leyes deberían garantizar su seguridad, pero, si no lo hicieran, estaría dispuesto a tomarla bajo mi protección personal. Es lo mínimo que puedo hacer para honrar la memoria de su padre.

—¿Y qué piensas hacer cuando la tribu descubra que su padre era Galen? Mari sabe cómo murió. No sabe que fuiste tú quien le mató, pero sabe que murió a manos de su propia tribu —dijo Nik.

—Cyril probablemente no estaría de acuerdo, y es por eso por lo que no pienso pedirle ni consejo ni permiso al respecto, pero creo que ya es hora de que se sepa la verdad.

—Eso podría ser nefasto para ti, padre —dijo Nik.

—No mucho peor de lo que ha sido guardar un secreto tan horrible durante todos estos años.

—Eres un gran hombre, padre. Te quiero —le dijo Nik.

—¿Cómo dice ese antiguo refrán? ¿De tal palo, tal astilla? —Sun sonrió a su hijo—. Duerme unas cuantas horas. Mientras tanto, yo iré a prepararte la canoa y algunas provisiones. Mandaré a Laru a despertarte antes de que amanezca. ¿Tienes un plan para meter a la chica, y supongo que a Rigel, en la enfermería?

—Eso todavía no lo he pensado. Esperaba tener más tiempo para planearlo.

Sun se acarició el mentón, pensativo.

—Creo que también puedo ayudarte con eso. Planea el regreso para cuando caiga el sol, o inmediatamente después. Dirígete a la antigua plataforma de meditación que hay al este. ¿Sabes cuál te digo?

—¿La que madre pasó tanto tiempo tallando?

—Esa misma. Apenas se usa pasada la media tarde porque queda muy lejos de la ciudad. Me aseguraré de que haya una vela y un yesquero. Enciende la vela y colócala en la barandilla. Cuando la vea, sabré que has regresado con Mari. Espérame allí hasta que las luces de la cena se hayan apagado. Luego, lleva a Mari al pie de los árboles de la enfermería, donde está el elevador de emergencia. Yo estaré arriba, preparado para subiros a los tres.

—Es un plan magnífico, aunque tengo el presentimiento de que te vas a meter en un buen lío por esto —dijo Nik, mirando a su padre con renovado respeto.

—Hace décadas que no me meto en un buen lío. La verdad es que, solo de pensarlo, vuelvo a sentirme joven.

Nik sonrió a Sun y sacudió la cabeza.

—Y luego es a mí al que le llaman problemático…

—¡Te llaman muchas más cosas! —Nik y Sun rieron al unísono. Luego, Sun entrelazó las manos y Laru meneó la cola y se acercó trotando a su camarada con actitud expectante—. ¡Ja! Laru también se siente joven —dijo Sun. Cuando se hubo serenado, atrajo a su hijo para darle un breve abrazo—. Nikolas, intenta no estar a punto de morir esta vez. A mi corazón le cuesta asimilarlo.

—Haré lo que pueda, padre.

Nik se metió en el lecho de su padre, se acurrucó sobre la cálida huella que su pastor camarada y él habían dejado y se quedó dormido antes incluso de que Sun hubiera salido del nido.

Parecía que tan solo habían transcurrido unos pocos minutos antes de que el frío hocico de Laru le golpeara en el cuello y el rostro de Nik quedara empapado por sus lametones.

—¡Ya basta, Laru, ya basta! ¡Estoy despierto! ¡Estoy despierto!

El enorme pastor le dio un último lametón y luego salió corriendo de la estancia y del nido. Nik deseó poder hacer lo mismo, pero le dolía todo el cuerpo y, durante un segundo, sintió un peso horrible en las tripas. Se arrancó de un tirón la venda que le cubría la pierna, convencido de que el pus y las úlceras habían vuelto junto con la mortífera roya. Tuvo que dejarse caer un momento en el lecho cuando el alivio hizo que le flojearan las piernas.

Ni rastro de roya: tan solo una herida aún tierna que necesitaba reposo. Se acercó al cubo que había en el nido de su padre y se salpicó la cara y el pecho con el agua limpia y fresca. Ya completamente despierto, salió corriendo de la estancia y descubrió que Sun le había dejado una ballesta nueva, un carcaj lleno de flechas y cuatro palabras escritas con su fiera caligrafía cursiva: «Regresa sano y salvo».

Nik sonrió, eligió un par de los gruesos guantes de cuero de su padre y la capa que Davis le había prestado y se apresuró a salir del nido.

Nik no tomó el ascensor. Era demasiado probable que algún otro miembro de la tribu le viera y le preguntara a dónde iba tan temprano. Sobre todo ahora que todo el mundo debía de saber que acababa de regresar de entre los muertos.

No obstante, el diseño de la ciudad de los árboles contaba con un sinfín de formas distintas de llegar de manera rápida y segura al lecho del bosque, y Nik decidió aprovechar la más sencilla de todas. Muy cerca del nido de su padre se encontraba una de las muchas estaciones de rápel que la tribu usaba en caso de emergencia. Desde muy pequeños, todos los niños de la tribu entrenaban hasta dominar el arte del rápel. A Nik le resultó de lo más natural recogerse la capa, ponerse los guantes y colocarse el ligero arnés de cuero para descender rápida y silenciosamente hacia el oscuro lecho del bosque que había a sus pies.

Nik intentó bajar corriendo la pendiente que llevaba hasta el canal, pero su cuerpo magullado apenas podía soportar el paso cojeante. Sus dientes chirriaron a causa del dolor y la frustración. ¡O'Bryan no tenía tiempo para eso!

Cuando por fin llegó al asfalto agrietado que solía ser una carretera, el cielo estaba empezando a teñirse del gris que precedía al amanecer, y él tenía el cuerpo empapado de sudor como resultado del dolor y el esfuerzo.

No tuvo problemas para encontrar el kayak. Su padre lo había dejado exactamente donde le había prometido, en la playa, muy cerca del puente que conectaba con la isla de la Granja. Nik no permitió que ni sus ojos ni su atención se centraran en el puente. No quería pensar en los horrores que el agua tenía reservados para él. Se centró en ir completando las tareas de una en una, algo que le resultó mucho más difícil de lo que hubiera sido si su cuerpo hubiera estado en forma. Lo primero que hizo fue comprobar la barca. El remo estaba atado al interior, junto a una cesta llena de agua y comida. En el centro de la cesta, protegida por el resto de las provisiones, había también una taza de té, aún caliente. Nik sonrió, le dio las gracias mentalmente a su padre y se bebió la infusión de un trago. Estaba cargado y dulce. Notó cómo una oleada de energía le recorría el cuerpo, energía que le hizo falta para arrastrar el kayak hasta el agua mientras sus heridas protestaban con un aullido de dolor. Cuando por fin pudo saltar al bote y empezó a remar hacia las casas flotantes, notó que un cálido reguerillo de sangre le bajaba por la espalda.

Más trabajo para Mari, se dijo a sí mismo, negándose a permitir que sus heridas le robaran más preciado tiempo del que fuera necesario. *No son nada en comparación con lo que está sufriendo mi primo. Absolutamente nada.*

Las corrientes del canal eran impredecibles y cruzarlas podía llegar a ser complicado, pero hacía casi una semana que no llovía y el caudal del río estaba bajo y viscoso. Nik no tardó demasiado en llegar al muelle, donde amarró rápidamente el kayak, y se dirigió a toda prisa a la primera de las casas flotantes.

En el interior todo estaba oscuro y silencioso. Echó un vistazo a la puerta y el grueso cerrojo metálico que la atrancaba desde el exterior. No, no la abriría a menos que Jenna estuviera dentro. Nik se asomó a la ventana y miró por entre los barrotes de madera.

Se equivocaba. El interior estaba oscuro, pero en absoluto silencioso. Desde aquella distancia alcanzaba a distinguir suaves sollozos, gemidos ahogados y un lamento grave cuya cadencia parecía prolongarse infinitamente, como el viento.

—¿Jenna? Jenna, ¿estás ahí dentro? —la llamó Nik.

Se produjo un revuelo procedente del interior cuando los montículos que había en el suelo empezaron a revolverse y formaron una fila. Los pálidos rostros de tez plateada se volvieron hacia él.

—¡Jenna! ¿Está Jenna ahí dentro?

—¡No es nuestro macho! —dijo una enfurecida voz desde el interior—. ¡Márchate!

—Estoy buscando a una caminante terrena que se llama Jenna. Tengo que encontrarla —dijo Nik—. Por favor, es muy urgente.

Las mujeres le dieron la espalda y los ahogados sonidos de desesperación volvieron a empezar. Nik ya se estaba alejando de la ventana cuando un susurro lo detuvo.

—¿Vas a hacerle daño?

Nik aferró los barrotes de madera con las manos y entornó los ojos para atisbar en la negrura y distinguir la pequeña y redondeada silueta de una joven que lo miraba con sus ojos grises.

—No —dijo en voz baja, para no alertar al resto de mujeres—. Jamás le haría daño a Jenna. Necesito su ayuda.

—¿Eres un hombre de palabra?

—Lo intento. ¿Cómo te llamas?

—Isabel. ¿Cómo te llamas tú?

—Nik —le sonrió—. Isabel, te doy mi palabra de que no haré daño a Jenna y que tampoco permitiré que nadie más se lo haga.

—Me acordaré de ti, Nik. Si rompes tu promesa, la Tierra Madre lo sabrá.

—No esperaba menos —dijo Nik.

—Está en la última casa.

—¡Gracias! —Antes de marcharse, estiró la mano por entre los barrotes y se la ofreció a la mujer, que la tomó con su mano pequeña y delgada—. Dentro de poco las cosas cambiarán para vosotras. También te prometo eso.

La sonrisa con la que Isabel le respondió estaba cargada de tristeza e incredulidad. Sin hacer el menor ruido, se tumbó de nuevo y se hizo un ovillo.

Nik cojeó hasta el muelle de la última casa. Desatrancó la puerta y entró en su interior. Los rostros de las mujeres se giraron hacia él cuando dijo en voz alta y autoritaria:

—¡Jenna! Soy Nik. ¿Dónde estás?

Escuchó un rumor cuando un pequeño montón de mantas se revolvió y Jenna apareció ante él, parpadeando para mirarle.

—¿Nik?

Corrió hasta ella, con cuidado de rodear o pasar por encima de los cuerpos de las otras mujeres sollozantes. Nik extendió la mano.

—Ven conmigo.

La joven dudó apenas un instante y luego levantó su mano. Nik se la cogió, la ayudó a levantarse y, agarrándola por el hombro, la guio fuera de la estancia.

Casi habían llegado a la puerta cuando las demás manos empezaron a agarrarle y a tirarle de los pantalones, en un intento por detenerle. A su alrededor no dejaban de surgir gritos.

—¡No!

—¡No te la lleves!

—¡Detente!

Nik empujó a Jenna por la puerta y se giró para encarar a las mujeres.

—No le haré daño. Os doy mi palabra.

Las mujeres empezaron a sollozar y a apartarse de él. Sintiéndose mareado, Nik salió de la casa y volvió a atrancar la puerta tras él. Guio a la silenciosa Jenna hasta el kayak. Ella no se resistió cuando Nik la ayudó a sentarse en la barca. Mientras se alejaba remando del muelle y se dirigía rumbo a la otra orilla, donde se encontraba el solitario puesto de observación, el cielo empezó a pasar del color gris a los suaves amarillos y los sonrosados tonos melocotón del amanecer. Nik hizo caso omiso del dolor ardiente que sentía en su espalda y remó con todas sus fuerzas.

—Jenna, dentro de unos minutos dejaremos el kayak y tendremos que movernos muy rápido. Tenemos que abandonar la orilla antes de que alguien nos vea. ¿Lo entiendes?

Al ver que Jenna no respondía, la miró. Se había envuelto el cuerpo con los brazos y se mecía suavemente de adelante hacia atrás. A medida que el sol iba ascendiendo por el horizonte, la tonalidad plateada de su piel se iba desvaneciendo, pero sus ojos estaban abiertos de par en par y, salvo por la penetrante sensación de tristeza, parecían carecer de discernimiento o emoción.

Nik siguió remando, apesadumbrado.

Cuando llegó a la orilla, justo debajo del puesto de vigilancia, no dudó. Encajó la barca en el terreno arenoso, lanzó la cesta a la orilla y luego cogió a Jenna por la cintura y consiguió llevarla, medio en volandas, medio a rastras, hasta la orilla. Una vez allí, recogió la cesta, tomó la manita de Jenna entre las suyas, clavó las pupilas en los oscuros ojos de la muchacha y le dedicó unas palabras veloces y serias:

—Tenemos que darnos prisa y no hacer ningún ruido hasta que hayamos abandonado el territorio de la tribu. No te sueltes de mi mano, yo te guiaré. Cuando estemos a salvo, te explicaré qué está pasando. Pero, por el momento, ¿confiarías en mí?

Jenna parpadeó como si acabara de salir a la superficie tras una larga inmersión.

—Nadie nos ha matado.

—Ni nadie va a matarnos —le dijo Nik—. Hoy, al menos, no.

—¿Nik? Eres tú. —El espectro de una sonrisa se curvó en las comisuras de sus labios, pero solo durante un segundo.

—Sí, soy yo. De acuerdo, no te separes de mí. —Empezó a avanzar, pero Jenna tiró de su mano, reteniéndole.

—¿A dónde me llevas?

Nik le sonrió.

—A casa, Jenna. Te llevo a casa.

42

El sol ya casi estaba en lo alto del cielo matutino y hacía un calor inusitado cuando Nik por fin decidió que ya se encontraban lo suficientemente lejos de la tribu como para concederse un descanso. Se sentó sobre un tronco cubierto de musgo, se secó el sudor de la frente con el dorso de la manga y le tendió a Jenna el pellejo de agua antes de hundir las manos en la cesta para buscar los sándwiches de pan ácimo que su padre había preparado.

—Gracias, padre —dijo Nik, agradecido, mientras le daba un gran bocado al primer sándwich—. Toma, hay bastante comida —dijo con la boca llena mientras le ofrecía la cesta a Jenna.

Con mucha delicadeza, Jenna cogió un sándwich y empezó a mordisquearlo. Nik la observó mientras intentaba decidir qué decirle. Su viaje había transcurrido en completo silencio, un silencio que solo se aliviaba cuando Nik decía algo. Si era una pregunta, Jenna contestaba con monosílabos. En cuanto a ella, en ningún momento había iniciado la conversación ni tampoco había hecho preguntas.

Nik tragó saliva y carraspeó para aclararse la garganta.

—¿Cómo has estado, Jenna?

Los ojos de la chica se clavaron en los suyos.

—¿Cómo crees que he estado?

Nik la miró, la miró de verdad. El cabello oscuro de Jenna era una maraña sin brillo. Estaba tan delgada que parecía bastantes años mayor que la última vez que la había visto. ¿Cuánto tiempo había pasado? ¿Un mes? ¿Dos? Estaba tan pálida que los círculos oscuros que le rodeaban los ojos parecían manchas de suciedad.

—Creo que lo has pasado muy mal —dijo Nik.

—Sí. —Jenna volvió a mordisquear el pan. Como si se dirigiera al sándwich en lugar de a él, continuó hablando—: Gracias por liberarme. ¿Vas a dejarme aquí?

—No —se apresuró a tranquilizarla Nik—. No, quiero dejarte con Mari.

Como un pajarillo enjaulado, los ojos de la chica se clavaron en los suyos y se apartaron inmediatamente, solo para regresar de nuevo al momento siguiente:

—Yo... Yo no conozco a Mari.

—Sí, sí que la conoces. Mari me contó que sois amigas.

Jenna se quedó muda, mirándolo.

Nik siguió hablando.

—Mari me salvó la vida. Estaba herido, y a punto de morir. Me encontró y me curó, y ahora tengo que volver a encontrarla porque necesito que cure a mi primo, O'Bryan. ¿Te acuerdas de O'Bryan? Él también estuvo presente la noche en que te capturaron.

Jenna negó con la cabeza, pero Nik no supo distinguir si era por incredulidad o porque en realidad no recordaba a O'Bryan. Nik se embaló:

—Estuve en la madriguera de Mari, con Sora, durante casi una semana. Por supuesto, me vendaron los ojos y no permitieron que viera dónde vivían. Esperaba que tú pudieras acercarme lo suficiente a la madriguera de una de ellas como para que pudieran volver a encontrarme. —Nik tuvo cuidado de no mencionar a Rigel. Era evidente que Mari llevaba una vida clandestina y poco común, y sabía, por supuesto, que Rigel era un añadido reciente a esa nueva vida, pero no estaba seguro de cuántos caminantes terrenos sabían que el cachorro siquiera existía—. Así que voy a pedirle a Mari que salve la vida de mi primo a cambio de la tuya.

Jenna sacudió la cabeza de nuevo.

—¿Has dicho Mari y Sora?

—Sí, aunque Sora no me cae demasiado bien —dijo Nik.

—Esto... Esto no tiene ningún sentido —dijo Jenna—. ¿Y qué hay de...? —Entonces los labios de la chica se apretaron en una fina línea blanca y Jenna dejó de hablar.

—¿Ibas a preguntarme que qué hay de la madre de Mari, Leda?

El pálido rostro de Jenna se sonrojó a causa de la sorpresa.

—¿Có-cómo sabes su nombre?

—Ya te lo he dicho: Mari me curó, estuve en su madriguera —calló un momento y, luego, con la voz más amable de la que fue capaz, añadió—: Leda está muerta.

Los ojos de la joven se llenaron de lágrimas y formaron un reguero blanco al descender por su sucio rostro.

—No —susurró con voz entrecortada—. Leda no puede estar muerta.

—Lo siento. Lo siento mucho.

Jenna agachó la cabeza y sollozó. Nik la observó, frustrado, hasta que, con gesto titubeante, decidió estirar la mano y darle a una suave palmada en la espalda. Cuando los sollozos se convirtieron en un leve hipo y ella se enjugó la cara con el dobladillo de la camisa, Nik le ofreció otra vez el pellejo del agua. Jenna lo cogió y, aunque sus manos temblaban, bebió con ganas.

—Jenna, ¿me ayudarías? —le preguntó.

Ella lo miró con sus ojos enrojecidos e hinchados.

—Nadie puede saber dónde vive Mari.

—No se lo diré a nadie. Te doy mi palabra.

Jenna sacudió la cabeza para negar.

—No. No lo entiendes. Ni siquiera yo sé exactamente dónde vive.

Nik se pasó la mano por el pelo.

—¿Puedes acercarme a su madriguera, al menos?

Jenna movió los hombros con gesto inquieto.

—Tal vez.

—Te prometo que no intento tenderte una trampa. Ni a ti ni a Mari. A ver qué te parece esto: tú me llevas lo más cerca de su madriguera que te parezca seguro. Luego esperamos y vemos si ella me encuentra. Si lo hace, ella misma podrá elegir.

—¿Elegir?

—Sí. Elegir si quiere o no ayudarme —dijo Nik.

—Pero me has dicho que ibas a intercambiar mi vida por la de tu primo. Si Mari dice que no…

—Si Mari dice que no, tú seguirás siendo libre —la interrumpió Nik—. No volverás a la isla de la Granja, pase lo que pase.

—¿Por qué? ¿Por qué haces esto? Aquella noche no quisiste liberarme. ¿Por qué quieres hacerlo ahora?

—Porque ahora todo es distinto. —Entonces, con una leve sonrisa, añadió—: Además, ahora conozco a Mari, y estoy seguro de que hará lo correcto.

Jenna se quedó mirándolo durante un largo rato, hasta que Nik pensó que ya no iba a contestarle. Sin embargo, justo cuando ya estaba dándole vueltas a qué otros argumentos podía usar para convencer a la chica de que lo ayudara, ella sonrió y le dijo:

—¡Conoces a Mari! Te ayudaré.

—Oye, puedo ir yo a revisar las trampas. Sé lo poco que te gusta hacerlo. Además, yo me he echado una pequeña siesta y… —Un enorme bostezo engulló las palabras de Mari.

Sora resopló. Mari tenía los ojos amoratados de cansancio. Estaba bastante segura de que llevaba una semana sin dormir una noche del tirón.

—Ya veo lo descansada que estás. ¿Me repatea ir a ver si hay o no conejos en los cepos? Pues sí. Pero te has pasado casi toda la noche despierta ocupándote de Danita. —Sora miró el camastro—. Por fin está dormida, así que va siendo hora de que te duermas tú también. Hoy iré yo a revisar las trampas. Mañana ya lo harás tú.

—¿De verdad? ¿No te importa?

—Bueno, sí que me importa, pero lo haré de todas formas. Además, así estarás más fresca y descansada y podrás volver a pasar toda la noche despierta con ella si vuelve a tener sueños como los de anoche. —Sora se estremeció y bajó la voz—. Ha habido un momento que pensaba que iba a vomitar de tanto gritar.

—Sí, ha sido horrible, pero he encontrado la receta que usaba mamá para hacer que la gente durmiera plácidamente. Cuando salgas, ¿podrías traer un poco más de lavanda? En el cuaderno de mamá dice que es bueno tenerla cerca de alguien que tiene el sueño agitado. Alivia los terrores nocturnos.

—Sí, definitivamente, eso es lo que tiene Danita: terrores nocturnos —dijo Sora—. Traeré bastante. ¿Algo más?

—Sí, necesito aloe fresco para sus heridas. Si cruzas el arroyo por la parte donde pusimos las trampas y trepas por la orilla hasta la zona de rocas, encontrarás unos cuantos.

—De acuerdo, sin problema. Vuelve a dormir. Puede que tarde un rato. Quiero traer un poco de flecha de agua para la cena, y estoy casi segura de haber visto algunas junto a los berros.

Mari bostezó otra vez y dijo:

—Cada vez que me dices lo que vas a preparar de cena, me entra hambre.

—Bien —sonrió Sora, disfrutando de la sensación de que Mari la valorara. Su sonrisa se ensanchó y bromeó—: Pues si vas a tener hambre, igual te viene bien tener algo concreto en lo que pensar. Esta noche voy a hacer puré de flecha de agua con ajo y setas y un poquito de esa adorada sal de la que tanto te gusta abusar. Eso, y tiras de carne de conejo empanadas en semillas de lino y fritas, para curarte ese hambre atroz.

—¿Sabes?, a veces no me importa que vivas aquí.

Mari sonrió, y Sora pensó que estaba empezando a tener momentos de verdadera felicidad. Mari seguía sonriendo cuando se recostó con Rigel (aquella perezosa alimaña apenas se había movido durante la conversación) y cerró los ojos.

—Sí, ¡lo sé! ¡Vamos que si lo sé! —dijo Sora mientras cogía el cayado que había junto a la puerta.

Se besó las yemas de los dedos y los llevó hasta la Tierra Madre tallada en el marco curvo de la puerta.

De buen humor, a pesar de que la intimidaba el hecho de tener que comprobar las trampas, Sora fue avanzando, cada vez más segura de sí misma, por el entramado de zarzas. Luego, giró hacia el norte y se dirigió al pequeño arroyo donde los conejos solían criar.

Era temprano, pero el día ya se anunciaba cálido. Sora se dio cuenta de que deseaba que lloviera. Le resultaba verdaderamente agradable cuando la lluvia de primavera hacía que todo pareciera limpio y de un verde vibrante. La convivencia con Mari cada vez era más fácil, y también era evidente que ella apreciaba su cocina. Dentro de poco, los pimientos estarían maduros. Sora cruzó los dedos mentalmente para que los enloquecidos hombres estuvieran demasiado desquiciados como para querer destruir los huertos del clan. Ni siquiera habían reparado en la plantación de hierbas aromáticas que había junto a la madriguera, así que tal vez no fuera algo de lo que hubiera que preocuparse.

Prácticamente dando saltitos de alegría, recorrió el pequeño promontorio que había tras el claro junto al arroyo de los conejos. Sora aceleró el paso, pensando alegremente en las cenas que planeaba preparar para Mari y, ahora también, para Danita. El tiempo se le pasó volando y, poco después, descendía por la colina ansiosa por quitarse los zapatos y meter los pies en el arroyo.

—Primero, revisar las trampas y terminar con eso cuanto antes —se dijo Sora. Se acercó a los cepos que habían colocado para atrapar presas vivas y se le escapó un gritito de alegría al ver que las dos contenían sendos conejos de ojillos brillantes—. ¡Voy a tener que meteros a los dos en una sola jaula para llevaros a casa, pero Mari se pondrá contentísima!

Acto seguido, se dirigió hacia las trampas que ella llamaba «cepos asesinos». Como estaba sola, Sora se cubrió los ojos con las manos y miró por entre las rendijas de los dedos. Dos de ellas estaban vacías, pero en la tercera se había quedado atrapado un pavo bastante gordo. Sora sonrió, se quitó los zapatos y se adentró en el perezoso cauce del arroyo bailando de felicidad. Se inclinó para salpicar un poco de agua sobre el sudoroso rostro, e incluso pensó en desnudarse y darse un baño en condiciones antes de empezar a rebuscar en el lodo de la orilla para encontrar los sabrosos tubérculos de flecha de agua.

Sora estaba tan absorta pensando en cómo iba a cocinar el orondo pavo que no se percató de la presencia de los hombres hasta que la tuvieron prácticamente rodeada.

—Sora, guapa. Guapa, guapa, Sora.

Se giró como una flecha y vio a Jaxom a apenas unos metros de ella, observándola con tal intensidad que su mirada prácticamente quemaba. De entre la hilera de árboles que había tras él surgieron otros dos hombres más. Los reconoció: eran Brandon y Joshua, dos hombres varios inviernos mayores que Jaxom, aunque el hecho de tener que «reconocerlos» le produjo cierta tristeza. Aquellos hombres se habían transformado drásticamente durante las semanas que habían transcurrido desde la muerte de Leda. Avanzaban encorvados, con movimientos animalescos. A Sora le recordaron a las historias que se contaban en el clan sobre los robapieles que se llevaban a los niños malos, sobre todo los que no querían dormir cuando los mandaban a la cama. Lo que quedaba de sus ropas era poco más que harapos hechos jirones, aunque Sora alcanzó a ver entre ellos unas extrañas heridas y trozos de piel faltante que dejaban a la vista la carne viva y purulenta.

Sora sintió deseos de echar a correr: tal vez hubiera podido dejarlos atrás, pero no conseguía que su cuerpo obedeciera a su mente. Era como si los hombres hubieran forjado clavos de hierro de la ciudad en ruinas y los hubieran incrustado en sus pies, clavándola al suelo.

—¿Qué quieres? —Intentó parecer segura de sí misma, y apenas molesta, pero las manos le temblaban tanto que tuvo que cerrar los puños para mantenerlas quietas.

—¡Purifícanos! —exigió Brandon con voz ronca y áspera, como si ya no estuviera acostumbrado a usarla.

—No soy una Mujer Lunar. Lo sabéis perfectamente. No tuve tiempo de aprender antes de que Leda muriera.

—¡Purifícanos! —gritó Joshua mientras Brandon y él avanzaban por el claro.

—¡Ya te he dicho que no puedo hacerlo! —dijo Sora—. Además, estamos en pleno día. La luna no está en el cielo. Ni siquiera Leda podría purificaros ahora mismo. Marchaos. No puedo ayudaros.

—Sora, Sora guapa tiene que purificarnos —dijo Jaxom, avanzando un paso más hacia ella.

Sora se dio cuenta de que parecía menos encorvado y salvaje que los otros dos hombres, pero que no apartaba la mirada ni de la túnica ni de sus pechos, demasiado evidentes bajo la tela mojada.

—¡No! ¡Aléjate! —Sora se agachó y cogió del lecho del río una piedra del tamaño de un puño. La alzó con actitud amenazante—. Jaxom, ojalá pudiera, pero no puedo ayudarte. Si te marchas ahora, te prometo que practicaré para aprender a invocar a la luna y que me encontraré contigo de nuevo, en este claro, la noche de la próxima luna llena. Para entonces debería poder purificaros.

—¡Nos purificarás! —dijo Brandon.

—¡Purifícanos! —repitió Joshua, acortando las distancias que los separaban de Sora.

Sora miró a su alrededor, desesperada, intentando localizar cualquier otra cosa que pudiera usar como arma. ¿Por qué no le habría pedido a Mari que la enseñara a usar esa honda? La mente le daba vueltas, pero de repente recordó el cuchillo que había metido en el zurrón para cortar los tubérculos, el mismo zurrón que ahora mismo estaba tirado en la orilla, a los pies de Jaxom.

Brandon y Joshua llegaron hasta donde estaba Jaxom y, luego, todo sucedió muy deprisa.

—Si no puedes purificarnos, hay otras cosas que puedes hacer por nosotros —dijo Joshua.

Con un rugido de depredador, se abalanzó sobre Sora, la agarró por la muñeca y se la retorció hasta hacerla gritar y obligarla a soltar la piedra.

Joshua empezó a sacarla a rastras del arroyo. Sora se resistió dando patadas, golpes y puñetazos, pero, visto el efecto que tenían sobre él, se dio cuenta de que aquello era como pelearse contra un árbol. Cayó al suelo y Brandon la cogió por la muñeca y la inmovilizó contra el suelo.

—¡Jaxom! ¡Ayúdame! ¿No te acuerdas de cuando éramos amigos? ¡Antes te gustaba!

—La guapa Sora tiene que quedarse con nosotros. La guapa Sora puede hacernos sentir bien. —A Jaxom le brillaban los ojos de lujuria cuando le aferró ambos pies por los tobillos, que no dejaban de patalear, y le abrió las piernas.

Fue entonces cuando Sora empezó a gritar.

43

Nik tenía la sospecha de que Jenna le guiaba avanzando en círculos. Entendía los motivos: trataba de ser leal a Mari y a las reglas de clandestinidad por las que se regía el clan. Sin embargo, se le estaban empezando a agotar el tiempo, la paciencia y la energía.

—Jenna, ¿cuánto crees que queda para llegar?

—Ya no queda mucho. A poca distancia de aquí hay un bonito arroyo y un claro. Creo que podríamos esperar allí. Probablemente haga más fresco junto al agua —dijo Jenna, dedicándole una tímida sonrisilla de lado.

—Gracias, Jenna. Eso suena bien. Esta parte del bosque es muy bonita, aunque no tenga pinos —Nik sonrió también—. Supongo que ese es precisamente el motivo por el que los caminantes terrenos construyen sus madrigueras aquí, lejos de los terrenos de la tribu. —Jenna iba a abrir la boca para responder cuando Nik dudó un momento y frenó en seco. Levantó la mano para indicarle a Jenna que se detuviera también—. ¿Has oído eso? ¿No te ha parecido una voz?

Jenna ladeó la cabeza y se dispuso a escuchar con Nik.

El grito, cargado de horror y agonía, hizo añicos la serenidad del bosque.

—Quédate detrás de mí. Si te digo que corras, hazlo e intenta encontrar a Mari. Dile que la necesito. Dile que ella sabe dónde encontrarme.

Los oscuros ojos de Jenna se abrieron de par en par por el miedo, pero asintió. Nik cargó su ballesta y preparó tres flechas más entre los dedos. Apretando los dientes a causa del dolor que sentía en la pierna, empezó a correr y a guiarse por aquellos gritos de terror.

Coronó la colina, seguido de cerca por Jenna, y miró hacia el claro por el que discurría el burbujeante arroyo. Sora estaba tendida junto al caudal, y tres escarbadores machos le mantenían los brazos y las piernas extendidos. El que tenía entre las piernas le arrancaba la ropa mientras, inclinados sobre ella, los dos que le sostenían los brazos le enseñaban los dientes y le lamían y mordían los brazos y los pechos. Sora chillaba y se debatía.

Horrorizado, Nik apuntó y gritó.

—¡Dejadla en paz, malditos animales!

Los machos reaccionaron exactamente como Nik esperaba. Alzaron la cabeza y trataron de localizarle.

¡Fium! ¡Fium!

Los dos machos que sostenían los brazos de Sora eran blancos fáciles, y sendas flechas se enterraron hasta las plumas en sus frentes.

El que estaba entre las piernas de Sora empezó a correr por el claro, encorvado pero a una velocidad sobrehumana. Nik apuntó, disparó y, por último, maldijo a gritos cuando vio cómo la flecha atravesaba el hombro de la criatura. El escarbador cayó de rodillas al suelo, pero se recuperó con una rapidez asombrosa y, antes de que Nik pudiera apuntar de nuevo, empezó a correr a cuatro patas y se adentró en el bosque.

—¡No te alejes de mí! —le dijo a Jenna.

Los dos empezaron a bajar la colina y se deslizaron hasta el claro. Nik lo atravesó corriendo hasta llegar a Sora.

—¡No! ¡No! ¡No! —chilló la joven cuando Nik llegó junto a ella, retrocediendo a rastras por encima del cuerpo de uno de los hombres. Tenía los ojos enormes y cegados por el pánico.

Jenna rodeó a Nik con gestos rápidos.

—¡Sora! ¡Sora! ¡Soy Jenna! Soy yo.

—¡Ay, diosa! ¡Ay, diosa! ¿Jenna? ¡Huye! ¡Te harán daño! ¡Huye!

—Iré a ver si hay más entre los árboles —le dijo Nik a Jenna—. Habla con ella. Intenta tranquilizarla.

Nik corrió hasta la linde del bosque y encontró el sangriento rastro que había dejado el escarbador herido, pero no vio signos de que hubiera más con él. Entonces, olfateó el aire, preguntándose qué demonios sería aquel pútrido olor, y sus ojos volvieron a fijarse en el rastro de sangre. Se agachó, tomó una gota escarlata con el dedo y se la llevó a la nariz. Asqueado, contrajo el rostro ante el olor: ¡era la sangre! Aquella peste le recordaba al hedor de un cadáver en avanzado estado de descomposición. Se limpió la mano sobre una densa capa de musgo y, atento al bosque, aparentemente vacío, retrocedió de espaldas hasta donde estaban Sora y Jenna.

Jenna estaba alisándole las ropas rasgadas a Sora y trataba de ayudarla a cubrirse el cuerpo. Sora levantó la vista cuando notó que él se acercaba, con los ojos inundados de miedo.

—Solo soy yo, Nik —le dijo—. Sabes que nunca te haría daño.

—Nik, ¡me has salvado! —dijo Sora. Su rostro se contrajo y empezó a llorar con unos potentes y desconsolados sollozos que le sacudieron el cuerpo entero.

Jenna la atrajo hacia sus brazos.

—Ahora estás a salvo. Ahora estás a salvo —murmuró.

Nik se acuclilló entre las dos chicas, aún sin perder de vista el bosque que los rodeaba.

—¿Había alguno más, aparte de esos tres?

—No-no lo creo —dijo Sora entre sollozos.

—De acuerdo, entonces. Salgamos de aquí inmediatamente.

Nik ayudó a Sora a incorporarse, pero la muchacha se apartó bruscamente de él. Nik buscó la mirada de Jenna y la muchacha asintió cuando entendió lo que él quería que hiciera.

—Vamos, Sora. Yo te ayudaré —dijo la chica.

Nik recogió el zurrón que había cerca de ellos.

—¿Por dónde? —le preguntó a Sora.

—No puedo decírtelo —respondió Sora.

Sus sollozos se habían calmado, pero las lágrimas aún se derramaban por sus mejillas, mezcladas con la sangre que le manaba del labio inferior, partido.

—Tienes que decírmelo —le pidió Nik—. Podría haber más.

A Sora empezaron a temblarle los hombros.

—¡No puedo, Nik!

—Sora, te doy mi palabra y te juro por la vida de Rigel que jamás le diría a ningún miembro de la tribu dónde está la madriguera de Mari. Puedes confiar en mí. Tienes que hacerlo.

—Él me sacó de la isla. —La voz de Jenna era suave y dulce—. Creo que es un buen hombre, aunque sea un camarada.

Finalmente, Sora asintió:

—Tenemos que ir al sureste.

Nik empezó a guiarlas por el claro, pero Sora le detuvo.

—Tenemos que llevar los conejos. Y el pavo. Y también tengo que coger flechas de agua y lavanda. Para Mari. Mari lo necesita.

—Sora, no hay tiempo para eso. No he matado al otro macho y, si vuelve con refuerzos, no sé si podré contenerlos a todos —le dijo Nik.

—Yo iré a por el pavo. —Jenna habló con una actitud resuelta más propia de una mujer mucho mayor que de aquella niñita pálida que había rescatado de la isla—. Les romperé el cuello a los conejos y también los llevaré.

—¡No! Los necesitamos vivos —Sora clavó sus ojos en los de Nik—. Mari los está criando.

Nik estuvo a punto de decirle a Sora que Mari tendría que volver a buscarlos ella misma en otro momento, pero entonces se dio cuenta de cuáles debían ser las intenciones de Mari: estaba criando conejos porque el cuerpo de Rigel, que crecía a marchas forzadas, precisaba de un suministro constante de carne fresca.

Suspiró.

—Jenna, coge el pavo del cepo. Yo me ocuparé de los conejos.

Corrió a las trampas, cogió ágilmente a uno de los animales de las orejas y lo metió en la jaula del otro. Luego se metió la jaula bajo el brazo y se giró en dirección a Sora:

—Pero no vamos a escardar tubérculos, ni a recolectar lavanda. Vamos a llevarte a casa sana y salva, y vamos a hacerlo ahora. Poneos las dos detrás de mí, no os alejéis y no hagáis ruido.

Afortunadamente, Sora no se opuso. Agarrándose a la mano libre de Jenna, siguió a Nik por el claro hasta adentrarse en el bosque.

Mari estaba sumida en un agradable sueño lleno de humeantes montañas de flecha de agua asada y sazonada con todo tipo de hierbas y sal, su adorada y deliciosa sal, cuando Rigel se sobresaltó e hizo que se despertara. Mari se incorporó, frotándose los ojos. Se sentía agitada y confundida. El cachorro estaba en la puerta, ladrando como loco.

—¿Qué pasa? ¡Ayúdame, Mari! —Danita estaba sentada en el camastro, tirando de una manta y tapándose hasta la barbilla mientras miraba la puerta con ojos enormes y asustados.

—No pasa nada. Nadie puede llegar hasta aquí, Danita.

Mari corrió junto a Rigel. El cachorro había dejado de ladrar, pero ahora lloriqueaba y arañaba la puerta.

—De acuerdo, ya voy. Un segundo, nada más. —Mari cogió el zurrón en el que guardaba la honda y se lo echó al hombro. Cogió varios puñados, cuidadosamente seleccionados, de la munición que tenía junto a la chimenea, y la introdujo en el zurrón—. Quédate aquí. Atranca la puerta cuando yo salga y no abras a menos que Sora o yo te pidamos que lo hagas.

—¡No, Mari! ¡No me dejes aquí sola! —gritó la chica.

—Aquí estás más segura que en cualquier otro lugar del bosque.

—¿Y si Sora o tú no regresáis?

Mari estuvo a punto de asegurarle que no tenía de qué preocuparse, que ambas volverían, y luego pensó en Leda, a quien había perdido mucho antes de lo que debería.

—Si no regresamos, quédate aquí hasta que recuperes las fuerzas. En la despensa hay suficientes víveres y suministros para varios días, si los usas con cautela. Luego, tendrás que seguir al resto de las mujeres del clan hasta la costa o ir al sur con el clan de los molineros. Viaja únicamente durante el día. Busca un árbol grande en el que esconderte de noche. ¿Lo has entendido?

Danita asintió.

—Atranca la puerta cuando yo salga —repitió Mari.

Tan pronto abrió la puerta, Sora se echó a sus brazos, sollozando y sin dejar de hablar, histérica:

—¡Lo siento! ¡Lo siento! Tenía que traerle. Los hombres están en el bosque. Me atacaron. ¡Lo siento, Mari!

Profundamente confundida, Mari miró más allá de donde se encontraba Sora y vio que Nik estaba de pie en el vano de la puerta. Sostenía una ballesta en una mano y un cepo lleno de conejos vivos en la otra. Tenía un aspecto sucio y pálido y estaba empapado en sudor. El corazón de Mari dio un extraño brinco de alegría cuando él la sonrió. Entonces, Nik se apartó levemente a un lado y reveló la presencia de Jenna.

—¡Sorpresa! —dijo Nik.

Incapaz de hablar entre las lágrimas, Mari abrió los brazos para que Jenna pudiera acudir al abrazo. Se quedó así, abrazando a las dos jóvenes mientras Nik le sonreía a los ojos, durante un instante que se le hizo eterno.

No fue capaz de apartar la vista de él, ni de recobrar la voz, hasta que se acuclilló para saludar a Rigel.

—Eh, hola, cuánto me alegro de volver a verte, chicarrón. Cuánto me alegro de verte. —Rascó al alegre can entre las orejas.

Mari miró a Sora, y se dio cuenta de cómo estaba en realidad: el rostro surcado de lágrimas, el labio ensangrentado, la ropa arrancada.

—¡Estás herida! —Mari se apartó de las dos chicas y comenzó a hacer recuento de las lesiones de Sora, al que se añadieron las mordeduras que ya empezaban a amoratarse en la parte superior de los brazos—. ¿Qué ha pasado? Cuéntame qué ha pasado.

Nik entró en la madriguera y cerró la puerta tras él. Ahí fue cuando Danita se puso a gritar.

—Ve con ella. Yo estoy bien —dijo Sora.

Mari acudió todo lo deprisa que pudo junto a Danita y sostuvo su rostro entre las manos.

—Danita, estás completamente a salvo. Es amigo nuestro, se llama Nik. No es un caminante terreno, así que no sufre de Fiebres Nocturnas.

—¡Es un camarada! ¡Nos secuestrará, nos matará!

—No, no lo hará. Él es distinto —dijo Jenna, que apareció junto a Mari—. Nik acaba de ayudarme a escapar de los camaradas.

—Jenna, lleva a Danita al cuarto trasero y ayúdala a meterse en la cama. —Sin embargo, antes de que Jenna pudiera hacer lo que le había pedido, Mari la atrajo contra sí en un fuerte abrazo—. ¡Me alegro tanto de tenerte de vuelta!

—¡Yo también, Mari! —Jenna se apartó un momento y miró a Mari a los ojos—. ¿Qué te ha pasado en el pelo?

—Culpa de Sora.

Jenna rio, y luego su expresión se serenó.

—Nik me ha contado lo de Leda. Lo siento muchísimo.

Mari volvió a abrazarla.

—Lo sé, cielo, lo sé.

Cuando por fin la soltó, Jenna le dio un beso en la mejilla y cogió a Danita de la mano para llevarla al otro cuarto.

Mari se dirigió hacia Sora, que trataba de verter agua en el cazo para preparar una infusión. Las manos le temblaban tanto que derramaba mucha más agua de la que conseguía que se quedara en el cazo.

—Yo me ocuparé de eso. Tú siéntate.

Sora se sentó en su sitio de siempre, junto a la chimenea, y clavó los ojos en el fuego. Mari miró a Nik, que se había sentado en la silla que había al lado del escritorio y acariciaba a Rigel, cuya cola no dejaba de tamborilear contra el suelo.

—¿Tú estás herido? —le preguntó.

—No, ninguna herida nueva. Aunque creo que se me ha abierto la herida de la espalda.

—¿Tiene mala pinta?

Sacudió la cabeza para negar.

—Atiende primero a Sora. Ella te necesita más.

Mari se sentó al lado de Sora.

—¿Qué ha pasado? ¿Dónde te duele?

—Me-me duelen los brazos, y los pechos —susurró. Entonces, comenzó a alzar la voz—. La cara. ¿Qué me ha pasado en la cara? —Sora miró a Mari, desesperada, y se llevó la mano al labio ensangrentado.

Mari se la atrapó al vuelo y la detuvo con delicadeza antes de que llegara a su destino.

—Tienes un corte en el labio, pero no es grave. Se te está empezando a hinchar la mejilla y está empezando a asomar un moratón. —Dudó un momento antes de apartar los jirones de ropa de Sora para examinarle el resto del cuerpo. Por encima del hombro, dijo—: Nik, ¿podrías salir de la madriguera? Con que te quedes en la puerta vale. Tengo que reconocer a Sora.

Nik ya estaba incorporándose con gestos rígidos cuando Sora habló:

—No hace falta que se marche. Me ha salvado. Pero ¿podría darse media vuelta?

—Claro, Sora —respondió Nik, y le dio la vuelta a la silla para quedar de espaldas a las dos jóvenes.

—De acuerdo, cuéntame qué ha pasado —dijo Mari mientras empezaba a apartar las prendas rasgadas del magullado cuerpo de Sora.

—Estaba en el claro. Estaba tan contenta que metí los pies en el arroyo y me puse a pensar en la de cosas maravillosas que podría hacer con el pavo cuando oí un gruñido —Sora sonrió entre nuevas lágrimas—. Me estaba sentando bien sentirme feliz…

Mari asintió e hizo un sonido para darle a entender que comprendía, aunque no apartó la vista de las feas heridas que cubrían sus brazos.

—Jaxom, Brandon y Joshua salieron del bosque. Ni siquiera me di cuenta de su presencia hasta que fue demasiado tarde —continuó Sora—. Intenté razonar con ellos, pero estaban completamente desquiciados y tenían un aspecto horrible, infinitamente peor que con las Fiebres Nocturnas, infinitamente peor que cualquier cosa que haya visto en mi vida... Querían que los purificara, aun siendo de día... Y cuando se dieron cuenta de que no podía hacerlo me sacaron a rastras del agua y me atacaron. —Las lágrimas se derramaron por su rostro—. Me inmovilizaron contra el suelo. Jaxom también. Jaxom iba a violarme... Iban a violarme todos. —A Sora empezaron a temblarle los hombros—. Entonces, apareció Nik. Ma-mató a Brandon y Joshua y disparó a Jaxom, pero Jaxom se escapó.

Mari miró las anchas espaldas de Nik.

—¿Mataste al tercero, Nik?

—No estoy seguro —dijo—. No lo vi caer, pero la flecha se le clavó en el hombro. Si acerté en el lugar adecuado, se desangrará. De lo contrario, supongo que tardará en morir, pero que acabará haciéndolo a causa de la infección. Sora tiene razón. A esos hombres les pasaba algo muy muy malo.

—Jaxom y yo éramos amigos —sollozó Sora—. Hasta habíamos hablado de emparejarnos.

—¿Te violó? —preguntó Mari en voz baja.

—No, Nik lo detuvo antes —negó Sora con una sacudida de cabeza.

Mari soltó un largo suspiro de alivio.

—Bien, eso es muy bueno. De acuerdo, voy a lavarme para curarte las mordeduras. La piel solo se te ha abierto en algunos lugares, pero te van a salir muchos moretones y eso te va a doler. Te prepararé una infusión para aliviarte el dolor y que puedas dormir.

—No quiero dormir. Límpiame las heridas, pero el sueño no me repondrá. Tengo un pavo que asar. Siento lo de la flecha de agua y la lavanda, debería haberlas recogido antes de meterme en el arroyo a jugar. Debería... —Sora se quebró de nuevo, y ocultó el rostro entre las manos mientras sollozaba.

Mari abrazó fuertemente a su amiga contra sí.

—Nada de esto ha sido culpa tuya. Absolutamente nada.

—He-he traído a Nik aquí. Lo siento, Mari —dijo con voz entrecortada.

—Tenía que hacerlo, Mari —intervino entonces Nik—. No sabíamos cuántos más podía haber en el bosque. Y el que estaba herido podría haber regresado. Te juro que jamás revelaré dónde se encuentra tu hogar a ningún miembro de la tribu, Mari. Puedes confiar en que tu secreto estará a salvo conmigo.

—No pasa nada, no pasa nada —los tranquilizó Mari a ambos—. Te creo, Nik. Lo más importante es que estáis aquí, a salvo. Ya pensaremos en lo demás a su debido tiempo.

—Ha traído a Jenna a casa —dijo Sora, alzando el rostro surcado de lágrimas para mirar a Nik.

Mari tuvo que parpadear con fuerza para no echarse a llorar.

—Y eso implica que vas a tener dos bocas más que alimentar en la cena —dijo, antes de sumirse en un llanto que no sabía si era de histeria o de felicidad.

Sora le dedicó una sonrisa vacilante.

—Menos mal que el pavo es grande y gordo.

—Menos mal que estamos todos juntos. —Mari la abrazó—. ¿Crees que podrías prepararnos una infusión mientras reviso la herida de la espalda de Nik y corto un poco de hidrastis?

Sora asintió.

—Vas a necesitar que hierva más agua para limpiarte, ¿verdad?

—Sí.

Mari se acercó al camastro vacío, sacó una manta y se la tendió a Sora para que se envolviera en ella. Sora empezó a seleccionar las hierbas para la infusión y Mari fue con Nik.

Se quedó frente a él y le tendió la mano.

—Hola, Nik. Me alegro de volver a verte.

Él le sonrió, le tomó la mano, se la volteó y, como si fuera algo que hiciera todos los días, la besó en el lugar donde confluía el pulso de su muñeca.

—Hola, Mari. Yo también me alegro de volver a verte.

Aunque tenía las mejillas tan sonrojadas que las sentía arder, Mari consiguió hablar con voz tranquila, como si estuviera acostumbrada a que Nik la besara.

—Vas a tener que quitarte la camisa para que pueda ver cuánto has estropeado mi trabajo.

—Lo siento, pero liberar a Jenna y llegar hasta aquí ha sido un poco más difícil de lo que me pensaba —replicó Nik, quitándose la camisa.

Mari se colocó tras él y frunció el ceño al ver la herida sangrante.

—Bueno, no hay síntomas de infección, y tampoco se te han abierto del todo los puntos. Te dolerá, pero te la limpiaré y la vendaré con fuerza para que siga curando bien, aunque se te va a quedar una cicatriz bastante fea.

—Las cicatrices dan personalidad —dijo Nik.

Mari escuchó a Sora resoplar junto a la chimenea, y eso le arrancó una sonrisa. Sora se recuperaría.

—De acuerdo, poneos cómodos mientras voy a buscar lo que necesito para curaros a los dos —Mari calló durante un momento y luego añadió—: ¿Jenna también está herida?

—No. Estaba bastante mal anoche, cuando la saqué de la isla, pero a medida que nos hemos ido acercando aquí ha mejorado por momentos —dijo Nik.

Mari sonrió, aliviada.

—Me alegro de oír eso. —Mari hizo un apunte mental para acordarse de purificar a Jenna cuanto antes, tan pronto como saliera la luna. Luego apoyó una mano en el hombro de Nik y miró directamente a sus ojos verdes—. Gracias por salvar a Sora.

—No podía hacer otra cosa —dijo Nik.

—Sí, sí que podías —replicó Sora.

Mari y Nik se volvieron para mirarla. Sora estaba de pie junto a la chimenea, envuelta en una manta, amoratada y ensangrentada, pero entera.

—Si de mí hubiera dependido, el día que te encontramos te habría matado y dejado tu cadáver allí para que lo devoraran las cucarachas. Lo sabías, y aun así me salvaste. Me equivoqué contigo. Te pido que me disculpes por ello, Nik —dijo Sora.

—Te disculpo gustoso, Sora.

Sora parpadeó, se secó las recientes lágrimas que le corrían por las mejillas y se giró de nuevo hacia la chimenea.

—Y gracias por liberar a Jenna —dijo Mari—. Parece que hoy tengo muchas cosas que agradecerte.

Nik tomó la mano que Mari tenía apoyada en su hombro y se la sostuvo con delicadeza.

—Antes de que me consideres un héroe, tengo que explicarte exactamente por qué he liberado a Jenna.

—De acuerdo, dime —dijo Mari.

—Tengo un primo que es como un hermano para mí. Se llama O'Bryan. Una manada de machos como la que ha atacado a Sora lo atacó a él. Durante mi ausencia, su herida se ha infectado con roya. Se está muriendo, Mari. No tardará en hacerlo. Liberé a Jenna para intercambiar una vida por otra: la suya por la de mi primo. Por favor, regresa conmigo a la tribu para curar a mi amigo.

44

Mari se sintió como si Nik acabara de darle un puñetazo en el estómago. Apartó su mano de la de él.

—Tienes razón. No deberíamos considerarte un héroe —respondió.

—No hagas eso, Mari. —Mari alzó la vista y vio a Jenna de pie en el vano de la puerta—. Podría haberme atado y arrastrado hasta nuestro territorio y haberme mantenido prisionera hasta que hubieras accedido a ayudarle, pero no lo ha hecho. Ha sido bondadoso conmigo, bondadoso de verdad. Incluso intentó ayudarme la noche en que mataron a padre. Puede que no sea tan heroico como tú te piensas, pero, desde luego, tampoco es un villano. —Después, su mirada se posó en Rigel—. Mari, ¿por qué tienes un pastor de ese tamaño en tu madriguera? ¿Es de Nik?

—¡No! —dijeron Mari y Nik a la vez.

—Es mío —continuó Mari—. Se llama Rigel, fue él quien me encontró —luego le espetó—: Jenna, mi padre era un camarada de la tribu de Nik. Por eso tengo este aspecto, y por eso Rigel ha establecido un vínculo conmigo.

—¿Tu padre violó a Leda como los hombres de la tribu han intentado hacer con Sora?

—No, él quería mucho a mi madre —dijo Mari.

—Bueno, y ¿dónde está? —preguntó Jenna.

—Murió cuando yo era un bebé.

—Vaya. Lo siento mucho. Eso explica, en parte, por qué siempre has sido tan distinta —dijo—. Danita dice que podría comer algo, y yo también. He pensado que podría empezar a desplumar ese pavo para que Sora lo prepare.

—Eso estaría muy bien. Gracias, Jenna —dijo Sora—. Herviré un poco más de agua, entonces.

—De acuerdo, llámame cuando esté lista. Me quedaré acompañando a Danita hasta entonces.

Cuando se marchó, Mari sacudió la cabeza.

—Creía que sería mucho más complicado.

—¿El qué sería más complicado? —preguntó Nik.

—Revelarle a la gente su verdadera naturaleza —dijo Sora, que seguía dándoles la espalda mientras empezaba con los preparativos de la cena—. Verás, Nik, nuestra Mari piensa que el clan la odia y que la desterraría porque es mitad camarada.

—Tal vez lo hicieran —dijo Mari—. Tal vez mis amigas son las únicas dispuestas a aceptarme.

—Yo siempre digo que, si alguien no es tu amigo, no merece la pena perder el tiempo con él —dijo Sora mientras hacía tintinear ollas y sartenes y empezaba a llenar tazas de infusión humeante.

—Yo soy tu amigo —dijo Nik—. Yo te acepto por lo que eres y por cómo eres.

Mari miró a Nik.

—¡De acuerdo, de acuerdo! Ve a buscar a tu primo. Lo curaré.

—Esa también fue mi primera opción, pero, cuando lo vi anoche, me di cuenta de que la roya está demasiado avanzada como para que pueda llegar hasta aquí caminando. Mari, tienes que venir a la tribu conmigo.

—¡No! Estoy dispuesta a ayudarte, sobre todo después de todo lo que has hecho por mí, pero Mari no puede ir allí —dijo Sora.

—Tienes que hacerlo —Nik se dirigió directamente a Mari—. Por favor. De lo contrario, morirá.

—¿Y qué pasará si le salva, si le cura de esa espantosa roya? ¿Esperas que creamos que el resto de tu tribu dejará marchar a Mari sin más?

—No, no espero que creáis que la dejarán marchar. Espero que creáis que mi padre y yo nos aseguraremos de que pueda entrar y salir de la tribu de manera segura.

—¿Qué tiene que ver tu padre con esto? —preguntó Mari.

—Es nuestro Sacerdote Solar: es el líder de nuestra tribu —dijo Nik.

Sora fue la primera en romper el conmocionado silencio que se hizo tras las palabras de Nik.

—Yo lo haré. Iré contigo y curaré a tu primo. Has dicho que querías cambiar una vida por otra. Acabas de salvar la mía. A cambio, yo salvaré la de tu primo.

—¿Puede hacerlo? —le preguntó Nik a Mari.

—Probablemente, pero no será necesario. Iré yo.

—¡Mari, no! Eres lo más cercano a una Mujer Lunar que tenemos. No puedes ir tú —dijo Sora.

Mari se acercó a Sora.

—Tú también eres una auténtica Mujer Lunar. Si algo me sucediera, tienes los diarios de mi madre. Puedes quedarte con esta madriguera. Cuida de Jenna. Enseña a Danita. Ve con los molineros y los pescadores y trae de vuelta a nuestras mujeres a sus hogares. Sé quien creía Leda que podías llegar a ser.

Sora se secó las lágrimas.

—Seré quien tú crees que puedo llegar a ser.

—Te la devolveré sana y salva. Te lo prometo —dijo Nik.

Sora atrajo a Mari a sus brazos y la abrazó con fuerza. Por encima del hombro de Mari, le dijo a Nik:

—Más te vale porque, de lo contrario, iremos a buscarla.

Mari y Nik se marcharon después de que Sora les hubiera preparado un frugal almuerzo compuesto por restos de estofado y pan. Se pasó todo el tiempo quejándose de que iban a perderse el banquete de pavo que estaba preparando, pero Mari estuvo de acuerdo con Nik. Según los síntomas que le había descrito, hasta los cuadernos de Leda advertían de que la enfermedad estaba demasiado avanzada y que, si no se tomaban medidas drásticas, podía llegar a ser fatal.

Mientras salían de la madriguera y emprendían el largo y caluroso trayecto hasta la tribu, Mari pensó en las «medidas drásticas» que tendría que poner en práctica y en que, según los apuntes de su madre, ni siquiera eso garantizaba que un caso tan avanzado pudiera curarse.

—Pareces preocupada —dijo Nik.

—Estoy pensando en tu primo —admitió Mari—. Nik, eres consciente de que puede que esté demasiado enfermo como para curarle, ¿verdad?

—Esa fue una de las primeras cosas que pensé cuando le vi anoche. Por eso partí inmediatamente, a pesar de que sabía que sería perjudicial para mis propias heridas —dijo Nik—. Mari, ¿crees que la roya podría volver?

—No vi ninguna anotación en los cuadernos de mi madre que mencionara que la roya fuera una enfermedad recurrente. Aunque, claro, sus observaciones no las hizo con camaradas, si bien tú respondiste inmediatamente al tratamiento. Creo que estás bien, Nik.

—Me alegro de oír eso —dijo Nik.

—Y ya sabes dónde vivo. Si las heridas empiezan a molestarte, ven a mi madriguera y les echaré un vistazo.

—De eso me alegro aún más —Nik le sonrió—. Pero ¿es necesario que me duela algo para poder verte?

—¿Y para qué ibas a querer verme, si no?

—¡Porque me caes bien! Y también me cae bien Rigel. Y ahora que Sora no quiere matarme, ella también me cae bien.

—No sé si podemos ser amigos —dijo Mari muy despacio, sorprendida del esfuerzo que le costaba rechazar aquella oferta.

—Pensaba que ya éramos amigos.

—Bueno, lo somos. Pero eso no significa que podamos seguir viéndonos. Nik, a mi padre lo mataron porque tenía una relación con una caminante terrena. No quiero que a ti te pase lo mismo —dijo Mari.

—Ahora el mundo es distinto al de hace tantos años —dijo Nik.

Mari le miró a los ojos.

—Vas a tener que demostrarme eso cuando llegue a tu tribu.

Una ardilla apareció corriendo en el sendero, frente a ellos, y Rigel salió corriendo a perseguirla mientras ladraba de alegría.

—¿Estás seguro de que no debería mandarlo de vuelta a la madriguera? Sora no para de llamarlo alimaña, pero, aunque no quiera admitirlo, es evidente que le tiene cariño. Allí al menos estará a salvo —dijo Mari mientras observaba cómo la ardilla huía de su cachorro y se subía a la copa de un árbol.

—La tribu jamás separaría a un camarada de su can. Ya te lo he dicho.

—Yo solo soy mitad camarada —le recordó Mari.

—No, tú eres la camarada de Rigel, su compañera de por vida, y eso es más fuerte que lo que sea que fluya por tu sangre. Confía en mí, Mari. No permitiré que nada malo os pase a ninguno de los dos.

Caminaron un rato en silencio hasta que la curiosidad de Mari empezó a inquietarla.

—Entones, ¿tu padre es el líder de tu tribu además de su sacerdote?

—Sí, el líder siempre es un sacerdote o una sacerdotisa. Luego hay un Consejo de ancianos que se ocupa de los asuntos tribales y dicta leyes y cosas así —Nik calló un momento y luego añadió—: ¿Y tu clan, entonces, llama a sus curanderas Mujeres Lunares?

Mari se había convencido de que estaba preparada para responder a las preguntas de Nik. Ya había oído suficiente, tanto que su curiosidad resultaba peligrosa. Además, justo antes de que se marcharan Sora se la había llevado a un lado y le había recordado con extrema vehemencia que ningún miembro de la tribu podía conocer hasta qué punto llegaban las habilidades de una Mujer Lunar. Mari estaba de acuerdo, pero tampoco tenía ganas de mentir a Nik. Se había prometido a sí misma que le contaría la verdad, aunque no necesariamente toda.

—¿Mari?

—Ay, lo siento. Sí, una Mujer Lunar es una curandera, aunque en realidad es algo más complicado que eso. Como ya te he explicado antes, por lo general cada clan tiene una única curandera, y siempre vivimos apartadas de nuestra gente —respondió.

—¿Por qué?

—Por seguridad. —Le dedicó a Nik una penetrante mirada que daba a entender que las Mujeres Lunares tenían que mantenerse a salvo de la tribu y sus cazadores.

—Ah, ya entiendo. —Apartó la vista y Mari suspiró, aliviada, aunque solo en su imaginación—. Lo siento.

—No lo sientas. Tú no tienes nada que ver. —La culpa hizo que la respuesta de Mari sonara más cortante de lo que pretendía, así que añadió—: Así es nuestro mundo.

—A veces pienso que nuestro mundo necesita un cambio.

Mari imitó el resoplido sarcástico de Sora.

—¿Solo a veces?

—Sí, a veces. Cuando estaba en tu madriguera viendo cómo Sora gruñía porque no podíamos quedarnos a disfrutar de su banquete, o cuando he visto a Jenna jugando a ese extraño juego de cartas con Danita, o a ti corriendo de la habitación a la despensa una y otra y otra vez mientras recargabas el zurrón en el que llevas tus medicinas... Bueno, esos son algunos de los momentos en los que pienso que el mundo no necesita un cambio —dijo Nik.

Mari se lo quedó mirando sin saber qué decir.

—¿Todas vuestras curanderas tienen los ojos grises?

Su pregunta la sorprendió, y Mari buscó una respuesta que no fuera directamente una mentira.

—¿Por qué lo preguntas?

—Tú tienes los ojos grises y Sora también. Las dos sois Mujeres Lunares. Y la chica nueva... ¿Danita?

—Sí, así se llama.

—Ella también tiene los ojos grises. He escuchado cómo le pedías a Sora que la entrenara. Y la caminante terrena que anoche me dijo dónde estaba encerrada Jenna fue la única mujer capaz de hablar conmigo, y sus ojos también eran grises.

—¿Te dijo cómo se llamaba?

—Sí. Isabel.

La noticia de que una de las jóvenes que Leda había estado a punto de elegir como aprendiz estaba prisionera cayó sobre Mari como un secreto enfermizo.

¿Qué haría mamá? ¿Qué haría mamá?

—Mari, ¿pasa algo?

—La conozco. Isabel era... amiga de mi madre.

—Sospecho que conoces a muchas de las Mujeres Lunares de la isla de la Granja —dijo Nik.

Mari asintió.

—No sé qué decir.

Mari le miró, y le sostuvo la mirada con una fiera osadía que hasta a ella misma la pilló desprevenida.

—Podrías decirme que me ayudarás a encontrar una manera de liberarlas.

—¿A tus amigas?

—Sí. No. A todas, Nik. A todas las caminantes terrenas. A mis amigas, a las mujeres que no conozco. A todas.

—Creo que la clave para hacer eso eres tú —replicó él.

Su respuesta la dejó profundamente conmocionada.

—¿Yo?

—Por supuesto. Escúchame: sé que no conoces a mi tribu, a mi pueblo, pero no son monstruos. No son asesinos, ni esclavistas. No son más que personas, como Sora, como Jenna y como tú. Justifican la esclavitud de los caminantes terrenos por la maldita roya. El trabajo en el campo, plantar, desbrozar, regar, recolectar, es una condena a muerte para un pueblo incapaz de sobrevivir a un sencillo corte en la piel. ¡Pero tú puedes curar la roya! Si compartes la cura con mi tribu, dejarán de tener un motivo para esclavizar a tu gente.

Mari se lo quedó mirando. ¿De verdad era tan inocente, o es que estaba intentando engañarla para que le diera la cura? Por supuesto, la ironía estaba en la nota del cuaderno de curas de Leda: «La infección sanó gracias al poder de la luna». Mari podía darle la receta de la pomada de raíz de añil, eso era muy fácil. Pero, sin una Mujer Lunar que invocara la energía lunar, sería tan poco efectiva como todos los remedios que seguramente ya estaban empleando los curanderos de la tribu.

Sin embargo, no podía contarle la verdad. ¿O sí?

—Nik, sanar la roya no es tan sencillo como tú te piensas. Hay cosas sobre las Mujeres Lunares, y sobre mi gente, que desconoces. Es… complicado —tergiversó.

—¡Ah, ya sé! Me acuerdo. También necesitabas la energía lunar para curar la roya. ¡Afortunadamente, nos llega muchísima luz de luna en los árboles!

—Bien, me alegro —respondió Mari, con sincera alegría—. Pero, Nik, eso no es todo.

—Lo entiendo. No quieres compartir la cura con la tribu. ¿Por qué deberías hacerlo?

Mari detestó la tristeza que acababa de asomar a los ojos de Nik.

—Nik, ¿te parece bien si lo discutimos después?

—De acuerdo. Ahora mismo, solo tenemos que preocuparnos de que O'Bryan se ponga bien. Todo lo demás ya vendrá —dijo Nik.

—A mí eso me suena bien —dijo Mari. Rigel pasó corriendo junto a ellos, ladrando con fiereza a otra ardilla. Mari y Nik rieron—. Entonces, ¿el can de tu padre es el padre de Rigel?

—Laru, se llama Laru. Ambos se parecen mucho —Nik sonrió cuando vio que Rigel intentaba trepar el árbol para perseguir a la ardilla—. También tienen un carácter muy parecido. O, al menos, Rigel se comporta igual que Laru cuando era más joven. Ahora es más maduro. O, por lo menos, intenta serlo, pero el parecido es evidente.

—¿Podré conocer a Laru?

—¡Claro! Siempre va con mi padre —dijo Nik.

—¿Voy a conocer a tu padre? —Mari se sintió un tanto mareada.

—No podría ser de otra manera. Además, con él estarás a salvo. Yo puedo prometerte que no dejaré que te suceda nada, pero padre tiene el poder para garantizarte un acceso seguro.

—¿Sabe quién soy? ¿Quién soy en realidad?

—Sí.

—¿Y me acepta?

—Absolutamente —dijo Nik—. Me ayudó a sacar a Jenna de la isla. Lo sabe todo, Mari. Puedes confiar en mi padre tan plenamente como confías en mí.

Mari le dedicó una miradita nerviosa, pero no dijo nada. Luego tuvo una idea, y le preguntó:

—¿La tribu entera está al tanto de que te acompaño?

—¡No! Solo mi padre y yo. Y O'Bryan, por supuesto.

A través de una serie de furtivas miradas contenidas, Mari lo escrutó.

—Te vas a meter en un buen lío por haber liberado a Jenna, ¿verdad?

—No lo sé —dijo Nik—. No creo que nadie haya liberado antes a una escar..., esto, quiero decir, a una caminante terrena.

—Te vas a meter en problemas, entonces —dijo Mari.

—Es lo más probable.

No parecía ni remotamente preocupado, así que Mari decidió bromear:

—Bueno, ¡siempre puedes esconderte en mi madriguera!

Nik se detuvo y buscó sus ojos con una sonrisa en los labios.

—Esa es una oferta que tal vez tome en cuenta.

Con el estómago tan revuelto como la cabeza, Mari dijo:

—Esto... ¿Cuánto queda, todavía?

—No mucho. Llegaremos poco después de la puesta de sol.

Mari miró el cielo, que ya empezaba a oscurecer, y se secó en la túnica las sudorosas palmas de las manos.

—No debes estar nerviosa. Solo conocerás a padre y a O'Bryan. Ah, y a Laru, por supuesto.

—Nik, ¿a ti te pareció poca cosa cuando nos conociste a Sora, a Rigel y a mí?

—¡No! Fue como si me hubiera zambullido de cabeza en un mundo nuevo.

—De acuerdo, entonces voy a estar nerviosa.

La sonrisa de él se ensanchó.

—Lo que vas a estar es fabulosa.

45

Con el lienzo del sol poniente de fondo, Mari tuvo la impresión de que la ciudad de la Tribu de los Árboles era un mágico cuadro pintado por los dioses celestiales. Tras ascender el trillado camino de las colinas en menos tiempo del que esperaban, Nik la llevó hasta un pino ubicado a varios cientos de metros de distancia de donde comenzaba la ciudad. El tronco estaba provisto de anchos y sólidos escalones, así que a Rigel no le costó seguir a Mari y Nik hasta lo alto de la hermosa plataforma de madera pulida, rematada con una baranda decorada con tallas de flores y pájaros cantores.

—¿Qué es este lugar? —preguntó Mari, acariciando los complejos ornamentos mientras miraba hacia el oeste, a la ciudad en los árboles.

—Se construyó hace mucho tiempo, es un lugar para meditar en privado. Por eso no está conectado con el resto de la tribu. Y también por eso mi padre sabía que aquí no habría nadie estando tan próximo el anochecer. Está demasiado lejos de la ciudad como para que pueda usarse después de la puesta de sol.

—Espera, ¿has dicho «tu padre»?

Nik sonrió.

—Fue idea suya traerte aquí. —Buscó en la plataforma, bajo los bancos de madera que rodeaban el perímetro del árbol, hasta que encontró una caja—. Esto también ha sido idea suya. —Nik abrió la cajita de latón y se dispuso a encender la vela, un grueso cilindro de cera de abeja—. Padre buscará esto. Nos quedaremos aquí hasta que anochezca del todo y luego, con su ayuda, te llevaré hasta O'Bryan. —Nik encendió la vela y la colocó sobre la ancha baranda, orientada hacia el oeste—. Ya está. Ahora, toca esperar. —Nik hizo un gesto que abarcaba los enormes pinos y la ciudad construida en sus copas—. Mi aporte al plan es que he pensado que te gustaría tener unas buenas vistas de la tribu antes de entrar a escondidas en su ciudad.

Mari miró al oeste.

—Es increíble. No tenía ni idea de que fuera tan grande. —Tenía la mano apoyada en la baranda y sus dedos recorrían el contorno de los intrincados diseños—. Todo es tan hermoso... Estas tallas... Las flores y los pájaros parecen tan reales que casi espero empezar a oler el jazmín mientras observo cómo los pájaros echan a volar.

—La talló mi madre —dijo Nik.

—¿De verdad? Tenía mucho talento —dijo Mari—. ¿Cuántos años dices que tenías cuando murió?

—Fue justo después de cumplir mi décimo invierno.

Entre ambos se hizo un largo silencio, y luego Mari preguntó:

—¿Con el tiempo te cuesta menos acostumbrarte a su ausencia?

—Sí y no. Sí que duele menos, es como si el dolor se disipara. Pero lo que no se disipa es la nostalgia. A veces me ataca cuando menos me lo espero, haciendo cosas tan sencillas como elegir una manta nueva para mi nido. De repente su voz está ahí, en mi mente, diciéndome que ese tono concreto de azul le recuerda al cielo de verano —Nik calló un momento y tuvo que aclararse la garganta antes de continuar—. Cuando pasan esas cosas, la echo tanto de menos que tardo un rato en recuperar el aliento.

Mari asintió, comprensiva.

—A veces yo estiro la mano para coger algo y, de repente, me doy cuenta de que mi mano es exactamente igual de que la de mi madre. Es extraño que sea algo a la vez triste y consolador.

—Tú al menos pudiste dibujarla. Así no se te olvidará su cara —dijo Nik.

—¿Tú no conservas ningún dibujo de tu madre?

—Sí, pero no son tan buenos como los tuyos. Tu talento es impresionante.

—Yo podría hacerte un dibujo de ella algún día, si me dejas intentarlo —dijo Mari.

—¿Cómo?

—Tendrías que mostrarme un dibujo suyo y luego darme más detalles: describirme cómo era, no solo qué aspecto tenía. Contarme las cosas que le gustaban y las que detestaba. ¿Cómo eran sus días cotidianos? ¿Cuáles eran algunas de las cosas que más os gustaban hacer juntos? La expresión es importante para hacer un buen retrato, y la expresión se rige por las cosas que le gustan o le disgustan a una persona.

—Significaría mucho para mí, y también para mi padre.

—Estaría encantada de hacerlo. Cuando dibujo, es como si me transportara a otro mundo —dijo Mari.

—¿Tanto odias este mundo?

Mari le sostuvo la mirada.

—Solía hacerlo.

—¿Y ahora?

—Ahora no estoy segura. No estoy segura acerca de muchas cosas que antes creía que sabía —dijo Mari.

—Yo tampoco.

Rigel trotó hasta ellos y se sentó entre ambos, tumbado con medio cuerpo dentro y medio cuerpo fuera sobre los pies de ambos. Nik sonrió.

—Formamos un equipo un poco raro.

—En eso podemos estar de acuerdo. —Mari acompañó su risa.

—Ojalá hubieras conocido a mi madre. Le habrías caído bien —dijo Nik.

Mari se dio cuenta de que aquel inesperado cumplido la había sonrojado.

—Eso ha sido muy amable por tu parte. Gracias.

—No es más que la verdad, pero de nada. Gracias a ti por acompañarme.

Pasaron un rato sentados en la hermosa plataforma, el uno junto a la otra, esperando a que el mundo les diera alcance. Observaron cómo el cielo se oscurecía y luego empezaba a salpicarse poco a poco del polvo cristalino de las estrellas. La luna apareció como un gran cuarto creciente, brillando con tal intensidad que

Mari tuvo que entrecerrar los ojos para que no la cegara. Finalmente, las luces titilantes de los braseros y las antorchas empezaron a apagarse, y la ciudad quedó quieta y adormecida.

—¿Estás lista? —le preguntó Nik.

—Sí —respondió ella con seguridad, con la esperanza de que su respuesta resultara ser una profecía autocumplida—. Pero ¿cómo vas a conseguir subirme ahí arriba sin que nadie me vea?

—Bueno, Mari, esto va a ser una gran aventura para ti. Esto… Se me ha olvidado mencionarlo antes, pero ¿le tienes miedo a las alturas?

—¿Importa mucho si lo tengo?

—Solo si gritas o te desmayas cuando te asustas —dijo.

—Sé que ahora mismo no estamos tan altos como el resto de la tribu, pero no me ha impresionado subir por las escaleras hasta esta plataforma. No creo que trepar un poco más alto vaya a suponer ningún problema —dijo Mari.

—Ah, pero es que no vas a trepar: vas a volar.

Riendo para sí, Nik le hizo un gesto para que le siguiera escaleras abajo. Desconcertada, pero intrigada, Mari le siguió.

—Es como si hubieran transformado una camilla en una jaula rarísima que se eleva. —Mari se acuclilló junto al artilugio hasta el que le había llevado Nik.

—Lo único que tenéis que hacer Rigel y tú es montaros dentro.

Mari alzó la vista. Y luego la alzó un poco más. Y un poco más aún. Y notó que algo le revoloteaba en el estómago.

—¿Va todo bien? —preguntó Nik.

—Sí, solo estaba pensando. Nik, hay muchísima distancia hasta ahí arriba. ¿De verdad esto es seguro?

—Mucho más seguro que pasar la noche en el lecho del bosque con un chico que tiene las heridas abiertas —comentó Nik.

—En eso llevas razón. —Mari miró a Rigel—. ¿Él estará bien, o tengo que atarle de alguna manera?

Nik sonrió.

—¡Rigel, arriba! —Señaló la camilla. Sin la más mínima sombra de duda, el cachorro entró de un salto en el cubículo y se tumbó, con la boca abierta en una sonrisa canina y meneando la cola—. Está acostumbrado a las alturas, ¿recuerdas?

Mari suspiró. Entró detrás de Rigel, apretando el zurrón de las medicinas sobre su regazo y tratando de imaginarse que estaba en otro lugar, en cualquier otro lugar.

Nik entró tras ella.

—¿Lista?

—Para nada, pero venga, subamos de todas maneras —respondió ella.

Nik rio, divertido, y tiró de una gruesa soga de cáñamo. Hubo una pausa, y entonces la jaula del elevador empezó a subir. Mari tuvo que reprimir un grito y aleteó con los brazos para buscar los laterales de la camilla y algo alto a lo que agarrarse.

Las fuertes manos de Nik se posaron sobre sus hombros en un instante.

—Tranquilízate —le dijo al oído—. Usamos este ascensor para aquellos heridos que se encuentran tan graves que no son capaces de llegar a los nidos de la enfermería en ninguna de las cajas elevadoras que hay dispersas por la ciudad.

—¿Con eso quieres decir que debería estar gravemente herida?

—Con eso quiero decir que deberías confiar en que este pequeño ascensor es completamente seguro —dijo Nik—. Y abre los ojos.

—¿Cómo sabías que los tenía cerrados?

—Era una suposición sencilla. Ábrelos.

Mari le obedeció y se descubrió mirando a su alrededor mientras ascendían a los cielos. Los árboles eran colosales. También eran hermosos, con sus troncos cubiertos de musgo y helechos. A medida que iban subiendo, todo lo que los rodeaba comenzó a resplandecer y Mari se dio cuenta de que toda la ciudad estaba decorada con cristales, espejos, cuentas y lazos. Entonces, transportado por el viento que acababa de levantarse, llegó hasta ellos un musical tintineo acompasado con la brisa nocturna.

—¿Qué música es esa? Es como si el viento estuviera tocando cristales y campanillas, pero ¿cómo es posible? —le preguntó Mari a Nik.

—El viento está tocando cristales y campanillas, y cuentas y conchas y juncos vacíos y todos los valiosos objetos que cuelgan de las ramas de nuestros pinos.

—Guau. A mamá le habría encantado esto.

Instantes después, la camilla llegó hasta una amplia plataforma. De ella tiraba un hombre que parecía ser una versión mayor de Nik. A su lado había un enorme pastor cuyo rostro le resultaba extrañamente familiar. Rigel bajó de la camilla de un salto para saludar al pastor y Nik le tendió la mano a Mari para ayudarla a bajar a la plataforma. Luego, la presentó a su padre con tal entusiasmo que a Mari se le levantó el ánimo.

—Padre, esta es mi amiga, Mari. Ya conoces a su pastor, Rigel. Mari, me gustaría presentarte a mi padre, Sun, líder y Sacerdote Solar de la Tribu de los Árboles.

Mari deseó haber pensado con antelación qué hacer cuando conociera al padre de Nik o, al menos, haberle preguntado a Nik qué se suponía que debía hacer. Pero no dispuso de mucho tiempo para ponerse nerviosa, porque no tardó en verse envuelta por la calidez del abrazo de Sun.

—¡Bienvenida, Mari! ¡Eres muy muy bienvenida! —le dijo. Luego la sostuvo frente a él, separándola apenas la longitud de sus brazos, y la miró a los ojos—. Gracias por salvarle la vida a mi hijo. Es un regalo por el que jamás podré recompensarte como te mereces, aunque lo intentaré, Mari. Te prometo que lo intentaré.

Mari le sonrió con timidez. ¡Era tan alto! Sin embargo, cuando miró a Nik se dio cuenta de que, en realidad, él era más alto que su padre.

—No hay de qué, Sacerdote Solar —respondió, avergonzada—. Me alegro mucho de que Rigel me llevara hasta Nik, y estaré encantada de ayudar también a su primo.

—Por favor, llámame Sun —le pidió. Luego, su pastor se acercó a ella—. Y este es el padre de Rigel: Laru.

Mari estiró la mano frente al enorme pastor, que se la olfateó y se la lamió, meneando alegremente el rabo.

—¡Qué guapo eres! ¡Y Rigel se parece muchísimo a ti! —le dijo. Después, se volvió hacia Nik—. ¿Rigel se hará tan grande?

—Más, probablemente. ¿No crees, padre?

Sun sonrió.

—Tu Rigel ya es más grande de lo que era Laru a su edad. Tiene buen aspecto, Mari. Has cuidado muy bien de él.

—Gracias —respondió Mari, y luego añadió—: Espero poder ayudar también al primo de Nik.

La sonrisa de Sun se desvaneció.

—Yo también espero que puedas ayudar a O'Bryan, aunque me temo que tal vez sea demasiado tarde. Se quedó dormido a medio día, y no ha vuelto a despertarse.

—Entonces, tenemos que ir con él ahora mismo. —Nik empezó a correr hacia uno de los nidos cercanos, pero Sun lo agarró por el brazo.

—No está ahí, hijo. Lo han trasladado a uno de los nidos de transición.

—¿Ya ha bebido el acónito?

—Nikolas, baja la voz antes de que nos descubran y O'Bryan pierda la última oportunidad que le queda —dijo Sun.

—Sun, Nik, no puedo curar a nadie que haya ingerido raíz de acónito. Es imposible detener su veneno —dijo Mari.

—O'Bryan no ha bebido el jugo de la raíz —se apresuró a contestar Sun—. Tan solo se ha quedado dormido y no ha vuelto a despertarse.

—Llevadme con él —pidió Mari.

—Antes, ponte esto. —Sun le tendió una larga capa con capucha—. Es tarde, así que solo hay una curandera de guardia, pero tenemos que ser precavidos. Nikolas, he tenido que pedirle ayuda a Maeve.

—¿A Maeve? —preguntó Mari.

—Es una amiga especial —respondió Sun.

—Es su amante —explicó Nik.

—Bueno, ya he dicho que era especial —dijo Sun—. Maeve y yo hemos conseguido convencer a mi hermano y a su esposa de que abandonen un segundo el lecho de O'Bryan, del que no se han apartado desde que empezó a empeorar esta mañana. Los hemos mandado a su nido para que coman y traten de descansar un poco. He prometido mandar a buscarlos si su condición cambiaba. Espero que, cuando lo haga, sea para darles buenas noticias en lugar de malas. Ahora mismo, Maeve está con O'Bryan. —Se giró hacia Mari—. ¿Estás lista, hija?

—Lo estoy.

—Entonces, sígueme.

Mari siguió a Sun y a Nik por una amplia plataforma de madera que conectaba cuatro enormes pinos. Sobre los árboles había casas que en realidad parecían nidos de una especie de enormes y hermosas aves. El nido frente al que se detuvieron era el más hermoso de todo el conjunto. Estaba cubierto por un material transparente que flotaba con elegancia, mecido por el viento. De las ramas del árbol en el que estaba suspendido el nido colgaban resplandecientes ristras de objetos brillantes, entre los que Mari reconoció conchas y cristales, y también pedazos de espejo.

La entrada se levantaba un único escalón respecto de la plataforma. Una vez dentro, Mari quedó envuelta por la tenue y titilante luz de las velas que danzaban en su interior, metidas en unas urnas de cristal que colgaban del techo. El ambiente estaba cargado con el aroma de la cera derretida y de la carne putrefacta, y Mari identificó inmediatamente el olor de la roya.

Una mujer que parecía tener más o menos la misma edad que Sun se levantó del asiento que ocupaba junto al único paciente del nido y corrió a recibirlos. Sin embargo, a Mari la distrajo la pastora que salió disparada de su lado para saludar a Rigel con tal entusiasmo que su cachorro cayó al suelo.

—Fortina, cuidado. ¡Aquí no, ahora no!

La cachorra desenredó inmediatamente sus patas de las de Rigel y volvió junto a su camarada, con cara de arrepentimiento. Rigel regresó con Mari y se sentó a sus pies. Podía percibir la alegría y la emoción que bullían desde el animal a ella.

—Mari, esta es Maeve. Maeve, estos son Mari y su Rigel, al que tú ya conoces. Es el hermano de Fortina —dijo Sun.

—Hola, Mari. Tenía muchas ganas de conocerte. —Maeve tomó fugazmente la mano de Mari para saludarla, aunque con menos calidez de la que había demostrado Sun—. Rigel tiene muy buen aspecto.

Totalmente sobrepasada por la situación, Mari decidió centrar su atención en el único aspecto que podía controlar: ocuparse de un nuevo paciente.

—Hola, Maeve, gracias. Ese debe de ser O'Bryan —dijo, mirando por encima del hombro de la mujer hacia el cuerpo inmóvil de un joven postrado en una estrecha camilla.

—Sí, ese es mi primo. —Nik la cogió del brazo y la llevó junto a la cama—. Dime qué necesitas para ayudarle y yo te lo traeré.

Mari abrió su zurrón y sacó una bolsita tejida llena de hierbas.

—Hay que preparar una infusión muy cargada con esto.

—Pero, Mari, no está despierto —le dijo Nik.

Mari alzó la vista para mirarle.

—Lo estará y, cuando eso pase, lo va a necesitar.

—Yo la prepararé —dijo Maeve.

Recibió el paquete de manos de Nik y salió corriendo del nido.

Mari volcó toda su atención en el paciente, que estaba tapado con una fina manta. Cuando la apartó, tuvo que contener el aliento para acostumbrarse a aquel repugnante hedor. No le costó localizar la herida: O'Bryan tenía toda la pierna derecha negra e hinchada. Con mucho cuidado, Mari destapó la venda del gemelo. Escuchó las arcadas de Sun en algún lugar tras ella, pero no le dio mayor importancia: el mundo de Mari se reducía al hombre que estaba tendido en aquella cama.

Mari no había visto jamás una herida así. Estaba llena de úlceras y rezumaba pus y sangre descolorida. En la herida afloraban unas estrías púrpuras y negruzcas que le cubrían la pierna por completo y por las que se ramificaba la enfermedad. Mari le levantó la túnica y comprobó que se extendían más allá de la línea de su cintura. Era como si unos dedos de oscuridad intentaran alcanzar su pecho. En las zonas que no estaban afectadas por la infección, la piel estaba caliente y húmeda al tacto.

Se está muriendo... muy deprisa. Podría dejar de respirar en cualquier momento.

Mari cuadró los hombros y sacó la cesta llena de pomada de raíz de añil del zurrón.

—Necesito un poco de agua para aclarar la herida.

En cuestión de segundos, Nik le tendió un cubo con un cacillo y una toalla. Mari aclaró la herida, espantosamente infectada, de manera rápida y eficiente, y luego aplicó una gruesa capa de raíz de añil.

—Necesito vendas limpias —dijo. Alguien se las colocó en las manos y Mari envolvió la herida con ellas. Se levantó y miró a Nik y a Sun.

—¿Puedes salvarlo? —preguntó Sun.

—Voy a intentarlo —se dirigió a Nik—. Me dijiste que a los árboles llegaba mucha luz de luna.

Nik asintió.

—Necesito que nos ayudes a tu primo y a mí a llegar hasta allí, ahora.

—¿Afuera? ¿Quieres que saquemos a O'Bryan del nido para llevarlo a la plataforma? —preguntó Sun.

—No. Las copas de los árboles interfieren con la luz de la luna. Necesito un lugar donde entre la luna y nosotros no se interponga más que el cielo.

—¿Es completamente necesario? ¿No deberíamos esperar a que tu ungüento comience a hacer efecto? Si lo movemos, tal vez muera —dijo Sun.

—Si se queda aquí, la roya lo matará —dijo Mari.

—Pero ¿y qué hay de la pomada?

—La pomada es solo una parte de la cura para esta enfermedad. Necesito la luz de la luna, y no me sirve la poca luz que entra por ahí. —Mari señaló con la barbilla hacia las altas ventanas circulares del nido—. Sin toda la energía que proporciona la luz de la luna, sin ningún obstáculo que la interfiera, no tiene ninguna posibilidad —dijo Mari.

—La plataforma de oración. Es el punto más alto de la ciudad. Allí no hay nada que se interponga entre el sol, o la luna, y el cielo —dijo Nik.

—¿Es la única manera? —le preguntó Sun.

—Sí.

El Sacerdote Solar asintió con solemnidad.

—Entonces, hijo, llevemos a tu primo hasta allí.

Con gestos rápidos, Nik y Sun envolvieron a O'Bryan en una manta como si fuera el capullo de un insecto.

—Maeve, quédate aquí. Si la curandera, o alguna otra persona pregunta por O'Bryan, diles que… —A Sun se le quebró la voz, como si estuviera buscando unas palabras que le resultaran demasiado esquivas.

—Dile que vuestro Sacerdote Solar ha llevado a O'Bryan a la plataforma para rezar por su curación —dijo Mari. Cuando los tres se la quedaron mirando, Mari tuvo que reprimirse para no empezar a moverse inquieta de un lado a otro—. ¿He dicho algo malo? La gente del clan sale al exterior para rezarle a la Tierra Madre. ¿Vosotros no rezáis también a vuestro sol bajo el cielo abierto?

—Lo haríamos… Lo hacemos —dijo Sun.

—No has dicho nada malo. Es perfecto —le aseguró Nik.

—Yo iré primero. Manteneos en las sombras, detrás de mí, y moveos solamente cuando el camino esté despejado —dijo Sun—. Laru, vigila a Fortina y a Rigel, que se queden aquí contigo.

—No. —La palabra se escapó de los labios de Mari con fuerza visceral antes incluso de que ella hubiera pensado en formularla—. No permitiré que me separen de Rigel. Ni un segundo. Ni siquiera para esto. Nik me prometió que no tendría que separarme de él.

—Donde vaya Mari, también irá Rigel —dijo Nik.

—Muy bien. Entonces mantén al cachorro en silencio y asegúrate de que no se separa de ti. Cualquier miembro de la tribu podría reconocerlo, y ese tipo de atención es algo que ahora mismo no nos conviene a ninguno de nosotros.

Mari asintió y luego se acuclilló junto a su cachorro:

—Mantente a mi lado y no hagas ruido, Rigel. Como cuando nos escondemos, como cuando alguien del clan anda cerca.

Mari esbozó en su mente una imagen de los dos saliendo sigilosamente del nido, silenciosos como sombras. Rigel le lamió la cara, hizo tamborilear brevemente el rabo y luego acalló incluso ese imperceptible gesto de alegría.

Mari lo besó en la nariz y luego se levantó.

—Lo ha entendido. Estamos listos.

Nik cogió a O'Bryan en brazos como si fuera un niño pequeño que se hubiera quedado dormido y necesitara que lo llevaran a la cama.

—Casi no pesa. Es como si no le quedara nada en el cuerpo —dijo Nik.

Sun cerró los ojos y agachó la cabeza, y Mari vio cómo su boca se movía mientras ofrecía una plegaria silenciosa por el muchacho.

—Seguidme.

El trayecto hasta la plataforma del Sacerdote Solar no era demasiado largo, pero Mari recordaría más tarde haberlo hecho en un estado de distraído asombro. Cruzó puentes que se mecían suavemente por la brisa y conectaban los grupos de exóticas y absolutamente preciosas casas, todas parecidas entre sí, pero a la vez completamente únicas.

Justo antes de llegar a las escaleras y comenzar a ascender hacia la plataforma, cruzaron una enorme cubierta, mucho más grande de lo que Mari hubiera podido imaginar nunca. En el centro de la cubierta había seis pinos gigantescos, que llevaban tanto tiempo creciendo los unos junto a los otros que habían acabado por unir sus troncos en forma de corazón. En el centro exacto del corazón había un enorme matorral de helechos que surgía directamente de los majestuosos árboles, tan grandes que una sola de sus hojas podía abarcar a Nik de la cabeza a los pies.

Nik y Mari se ocultaban en las sombras, aguardando a que Sun les hiciera un gesto para avanzar. Mientras esperaban, Mari le susurró a Nik:

—¿Qué son?

—Esos son los Árboles Madre —le respondió él, también en un susurro—. En ellos crecen las Plantas Madre. Más tarde te explicaré qué son.

—Sé lo que son —dijo ella en voz baja—. A mi padre le costaron la vida.

Antes de que Nik pudiera añadir nada más, Sun les hizo un gesto y atravesaron corriendo la amplia cubierta.

La artista que Mari llevaba dentro quiso detenerse para admirar todo lo que la rodeaba: la miríada de nidos y cápsulas y puentes laberínticos y plataformas sobre las que todo ello se sostenía, para poder trasladarlo al papel cuando tuviera tiempo.

La mujer del clan que Mari llevaba dentro anhelaba con todas sus fuerzas encontrar la manera más rápida de salir de allí y escapar.

Pero ¿qué quería el miembro de la tribu que también habitaba en su interior? Mari miró a Rigel. No hacía falta compartir un vínculo de camarada con el cachorro para darse cuenta de lo relajado y cómodo que se encontraba allí. Su mirada se posó en las fuertes y anchas espaldas de Nik, que sostenía a su primo en brazos y lo transportaba con tanta delicadeza que cualquiera hubiera creído que su vida dependía de ello.

El miembro de la tribu quiere encajar, pensó Mari. *Y eso, para variar, es exactamente lo mismo que quiere la mujer del clan.*

Llegaron a la plataforma de Sun sin cruzarse con nadie por el camino. Los peldaños, dispuestos en caracol, eran estrechos y empinados, pero Nik pisaba con seguridad y sus brazos no vacilaron ni un instante. Una vez en lo alto de la cubierta, Mari se acercó a la baranda y se orientó rápidamente.

—Colócalo ahí, de cara al norte —dijo.

Sun ayudó a Nik a depositar a O'Bryan sobre la plataforma con gran cuidado. El joven no se despertó. Tampoco emitió el menor sonido.

—Ahora tenéis que dejarme sola —les pidió Mari a Nik y Sun—. Lo que va a pasar ahora es algo que solo puedo hacer ante los ojos del clan.

—Pero nosotros no… —empezó a decir Sun.

Un leve roce de Nik fue suficiente para acallar su voz.

—Estaremos abajo. Manda a Rigel a buscarnos cuando estés lista para que volvamos a por ti —dijo Nik.

Mari asintió. Buscó la mirada de Nik con los ojos y se la sostuvo, deseando poder transmitirle así lo mucho que significaba para ella la confianza que él le demostraba, aunque no fuera capaz de encontrar las palabras adecuadas para expresárselo.

Los dos hombres ya estaban dando media vuelta para marcharse cuando el cuerpo de O'Bryan comenzó a retorcerse con unas violentas convulsiones. Mari corrió hacia él y lo colocó de lado para que no se asfixiara con su propio vómito.

—Necesito un trozo de madera para sus dientes, para evitar que se muerda la lengua.

Pronunció aquella orden con un grito, y la voz que reverberó en el cielo estrellado fue siniestramente parecida a la de Leda. Un ruido de pisadas se alejó y luego regresó, y alguien le tendió un palo. Le abrió la boca a O'Bryan, se lo colocó entre los dientes y, tal y como había visto a hacer a Leda, lo mantuvo allí mientras le sostenía la cabeza y murmuraba algo en voz baja para calmar a aquel hombre inconsciente, agonizante.

Mamá, ¿qué harías tú en esta situación? ¡Te necesito! ¡Necesito ayuda!

—Cualquier cosa que necesites, cuenta conmigo. —Nik estaba arrodillado a su lado.

Mari le miró.

—Necesito que lo sostengas como estoy haciendo yo para que no se haga daño, pero no puedes estar aquí, Nik. No puedes ver lo que estoy a punto de hacer.

Nik clavó sus pupilas en las de ella.

—Entonces me quedaré aquí, lo sujetaré como tú estás haciendo ahora, y no veré nada de lo que hagas. Mari, te juro por el amor de mi madre que jamás traicionaré tus secretos. Confía en mí. Por favor, confía en mí.

Ya sé qué habría hecho mamá. Mamá habría salvado a O'Bryan y habría confiado en este hombre.

—Sun tiene que marcharse —declaró.

—Ya me voy —dijo Sun, y sus pisadas se perdieron en la noche mientras bajaba los escalones.

—Jamás debes hablar de esto con nadie —le dijo Mari—. La vida de mi clan depende de tu silencio.

—Tienes mi palabra, y siempre tendrás mi silencio.

—Sujeta a O'Bryan, justo así. Asegúrate de mantenerlo de costado. Háblale en voz baja. Calma sus temores. Pero no dejes que se marche. Dile que todavía no le ha llegado la hora de hacer el tránsito.

Nik asintió y ocupó su lugar.

Mari se giró hacia la luz plateada con la que la fulgurante luna creciente le bañaba el rostro. Trató de centrarse. Intentó dibujar mentalmente la escena en la que invocaba el poder revitalizador de la luna y lo canalizaba a través de su cuerpo hasta el de O'Bryan, pero se sentía profundamente desconectada.

Mari cerró los ojos, se concentró y ralentizó su respiración, inspirando y espirando profundamente una y otra vez, mientras intentaba conectar con la tierra para encontrar su núcleo, sus cimientos.

Pero la tierra estaba muy lejos, muchos metros por debajo de ella. Así no podía reconocerla, y Mari no tenía modo de conectar con ella.

—¿Cuál es el problema? ¿Qué pasa? —preguntó Nik.

—Este lugar me resulta muy extraño, Nik. No puedo... No soy capaz de encontrarme aquí. Y, si yo no me reconozco a mí misma, ¿cómo va a hacerlo la luz de la luna?

Nik envolvió las manos de Mari entre las suyas.

—Eres la misma, Mari. No importa dónde estés, ni lo que estés haciendo. Quien importa eres tú. Reconócete, y ten confianza en que la luna también te reconocerá.

—¡Ay, Nik! ¡Eso es! Sigo siendo yo. Lo único que tengo que hacer es volver a presentarme.

Moviéndose cada vez con mayor confianza en sí misma, Mari se levantó y extendió los brazos todo lo que pudo. Escuchó la voz de su madre en la música que le traía el viento mientras soplaba entre los árboles.

¡Alegría, mi niña! ¡Recuerda que debes estar llena de alegría! Y esta noche, Mari, debes reservar para ti misma un poco de energía lunar.

La sonrisa de Mari pareció elevarse desde su propia alma, llenándole el cuerpo y salpicándole el rostro. *Te escucho, mamá. Y, por una vez, haré exactamente lo que me pides.*

Llena de alegría y empezando con la «M», para que la tierra y la luna pudieran reconocerla, Mari empezó a bailar su nombre sobre la Tribu de los Árboles.

46

Mientras sostenía en brazos a su primo moribundo, que se retorcía y luchaba por llenarse los pulmones de aire, Nik esperaba con ansia que Mari hiciera algo, cualquier cosa, que pudiera salvar a O'Bryan. Lo que no esperaba era que empezara a bailar. Pero ahí estaba, con los brazos extendidos, haciendo girar las muñecas y moviendo los dedos como para acompañar el tintineo de las innumerables ristras de cristales, vidrios, cuentas y conchas que decoraban los árboles. Mari empezó a bailar. Se movía en círculos a su alrededor y parecía marcar con sus pasos alguna clase de dibujo. Su rostro, ese rostro que era una mezcla única de rasgos de la tribu y el clan, resplandecía bañado de alegría y luz de luna y quedaba enmarcado por una suave caricia de su cabello rubio.

Nik pensó que era la mujer más hermosa que había visto en su vida.

Cuando habló, lo hizo con una voz titubeante y cantarina que le recordó a la de la cuentacuentos.

> Yo declaro ser tu Mujer Lunar,
> a tus pies pongo mis poderes, sin nada que ocultar.
> Tierra Madre, guíame con tu mágica visión,
> otórgame el poder de la luna llena para cumplir mi misión.

Aún danzando a su alrededor, su voz ganó en fuerza y seguridad:

> Ven, luz plateada, derrámate sobre mí,
> para que quienes están a mi cuidado puedan purificarse en ti.

Detuvo su baile justo frente a la pierna destrozada de O'Bryan y se dejó caer grácilmente de rodillas a su lado. Con gran delicadeza, apoyó una mano en su gemelo, justo encima de la herida. La otra la elevó sobre su cuerpo y la sostuvo con los dedos abiertos, ofreciéndole la palma a la luz de la luna. Con una voz poderosa y enérgica, terminó su invocación:

Canaliza, poderosa luna, a través de mi ser
el don de la diosa que es mi destino y mi haber.

Durante el resto de su vida, Nik sería capaz de evocar en su mente aquella imagen de Mari, con la mano y el rostro alzados a la luna y los ojos encendidos con un fulgor plateado. Parecía haberse convertido en un farol capaz de contener la luz de la luna, que la iluminaba a ella y, en su cercanía, también a O'Bryan e incluso a él. Notó que el cuerpo de su primo sufría una sacudida, como si le hubiera alcanzado un disparo, y lo que fuera que se hubiera clavado en su cuerpo también le alcanzó a él. Sintió cómo la fría energía le recorría todo el cuerpo, como si estuviera remando demasiado cerca de una cascada. El dolor de la herida que había en su espalda, que no dejaba de palpitar dolorosamente al ritmo de los latidos de su corazón, sobre todo mientras llevaba a O'Bryan en brazos, desapareció de repente. El dolor del muslo, aquel calor constante y atenazador, se esfumó.

Y, de repente, Nik se dio cuenta de que el cuerpo de O'Bryan ya no convulsionaba: estaba completamente inerte. En lugar de jadear, su respiración era profunda y regular. En realidad, parecía dormido.

Nik no podía apartar la vista de Mari. Iluminada por la luna, era una diosa que acababa de descender a la tierra: poderosa, cautivadora y misteriosa.

Entonces Mari se movió y apartó el rostro del cielo para mirarlo. Mientras Nik la observaba, el fuego plateado de sus ojos fue desvaneciéndose hasta que las pupilas recuperaron su habitual color gris. Sin embargo, el éxtasis no abandonó sus facciones.

—¡Lo he conseguido! —le dijo—. ¡He invocado a la luna! —Sacudió la cabeza, y en sus labios borboteó una risilla—. No estaba segura de poder hacerlo, pero lo he hecho. Está curado, Nik. O'Bryan se pondrá bien.

—¿Qué eres? —le preguntó Nik con un reverente susurro.

Mari sonrió.

—Como tú mismo has dicho antes, solo soy yo.

—No, eres mucho más que eso. Eres…

O'Bryan tosió, escupió el palo y se limpió la boca. Parpadeó varias veces y finalmente distinguió a Nik:

—¿Primo? ¿Dónde estoy?

La alegría estalló en el pecho de Nik. Sonrió a su primo entre lágrimas de alegría.

—Estás con Mari y conmigo. Te vas a poner bien, O'Bryan. ¡Vas a vivir!

O'Bryan arrugó la frente cuando miró a su alrededor y descubrió a Mari, arrodillada junto a su pierna y con la mano aún apoyada en su gemelo.

Le dedicó una sonrisa titubeante.

—Hola. He oído hablar mucho de ti. Me alegro de conocerte, chica en llamas.

Mari sonrió, y en su rostro se dibujaron los característicos hoyuelos.

—Yo también me alegro de conocerte, O'Bryan. Vamos a echarle un vistazo rápido a esto.

Mari descubrió la venda con movimientos expertos, y Nik observó, maravillado, la pierna de O'Bryan. Aún estaba hinchada, pero las ramificaciones estaban empezando a desaparecer. Mari apartó el grueso vendaje que protegía el ungüento sobre la herida, y Nik tuvo que reprimir un grito.

—¡Las úlceras han desaparecido por completo! —dijo.

—Y ese olor tan horrible también —añadió Mari—. No sabes cuánto me alegro de que sea una de las primeras cosas en desaparecer.

O'Bryan se apoyó en Nik para incorporarse y luego se sentó para mirarse la pierna. Cuando volvió a mirar a Mari, tenía las mejillas surcadas de lágrimas.

—¿Cómo es posible?

—Por la magia de la luna y porque Nik se negaba a aceptar un no por respuesta —respondió Mari, sencillamente, mientras volvía a vendarle la herida.

O'Bryan estiró el brazo y le tomó la mano.

—Te debo la vida.

—Entonces, haz que tu vida valga la pena. Sé bondadoso. Sé honesto. Y, sobre todo, no vuelvas a hacer daño a ningún caminante terreno.

—Tienes mi palabra —declaró O'Bryan. Luego sonrió, volviendo a recuperar su antiguo ánimo—. Nik no me había contado lo guapa que eres.

Nik se dio cuenta de que las mejillas de Mari se teñían de rosado. Entonces, Rigel apareció trotando entre ellos, arrimó el hocico a la cara de O'Bryan y les arrancó a todos una carcajada.

—¡Es el cachorro! ¡Cuánto me alegro de verte!

—Se llama Rigel —dijo Mari, apartándole con suavidad. Miró a Nik a los ojos—. Ahora, deberías bajarlo. Va a necesitar mucho descanso.

—¿Bajarme? ¿Delante de una chica tan guapa? No estoy tan muerto como para dejarme... O, al menos, ya no lo estoy. Ayúdame a incorporarme, Nik.

—Primo, no pienso que...

—Bueno, ya sé que tú no siempre piensas, pero creo que deberías intentar que Mari tarde un poco más en descubrirlo —bromeó O'Bryan.

Mari rio por lo bajo.

Nik fingió un exagerado enfado, pero su corazón estaba desbordante de alegría.

—Bien. Es tu pierna y será a ti a quien le duela. Sabes que, si te caes por las escaleras y te la rompes, tendré que volver a subirte aquí otra vez, delante de Mari, para que te la vuelva a arreglar.

—¡Deja de ser tan dramático! —dijo O'Bryan.

Entre Mari y él ayudaron a O'Bryan a incorporarse. O'Bryan se apoyó en Nik y luego, con paso lento y cuidadoso, ambos bajaron las escaleras. Mari y Rigel los siguieron.

—¡O'Bryan! ¡Por amor del sol, estás vivo! —Sun corrió hasta ellos y envolvió a O'Bryan entre sus brazos.

Se quedaron así un momento, Nik, su padre y su amado primo, todos unidos por el contacto, el amor y la gratitud a una muchacha que no debería haber nacido. Cuando miró a Mari, Nik sintió que su universo cambiaba, se expandía, se transformaba irrevocablemente.

—Necesita acostarse —dijo Mari en voz baja, rompiendo el hechizo que rodeaba a los cuatro.

—Claro, claro —dijo Sun—. Yo abriré camino, como cuando hemos venido.

Nik asintió y le explicó rápidamente a O'Bryan:

—Hemos traído a Mari en secreto. No teníamos tiempo de contestar las preguntas de la tribu. Te ha faltado poco.

—¡Mierda de escarabajo! He estado a punto de morir, ¿verdad?

Nik sacudió la cabeza ante el escandaloso tono de voz de O'Bryan. Mari y él cruzaron una mirada, y Mari puso los ojos en blanco.

—Sí, has estado a punto de morir. Nik debería llevarte en brazos —dijo Mari.

—Como de costumbre, Mari tiene razón —dijo Nik.

—Ni en tus mejores sueños, primo —rezongó O'Bryan.

—Vosotros tres, dejaos de charlas y seguidme —dijo Sun.

Apenas consiguiendo reprimir una aliviada risilla, los tres obedecieron las órdenes de Sun. Ninguno se percató de la silueta en las sombras que, lenta y sigilosamente, también los seguía.

Mari tuvo mucho cuidado de que la capucha de la capa le ocultara bien el rostro y de que Rigel no hiciera ruido ni se apartara de ella. Sin embargo, no pudo evitar sentirse ligera, y casi aturdida de alegría, mientras esperaba en un nicho en penumbra, justo afuera del nido de transición, mientras Nik, Sun y Maeve volvían a acomodar a O'Bryan en su interior. La curandera de la tribu aún no había regresado, pero todos coincidían en que no tardaría en pasar ronda, así que Mari esperó fuera. Y, la verdad, se alegró de poder hacerlo. La ciudad de los árboles le fascinaba. Deseó que fuera de día para poder verla en todo su esplendor, para poder explorar hasta el último rincón. Durante un breve instante, Mari se concedió imaginar cómo sería vivir en el cielo, entre tanta belleza, ser aceptada como líder y tener una vida que no estuviera plagada de esfuerzos y Fiebres Nocturnas. Pensó en cómo la miraban los ojos de Nik mientras danzaba su nombre e invocaba la luna. Había tenido la sensación de que había visto en su interior, de que había intuido la naturaleza de su alma.

El viento, que ahora era considerablemente más fuerte, soplaba alrededor de Mari y le provocaba escalofríos, si bien ella disfrutaba de los sonidos de las campanillas y los cascabeles que tintineaban al compás de los elementos.

De pronto, junto con la delicada música que soplaba el viento, Mari escuchó otro sonido. Notó que Rigel, sentado a sus pies, se revolvía y ladeaba la cabeza, también atento.

Era el llanto de una mujer, Mari estaba segura.

Rigel se levantó, avanzó un par de pasitos, dubitativo, y luego se volvió para mirar a Mari con expectación.

—Rigel, ¡no te muevas de aquí! —susurró con severidad.

El cachorro lloriqueó lastimeramente y luego echó a correr, rodeando el nido de transición.

—¡Rigel! —Mari emitió un susurro más parecido a un siseo mientras corría tras él.

Tras rodear el nido de transición, Mari vio otro, más pequeño, ubicado a poca distancia. Fuera, justo en la entrada había una mujer. Ocultaba el rostro en las manos, y sollozaba desconsoladamente.

Rigel fue hasta ella y la rozó con el hocico. La mujer dio un respingo, sorprendida, y luego alzó el rostro, descompuesto por el dolor.

—¿Quién eres? —preguntó, con la voz ronca a causa de las lágrimas—. Espera, yo te conozco…

Mari dudó. No sabía si debía mostrarse o regresar corriendo al nido de transición en busca de Nik. Afortunadamente, una robusta mano le tocó el hombro, y Nik dijo:

—Yo iré a buscarlo. No te preocupes. Quédate aquí.

Nik se dirigió a grandes zancadas hasta donde estaban Rigel y la mujer. Mari avanzó lo máximo que le permitieron las sombras, y escuchó con atención.

La mujer alzó los ojos hacia él y se enjugó las lágrimas.

—¡Nik! ¿No es el cachorro de Laru? ¿El que llevas tanto tiempo buscando?

—Hola, Sheena. Sí, es el cachorro —respondió.

Mari vio que dudaba. Era evidente que estaba buscando una explicación plausible que darle, pero Nik no la necesitaba. En lugar de seguir interrogándole, la mujer se echó a llorar de nuevo, con unos sollozos tan intensos que sus hombros temblaron y todo su cuerpo se estremeció. Nik se sentó a su lado y le pasó un brazo alrededor del hombro para consolarla.

—Lo siento, Nik. Lo siento. Es Captain. Se ha rendido. No quiere luchar. Es como si, además de la pata, se le hubiera roto el corazón. Quiere reunirse con Crystal y Grace, lo noto. No puedo culparle por ello. Yo también quiero.

—No, no digas eso, Sheena. Los pastores son unos luchadores natos, pero tienes que mantenerte fuerte por él.

La mujer negó con la cabeza.

—Lo he intentado, pero está sufriendo muchísimo. La pata se le ha infectado. Se está muriendo, Nik.

Rigel se escabulló de debajo de la mano de Nik y trotó hasta Mari, se sentó frente a ella, lloriqueó y le dedicó un ladrido, como para animarla a salir. Mari le miró a los ojos ambarinos y percibió en ellos urgencia y confianza ciega en ella.

—De acuerdo —le dijo—. Pero espero que sepas lo que estás haciendo.

Mari abandonó la clandestinidad de las sombras y se acercó a Nik y a la sollozante y desamparada Sheena.

—Yo puedo ayudarte —dijo Mari.

—¿Y tú quién eres? —preguntó Sheena.

—Mi amiga —dijo Nik—. Y la camarada del cachorro. También es curandera.

Sheena sacudió la cabeza.

—Los curanderos se han dado por vencidos. Dicen que no hay nada que puedan hacer por él.

—¿Puedes ayudarle? —preguntó Nik.

—Eso piensa Rigel —dijo Mari—. ¿Puedo intentarlo? —le preguntó a Sheena.

—Sí. Solo te pido que no hagas nada que le cause más daño.

—No lo haré, te lo prometo —dijo Mari.

Sheena entró en el pequeño nido. Mari, Nik y Rigel la siguieron. Junto a la chimenea, en un espeso camastro, estaba el gran pastor. Tenía la pata delantera entablillada y cubierta de vendajes. Sheena se arrodilló junto a su cabeza, lo acarició y murmuró su nombre. El pastor abrió los ojos, movió el hocico, lo apoyó junto a su camarada, y luego volvió a cerrar los párpados.

—¿Puedo tocarle? —preguntó Mari.

Sheena asintió y volvió a secarse las lágrimas, que no dejaban de derramarse por sus mejillas.

Mari se acuclilló junto al enorme can. Le pasó la mano por encima con delicadeza y percibió el calor enfermizo que irradiaba de su cuerpo, asediado por la infección. A pesar de la tablilla y las vendas, se dio cuenta de lo inflamada que tenía la pata, aunque no parecía estar herido en ningún otro lugar.

—¿Es solo por la pata? —preguntó Mari.

—Eso, y su corazón —dijo Sheena, en voz baja, mientras lo acariciaba.

—La compañera de Sheena, Crystal, y su pastora, Grace, fueron asesinadas el día en que los robapieles nos tendieron la emboscada —le explicó Nik.

—Lo siento mucho —dijo Mari.

Sheena se limitó a asentir, sin apartar los ojos ni un segundo del rostro de Captain.

—¿Puedes ayudarle? —preguntó Nik.

—Sí —declaró Mari.

—¿Necesitas que lo saque fuera? —le preguntó él.

Sheena ya empezaba a protestar, pero Mari sonrió y le tocó el brazo con delicadeza.

—No pasa nada. Nik no tiene que llevarlo a ningún sitio, pero necesito un momento a solas con tu Captain. Te doy mi palabra de que me limitaré a ayudarle. No le causaré ningún daño.

Sheena miró a Mari, luego a Rigel y, por último, a Nik.

—Puedes confiar en ella —le aseguró Nik.

Sheena dejó escapar un largo suspiro, y hundió los hombros con tristeza.

—No me vendría mal una taza de cerveza. Iré a por una. —Se inclinó, besó a Captain en el hocico y susurró—: Vuelvo enseguida. Te quiero.

Con movimientos lentos y rígidos, como los de una mujer que le triplicara la edad, Sheena se incorporó y salió arrastrándose del nido.

—¿De verdad no necesitas que lo suba a la plataforma de mi padre? Sabes que puedo hacerlo, aunque a él le va a resultar difícil.

Mari sonrió a Nik.

—Normalmente, cuando invoco el poder de la luna, soy un mero conducto por el que canalizar su energía. Me atraviesa, pero no permanece en mí. Esta noche he tenido…, bueno, llamémoslo una premonición, y me he reservado un poco, pero ahora sé que no era para mí. Era para Captain.

Cerró los ojos y apoyó ambas manos en la pata rota del can. Aquella vez no le costó encontrar el centro de su ser y, en cuanto lo hizo, esbozó en su mente la imagen de que sus manos resplandecían y que ese resplandor se extendía sobre Captain. No solo por su pierna, sino por todo su ser: por su cabeza, por su cuerpo y por su corazón, principalmente por su corazón.

Cuando notó que Captain se revolvía entre sus manos, Mari se apresuró a añadir al dibujo una imagen de Sheena sonriendo. Entonces, abrió los ojos y vio que el pastor había levantado la cabeza y la miraba. Mari sonrió:

—Hola, Captain.

El can hizo tamborilear la cola, al principio titubeante, pero luego con mayor entusiasmo cuando vio que Sheena entraba en el nido y corría a su lado. Le dio la bienvenida lamiéndole la cara y tratando de subirse a su regazo. Riendo y llorando a un tiempo, Sheena lo abrazó y le dijo lo mucho que lo quería y lo fuerte, valiente y maravilloso que era.

Mari se levantó sin hacer ruido. Nik le dio la mano y ambos salieron juntos del nido. Una vez en la puerta, se detuvieron. Rebosante de gratitud, Mari volvió el rostro hacia el lugar donde la luna asomaba por entre las gruesas ramas de los altos y atentos árboles. Nik se quedó junto a ella en silencio, todavía sosteniendo su mano.

—¡Nik, Mari! Ahí estáis. —Sun corrió hacia ellos—. ¿Qué estáis haciendo aquí? Se suponía que debíais quedaros…

—Espera, ¡no te vayas aún!

Los tres se dieron media vuelta mientras Sheena corría hacia ellos. Cogió las manos de Mari y las apretó con fuerza entre las suyas.

—Darte las gracias no es suficiente. Jamás podré recompensarte por lo que acabas de hacer por mí.

—¿Qué ha pasado? —preguntó Sun.

Sheena volvió el rostro, surcado por un reguero de lágrimas, hacia Sun.

—Sabes que Captain se estaba muriendo, ¿verdad?

—Sí —respondió él con solemnidad y los ojos ensombrecidos por la pena—. Lo siento mucho, Sheena.

Entonces, un ruido en la entrada del nido que quedaba tras él llamó la atención de Sun. Mari vio cómo abría los ojos de par en par, y supo lo que había visto antes de volver la cabeza para mirar.

Captain estaba de pie en la puerta. Tenía algunas dificultades para mantener el equilibrio, pero sus ojos estaban iluminados y la boca abierta, con la lengua asomando entre su sonrisa canina. Muy despacito, fue cojeando hasta Sheena y se apoyó contra ella. Sheena soltó las manos de Mari para acuclillarse a su lado y abrazarlo.

—¡Está caminando! —exclamó Sun. Clavó los ojos en Mari—. ¿Esto es obra tuya?

—Lo es —dijo Sheena—. No sé cómo, pero me ha devuelto a mi Captain, y no solo le ha curado la pierna, también le ha curado el corazón. Y, con el suyo, también ha curado el mío. —Sus ojos se posaron en Mari—. ¿Quién eres?

—Es un milagro —dijo Sun.

—Es una diosa —respondió Nik.

Una marea de emociones la inundó y la desbordó. Cuando habló, escuchó la voz de su madre entrelazada con la suya propia.

—Ni milagro, ni diosa. Soy una Mujer Lunar.

—¿Qué tribu es esa? —preguntó Sheena.

—Es complicado —dijeron Nik y Sun a la vez.

Entonces, Sun se volvió hacia Mari y tomó las manos de la muchacha entre las suyas, tal y como Sheena acababa de hacer.

—Aunque agradecértelo no es bastante, te agradezco de todo corazón que me hayas devuelto la vida de mi hijo, la de mi sobrino y la de dos de los miembros más valiosos de nuestra tribu. Si hay algo que necesites, algo que desees, solo tienes que pedírmelo, querida mía. Si está en mi mano, te lo concederé.

Alrededor de Mari, todo se quedó increíblemente quieto y, en medio de esa quietud, Mari supo lo que debía pedir. Con una voz que reverberaba con la autoridad heredada de generaciones de Mujeres Lunares, Mari dijo:

—Lo que quiero es que me llevéis a la isla de la Granja.

47

—¡Mari, no! —Nik agarró a Mari de los hombros y la obligó a mirarle a los ojos—. Me da igual lo que digas, no permitiré que vayas allí. No permitiré que tú también te conviertas en una triste sombra de ti misma.

Mari cubrió con sus manos las de él.

—A mí no me pasará eso. Es imposible. Yo soy una Mujer Lunar, Nik. Yo soy distinta.

—¿Por qué quieres que te llevemos allí? —preguntó Sun.

Mari se volvió para hablar con él.

—Puedo ayudar a mi gente.

—No permitiré que te quedes allí —insistió Nik.

Mari sostuvo la mirada de Sun mientras contestaba a Nik.

—Esa decisión no te corresponde tomarla a ti, sino a mí.

—En realidad, me corresponde tomarla a mí —dijo Sun.

—No, si quieres ser fiel a tu palabra —respondió Mari—. Acabas de ofrecerte a concederme cualquier cosa que estuviera en tu poder.

—Está en mi poder llevarte a la isla de la Granja. Está en mi poder, incluso, permitir que te quedes allí, si ese es tu deseo. Lo que no está en mi poder es hablar en nombre de la tribu y liberar a las caminantes terrenas. Me temo que eso no puedo hacerlo.

—No te estoy pidiendo que liberes a mi gente, y tampoco te estoy pidiendo que me encierres con ella.

—Entonces, ¿qué es lo que pretendes hacer? —preguntó Nik.

—Lo correcto. Voy a sanar a mi gente, igual que te he sanado a ti, Nik, y a O'Bryan, y a Sheena y a su Captain. Sun, ¿me llevarás hasta la isla de la Granja, o no?

Se hizo un largo silencio mientras Sun estudiaba a su hijo. Luego, con un profundo suspiro, le dijo a Mari:

—Te llevaré allí.

—No, no lo harás si yo no te acompaño —rebatió Nik.

Mari alzó la vista al cielo.

—Tenemos que darnos prisa. La luna está empezando a menguar.

—Es muy tarde, y puede que algunos de los miembros de la tribu empiecen a levantarse. Échate la capucha y no te separes de mí. Usaremos el ascensor más cercano al límite de la colina —dijo Sun.

Mari asintió, se caló la capucha y se apresuró a seguir los pasos de Sun, seguida de cerca por Nik.

Thaddeus esperó hasta que Sheena y Captain regresaron al interior del nido antes de echar a correr, veloz como un terrier. Lo que acababa de presenciar le daba vueltas como un torbellino en la mente. Siempre había sabido que Nik tenía algo que le llevaba a odiarlo, y que a veces eso iba más allá del hecho de que todo le resultara demasiado fácil. *Bueno*, se corrigió con soberbia, dedicándole una satisfecha mirada al can que corría junto a él, *todo menos la habilidad de hacer que un can lo elija. Aunque, parece que al final lo ha conseguido... en una especie de versión retorcida y perversa de cómo se elige un verdadero camarada.*

Aquella muchacha era un ser mutante, aunque no era capaz de comprender cómo podía haberse producido dicha mutación. Su rostro era una mezcla cautivadoramente extraña entre camarada y escarbadora. Tal y como él lo veía, no cabía duda de que la habían enviado a la tribu como una tentación. Eso estaba clarísimo. Thaddeus sabía mucho sobre tentaciones. Desde que había regresado de la emboscada, su cuerpo no había dejado de transformarse y fortalecerse. Su mente también estaba cambiando. A Thaddeus ahora todo le parecía más claro, más agudo. Se daba cuenta de que el arcaico sistema de leyes de la tribu tenía miles de problemas. ¿Por qué tenían menor consideración los terriers que los pastores? Era algo que no tenía sentido, y esa tan solo era más una más de entre las muchas leyes que Thaddeus consideraba absurdas u obsoletas.

Odysseus se había curado por completo, y ahora parecía incluso más fuerte de lo que había sido antes de que los robapieles lo hirieran para que compartiera su carne con Thaddeus y transformaran drásticamente la vida de ambos. Ahora, su vínculo era incluso más íntimo. El carácter del terrier se había vuelto más serio y también más irritable. Al principio, Thaddeus se preocupó por los cambios de temperamento de Odysseus, pero, tras pensarlo con detenimiento, decidió que en realidad el can tampoco había cambiado tanto. Siempre había tenido una naturaleza cambiante, y solía servirse de sus afilados dientes para que el resto de los terriers mantuviera la concentración durante las cacerías. Además, a Thaddeus le gustaba, e incluso apreciaba, que Odysseus tuviera carácter. No había ningún motivo por el que un terrier no pudiera ser considerado tan valiente como un pastor, ni tampoco había razón alguna para que el camarada de un terrier estuviera menos capacitado para el liderazgo que el camarada de un pastor.

Thaddeus sintió que su rabia crecía, que su cuerpo se calentaba, que la sangre bombeaba con fuerza por sus venas. Cerró los puños y reprimió el ansia de golpear algo, cualquier cosa, lo que fuera. Odysseus, que trotaba frente a él centrado en alcanzar su objetivo, se giró para dedicarle un ladrido impaciente.

—Tienes razón. Tenemos que hacer las cosas de una en una. Primero, hay que deshacerse de Nik y del Sacerdote Solar. Ese será el principio del fin de las antiguas costumbres.

Satisfecho, Odysseus siguió corriendo, y Thaddeus lo siguió. Lo único que importaba es que los dos formaban un equipo unido y fuerte y que estaban de acuerdo en que lo que les había pasado era algo bueno, algo buenísimo, en realidad. El resto acabaría por llegar. Se aseguraría de que lo hiciera.

Thaddeus sí que dudaba, sin embargo, sobre los cambios que había notado en sus sueños. Todas las noches, y cada vez que se quedaba dormido, sus sueños se llenaban de extrañas visiones, tan inquietantes como cautivadoras. En todas predominaba la imagen de una muchacha sin ojos que se presentaba ante él ofreciéndole su suave y lisa mano.

Hasta entonces, Thaddeus se había resistido a la tentación de esa seductora mano, aunque durante el día fantaseaba constantemente con la idea de regresar a escondidas a Ciudad Puerto y al templo de la diosa Segadora. Con su fuerza, su vista y su olfato mejorados, Thaddeus no tenía ninguna duda de que podría raptar sin demasiado esfuerzo a la muchacha invidente.

Solo de pensar en volver a verla, en tocarla, en poseerla, las manos de Thaddeus empezaron a temblar y su estómago se encogió de deseo.

¡No!, se reprendió con dureza. *No sucumbiré a esa tentación. Aún no. No hasta que averigüe más sobre lo que me está pasando.*

Nik había, sin duda, sucumbido con facilidad al carisma de aquella otra muchacha, la muchacha mutante. A Thaddeus no le sorprendía. Desde siempre, Nik había querido desesperadamente encajar, ser aceptado. Lo que realmente le asombraba era la manera tan fácil en que su Sacerdote Solar había sucumbido también. Aunque, echando la vista atrás, en realidad debería habérselo esperado: Sun siempre había sido demasiado liberal, demasiado comprensivo con las cosas que se salían de la norma. Esa difunta esposa suya, sin ir más lejos, era el ejemplo perfecto. Ella misma se salía de la norma. Era hermosa y poseía un gran talento, sí, pero siempre había tenido algo raro, una especie de extrañeza interior que disuadía a cualquier can de elegirla.

Bueno, después de aquella noche, con un poco de suerte, tener que ir con cuidado para que ni Sun ni su caprichoso hijo le descubrieran dejaría de ser un problema. Aún había camaradas que escucharían la voz de la razón. Aún había camaradas que creían que había que cultivar la fuerza y la estabilidad en el seno de la tribu.

Llegó al nido que buscaba y llamó a la puerta. No sucedió nada. Esperó, y luego volvió a llamar con mayor insistencia, una y otra vez.

En el interior se escuchó cierto revuelo y el canoso hocico de un pastor anciano asomó a través de la cortina de la puerta. El can alzó la vista para mirarlo, y gruñó en voz baja.

—Argos, ¿quién es? —preguntó una voz igualmente anciana desde el interior.

—Siento perturbar su sueño, señor, pero hay algo que creo que debería saber —dijo Thaddeus.

La cortina se apartó y Cyril, totalmente despabilado y con los ojos brillantes, le miró con los párpados entrecerrados y el ceño fruncido.

—Thaddeus, ¿qué asunto consideras que es tan importante como para no poder esperar hasta el amanecer?

—Bueno, señor, déjeme que le cuente lo que he presenciado esta noche.

Cada vez más preocupado, Cyril escuchó cómo Thaddeus le describía a la mujer mutante, al cachorro pródigo y el rol que el Sacerdote Solar y Nik habían jugado a la hora de que se infiltrara clandestinamente en la tribu. Al final, el anciano descorrió completamente la cortina y le hizo un gesto para que entrara en el nido.

—Has hecho bien en despertarme. Hay que detener esto.

Con una sonrisa triunfal, Thaddeus entró en el nido del anciano líder y esperó pacientemente a que el viejo se vistiera.

Mari hizo el breve trayecto hasta la isla de la Granja como en una nube. Su mente era un torbellino de pensamientos encontrados sobre lo que sucedería a continuación. Tenía que purificar a las mujeres. Su conciencia no le permitía marcharse, regresar a la comodidad de su madriguera, donde sus amigas la esperaban, sabiendo que había caminantes terrenas sufriendo y que ella tenía la oportunidad de aliviar ese sufrimiento, aunque solo fuera brevemente.

Mientras descendían corriendo por la colina en dirección al canal en el que se encontraba la isla, que parecía una gema verde incrustada en el lecho del río, Mari estudió a Sun, pensativa.

Que Nik era un buen hombre estaba fuera de toda duda. Se lo había demostrado una y otra vez en el poco tiempo que hacía desde que se conocían. Pero ¿sería su padre un hombre de la misma altura moral? ¿O lo habrían corrompido el poder, el liderazgo y la popularidad?

Mari decidió que lo descubriría aquella misma noche.

—Quedaos quietos. Hablaré yo. Cuando me aleje, no tardéis en seguirme.

Sun habló mientras se acercaban al último de los enormes pinos, situado frente a las ruinas de una antigua carretera junto a la orilla que bordeaba el lado occidental del canal y se adentraba en la tierra. Caminó hasta el pie del pino, hizo bocina con las manos y gritó:

—¡Atento, vigía! Mi grupo y yo vamos a entrar en la isla.

Mari alzó los ojos y vio la silueta de un hombre acompañado por un terrier. El hombre se asomó al borde de una pequeña cubierta y miró hacia abajo. Sun le hizo una seña con la mano. El hombre se la devolvió y respondió, también a voz en grito:

—¡Adelante, Sun!

—Ese es Davis, y la verdad es que eso es muy bueno —le dijo Nik a su padre en un susurro.

Sun asintió.

—¡Gracias, Davis!

—¡Parece que, últimamente, no dejas de hacer turnos! —gritó también Nik.

—¡Nik! ¡Me alegro de verte tan bien! Luego podríamos tomarnos algo y ponernos al día.

Mari escuchó la sonrisa en la voz del joven, y notó que el nudo de tensión que la atenazaba empezaba a aflojarse.

—¡Cuenta con ello, Davis!

Sun volvió a hacer un gesto con la mano y luego se dirigió a grandes zancadas hacia la carretera en ruinas. Mari y Rigel los siguieron, pisando con gran cuidado sobre aquella superficie agrietada y llena de baches. Mari observó la antigua carretera de arriba abajo. Daba la sensación de que una gigantesca serpiente acuática hubiera salido reptando del agua para adentrarse en la tierra y que su columna hubiera ido quebrando el terreno a su paso.

Nik la agarró por el hombro para ayudarla a cruzar el último tramo de carretera.

—¿Estás bien?

Mari asintió. Buscó los ojos de él con los suyos. Era evidente que estaba preocupado, pero también parecía furioso.

—Tengo que hacer esto, Nik, aunque te enfades.

—No me enfado. Solo estoy preocupado por ti. Y también por mí. No quiero perderte, Mari. Acabo de encontrarte.

Mari sonrió levemente.

—Yo también estoy asustada. Y, si permites que te diga algo, no me perderás. Pero la situación de las caminantes terrenas debe cambiar. Tú también eres consciente de ello, Nik.

Nik siguió agarrándola del brazo, enhebrándolo con el suyo, de manera que ambos caminaban juntos, con las cabezas inclinadas la una hacia la otra, bajo el oxidado armazón por el que se podía acceder a la isla de la Granja.

—Entonces, prométeme que no te pondrás en peligro si puedes evitarlo —le pidió.

—Nik, yo soy la primera que no quiere ponerse en peligro. ¡No quiero que nadie me haga daño! ¡No estoy loca! Pero tengo que hacer lo correcto, y hace poco que he descubierto que, a veces, a todos aquellos que no quieren que las cosas cambien hacer lo correcto les parece una locura.

—De acuerdo, no os separéis de mí —dijo Sun cuando lo alcanzaron, justo antes de llegar al río. Sun descolgó la antorcha de su soporte en la entrada al puente y la sostuvo en alto—. Esta cosa está oxidada prácticamente por todas partes. No sueltes a Mari, Nik.

—Será un placer. —Nik cogió la mano de Mari y la ayudó a mantener el equilibrio sobre la pasarela derruida.

Ya en el centro del puente, Mari se detuvo y miró a su izquierda. La noche había comenzado tranquila, despejada y cálida, pero a medida que iba acercándose el amanecer, el viento se iba haciendo más fuerte y ocultaba la luna con una barricada de nubes. El grueso y brillante cuarto creciente asomaba de vez en cuando entre aquel velo ondulante, tornando el tono fangoso del canal en plata líquida e iluminando una hilera de casas conectadas por un largo muelle que parecía flotar en medio de ellas.

—Ahí es donde tenéis a las mujeres, ¿verdad? —dijo Mari.

Nik se detuvo junto a ella.

—Ahí es.

Mari inspeccionó la zona y luego asintió, satisfecha.

—A la luna no le va a costar encontrarme aquí.

—¿Tendrás cuidado?

Mari miró a Nik. Sintió que algo se liberaba y se revolvía en su interior. La presencia a su lado de aquel hombre que una vez le había parecido tan extraño, tan peligroso incluso, ahora parecía ser algo bueno. Le daba seguridad. Lo sentía como parte de su propia familia. Inspiró una profunda bocanada de aire y pronunció las palabras que cambiarían su vida para siempre.

—No tienes que preocuparte. Las caminantes terrenas no son violentas. Tan solo están tristes. Los únicos que se vuelven violentos son los hombres, y solo si no tienen cerca una Mujer Lunar que les purifique de las Fiebres Nocturnas.

Nik se la quedó mirando.

—Entonces, ¿me estás diciendo que su tristeza no se debe a su cautiverio?

—De alguna manera, sí. Al estar prisioneras, no tienen acceso a una Mujer Lunar. Y, sin una Mujer Lunar que les purifique de las Fiebres Nocturnas, las caminantes terrenas se sumen en una profunda depresión que, al final, las llevará a dejarse morir. Los hombres no entran en depresión. Se vuelven violentos.

—Pero los hombres que atacaron a Sora no eran prisioneros. Ellos sí que tenían acceso a ti, y eran violentos.

—Eso es porque yo no he estado purificando al clan. Nik, yo no era la Mujer Lunar del clan, sino mi madre. Sora era su aprendiz. Yo no era más que su hija.

Nik le acarició la cara.

—¿Solo su hija? A mí me parece que lo eras todo para ella.

—Y ella lo era todo para mí. Hasta que apareció Rigel. Y Sora. Y tú. —Mari clavó los ojos en aquellas cárceles flotantes.

—Y ahora también tienes a Jenna, a Danita, a padre, a O'Bryan y a Sheena y su Captain.

—Nik, tenerlos a ellos, teneros a todos vosotros en mi vida, me ha enseñado a ser la Mujer Lunar que mi madre esperaba que pudiera llegar a ser algún día. —Se lo quedó mirando, deseando que la comprendiera, pero sin saber muy bien cómo transmitirle esa necesidad.

—Por eso tienes que acudir con ellas, ¿verdad? ¿Es eso lo que tu madre querría que hicieras?

—Ayer te habría dicho que sí, que estoy haciendo todo esto por mi madre. Pero hoy es distinto. Tu gente me ha transformado. Hoy quiero hacer esto por mi clan. Somos tan humanos como los miembros de tu tribu, y estoy convencida de que, si Sun lo ve, si tu gente lo ve, será el comienzo de la transformación de nuestro mundo.

—Y nuestro mundo tiene que cambiar —dijo Nik.

—Entonces, ¿me das la razón?

—Claro que te la doy, Mari. Puedes contar conmigo. Yo te protegeré. Siempre te protegeré —le dijo Nik.

Mari se quedó mirándolo al escuchar, reflejadas en las suyas, las mismas palabras que Leda y ella solían compartir. Con los ojos brillantes de lágrimas, se adentró en sus brazos. Nik se inclinó y apoyó sus labios contra los de ella. Mari le devolvió el beso, titubeante al principio, y luego sus manos se deslizaron por sus fuertes hombros y se aferraron a él, dejando la puerta abierta a las electrizantes sensaciones que le recorrían todo el cuerpo.

—¡Nik, Mari, vamos! ¡Ya habrá tiempo para eso después! ¡Está a punto de amanecer! —les gritó Sun desde el lado del puente que daba a la isla.

Cuando Nik y ella se separaron, Mari se dio cuenta de que su cara estaba ardiendo. Avergonzada por todas aquellas nuevas sensaciones que se estaban despertando en su interior, intentó apartarse completamente de Nik, pero él se aferró a su mano y atrajo la espalda de ella contra su costado.

—Oye, lo siento si he ido demasiado deprisa —le dijo.

Nik le rozó la cara con ternura y, mientras la acariciaba, le apartó un rizo rubio de la mejilla.

—No es que hayas ido demasiado rápido. Es que… yo nunca había besado a nadie hasta ahora —espetó Mari.

—Entonces, ¿no te arrepientes? —le preguntó Nik.

Mari miró sus ojos verdes.

—No, jamás me arrepentiría. Me ha gustado. Me ha gustado mucho. Y también me gustaría volver a besarte, pero tu padre tiene razón. Ya tendremos tiempo para eso después, espero… —Le dedicó una sonrisa nerviosa.

—Eso, mi preciosa Mujer Lunar, es lo que espero yo también. Pero, primero, empecemos por transformar nuestro mundo —sonrió y señaló la casa flotante más cercana—. Encontrarás a Isabel en esa casa, la más próxima al muelle donde atracaremos el bote.

—De acuerdo, estoy lista —dijo Mari.

Cogidos de la mano, Mari y Nik cruzaron a la isla de la Granja.

Mientras recorrían toda la longitud del canal, Mari comenzó a prepararse. Inhaló profundamente el aroma de los fecundos campos, maravillada por la visión de los amplios cultivos que se extendían desde el lado de la isla que daba al canal por toda la superficie de la isla esmeralda. Trató de mantener los pies en la tierra y tener bien presente un hecho sencillo: que, aunque su gente había sido obligada a sembrar, plantar y cosechar para la tribu, aquellas tierras llevaban la huella del trabajo de las caminantes terrenas. La tierra lo sabría. La luna lo recordaría.

Unos peldaños excavados en la parte alta de la orilla del canal los llevaron hasta el nivel del río, donde aguardaba un pequeño bote de remos. Nik ayudó a Mari a subir, y los dos hombres remaron velozmente hasta las casas flotantes.

Todo estaba en calma cuando subieron al muelle. Mari se quedó de pie, observando la primera docena de casas y preguntándose qué debería hacer a continuación.

Entonces vio el grueso tablón de madera con el que se atrancaba la puerta y los robustos barrotes que protegían las ventanas, todo para asegurarse de que, una vez encerradas dentro, las mujeres no pudieran salir. Y Mari supo qué debía hacer.

Se acercó a la primera casa, desatrancó la puerta y comenzó a abrirla.

La mano de Sun apareció a su espalda y empujó la madera para mantener la puerta cerrada.

Mari se dio media vuelta para mirarle.

—¿No vas a ser fiel a tu palabra?

—Lo seré. Ya lo he sido. Te he traído hasta aquí, pero ya te he dicho que no tengo la autoridad para liberar a tu gente.

Nik apareció junto a su padre y le apartó con delicadeza la mano de la puerta.

—Mi padre me enseñó que no debería dejar que personas ajenas a mí controlaran mis acciones, sobre todo cuando sé que estoy haciendo lo correcto. En lugar de esperar a que la tribu actúe, de esperar a que decida hacer lo correcto, yo ya lo estoy haciendo. Es lo que mi padre querría que hiciera.

Sun miró a su hijo. Luego, muy despacio, colocó la antorcha que sostenía en el soporte que había junto a la casa, y se apartó de la puerta voluntariamente.

—¿Cuándo te has vuelto tan sabio?

Nik aferró el hombro de su padre, pero no le miró a él, sino que buscó con sus ojos la mirada de Mari.

—Cuando dejé de esperar a que el mundo cambiara y me decidí a cambiarlo yo mismo.

Nik abrió la puerta de par en par y retrocedió varios pasos junto a su padre hasta que Mari quedó sola, silueteada contra el vano de la puerta.

Mari no se concedió un segundo para dudar.

—¡Isabel! —llamó al interior—. Isabel, ¿estás ahí?

Dentro de la casa flotante se escuchó movimiento, acompañado por un quejido grave y unos cuantos sollozos ahogados. Entonces, un rostro pálido se alzó de entre los montículos que en realidad eran mujeres tendidas. Mari la vio pestañear, y luego abrir sus asombrados ojos de par en par.

—¿Mari?

Mari le tendió la mano a la muchacha, que corrió hacia ella y se la agarró.

—¡Ay, Mari! ¡Eres tú! ¿Dónde está Leda? ¿Qué estás haciendo aquí?

Sus enormes y asombrados ojos grises se clavaron en Sun y en Nik, a quienes divisó por encima del hombro de Mari y, con una mueca de horror, empezó a retroceder de vuelta al interior. Mari aferró con más fuerza la mano de la chica.

—Leda está muerta. —De la casa empezaron a surgir gritos de asombro y alaridos de desesperación, y Mari tuvo que alzar la voz para que las mujeres pudieran escucharla—. Soy la Mujer Lunar del clan, y he venido a purificaros.

Como si hubieran apagado una vela, en el interior de la casa cesó cualquier sonido. Entonces, una a una, las mujeres que había dentro empezaron a levantarse.

—¡La Mujer Lunar! ¡Nuestra Mujer Lunar está aquí! —Las voces comenzaron a sonar en un tono muy bajo, pero entonces las mujeres empezaron a comprender y sus gritos se tornaron ensordecedores—. ¡Mujer Lunar! ¡Purifícanos, Mujer Lunar! ¡Sálvanos!

Mari sacó a Isabel de la casa.

—No te separes de mí. Voy a necesitar tu ayuda. —Entonces, su atención se centró en la masa de mujeres que se apiñaban contra la puerta. No se atrevían a salir de la casa, como si una barricada invisible se interpusiera ante ellas—. Salid a la luz de la luna. ¡Salid a este nuevo mundo! —gritó. Después, Mari se volvió hacia Nik—. Ayúdame a abrir todas las puertas.

Los dos recorrieron, juntos y a la carrera, el perímetro del muelle, al tiempo que desatrancaban y abrían de par en par las puertas de las casas. A medida que lo hacían, una marea de mujeres empezó a surgir de ellas, gritando:

—¡Mujer Lunar! ¡Nuestra Mujer Lunar!

Y, de repente, la estaban rodeando y Mari tuvo la sensación de que un millón de manos intentaban alcanzarla mientras las voces pedían a gritos, una y otra y otra vez, que las purificara, que las salvara. Era como si cada una de ellas ansiara poseer un pedazo de Mari. De repente, tuvo la sensación de que de verdad serían capaces de despedazarla.

Mari intentó retroceder. Trató de razonar con ellas.

—No, esperad. Os ayudaré. Solo tengo que… —Pero sus palabras quedaron sepultadas bajo aquella inmensa ola de necesidad.

Entonces, Nik apareció a su lado y sus fuertes brazos tiraron de ella mientras su cuerpo la protegía de las manos que intentaban alcanzarla.

—¡Nik! ¡Mari! ¡Esto os será de ayuda! —gritó Sun.

Mari alzó la vista y vio que había sacado un gran abrevadero de madera de una de las casas. Se dirigió a la zona más ancha del muelle, arrastrándolo, y le dio la vuelta. A continuación, le tendió una mano a Mari.

Nik la sacó de la muchedumbre y los dos corrieron hacia Sun, que la ayudó a trepar a lo alto del abrevadero. Mari se volvió hacia la horda de mujeres confusas y emocionadas, que trepaban unas sobre las otras para alcanzarla.

—¡Formad un círculo a mi alrededor! ¡Daos la mano! ¡Que todo el mundo se dé la mano! —Localizó a Isabel, que seguía de pie junto a la puerta de la primera casa—. ¡Isabel, toma mi mano! —La muchacha no dudó. Corrió junto a Mari y se aferró a ella—. ¡Igual que Isabel! ¡Daos la mano como ha hecho Isabel!

Vibrando con una histeria apenas contenida, las mujeres avanzaron todas a una, extendiéndose alrededor de Mari y llenando toda la longitud del muelle. La primera le dio la mano a Isabel. Otra avanzó un paso y tomó la mano libre de Mari. Entonces, como una ola en el agua, todas las demás mujeres unieron sus manos.

Mari alzó el rostro para recibir lo poco que quedaba de luna. Cerró los ojos y empezó a esbozar en su imaginación el dibujo más complicado y hermoso que había creado en su vida. En ese dibujo mental, imaginó que la energía de la luna era como una lluvia. Lo dibujó cayendo del cielo como un hermoso y brillante aguacero que inundaba a las mujeres que había a sus pies y purificaba la tristeza que las invadía con su torrente de energía benigna.

Mari notó cómo el viento soplaba a su alrededor, haciendo que su pelo ondeara y acariciándole el cuerpo como tratando de infundirle ánimo. Aferrándose con vehemencia a la imagen que tenía en su mente, Mari comenzó a pronunciar la invocación a la luna.

Canaliza, poderosa luna, a través de mi ser
el don de la diosa que es mi destino y mi haber.

Una energía que no había experimentado nunca la inundó, llenándola..., llenándola..., llenándola hasta desbordarla. El exceso se vertió sobre aquellas ansiosas mujeres, las purificó y se llevó consigo aquella desesperación que se adhería a sus cuerpos como un olor rancio.

Cuando sintió que la energía había desaparecido por completo de su cuerpo, Mari abrió los ojos. Todo el mundo la miraba. El silencio era tan profundo que resultaba prácticamente ensordecedor.

Y, entonces, una mujer en cuyo rostro Mari reconoció a un miembro del clan, pero que había desaparecido hacía tantos inviernos que no era capaz de recordar su nombre, soltó la mano de su vecina y dio un paso al frente.

Habló con sencillez, aunque su rostro resplandecía de alegría.

—Gracias, Mujer Lunar. —Y se inclinó en una profunda reverencia de respeto ante Mari.

Todas las mujeres que la rodeaban imitaron el gesto. Todas manifestaron su gratitud, y luego la honraron inclinándose ante ella en pronunciadas reverencias.

Mari permaneció de pie sobre aquel improvisado podio, con los ojos llenos de lágrimas de alegría, y aceptó aquellos agradecimientos con la misma sencillez y honestidad con que lo habría hecho su madre.

Entonces, al notar que el viento soplaba con fuerza a su alrededor, una mujer extendió los brazos. Riendo, empezó a bailar, y sus pies ejecutaron un ágil y alegre golpeteo sobre el muelle. Más mujeres se unieron a su baile, hasta que la música de sus pies hizo vibrar el muelle y se alzó en el viento junto a sus carcajadas.

Mari buscó sobre aquel mar de mujeres danzarinas hasta encontrar a Nik. Sus ojos se cruzaron y Mari notó el tacto de su mirada como una caricia. El muchacho sonrió y asintió con un gesto de cabeza, pronunciando silenciosamente un «bien hecho, Mujer Lunar» que iba dedicado a ella.

—¡Volved inmediatamente a las casas y nadie resultará herido!

Al escuchar aquel grito, Mari se dio media vuelta como una saeta. Varios kayaks, llenos de camaradas con sus canes, rodeaban las casas flotantes. Cada uno de ellos sostenía una ballesta con la que apuntaba a la multitud de mujeres que bailaban.

Sun empezó a abrirse camino entre la muchedumbre y se dirigió al extremo del muelle que quedaba frente a la armada de botes. Nik corrió junto a Mari. Llegó a su lado cuando el baile cesaba y las mujeres empezaban a agruparse en pequeños grupitos.

—¡Wilkes, yo soy quien está a cargo aquí! —La grave voz de Sun reverberó sobre el agua, acallando los aterrorizados gritos de las mujeres que había a sus espaldas—. Estas mujeres, estas mujeres prisioneras a las que llamamos escarbadoras, pero que en realidad son caminantes terrenas, llevan generaciones siendo maltratadas por la tribu. Su melancolía, que puede alcanzar tal magnitud que es capaz de anular su voluntad de vivir, no es algo intrínseco a su naturaleza, y su única causa es que son nuestras prisioneras. Es inhumano e injusto. Como líder vuestro y Sacerdote Solar que soy, no puedo, siendo consciente de esto, permitir que se siga abusando de ellas.

—¿Y prefieres, a cambio, condenar a tu propio pueblo a la muerte?

Sun buscó entre los rostros que había frente a él hasta encontrar el de Cyril.

—No, mi viejo amigo, en lugar de permitir que se abuse de inocentes, le estoy pidiendo a mi gente que haga lo correcto.

—Llévame con tu padre —le pidió Mari a Nik.

Sin cuestionarla, Nik la ayudó a abrirse camino rápidamente entre los grupillos de mujeres. Se colocaron junto a Sun, flanqueados por Laru y Rigel. Mari se colocó frente al anciano que había hablado y alzó la voz para que el sonido pudiera atravesar el viento y el agua y llegar hasta los vigilantes camaradas.

—Yo sé cómo curar la roya que os afecta.

Una voz, rezumante de odio, se distinguió sobre los murmullos de incredulidad.

—¡Es ella! ¡La mutante que no forma parte de la tribu, pero que de alguna manera ha conseguido atraer a un can hasta ella!

—Ah, así que este grupo está aquí por culpa de tu veneno, Thaddeus —dijo Nik—. Debería habérmelo imaginado.

—Este grupo está aquí porque Thaddeus ha tenido la lucidez de acudir a mí cuando ha descubierto que tu padre y tú habéis permitido que una intrusa penetre en nuestra tribu. ¡Una intrusa que ha venido expresamente a arrebatarnos a nuestras escarbadoras! —gritó Cyril.

—¡Son caminantes terrenas! ¡Y son personas, no propiedad vuestra! ¡No pueden perteneceros! —le dijo Mari al anciano.

—Jovencita, deberías aprender cuál es tu lugar, y no contestar a tus mayores —replicó él.

—¿Así es como gobernáis vuestra tribu? ¿A base de intimidación e ignorancia? —Mari formuló aquellas preguntas como si fueran disparos.

—¡Ya basta! ¡Silenciad a esa criatura y devolved a las escarbadoras a sus casas! —ordenó Cyril.

—Cyril, Mari está aquí porque yo la he invitado y, por tanto, se encuentra bajo mi protección —le advirtió Sun.

—¡Entonces la estás eligiendo a ella antes que a tu propia gente! —le espetó Thaddeus, desdeñoso—. Ya veo de dónde ha sacado tu hijo sus perversas inclinaciones.

—Al elegir proteger a Mari, estoy eligiendo a mi propia gente —rebatió Sun—. Es tan caminante terrena como camarada, ambas cosas en una. Sabes que lo que digo es cierto, Cyril, y también sabes por qué, aunque no estés dispuesto a admitirlo. Y, efectivamente, Mari puede curar la roya. Lo he visto con mis propios ojos.

—Si todo eso es cierto, ¿por qué Nik y tú la ocultabais de nosotros?

Nik buscó entre los rostros hasta que encontró el de Wilkes, pero, antes de que pudiera responder al líder de los guerreros, Mari habló:

—Me ocultaban porque les advertí que, de lo contrario, no vendría, no acudiría a la tribu a curar a O'Bryan de la roya. El historial de violencia y desconfianza que existe entre nuestros pueblos es tan grande que no estaba dispuesta a compartir la cura con vosotros.

—¡Pero eso es cruel! —gritó otro camarada.

—¿Más cruel que esclavizar a las mujeres de mi clan y masacrar a nuestros hombres? —rebatió Mari.

—¿Y qué propone la muchacha? —le preguntó Cyril a Sun.

—Puede contestar por sí misma —respondió este.

Mari alzó la barbilla y se encaró al anciano.

—No propongo nada. Aquí solo hay una cosa cierta, y es muy sencilla. Si queréis que la roya que infecta a vuestra tribu pueda curarse, liberaréis a las caminantes terrenas y juraréis no volver a apresarlas jamás. De lo contrario, la roya seguirá terminando con vuestras vidas y, en mi opinión, ese sería un buen merecido para un pueblo impulsado por su propio egoísmo que merece ser erradicado de la faz de la Tierra —le gritó Mari.

—Aquí solo hay una cosa cierta. —La voz de Cyril era dura como el granito—. ¡No permitiremos que destruyas nuestro mundo! ¡Matadla y meted a esas escarbadoras de vuelta en sus jaulas!

—¡Cyril, debes hacer lo correcto! ¡No somos monstruos! ¡No podemos seguir…! —empezó a decir Sun.

A una velocidad tan sobrehumana que apenas llegó a distinguirse una mancha borrosa, Thaddeus alzó su ballesta y disparó. Sun se tambaleó hacia delante y tiró a Mari al suelo mientras la flecha que iba dirigida a ella le atravesaba el pecho.

—¡No! —gritó Nik, cayendo de rodillas junto a su padre—. ¡No! ¡Padre! ¡Padre!

Desde los botes, hombres y canes empezaron a saltar al muelle, rodeando a las mujeres, a Mari, a Nik y a Sun.

De repente, Laru y Rigel se interpusieron entre ellos. Con el pelaje erizado y enseñando los dientes, formaron una barrera frente a los acechantes camaradas, que dudaron, porque ni el más furioso de los guerreros se atrevería jamás a hacerle daño a un can.

A cuatro patas en el suelo, Mari observó, horrorizada, cómo el pánico se apoderaba de su gente. Las mujeres intentaron huir de los camaradas dando alaridos y, en medio de la histeria, alguien tiró la antorcha al suelo. Mari la vio rodar hasta una de las casas con el techo de paja, que empezó a arder con un siseo.

Con el corazón desbocado, Mari dirigió su atención a Nik, que sollozaba sobre su padre.

Se arrastró hasta Sun e intentó localizarle el pulso. Sin embargo, cuando vio por dónde había penetrado la flecha, perforando su corazón, supo que no se lo encontraría.

El cuerpo de Nik se sacudía sobre el cadáver de su padre.

—¡Despierta! ¡Tienes que despertar, padre!

—¡Nik! —Mari le sostuvo el rostro entre las manos y le obligó a mirarla a los ojos—. Está muerto.

Él se quedó mirándola, sin ver al principio, pero luego su mirada se fijó en ella.

—¡Sálvalo, Mari! Por favor, sálvalo —sollozaba, desconsolado.

—No puedo, Nik. Tu padre está muerto. No puedo salvarlo, igual que tampoco pude salvar a mi madre.

A sus espaldas se produjo una explosión que sacudió el muelle cuando la primera casa quedó envuelta en llamas. El tejado se derrumbó en el interior y las paredes empezaron a arder, incendiando a su vez la casa contigua. Con una ráfaga de calor insoportable, la casa que había junto a esta, y también la que había a continuación, se incendiaron y contagiaron del fuego rugiente.

El calor era espantoso. Hizo que los camaradas retrocedieran al canal y que las mujeres se agruparan en los bordes del muelle en aterrorizados corros.

Mari se levantó y, con una voz amplificada por el espanto de lo que acababa de desatarse a su alrededor, gritó por encima del crepitar de las llamas:

—¡Caminantes terrenas, huid! ¡Regresad a vuestras madrigueras! —Sus palabras bastaron. Las mujeres saltaron al canal y empezaron a nadar hasta la otra orilla.

—¡Tú, puta! ¡Tú has provocado esto!

Mari alzó la vista y vio al camarada que respondía al nombre de Thaddeus de pie en su bote, con otra flecha cargada y apuntando su ballesta hacia ella.

Con sendos gruñidos salvajes, Laru y Rigel retrocedieron a su lado y la protegieron con sus cuerpos.

Thaddeus disparó la ballesta, pero el joven camarada que remaba el bote, cuyo terrier rubio ladraba con ferocidad a Thaddeus, desvió la barca justo a tiempo y la mortífera flecha voló sobre las cabezas de los canes sin causarles ningún daño.

—¡Thaddeus! ¿En qué estás pensando? No puedes matar a los pastores —le gritó Nik.

Thaddeus lo ignoró. Su única obsesión era Mari.

—En algún momento vas a tener que levantarte y, cuando lo hagas, te mataré.

Hubo una nueva explosión, a causa de la cual varias casas más colapsaron. La ráfaga de calor obligó a Thaddeus y al resto de camaradas a apartarse del embarcadero en llamas con los rostros contraídos en muecas de terror.

—¡Tenemos que irnos de aquí, Nik! —dijo Mari, tirándole del brazo—. ¡Vamos! ¡Ven conmigo al bote!

Nik la miró como si no la viera.

Tras él, el viento comenzó a soplar con tal fuerza que parecía que tuviera voluntad propia. Empujó las voraces llamas, las alimentó, las alentó y, finalmente, elevando sus chispas hasta detenerse, flotaron en el aire con la voluptuosa forma de una hermosa mujer terrenal. Todos los presentes, tanto camaradas como caminantes terrenas, tuvieron que contener un grito de asombro. Entonces, con un sonido similar a un suspiro, la silueta avanzó por el canal, convirtiéndose de nuevo en fuego. Todos los ojos siguieron la trayectoria de la columna de llamas hasta que llegó a la orilla. Se produjo un ominoso silencio y, de pronto, la orilla estalló en unas llamas que crecieron, crecieron y crecieron para envolver el primero de los gigantescos pinos, y luego otro, y otro más. Mientras ellos observaban aquel fuego que parecía un ser viviente, las llamas convergían en la ciudad de los árboles.

—¡Vamos, vamos, vamos! —gritó Cyril—. ¡Llevadnos de vuelta a la isla! ¡Tenemos que detener ese incendio!

—¡Nik, escúchame! Si nos quedamos en el muelle, moriremos abrasados. Laru y Rigel morirán con nosotros.

En ese momento, los ojos de Nik se cruzaron con los de Mari y ella comprendió cuán profunda era la desesperación que atisbaba en ellos. Sintió que su corazón se rompía por él, y le dijo lo único que creyó que podría hacerle reaccionar en aquel momento.

—Tu padre querría que vivieras.

Nik asintió, aunque su rostro no demostraba ninguna emoción.

—Vete. Yo te seguiré.

—¡Rigel, ven conmigo! —gritó Mari, que ya había echado a correr por el muelle.

Mari desató la cuerda que mantenía sujeto el bote de remos. Rigel se metió dentro de un salto, y Mari lo siguió inmediatamente.

Mientras tanto, Nik seguía acuclillado junto al cuerpo de su padre, acompañado por Laru. Se produjo otra terrorífica explosión, y todo el muelle se sacudió. Después, el muelle estalló en llamas.

—¡Nik! ¡Rápido!

Con el fuego pisándole los talones, Nik corrió y saltó a su lado, patinando en el bote. Inclinada sobre los remos, Mari remó con todas sus fuerzas y trató de poner distancia entre ellos y el infierno en el que se había convertido el muelle.

—¡Laru! ¡Ven conmigo! —le llamó Nik.

El enorme pastor estaba de pie sobre el cadáver de Sun, completamente rodeado por las llamas. Agachó la cabeza. Rozó la mejilla de su camarada con el hocico y cerró los ojos. Mari se dio cuenta de que las puntas de su pelaje azabache comenzaban a rizarse y humear, y tuvo que apartar la vista, incapaz de presenciar el final del can, leal hasta la muerte.

—Laru, ¡no puedo perderos a padre y a ti! ¡Por favor, elige vivir! ¡Por favor, ven conmigo! —rugió Nik con una voz que sonaba tan parecida a la de Sun que Mari notó que un escalofrío le recorría los brazos de arriba abajo.

Laru abrió los ojos. Y, entonces, como si lo hubieran disparado con un arco, el pastor se recompuso y saltó sobre las llamas, corrió por el muelle y se lanzó al agua. Volvió a emerger a la superficie en cuestión de segundos y nadó hasta el bote.

Una flecha se hundió inofensivamente en el agua varios metros por delante de ellos. Justo cuando Nik envolvía sus brazos en torno al cuello de Laru y lo ayudaba a impulsarse sobre el bote, Mari vio a Thaddeus.

Todos los demás camaradas remaban hacia la orilla, desesperados y con un único objetivo en mente: sofocar el fuego que devoraba la tribu, salvar a sus familias. Sin embargo, Thaddeus estaba de pie en su bote y avanzaba en dirección opuesta. Aunque su joven compañero de barca remaba para acercarlos a la orilla, Thaddeus no dejaba de apuntar con su ballesta a Mari, y de disparar una flecha tras otra a pesar de que, evidentemente, estaban fuera de su alcance. Mari se dio cuenta de que tenía el rostro enrojecido a causa de la rabia, y una expresión tan llena de odio que parecía más propia de un monstruo que de un humano.

—Os sacaré de aquí. —Nik ocupó su lugar en el bote y empezó a remar para adentrarse en el canal, lejos de los camaradas y del bosque en llamas.

—¡Esto no ha terminado! —aulló furiosamente Thaddeus hacia ellos—. ¡Os perseguiré y os mataré! ¡Lo juro sobre la vida de mi can!

Un humo denso y negro se extendió por el canal, protegiéndolos de una nueva ráfaga del veneno de Thaddeus.

Nik siguió remando, doblando la espalda con tal empeño que daba la sensación de que quisiera atacar el agua con los remos. Mari se acercó a Laru e inspeccionó su cuerpo en busca de heridas.

Al no encontrar más que pelaje chamuscado, se hundió en el fondo del bote, se estremeció de alivio y abrazó con fuerza a Rigel.

Pasaron los minutos, o tal vez las horas, mientras Nik seguía remando. Estaban solos en el agua. Mari miró hacia el este. En el lugar por el debería haber salido el sol, se elevaba una muralla de llamas.

Laru se incorporó y, con patas temblorosas, se tambaleó hasta Nik. El muchacho soltó los remos, atrajo al pastor hacia sí, y dijo:

—Sé que esta elección no es igual que cuando te uniste a padre, pero gracias por responder a mis súplicas y venir a mí. Laru, te acepto y juro amarte y cuidarte hasta que el destino nos separe con la muerte.

El pastor apoyó la cabeza sobre el cuello de Nik, suspiró y cerró los ojos, acercando el hocico lo máximo posible a su nuevo camarada.

Mari vio que la mirada de Nik iba de Laru al muelle, completamente devorado por las llamas, y de ahí a la colina ardiente. Como si hubiera notado el peso de sus ojos sobre él, Nik se volvió y buscó las pupilas de Mari con las suyas.

—Mi mundo está ardiendo —le dijo.

Ella se apoyó contra él, sosteniendo las manos de Nik entre las suyas.

—Entonces, construyamos un nuevo mundo. Juntos. Un mundo donde todos se sientan aceptados, del que cualquiera pueda formar parte.

—No sé si creo que eso sea posible —respondió Nik.

Ella se acercó y los envolvió a él y a su enorme pastor en sus brazos, sosteniéndolos, consolándolos. Rigel se unió a ellos, completando su círculo de amor y lealtad.

—Entonces, yo lo creeré por los dos hasta que tú también puedas creerlo. Confía en mí, Nik. Yo te protegeré. Siempre te protegeré.

Dove le despertó con tres palabras que lo cambiaron todo:

—Algo está sucediendo.

En cuestión de un segundo, Ojo Muerto estaba alerta.

—¿El qué?

—No estoy segura. Percibo un cambio. ¿Puedes olerlo? El aire tiene un aroma extraño. Mi Campeón, debemos asomarnos al balcón. Tienes que ser mis ojos.

—Siempre seré tus ojos —respondió él.

Ojo Muerto tomó su mano y salieron del camastro en el que dormían. Cruzaron a paso veloz la cámara hasta el balcón de la diosa. Ojo Muerto ayudó a Dove a subirse a la repisa mientras él contemplaba la mañana, dirigiendo instintivamente la vista al noroeste.

En un primer momento pensó que algo les sucedía a las nubes, como si en lugar de surgir del cielo lo hicieran de las lejanas colinas del bosque y ascendieran luego hasta el firmamento. Ojo Muerto las miró fijamente, perplejo. Entonces, la corriente cambió de dirección y alcanzó a ver una columna de humo negro con un resplandor anaranjado en medio del blanco ondulante. Espesa y amenazadora, se expandía, tiñendo el impoluto cielo celeste de oscuridad. Ojo Muerto sintió que la emoción lo invadía.

—¿Qué pasa, mi Campeón? ¿Qué es lo que ves?

—Nuestro futuro. ¡Veo nuestro futuro!

Con la elegancia y la fuerza de un venado, alzó a Dove, presionando su cuerpo desnudo contra el de él, y empezó a dar vueltas y vueltas con ella mientras ambos reían, emocionados, y la diosa Segadora se erigía, silente, tras ellos. Sus ojos de cobre se clavaban en la lejanía del bosque como si ellos también estuvieran presenciando su futuro. En su expresión inerte no había deleite, ni furia, tan solo expectación, una quieta expectación que espantaba con solo mirarla.

Fin.

Por el momento.

EPÍLOGO

Bast fue el único motivo de que Antreas no quedara atrapado en aquel infierno. Su lince le había salvado. Una vez más. La gran felina le había golpeado tan insistentemente con sus enormes patas que había acabado por asustar a la voluptuosa mujer de la tribu a la que había logrado convencer para que se tomara una última copa con él en la privacidad del nido de huéspedes. Bast le estaba molestando tanto que Antreas había perdido la compostura y se había comportado como lo habría hecho en su guarida: bufó a la hembra de lince. Fue en ese momento cuando la muchacha salió huyendo del nido de huéspedes, lanzándoles a él y a su felina horrorizadas miraditas por encima del hombro mientras se perdía en la noche.

—Supongo que estarás orgullosa de tu logro —le murmuró a Bast—. Porque, si se asusta por un par de zarpazos y bufidos, desde luego que no tiene lo que hay que tener para ser mi compañera.

En aquel momento, Bast se había frotado contra él, se había metido y trepado entre sus piernas y había ronroneado sonoramente antes de dirigirse a la puerta y mirar a su camarada con expectación.

Antreas suspiró.

—Está bien. Total, será mejor que salga a cazar contigo, porque las posibilidades de practicar cualquier otro tipo de ejercicio esta noche son nulas. Sinceramente, Bast, en cuanto una empiece a correr la voz, seremos muy afortunados si alguna de las mujeres de la tribu accede a quedarse a solas conmigo.

Bast se limitó a caminar hasta la puerta, donde emitió esa tos tan particular suya, similar al ulular de un búho, para demostrar su impaciencia.

Antreas siguió a su felina, dejando escapar un sonoro suspiro.

Era tarde, y ni el lince ni su camarada se toparon con nadie hasta que llegaron al ascensor principal.

Antreas no tuvo que llamar a la puerta del nido para avisar al centinela del elevador. El grave y amenazador rugido procedente del pastor que lo acompañaba ya lo había alertado.

—Ah, eres tú. —El hombre se acercó a la puerta del nido y arrugó el ceño para mirar con desdén a Antreas y Bast.

El mercenario mantuvo una expresión apacible, aunque la arrogancia de los hombres perro estaba empezando a ponerle de los nervios.

—Bast necesita cazar. Te lo agradecería si pudieras hacernos descender al sotobosque.

—Tal vez en las montañas las cosas sean distintas, y con distintas me refiero a más fáciles, pero aquí no es muy buena idea pasearse por el sotobosque después de que anochezca.

—Soy consciente de ello. Bast y yo sabemos cómo cuidarnos —respondió Antreas.

En lugar de mover las poleas que activaban el ascensor, el hombre ladeó la cabeza para estudiar a Antreas.

—¿Es cierto que podéis trepar a los árboles?

—Lo es —respondió Antreas.

La sonrisa con la que le respondió el hombre era burlona.

—Entonces, ¿para qué necesitáis el ascensor para bajar? ¿O es que solo sabéis escalar hacia arriba?

A su lado, Bast bufó. Antreas observó cómo los ojos del hombre perro se abrían de par en par mientras iban de él a la enorme hembra de lince, y luego de nuevo a él. Antreas era perfectamente consciente de lo que estaba viendo, y esa certeza fue la culpable de que una sonrisa de satisfacción se curvara lentamente en sus labios.

En el idioma antiguo, «lince» significaba luz. Los grandes felinos recibían su nombre del poder reflectante de su vista, prodigiosamente aguda, un poder que se transfería al humano elegido por el lince, un poder del que los forasteros decían que conferían al lince y al humano vinculado a él el mismo aspecto sobrenatural, el mismo aspecto demoníaco.

—Somos capaces de escalar tanto para subir como para bajar de los árboles. Somos capaces de muchas de las cosas de las que tu tribu habla, y también de muchas otras de las que no se atreve a hablar. Sin embargo, en mi hogar, en mi guarida, formular este tipo de preguntas a los huéspedes se considera una grosería. ¿No es así entre la gente perro de la Tribu de los Árboles?

El centinela parpadeó. Su expresión de asombro se transformó en fingida indiferencia.

—Entra en el ascensor. Hazme una seña con la antorcha cuando quieras regresar.

Antreas y Bast entraron en el ascensor y cerraron la puerta. Su sonrisa era burlona, aunque mantuvo el tono precavidamente neutral cuando dijo:

—Gracias por tu hospitalidad.

Cuando aún estaban a varios metros del sotobosque, Bast clavó las garras en los barrotes de la puerta para abrirla y bajó del ascensor de un salto, aterrizando delicadamente sobre sus fuertes patas. Sonriendo con orgullo, Antreas la siguió, con movimientos tan felinos que daba la sensación de que él también pudiera desafiar a la gravedad.

Acto seguido, Antreas echó a correr por el bosque, siguiendo la estela plateada en la que se había convertido Bast. La enorme felina volvió la cabeza para dedicarle una miradita burlona y luego trepó de un salto a las ramas bajas de un pino joven, en las que se acomodó para llamar a su camarada con un vibrante maullido. Antreas saltó ágilmente desde un tronco cercano y ascendió cada vez más, encaramado al árbol en el que se había posado Bast. Trepar por el tronco le resultaba muy fácil gracias a las cuchillas que sobresalían de la puntera de sus botas y se clavaban en la gruesa corteza del árbol. Con un experto giro de muñeca, diez garras surgieron de los dedos que, por lo demás, parecían absolutamente humanos y, con un gruñido de satisfacción, Antreas las hundió en la corteza del árbol para poder quedarse allí aferrado con Bast, con un aspecto mucho más felino que humano.

—¡Esto no lo hacen los hombres perro! —le gritó Antreas a Bast, que le mostró los dientes en una feroz sonrisa felina y maulló para darle la razón a su camarada. Entonces se incorporó y saltó a otro árbol, sin necesidad siquiera de mirar a Antreas. Bast sabía que la seguiría: Antreas la seguiría siempre, fuera adonde fuera.

—¡Ah, así que quieres echar una carrera, no cazar! ¡De acuerdo, vamos!

El humano y la felina daban la sensación de volar por el bosque, saltando de árbol en árbol con una elegancia y una velocidad tan increíbles como inusitado era que los forasteros fueran testigo de ellas.

Cuando llegaron al pie de las colinas, Antreas estaba empapado en sudor y reía: la persecución le había devuelto el buen humor. Jadeando con fuerza, descendió de un salto del último de los árboles hasta el terreno musgoso junto a Bast y retrajo limpiamente las garras antes de secarse el rostro húmedo con el dorso de la manga.

Faltaba poco para el amanecer y el viento había empezado a soplar con fuerza, arremolinando las nubes que surcaban un cielo que parecía enfurecido.

—Parece que se acerca una tormenta —le dijo a Bast, y se sentó a su lado, acariciando el suave pelaje plateado bajo las orejas puntiagudas de la felina.

En lugar de relajarse y ronronear, el cuerpo de Bast se tensó repentinamente. El pelaje de su lomo se erizó y clavó los ojos en el cielo, que ya empezaba a iluminarse. De su garganta brotó un rugido profundo y grave.

—Ey, Bast, no te preocupes. No permitiré que la tormenta nos obligue a quedarnos aquí más de lo… —A Antreas se le quebró la voz cuando siguió con sus ojos la vista de la felina.

En lo alto del cielo, una muralla empezaba a tomar forma, arremolinándose, bullendo y moviéndose para dibujar el cuerpo de una mujer. Entonces, el viento sopló con fuerza a su alrededor, y el cuerpo se transformó de nuevo en llamas. Llamas que descendieron sobre la colina que quedaba tras ellos.

El primer pino se incendió en cuestión de segundos.

Se produjo un sonido amenazador, que parecía casi vivo, y las llamas empezaron a devorar el árbol que había justo al lado.

—¡Por todos los reinos de los dioses, va a destruir la Tribu de los Árboles! —dijo Antreas.

A continuación, se levantó, urgido por la necesidad de huir hacia el río, de alejarse cuanto antes del fuego. Empezó a avanzar, a alejarse lo máximo posible del infierno que se había desatado en la lejanía, aunque era evidente que su intención era devorar el bosque frente a él, no hacia ellos.

La ausencia de Bast junto a él le hizo frenar en seco.

La enorme felina no se había movido, no lo estaba siguiendo. En cambio, tenía los ojos clavados en la ciudad de los árboles, ahora en llamas.

—Bast, tenemos que irnos. No hay nada que podamos hacer para detener el fuego. Nadie puede hacer nada. Nos condenaríamos a morir con esa pobre gente perro.

Bast volvió la cabeza muy despacio para que Antreas pudiera mirarla a los ojos. Su camarada notó su compasión, y la amó aún más si cabe por ello.

—Lo sé, muchachita. Yo también lo siento por ellos. —Antreas le hizo una seña para que se acercara a él, y ella obedeció. El uno al lado del otro. El humano y la felina caminaron despacio hasta que salieron del bosque y llegaron a la orilla del canal que discurría junto a la isla de la tribu. La hembra de lince se detuvo allí, y se giró para mirar de nuevo hacia la colina incendiada.

—Bast, no creo que sea buena idea que nos quedemos aquí. Si la corriente cambiara, podríamos estar como la tribu: atrapados en medio de un círculo de llamas.

Pero Bast se negaba a seguir avanzando. Aún mirando en dirección a la tribu en llamas, se hizo un ovillo sobre una amplia roca plana.

Antreas reconoció inmediatamente la testarudez en la posición que habían adoptado sus orejas felinas. La conocía tan bien que no necesitaba el vínculo físico que había entre ellos para comprender su elección.

—Pero, si no hemos encontrado una compañera antes de eso —hizo una seña para referirse al fuego del bosque—, desde luego que no la vamos a encontrar ahora, y mucho menos aquí.

Bast echó las orejas hacia atrás un segundo, y Antreas se sintió invadido por una oleada de certidumbre envuelta en la testarudez de su felina.

Antreas era consciente de que había perdido. Bast había decidido y, a menos que estuviera dispuesto a atarla y arrastrarla consigo, iba a ser imposible mover de allí a la hembra de lince.

Con un suspiro que se disolvió en el rugido ensordecedor del viento y las llamas de la lejanía, Antreas se acercó a su lince y se sentó junto a ella.

Como siempre, la seguiría y esperaría hasta que su sobrenatural comprensión del flujo y la cadencia del tiempo y los acontecimientos convergiera con la suya propia, y entonces Antreas vería con claridad qué era lo que su lince necesitaba..., anhelaba..., deseaba.

—De acuerdo, nos quedaremos aquí y veremos qué podemos hacer para ayudarles a reconstruir su ciudad —dijo Antreas.

Y, como siempre, mientras Antreas se sentaba y aguardaba junto a Bast, se preguntó cómo le cambiaría la vida la aventura a la que su lince le estaba arrastrando esta vez.

AGRADECIMIENTOS

Estoy profundamente en deuda con mi agente y amiga Meredith Bernstein. Gracias por tu infatigable confianza en mí, por tu integridad y tu amistad.

Gracias a mi padre, Dick Cast, y a mi hermano, Kevin Cast, por su ayuda en todo lo relacionado con la biología y la botánica. Tal vez no lo diga mucho, pero el entusiasmo con el que me habéis ayudado a crear mis mundos significa muchísimo para mí. ¡Y es muy útil tener expertos en la familia! ¡Bichito os manda amor!

Gracias a Christine Zike por ayudarme a establecer los cimientos de otra fantástica serie.

Muchas gracias a mi familia editorial de St. Martin's Press. Es un regalo tener una editorial que me permita tener libertad para escribir lo que me salga del corazón. Sally Richardson, Monique Patterson, Anne Marie Talberg, Jennifer Enderlin, Steve Cohen y el resto del equipo Cast son realmente geniales.

Mis lectores son los fans más inteligentes, divertidos y leales del mundo. Gracias por acompañarme en otra aventura. ¡Os quiero!

Y, en último lugar, aunque en mi corazón siempre sea el primero, gracias a mi mejor amiga, mi hija Kristin Cast. Siempre crees en mí. Siempre estás a mi lado, incluso cuando me salgo del camino y empiezo a dar tumbos entre la maleza. Cuando no encuentro mi voz, es la tuya la que me recuerda que no deje de creer en mí. ¡Te quiero, Ja! ¡Ahora, vamos a darnos una buena merendola!

Título de la edición original: *Moon Choosen*
Traducción del inglés: Sara Cano Fernández,
cedida por Penguin Random House Grupo Editorial, S. A. U.

Diseño de la cubierta: Penguin Random House Grupo Editorial / Manuel Esclapez
Ilustración de la cubierta: © Davide Nadalin

Círculo de Lectores, S. A. U.
Av. Diagonal, 662-664, 08034 Barcelona
www.circulo.es
1 3 5 7 9 7 1 1 1 8 6 4 2

Licencia editorial para Círculo de Lectores
por cortesía de Penguin Random House Grupo Editorial, S. A. U.

Publicado por acuerdo con ST. Martin's Press. L.L.C.
en asociación con International Editors'Co

Depósito legal: B.23870-2017
Impresión y encuadernación: RODESA (Rotativas de Estella, S. A.)
Navarra, 2017. Impreso en España
ISBN 978-84-672-7106-5
N.° 21209